独角兽书系

THE KING'S CURSE

[英]菲利帕·格里高利 —— 著
陈丽丽 黄一平 吴奕俊 —— 译

PHILIPPA
GREGORY

国王的诅咒

重庆出版集团 重庆出版社 · 金雀花与都铎系列 ·

THE KING'S CURSE

Chinese Simplified Translation copyright © 2022 by CHONG QING PUBLISHING HOUSE CO., LTD.

Original English language edition Copyright © 2014 by Philippa Gregory Limited All Rights Reserved.

Published by arrangement with the original publisher, Touchstone, a Division of Simon & Schuster, Inc.

版贸核渝字（2017）第208号

图书在版编目（CIP）数据

国王的诅咒/（英）菲利帕·格里高利著；陈丽丽，黄一平，吴奕俊译.—重庆：重庆出版社，2022.1

书名原文：The King's Curse

ISBN 978-7-229-15885-9

Ⅰ.①国… Ⅱ.①菲… ②陈… ③黄…④吴… Ⅲ.①长篇小说—英国—现代 Ⅳ.①I561.45

中国版本图书馆CIP数据核字（2021）第113079号

国王的诅咒

GUOWANG DE ZUZHOU

[英]菲利帕·格里高利 著 陈丽丽 黄一平 吴奕俊 译

责任编辑：邹 禾 肖化化 方 媛
装帧设计：徐 图
责任校对：刘 刚

重庆出版集团 出版
重庆出版社

重庆市南岸区南滨路162号1幢 邮政编码：400061 http://www.cqph.com
重庆出版社艺术设计有限公司 制版
成都国图广告印务有限公司 印刷
重庆出版集团图书发行有限责任公司 发行
E-mail:fxchu@cqph.com 邮购电话：023-61520646
全国新华书店经销

开本：890mm×1230mm 1/32 印张：19.75 字数：516千
2022年1月第1版 2022年1月第1次印刷
ISBN 978-7-229-15885-9
定价：118.80元

如有印装问题，请向本集团图书发行有限公司调换：023-61520678

版权所有　侵权必究

菲利帕·格里高利
Philippa Gregory

　　英国畅销作家，资深记者，媒体制片人。1954年出生于肯尼亚，后随家人移居英格兰，在获得萨塞克斯大学历史学学士、爱丁堡大学18世纪文学博士学位后，她出版了第一部小说《威德克尔庄园》，此书的畅销令她成为一名全职作家。此后她笔耕不辍，以严肃的历史背景为依托，融入女性写作者特有的细腻情感，创作了多部系列小说，其中"金雀花与都铎"系列作为她的代表作被多次改编为影视作品，收获广泛关注，也为她带来"英国王室历史小说女王"的美誉。

　　"金雀花与都铎"围绕14~16世纪的英国宫廷女性写作。许多女性在历史上并未留下浓墨重彩的痕迹，菲利帕结合想象与考据，丰满了史书间女人们的名字。这是一个相当庞大的系列，且仍在持续更新中。

　　在小说之外，她还写过童书、短篇集，并与大卫·巴德文及麦克·琼斯合著非虚构类作品《玫瑰战争中的女性》。同时，她还是英国广播公司第四频道《英国问答》的常客，都铎王朝时代频道的专家。

　　目前她和家人一起住在英格兰北部。她喜爱骑马、散步、滑雪和园艺，另外在冈比亚建立了一所园艺学习慈善机构。

译者简介

　　陈丽丽，任教于广州航海学院外语学院，译有《世界中心的岛：曼哈顿传奇》《宽容》《穷忙》等。

　　黄一平，暨南大学硕士，译有《月球黑洞》。

　　吴奕俊，任教于广州暨南大学外国语学院，译有《习惯的力量》《iPhone简史》《一阅千年：纸的历史》等。

金雀花与都铎 系列

另一个波琳家的女孩

女王的弄臣

处女的情人

永恒的王妃

波琳家的遗产

另一个女王

白王后

红女王

河流之女

拥王者的女儿

白公主

国王的诅咒

驯后记

三姐妹三王后

最后的都铎

献给安东尼

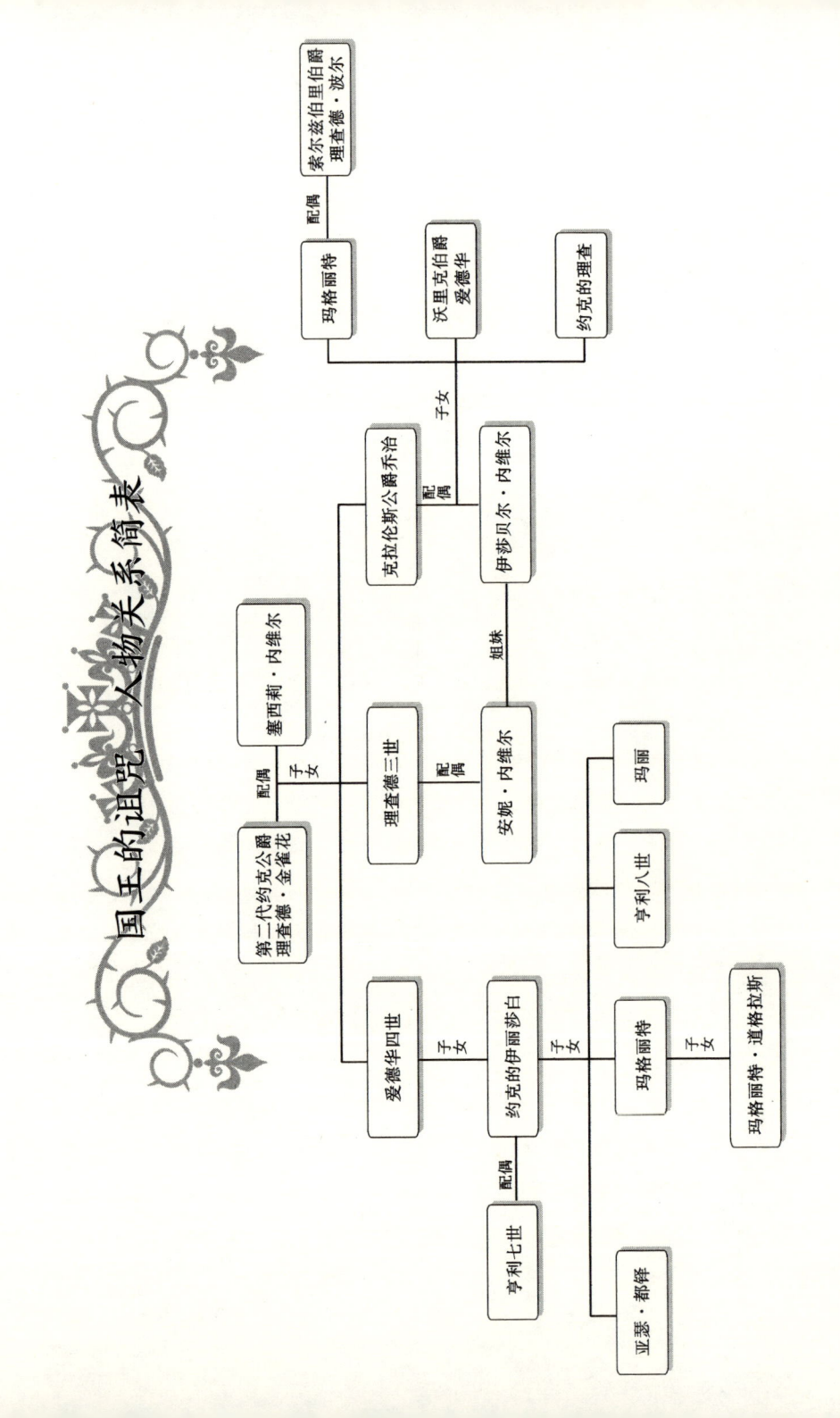

国王的诅咒 人物关系简表

- 索尔兹伯里伯爵 理查德·波尔
  - 配偶：玛格丽特
- 沃里克伯爵 爱德华
- 约克的理查

（以上为玛格丽特与克拉伦斯公爵乔治的子女）

- 克拉伦斯公爵乔治
  - 配偶：伊莎贝尔·内维尔
  - 姐妹：安妮·内维尔
    - 配偶：理查德三世
      - 子女（与塞西莉·内维尔）：第二代约克公爵 理查德·金雀花

- 爱德华四世
  - 配偶：约克的伊丽莎白
    - 子女：玛格丽特
      - 子女：玛格丽特·道格拉斯
    - 亨利八世
    - 玛丽

- 亨利七世
  - 配偶：约克的伊丽莎白
    - 子女：亚瑟、都铎

1499年11月29日

伦敦　威斯敏斯特宫

　　醒来的那一刻，我觉得自己是个无罪之人，从未做过任何坏事。在我睁开双眼的那一刻，我的意识是模糊的，脑子里没有任何想法；我只是一个二十六岁的年轻女子，肌肤光滑，肌肉紧实，生活愉悦，从美梦中缓缓醒来。我没有感受到自己不朽的灵魂，也没有感受到罪过和内疚。我甜美地睡着，慵懒地躺着，几乎忘了自己是谁。

　　我慢慢地睁开了眼睛，看到光从百叶窗的缝隙中投射进来，这才意识到现在已经日上三竿了。我像一只刚醒过来的小猫一样，肆意地舒展身体。我记得我睡着的时候是筋疲力尽的，而现在我精力充沛，感觉相当不错。不过，我马上意识到了自己现实中的处境，这种突如其来的感觉就像是封存完好的谴责书从高高的架子上猛然坠落下来，我这才想起自己现在处境并不好，所有的事情都不顺利，我希望这个早晨永远不要到来，因为今天早晨我无法弃用自己的名字，这个名字会置我于死地的：我身体里流着王室的血，我是王室的后嗣，而与我一样有罪的弟弟已经不在人世了。

　　我的丈夫坐在我的床边，身穿红色天鹅绒背心。宽大的外套显得他肩膀开阔，身材高大。他宽阔的胸膛前挂着一条金链，代表他的职务是威尔士亲王的管家。我逐渐意识到他一直在等我醒过来。他皱着脸，担心地说了声："玛格丽特，你还好吗？"

国王的诅咒

"什么都别说了。"我像个孩子一样厉声喝道,好像不说话一切灾祸就不会发生了。我转过头去,把脸埋进枕头中。

"你要勇敢一点,"他绝望地说道,然后轻轻拍了拍我的肩膀,好像在安慰一只生病的小狗,"你要勇敢一点啊。"

我不敢对他不理不睬。他是我的丈夫,我不敢得罪他,现在只有他能庇护我了。我在他那里隐姓埋名,我的名字也冠了他的姓。我的头衔一夜之间就被剥夺了,就像我的名字被斩首扔进了篮子里。

在英格兰,我名字中的"金雀花"最容易招致杀身之祸。不过这个名字曾经让我引以为傲,就像我戴上了皇冠一样。我曾是金雀花王室的玛格丽特·约克,是爱德华四世和理查德三世这两位国王的侄女,我的父亲克拉伦斯公爵乔治和他们是亲兄弟。我的母亲是英格兰最富有的女人。我的外祖父位高权重,人们都称他为"拥王者"[1]。我的弟弟叫泰迪,他的名字由我的叔叔理查德国王所取。泰迪是英格兰王位的继承人。半个王国的臣民都喜爱我和泰迪,对我们忠心耿耿。我们是高贵的沃里克家族遗孤。我们得到命运的救赎,从白王后[2]的魔掌中挣脱,在王家育儿室中长大。这个育儿室位于安妮王后[3]的米德尔赫姆城堡里。我们过着世界上最优越、最富裕的生活,一切奇珍异宝都归我们所有。

然而,当理查德国王被杀,篡权者登上王位时,我们一夜之间从王位继承人沦落为王位觊觎者,变成了旧王室的幸存者。那么,要如何处置这些约克王朝的公主呢?要如何处置这些沃里克家族的后嗣呢?都铎家族的亨利和他的母亲玛格丽特·博福特已经想好了处置方法。他们下令撤销我们所有人的王族身份,随便给我们安排个亲事,让我们变成身份低微的寻

---

[1] 相关剧情可参考《拥王者的女儿》。
[2] 指伊丽莎白·伍德维尔,爱德华四世的王后,约克的伊丽莎白的母亲。
[3] 指理查德三世的王后安妮·内维尔,玛格丽特母亲的亲妹妹。

常百姓。所以我现在是安全的。贬低身份后我变成了无名小卒，才得以活在一个可怜爵士之名的庇护下，藏匿于英格兰中部的一个小庄园里。这里地价低廉，如果有人认出我的身份并大叫一声"沃里克"，我就算微笑地点头默认也不会引发斗争。

我是波尔夫人。我不是公主，不是公爵夫人，也不是伯爵夫人。我的丈夫只是一个身份低微的爵士，而我就像一枚刺绣勋章，放进了久未打开的衣柜中，从此隐姓埋名。我叫玛格丽特·波尔，理查德·波尔爵士的妻子，现怀有身孕。我已经为理查德生了三个孩子，其中两个是男孩。一个男孩叫亨利，我们给他取这个名字是为了讨好新国王亨利七世。另一个男孩叫亚瑟，与亚瑟王子同名，这样做同样是为了讨好亨利国王。我还有个女儿，名叫厄休拉。我终于有机会按照自己的意愿给我的女儿取名字了，所以我给她取了一位圣女的名字。这位圣女因不愿与一个陌生人结婚并改姓而选择了死亡。我不知道其他人是否注意到了我的这点小叛逆；我当然希望没有人会注意到这一点。

不过，我的弟弟没法因婚姻而改名。无论他和谁结婚，无论他的配偶身份地位多低，他都无法像我的丈夫改变我的姓一样来改变他的姓。他仍然拥有沃里克伯爵的头衔，保留着爱德华·金雀花①这个名字，仍然是英格兰王位的真正继承人。当人们高举他的旗帜时（迟早有人会高举他的旗帜），半个英格兰将会因为白色徽章——白玫瑰的不断动荡而天翻地覆，所以他们都叫我的弟弟"白玫瑰"。

由于那些人无法夺走他的名字，他们就带走他的其他东西。他们没收了他的财产和土地。他们剥夺了他的自由，把他当作被遗忘的旗帜，和其他不值钱的东西一起收进了伦敦塔中。塔中还关押着卖国贼、债务人和傻子。不过，我的弟弟虽然没有仆人，没有土地，没有城堡，没有接受教育，

---

① 泰迪是爱德华的昵称。

国王的诅咒

但他还能拥有他的名字,这也是我的名字。泰迪仍然有他自己的头衔,也就是我外祖父的头衔。他还是沃里克伯爵,是白玫瑰,是金雀花王朝的王位继承人,是都铎家族一直以来活生生的耻辱。都铎家族篡夺了王位,如今声称王位归他们所有。当爱德华还是个十一岁的孩子,他们就把他关进了黑暗的塔楼里,直到他二十四岁才把他放出来。整整十三年了,他未曾感受过脚下的草地。他走出了伦敦塔,或许闻到了湿润土地上雨水的味道,或许听到了河上海鸥的叫声,或许听到了伦敦塔高墙之外自由人的叫喊声和笑声。这些人是他自由的英格兰臣民。在两名守卫的监押下,他走过吊桥,登上塔丘,在石块前跪下,低下了头,似乎他本就该死,似乎他也乐意去死;他们就这样砍了他的头。

这一切就发生在昨天,就在昨天啊。昨天下了一天的雨,是巨大的暴风雨,好像天空也在反对这一暴行,倾盆的大雨就像悲痛的泪水一样从天而降。当时我正和王后堂姐①一同在她精致的房间里。当他们告诉我爱德华被斩首时,我们关上了百叶窗,把黑暗挡在外面,好像我们并不想看到那一场雨。在塔丘上,那场雨把血冲进了沟渠里。那是我弟弟的血,是我的血,是我们王室的血啊。

"你要勇敢一点,"我的丈夫再次低声说道,"想想肚子里的孩子。不要害怕。"

"我不害怕,"我扭过头。靠在他的肩膀上说话,"我不需要变勇敢。我没什么可怕的。我知道,跟你在一起我很安全。"

他犹豫了一下。他不想提醒我——或许我还是有所畏惧的,或许他微薄的家业还不足以保证我的安全。"我的意思是,不要表现出你的悲伤……"

"为什么不?"我发出了幼稚的哀叹,"为什么不能?我为什么不能伤心

---

① 指约克的伊丽莎白。

呢？死的人是我的弟弟啊，我唯一的弟弟啊！他像小孩一样无辜，却被当作卖国贼斩首了。我怎么能不伤心呢？"

"因为那些人不喜欢看到你这样。"他简单地回答道。

1500年冬春之交

伦敦　威斯敏斯特宫

当我们参加完圣诞筵席准备离开威斯敏斯特时,王后从她宫殿的房间里走出来,下楼梯和我们道别,而国王仍旧待在他的房间里没有出来。他的母亲对所有人说他很好,只是有点发烧,他健康强壮,此刻正在温暖的炉火旁休息,驱散寒冬;但是没有人相信她的话。所有人都知道,国王是因为犯下罪过而生病的。他杀害了我的弟弟。我的弟弟被指控参与了一场子虚乌有的阴谋,被定为叛国贼,以觊觎王位的罪名被处死。我注意到一个具有讽刺意味的有趣现象:伊丽莎白王后和我都失去了一个弟弟,我们面容苍白,但我们对自身的情况闭口不谈;而宣布他们死亡的那个男人现在也躺在了床上,他因犯了罪而头晕目眩。不过伊丽莎白和我已经习惯了失落感,因为我们是金雀花王朝的后代——我们遭到了背叛,用餐时感到无比悲伤。亨利·都铎是王室的新成员,他总是四处挑起战斗。

"祝你好运。"伊丽莎白只对我说了这样一句话。她指了指我隆起的肚子。"你真的不打算待在这儿吗?你可以在这里生孩子。我会命人好好服侍你,我也会来看你。玛格丽特,你改变主意留下来吧。"

我摇了摇头。我不能告诉她,其实我已经厌倦了伦敦,厌倦了宫廷生活,也厌倦了她的丈夫亨利七世和他那位盛气凌人的母亲所制定的规矩。

"好吧,"她明白了我的想法,"你身体恢复以后会去勒德洛吗?会和他们一起吗?"

她希望我去勒德洛陪她的儿子亚瑟。我的丈夫将在那个遥远的城堡里担任亚瑟的保护人。如果她知道我也在那里,她会感到比较宽慰。

"我会尽快过去,"我答应她,"不过你也知道,不管我有没有在那儿,理查德爵士都会保证亚瑟王子平安无事。他会像呵护一块纯金一样好好照顾王子。"

我的丈夫是个好人,这一点我从不否认。国王的母亲为我选了一个很好的配偶。她只想让我婚后能够退出公众的视野,不过她偶然找到了这个在家会很疼惜我的人。她算是做了一场便宜的交易。在我们婚礼当天的费用安排中,她花了最少的钱为我们置办婚礼;即便是现在,我只要一想到他们给我丈夫的聘礼就忍不住笑起来:聘礼是两个庄园,仅仅是两个毫无价值的小庄园,还有一座有点破败的城堡!理查德本可以索要更多东西;不过一直以来,他为都铎家族办事都是不求回报,只要他们感激他就好了。他跟在他们身后只是想告诉他们,他为人忠诚。他遵照他们的任何指示,从不计较代价,也不提出质疑。

他从小就十分信任玛格丽特·博福特夫人,把她当作亲人。她让他深信,同时也让许多人深信:她是一个获胜的盟友而非危险的敌人。作为一个年轻人,他强烈地感觉到她就像家人一样,于是遵从她的要求行事。她要他发誓永远效忠亨利以及他的宏图伟业,还要她的盟友,那些豁出性命将她儿子送上王位的盟友,那些以她自创的头衔"国王之母"来称呼她的盟友,她要这所有人都宣誓效忠她的儿子。直到现在,虽然她已经取得了全面的胜利,但她还是控制着金雀花王朝遗留的表亲,她担心朋友不够可靠,担心陌生人势力过于强大。

我看了看我的堂姐伊丽莎白。我们和都铎家族大不相同。他们把她嫁给了亨利国王,用了近两年的时间检验她是否有生育能力以及对都铎王朝是否忠诚,好像她只是他们养的一只供试用的母狗,直到她通过了检验,

国王的诅咒

他们才加冕她为王后——不过,她生来就是公主,而亨利出生时却与王位毫无关联。他们把我嫁给了博福特夫人的半个表亲,理查德爵士。他们要我和伊丽莎白都忘记我们的出身、我们的童年和我们的过去,使用他们的姓氏并发誓永远对都铎王朝忠诚,我们的确这样做了。不过即便如此,我怀疑他们还是没有信任过我们。

伊丽莎白望了望远方,也就是年轻的亚瑟王子所在的地方。王子正在等他的马从马厩里牵出来。"我多希望你们三个都待在这儿。"

"他得待在他的侯国里,"我提醒她,"他是威尔士王子,他必须待在靠近威尔士的地方。"

"我只是……"

"国家现在很太平。西班牙国王和女王会把他们的女儿嫁到我们这儿。我们很快会回来参加亚瑟的婚礼。"我没有说,就因为我弟弟死了,他们才会把年轻的西班牙公主嫁过来;我的弟弟死了,所以不会有人和亚瑟王子争夺王位了。西班牙公主那边送来了地毯,铺在通往圣坛的路上,地毯同我弟弟的血一样鲜红。而我必须跟随都铎的队伍,微笑着走上这块地毯。

"有一个诅咒,"伊丽莎白突然凑近我,在我的耳边说道。她离我很近,我可以感受到她在我脸颊上流过的温暖气息。"玛格丽特,我必须告诉你。有一个诅咒。"她握住我的手,我可以感觉到她在发抖。

"什么诅咒?"

"诅咒就是:把我的弟弟们从伦敦塔里带走并处死的人会为此而死。"

我很害怕,后退了几步,看到了她苍白的脸庞。"谁下的诅咒?谁说了这些话?"

她脸上显现出的内疚表情让我马上知道了答案。这个诅咒来自于她的母亲伊丽莎白女巫。毫无疑问,我觉得就是这个凶残女人下的恶毒诅咒。

"她具体说了些什么?"

她扶着我的手臂,拉着我穿过拱门,来到马场庭院,这样我们就可以单独在一个封闭的空间里讲话了。这里的树没有叶子,大树枝垂到了我们头上。

"我也说了,"她承认道,"这是我和她下的咒语。我和妈妈两个一起说的。我只是一个女孩,不过我本应该更理智一点的……但是我还是和她一起说了。我们对河流说,对女神说……你知道的!是女神找到了我们家人。我们说:'我们的男孩还没成年就被带走了,更别说当上国王了——但是他生来本该可以成为一名男子汉和国王。所以我们要让凶手的儿子也经历这样的命运,让凶手的儿子尚未成年,尚未继承财产时就死亡。我们还要让凶手的孙子也遭受同等厄运。这样一来,当凶手的儿子死去时,我们就知道我们的咒语应验了,凶手儿子之死是他杀死我们的男孩所需要付出的代价。'"

我浑身发抖,赶忙把骑马的披风披上,好像这个阳光明媚的庭院突然变得阴冷起来,就连河水也好像在叹息表示共鸣。"你真的这样说了?"

她点了点头,目光黯淡,充满恐惧。

"嗯,理查德国王已经死了,他的儿子在他之前也死了,"我唐突地说道,"这个男人和他的儿子得到了报应。你的弟弟在理查德在位时就消失了,如果理查德是杀死你弟弟的凶手,那这个咒语就应验了,或许已经全部结束了,理查德家族的血脉就断了。"

她耸了耸肩。所有认识理查德的人都不曾想过他杀害了自己的侄子。这是一个荒谬的想法。理查德终生都为他的哥哥爱德华效力,他也会为他的侄子效力。他讨厌他们的母亲,所以他夺取了王位,但他从未伤害过这些男孩子,就连都铎家族都未必敢暗示这样一宗罪行;哪怕是他们也不至于厚颜无耻到去指控一个死人,诬陷他犯了罪。

"如果当今这位国王……"我把声音压得很低,紧紧地抓着她,好像拥

国王的诅咒

抱一样,我的披风盖住了她的肩膀,我们的手也握在了一起。在这个到处都有间谍的宫廷里,我不敢说得太大声。"如果真的是他下令杀害你的弟弟……"

"或是他的母亲,"她小声地补充说道,"她丈夫有伦敦塔的钥匙,我的弟弟成了她的儿子登上王位的阻碍。"

我们都颤抖着,双手紧紧握在一起,好像博福特夫人就站在我们后面偷听一样。我们都很害怕亨利·都铎的母亲——玛格丽特·博福特夫人的权威。"好吧,那就这样吧,"我说道,努力抑制内心的恐惧,努力否认我们的双手在颤抖的事实,"但是伊丽莎白,如果是他们杀死了你的弟弟,那么你的咒语将会落到她儿子,也就是你的丈夫身上,还有他的儿子身上。"

"我知道,我知道,"她轻轻地呻吟了一声,"从我第一次想到这个咒语以来就一直害怕这一点。如果凶手的孙子是我的儿子,我的亚瑟,那我不就诅咒了自己的孩子吗?"

"万一诅咒让凶手的血脉断绝了呢?"我低声说,"如果所有都铎家族的男孩都死了,最后只剩下无法生育的女孩们怎么办?"

我们呆呆地站着,好像我们在这个寒冷的庭院里被冻住了。在我们头顶的树上,一只知更鸟唱起了带颤音的曲子,好像在发出警告,然后就飞走了。

"保护好他!"伊丽莎白突然激动地对我说,"玛格丽特,你一定要在勒德洛保护好亚瑟啊!"

1500年春

斯塔福德郡　斯托顿堡

我在斯托顿待产,距离预产期还有一个月的时间。我的丈夫不在我身边,他要到威尔士的勒德洛堡保护亚瑟王子。我站在我们破败老屋的大门边和他们挥手告别。亚瑟跪下,接受我的祝福。我摸了摸他的头。他站起来时,我又亲了亲他两边的脸颊。他今年十三岁,个头早就超过我了。这个男孩继承了约克家族的英俊相貌和独特魅力。他身上几乎没有都铎家族的影子,除了他红棕色的头发和偶尔突然焦虑的多变性情;都铎家的人都会让人感到惧怕。我张开双臂,拥抱这个身材修长的男孩子,紧紧地搂着他。"好好照顾自己,"我嘱咐道,"骑马和比武的时候要小心。我答应过你妈妈不让你受到伤害。你一定要好好的。"

他翻了个白眼。面对过分担心自己的女人,每个男孩的反应都是这样的。不过他顺从地低下了头,然后转身跳上马,握住缰绳,让马儿腾跃起来。

"别出风头,"我嘱咐道,"下雨就赶紧找个地方躲起来。"

"我们会的,我们会的,"我丈夫说,他在马上亲切地对我微笑,"你知道,我会保护他的。你要照顾好自己,这个月有任务在身的人可是你啊。孩子一出生就得马上通知我啊。"

我把手放在鼓起的肚子上,感觉到胎儿在肚子里扭动,然后又和他们招了招手。我目送他们沿着红土路往南前往基德明斯特。地面冻得发硬;

国王的诅咒

狭窄的小道在结霜的锈色田地间蜿蜒伸展,他们就在小道上快速穿行。旗帜在王子前面飘扬,士兵则身着明亮的制服在旁护卫。王子与我丈夫并行,都铎家族的守卫在他们身边排成队列,做好严密的防守工作。他们身后跟着的驮畜则运载了王子的私人财物,包括他的银盘、金器、宝贵的马鞍和搪瓷雕刻的盔甲,甚至还有他的地毯和亚麻织物。无论他去哪儿,他都会带上大量财物;他是英格兰的都铎王子,但他享受着皇帝般的待遇。都铎家族用各种财富彰显其王室的身份,似乎他们希望这样做可以使他们真正成为王族之人。

都铎护卫队集结在亚瑟和运载财物的骡子身边。这支队伍是亨利国王召集的,卫兵们都身着绿白相间的制服。当我们金雀花家族还是王室成员的时候,我们的车经过英格兰的大道小道,我们与朋友和随从同行时都没有配备武器或携盔戴帽;我们从来都不需要卫兵保护,我们不惧怕任何人,而都铎家族则相反。他们常常处于警戒状态,担心受到潜在的攻击。他们先是带领军队入侵,后又遭受疾病困扰。他们谋逆得逞距现在已经将近十五年了,但他们还是像侵略者一样,没有安全感,对自己是否受欢迎表示怀疑。

我站在那里,高高举起一只手和他们告别,直到他们行进到我目不可及的道路拐角处。目送他们离开后,我把精梳羊毛围巾围在脖子上回屋去了。在全家的晚饭准备好之前,我要去育儿室看我的孩子们。饭后我还要向我房子和土地的管家们祝酒,嘱咐他们我不在的时候要妥善打理好一切,之后我就和我的侍女、接生婆和保姆一起回房了。我必须在房间里待产,待上整整四个星期,等待孩子的出生。

✦

我不怕痛,所以我并不担心生孩子的事。这是我第四次生孩子了,至少我知道之后会发生些什么。不过我对此并不抱有期望。我的孩子们都没有给我带来那种我在其他母亲身上看到的快乐。我的两个男孩都无法使我满腹雄心，我不能祈求他们在社会上崭露锋芒——如果我想要他们引起国王的关注，那我大概是疯了，因为在国王的眼里，他们的身份就是金雀花家族的男孩，别无其他。他们可能是王位继承人的竞争对手，也可能对国王产生威胁。而我的女儿也没有成长为一个让我满意的小女人，我希望她能成为另一个我，另一位金雀花家族的公主。如果她在王宫里引人注目，闪闪发光，那她注定会遭受厄运的。这些年来，我就是通过隐姓埋名才得以安全度日，我怎么能够把她打扮得光鲜靓丽，让她耀眼夺目，希望人们都向她投去欣羡的目光呢？我只希望她隐姓埋名，从而过上舒适的生活。一位慈爱的母亲应该保持乐观的心态，对自己的幼儿充满希望，为孩子规划未来，保证他们的平安，梦想宏远的计划。但是，我是约克家族的成员；我比任何人都清楚：这是一个变化无常的危险世界，而我能够为我的孩子所制定的最好计划就是让他们低调地活下来——他们一出生就要成为最好的演员，但我必须希望他们始终隐居幕后，或是在人群中默默无闻。

孩子的出生时间比我的预想早了一周，他是一个模样好看，强壮有力的男孩子，头发中间有一小撮棕发，像公鸡头上的鸡冠，十分可爱。他喜欢奶妈的奶水，所以奶妈经常给他喂奶。我派人把这个好消息告诉了孩子的父亲。我的丈夫恭喜我又当妈妈了，他还寄回了一只威尔士金手镯给我。他说他会回家参加孩子的洗礼，而且要我们把这个孩子取名为雷金纳德——雷金纳德顾问大臣——这是对国王及其母亲的温馨提示，让他们明白这个男孩抚养成人后会成为外交官，以谦卑的姿态为都铎家族效力。我的丈夫希望这个孩子的名字可以表现出我们对都铎家族的臣服，对此我并不感到惊讶。当他们夺取了国家的统治权时，他们也战胜了我们。我们的未来由他们的喜好决定。现在，都铎家族在英格兰坐拥一切；或许他们会

国王的诅咒

一直占有这一切吧。

奶妈有时候把孩子交给我带。我摇着他，欣赏他闭上眼时眼睑的曲线轮廓和他的睫毛扑扇到脸颊上的样子。他使我想起了我弟弟婴儿时期的模样。我清楚地记得我弟弟小时候圆圆的脸蛋和对外界充满渴望的黑眼睛。我几乎没有看过他成人时候的模样。我无法想象出一个囚犯在雨中穿行，最终到达塔山断头台的画面。我抱着刚出生的孩子，让他靠近我的心脏，思考着生命的脆弱；或许完全不爱任何人会让自己更安全一些吧。

我的丈夫如约回来了——他一直都是个信守承诺的人——他及时赶回来参加孩子的洗礼仪式。我坐月子结束并到教堂接受宗教仪式后，我们就马上返回勒德洛。对我来说，这段旅途漫长而艰难，我有时候坐轿子，有时候骑马，早上赶路，下午休息，不过即便如此我们还是花了两天的时间才到达目的地。我终于看到了城镇的高墙，看到了厚厚的茅草屋顶下条状的黑板条和膏状灰泥以及屋后又高又黑的城堡高墙，心情十分高兴。

1500年春

威尔士边界地区　勒德洛堡

　　为了恭维我这位威尔士亲王管家的妻子，人们特意大开城门，亚瑟则像一匹小马一样迈着长腿跳出了城门，兴奋地过来扶我下马，问我最近过得怎么样，为什么没有把刚出生的孩子带来。

　　"外面对他来说太冷了，他还是在家跟奶妈待在一起比较好。"我抱了抱亚瑟，他跪下来，我以他的护卫之妻和他母亲王室堂妹的身份赐予他祝福。当他起身时，我向他行了屈膝礼，以示对王位继承人的尊敬。我们很轻松地完成了这些礼节步骤，无需多加考虑。都铎家族培养他，让他当上国王，而过去金雀花家族也养育我成为熟知宫廷礼仪的尊贵人士。想当年在宫廷里，几乎所有人都向我行屈膝礼，走在我身后，他们会在我走进房间时起身行礼，我离开时向我鞠躬。这般风光尊贵的身份在都铎家族夺权以后，在我结婚以后，就不复存在了——我成了无关紧要的波尔夫人。

　　亚瑟退下来仔细打量着我的脸。这个有趣的小男孩今年才十四岁，不过他为人亲切体贴，和他仁慈的母亲一样。"你还好吗？"他小心地问我，"一切都好吗？"

　　"我没事，"我坚定地对他说，"我没什么变化。"

　　他笑了起来。这个男孩跟他母亲一样富有爱心，他会成为一位有怜悯之心的国王。上帝知道，三十年来，英格兰经历了漫长的战争，而亚瑟将来登基为王正是英格兰用来治愈创伤的一剂良药。

国王的诅咒

我的丈夫匆忙地从马厩那边赶过来,他和亚瑟把我带到大厅。宫廷的人都向我鞠躬。我穿过屋内的几百个侍从来到我的座位。我的座位在主桌边,在我丈夫和威尔士亲王座位的中间,十分尊贵。

那天晚上的晚些时候,我到亚瑟的房间听他做祷告。他的牧师也在那里。牧师跪在用于祈祷的矮台边,听他用拉丁语认真地诵读白天的收获和晚上的祷词。牧师朗读了《诗篇》中的一段文字,亚瑟则低下头为他的父母亲,英格兰国王和王后做祷告,祈求他们平安。"还有国王之母,里士满伯爵夫人。"牧师补充说道。他列举出她的各种头衔,以便上帝不会忘记她的崇高地位以及她的主张对他的重大价值。当牧师说出"阿门"时,我低下了头。牧师随后收拾好他的东西,亚瑟则跳上他的大床。

"玛格丽特夫人,您知道我今年要结婚的事吗?"

"没有人告诉过我确切的日期。"我说。我坐在他的床边,看着他开心的笑脸。他的上嘴唇很柔滑,他喜欢抚摸嘴唇,好像这样会让它生长一样。"不过现在应该没有人会反对婚礼了。"

他马上伸出手握住了我的手。他知道,西班牙国王发誓说,只有保证他是英格兰王位的唯一继承人,他们才会把女儿嫁过来当他的新娘。他们的意思是我的弟弟爱德华,以及以那个冒名顶替王后之弟,即约克家族的理查德的王位觊觎者都不能成为亚瑟的竞争对手。确定订婚仪式会提前举行后,国王就囚禁了这两个年轻人,好像他们都是王位继承人,都是有罪的,国王还下令处死他们。王位觊觎者公开宣布了他招致杀身之祸的名字,拿起武器反抗亨利,最后也为此而死。我的弟弟没有接受他的名字,他从未高声泄愤,更别说组建军队反抗了,但他还是被处死了。我必须努力不让痛苦把生活变得酸楚不堪。我必须放下怨恨,把怨意当作一枚被人遗忘的徽章。我不得不忘记我是爱德华的姐姐这一身份,我不得不忘记我唯一真正爱过的男孩子:我的弟弟,也就是白玫瑰。

"你知道的,我从未要求过那件事,"亚瑟说道,他把声音压得很低,"他的死。我从未要求过。"

"我知道你没有要求过,"我说,"这件事跟你我无关,是我们无法控制的。我们两个什么都做不了。"

"但是我真的做了一件事,"他说道,眼睛羞怯地斜瞥了我一眼,"虽然无济于事,不过我确实向我的父亲求过情,请求他的宽恕。"

"你是个好孩子。"我对他说。我没有告诉他我曾在国王面前跪下,头巾掉落,头发散乱,眼泪流到了地板上,我的手被他的靴子跟部踩得凹陷了进去,直到有人把我抬起来带走。我的丈夫请求我不要再提这件事了,他担心国王会想起我曾经是金雀花家族的一员,而且现在我的儿子还是王室血脉,对国王形成威胁的事情。"我们什么都做不了。我确信,国王陛下、你的父亲只做他认为正确的事情。"

"你可以……"他犹豫了一下,"你可以原谅他吗?"

他问我的时候眼睛都不敢看我,他的目光只停留在我们互相紧握的手上。不过,他的目光又慢慢转向我手指上戴着的新戒指。戒指上有一个 W 字母,代表沃里克,以此表达对我弟弟的哀悼。

我把手搭在他的手上。"我没有什么好原谅的,"我坚定地说,"你的父亲处死我的弟弟,这并不是愤怒或报仇之举。国王觉得必须这么做才能保住自己的王位。他不是一时冲动,也没有受到诱惑。他料想到,如果我的弟弟还活在人世,那么西班牙国王是不会把公主嫁过来的。他料想到,英格兰的民众总是会拥护金雀花家族的人。你的父亲是个深思熟虑、心思缜密之人;他看待机会就像职员在一堆新账目中开一个新账户一样,把收益和亏损分得一清二楚。这就是你父亲的考虑方式。作为国王,他这些日子就必须这么考虑。这与荣誉和忠诚毫无关系。这是在精打细算。我的弟弟被视为一种威胁,这是我的损失,所以你的父亲就把他从账本中删除了。"

"但他不是威胁!"亚瑟大声说道,"他是受尊敬的……"

"他从来都不是威胁,是他名字的问题。他的名字才是个威胁。"

"不过他的名字也是你的名字啊?"

"哦不。我的名字是玛格丽特·波尔,"我冷冷地说道,"你知道的。而且我在努力忘记自己的出身。"

1501年秋

伦敦　威斯敏斯特宫

亚瑟的妻子满了十五岁才来到英格兰。夏末时分，我们前往伦敦。亚瑟、他的母亲和我有两个月的时间订购衣服，吩咐裁缝、珠宝商、手套工匠、制帽匠和女裁缝为年轻的王子置备好一衣柜的服装，并为王子准备婚礼当天的气派套装。

王子内心焦虑不安。他定期给公主写信，用的是生硬的拉丁文语，这是他们可用来交流的唯一共同语言。我的堂姐极力主张公主应该学习英语和法语。"娶一位陌生人本就是野蛮之举，无法交流就更离谱了，"当我和堂姐在她的房间里给亚瑟的新衬衫刺绣时，她对我低声抱怨道，"难道在他们坐下来吃早餐的时候还要请个大使给两个人做翻译吗？"

我以微笑回应她的问题。我们两个都知道，如果一个女人能够和她深情的丈夫自由交流，这一定是举世罕见的事情。"她会学习的，"我说，"她必须学习我们的文化。"

"国王会骑马去南海岸见她的，"伊丽莎白说，"我本已让他在伦敦等着迎接公主了，不过他说他会带亚瑟一起去，像一名游侠骑士一样，给她一个惊喜。"

"你知道，我觉得西班牙人并不喜欢惊喜。"我说道。大家都知道西班牙是最注重形式的民族；公主一直生活在阿尔罕布拉宫的闺房里，几乎与世隔绝。

国王的诅咒

"西班牙十二年前就保证要把她送过来,现在她就要过来了,"伊丽莎白冷冷地说,"她的喜恶对国王来说无关紧要,或许现在对她的父母来说也不重要了。"

"可怜的孩子,"我说,"不过她找不到比亚瑟更英俊、更善良的新郎了。"

"他是个优秀的年轻人,不是吗?"他的母亲听到了我对他的赞美,脸色变得温和了些,"他又长高了呢。你给他吃的是什么呀?他现在比我还高了;我觉得他会长到我父亲那么高。"她突然停住不语,似乎提到她的父亲爱德华国王是不忠的表现。

"他会像亨利国王那么高的,"我纠正了她,"上帝保佑,公主会成为像你一样优秀的王后。"

伊丽莎白对我微笑了一下,不过笑容很快就消失了。"可能吧。或许我们会成为朋友。我觉得她可能跟我有点像。西班牙王室一直把她当作王后来栽培,就像我以前一样。她的母亲像我的母亲一样充满毅力和勇气。"

我们在育儿室里等着新郎和他的父亲完成他们侠客之行的任务后归家。十岁的哈里小王子对他们的冒险之旅感到兴奋不已。"他会骑马抓住她吗?"

"哦不。"他的母亲把她幺女,也就是五岁大的玛丽拉到她的腿上。"抓住她是没用的。他们会到她所在之处,然后请求进入。他们会赞美她,或许还会和她一起吃饭,到第二天早上才离开。"

"如果是我,我会骑马抓住她!"哈里自我吹嘘道。他抬起手,装作抓住一对缰绳的样子,然后假装骑着一匹马在房间里小跑。"我会骑上马,然后当场让她嫁给我。等她来英格兰已经等得够久了。我忍受不了再耽误时间啦。"

"忍受？"我问道，"你怎么会说出这类词？你到底读了些什么？"

"他总是在读书，"他的母亲温柔地说，"他就像一个学者。他读了各种传奇故事和神学作品。他还读过祷词和记载圣人生活的作品。有法语、拉丁语和英语。他现在还开始学希腊语呢。"

"我还会音乐呢。"哈里提醒我们。

"真是多才多艺的孩子。"我微笑着称赞他。

"我也会骑马，不只骑小马，还骑大马哦，我还会驯鹰呢。我有自己的鹰，是一只叫做鲁比的苍鹰。"

他说话的时候头上的红棕发不断摆动，他妈妈和我对此相视苦笑了一下。

"你绝对是个真正的王子。"我对他说。

"我应该到勒德洛去，"他对我说，"我应该同你和你的丈夫一起去勒德洛，学习治理国家的事情。"

"你一定是会成为受欢迎的人。"

他停止在房间里乱跑，跪在我面前的凳子上，双手托住我的脸。"我是说成为一个好王子，"他真诚地说道，"我会的，真的。无论父亲交给我什么工作。统治爱尔兰或者指挥海军都行。他想派我到哪儿去都可以。你不会了解的，玛格丽特夫人，因为你不是都铎家族的人。这是一种使命感，一种出身于王室的神圣使命感。我命中注定是王族。当我的新娘来英格兰时，我会骑马去迎接她，我还会乔装打扮一下。这样的话，她看到我的时候她就会惊叹道——哦！是哪个帅气的男孩子骑在那匹高大的马上？到时我就会说——是我啊！然后所有人都会欢呼起来！"

※

"事情不是很顺利。"亚瑟闷闷不乐地对他妈妈说。他来到王后的卧室，她正在换衣服准备用晚餐。我拿着她的花冠,看着侍女给她梳头发。

"我们到那里的时候,她早已经在床上了。她派人跟我们说她不能见我们。父亲不接受她的回绝。他跟陪同我们的勋爵商量后,他们同意了他的要求……"他朝下看一看,我和王后都能够看出他眼里的愤恨之情。"他们当然得同意了,谁敢反对呢?于是我们冒着倾盆大雨骑行到了多格莫斯菲尔德宫,坚持要求她接见我们。父亲走进她的私室。我觉得他们吵了一架,然后她出来了,看起来怒气冲冲,随后我们都去吃晚饭了。"

"她长得怎么样?"当其他人都没有开口时,我打破寂静,开口问道。

"我怎么知道呢?"他痛苦地说,"她几乎没有跟我说过话。一直都是我在喃喃自语。父亲要她跳舞。她就和她的三个侍女一起跳了一支西班牙舞。她戴着头饰,头饰上别了厚实的面纱,所以我很难看清她的脸。我觉得她是讨厌我们的,因为我们在她表示拒绝之后还要她出来共进晚餐。她说的是拉丁语,我们谈了天气以及她的航行之旅。她过去一直晕船晕得厉害。"

看着他忧郁的脸庞,我差点大笑起来。"哎呀,小王子,开心点嘛!"我对他说道,然后伸出手臂给了他一个拥抱,"你们才刚见面。她会爱上你,珍惜你的。她会从晕船中恢复过来的,还有学习说英语。"

我感觉到他靠向了我,试图寻求我的安慰。"她会吗?你真的这样认为吗?她当时看起来真的非常生气。"

"她必须这么做。你也会好好对她的。"

"父亲非常喜欢她。"他对他的母亲这样说道,好像在警示她。

她苦笑了一下。"你的父亲喜爱的是一位王妃,"她说道,"没有什么比一个出身王室又置身他权势之下的女人更让他喜欢的了。"

✦

哈里上完马术课后来到了王家育儿所,我正在这里和玛丽公主一起玩。

他进来后马上来到我身边,用手肘把他的妹妹推到了一边。

"小心公主别摔了。"我提醒他。玛丽咯咯地笑起来;她是个充满活力的小美人。

"不过西班牙公主在哪里呢?"他问道,"她为什么不在这儿?"

"因为她还在路上,"我回答道,同时给了玛丽公主一个颜色鲜艳的球。她接过球后小心地把球抛向空中然后接住。"凯瑟琳公主必须在国内游行以便人们能够瞻仰她。你到时就骑马去迎接她,护送她到伦敦。你的新套装和新马鞍已经准备好了。"

"我希望自己能做好,"他诚恳地说,"我希望我的马能听我的话,这样妈妈就会为我感到骄傲。"

我伸出手臂抱住他。"你会的,"我向他保证,"你的马术很棒,你看起来很有王子的风范,你妈妈一直以你为傲。"

我感觉到他挺直了他的小肩膀。他正想象自己身穿一件金线编织的夹克,骑在高高的马上。"我是她的骄傲,"他说道,言语中带着点虚荣,毕竟他可是个讨人喜爱的小男孩呢,"我不是威尔士亲王。我只是她的第二个儿子,不过她也以我为傲。"

"那玛丽公主呢?"我跟他开玩笑说道,"她是世界上最美丽的公主吗?还是你的姐姐,玛格丽特公主呢?"

"她们只是女孩子,"他语气亲昵地嫌弃道,"谁会在意她们呢?"

✦

我在一旁监视着,确保仆人妥当地完成了王后新礼服的涂粉和拉绒工作,然后我把礼服挂在衣橱室里。这时,伊丽莎白走了进来并关上了她身后的门。"你先退下吧。"她简单地对打理礼服的女仆人说道。我据此意识到一定是出大事了,因为王后从未对侍奉她的女仆这般无礼。

国王的诅咒

"出什么事了?"

"是埃德蒙,埃德蒙表弟。"

我一听到他的名字膝盖就发软了。伊丽莎白把我拉到凳子上坐下,然后到窗边把窗户打开以便凉风入屋,我的头脑才清醒了些。埃德蒙与我们一样,是金雀花家族的一员。他是萨福克公爵,我姑姑的儿子,深受国王的喜欢[1]。他的哥哥是个叛国贼,在斯托克战役中带领叛军反抗国王,最终在战场上被杀;埃德蒙·德拉·波尔与他哥哥则完全相反。埃德蒙一直对国王十分忠诚,是都铎国王的得力助手和朋友。他为王宫增光添彩,是比武者的领袖,是一位英俊、勇敢、聪明的金雀花公爵。对所有人而言,他标志着约克家族和都铎家族彼此和睦相处,共筑一个友爱的王室,让人十分欢喜。他是王室家族最核心的成员之一,是为都铎人效力的金雀花人。他像是翻了边的衣领,飘向另一边的旗帜,一朵红白相间的新玫瑰,也是我们所有人的路标。

"他被抓了?"我小声地说道,内心极度恐惧。

"他跑了。"她简单说道。

"跑去哪儿了?"我害怕地问道,"哦,我的天啊,他去哪里了?"

"他去找神圣罗马皇帝马克西米安了,他要筹建军队反抗国王。"她有点说不出话来,好像话卡在她喉咙里面了,不过她必须问我,"玛格丽特,告诉我——你对这一切一无所知吗?"

我摇了摇头,握住她的手,望着她的双眼。

"你发誓,"她要求道,"你发誓。"

"我不知道,我真的什么都不知道。我发誓。他没有向我说过他的秘密。"

我们都沉默了,因为我们想到了他经常会向另外一些人倾诉他的秘密,

---

[1] 埃德蒙·德拉·波尔的母亲伊丽莎白与玛格丽特的父亲乔治是亲姐弟。

如王后的妹夫威廉·考特尼①、我们的表亲托马斯·格雷和威廉·德拉·波尔、我的二表哥乔治·内维尔②以及我们的亲属亨利·鲍彻。我们之间形成了堂表和亲属关系网,这张网详细记录了各种众人皆知的关系,靠婚姻和血缘关系紧密维系。金雀花家族的成员遍布整个英格兰,这个家族有一群雄心勃勃的男孩、勇士和能生养的女人,他们奋发进取、胆识过人,生生不息。而与我们对立的都铎家族则只有四位成员:一位老妇人、她焦虑的儿子以及他们的继承人亚瑟和哈里。

"接下来会发生什么事呢?"我问。我起身走到房间的另一边关上了窗户。"我现在没事了。"

她伸出手臂抱住我,我们就这样紧紧地拥抱了一会儿,好像我们还是年轻女子,怀着恐惧的心情等待来自博斯沃思的消息。

"他不可能回家的,"她遗憾地说道,"我们不会再见到埃德蒙表弟了,再也不会了。国王的特务一定会找到他的。国王现在雇了几百个看守呢。无论埃德蒙在哪里,他们都会找到他的……"

"而且他们还会找到所有跟他谈过话的人。"我猜测道。

"你真的不知道吗?"她向我再次确认道。她放低了声音,小声地问我:"玛格丽特,真的——不是你吗?"

"真的不是我。我什么都不知道。你知道的,我对叛国一直是不闻不问的。"

"不是今年,就是明年,要不就是后年,他们会把他带回来处死的,"她直接这样说,"我们的埃德蒙表弟啊。我们不得不看着他走向处刑台。"

我发出了一声痛苦的哀叹。我们紧握着彼此的手。不过在沉寂中,我们想到了我们在塔丘上的表亲和处刑台。我们都知道,我们早已在比这一

---

① 德文郡伯爵,与伊丽莎白·伍德维尔的六女儿、约克的凯瑟琳结婚。
② 爱德华·内维尔与伊丽莎白·比彻姆之子。

切更可怕的境况下存活了下来。

　　我没有等到王室婚礼的举行，而是赶在这对年轻夫妇前头到勒德洛去，确保他们到达之时，那个地方温暖舒适。国王微笑着迎接他所有的金雀花亲属，他的热情有点过度，让人生厌。我很乐意离开宫廷，因为我担心他的特务在搜查我的房间时，他磨人的聊天会把我滞留在大厅，让我难以脱身。当国王看起来很开心，寻求宫廷人员的陪伴，宣布有趣的游戏，催着我们去跳舞，在宴会上大笑和游荡时，他的特务们正在外面漆黑的走廊和狭窄的街道上进行他们的搜查工作。这时的国王展现的反而是他最危险的一面。我或许没有什么东西要向亨利·都铎隐瞒的，不过这并不意味着我愿意接受他们的监视。

　　在任何情况下，国王都下令要求亚瑟夫妇在婚礼结束后前往勒德洛，不容耽搁，而我必须先为他们打理好一切。这个可怜的女孩将不得不跟她大多数西班牙同伴告别，在冬季天气最恶劣的时候远赴他国，来到距离伦敦将近200英里的一座城堡，这也意味着她永远离开了她舒适奢华的家。国王想要亚瑟带着他的妻子出来，让沿路的所有人都清楚地见识到下一代都铎人的风范。他想方设法建立自己作为新君主的权势和高贵地位；他没有考虑过一位年轻女子在一片陌生的土地上思念其母亲的感受。

1501年冬

什罗普郡　勒德洛堡

我让勒德洛的仆人们把这个地方从上到下清理了一遍，让他们擦洗地板，粉刷石墙，然后挂上色彩丰富的暖色系壁毯。我让木匠把门重新装好以抵挡门外的风。我从酒商那里买下一大桶新酒，分装成两份以供王子沐浴之用；王后堂姐写信告诉我，西班牙公主希望每天都可以沐浴。我希望她在感受到侵袭勒德洛堡塔楼的寒风之后可以放弃这个奇怪的习惯。我已经命人做好了新窗帘，给她的被子加了衬里——我们希望王子每天晚上都可以找到回家的路。我从伦敦的布料商那里订购了床单，他们给我寄来了能够买到的最优质的床单。我拖了地，把新鲜的香草撒在地板上，这样所有房间都弥漫着盛夏干草和草地花朵的气息。我清扫了烟囱，以便公主带来的苹果木能够燃烧出明亮的火光。我从乡下给整个小城堡订购了最好的食物：最甜的蜂蜜、酿造得最醇的麦芽酒、收获以后储存至今的水果和蔬菜、桶装的咸鱼、熏肉、上乘的大圈奶酪。我提醒他们，要保证新鲜猎物的持续供应，而且必须宰杀野兽和鸡肉以招待城堡的客人。我需要管理家里的几百名仆人，整个家庭的几十口人，确保所有人都分工完毕，准备就绪；然后我就开始等，我们所有人都在等，等这对新婚夫妇的到来。他们是英格兰的希望和光明。我需要打点他们的生活，他们要学会如何成为威尔士亲王和亲王妃，并尽快生一个小王子。

国王的诅咒

我的目光扫过小镇杂乱的茅草屋顶到达东边，希望看到王家护卫队飘动的旗帜往西边移动，看到卫兵们行进前往格莱福德大门。然而，我看到的只有一个骑马的人，他的马速度很快。我即刻意识到这是个坏消息：我首先想到的是我们金雀花家族亲属们的安危。我匆匆穿上披风，赶忙下楼到城堡的门口，心怦怦跳，准备好接受这个消息。他从宽阔大街的鹅卵石路上小跑过来，在我面前一跃下马，然后跪了下来，还给了我一封密封的信件。我接过信，撕开了封口。我一开始担心的是我的亲属埃德蒙·德拉·波尔因叛变而被捕，而我会被当成同伙。我惊恐万分，无法阅读信上潦草的笔迹。"信上说了什么？"我简单问道，"有什么消息？"

"玛格丽特夫人，我很抱歉告诉您，当我离开斯托顿的时候，您的孩子病得很严重。"他说道。

我眨着眼看了下那潦草的字迹，阅读了我管家给我写的便条。他告诉我，九岁的亨利生病了。他起了红疹，而且还发烧。七岁的亚瑟一直很健康，不过厄休拉的病情让人担心。她一直在哭，好像还会头痛，而且在管家给我写信时她确实在发烧。她才三岁，正处于婴儿向儿童过渡的危险期。管家对雷金纳德这个宝宝只字不提，我只好认为他在幼儿园里生活得很好，身体很健康。当然，如果我的孩子早已过世，那管家一定会告诉我的吧？

"一定不是汗热病。"我对送信员说。汗热病是我们所有人都恐惧的一种新病。这种病伴随都铎军队而来，当伦敦城的人聚在一起举行欢迎仪式时，这个病就几乎席卷了整个伦敦城。"快告诉我，他得的不是汗热病。"

他在胸前画了个十字架。"但愿不是。我觉得不是。还没有人……"他突然不说话了。他想说还没有人死——这样可以证明不是汗热病。汗热病会在没有预兆的情况下让一个健康的人在一天内去世。"您的大儿子病了三天他们才派我过来,"他说道,"我离开的时候他已经病了三天了。也许他还……"

"那雷金纳德宝宝呢?"

"跟奶妈一起在她的小屋里,不在房子里。"

我从他苍白的脸上看到了我自己的恐惧。"你呢?你还好吗,小伙子?没什么不适的症状吧?"

没有人知道两地之间的跋涉会让人多不舒服。有些人认为,送信员衣服里面带着的,纸上消息写着的,都是不祥的,所以给你带来警示的人也会给你带来死亡。

"我很好,上帝保佑,"他说道,"我没有起疹子,也没有发烧。不然我就不会来到您身边了,我的夫人。"

"我最好回家一趟。"我说道。我既要为都铎家族尽忠职守,又十分担心我孩子的身体,左右为难。"告诉马厩里的人,我会在一个小时内离开。我需要一名护卫和一匹能用的骑马。"

他点了点头,牵着他的马穿过有回声的拱道,进入了马场。我吩咐侍女们打包好我的衣服,在她们中间找个人在这个寒冷的天气里和我一同骑马,因为我们必须去斯托顿;我的孩子生病了,我必须陪在他们身边。我咬了咬牙,大声发布了命令,要求备好护卫的士兵,我们要带的食物,我打算在马鞍上拴一件防雨雪的油皮披肩,以及我要穿上的披肩。我不考虑要到哪里去,最主要的原因是不想让自己想起我的孩子们。

生活中险象环生,谁会比我更了解这个道理呢?没有人比我更清楚地了解:婴儿很容易死亡,孩子可能会得最罕见的疾病,王室的血脉极其脆弱,死亡就像一只忠实的黑色猎犬,紧紧尾随着我们金雀花家族。

1501年冬

斯塔福德郡　斯托顿堡

我焦虑不安地赶回了家。我的三个孩子都生病了；只有雷金纳德宝宝没有出现汗热病或出红疹的症状。我马上到育儿园那里去。我的大儿子，九岁的亨利正在他的四柱床上熟睡；他的弟弟亚瑟蜷缩在他身边，而我的小女儿厄休拉则在距离他们几步远的脚轮矮床上打滚。我看着他们，心疼地咬了咬牙。

在我的许可下，保姆把亨利抱起来，掀起他的睡衣，他的胸部和腹部长满了红斑，有些斑彼此覆盖。他的脸上起了皮疹，看起来肿肿的。他耳朵后面和脖子处没有一块皮肤是正常的，发红且满是疮疤。

"这些是麻疹吗？"我问了她一句。

"这，也可能是长痘。"她说道。

亚瑟在亨利旁边打着盹，他看到我来了，哭了一会儿，我把他从热乎乎的床单上抱起来，让他坐在我的腿上。我可以感觉到他的小身子都热得发烫。"我渴了，"他说道，"我口渴。"保姆递给我一杯度数不高的麦芽啤酒，他喝了三大口后就把它推开了。"我的眼睛疼。"

"我们一直把百叶窗关着，"保姆小声地对我说道，"亨利抱怨说阳光刺伤了他的眼睛，所以我们就把窗关了。我希望我们这么做是对的。"

"我也这么觉得。"我说道。我对自己的无知感到恐惧。我不知道我该为孩子们做些什么，我甚至连他们哪里出了问题都一无所知。"医生怎么说呢?"

亚瑟把身子倾过来,靠在我身上。我亲了亲他的脖子,他的脖颈还在发热。

"医生说可能是麻疹。上帝保佑,他们三个都会康复的。医生说要注意别让他们着凉。"

我们确实很注意不让他们着凉。房间里很闷,壁炉里点着火,窗户下面的火盆也冒着火光,床上堆满了被子,三个孩子都流着汗,全身发热通红。我把亚瑟放回到热乎乎的床单上,走到厄休拉的小床边。她无力地躺在床上,没有说话。她只有三岁,还很瘦小。看到我之后,她抬起了她的小手同我招手,不过她没有叫我的名字。

我恐惧不安,突然责骂起了保姆。

"她还是有意识的!"保姆大声辩解道,"她只是因为发热所以意识恍惚。医生说如果退烧了,她就会好起来了。她在睡觉时会唱歌或小声说话,不过她没有失去意识。至少目前还没有。"

我点了点头,在这个充满热气的房间里,看到自己的孩子像海滩上淹死的尸体一样躺着,我也只能努力控制自己不要发脾气。"医生什么时候会再来呢?"

"他现在已经在路上了,夫人。我保证您一到我就派人去请他来了,这样他就可以和您谈话了。不过他发誓说孩子们会康复的。"她看着我的脸。"大概会吧。"她补充说道。

"家里的其他人还好吗?"

"有两个男仆生病了。其中一个比亨利更早生病。厨房照看母鸡的女仆死了。不过除此之外,其他人都没有得病。"

"村子里的人呢?"

"我不了解村子里的情况。"

国王的诅咒

我点了点头。我必须向医生咨询下这些事情，我有责任了解我们这里民众的所有病况。我必须吩咐厨房把食物送到有人得病的村舍里，我必须保证牧师会去看望他们，并且在他们去世的时候留下足够的钱财给掘墓人，不然我就得为他们买一座坟墓和一个木制的十字架了。如果情况更糟糕的话，我还必须吩咐仆人挖一些瘟疫坑填埋尸体。这些都是我作为斯托顿的女主人应尽的责任。除了我自己的孩子，我还必须照顾我所在区域的臣民。如往常一样——一直都是这样——我们对病因一无所知，对治疗方法也一无所知，我们不知道疾病何时会传到另一个贫苦的村庄并导致该地的民众死亡。

"你给国王写过信吗？"我问道。

门敞开着，正在门口等候的管家替保姆回答道："没有，我的夫人，我们知道他和威尔士亲王在路上，不过我们不知道他们的具体位置。我们不知道收信地址要写哪里。"

"以我的名义写信，然后把信送到勒德洛，"我说道，"你先把信给我过目，再封好寄出去。他会在勒德洛待上一段日子。他可能现在就在那儿了。不过我必须在这里待着，直到所有人都康复才走。如果我现在走，我可能会把这个病带到威尔士亲王和他的新娘那里，不管是麻疹还是梅毒，我不敢冒这个风险。"

"上帝保佑。"管家虔诚地说道。

"阿门。"保姆回应道。即使她的手还抚摸着我儿子发热通红的脸庞，她还是为王子祈祷着，好像没有人比都铎家族更为重要。

1502年春

斯塔福德郡　斯托顿堡

　　我在斯托顿陪着我的孩子们待了两个多月，他们的烧慢慢退了下去，红斑也消了，眼中的痛苦也逐渐消失。厄休拉是最后一个恢复的，不过即使她病好了，她还是很快会感到疲劳，郁郁寡欢。她还用手挡住眼前的阳光。村子里有些人生病了，有个小孩死了。今年没有圣诞宴会，我下令禁止村里的人到城堡来索取他们主显节[①]前夕的礼物。我拒绝发放食物、酒水和小礼物的做法引起了很多人的抱怨，不过我这么做是出于对村里病情的担心，我害怕如果让租户和他们的家人到城堡来的话，会把疾病也带到城堡上来。

　　没有人知道病因，也没有人知道这种病到底是会永久消失，还是在天气热的时候又暴发。在它面前，我们像牛群面对畜疫一样无助；我们只能像低吟的牛群一样忍受痛苦，希望最糟糕的情况与我们擦肩而过。当最后一个病人痊愈，村子里的孩子都重新投入到工作中时，我才终于如释重负。我花钱在村子的教堂里举行了弥撒仪式，感谢疾病现在好像已经离我们而去，感谢我们在这个艰苦的冬季中活了下来，虽然在这个夏天，热风把这场瘟疫带给了我们。

　　我站在教堂门口，看到门口集结了一大群人，他们如往常一样，身体

[①] 一月初庆祝耶稣诞生的节日。

国王的诅咒

没有消瘦,衣服没有污垢,表情不再绝望。我骑马经过村庄,在每家每户破败的门口询问他们是否安好。我确认家里的每个人都是健康的,无论是在庄稼地吓唬鸟儿的男孩们还是我的管家。只有我把这些事情都做完了,我才能放心地离开我的孩子们并回到勒德洛去。

孩子们站在前门处和我挥手告别,保姆把雷金纳德宝贝抱在怀里,他对我微笑并挥了挥他的小胖手,嘴里叫着:"妈妈!妈妈!"厄休拉把手放在眼睛上,以挡住早晨的阳光。"站规矩一点,"我一边对她说,一边摇摇晃晃地踩上了马鞍,"把手放在两侧,不要皱着眉头。你们四个都要做个好孩子,我很快会回来看你们的。"

"您什么时候回来呢?"亨利问道。

"夏天的时候。"我这么说是为了安慰他;事实上,我自己也不知道。如果亚瑟王子和他的新娘在王室宫廷度过夏天,那么我就可以回来斯托顿待上一整个夏天了。不过如果他们要待在勒德洛,由我的丈夫负责保护他们的话,我就必须也待在那里。我不仅是这几个孩子的母亲,我还有其他责任在身。我是勒德洛的女主人,是威尔士亲王的保护人。我必须把这些身份都扮演得极其出色,人们才会忘记我的出身:一个约克家族的女孩,一朵白玫瑰。

我送给他们一个飞吻,不过我的思绪早已离开他们而在前进的路上了。我对御马官和我们的小车队——六名武装士兵,两头载着我的货物的骡子,三名骑在马背上的侍女和一群仆人——点了点头,开始了前往勒德洛的漫长旅程。在那里,我将第一次见到未来的英格兰王后:阿拉贡的凯瑟琳。

1502年3月

威尔士边界地区　勒德洛堡

我的丈夫在他的房间里迎接我。他和两个记账员正在工作,文件资料堆满了整张大桌子。当我进来的时候,他招手示意他们退下,然后把椅子往后推,起身过来亲吻了我的双颊。"你来得挺早的。"

"一路上还算顺利。"

"斯托顿一切都还好吗?"

"是的,孩子们终于好些了。"我说。

"那就好,那就好。我收到你的信了。"他看起来如释重负。像其他普通男子一样,他希望有儿子和健康的继承人,他指望着三个男孩子能为都铎家族效劳,延续家庭的血脉。"你吃饭了吗,亲爱的?"

"还没有,我想和你一起吃。我现在要去见王妃吗?"

"只要你准备好了,亚瑟王子就想亲自把她带过来见你呢。"他边说边走回去,在桌后的椅子上坐下。他想到亚瑟当新郎的事就笑了起来。"他非常希望亲自向你介绍公主。他还问我能不能单独把她带过来见你。"

"当然可以。"我冷冷地说道。我完全相信,亚瑟一定想过,把我介绍给年轻王妃的时候应该深思熟虑,谨慎安排,毕竟是她的父母提出要求,要求在送她到英格兰之前把我弟弟杀死。不过我也知道,我的丈夫并没有想过我和王妃的这些恩怨纠葛。

国王的诅咒

我如亚瑟所愿地同王妃见面。我们不拘礼节,直接在勒德洛的沃登堡的会见厅,也就是她住处下面一个镶有木板的大房间里单独见面。炉栅里火烧得正旺,墙上挂着各种各样的壁毯。这里虽然不是阿尔罕布拉宫的华丽宫殿,但与之相比却一点也不逊色。我走到金属铸的镜子面前,调整了一下我的头饰。镜子里的我显得有些模糊。透过镜子,我看到了自己乌黑的双眸,洁净白皙的皮肤,还有如花蕾般红润的可爱小嘴——这些都是我外貌上的过人之处。不过,很让我失望的是我继承了金雀花家族的长鼻子。我整理了一下头饰,确保饰针插进了我丰盈的赤褐色盘发中。妆容检查完毕后,我如一个虚荣的女子般走到炉边等待她的到来,而虚荣本是我所鄙视的东西。

没过多久,我就听到了亚瑟王子的敲门声。我向我的侍女点了点头,她开了门并走出了房间。亚瑟单独走了进来,当我向他行屈膝礼时他也快速地给我鞠了个躬,然后我们亲了亲彼此的脸颊。

"三个孩子都还好吗?"他问道,"那个宝宝呢?"

"感谢上帝,他们都无大碍。"我说道。

他快速地用手在胸前画了十字。"阿门。你没染上病吧?"

"这次很少人染上这个病,挺出乎意料的,"我说道,"我们都很幸运。村里只有几个人得病,最后只有两个人死了。我的宝宝没有任何得病的迹象。上帝真是太慈悲为怀了。"

他点了点头。"我可以把威尔士王妃带过来见您吗?"

他提到她的头衔时十分谨慎,我不由得露出了微笑。"作为已婚人士感觉如何呢,殿下?"

他的脸立刻红了起来,这说明他非常喜欢她,而且还有点不好意思。"我很喜欢现在的状态。"他静静地说道。

"你把一切都安排得很好，是吧亚瑟？"

他的脸更红了，连前额也红了起来。"她……"他突然停住了。显然，他找不到合适的词语来形容她。

"漂亮？"我提示道。

"对！而且……"

"讨人喜欢？"

"哦是的！还有……"

"很有魅力？"

"她如此地……"他开口了，却又停了下来。

"我最好见见她。看你的样子，她美好得难以用言语来形容。"

"啊，我的守护夫人。你是在笑话我啊，不过你将会看到……"

他出去接她了。我没有意识到她一直在等我们，不知道她会不会生气。毕竟她可是西班牙公主，从小就是个高贵显赫的女子呢。

当厚重的木门打开时，我站了起来，亚瑟把她带进了房间。他给我鞠了个躬，走出了房间，关上了门，留下威尔士王妃和我两个人单独在房间里。

我的第一眼感觉是她很娇小，娇小得让你觉得她像是彩色玻璃里的公主画像，完全不像一个真实的女孩。她的红铜色头发卷在了厚厚的兜帽里面，纤纤细腰被胸甲般厚重的胸衣紧紧围住，高高的头饰缀着贵重的蕾丝花边，垂下来遮住了她两边的脸颊，好像她戴上了异教徒的面纱。她向我行了屈膝礼，不过眼睛和脸朝下，所以只有当我握住她的手，她抬头看我时，我才看到她明亮的蓝眼睛和害羞的可爱笑脸。

我用拉丁语和她说话，欢迎她来到城堡，并为我之前缺席她的婚礼表示抱歉。她脸色苍白，焦虑不安。我看到她往四周扫了一眼，试图寻找亚瑟。我还看到她咬了咬下嘴唇好像在鼓足勇气，然后再开始讲话。而且，

国王的诅咒

她一开口就说出了我永远都不希望听到,特别是从她口中听到的一件事。

"我对您弟弟的死表示很抱歉,非常抱歉。"她说道。

她竟敢跟我说起这件事,我对此大为震惊,而且她竟如此直言不讳,还带着同情的语气。

"这是个重大的遗憾,"我冷冷地说道,"唉,这就是命吧。"

"我担心我的到来……"

我受不了她为这场以她的名义进行的谋杀而道歉,于是我说了一些话打断了她。她看着我,这个可怜的孩子好像在问我如何才能安慰我。她看着我,好像她已经准备跪在我的脚边,向我认错。她竟然提到了我的弟弟,这是我无法容忍的。我不想在她口中听到我弟弟的名字,我不想让这场对话继续,否则我会崩溃,我会在这位年轻女子面前为我弟弟的死大哭一场,是她的到来导致了他的死。如果不是她,我的弟弟可能还活着。我怎么能够平静地说起这件事呢?

我伸手拉住她,和她保持一定的距离。我想让她安静下来,但她却抓住了我的手,并稍微行了个屈膝礼。"这不是你的错,"我努力小声说道,"我们都必须遵照国王的旨意。"

她的蓝眼睛里满含泪水。"我很抱歉,"她说道,"非常抱歉。"

"这不是你的错,"我说道,我不想让她再说下去了,"不是他的错,也不是我的错。"

✺

奇怪的是,我们在之后的日子里相处得很开心。她面对我,告诉我她对我的悲伤感到抱歉,告诉我她本想阻止这一切时展现出了十分勇敢的一面。我每天都能够在她身上看到这份勇敢。她非常想家;而她的母亲却很少给她写信,信的内容也很简单。凯瑟琳就像一个失去母亲的孩子,而她身处异国,还要学习很多东西,比如我们的语言和习俗,还有各种外来食物。有时候,我们下午坐在一起缝制衣服时,我会问她关于她家乡的事情,让她不会总是想到自己身处异国的孤独。

她说起了她们的宫殿,阿尔罕布拉宫,那个宫殿就像放置在绿色花园内部的一颗宝石,在格拉纳达城堡的珠宝盒子里放着。她告诉我,庭院喷泉里流动的冰水是从起伏的高山上用管道输送下来的,那里骄阳似火,整个地区都烤得一片金黄,干旱不毛。她还跟我说起她过去每天穿的丝绸,在铺设大理石地板的更衣室里度过的每个慵懒的早晨,她的母亲在王座室主持公道,像她的父亲一样以君主的身份统治王国,而且她们坚信她们的统治和上帝的律法会遍布整个西班牙。

"你一定对这里的一切感到很陌生吧?"我好奇地问道,同时从狭窄的窗户往外望,远处的光在黑暗的冬日大地上逐渐消失,天空从淡灰色变成青灰色,后来又变成烟灰色。山上冰雪覆盖,山谷云雾缭绕,好像骤雨击打着窗户上的一块块小玻璃。"你一定觉得这就像另一个世界吧?"

"这就像一场梦,"她静静地说道,"你知道这种感觉吗?当一切都不一样了,而你一直希望能够从梦中醒过来?"

我默默地点了点头。当你发现一切都已改变,而你却无法回到过去的生活。这种感觉我深有体会。

"如果不是亚……王子殿下,"她小声说道,低下头看着她的织物,"如果不是他,我会更郁郁寡欢的。"

我握住她的手。"感谢上帝,他是爱你的,"我静静地说,"我希望我们都能够让你开心起来。"

她立刻抬起头,她的蓝眼睛在寻找我的目光。"他真的爱我,是吗?"

"千真万确,"我笑着说,"他还是个婴儿的时候我就开始照顾他了。他是世界上最深情、最宽宏大量的人。你们两人走到一起是得到大家祝福的。

国王的诅咒

你们未来将会成为国王和王后。"

她就是个坠入爱河的年轻女子,脸上闪耀着光芒。"有什么迹象吗?"我悄悄问她,"我说的是怀上孩子的迹象。你知道如何辨别怀上孩子吗?你的母亲或保姆有告诉过你吗?"

"您什么都不用说了;我的母亲把这些东西都告诉我了,"她庄重地说,言语中显出几分可爱,"这些我都懂。现在还没有迹象。不过我相信我们会有个孩子的。我想要给她取名为玛丽。"

"你应该祈祷生个男孩,"我提醒她,"生个男孩,然后取名为亨利。"

"我想给男孩子取名为亚瑟,不过首先我要生一个玛丽公主,"她说道,好像她早已很有把握,"玛丽这个名字是为了纪念圣母玛利亚,是她把我安全地送到这里并赐给我一个爱我的年轻丈夫。亚瑟这个名字则是为了孩子的父亲和我们将一起统治的英格兰而取的。"

"那你的国家呢?"我问她。

她变得严肃起来,这对她来说可不是一场孩子间的游戏。"程度较轻的冒犯之举不应受到处罚,"她说道,"审判不应该用来强迫人们服从。"

我十分勉强地点了点头。国王肆无忌惮地处罚他的臣子,甚至处罚他的朋友,使他们背负巨额债务,此举不断侵蚀王公大臣对他的忠诚。然而我不能和国王的继承人讨论这个问题。

"没有不公正的逮捕,"她很平静地说,"我想,你的表弟应该在伦敦塔里吧。"

"我的表弟威廉·德拉·波尔被带到了塔里,但是没有任何书面的指控针对他,"我说道,"我祈求他和他的哥哥埃德蒙没有半点关系。埃德蒙是个逃亡的反叛者。我不知道他在哪里,也不知道他在做什么。"

"没有人怀疑你的忠诚!"她安慰我。

"我确信他们没有怀疑我,"我冷冷地说,"我很少和我的亲戚说话。"

1502年4月

威尔士边界地区　勒德洛堡

　　和亚瑟一样,我们都在尽力想着法子让她开心起来。但对她来说,威尔士边界的冬天依旧漫长而寒冷。虽然气候无法控制,可亚瑟承诺给她一个花园:里面可以种蔬菜,可以种橙子,他们在西班牙非常喜欢吃橙子蜜饯,可以种用来制作护发精油的玫瑰,以及在寒冷的冬天依旧绽放的百合花。我们不断承诺,温暖的天气将很快到来,气温会逐渐升高——虽然不像西班牙那么热,但至少出门不需要裹着一层又一层的披肩和皮草大衣,雨季终将结束,太阳会更早升上明媚的天空,夜晚会来得更迟,夜莺婉转的歌声会再次响起。

　　我们告诉她,晴朗的五月会发生很多有趣的事:颂歌伴她起床,全城的年轻小伙子们都会将剥去旧皮的嫩枝放在她门前,我们会为她加冕成为五月女王,教她如何围着五朔节花柱跳舞。

　　然而,我们的许诺却无法得到兑现。五月的天气不似预期。可令我们失望的并不是天气,也不是婚礼的喜悦,不是簇拥的花朵,不是河里嬉戏的鱼儿,更不是无人听闻的夜莺歌唱——而是一个我们未曾预料的噩耗。

　　"亚瑟出事了,"来不及加上王子的各种头衔,来不及敲门,我的丈夫惊慌失措地推门进来,担忧地说道,"快过来,亚瑟生病了。"

　　我坐在镜子前,女仆正在为我编发,头饰已准备好放在架子上,礼服挂在身后的雕刻木柜门上。我跳起来,匆匆整理头发,披上披肩,然后急忙系上绳子，问道："怎么回事？"

"他说自己很累，像是得了汗热病。"

亚瑟从未抱怨过身体不适，也从未生过大病。我们两人从房间走下楼梯，穿过大厅走到王子的塔楼，然后走到他顶楼的卧室。我的丈夫一路跟在我身后走过蜿蜒的楼梯，我快步跑过一圈又一圈的石阶，手划过楼梯冰凉的石柱。

"你有没有帮他叫医生？"我回过头问。

"当然。但是医生出门了，仆人已经进城去找他了，"我的丈夫一手扶住楼梯，一手放在胸口，说道，"应该很快就到。"

到了亚瑟卧室门前，我敲了两下就推门进去了。他躺在床上，脸上汗涔涔的，面色就像睡衣领子的褶边那样苍白。

我被吓到了，但还是尽量保持冷静。"我的孩子，"我尽可能温柔地说，"你感觉不舒服吗？"

他朝我转过头。"只是热，"他干裂的嘴唇说道，"非常热。"他向男仆示意。"扶我一下，我想坐到火边去。"

我退后一步看着他们。他们掀开被子，将长袍搭在肩膀上，把亚瑟从床上扶起来。我看见亚瑟皱了皱眉，走到炉边时，重重地坐了下去，这几步路已经让他筋疲力尽了。

"你能帮我叫王妃过来吗？"他问道，"我得告诉她，我今天不能和她一起出去了。"

"我可以转告她……"

"我想见她。"

我不再和他争辩，而是走下楼梯，穿过大厅，走到王妃的房间，让她去找她的丈夫。王妃正在上课，读英语，皱着眉看书。发现我来了，她立刻笑着看向我；而她的保姆，多娜·埃尔维拉则恨恨地盯着我，仿佛在问：

这个寒冷潮湿的国家又出什么事了，你们又打败仗了吗？

公主跟着我穿过亚瑟华丽的卧室，那里有六个人在等着觐见王子。她微笑回应人们的鞠躬致敬，努力保持亲切的形象。然而当踏进亚瑟卧室的那一刻，她的神情猛地黯淡了。

"你病了吗，亲爱的？"她急切地问道。

亚瑟弓着腰坐在炉边的椅子上；我的丈夫像一只焦虑的猎犬，痛苦地站在他身后。亚瑟伸手阻止王妃靠近，低声咕哝着什么。王妃一脸震惊地转向我。

"玛格丽特夫人，我们必须马上请医生了。"

"已经找仆人去叫了。"

"没必要大惊小怪。"亚瑟马上说道。小时候亚瑟就很讨厌看医生。他的兄弟哈里娇生惯养，总爱博得众人关注；亚瑟却很少这样。

敲门声响起，一个声音说道："王子殿下，比尔沃斯医生来了。"

多娜·埃尔维拉马上开门把医生迎进来，王妃立刻跑过去用拉丁语问了一大串问题。医生不解地看向我。

"王子殿下生病了。"我简短地说。我退后一步，看着亚瑟面色苍白地直起身子。看到医生震惊的表情，我意识到事情有些严重。

王妃跟保姆急切地交谈着。亚瑟则虚弱地转动着眼珠，脸色越来越难看。

"来，"我挽着王妃的胳膊将她带出房间，"别着急，比尔沃斯医生医术精湛，也很了解王子的身体状况。也许情况并没有那么糟糕。如果比尔沃斯医生觉得吃力的话，我们会把国王的御医从伦敦召唤来。一定会治好亚瑟的。"

她小脸低垂，但还是顺从地任我把她拉到窗边坐下，她扭过头看着窗外的雨。我挥挥手，示意众人退下，他们不情愿地向着窗边的身影频频

国王的诅咒

鞠躬。

我们静静地坐着,等待医生出来。卧室门关上之前,我看见亚瑟又躺回床上,虚弱地靠在枕头上。

"王子需要静养。"医生说道。

我走向医生。"不是汗热病吧。"我急切地问道,生怕他反驳我。此时王妃正呆呆地坐在窗前。我意识到自己并不是在向他发问,而是拼命想阻止他说出我们最害怕的那个词。"不会是汗热病,不会的。"

"夫人,我不敢断定。"

他不敢说出口。不论年轻与否,健康与否,汗热病都能在一夜之间夺走任何人的生命。当国王率领着来自欧洲的雇佣军入侵这片领土时,这个诅咒也随之而来。这是亨利·都铎给英国人民埋下的祸根,正因为如此,在战后的头几个月,人民都认为他的统治无法长久;说他的统治将始于奴役而终于汗热病。我害怕这一诅咒会降到我们年轻的王子身上,重创他本就脆弱的生命。

"上帝保佑,千万别是汗热病。"医生说道。

王妃走向医生,用拉丁语缓缓地说着话,急切地想知道他的诊断结果。医生向她保证,王子只是发烧了,一剂药方就能把体温降下来。他安慰了王妃几句就离开了,由我来劝说王妃,让王子安静地休息一会儿。

"如果我回去的话,你能保证一直陪在他身边吗?"她恳求道。

"如果你能马上回去读书或者做缝纫活儿,我就进去陪着他。"

"我会的!"她立刻顺从地说道,"你陪着他我就回去。"

保姆多娜·埃尔维拉和我交换了眼神,就带着王妃回房间去了。我走到王子床边,意识到自己已经向他的妻子和母亲保证会陪着他,可就现在的情况来看,陪伴能起到的作用也微乎其微。在他父亲带来的疾病及他母亲的诅咒下,他只是个牺牲品。

这一天慢得让人心焦。王妃很听话,要么在花园里散步,要么在房间学习,可是每个小时都要问问她丈夫的情况。我告诉她王子在休息,体温还是没退。可我没告诉她的是,王子的情况越来越糟,因发烧引起的幻觉让他翻来覆去地睡不着,我们已经将国王的医生从伦敦召来了,我不断地往他前额、胸口和脸上撒酒醋和冰水,可不管怎样,他的体温还是没能降下来。

为了她年轻的丈夫能够痊愈,凯瑟琳跪在城堡院子的小教堂里祈祷着。深夜,从亚瑟的塔楼窗户中,我看到她在黑暗中晃动着蜡烛,身后一排女仆跟着她从教堂走回卧室。我希望她今晚能好好休息一下。

我在他的房间吃早餐,但没什么胃口。他一直昏迷着,不吃也不喝。我把杯子放在他嘴边,缓缓地将小麦汁倒进他的喉咙里,看着他咽下去,男仆们把他扶靠回枕头上,他深深陷入床里,体温越来越高。

公主来到他宫殿门前:"我一定要见他!你们不能阻止我!"

我关上身后的门,看着她苍白的脸。她眼圈瘀青严重,像紫罗兰一样;她整晚都没有睡觉。"这可能是一种严重的疾病,"我说,但不敢提起那个字眼,"我不能允许你去找他。如果我让你去了,就是我的失职。"

"你要对我负责!"西班牙女王伊莎贝拉的女儿大声喊着,恐惧使这位公主感到愤怒。

"我要对英格兰负责,"我平静地对她说,"如果你的肚子里有一个都铎王朝的继承人,那么我的责任就在那个孩子和你身上。我不能让你靠近床边一步。"

国王的诅咒

她几乎崩溃了。"让我进去,"她恳求道,"求你了,玛格丽特夫人,让我看看他。我会止步于你要求的地方,我会按照你的命令行事,但看在圣母的面子上,求你让我看看他。"

我把她带进来,走过祈祷的人群,经过栈桥,医生在那里放了一个小药柜,里面装着草药、油和在罐子里爬行的水蛭。穿过双门进入卧室,亚瑟仍安静地躺在床上。当她进来时,他睁开眼睛,低语出的第一句话是:"我爱你。不要再靠近了。"

她抓住床脚下的雕刻柱子,仿佛要阻止自己爬到他身边。"我也爱你,"她气喘吁吁地说道,"你会好起来吗?"他只是摇了摇头,在那可怕的时刻,我知道自己很难兑现对他母亲的承诺了。我说我会保证他的安全,而我却没有。天寒地冻,东风萧瑟——谁知道会怎么样?——他父亲的诅咒已经落到了他的身上,国王之母则将受到两个王后的诅咒惩罚。她对孩子们所做的一切都遭到了报应,她会亲眼看着自己的孙子被埋葬,毫无疑问,她的儿子也被埋葬了。我向前走,拉住公主纤细的腰带,把她拉到门口。

"我会回来的,"当她不情愿地离开时,她对王子说,"坚持住,我不会离开你的。"

我们整天都在为他而战,就像是在博斯沃思泥泞的战场上陷入困境的步兵那么艰难。我们把烫伤膏药放在他的胸口,把水蛭放在他的腿上,用冰冷的水擦拭他的脸,在他的背后放了一个暖炉。他躺在那里,脸色苍白得像大理石,我们尝试了我们能想到的每一种治疗方法,他还是一直出汗,高烧不退。

公主如约再次过来探望王子,这次我们告诉她这是汗热病,她不能再靠近一步。她说她必须私下和他说说话,她吩咐我们房间里所有人都站在门框外,隔着草药铺满地板呼唤他。我听到了他们在快速地交换承诺。王子向她提出要求,她同意了但要求他好起来。我抓住她的胳膊。

"为了他好,"我说,"你必须马上离开了。"

他用一只手肘抬起身子,我瞥见了他那垂死的脸。"答应我,"他对她说,"求你了,亲爱的,现在答应我。"

她喊道,"我保证!"她撕心裂肺,好像她不想给他最后的希望,我把她拉出房间。

⬟

大城堡上的钟转到六点。亚瑟的医生给他敷了圣油,他躺在枕头上闭上了眼睛。"不,"我低声说,"不要放手,不要放手。"我本应该待在床尾,但我紧握着他的双手,眼含泪水,我所能做的只是喃喃自语。我不记得上次离开房间是什么时候,最后一次吃饭或上次睡觉的时候,但是我无法忍受这位王子,这位非常漂亮和有天赋的年轻王子,会在我的身边死去。我不能接受他放弃自己的生命,这美好的生活本应充满希望。我来不及告诉他我最真实的感受:没有什么比生命本身更重要,他应该坚持活下去。

"不要,"我说道,"求你了。"

祈祷并没有用,水蛭,草药,油,以及将麻雀的心脏烧焦后在绑在他胸口的疗法都没能挽救他。在时钟敲响第七声之前,他还是死了。我走到他的床边,抚平他的领子,就像他还活着的时候我经常做的那样,合上他再也看不见的黑色眼睛,将刺绣的床罩直接拉过他的胸膛,我吻了他冰冷的嘴唇,低声说:"上帝保佑你。晚安,亲爱的王子。"我派助产士将他推出去,然后离开了房间。

尊敬的英格兰王后,亲爱的堂姐伊丽莎白:

他们已经告诉过你,所以这是我们之间的一封信:像母亲一样爱着他的女人,和无法再爱他的母亲。跟我们家族的每个人

国王的诅咒

一样,他以勇气面对死亡。他的痛苦很短暂,他死于信仰。

我没有要求你原谅我无法救他,因为我永远不会原谅自己。虽然听起来不可理喻,但汗热病无法治愈。你不需要责备自己,这并不是诅咒造成的。这个勇敢的男孩死于他父亲的军队在不知不觉中带入这个贫穷国家的疾病。

我会把他的遗孀,王妃殿下,带到伦敦。她是一个心碎的年轻女子。他们彼此相爱,她为此受到重创。

和你一样,亲爱的。

也和我一样,

玛格丽特·波尔

1502年夏

威尔士边界地区　勒德洛堡

  我的王后堂姐派出自己的轿子接公主来伦敦。凯瑟琳在这段旅途中惊慌而沉默，每个晚上都默默地睡觉。我知道她祈祷早上不用醒来。虽然难以开口，但我还是得问她，她是否有了身孕，她对这个问题充满愤怒，好像我正在侵犯她的爱情隐私。

  "如果你有了身孕，并且是个男孩，那么他将成为威尔士亲王，然后成为英格兰国王，"我温柔地对她说，假装不去理会她愤怒的颤抖，"你会成为像玛格丽特·博福特夫人一样伟大的女性，她拥有自己的头衔：国王之母。"

  她几乎无法开口。"如果我没有呢？"

  "那你依旧是亲王遗孀，哈里王子会成为威尔士亲王，"我解释道，"如果你没有儿子来继承王位，那么就轮到哈里王子。"

  "当国王去世时？"

  "求求上帝，让那天晚点到来。"

  "阿门。但是如果那天真的到来呢？"

  "那么哈里王子会成为国王，他的妻子就是王后。"

  她转身离开我，然后走到壁炉前，但我还是看到了当提及亚瑟王子的弟弟时，她脸上的轻蔑。"哈里王子！"她大声说道。

  "你必须接受上帝对你生命的安排。"我温柔地提醒她。

国王的诅咒

"我做不到。"

"公主殿下,你遭受了巨大的损失,但你必须接受命运的安排。上帝要求我们所有人接受自己命运。也许上帝命令你顺从他呢?"我说道。

"他不会的。"她坚定地说。

1502年6月

伦敦　威斯敏斯特宫

我把威尔士亲王遗孀留在斯特兰德的达勒姆宫里,自己去了威斯敏斯特宫,那里正在举行追悼会。我走进熟悉的大厅,来到王后的房间。门大敞着,挤满了朝臣和请愿者,但每个人都沉浸在悲痛中,轻言轻语,很多人在袍子上佩戴着黑色带子。

我经过时,向我认识的一两个人点头致意;但我没有停下脚步,也不想开口讲话。我不想一遍遍地回答说:"是的。这是一种非常突发的疾病。是的,我们确实尝试了各种治疗方案。是的,这确实令人震惊。是的,公主伤心欲绝。是的,没有孩子,这是一个悲剧。"

我轻拍内门,凯瑟琳·亨得利夫人打开门看着我。她那觊觎王位的丈夫与我的弟弟一起被处决了。我们都痛失了最爱的人。她退后一步,我一言不发地走了过去。

王后跪在她的祈祷台上,脸转向金色的十字架,闭着眼睛。我跪在她旁边,低下头,难以鼓起勇气与这位失去爱子的母亲再提及这件事。

她叹了口气,看了我一眼。"我一直在等你。"她平静地说。

我牵着她的手。"我真的非常抱歉。"

"我知道。"

我们跪着,默默地握紧手,仿佛没有什么需要说的了。"公主怎么样了?"

国王的诅咒

"一言不发。她很伤心。"

"她怀了身孕吗?"

"她说没有。"

我的堂姐点点头,好像她不希望孙子取代她失去的儿子。

"我们都尽力了……"我开始说道。

她轻轻地把手放在我的肩膀上。"我知道你爱他胜过爱自己,"她说,"他小时候你就很疼爱他。他是一个真正的约克王子,他是我们的白玫瑰。"

"我们还有哈里。"我说。

"是的。"她站起来,靠在我的肩膀上,"但哈里并没有被当作威尔士亲王或国王来抚养。我恐怕已经宠坏他了。他非常虚荣又反复无常。"

我很惊讶地听到她对于自己心爱儿子的评价,我无法回应,只得说:"他可以学习的,会慢慢成长。"

"他,永远无法成为另一位亚瑟王子,"她说,仿佛在衡量她所失去的,"不管怎么样,亚瑟都是为英格兰量身定做的儿子,"她继续说道,"受上帝庇佑,我好像又怀孕了。"

"真的吗?"

"还不确定,但我希望如此。这会是一种安慰,不是吗?说不定又是男孩呢?"

她已经三十六岁了,再生孩子很困难。"那就太好了,"我说,努力挤出微笑,"上帝眷顾都铎王朝,大悲后大喜。"

我和她一起走向窗户,看着明媚的花园和在草坪上玩耍的人们。"我刚结婚的时候,他就像一个礼物一样降临了。他总是开心而欢乐,玛格丽特,你还记得吗?"

"当然记得。"我简短地答道。我不会告诉她我的悲伤是因为我觉得自己已经遗忘了太多,他和我在一起的岁月刚刚滑过我的手指,好像它们只不过是阳光灿烂的平静日子。他是一个如此快乐的男孩,幸福却太易逝。

虽然她不停地用双手擦掉的双颊眼泪,但她并没有抽泣。

"国王会把哈里送到勒德洛吗?"我问道。如果我的丈夫必须成为另一个王子的监护人,那么我也必须照顾他,我不觉得自己能忍受在亚瑟王子的宫殿照顾另一个男孩,即便是哈里。

她摇了摇头。"国王之母不同意,"她说,"她说他要和我们一起生活在这里,在她眼皮底下,我们要监督他接受教育。"

"那公主怎么办?"

"我想,她会回西班牙。这里已经没什么值得她留恋的了。"

"没什么了。可怜的孩子。"想着那个独自待在偌大宫殿里的可怜姑娘,我附和道。

在回斯托顿堡之前,我拜访了凯瑟琳公主。她小小年纪就无依无靠,只有严厉的保姆和侍女,告解神甫和仆人与她一同待在富丽堂皇的宫殿里,那里有一个临河的大型梯田花园。我希望他们能把她一起带回伦敦,而不是孤零零地丢在这里。

在哀悼的几个月里,她出落得越发漂亮了,苍白的皮肤与铜色的秀发形成鲜明的对比。她越来越瘦削,蓝色眼睛在一张小脸上显得格外的大。

"我是来道别的。"我强装笑意。

"我准备回斯托顿堡了,希望你们也早日启程回西班牙。"

她环顾了一圈,好像怕被人听到似的;仆人就站在一旁,多娜·埃尔维拉听不懂英语。"不,我不回去。"她平和而坚定地说。

我想问问原因。她调皮地笑了一下,驱走了脸上的凝重。"我不走,"她重复道,"所以不用这么看着我。我哪儿也不去。"

国王的诅咒

"这里已经没有什么值得你留恋的了。"我提醒道。

她挽住我的胳膊,一边往前走,一边缓缓地说着话,室内鞋踩在木质地板上的声响盖住了我们讲话的声音,仆人们就听不到了。

"不,不是这样的。这里还有属于我的东西。亚瑟临终前我答应过他,我将誓死效忠英格兰,"她静静地说,"你也听到了,'亲爱的,答应我'——这是他临终对我说的最后一句话,我要信守承诺。"

"可是你不能留下来。"

"可以的,而且很简单。如果我与威尔士亲王结婚,就可以再一次成为威尔士王妃。"

我愣住了,许久才缓过来。"你不能跟哈里王子结婚。"我认为这是件不可能的事。

"我必须这么做。"

"这就是你对亚瑟王子的承诺?"

她点点头。

"他的意思绝不是要你跟他年幼的弟弟结婚。"

"他是这么说的。他知道这是让我能成为威尔士王妃唯一的办法,我们有很多计划。他知道都铎家族与约克家族的统治方法迥异。他希望能成为两个家族都认可的国王,希望能以公正和仁慈来治理国家。他希望能真正得到人民的尊敬,而不是一味地压迫民众。我们都规划好了。在他意识到自己即将死去时,他依然希望我们能将这个计划进行下去,即使他自己已经无能为力了。我将会引导哈里王子成为一个优秀的国王。"

"哈里王子也很优秀,"我努力组织语言,"但是他不会,也永远无法与亚瑟王子相提并论。他有个人魅力,并且精力充沛;他像一头小狮子,随时准备好效忠于自己的家族和国家……"我顿了顿,"可是亲爱的,他就像珐琅那样,也许表面上看起来闪闪发光,但是缺少内涵和能力。不像亚瑟——他才是真正的内外兼修。"

"即便这样，我还是要嫁给他。我会帮助他成为更好的人。"

"公主殿下，他的父亲会为他选择更适合他的王妃。你的父母也会给你安排新的婚事。"

"那么我们就一下子解决了两个问题。另外，国王也不用因为王子的死而补偿我，还能得到我剩下的嫁妆，这样的条件，他肯定不会拒绝的。而且还能与西班牙结为联盟，这才是他最希望的事，以至于……"她突然停下了。

"以至于他为此杀了我的弟弟，"我静静地说完了接下来的话，"是的，我知道。可你已经不是西班牙公主了。你结过婚了。这件事不再一样了，你也不再一样了。"

她的脸涨得通红。"没有什么不同。我还是处女，我与亚瑟并没有同过房。"

我倒吸了一口凉气。"亲爱的，没有人会相信你……"

"但是没人会问！"她大声说，"谁敢质疑我？只要我说，大家就必须相信。而你，玛格丽特，你会站在我这一边对不对？因为我所做的这一切都是为了亚瑟，你和我一样，都是最爱他的人。只要你不质疑，别人就不敢多问。所有人都会认为我嫁给哈里是理所应当的，没人会去仆人那里打探八卦。我的保姆和女仆也不会透露一丝口风。只要你不说什么，谁都不会质疑的。"

从前一秒的心碎到后一秒的密谋，我震惊得说不出话来。她的脸上写满了坚定，下巴紧绷着。

"相信我，你不能这么做。"

"我要这么做，"她严肃地说，"我保证，我一定会这么做。"

"殿下，哈里他还是个孩子……"

国王的诅咒

"我当然知道,这倒也是件好事,所以亚瑟才这么坚定。哈里还有很大的进步空间,我会好好引导他的。我知道他是个被惯坏的孩子,但是我会帮助他成为一名合格的国王。"

我本想再同她争论几句,可我突然在她身上看到了太后的影子。她不是个好对付的人。这个姑娘从三岁起就在为当上英格兰王后做准备。依现在的情况来看,不管命运如何捉弄她,都不会改变她成为王后的决心。

"我不知道该怎么做,"我没了底气,"如果我是你……"

她摇摇头,微笑道:"玛格丽特夫人,如果你是我,你会立刻回西班牙,祈祷平静地度过下半辈子,因为你已经学会了远离王室;你从小就害怕国王。而我从小就被培养成为威尔士王妃和英格兰王后。我别无选择。我还在襁褓之时,他们就称我为威尔士王妃!我不能就此改名换姓逃避自己的命运。我得完成自己对亚瑟的承诺。你要帮我。"

"可是半个王宫的人都看到你们在新婚之夜同房了。"

"如果迫不得已,我会说他在那方面无能。"

我震惊地看着她。"凯瑟琳!你不能这样羞辱他!"

"这不是羞辱,"她怒气冲冲地说,"谁问起这个问题谁才会难堪。我知道我们对彼此来说有多重要。我知道我们有多么爱彼此。但是别人不需要知道,也没人会知道。"

我知道她依然爱着他。"但是你的侍女……"

"她什么都不会说的。她可不想一无所有地回到西班牙。"

她转头望向我,脸上带着无畏的笑容,她认为一切都会水到渠成。"我会跟哈里王子生个儿子,"她说道,"亚瑟跟我都是这么想的。再生个叫玛丽的女儿。你会帮我们照看孩子吗,玛格丽特夫人?你会帮亚瑟完成他的心愿吗?"

其实我应该保持沉默,虽然我明白女人在结婚后要改名换姓,也明白我们的命运取决于男人，但我还是勉强地回答道："是的，我愿意帮助你完成他的心愿。我愿意当玛丽的保姆。我也永远会为你们保守秘密。我什么都不知道，你们的新婚之夜我并不在场，如果你真的做了这个决定，我就绝不会背叛你。我对这件事没有任何意见。"

她垂下了头，我的回答让她松了一口气。"我这么做都是为了他，"她再次说，"因为对他的爱。不是为了我自己的野心，更不是为了我的父母。他要我答应他，我就会信守承诺。"

"我会帮你的，"我向她保证，"为了他。"

1502年秋

斯塔福德郡　斯托顿堡

但我能做的并不多。我不再是威尔士亲王的守护者之妻了，因为威尔士亲王和威尔士亲王的城堡已不复存在。新王子哈里非常受宠，不能离开宫殿。我的王后堂姐肚子越来越大，每个人都认为这胎会是个男孩，但目前唯一的男嗣哈里王子在格林尼治附近的埃尔特姆宫与他的姐妹玛格丽特和玛丽一起生活，虽然他已经十一岁了，足以担任王室继承人的职责，足以拥有自己的议会并向他们学习如何做出谨慎的判断，但国王之母要求他跟姐妹们一同待在家里，在溺爱中长大。

他拥有最好的导师，最优秀的音乐家和最好的骑手，教导一个年轻王子需要掌握的所有艺术和技能。我的堂姐、他的母亲，希望他能成为一名学者，并试图教导他国王不能总是随心所欲；但是她坚持认为他绝不能暴露在任何危险之中。

他绝不能靠近病人，他的房间必须经常打扫，他必须经常由医生检查身体。他必须骑着最健壮的马匹，但必须由骑师陪伴左右以保证他的安全。他可以学习打枪，但永远不能实战。他可以在河上划船，但一下雨就不行。他可以打网球，虽然从未与别人交手，唱歌与奏乐也是如此，他绝不能过度兴奋或过于闷热，或者让自己紧张。没有人教他如何统治国家，他甚至都管不好自己。这样一个被宠坏的男孩是都铎王朝未来唯一的继承人。如果国家失去了他，就会失去众人为之奋斗、计划和努力的一切。

如果没有子嗣和继承人，都铎王朝就没有未来。随着他兄弟的去世，哈里现在是唯一的儿子和继承人。难怪他们恨不得把哈里捧在手心，含在嘴里。

他们不能容忍哈里王子面临任何一点危险，就因为他是唯一的男孩。都铎王室的人实在是太少了：一个即将面临分娩痛苦的王后，一个被扁桃腺炎困扰、连呼吸都很痛苦的国王，他的老母亲，两个女孩，以及仅剩的一个男孩。家族成员太少，岌岌可危。

不需明说，约克王朝里金雀花家族的子嗣众多。他们称我们为恶魔的巢穴，事实上我们也像魔鬼一样繁殖迅速。在表兄埃德蒙的领导下，我们家族继承人众多，并且在马克西米安皇帝的宫廷拥有极大的权力及数名追随者，其中就包括他的兄弟理查德、数十名亲戚和堂表兄弟。金雀花家族枝繁叶茂；他们将家族命名为金雀花，一种扫帚灌木，它永远不会脱花，可以生长在任何地方，即使在最不可能的土壤中，也不会被连根拔起，即使被烧掉，来年春天依旧可以茁壮成长，即使植根于最黑暗的土壤中，也能绽放出金色的光辉。

他们说，你切断了一朵金雀花时，就有另一朵崭露头角。我们就像安茹的富尔克，水女神的丈夫。我们有十几个继承人，但是如果都铎王室失去了哈里，那么他们再没有什么可以替代他。不过我堂姐肚子里的孩子正一天一天地长大，让她每个清晨都非常痛苦。

哈里王子太宝贵了，他是唯一的继承人，他必须结婚，王室屈服于西班牙的财富和权力的诱惑，凯瑟琳又如此地顺从和听话，在她伦敦的宫殿等待着回应。

他们答应她与哈里结婚，她因此启程。当我的丈夫从伦敦回来告诉我这个消息时，我大笑出声。我的丈夫好奇地看着我，问这有什么好笑的。

"你再说一遍！"

"哈里王子与威尔士王妃已经订婚了，"他重复道，"但我不明白这有什么好笑的。"

"因为她一直对此心心念念，但我从没想过他们会同意。"我解释道。

"我对于这样一个谈判结果也很惊讶。他们得到了教会的特许，而且商量好了协议，两人得等上好些年才能成婚。我曾经想过，对哈里王子而言，迎娶一位再好的妻子都不为过，而不是他哥哥的遗孀。"

"为什么不呢，如果那段婚姻没有同过房呢？"我大胆地说。

他看着我。"西班牙人就是这么说的，宫廷里人人都在传言。虽然我在勒德洛有眼线，我也没有去反驳这件事。我不知道真相到底如何，我也无法开口。"他看起来有些局促不安，"我不知道王后希望听到什么。在她开口提起之前，我一个字都不会说的。"

1503年2月

斯塔福德郡　斯托顿堡

我的堂姐伊丽莎白王后祈祷她会拥有另一个儿子，祈祷她十七岁那年的诅咒只不过是玩笑，祈祷都铎王室的命脉不会消失，但孩子出生时却是个女孩，一个毫无价值的女孩。这场分娩让她失去了生命，婴儿也死了。

"我很抱歉，"我的丈夫温柔地对我说，手里拿着被黑色蜡油和缎带封起的信封，"对不起。我知道你有多爱她。"

我摇了摇头。他不知道我有多爱她，我不能告诉他。当我还是一个小女孩，我的世界几乎被都铎王室的胜利所摧毁时，她就在那里，脸色苍白，像我一样害怕，但相信我们的金雀花家族能存活下来，她知道我们会沦为都铎王室的战利品，知道我们会生活在都铎宫殿里，知道她将成为王后，即使她必须与入侵者结婚，约克王室仍将统治英格兰。

当我因害怕而完全不知所措，不知道如何让我的兄弟远离新国王和他的母亲时，正是伊丽莎白安慰我，向我保证她和她的母亲会保护我们。是伊丽莎白在他们来抓我的小弟弟泰迪时死命护着他，是伊丽莎白一次又一次地跟她的丈夫求情，乞求他放了泰迪，是伊丽莎白和我一起抱头痛哭，最后国王还是做了那个可怕的行动，杀了我的兄弟泰迪，因为爱德华·金雀花这个名字就是罪过，这是我和伊丽莎白共同的名字。

"你会和我一起去她的葬礼吗？"理查德问我。

我不知道自己能否承受这一切。我亲手埋葬了她的儿子，现在又要埋葬她。一个人死于都铎王朝带来的疾病，另一个死于都铎王朝的野心。我的家人付出了昂贵的代价，就是为了保证都铎王朝王位的安全。

"他们希望你在那儿。"他简短地说，好像这就是问题的解决方法。

"我会去的。"我说道，因为事实确实如此。

1503年春

伦敦　威斯敏斯特宫

按照惯例，国王之母主持王后的葬礼，她统治着这个偌大宫廷所有盛大的仪式。八匹黑马拉着伊丽莎白的棺材穿过伦敦的街道，随后是两百个带着点燃蜡烛的乞丐。我穿着黑色衣服，与侍女们一起跟着棺材，宫里的绅士们穿着黑色袍子，骑马跟在我们身后。整条街道都闪烁着火光，送葬者们熙熙攘攘，一直延伸到威斯敏斯特教堂。

整个伦敦的人都来为约克公主送葬。伦敦人民一直很喜欢约克家族，我跟着她的棺材走过鹅卵石铺就的街道，总有人窃窃私语"沃里克"，像是祝福，又像是邀请。我睁着眼睛，低着头，逃避脑海中祖父在战场上厮杀的声音。

国王没有出现在这里。他登上自己在里士满为她建造的美丽宫殿，走进宫殿中心的密室，关上了门，无法接受没有她的生活，也不敢面对自己所失去的。以前，他总是声称英格兰是靠自己打下来的，而不是靠约克家族。现在伊丽莎白去世了，他才意识到自己的真实处境：到底谁与他为友，没有了她，他还能拥有什么；他才真正意识到自己有多么缺乏民心。

一直到春天过了一半，他还没有从黑暗和孤独中走出来，仍然为她穿着一身黑色。我的夫人，他的母亲，命令他结束哀悼，护理他恢复健康；我先生理查德和我受邀赴宴，在宴会厅坐在骑士和侍女之间。国王沿着长廊走过来，当我向他弯腰行礼时，他拉开我，走到大厅后面的壁龛旁。

国王的诅咒

他把我的双手握在手里。"我知道,你和我一样地爱她。我至今还无法接受失去她这件事。"他简短地说。

他沉浸在无法恢复的悲伤中,脸上写满了痛苦,肤色发青,能看出他因悲伤而疲惫不堪。从眼睛下方松弛的皮肤能看出他总是一夜又一夜地哭泣无法入眠,他有点驼着背,仿佛是为了缓解胸部的疼痛。"我依然不敢相信。"他重复道。

我说不出任何安慰的话,因为我与他感同身受,我仍无法接受她的突然离去。我的堂姐伊丽莎白一直陪伴着我,一直爱着我。我无法接受她已经不在了。"上帝……"

"上帝为什么要带走她?她是英格兰最好的王后!是我最好的妻子。"

我无话可说。当然,她是英格兰最好的王后;她拥有正统的英格兰王室血脉,远在他从米尔福德避风港登陆之前,王室的统治就根深蒂固。她的王冠不是来源于荆棘丛中的摸爬滚打,她是真正在英格兰长大的公主。"还有我的孩子们!"他痛心疾首地看着他们。

哈里被安排在他父亲的身边吃饭,他现在坐在空座位旁边,低着头,什么也没吃。对于一个孩子而言,他遭受了最严重打击,不知何时才能恢复。他的母亲施与他的是平和的关爱,这是他祖母的热情偏袒所无法替代的。伊丽莎白知道他是一个非常有才华又迷人的小男孩,也为他勾勒出应该成为的样子:他要成为自己的主人。她教导他,仅仅成为关注的中心是不够的,这是每个王子从出生就拥有的。相反,她要求他忠于自己,遏制他夸张的虚荣心,教导他学会换位思考和怜悯。

哈里的姐妹玛格丽特和玛丽也悲痛万分,她们坐在她们的祖母身旁,西班牙公主凯瑟琳也坐在旁边。可能是感觉到我在看着她,她抬起头,露出一抹难以捉摸的微笑。

"至少他们的童年有母亲的陪伴,"我说,"一个全身心爱他们的母亲。

在母亲的照料下，哈里的童年过得无忧无虑。"

他点点头。"是啊，至少她陪我走过了这么多年。"

"公主也很伤心，"我小心翼翼地说，"王后待她很好。"

他顺着我的目光看过去。凯瑟琳坐在主位，但跟其他人并无交流。十三岁的玛格丽特跟玛丽凑在一起小声地说着话，凯瑟琳坐在高桌前，看起来有些格格不入。我仔细观察着，她明显有些紧张，不停地看向哈里的方向，好像想跟他有目光接触。

"她出落得越发漂亮了，"他轻声说，眼睛一直盯着凯瑟琳，丝毫没有意识到他的目光令我难堪，"之前她只是个漂亮的小姑娘，现在已经是个真正的淑女了。"

"是啊，"我僵硬地说，"她跟哈里的婚事定在什么时候？"

他脸上一闪而过的表情让我脊背发凉。他脸上玩世不恭的样子像极了从厨房偷吃蛋糕的哈里：有些兴奋又略带紧张，承认自己的调皮却又无所顾忌，因为知道没人敢拿他怎么样。

"现在还为时过早。"他逃避着我的问题，"现在还不到决定这件事的时候。"

在理查德爵士和我前往斯托顿之前，太后把叫我去她的房间。房间挤满了寻求恩惠和帮助的人。国王小小的不端行为已经开始造成严重后果，许多人跑去找太后告状。税负过重，人民叫苦不迭，日子比以前更难熬。

太后清楚地知道，只有军队才能稳固自己的政权。她跟自己的儿子一样，不断加大对军队的投入，生怕哪天叛军来袭，政权被推翻。

她冲我比了个手势，侍女们就知趣地退下了，这样我们就能私下说话了。

国王的诅咒

"王子和王妃在勒德洛的时候,你也在场吧?"太后开门见山。

"是的。"

"你每天都同他们一起进餐吗?"

"差不多每天都是。他们刚到勒德洛的时候我不在,后来就每天在一起了。"

"那么你看到他们作为夫妻相处的样子了?"

我打了个哆嗦,不知道这个问题最终会指向何处,国王之母显然不是随便问问。

"当然。"

"那你是否认为他们从未有过夫妻之实?"

我犹豫了。"我每晚与他们一同进餐,只知道在人前他们是一对非常恩爱的夫妻。"

她顿了顿,目光直直地看着我,断然说道:"他们结了婚而且同了房,这不会有假。"

我想到亚瑟在临终之际对公主的期望,期望她将再次结婚并成为英格兰王后。我知道这是他的计划,也是他的愿望。我愿意为亚瑟做任何事情;我想我还是会为他的愿望尽一份力。

"我当然知道会发生什么,"我说,"可是王妃告诉我,他们并没有发生过关系,她跟其他人也是这么说的。"

"所以你也这么告诉别人,是吗?"国王之母冷冰冰地说。

我深吸一口气。"是的。"

"为什么?"她问道,"为什么要这么做?"

我想耸耸肩,但却动弹不得。"这只是我的所见所闻而已。"我尽力装作若无其事的样子,可是已经喘得厉害。

她狠狠地向我转过身来,脸上的愤怒吓到了我。"所见所闻!她的保姆，那个西班牙公主，还有你，你们三个邪恶的女人，就希望看着我们家族，看着我的儿子垮掉！我什么都知道！我希望她从未来到这个国家！她给我们带来的只有悲伤而已！"

死寂般的沉默降临；每个人都在惊恐地盯着我，不知道我为何惹得国王之母犯此大怒。我跪倒在地，心脏仿佛要跳出胸口。"原谅我，殿下。我什么都没做，我绝不会忤逆您和您的儿子。我不明白您在说什么。"

"我就问你一件事，"她啐了一口，"亚瑟亲王和王妃到底有没有同过房，你非常清楚，不是吗？床上的东西你看得明明白白。我要你安排他们每周同房一次。你做到了吗？还是你要告诉我你忤逆了我的命令，没有做此安排？"

我说不出话来。"我没有忤逆您的命令，"我低声说，"我安排他们每周同房一次。"

"那么，"她的怒火平息了一些，"你就是承认了，他们每周都同房一次。"

"但他们是否发生过关系，我不敢确定。"我不敢大声说话，但又怕她听不清会让我再说一次。

但她显然听得真切，接着给我布下重重陷阱。"所以。你支持她的说法，"她说，"支持她荒谬的说法，她的丈夫在四个月的婚姻中性无能。即使他年轻又健康，即使她当时从未对任何人提起这件事。虽然她从未抱怨。"

我既然答应了凯瑟琳公主会帮她，就会尽我的全力。我爱亚瑟，也听到了他对凯瑟琳的临终交代。我跪在地上，低垂着头，祈祷这次的磨难能够过去。

"我不敢确定，"我重复道，"她告诉我自己不可能怀上孩子。我明白她的意思，他们没有发生过关系。"

国王的诅咒

她的愤怒已经渐渐消退,脸色苍白。一个侍女想过去扶她,又被她恶狠狠的目光瞪了回去。

"玛格丽特·波尔,你清楚自己在做什么吗?"她的声音冷若冰霜,"你知道自己的话会招致怎样的后果吗?"

我跪在地上,双手合十抵在下巴,祈求她的宽恕。"原谅我,殿下,我不知道您在说什么。"

国王之母向我探过身,声音只有我们两人能听到,我甚至能感受到她的呼吸喷在我的脸颊上。"如果这是你的计划,那你永远无法让你的小朋友跟哈里王子结婚。你这样是在亲手把那个西班牙小妓女送上她公公的床!"

"妓女"这个词听起来让人不寒而栗。"什么?她的公公?"

"正是。"

"国王陛下?"

"我的儿子,国王,"她的声音颤抖着,"我的儿子,你们的国王。"

"国王想跟亲王的遗孀结婚?"

"他当然会这么做!"她压低声音,我可以感受到她愤怒的气息喷在我的头顶。"这样他就不必支付寡妇的抚恤金,就可以保留她带来的嫁妆,就可以与西班牙结盟,对抗我们的敌人法国。这样他就可以和一位已经来到伦敦的公主举行一场便宜的婚礼,与她生个孩子,拥有另一个儿子和继承人。而这样一来……"她就像一只即将被猎杀的狗一样喘不过气来,"这样一来,他就把这个女孩带入了罪恶的欲望中,一段乱伦之恋。她用大胆而邪恶的眼睛诱惑他,用舞蹈勾引他,一直把他带到地狱去。"

"但她与哈里王子订婚了。"

"她正挽着国王的胳膊对他百般勾引呢!"

"但他不能跟自己的儿媳妇结婚啊。"我不解地问。

"愚蠢!"她不屑地说,"她只需要教皇的赦免。如果她继续之前的说辞，这事就会水到渠成。如果她的朋友都像你这样为包庇她而说谎，我们家族就会陷入毁灭中。你跟她一样邪恶，我永远不会忘记这一点，也永远都不会原谅你！

我说不出话来，只能愣愣地看着她。

"快说！"她命令道，"说他们同过床。"

我默默地摇摇头。

"如果你现在不说，你的后果不堪设想。"她警告道。

我垂下了头。无法开口。

1504年秋

斯塔福德郡　斯托顿堡

我又怀上了孩子，这次我选择留在斯托顿堡，我的丈夫则留在勒德洛。他回家探望我，对于我对辖域内和家族的管理，以及对孩子们的教育，他很满意。

"但我们得精打细算。"他提醒我。我们坐在斯托顿堡管家的房间里，租册摆了一地。"玛格丽特，我们必须得做好一切打算。我们已经有四个孩子，还有一个即将出生，我们必须保护自己的小金库。他们都需要在世界上占有一席之地，厄休拉需要一份丰厚的嫁妆。"

"国王或许会多赐你一些土地，"我说，"所有人都知道你很忠心。每当有什么收获，你总是把最好的上贡给他。你为他赚了几千英镑，自己却一分钱都不私藏。不像其他人。"

他耸了耸肩。我的丈夫从来都不是一个谄媚的人。他从未找国王邀功请赏，他只得到了都铎王室认为他会接受的最低俸禄。此外，越来越多的财富涌入了王家金库，其支出却在不断减少。亨利·都铎在统治的最初几年里对博斯沃思征收重税，随着越来越多的土地被收缴，他变得一发不可收拾。每家每户都深受其害，每一项微小的罪名都会被判处巨额罚款。从餐桌上的盐到旅馆里的啤酒，一切都要被征税。

"也许下次进宫的时候，你该去跟国王之母谈谈，"我说道，"其他人的俸禄都比你高。"

"你能跟她讲吗？"

我摇了摇头。我从来没有告诉过他发生在国王之母房间的可怕场景。我知道她自有解决办法，因为再也没有关于国王与公主结婚的说法。但对于我没有说实话这件事，她永远不会忘记，也永远不会原谅我。

"我已经没那么受宠了，"我简单地说，"我的亲戚埃德蒙在欧洲战场同他们为敌，另外两个表亲，威廉·德拉·波尔仍然还关在塔里，威廉·考特尼刚刚被捕。"

"他们并没受到指控。"他说。

"但他们也都还没恢复自由身。"

"那么你不能削减这里的生活开支吗？"我的丈夫气冲冲地问，"我不想去找国王之母谈。她不是容易沟通的女人。"

"我尝试过，但是你也知道，我们有四个孩子，还有一个就要出生了。他们都需要马匹，也需要家庭教师。一家几口都要吃饭啊。"

我们彼此都有些不耐烦。我心想：这太不公平了！他凭什么指责我。他娶了我，一个王室出身的年轻女子，我为他生了这么多孩子——其中三个是儿子——我从未吹嘘过我的名字或血统。我生来就是公主，是沃里克的继承人，但我从未责备过他只是一个小小的骑士。我从来没有抱怨他无法恢复我的头衔或财富；我扮演着波尔夫人的角色，管理着他的两个小庄园和一座城堡，而不是成千上万亩土地上的数千人。

"我们将提高所有租户的租金，"他说，"我们会告诉他们，他们必须增加上贡的数量。"

"他们现在已经很艰难了，"我说道，"都是国王新的罚款政策惹的。"

他耸耸肩。"这也是没办法的事，"他简短地说，"这是国王的要求。现在没有谁生活得舒坦。"

国王的诅咒
072

进入产房时,我心里在想,这世道究竟有多艰难,这到底是为什么呢?我们约克家族已经是众所周知的富有和浪费,每年都有无休止的娱乐,聚会、狩猎、比赛和庆祝活动。我有十个王族表兄弟,个个都穿着华丽,武器齐全,婚姻幸福。为何所有的财富都不足以支付亨利·都铎的罚款和税金呢?在金雀花家族和里弗斯家族①都已经过得如此艰难的时候,一个只有五个人的王室怎么可能需要这么多钱呢?

我的丈夫说,孩子出生的时候他会留在斯托顿堡陪着我。当然,那时候我还在卧床,无法跟他待在一起。但他还是告诉了我一些令人欢欣鼓舞的消息:他已经卖掉了一些干草作物,并且为了我们的孩子,他在洗礼派对杀了一只猪。

某个晚上,他托人给我捎了一份简短的信。

我发烧卧病在床,我嘱咐了孩子们别来看我。盼你一切都好,我亲爱的妻子。

我现在满心怒火。没人监督米迦勒节租金的收缴工作,也没人去收取年轻人的学徒费。马匹即将开始吃储存的干草,再也不用担心它们被过度喂食了。我们买不起干草,剩下的这些要撑过整个冬天。除了抱怨自己运气不好,我已经无能为力了,这让我受够了,而我的丈夫还在这个时候生了病。我知道我们的管家约翰·利特尔是一个诚实的人,但米迦勒节的庆会②是我们土地盈利的关键时刻之一,如果理查德和我都没时间好好督促

---

① 指王后伊丽莎白的家族,相关剧情可参考《河流之女》。
② 米迦勒节为基督教节日,是纪念米迦勒与其他大天使的节日。

他，他必然会对租户更加粗心，更坏的情况是对佃户们更慷慨，让坏账或欠租者逍遥世外。

两天以后，我收到理查德的另一封信。

> 情况更糟了，已派了人去请医生。感谢上帝，孩子们还一切正常。

理查德很少生病。他一直为都铎王室效力，不管环境如何恶劣，都一直奔波于三个王国和一个公国之间。我回信道：

> 你病得很厉害吗？医生怎么说？

我没收到他的回复，第二天早上我派侍女简·马丽特去理查德的男仆那里问问情况。

当她返回我房间的那一刻，从她震惊的脸上我意识到事情不妙。我把手搁在腹部，我的宝宝像鲱鱼一样蜷缩在里面。我可以感觉到它在我肚子里的一举一动，就好像跟我一样，紧张地等待着即将到来的坏消息。

"怎么回事？"我紧张地问道，"你脸色怎么这样，说话啊简，你吓到我了。"

"出事了，"她简单地说，"理查德他。"

"傻瓜，我知道！他病得很厉害吗？"

她跪在地上，用这种方式缓解悲痛。"他去世了，夫人。他昨晚去世了。我很抱歉。主人他去世了。"

国王的诅咒

更悲伤的是,这个时候我都无法出门。牧师来到门口,在门缝中低声说着安慰的话,如果他看得到我满脸的泪水,他会开不了口。医生告诉我是因为发烧。可理查德才四十六岁,正值壮年,一向健康又有活力。医生告诉我不是汗热病,不是水痘,不是麻疹也不是疟疾,更不是丹毒[1],这一长串的话让我耐心全无,我让他离开,帮我叫管家过来。透过门缝,我让管家把一切事情都安排妥帖。理查德爵士的棺材要放置在斯托顿教堂的圣坛上,严加守护。要保证钟声长鸣。所有的佃户会得到一大笔钱,哀悼者必须穿上黑色的袍子,虽然有些拮据,我必须尽力让理查德爵士得到应有的尊严。

然后我写信给国王和他的母亲,告诉他们,他们忠诚的仆人,我的丈夫,已经为他们献出生命。对于他抛下我和四个王室血脉,以及一个未出生的孩子,我并没有明说,但我相信国王之母会明白。他们必须立即给我一笔钱,然后赐我更多土地,我是他们的亲戚,是前朝王室成员,他们别无选择,必须确保我能过上有尊严的生活,能养活一大家子。

我叫来两个大点的男孩子,告诉现在我要独自抚养他们长大了。我会让家庭教师告诉厄休拉和雷金纳德,他们的父亲已经去了天堂。但是亨利十二岁了,亚瑟也十岁了,父亲去世这个消息必须由母亲亲口告诉他们。从现在开始,我们就只有彼此了,必须要相互□□□下去。

他们非常安静和焦虑,环顾着阴暗的分娩室,□□□孩都会有的迷信。其实我的卧室他们来过很多次,但现在窗户上有挂□□□挡光线和潮湿,房间的另一端的格栅生着小火,充满着草药的难闻气□□□有助于分娩。靠墙处,一支蜡烛在一幅圣母玛利亚的银框圣像前燃烧□□□大天蓬床脚下有一张小床供分娩,绳索系在个底部的两根柱子上,我□

---

[1] 一种急性皮肤病症,皮肤会突然发红如涂朱一般,病变部位以下肢为多见。

拉着木头，一块木头让我咬住，一条腰带绑在我的腰上。他们瞪大圆圆的眼睛，惊恐地看着这一切。

"我有个坏消息要跟你们两个讲。"我平静地说。大惊小怪毫无意义。我们生来就是为了受苦和失去。我的孩子们是王室子弟，无论是得到还是失去，他们总要慷慨地接受。

亨利不安地看着我。"你不舒服吗？"他问道，"宝宝一切正常吗？"

"我没事。"

亚瑟立刻明白了。他反应很快，也总是心直口快。"那就是父亲了，"他简短地说，"母亲，父亲他去世了吗？"

"是的，我很抱歉亲口告诉你们，"我拉住亨利冰凉的手，"你们现在是一家之主了。要好好照顾弟弟妹妹们，守护好我们的产业，效忠国王，抵抗外敌。"

他的眼眶里满是泪水。"我不能，"他说，他的声音颤抖着，"我不知道该怎么做。"

"我可以，"亚瑟自告奋勇，"我可以做到。"

我摇了摇头。"你不行的。你是二儿子，"我提醒他，"亨利才是继承人。你的任务是帮助和支持他，并且保护他。亨利，你一定可以的。我在你身边指导你，帮助你。我们会找到一种方法来壮大家族的财富和地位——但不能太过头。"

"不能太过头？"亚瑟重复道。

"要在国王的掌控范围内。"亨利说，这也正是我想说的，他的年龄已经足够懂得这些道理了。我们要更富有——但不能太招摇。

✦

就这样，孩子们哭了一小会儿之后，我才有时间在祈祷台前跪下，为

国王的诅咒

076

失去丈夫而悲伤,为他不朽的灵魂祈祷。我确定他会去天堂,虽然我们不得不向人民征税。他是个好人,是忠于我和都铎王室的仆人。他很善良,作为一个言语不多的强壮男人,总是对孩子、仆人和佃户很友善。我再也不能爱他了;但我总是感激他,并为他的名字感到高兴。现在他已经死了,我再也见不到他了,但我会一直想念他。他是一个善良的丈夫,是我的慰藉,也是我的盔甲——我再也找不到这样的人了。

他给了我他的名字,死亡并没有把它从我身边带走。现在我是寡妇玛格丽特·波尔,就如我曾经是玛格丽特·波尔夫人。但重要的是他的名字并没有与他一起埋葬,我可以保留它。我可以隐藏自己背后的真实自我;即使已经不在人世,他依旧会保证我的安全。

✦

我生了一个男婴——一个永远见不到父亲的儿子。片刻休息后,他们把他放在我的怀里,我伏在他柔软的小脑袋上哭了起来。这是我丈夫给我的最后一份礼物,这是我将拥有的最后一个孩子。这是我最后一次爱上依赖着我的人的机会,因为就像我和我弟弟之间的爱那样。我亲吻他潮湿的小脑袋,感受着他的脉搏。这是我最后一个孩子,是我最宝贵的孩子。祈祷上帝我可以保证他的安全。

我出了产房,在新的祈祷台下祈祷,这座叫"理查德·波尔爵士"的祈祷台就在我们小教堂的窗户下面。国王赏赐了一百五十七枚金币,用来给我和所有的佃户买丧服,这些佃户精心筹办了葬礼,也为布置祈祷台而尽心尽力。我叫来管家约翰·利特尔,告诉他我对他的工作很满意。

"国王已经允许你从你儿子的遗产中借用一百二十枚金币,"他说,"所以我们至少能熬过这个圣诞节。"

"一百二十枚金币?"我重复道。这确实能解燃眉之急,但并不慷慨。

如果要保证我们日子过得下去，都铎王室只给这点是远远不够的。

与此同时，所有的钱都走错了路：最终还是回到他们手里。由于父亲早早去世，我们的孩子必须成为王家骑士，这对我和家人来说都是灾难。庄园的所有收入都将交给国王，直到孩子们长大成人，才可以继承自己的财产——或者是经国王金库剥削之后所剩之物。没人能阻止国王砍伐我们的树木，也没人能阻止他在田间屠宰我们的奶牛。我所得到的只是我作为寡妇的抚恤金，三分之一的租金和收益——一年只给我们一百二十枚金币！亨利国王给我们的钱最终都只是贷款而已。真是让人感激不尽啊。

"一百二十枚金币只够我们撑过这个圣诞节。那接下来怎么办？"我问管家。

管家只是看着我不说话。他知道我并不是找他要一个答案，我自己也不知道如何是好。他知道接下来什么都没了。

1505年春

斯塔福德郡　斯托顿堡

圣诞节就这么过去了,我们没钱宴请佃户,第十二夜①也只给孩子们准备了一些小礼物。我对外宣称现在仍处于我丈夫的哀悼之中,可是人们私下对此颇有怨言。之前的这个时候,慷慨的理查德爵士总会为大家准备丰盛的大餐,因为他深知,在这种寒冷饥荒的日子,一顿丰盛的晚餐和免费派发的木柴,能解决很多人的燃眉之急。

我的小宝宝杰弗里在奶妈的喂养下茁壮地成长着,但我希望他能早日断奶,因为奶妈的费用太高了。而家教的钱是不能省的——我的儿子们是我父亲、克拉伦斯公爵乔治的孙子,我父亲是最高法院中学识最渊博的贵族;我的儿子们是沃里克家族的孩子,他们至少要熟练掌握三种语言。我不能让这个家庭陷入愚昧无知的境地,但是学费和清扫费都非常昂贵。

我们一直靠土地上的农产品生活,并在当地市场出售部分剩余产品。我们制作奶酪和黄油,收获水果,腌制肉类。我们将多余的食物送到当地市场出售,将多余的粮食卖给磨坊主,将干草卖给当地商人。研磨费用也是一笔不小的支出,当地的陶艺家付钱使用我的烧窑烧制商品,我们还从森林里砍树来卖。

但冬末是一年中最拮据的时刻。马匹吃的是夏季屯起来的干草,没有

---

① 主显节前夕,十二天圣诞季的最后一夜。

多余的东西可供出售，如果牲畜在春草长出来之前就吃完了干草，我们就不得不杀掉它们，到时候，我们就连牲畜都没有了。如果要家里人吃饱，就没有多余的食物可以用来卖钱；事实上，我们一直在靠佃户的上贡，因为我们自己地里的作物不够吃。

凯瑟琳公主写信过来，对我丈夫的去世深表遗憾。她自己也承受着重大的打击。她的母亲很少给她写信，不怎么关心她，但凯瑟琳总在期待着母亲的来信，生活在深深的思念中。可现在西班牙的伊莎贝拉女王也去世了，凯瑟琳再也见不到她的母亲。更糟糕的是，她母亲去世意味着她的父亲无法统治整个西班牙，只能统治他自己的阿拉贡王国，他在世界上的财富和地位减了半；他的大女儿胡安娜则从母亲那里继承了卡斯蒂利亚的女王宝座。凯瑟琳不再是西班牙君主的女儿，她只是阿拉贡国王费迪南的女儿——这跟之前有着天壤之别。哈里王子和他的父亲不再像过去那样经常探望她，我对此并不感到惊讶。她只能靠国王的微薄赏赐勉强度日，有时他们给得很少，甚至有时王室财政部会忘记给她生活费。国王坚称，在她与哈里王子结婚之前，西班牙必须把所有的嫁妆送过来。作为还击，凯瑟琳的父亲费迪南要求国王立刻支付她的寡妇抚恤金。

> 你能不能写信帮我向国王之母求情，让我回到宫里。能不能告诉她我在这里经济拮据，难以度日，生活在孤独和悲伤中。我希望像以前一样，作为她的孙女同她一起生活在宫内。

我回信告诉她，我和她一样是一个寡妇，而且也在挣扎度日。我告诉她我很抱歉，但我在国王之母面前已不再受宠。我会给她写信，但我不认为她会看在我的面子上改变做法。我没有告诉她，国王之母早已因为我拒绝作证而表示自己永远不会原谅我，而且我知道，无论我还是别人再说什

国王的诅咒

么,都不会让她对凯瑟琳的态度改善一分一毫。

凯瑟琳兴高采烈地给我回信,告诉我她的保姆多娜·埃尔维拉脾气非常暴躁,于是她派她去市场跟商贩讨价还价,用蹩脚的英语跟他们吵架,结果还吵赢了。她把这件事描述得妙趣横生,当我读信时,忍不住大笑出声,也跟她分享了我跟蹄铁匠吵架的经过。

降低我心智的不是悲伤而是饥饿。我在厨房绕来绕去,假装是检查仆人有没有浪费粮食。实际上我已经卑微到开始舔勺子和锅边。

在天使报喜节①过完后,我们辞退了很多仆人,他们哭哭啼啼地离开,而我连辞退金都付不起。那些留下的人必须更加努力工作,身兼多职。厨房女佣现在还得负责生火,以及清扫我房间的壁炉,她总是忘记添木柴,或者把木灰撒得到处都是。这对她来说是个重活,看到她挣扎着抬起木篮,我不忍地移开目光。我自己负责制作乳制品,学会了制作奶酪和脱脂牛奶,辞退了挤奶女工。我把男孩子放在麦芽酒窖,自己去学着酿造啤酒。我的儿子亨利跟着管家在田里转悠,看着他们播种。他回到家里时,还在担心种子撒得太密,影响收成。

"我们还是得多买些种子,"我忧心忡忡,"一定得有个好收成,不然明年冬天就没面包吃了。"

天渐渐黑得晚了,我就干脆不点蜡烛,告诉孩子们他们必须在黄昏前完成所有的学习任务。我们生活在昏暗的灯光和劣质蜡油的臭味中。我想我将不得不再次结婚,可但凡拥有财富或地位的人都不会考虑我,而且这

---

① 基督教中指天使向圣母玛利亚告知她即将受圣灵感孕而生下耶稣,节日定在3月25日。

次国王之母也不会再让她的亲信来完成这个任务了。我是一个三十一岁的寡妇,有五个孩子和不断增长的负债。如果我再婚,我将失去对庄园的所有权利,所有资产被会被国王收缴,那样我会以穷光蛋的身份来到新丈夫身边。没有男人会认为我是一个理想的妻子。想要在都铎王朝赢得一席之地,没有人会娶一名有五个孩子的寡妇,更何况这个寡妇还流着金雀花王朝的血。如果国王之母不为我指派婚事,我真的不知道如何养育我的孩子并养活自己。

1505年夏

斯塔福德郡　斯托顿堡

一切问题的解决办法还是回到了国王之母身上。只要能重获她的青睐，一切问题就都迎刃而解。这个夏天，我意识到无论今年收成多么好，无论小麦价格如何高涨，我们都难以熬过接下来的冬季。为了筹集资金，我不得不前往伦敦向她寻求帮助。

"或许我们可以卖掉理查德爵士的战马？"我的管家约翰·利特尔建议道。

"它已经很老了！"我冲他喊，"谁会想买它？而且它跟着理查德南征北战这么多年！"

"现在它对我们毫无用处，"他说，"我们不能用它犁地，在斯陶尔布里奇，我可以把它卖到一个好价钱。作为大名鼎鼎的理查德爵士的马，它的品质毋庸置疑。"

"那样的话所有人就会知道我养不起它，"我反驳道，"我不能留它给亨利骑。"

管家轻轻点头，眼睛盯着靴子，不敢看着我。"夫人，大家早就知道了。"

听到这令人窘迫的话，我低下头。"那带它走吧。"

我看着栅栏里的那匹大马。被套上缰绳的时候它恭顺地低下头，收紧腹带时也站立不动。它已经很老了，但是当管家踩在垫脚台将一条腿跨过它的背,坐在马鞍上时,它本能地伸直耳朵。老战马认为它将再次出战。它的脖子拱起,马蹄刨着地,时刻准备着出发。一瞬间我差点哭喊出声:"不!留住它!它是我们的马,曾跟着我的丈夫征战沙场。把它留给亨利。"

但是很快,我意识到,如果没法去伦敦向国王之母求助,我们就养不起它了,可只有把它卖掉,才能凑齐我去伦敦的路费。

我们骑着自己的马匹,住在沿途的修道院或女子修道院。这些修道院一般位于道路附近,以帮助朝圣者和旅行者,每当看到远处的钟楼和避难所,每当走进干净整洁的房间,我都感到无比的宽慰平和。有一天晚上,我们无处可去,只能自己出钱在旅店落脚。终于看到远处的伦敦塔从傍晚的薄雾渐渐显露出来时,我已经花掉了几乎所有的钱。

1505年夏

伦敦　威斯敏斯特宫

位于威斯敏斯特的巨大宫殿有着无数的客房。我曾经住过最好的房间，睡过王后的床，她的仆人们整晚守候在我左右；而现在，我被安排在远离大殿的一个小房间。管家一眼就看出了我的地位如今一落千丈。

这座宫殿就像一个位于伦敦市内的封闭庄园，四周都是高高的围墙。对于所有蜿蜒的小巷和花园，阶梯和隐藏的门廊，我都了如指掌。这里是我出生长大的地方。我洗了把脸，整理好兜帽，拂去礼服上的灰尘，穿过小鹅卵石街道和大殿，昂着头走向女王的房间。

穿过花园时，我听到身后有人叫我的名字。我转过身来，看到主教约翰·费希尔，他是太后的告解神甫，也是我的老相识。当我还是个小女孩的时候，他常常来到米德尔赫姆城堡，向我们传授教义问答并听取我们的忏悔。他认识我的兄弟泰迪，那个时候泰迪还是个小男孩，当然也是王位的继承人；当我还是英格兰国王的侄女玛格丽特·金雀花时，他就教我读诗写字。

"主教阁下！"我惊呼道，并对他行了屈膝礼，因为现在，他已经是国王之母身边的红人了。

他在我面前画了个十字，向我弯下身来，就如当我还是王室继承人时那样。"波尔夫人！对您的遭遇我感到很抱歉。您的丈夫是个好人。"

"确实。"我回答道。

费希尔神父伸出胳膊让我挽住,我们并排走在小路上。"你很少来宫里是吗,我的孩子?"

我本来想假装自己只是进城添置些新物件,可看到他温和的笑脸时,我忍不住想向他倾诉自己的境况。

"我是来寻求帮助的,"我诚实地回答,"希望国王之母能施舍一些恩赐。我的丈夫什么都没给我留下,我剩下的那点嫁妆根本无法维持生活。"

"对你的境况我很抱歉,"他言简意赅,"我相信国王之母能了解你的苦衷。上帝保佑她,虽然最近内忧外患,政务繁忙,但她绝不会弃家人于不顾的。"

"但愿如此。"我想让他帮我去向太后说情,又不知如何开口。主教带我走向太后会客厅的方向,催促道:"来吧,我同你一起去。现在时机难得,平时总有很多人等着觐见她。"

我们一起向前走。"你是否听说过,威尔士亲王遗孀准备回西班牙的事?"他轻声问道。

我十分震惊。"什么?我以为她会与哈里王子订婚呢!"

他摇了摇头。"这事没几个人知道,他们双方无法达成一致意见,"他说,"可怜的孩子,我觉得她很孤独,除了告解神甫和女仆之外没有人去看她。她回家都比独自住在这里要好,而且太后并不希望她到宫里来。但这只是我们两个的悄悄话,我不知道王妃对旁人的安排是否知情。你待在伦敦这段时间会去看她吗?我知道她非常爱你。你或许能劝劝她体面地接受自己的命运,我真的认为她回家会比在这里过得更好。"

"我会的,我很抱歉!"

他点点头。"她确实很不容易。年纪轻轻就丧偶,现在不得不以寡妇的身份回家去。但是,国王之母也有自己的想法。她认为哈里王子应该与另一位新娘结婚,亚瑟王子的遗孀并不适合他。"

国王的诅咒

守卫站在主教旁边,打开通向会客厅的大门。那里挤满了觐见者;每个人都有求于国王之母。王后的所有事务都落在了她的肩膀上,而她自己拥有着广袤的土地,是英格兰最大的地主,也是英格兰最富有的女性。她资助大学、教会,建立了医院、教堂和学校,所有这些机构都派来代表向她汇报或向她求助。我环顾四周,发现估计有两百人在等她,而我只是其中不起眼的一个。

但她把我单独叫了出来。她从教堂走进房间,女仆们两两并排走在她身后,捧着弥撒书,像是一个私人的修道院,她用敏锐的目光环顾着四周。她现在已经六十多岁了,满脸皱纹,不苟言笑,在厚重的兜帽下依旧昂着头。她在女仆的搀扶下走进房间,但我认为她这是刻意而为之,她不需要搀扶也可以走得很稳。

每个人都向她鞠躬致意。我心情沉重,但依旧抬起头微笑着,希望她能注意到我。很快,她看到了我,在我面前停下脚步并伸出手,我俯身向她行吻手礼,她示意我直起身来时,我吻了吻她苍老的脸颊。

"亲爱的玛格丽特。"她淡淡地说,好像我们是昨天刚道过别的朋友一般。

"太后殿下。"我答道。

她示意女仆们退后,让我走到她身边去。我搀扶着她走过数百名觐见的人。我知道自己能被她注意到是莫大的荣幸。

"你来看望我吗,亲爱的?"

"我来征求您的建议。"我委婉地说。

太后转过头,冷峻的目光打量着我。她一眼就看出我需要的并不是什么建议,而是钱。

"为了建议你可真是长途跋涉啊,"她冷冰冰地说,"你家中一切都好吗?"

"在您的庇佑下,我的孩子们都很好,"我说,"但我遇到了一些经济危机。我的丈夫已经去世了,而我与五个孩子并没有很多经济来源。我已尽我所能,但在斯托顿我只有一块土地,梅德蒙赫姆和埃尔斯伯勒的庄园每年只向我们支付五十英镑的租金,当然我只得到三分之一。"我努力让自己的语气听起来不像是抱怨。"这不足以维持日常开销,"我简短地说,"更别说仆人们了。"

"那么你应该解雇一些仆人,"她提醒我,"你已经不是一个金雀花贵族了。"

即使如此低声,在公共场合提到我的名字,还是令我大惊失色。

"我已经很多年没听过这个名字了,"我说,"我从未奢望再次回到那样的生活。我已经解雇了大部分仆人。我只想作为一个忠诚于都铎王室的骑士的寡妇,平静地生活,不敢奢求更多。我丈夫和我对于能成为您的仆人,并为您服务,都深感自豪。"

"想让你的儿子到宫里,当哈里王子的伙伴吗?"她问道,"你想做我的侍女吗?"

我几乎说不出话来;这简直是我梦寐以求的事。"我很荣幸……"我结结巴巴地说。我很惊讶她会这么说,这无疑能帮助我摆脱困境。如果我能让亨利进入埃尔特姆宫,他就能接受世界上最好的教育,过着像王子一样的生活。而做侍女也能拿到薪水,甚至被授予职位,做一些简单的工作还会有补贴,那些到宫里来的陌生人也会给侍女一些贿赂。侍女在圣诞节能收到珠宝和礼服作为礼物。整个家族都可以衣食无忧,这对我来说,无疑是天大的救赎。

看到我脸上的憧憬,国王之母说道:"这样的解决方法也比较合适。"

"我真的非常荣幸,也非常感激。"我说道。

一个衣着华丽的男人走到我们面前,对国王之母鞠了一躬。我怒视着他；这是我与国王之母难得的独处时间。她和她的国王儿子是一切财富和恩赐的源泉，而此刻或许是我唯一的机会了，我可不想任何人来捣乱。我没想到的是，主教将一只手搭在那男子的手臂上，在他开始请愿之前就低声把他支开了。

"但我还是要再问你一次，"太后平静地说道，"是关于在勒德洛时王子和公主的事。"

我后背发凉。约翰·费希尔刚刚告诉我他们计划将凯瑟琳送回西班牙。如果是这样的话，为什么他们还会再提起同房的事？"什么事？"

"我们最近在为一个小的法律问题困扰，也就是她的婚姻赔偿金。我们必须确保得到准确的消息，以便我们亲爱的凯瑟琳可以嫁给哈里王子。而我需要的实情，跟公主的切身利益息息相关。"

我知道这只是个谎言。国王之母想送她回西班牙。

"亚瑟王子和公主确实同过房，对不对？"她用力捏住我的手臂，希望从我口中得到想要的答复。我们已经走到了走廊尽头，但她没有转向那些觐见者，而是示意仆人将她房间的门打开。我们走进房间去，关上了门。现在这里只有我们两个人了。

"我不确定，"虽然我的话让她有些错愕，但我竭力保持镇定，守卫就站在门外，"殿下，我说过，我的丈夫把王子带到了她的卧室；但公主告诉我王子在那方面无能。"

"我知道她是这么说的，"听得出来，国王之母已经有些不耐烦，但她还是挤出微笑，"但是，玛格丽特夫人，你相信她吗？"

现在问题的重点是，我明白我的回答将直接关系到我是否能顺利成为她的侍女，我的孩子们是否能接受最好的教育。所以我绞尽脑汁去想应该怎么说，才能让她满意，同时又不背叛公主。她静静等待着，面无表情。除了她想听的话之外，我说什么都没用。她是英国最有权势的女性，认为所有人都应该臣服于她。不幸的是，我还是说道："我相信公主的说法。"

"她认为如果自己还是处女，我们就会把她嫁给哈里王子，"太后冷冷地说道，"她的父母以婚姻未同房为名向教皇索要一大笔赔偿金。教皇同意了，事实的真相就这样被蒙在鼓里，这就是典型的欺诈和勒索。显然，他们认为自己的女儿不应该受到挑战，甚至不应该被质疑。她认为自己可以走进我们的家庭，走进我们的房子，走进所有房间——甚至是我的房间——并将它们变成自己的房间。她想把王子和一切都从我身边夺走。"

"我认为哈里王子会适合——"

"哈里王子的新娘由不得他自己来选，"她说道，"我会帮他做出选择。那个年轻的女人也休想成为我的儿媳妇。撒这么个弥天大谎没用，在国王陷入悲痛时勾引他也没用。她以为自己是公主，就可以夺走我所赢得和上帝赋予我的一切：我的儿子，我的孙子，我的地位，我一生的成果。我花费了生命中最美好的岁月，把我的儿子带到英国，让他安全地长大。为了他能拥有盟友，我嫁给了自己不想嫁的人，结识了自己不屑一顾的人。我做出了巨大的牺牲……"她顿了顿，好像不愿再提起那些往事。"但她认为自己可以凭着皇室公主的血统和一个谎言就夺走这一切。她以为自己有资格，而我不会让她如愿。"

我知道，如果凯瑟琳能与哈里王子结婚，那么她一定会抢尽太后的风头：每次参加弥撒或晚宴时，她都会坐在最尊贵的位置，住着最好的房间，在王家衣橱中拿到最上等的礼服。在宫里，国王的喜好是最重要的，年轻的王妃会成为最受宠的人。凯瑟琳公主绝不会屈服于太后的威严，她是个很有勇气的女人。如果她能成为威尔士王妃，那么太后都要对她礼让几分。她将从老妇人手中夺回一切属于她的东西，并回报她的敌意。

"我知道的一切都告诉您了，"我平静地说，"我随时听命于您，尊敬的国王之母。"

国王的诅咒

她背对着我,不在乎我苍白的脸和哀求的目光。"选择权在你手里,"她说,"你可以成为我的侍女,你的儿子也可以成为哈里王子的伙伴。你可以获得丰厚的报酬,得到土地和赠款。当然,你也可以选择支持这位满嘴谎话、野心勃勃的公主,你自己来选择。但是,如果与那个女人勾结,企图让她和我们唯一的王子结婚,那么你永远都别想再踏入宫门一步。"

✦

等到黄昏时,我才去拜访凯瑟琳公主。我带了一位女伴和一名男仆同行,管家持短棍在前面带路。如今,伦敦到处都是乞丐,农场的租金越来越高,人们无家可归,被迫流落街头。繁重的税收压得人民喘不过气来。在伦敦教堂外乞讨的人有些很可能就是我辖区的佃户。

我用头巾紧紧裹着自己红棕色的头发,以防被人认出来。我留心观察着周围的一切,生怕被人跟踪。现在的英格兰处处都是间谍,我可不希望国王之母知道我即将去拜访她口中那个"年轻的女人"。

凯瑟琳公主的门前没有一丝光亮,管家在厚重的木门上轻敲了很久,才有人回应。前来开门的不是守卫,只是个小门童,他带着我们穿过冷冰冰的大厅,来到公主的房间门口。

凯瑟琳的一个西班牙侍女在门口瞄了一眼,看到是我,站起身来把长袍抚平,向我鞠躬致意,然后带着我走过寂静的房间,进入公主的卧室,我看到几个女子围坐在一小团壁炉火旁。

我刚把头巾放下,凯瑟琳立刻就认出我来,她大喊一声奔向我。我还没来得及向她鞠躬致意,她就扑进我怀里,亲吻我的脸颊,她欠过身来看看我的脸,然后又抱住我。

"我一直在想念你,对于你丈夫去世的消息,我感到很抱歉。你收到我写的信了吗?我很担心你和孩子们。还有那个小婴儿,是个男孩子!他怎样了，健康吗？你呢？你过得好吗？"

她把我拉到蜡台旁，想仔细看看我的脸。

"天啊！你太瘦了，你看起来好疲惫。"

她转过身来，把她侍女们从炉边的座位上支开。"你们都退下吧，回自己的卧室睡觉去，我要和玛格丽特夫人说会儿话。"

"这么早就让她们回房间睡觉？"我问道。

"除了这里和厨房外，其他地方的柴火都不够用，"她简单地说道，"这么多人都去厨房坐着就太挤了。所以如果不能待在这里，她们就得上床睡觉去才能暖和一点。"

我难以置信地看着她。"他们对你这么吝啬吗？连房间里的柴火都不够用？"

"如你所见。"她严肃地说。

"我从威斯敏斯特宫过来，"我在她身边坐下，"国王之母说了很可怕的话。"

她点点头，一点都不感到惊讶。

"她质问了我，关于你的婚姻，与……"即使已经过去了三年，我还是无法轻松地说出他的名字，"与我们的王子……"我改口道。

"是啊。她非常讨厌我。"

"你为何这么认为？"我好奇地问道。

她冲我狡黠地笑了一下。"噢，对于你的王后堂姐来说，她是个慈爱的婆婆吗？"她问道。

"不是。我们都害怕她。"我必须承认这一点。

"作为一个女人，她对身边的女性并不友好，"她说，"她的儿子是个鳏夫，她的孙子未婚，她是整个宫殿的女主人。她看不惯一个年轻女人在宫里开开心心地生活，使其成为一个真正优雅和愉悦的宫廷。她对她的孙女

国王的诅咒

玛丽公主不太友善,因为她非常漂亮。她总想让玛丽公主认为自己一无是处,应该谦卑地生活!她不喜欢漂亮的女孩,她不喜欢对手。如果她来为哈里王子选妻子,她一定会选一个自己能牢牢掌控的人。她会让哈里王子跟一个小女孩结婚,如果那孩子不会说英语就更好了。她不喜欢我,因为我这样的人知道什么该做,什么不该做,知道如何让这个国家走上正轨。她不希望任何人试图说服国王按照自己的意愿统治国家。"

我点点头。这一点我也深有同感。

"她想把你赶出宫吗?"

"哦,她成功了。"她指着房间的破旧挂钩和墙壁上的空隙,本来挂着精美挂毯的框架现在光秃秃的。"国王不给我生活费;我从西班牙带来的嫁妆也被夺走了。我没有新礼服穿,所以当他们邀请我到宫殿时,我只能穿着滑稽的西班牙服装。国王之母企图让我一蹶不振,从而乖乖跟父亲回家。但就算我主动提出回家,父亲也不会答应我。我现在可以说是被困在这里。"

我吓坏了。在这么短的时间内,我们两个人的境况都一落千丈。"凯瑟琳,你有什么打算?"

"我会等待着,"她把嘴巴贴在我耳边轻声说道,"他四十八岁了,身体状况很差,因为扁桃腺炎呼吸都困难。我可以等。"

"快别说了。"我紧张地说,瞥了一眼关上的门和墙上的人影。

"国王之母让你发誓亚瑟和我一直都爱着彼此吗?"她直截了当地问我。

"是的。"

"你怎么回答的?"

"起初我告诉她,我什么都不知道,所以不能说什么。"

"她说了什么?"

"如果我能给她想要的答复,她答应让我和我的儿子在宫里有一席之地，也会给我们经济上的帮助。"

她听出了我的悲伤，握住我的手，用她蓝色的眼睛静静地看着我。"玛格丽特夫人，不要为了我而贫穷落魄。你的儿子应该到宫里生活，你没有必要为我辩护。我不再需要你的承诺了，玛格丽特夫人，你可以说出对你有好处的话。"

我得骑马赶回家，当我穿着骑马服进入国王之母房间的时候，她正在做晚餐前的祈祷。

我静静地走进房间，她看到了我。祈祷结束后，她向我招招手。侍女们都退下了，假装互相检查对方整齐的头饰。很明显，经过昨天的谈话，她们都知道我与国王之母起了争执，她们认为我已经屈服了。

她对我微笑："噢，玛格丽特夫人。我们安排你来宫里的事谈妥了吗？"

我喘不过气来。"我应该很高兴能到宫里来，"我说，"我也很高兴我的儿子能去与哈里王子作伴。亲爱的国王之母，我代表他的父亲，您的半个表亲感激您的恩赐。感谢您能让理查德骑士的儿子成长为贵族，他会永远为您效忠。"

"我会的，只要你能在这一件事上让我顺心，"她淡淡地说道，"说出实情，你就能从那个骗子新娘手里救下我们全家。只要你说出实情，我就可以阻止国王把那女人嫁给我们无辜的小王子。我为此祈祷，确信阿拉贡的凯瑟琳永远不会嫁给哈里王子。你必须忠于我——国王之母，而不是她。我警告你，玛格丽特夫人，要小心你说的话，时刻考虑后果！"

她黑色的瞳孔瞪着我，企图吓住我。而此刻，我的恐惧一下子消失了。我在心里冷笑一声。她真的太傻了！简直是个邪恶残忍的老傻瓜！当她像这样威胁我时，她是否忘记了我是谁？我可是一个金雀花，是约克家族的

国王的诅咒

女儿。我的父亲攻下庇护所,谋杀了国王,又被他自己的兄弟杀害。我的母亲跟随她的父亲发动叛乱,然后改变立场并与丈夫一同作战。我们是一个永远遵循自己意志的庞大家族;我们从不害怕后果。如果你胆敢威胁我们,我们将始终坚持下去。他们称我们为恶魔的仇敌,因为我们永远意志坚定。

"我不能说谎,"我平静地对她说,"我不知道王子是否与他的妻子行过夫妻之实。我从未亲眼看到过什么。她这么告诉我,我就选择相信她,他们没有同过房。我相信她跟刚来到这个国家时一样,还是个处女。我相信她可以嫁给她父亲认可的王子。就我自己而言,我相信她会成为哈里王子称职的妻子,也可以成为一位优秀的英格兰王后。"

她的脸一下子黑了,太阳穴上青筋暴起,但她没再多说什么。她气冲冲地朝侍女们挥挥手,准备去吃晚餐。而我可能再也无法在高桌上吃晚餐了。

"如你所愿,"她恶狠狠地说,"我希望你们两个寡妇合作愉快,玛格丽特·波尔夫人。"

我深深鞠了一躬。"我明白,"我谦卑地说,"但我的儿子,他是王室血脉,是你表亲的儿子,他是个好孩子,殿下……"

她一言不发地带着侍女们走开了。我站起来看着她们的背影。我赢回了自己的尊严,但是除此之外什么也没得到。现在我不知道自己接下来的路要怎么走。

1506年秋

斯塔福德郡　斯托顿堡

在接下来的一年里,我用尽一切方法从土地上榨取更多的钱。拾穗者在田间拾稻谷时,我要在每个篮子里都分一杯羹,这与之前的做法背道而驰,村子里年纪大的人们都抱怨连连。对于庄园里的偷猎者,我对他们施以重罚。我禁止佃户们将庄园里的任何东西据为己有,连兔子和母鸡下的蛋都不行。我雇佣了一名猎场主,以防止佃户们在河里打渔。当我抓到一个孩子从野鸭的巢中取蛋时,我会重罚他的父母。当我发现有人在林子里偷偷伐木,我会没收他全部财产并且重罚他。从天上飞的鸟儿,到地上跑的公鸡,我都恨不得对它们处以罚款。

在重重克扣下,人民穷困潦倒。就算是只拥有几只母鸡的人,我都想尽办法从她那里拿走一些鸡蛋。就算是只拥有一个蜂巢的人,我也要拿走一些蜂蜜。当农夫宰了一头摔断脖子的奶牛时,我不但不会放过任何一块肉,还要拿走牛脂,并把它的皮加工成皮革。对于农夫来说,我不是一个好主人,甚至趁火打劫让他的生活雪上加霜,可是我也没有办法,王室的税负压得我喘不过气来。

当我们把鹿、雉鸡、苍鹭、水鸡以及所有能吃的东西都吃完后,我不得不辞退了大量仆人。负责捕猎兔子的人压力越来越大,偷鸽子蛋的孩子学会用祈求的眼神看着我。我害怕人民偷走我的任何资产,而事实上是我在不断地掠夺他们。

国王的诅咒
0.96

我渐渐成为自己鄙视的那种地主；我的家族正在成为租户深恶痛绝的那种家族。我的母亲曾是英格兰最富有的女继承人，我的父亲是国王的兄弟。他们用慷慨和馈赠保持着自己的追随者和信徒。我的祖父在伦敦为所有选择来到他家门口的人提供食物。任何人都可以在晚餐时间在他的门前饱餐一顿。而我作为他们的继承人，却背叛了这种传统。我想总有一天我会因为钱而发疯，有时我甚至分不清自己的腹痛到底是因为恐惧和焦虑，还是饥饿。

有一天当我正要走出教堂时，我听到村里的一位长老向牧师抱怨并乞求他想想办法。他说："神父，你必须跟她谈谈。我们已经缴不起税了。她总能想到各种办法罚我们的钱。比起都铎家族的人，她更残暴，总能从法律中挑出能罚款的条目。她这是想饿死我们啊。"

可是无论如何，我还是挣不到足够的钱。我没钱给孩子们买新的马靴，也没钱给他们的马匹买口粮。整整一年，我都在挣扎，不愿承认自己是在透支自己的名声，打劫自己的佃户。但后来我意识到所有的借口都如此无力。

我们家族的名声彻底毁掉了。

没人愿意帮我。我不但是个贫穷的寡妇，还是金雀花家族的人。更糟糕的是，连国王的母亲都很讨厌我，我的两个堂兄弟仍然被关押在塔楼里，他们也无法帮助我。在寄出几十封信后，只有我的亲戚乔治·内维尔回复了我。他愿意帮我抚养年纪大些的儿子们，所以我不得不送走亨利和亚瑟。我答应会尽快接他们回家，不会让他们流落街头。

就像一个失败的赌徒，我告诉他们好日子将很快到来，但我觉得他们已经无法相信我了。我的管家约翰·利特尔将他们带到了表哥内维尔的房子，位于肯特的庄园。我们只剩最后几匹马了，约翰、亨利和亚瑟各自骑了一匹。我尽力向他们微笑着挥手，但泪水已经模糊了我的双眼，我只能看到他们苍白的脸颊和惊恐的大眼睛。两个男孩穿着破旧的衣服，离家越来越远,不知道他们将去向何方。我不知道什么时候能再见到他们,也无法再参与他们的童年时光,更不能把他们亲手养育成为金雀家族的继承人。作为母亲,我是个失败者,我的孩子无法在母亲的疼爱下长大成人。

厄休拉太小了,她才八岁,无法送去一个新的大家庭,她必须留在我身边;而近两岁的杰弗里才刚刚学会走路,还不会说话,就已经学会了紧张和焦虑,很爱哭。我不能让杰弗里离开我。他已经够可怜了,从出生那天就失去了父亲。无论日子有多艰难,我都不会让杰弗里离开我身边,现在他唯一会说的单词就是妈妈。

但我必须给另一个儿子雷金纳德找到容身之所,他聪明,乐观,又有些冒冒失失。他也还太小了,不适合送去一个新的家庭。我那些有孩子的亲戚也都不愿意收留他,在马奇斯和威尔士的熟人都听说过我既进不了宫,也拿不到抚养费,他们知道都铎王室对我并不友好。我能想到的只有一个人,会不计代价地帮助我。我写信给太后的神父,费希尔主教:

亲爱的神父:

我希望您能帮助我,我已经走投无路了,我无法支付账单,也养不起孩子。

我被迫将两个大儿子送到表兄内维尔那里,但我想为小儿子雷金纳德找个容身之所。如果教会需要的话,我愿意把他献给上帝。他是一个聪明的男孩,机智敏捷,又有灵性。我相信他能很好地侍奉上帝。无论如何,我都没法顺利地抚养他长大。

对于我自己和两个年幼的孩子,我希望能在修道院中找到容身之所,平平淡淡地生活。

您的孩子,

玛格丽特·波尔

国王的诅咒

0.98

他很快回了信,并且提供了超乎我想象的帮助。他为雷金纳德和我都找到了容身之处。他说我可以留在赛恩修道院,这是我家最喜欢的宗教场所之一,对面就是希恩宫。修道院由一位女院长主管,里面有五十名左右的修女,她们经常接待贵族游客,我可以与我的女儿和小杰弗里一起住在那里。当厄休拉成年后,她也能成为一名修女,安稳地度过一生,至少在接下来的几年里,她不会忍饥挨饿,流落街头。

费希尔主教把雷金纳德安置在附近的另一个地方,希恩修道院,那是一个加尔都西教会[1]。他离我们只有几英里远,隔河相望,如果我在窗口放一支蜡烛,他就能看到那光芒,并知道我在想他。在节日里,我们可能会被允许雇一名船员划到河对岸去。我们或许会被教义和广阔的河流隔开,但我能够看到儿子的修道院里的烟囱。对于如此慷慨的帮助,我的感激溢于言表。我的孩子们都能有个好的归宿,并且相距不远,按理来说,我应该没什么可忧虑的了。

除了……我跪在地上,祈求国王之母能帮助我们摆脱困境。我知道对于雷金纳德这个聪明又活泼的孩子来说,那并不是个合适的地方。加尔都西教会崇尚的是隐居,希恩修道院更是出了名的严格和沉寂,而雷金纳德是个快乐的小男孩,他很爱唱歌,喜欢大声朗读,猜谜,讲笑话,并且喜欢跟兄弟们聊天。这个聪明健谈的孩子将不得不在自己的房间里过着隐士一样的生活。在那里,每个人都独自祈祷和工作。除星期日和节日外,小修道院里没有一个人说话。僧侣们每周会一起散一次步,只有那时他们才可以小声地交谈,剩下的时间他们都生活在虔诚的沉默中,在被高墙围住的房间,除了风声之外,几乎没有任何声音。

我不忍心想象那个总是喋喋不休、精神抖擞的儿子,会生活在一个如

---

[1] 天主教修会之一,又名苦修会,崇尚独行苦修,严守教规。

此神圣和严格的地方。我试图说服自己，上帝会在寂静中向雷金纳德传授教义。雷金纳德会学会保持沉默，就像他学会说话一样。他将学会重视自己的思想，而不是一味地唱歌跳舞或是捉弄兄弟们。我一次又一次劝说自己，这对我聪明的孩子来说是一个很好的机会。但我心里明白，如果上帝无法让我的孩子学会沉寂，那么就是将亲手将我聪明、充满爱心的儿子关在一个无声的监狱里。

我梦见他被锁在一个小小的房间里，梦一醒来，我就开始呼唤他的名字。我绞尽脑汁地想自己能为他做些什么。但我不知道有谁会把他当作乡绅，我没有钱让他去当学徒，除此之外他能做什么？他是一个金雀花家族的人，我不能让他成为一个补鞋匠，也不能让他去当个酿酒小工。如果我让他生活在市井之中，做些跑腿的活儿，而不是让他服从祈祷和虔诚的命令，我难道会成为一个更称职的母亲吗？

费希尔主教已经帮他找到了一个安全的地方，在那里他能得到很好的教育，过着还不错的生活。我必须接受这一切。但是，当想到我无忧无虑的儿子，即将生活在那种沉寂而严厉的地方，我的眼泪就怎么都止不住。

我曾经为波尔女士的身份深感自豪，而现在我不得不亲口把这些坏消息告诉我的家人。我命令所有的仆人和侍女聚到一起，告诉他们，我们已经陷入困境，不再需要他们干活了。截至那天，我也无法再付给他们工资了。虽然我知道这样会使他们穷困潦倒，可我也实在没有别的办法了。我告诉孩子们，我们必须背井离乡，我微笑着告诉他们这是一次冒险，在新的环境生活将是兴奋又刺激的。我关闭了斯托顿的城堡，这里是我丈夫迎娶我的地方，也是我的孩子出生的地方。只有管家约翰·利特尔留了下来，负责收取租金和费用，其中三分之二他必须上缴给国王，剩下三分之一他会送给我。

我们骑马离开家，我跟在约翰·利特尔身后，怀里抱着杰弗里。厄休

国王的诅咒

拉骑着一匹小马，雷金纳德骑在他哥哥的老马上。他骑得很好，遗传了他父亲与马匹和人民相处的才能。他会想念马厩和狗以及农场的欢快声音。我无法开口告诉他，他的目的地会在何处。我一直在想，如果他问起来，我是否有勇气告诉他我们必须分开，厄休拉、杰弗里和我会去一个修道院，而他要独自待在另一个地方。我试图欺骗自己，他会明白这是他的命运——不是我们能选择的，但我做不到。但难以置信的是，他并没有问我。他默认我们会待在一起，从未想过我会把他送走。

在离开家时，他很顺从，而小杰弗里对旅途充满兴奋，厄休拉一开始还很开心，后来就不停啜泣。雷金纳德从不问我到底要去哪里，我猜想他已经知道了，并且想如我一样逃避提起这件事。

在最后一个早晨，当我们骑着马经过希恩修道院外的河道上时，我说道："我们快到了。那里就是你的新家。"

他从小马上抬起头看我。"我们的新家？"

"不，"我简短地说，"我要去附近的另一个地方，就在河对岸。"

他没再说什么，我想他可能还没明白我的意思。

"我之前也总是与你分开，"我提醒他，"我要去勒德洛的时候，把你留在了斯托顿。"

他转过头，瞪大眼睛看着我。他没有说出，"但那时我和我的兄弟姐妹以及所有熟人，托儿所里的保姆，教导我和兄弟的老师都待在一起。"他只是看着我，一脸疑惑。"您要让我一个人待在那里吗？"他终于问道，"在一个陌生的地方？母亲，您要离开我吗？"

我摇了摇头。说出自己都很难相信的话。"我会去看你的，"我低声说，"我保证。"

小修道院的高塔渐渐出现在视野中，大门打开，院长出来迎接我，然后扶着雷金纳德，帮助他从马鞍上下来。

"我会来看你的,"我骑在我的马上,低头看着他头上的金色帽冠,"你也可以过去看望我。"

站在院长身边,他显得很瘦小。他没有扭头走开,也没有表现出任何反抗,但他脸色苍白,瞪大眼睛看着我,清楚地说道:"妈妈,让我跟您和兄弟姐妹一起走吧。不要把我留在这里。"

"从现在开始,"院长坚定地说,"不要再跟孩子们说话,他们在长辈面前应该保持沉默。在这里,只有被命令时才能说话。沉默,圣洁的沉默。你要学会热爱它。"

雷金纳德顺从地咬住下唇,没有再开口说话,但他仍然盯着我。

"我会来看你的,"我无助地说,"你在这里会很开心。这是个好地方。你将为上帝和教会服务。我相信你会很高兴。"

"祝您度过愉快的一天,"院长暗示我可以离开了,"既然要做,不如尽早完成。"

我调转马头,回头看着我的儿子。雷金纳德只有六岁,看起来还那么小。他很害怕,脸色苍白。虽然顺从地没有再开口说话,但他的小嘴喊着沉默的话语:妈妈!

我无能为力。只能默默骑马走开。

1506年冬

伦敦西部　布伦特福德　赛恩修道院

我的孩子雷金纳德必须学会在阴影和沉默中生活，我也是如此。我所在的赛恩修道院并不奉行沉默，教会的姐妹们甚至会去往伦敦传播教义和祈祷，但是生活在她们中间，我却感受到跟雷金纳德一样的痛苦——我无法倾诉自己的怨恨和悲痛。

就这一切而言，我永远都不会原谅都铎家族。他们踏着亲属的鲜血登上了王位。他们把我的叔叔理查德从博斯沃思的墓地中挖了出来，剥光了他，把他甩在自己的马鞍上，最后扔到一个不知名的坟墓。我的亲弟弟被斩首，我堂姐伊丽莎白死于难产。为剥夺我的地位，他们把我嫁给了一个可怜的骑士。现在我的丈夫已经死了，我从未想象过金雀花家族的人会沦落到如此地步。所有这一切都是为了使他们的王位合法化，而事实上他们是通过不断掠夺才获得这一切。

显而易见，在这场权力的争斗中，都铎王室根本无法高枕无忧。国王的妻子，我们的公主去世后，国王对自己的统治彻底失去信心，而我们金雀花家族也让他颇为不安。多年来，他一直在贿赂马克西米安皇帝，就是为了让他压制我的表弟埃德蒙·德拉·波尔，然后将他送回家乡处死，因为埃德蒙是英国王位的约克家族继承人。现在，这笔交易已经完成了。皇帝收了钱，并向埃德蒙承诺他会安全回家，甚至向他展示了国王亲手签署的安全保障信。埃德蒙相信亨利·都铎的保证，作为一个金雀花，他热爱自己的国家，迫切想回来，但是当他走在加莱城堡的城墙下时，他还是被捕了。

这一连串的谋害，就像剪刀穿过丝绸一样撕裂了我们整个家族，现在我只能跪在地上为他们默哀。我的堂兄威廉·考特尼表哥已经被捕，现在被控犯有叛国罪。而威廉·德拉·波尔已被关在伦敦塔中。我的堂兄托马斯·格雷也成了嫌疑犯，原因只不过是几年前，在他逃离这个国家之前与表亲埃德蒙一起用过餐。我的家人一个接一个地消失在伦敦塔中，他们忍受孤独和恐惧，被迫供出参加晚宴的其他宾客，有的长期遭受牢狱之苦，有的被秘密送往海外的加莱城堡。

1507年春

伦敦西部　布伦特福德　赛恩修道院

我写信给我的儿子亨利和亚瑟,询问他们的近况,督促他们学习。我不敢邀请他们到修道院来,姐妹们可不会欢迎两个精力充沛的年轻人来这里打打闹闹,我也根本付不起他们旅程的路费。

每隔三个月,我才能跟小儿子雷金纳德见一面。他坐着拥挤的小船过来,只能待一晚就得回去。在严苛的教义下,他已经习惯了保持沉默,双手垂在身边。当我跑去迎接他并紧紧拥抱他时,他显得僵硬而不情愿,仿佛我活泼、健谈的儿子已经死了,被埋葬了,所留下的就是这座冷酷的小墓碑。

厄休拉快九岁了,她长得很快,我不得不一次又一次地放下二手礼服的下摆。杰弗里两岁了,脚趾被小靴子压得直不起来,每晚睡觉时,我都要抚摸他的脚并拉拉脚趾,希望这样能让他的脚趾放松一些。管家会按时把斯托顿的租金交给我,但我必须把它们交给修道院帮我们保管。我不知道当杰弗里长大以后会何去何从。也许他和厄休拉都必须像他们的兄弟雷金纳德一样为教会服务,然后消失在沉默之中。我每天都要跪在地上向上帝祈祷,给我一些希望,或者只是赐予我一些钱;有时候我会想,当我的最后两个孩子在教堂找到一席之地后,我会把一大块石头绑在腰带上,走进泰晤士河的最深处。

1508年春

伦敦西部　布伦特福德　赛恩修道院

我跪在圣坛上，抬头看着钉在十字架上的基督雕像。我觉得自己一直走在金雀花家族的悲伤之路上，就像他一样。两年的时间如此漫长。

而危险还在渐渐逼近：国王逮捕了我的亲戚托马斯·格雷，还有我的表亲伯格文尼勋爵乔治·内维尔，也就是正在照顾亨利和亚瑟的人。乔治在被关进监狱之前把我的儿子们留在肯特郡的家中。人们传言，国王每晚都会亲自去看着囚犯们受罚，来到修道院门口的小商贩告诉门房，城里的人都说国王已经成为一个喜欢听到痛苦呼喊的怪物。"一只欧洲鼹鼠。"他低声说道。这个古老的谚语来源于一只被诅咒的鼹鼠的典故——它在黑暗中与死亡和葬品一起劳作，破坏着自己的牧场。

乔治被判处叛国罪，我多么想把孩子们从他那里救出，但我不敢。我害怕引起人们的注意，尤其是当我们还生活在躲躲藏藏中。我不能让都铎王室的间谍网捕捉到我和孩子们的蛛丝马迹，我和厄林拉藏在赛恩，还有依偎在我身边的小杰弗里，特别是他，毫无疑问，一旦亨利·都铎嗅到了金雀花的血液，决不会放过他。

对于人民来说，亨利·都铎是一位黑暗而神秘的国王。我们家族的国王一向是开放、快乐的理性主义者，他们通过协议和个人魅力稳定统治。而这位新国王热衷于监视人民，一言不合就会对人们进行监禁和折磨，迫使他们互相诬陷，可是当他发现叛国罪的苗头时，他反而会释放囚犯，但对犯人施以重罚，让他们几代人都为自己服务。这是一个被恐惧驱使并被贪欲蒙蔽的国王。

我的亲戚乔治·内维尔，也是我儿子的监护人，从塔里走出来，他嘴唇紧绷着，跛着脚，看起来被打断过腿。他在重罚之下已经一贫如洗，但至少获得了自由——我的亲戚兄弟仍在监禁中。乔治·内维尔没有告诉任何人他在黑暗潮湿的牢房中都经历了什么；他默默地将每季度一半的收入支付给国王，从不抱怨。他的罚款非常重，以至于他的二十六个朋友必须担任担保人，他被禁止回肯特郡的家或萨里、萨塞克斯乃至汉普郡的任何一处房产。尽管没有任何证据，但他在自己的国家被迫过着流亡的生活。

跟他一起被捕的人都没有谈到他们在塔楼下面的黑暗房间里与国王签订的协议，墙壁很厚，门用螺栓固定得死死的，国王站在角落里，看着手下的人转动机架上的杠杆并且拉紧绳索。人们都说，双方的巨额债务协议是在他们自己的血液中签署的。

我的亲戚乔治给我写了简短的信。

你可以放心地把你的孩子们交给我。那些人不会再怀疑我了。我已经一贫如洗，也无法回家；但我仍然可以给他们提供容身之所。在风波平息之前，你最好让他们继续待在我这里。不要让他们为你带来麻烦。你最好安静地待在那里。不要与任何陌生人说话，不要相信任何人。对于白玫瑰们来说，这是最艰难的时期。

我烧了这封信，没有回复他。

1509年春

伦敦西部　布伦特福德　赛恩修道院

国王变得越来越不信任他人，当回到他宫殿的内室与他母亲坐在一起时，他不允许任何陌生人进门，他无休止地增加门口的守卫人数，对那些忠诚的人处以巨额罚款来维持和平，没收他们的土地作为良好行为的保证，向他们索要礼物，干涉法庭案件并收取费用。只要愿意付钱，法律和公正都不值得一提。我相信乔治·内维尔已经被毁了，每个季度他都要为自己的自由支付巨额罚款；但无人敢写信告诉我此事。我偶尔收到亚瑟和亨利的来信，他们没有提过发生的这一切。两个男孩只有十四五岁，但已经知道我们家族的人应该保持沉默。他们出生在英格兰最有才华和智慧的家庭中，从小被教导要谨言慎行，以防杀身之祸。他们知道，既然自己流着金雀花的血液，就应该装聋作哑。读完他们的信，我会立刻烧掉，即使只是孩子的美好祝愿，我都不敢保留任何蛛丝马迹。

在成为寡妇的第四年，我没有希望，没有足够的钱吃饭，没有给孩子的容身之所，无法给女儿准备嫁妆，也无法为儿子娶个新娘，没有情人，没有朋友，没有再婚的机会，我甚至从未见过除了牧师之外的男人。我每天花八小时与修女一起跪着学习教义，我的生活变成一潭死水。

第一年的时候，我祈求帮助，第二年我祈求自由。到第三年结束时，

国王的诅咒
108

我祈祷亨利国王暴毙,国王之母下地狱,以及约克家族能够复兴。在沉默中,我已经成长为一个痛苦的反叛者。我诅咒都铎王朝下地狱,希望堂姐伊丽莎白和她母亲的诅咒能够成真,在漫长岁月里一直跟着都铎王朝直到尽头。

1509年四月

伦敦西部　布伦特福德　赛恩修道院

修道院的老门房琼第一个跑过来给我传话，她来到我房间门口，没有敲门就冲进来。厄休拉躺在小床上没有动弹，杰弗里正被我抱在怀里睡在狭窄的床上，当琼冲进房间时，他动了动小脑袋。琼大声喊道："国王死了！夫人，快醒醒，我们自由了。上帝是仁慈的，他拯救了我们。国王死了！"

我梦见自己在理查德叔叔的谢里夫哈顿宫里，伊丽莎白堂姐正在金银相间的绸缎中翩翩起舞。我惊坐起来对她说："嘘。我什么都没听到。"

她苍老的脸庞露出笑容，我以前从未见她如此开心过。"你一定会听到的！"她说，"所有人都在说这件事，间谍头头已经死了，间谍们也被迫失业了。国王已经死了，而俊美的王子已经及时登上他的宝座来拯救我们了。"

就在这时，修道院的钟声响起，杰弗里跪在地上说道："万岁！万岁！亨利当国王了吗？"

"当然，"老太太抓住他的小手，把他从床上拉起来，"上帝保佑他尽快登上王位。"

"我的兄弟亨利！"杰弗里尖叫道，"是英格兰国王！"

我被这种无辜的叛国罪吓坏了，我把他抓到我身边，把手放在他的嘴上，示意门房住口。但她只是朝他摇摇头笑笑。"公平来说，是的，"她大胆地说,"应该是你的兄弟亨利。但我们有一个可爱的都铎男孩,哈里王子将继承王位。"

我跳下床,开始穿衣服。

"她会接你过去吗?"琼问道,她把杰弗里从床上拉起来跳舞。厄休拉抬起身来揉了揉眼睛说道:"发生了什么?"

"谁?"我以为她在说国王之母。那个女人亲手埋葬了自己的孙子,现在又将埋葬自己的儿子,正如伊丽莎白的诅咒那样,她注定家破人亡。当他们在塔中杀死我们的王子时,都铎王室也是在断绝自己的后路,他们是被诅咒的杀人犯。

"凯瑟琳,威尔士王妃,"琼简短地说道,"如果她嫁给亨利王子然后成为英格兰王后,作为她最好的朋友,你就能被接进宫去了呀,你跟孩子们就能一起生活在宫里了。难道这对你来说不是一个奇迹吗?"

我愣住了。这些日子以来我已经丧失了所有希望,现在几乎不知该如何开口。我甚至从没想过这种情况。

"有可能,"我犹豫地说,"如果亨利娶她为妻,她会把我接进去的。"

这就像一个奇迹,在寒冷的灰色冬天之后释放出像春天一样强大的力量。在这个春天,山楂花竞相开放,水仙花在微风中摇曳。老都铎王死了,新的国王即将登基,把一切扶上正轨。

当亨利还在幼儿园的时候,他告诉我,成为国王是一项神圣的职责。我当时认为他只是一个可爱的小牛皮精,是个被宠坏的善良小男孩,但是谁会想到他有一天会踩在那些卑劣的老人头上,与凯瑟琳订婚,并准备在登基后立刻娶她呢?这是这个十七岁的男孩做的第一件事。就像我的叔叔爱德华一样,他登上王位,然后娶了他所爱的女人。谁会想象到亨利·都铎一下子拥有了金雀花的勇气和激情？

他是他母亲的儿子，这可能是唯一的解释了。他继承了他母亲的善良、勇气以及乐观的精神，这是我们家族的天性。他既是都铎国王，又是约克家族的孩子。无论是从积极乐观方面，还是从决断力方面，他都继承了我们家族的优良传统。

凯瑟琳公主给我寄来了一封信，让我去威廉姆斯夫人的家里，她说在那里我会住进适合我贵族身份的房间，赶快动身去威斯敏斯特宫，在更衣室挑出六打礼服，好作为她的首席侍女盛装恭候她。我终于能得到救赎和自由，恢复自己名誉和地位了。

当我启程去伦敦时，我把孩子们留在了赛恩修道院。在确保我们一切安全之前，我不敢带着他们一起去。

虽然国王刚刚去世，但是伦敦并没有沉浸在悲伤的气氛中。恰恰相反，这里充满欢乐，人们在街头巷尾吃着烤肉喝着啤酒。国王尸骨未寒，王子还没有正式加冕，但每个人都喜气洋洋。关押着债务者的监狱被打开，人民重获生活的希望。吃人的怪物终于死了，诅咒解除，人们从噩梦中醒来，在漫长的冬天过后，温暖和煦的春天终于到来。

我穿着新礼服，戴着跟公主一样厚重的头罩，走进英格兰国王的会客厅。我看到了王子，他没有坐在宝座上，也没有像尊贵的雕像一样威严地站着，而是笑着和他的朋友在房间里闲逛。凯瑟琳站在他身边，他们像是一对为彼此着迷的恋人。在房间尽头，国王之母穿着一身黑色坐在椅子上，身边围了一圈侍女和牧师，她显得悲伤而愤怒——她已经不再是国王之母了，这个曾让她骄傲的头衔和她的儿子一起埋进了土里。现在，她只是国王的祖母而已，从她脸上的表情来看，她对这个称谓并不满意。

1509 年

英格兰

这一切都将拯救英格兰人民于水火之中,使领主们摆脱暴政,也将彻底给我们家族带来救赎。金雀花家族的所有人一直生活在恐惧中,只要国王一声令下,我们随时可能被守卫押解上驳船前往塔楼的水闸。巨大的闸门向上收起,驳船驶入,永远不会再出来。

但现在我们解脱了。威廉·考特尼得到赦免出狱,我们祈祷威廉·德拉·波尔也能很快获赦。我的亲戚托马斯·格雷从加莱城堡被释放回家。令人难以置信,就像瘟疫经过村庄后,人们开始纷纷敞开大门。我的亲人们从各自遥远的城堡来到伦敦,希望能再次到宫里会面。多年没有通过信的亲戚现在敢于传递信息,分享家庭趣闻,讲述婴儿的出生和家庭成员的离世了,他们恐惧地问,其他人怎么样?有谁知道远房亲戚们在国外是否安全?老国王对我们每个人的致命掌控突然就消失了。哈里王子没有继承他父亲可怕的疑心;他解雇了间谍,赦免了债务,释放了囚犯。我们的生活终于再次暴露在光明中。

在我丈夫去世,我又失宠之后,那些仆从和商人纷纷对我避而远之。如今,某个名单上的我,名字旁已不再有问号了,他们又涌向我,要为我效劳。

最初,我就像这个国家中的其他人一样,几乎无法相信自己的运气,我觉得自己很安全,在都铎王室二十四年的黑暗统治中幸存下来。我的兄弟死在亨利国王的断头台上，我的丈夫死于公务，我的堂姐死于难产，但我幸存了下来。我的生活遭受过毁灭般的打击，而现在，虽然有些疏远，但至少我能与自己的两个孩子生活在一起，沐浴在年轻君主新政的春风中。

凯瑟琳，曾经像我一样贫穷的寡妇，现在冲出都铎王朝的黑暗，就像一只红隼在晨光中展开她赤褐色的翅膀，她所有的债务都得到了赦免。王子很快就秘密迎娶了她。现在他终于可以说出自己一直默默地爱着她，关注着她，想念她，而在父亲和祖母的压迫下，他曾不得不保持沉默。凯瑟琳的母亲在很久以前要求的赔偿金使婚姻合法化了，令人无法置疑；没有人问起她的第一任丈夫，也没有人关心此事，没过几天，他们就结婚并且同床了。

我也成了凯瑟琳身边的红人。现在，我有权从王家衣柜中挑出最好的天鹅绒袍子，金银珠宝也可以随意挑选。现在，我是英格兰王后的首席侍女。凯瑟琳的新丈夫亨利八世，提出每年向我支付一百英镑的酬劳，立刻解决了我所有的债务问题：斯托顿的忠实管家约翰，我的表兄弟，赛恩修道院的修女，雷金纳德所在的小修道院。我把亨利和亚瑟接了回来，国王在宫里给他们找了合适的位置。国王对于雷金纳德在修道院接受的教育赞不绝口，说等他回宫时，会成为一名哲学家和学者。现在，我的小儿子杰弗里和女儿厄休拉也生活在宫中，但不久我会把他们送回家去过无忧无虑的生活，并成为金雀花继承人该有的样子。

甚至有人向我求婚。威廉·康普顿爵士，年轻的国王最亲密的朋友和同伴，他疯狂地追求我，谦卑地跪在我身边，眼带笑意地大胆看着我，向我求婚。他跪着的膝盖和温暖的双手，让我有些动情。我作为修女生活了将近五年，现在这个英俊的男人让我有些怔住，我愣愣地盯着他微笑的棕色眼睛。

我只需要一分钟的时间来决定，但是为了照顾他的尊严，我拖了好几天。感谢上帝,我不需要他的新名字,我现在不必隐藏我的名字。我不需要他带来的王室恩惠。我在宫里很受欢迎,年轻的国王经常向我寻求建议,让我讲述过去的事情以及对他母亲的回忆。我向他描述童话般的金雀花王朝,我能看到他重建我们王朝统治的渴望,所以我不需要康普顿的庇护也能过得很好。我是国王面前的红人,前途一片光明,所以我温和地拒绝了他,他也慷慨而礼貌地表达了自己的失望之情,我们像两个心照不宣的舞者。他知道我处于胜利的最高点,我与他地位平等,并不需要依靠他。

财政部的大门打开,财富源源不断地流淌出来。人们在王室的每个角落都了找到数不清的金银珠宝。这位老国王在金钱和物品上施以重税,使穷人走投无路;而新国王,年轻的亨利向无辜的人们归还了他父亲的掠夺品。不公正的罚款从国库中偿还,贵族们重新获得土地,照顾我儿子的那位亲戚,乔治·内维尔,也从繁重的债务中解脱出来,并担任起首席执行官的职位,数不清的王室财富在他的管理之下投入到利国利民的工程中。国王对他很有好感,钦佩他,拿他当自己的亲人,十分信任他。没有人再提他的跛脚,他终于可以回到自己美丽的家乡。

他的兄弟爱德华·内维尔也很受器重。国王把爱德华当作自己的最佳搭档,甚至比较他俩头发的高度和颜色,说别人会认为他俩是亲兄弟,他把我们所有人都当作兄弟姐妹来对待。他对我们所有的家人都很热情,包括德文郡的亨利·考特尼、我的亲戚亚瑟·金雀花、德拉·波尔家族、斯塔福德家族、内维尔家族。他仿佛可以从我们微笑的熟悉面孔中看到他母亲的身影。慢慢地,我们所有人都回到了最初的地方,即权力和财富的中心。我们是国王的表亲,没有人比我们跟他更亲近。

老国王之母也重新回到了她的沃金宫,但她显然并不情愿。她看到孙子加冕为王,之后回到自己的床上,就这么死去了。她的牧师,亲爱的约翰·费希尔,在她的葬礼上宣讲悼词,将她描述成一位为国家、为儿子服务的圣徒。我们在沉默中礼貌地倾听着，但说实话，并不感到悲伤；我们大多数人所经历的都是她趾高气昂的家族自豪感，而不是她对于亲戚的爱。我们都认为她是死于愤恨，她害怕自己的影响力逐渐消失。这个卑鄙的老太太不愿看到年轻貌美的凯瑟琳王后得宠。

上帝赐福我们这一代人，我们把那些不好的日子遗忘在身后。凯瑟琳王后很快怀了孕，就在夏日游行的欢乐时光里，并宣称会在圣诞节前在里士满宫生下孩子。有那么一刻，在那个庆祝的季节里，我认为伊丽莎白堂姐的诅咒已经解除——而且都铎王朝将继承我们家族的运气，像我们一样人丁兴旺。

1510年春

伦敦西部　里士满宫

就在这时，凯瑟琳得知了一个坏消息，她的孩子保不住了。但更糟糕的是，那个愚蠢的医生告诉她，她怀的是双胞胎，因此国王认为她肚子里依旧怀着另一个健康的婴儿。所以她虽然经历了早产，但是肚子里仍然怀着都铎王朝的另一个继承人，并且有可能是个男孩。

通过这件事，我们知道这位年轻的国王只喜欢听到好消息，并且坚信好消息的真实性，将来我们需要鼓起十二分的勇气才能告诉他事实。如果他更年长、更有自我意识，一定会向这位过于乐观的医生提出质疑，但是亨利没有，他渴望孩子，渴望幸福，因此还是为妻子的怀孕欢欣鼓舞。在忏悔星期二的盛宴上，大家都为王后和腹中的孩子举杯欢庆，亨利一一回敬。我难以置信地看着他。这一次，我意识到他生病的父亲和可怕的祖母向他灌输了对医生荒谬的盲从精神。对于他们说的话，亨利全盘相信。他对疾病有一种深深的恐惧，他渴望被治愈。

1510年春

伦敦 格林尼治宫

而此时,凯瑟琳正乖乖地待在格林尼治宫,虽然她肿胀的腹部已经渐渐平坦,但她还是以严峻的决心等待着孩子的降生。可待产的时间终究还是结束了,她的肚子没有任何动静。她用玫瑰精油和香薰肥皂浸泡过的热水沐浴,穿上最好的礼服,鼓起勇气站出来接受大家的质疑和嘲讽。而我像一个凶悍的守护者一样站在她旁边,扫视所有人,看有谁敢对她长时间的消失评头论足。

她的勇气并没有得到回报。没人会关心一个生不出孩子的新娘。更有趣的事情还在继续,王室笼罩在丑闻中。

我的前任追求者威廉·康普顿,似乎为了安慰自己,开始与我的二表妹安妮调情,安妮是白金汉公爵[1]两个美丽的姐妹之一,她才刚刚与乔治·黑斯廷斯爵士结婚。彼时我正全神贯注于凯瑟琳的悲痛,当我发现这件事时,事情已经演化得尤为恶劣。我的斯塔福德表亲在国王面前狠狠地侮辱了康普顿,并把安妮带出了宫。

这个行为有些过激,但反映出公爵典型的骄傲。毫无疑问,在他看来,他的妹妹可以犯下任何轻率的罪行:她是凯瑟琳·伍德维尔[2]的女儿,和

---

[1] 指第三代白金汉公爵爱德华·斯塔福德。

[2] 白王后伊丽莎白·伍德维尔的妹妹,白金汉公爵夫人;约克的伊丽莎白的姨妈。

伍德维尔家族的大多数女孩一样，漂亮而任性；她对自己的新丈夫不满意，认为他会容许一切不端行为的发生。但是，在宫里的人持续不断的窃窃私语中，我开始察觉事情并不简单。这已经不是一个朝臣的逍遥法外的事件，或是一部宫廷爱情的剧集，而是代表一种挑战规则的欲望。对宫廷爱情总是充满热情的亨利似乎与康普顿站在同一战线，康普顿声称自己被公爵侮辱，这位年轻的国王便大发雷霆，命令白金汉郡公爵远离宫廷，坚持维护看起来既羞怯又笨拙的康普顿——他像是只护犊子的母羊。

此时无论发生什么，都比不上威廉·康普顿与公爵妹妹的绯闻更令人不安。国王选择支持他的朋友而不是被戴绿帽子的丈夫，公爵即使受到侮辱也得不到应有的补偿和支持。有人在撒谎，把一切瞒着王后。侍女们发挥不了什么作用，因为她们什么都不会说。伊丽莎白·斯塔福德表姐保持着贵族的谨慎，因为正处于丑闻的中心的是她的亲戚。侍女摩德·帕尔女士说，这已经不仅仅是常见的八卦了。

凯瑟琳命人去取了王宫的账册，随后便看出来了：当她在产房苦等那个她早知不会降生的孩子之时，整个王宫都在纵情享乐，而安妮·黑斯廷斯正是这五朔节女王。

"这是什么？"她问我，指着五朔节早上安妮窗口唱诗班的开支，"这又是什么？"那是安妮的装扮费用。

我只能说我不知道；但任何看到账单的人都会明白，大笔的王室经费正在用于满足安妮·黑斯廷斯的娱乐活动。

"王室为什么要为威廉·康普顿和安妮女士的唱诗班买单？"她问我，"这在英格兰是件正常的事吗？"

凯瑟琳的父亲是个众所周知的花花公子。她明白国王可以依据自己的意愿选择爱人，谁都不敢抱怨，尤其是妻子。西班牙的伊莎贝拉女王被自己的丈夫伤了太多次心，她和国王一样拥有王室血统，却受了太多委屈。

即便如此，西班牙国王从未修正过自己的做法。伊莎贝拉遭受了地狱般的折磨，她的女儿凯瑟琳目睹了一切，发誓自己绝不会经历这种痛苦。她不敢想象，这位声称爱了自己很多年的年轻王子也会做出这样的事。她不敢想象，在她最悲伤最孤独的时刻，她年轻的丈夫却在跟自己侍女的亲戚调情。

"恐怕你的担心并非毫无依据，"我直截了当地对她说，告诉她最糟糕的情况并帮她想办法解决，"威廉·康普顿假装向安妮求婚，这事人尽皆知，但仅仅是一个掩护。安妮一直在和国王私下约会。"

这对她来说是一个沉重的打击，但她仍表现出王后应有的大方得体。

"而且我很抱歉要告诉你比这更糟糕的事了。"我说。

她吸了一口气。"说吧，玛格丽特，还有什么比这更糟糕的？"

"安妮·黑斯廷斯告诉其他的侍女，这不仅仅是调情，也不仅仅是转瞬即逝的五朔节的求爱。"我看到她脸色苍白，嘴唇紧抿着。"安妮·黑斯廷斯说国王已经对她做出了承诺。"

"什么？他承诺了什么？"

我顾不上礼仪，坐在她旁边，搂着她的肩膀，好像又回到了当年在勒德洛的时候，她还是一个想家的公主。我说："亲爱的……"

那一刻，她把头靠在我的肩膀上，我紧紧握住她的手。"你要对我说实话，玛格丽特，我想听实话。"

"她说国王发誓自己爱上了她。她告诉国王，自己的婚约可以解除，而他的也是无效。他们已经提及婚姻了。"

在漫长的沉默中，我祈求上帝，别让她因带来这样的坏消息而怪罪于我。她的身子渐渐无力地瘫软，脸颊满是泪水，悲伤地哭泣。我只能紧紧抱着她。

我们沉默了很长时间，然后她缓过神来，用手揉揉眼睛。我递给她一块手帕,她擦了擦脸,擤擤鼻涕。

"我早就知道。"她叹了口气,声音疲惫不堪。

"你知道?"

"他昨晚跟我说了一些话,我猜到了他的用意。上帝原谅他:他告诉我他很困惑。他告诉我,当他们同床时,她痛苦地喊叫说她受不了,他不得不温柔地对待她。她告诉国王,处女在第一次同床时会流血。"她脸上露出一丝厌恶和嘲笑,"显然,她让国王看到自己流了很多血,并说服国王,我在新婚之夜时已不是处女,我与亚瑟同过床。"

她努力保持镇定,却克制不住地颤抖。"她告诉国王,他与我的婚姻是无效的,因为我与亚瑟结过婚还同了床。在上帝看来,我将永远是亚瑟的妻子,而不是亨利的妻子。上帝永远不会赐给我们一个孩子。"

我很骇然。我茫然地看着她。我们之间的秘密被昭然天下,我竟没有言语去反驳。

"她自己就是一个已婚女人,"我断然说道,"她结过两次婚。"

凯瑟琳对我的质疑露出了悲伤的笑容。

"她说,我们的婚姻违背了上帝的意愿,这就是我们失去婴儿的原因。她告诉国王我们永远无法拥有孩子。"

我震惊得说不出话来。她轻轻拍了拍我的手,然后松开。

"是的,"她若有所思地说,"她是不是既残忍又邪恶?"

我没有回答,她接着说:"这很严重,因为她告诉国王,我大了肚子但并没有生出孩子,这就是上帝的旨意。我们的婚姻违背上帝的原则。一个男人不应该娶他兄弟的遗孀,这是《圣经》中的话。"她冷笑着,"她甚至引用了《利未记》中的章节:'倘若有人娶了自己兄弟的妻子,这是可耻的行为,他这样做就是羞辱了自己的兄弟。他们二人必无后嗣。'"

安妮·黑斯廷斯突然说出这样的神学教义,着实让人大吃一惊。一定是有人教她在国王耳边吹风。"教皇已经特许过了,"我坚定地说,"你的母亲安排好了一切!无论你是否与亚瑟同过床,这件事都不会有任何改变。"

她点点头。"是的。但亨利已经被他那位老奶奶吓坏了。在我们结婚之前,她就用《利未记》警告过亨利。他的父亲一向不相信自己的运气。而现在这个斯塔福德家族的孩子被欲望冲昏了头脑,告诉亨利我们失去孩子是上帝的旨意,我们的婚姻受到了诅咒。"

"她说什么都不重要,"我对这个邪恶的女孩感到愤怒,"她的兄弟已将她从宫中带走,她不会再出现在你的眼皮下了。看在上帝的分上——她已经结了婚!不是自由身了!她决不能嫁给国王!为什么会发生这种事?亨利怎么会相信她是处女!她已经两次结婚了!他们疯了吗,胆敢说出这样的话?"

凯瑟琳点点头。她在思考如何应对眼前的情况,我突然意识到这与她母亲的做派一脉相承——一个不会放过任何机会,永远企图翻盘的女人。如果她的帐篷被烧光了,那她就会建一栋石堡,她就是这样的女人。

"是的,我想我们可以摆脱她,"她若有所思地说,"我们必须和她的公爵兄弟重归于好,让他回到宫里;他势力强大,我们不能与其为敌。老夫人已经死了,她不能在亨利身边阴魂不散,我们必须停止这个话题。"

"我们一定可以做到。"我说。

"你会给公爵写信吗?"她问道,"他是你的表亲,不是吗?"

"爱德华是我的表亲,"我指出,"我们的祖母是有一半血缘关系。"

她笑了。"玛格丽特,我发誓你和每个人都有血缘关系。"

我点头。"我是。他会回来的。他忠于国王而且很喜欢你。"

凯瑟琳点点头。"他对我来说并不是威胁。"

"为什么这么说?"

"我的父亲以花心闻名于世;我的母亲也清楚地知道这一点。每个人都知道女人只是他的乐子，没有人跟他提过爱情。"她脸上露出一丝厌恶，仿佛国王和女人之间的爱总是声名狼藉。"除了对他的妻子，我的父亲永远不会提及'爱'这个字眼。没有人怀疑他的婚姻，也没有人胆敢挑战我的母亲，伊莎贝拉女王。他们是秘密结婚，也没有得到教皇的特许——他们的婚姻是世界上最不确定的婚姻，但是所有人都认为他们将共同走过一生。我的父亲有数十名甚至上百名的情妇，但他从来没有对任何一个人说过'爱'这个字。从来没有人敢挑战西班牙女王的位子。"

我静静听着。

"我的丈夫才是我最大的威胁，"她疲惫地说，她美丽的面容仿佛只是张面具，"他以前是个被宠坏的傻孩子，但现在他的年纪应该足够他理智地处理与情人的关系。他绝不应该让任何人质疑我们的婚姻。如果有人这么做，就是在破坏他自己和我的权威。我是英国唯一的王后，他是唯一的国王。我是他的妻子，我们经过了加冕。这绝不应该受到质疑。"

"我们可以确保这种情况永远不会发生。"我说道。

她摇了摇头。"但毁灭性的打击已经产生了，"她说，"一位对妻子之外的人说'爱'的国王，一位对自己的婚姻提出质疑的国王是在动摇自己王位的基石。我们可以阻止这种情况进一步发展，但是这个想法进入他愚蠢的脑袋的瞬间就已经造成了不可逆的后果。"

我们沉默地坐了很久，想着亨利帅气的脸。"他因为爱情娶了我，"她无力地说，"这门婚事不是被指定好的，而是因为爱情。"

"这是一个不好的先例，"我自己就是一个在被指定的婚姻中成为寡妇的女人，"如果一个男人为爱而结婚，当他认为自己已经不再爱的时候，就可以取消婚姻吗？"

"他不再爱我了吗？"

我无法回答她。这问题对她来说太过悲伤。她的第一任丈夫那么深爱着她，除了她，绝对不跟别的女人发生关系，更不会爱上别的女人。

我摇摇头，因为我不知道。我怀疑亨利他自己都搞不清楚。"他很年轻，"我说，"冲动而精力旺盛——这几个特点结合起来就很危险了。"

安妮·黑斯廷斯再也没有回到宫里来，她的丈夫将她送到了修道院。她的哥哥，也就是我的表亲爱德华·斯塔福德，白金汉公爵，调整好了自己的心态，与我们重归于好。

凯瑟琳把亨利带回了她的身边，他们怀上了另一个孩子，这个男孩很好地证明上帝对他俩婚姻的认可。王后和我假装此事从未发生过，也根本不值得一提。我们做到了。

1511年1月

伦敦西部　里士满宫

我们每个人，特别是凯瑟琳都得到了救赎。她为国王，也为都铎王朝生下了一个继承人，推翻了关于都铎家族诅咒的谣言，守住了自己的婚姻。

我得到殊荣，去通知国王凯瑟琳为他生了个儿子。彼时，他正在宫里跟朋友们畅饮庆祝。凯瑟琳在房间中休养，无法外出。当我回去时，她靠在枕头上，朝我疲惫地微笑着。

"我做到了。"当我靠近她的脸颊时，她轻声对我说。

"你做到了。"我回应道。

第二天，亨利派人来接我。他的会客厅依旧熙熙攘攘，所有人都在为小王子的诞生欢呼。在这人声鼎沸中，他问我是否愿意当小王子的保姆，并帮助将他培养成王室继承人。

我把手贴在胸口，向他深深鞠了一躬。当我直起身时，亨利投入我怀中，我们幸福地拥抱着。"谢谢你，"他说，"我知道你会像我的母亲一样好好地守护他，培养他。"

"我会的，"我对他说，"我尽自己所能完成她的心愿。"

这个婴儿在里士满的一个教堂中受洗；当然，他会成为下一个亨利。有一天他会成为亨利九世，上帝眷顾他，他终将统治一个彻底遗忘白玫瑰的英格兰。他含着金钥匙出生，拥有优秀的教师和奶妈。凯瑟琳每天都把他带到自己的房间一起睡觉。

亨利去朝圣地还愿。凯瑟琳也去教堂谢了恩,接受了传统的西班牙热浴,然后抬头挺胸地回到宫中,所有人都向她鞠躬行礼。这个国家所有的女人都为她感到开心。

1511年春

伦敦　威斯敏斯特宫

国王前往沃尔辛厄姆朝圣；在那里，他向圣母谢恩，或者说实话，是告知圣母他取得的成就。朝圣归来后，他召唤我去比武竞技场。我的儿子亚瑟笑着对我说，绝不要告诉任何人这场比赛是为了庆祝王子诞生而举办的，尤其不要让王后知道。

当我到达竞技场时，看到亨利小心翼翼地骑在一匹战马背上，独自一人围着场地转圈。亨利挥挥手示意我坐到看台上，我坐到他母亲常坐的位置，因为我足够了解他，知道他正是希望我坐在那里，像以前那样看着他骑在小马背上练习。

他将马带到看台前，向我展示它可以弯腰，一条前腿伸展，一条前腿弯起来。"拿个手套或什么东西。"他说。

我从脖子上摘下头巾举起来。亨利骑到竞技场的另一边喊道："丢下来！"当头巾落下，他骑马猛地向前冲过来，用手抓住它高高举起，像是举着一面旗帜。

他在我面前停下来，他明亮的蓝眼睛盯着我的脸。

"非常好。"我赞许地说。

"是的，"他说，"别被吓坏了。我知道我在做什么。"

我点点头。他将马头调离我的视线并使其向后移动然后俯身，前腿抬起接着向后踢腿，整套动作一气呵成。他轻轻挪了挪位置，马在地面上腾跃，在空中舒展身躯，然后在竞技场尽情驰骋着。他的确是一位出色的骑手；他安稳地坐着，紧握着缰绳，整个人与马这种警觉又健壮的动物合二为一。

"准备好。"他提醒道，接着他拉动缰绳，马高高地跳起，达到看台那么高，它的前蹄踩到墙上，再次跳起，然后下落。

我尖叫着跳起来。亨利松开缰绳，轻拍马的脖子。"没有其他人可以做到这一点，"他气喘吁吁地说，让马离得更近，看着我的反应，"除了我，英格兰没有人能做到这一点。"

"我可不这么想。"

"你不觉得它太大声了吗？她会受到惊吓吗？"

凯瑟琳曾经和母亲站在一起，面对敌人阿拉伯骑兵的进攻，那是世界上最凶恶的骑兵。我微笑。"不，她会非常感动，她马术很好。"

"她从没看到这样的场景。"他坚称。

"她见过，"我反驳他，"安达卢西亚的摩尔人拥有阿拉伯马，他们骑得非常好。"

他脸上的微笑瞬间消失。他对我摆出一副愤怒的面容。"什么？"他冷冰冰地说，"你说什么？"

"她会明白你有多么出色，"我赶紧重新组织了语言，"她在西班牙的家里见识过优秀的骑手，但她从来没见过这种场景。在英格兰没有人能做到这一点。我从未见过更好的骑手。"

他有些不信，拉动着缰绳；马儿仿佛能感觉到他心情的变化，轻轻竖起耳朵听着。

"你就像卡米洛特的骑士，"我急忙说道，"从黄金时代开始，没有人见识过这样的技术。"

他的脸色终于雨过天晴。"我是新的亚瑟王。"他附和道。

当我们心爱的王子的名字再次被提起时，我感到十分痛苦，他的小弟弟仍然在努力胜过他。"你是新卡米洛特的新亚瑟,"我重复道,"但你的另一匹可爱的黑色母马在哪呢?"

"她不听话,"当他骑上马背,"她无视我,不听从管教。"

他转过身来,冲我一笑。在我眼里他还是那个可爱的小男孩,他轻描淡写地说:"我派她去做诱饵。猎犬杀死了她。我无法忍受不忠。"

这是我见过的最盛大的比武竞赛,在整个英格兰也是空前的盛况。国王无处不在,竞技场上的每一幕都要有身着新衣的国王才算完整。他带领着大部队,小号手,朝臣,传令官,侍者,诗人,歌手,最后还跟着长长的人龙。亨利宣布他将举办一场比赛,对所有参赛者来者不拒。

他骑着灰色战马,穿着金色的战袍,衣上交错着蓝色的天鹅绒,在明媚的春光下闪闪发光。他的夹克,帽子,马裤,所有的服饰都缝上了小小的金色K字样,好像他想向世界宣布凯瑟琳是他的女人。他的帽子上绣着他为这场盛事取的名字:忠诚。这场比赛的名称是"忠诚的心"。当凯瑟琳闪亮登场时,他骑着马绕场展示各种技巧,真是一个完美的君主。

我们都分享着凯瑟琳的快乐,即使那些希望得到君主关注的姑娘也是如此。凯瑟琳坐在宝座上,阳光穿过金色的帽兜,将她的皮肤映衬得红润而有光泽,她朝爱人微笑着,相信他们的第一个孩子,他们的儿子,正安全地待在金色的摇篮中。

但仅仅十天之后,当他们去接他时,孩子已经浑身冰凉,小脸青紫。他死了。

整个世界都坍塌了。亨利躲回自己的房间；王后的房间则充斥着震惊和寂静。所有可以安慰失去第一个孩子的年轻女性的话语已经无济于事。日复一日，没有人敢说什么。亨利陷入沉默，绝口不提失去的孩子；也不去参加葬礼和弥撒。两个人不能相互安慰，甚至不能忍受待在一起。他们刚结婚不久就遭遇这种事，亨利无法理解，也不想去理解。黑暗笼罩着整个宫廷。

但即使在悲伤中，凯瑟琳和我也知道我们必须始终保持警惕。我们不得不等待亨利带到他床边的下一个女孩，她会将双臂环在亨利脖子上，在他耳边低语：看看！上帝不会祝福他的婚姻。才刚刚经过二十个月，就已发生过三场悲剧：一次流产，一个婴儿在子宫里无缘无故地消失，另一名婴儿在摇篮中死亡。这难道还不足以作为证据吗？他们的婚姻违背了上帝的意志，但她，一个健康的英国处女，会为他生个儿子。

"我该怀疑我的哪位侍女？"凯瑟琳痛苦地问我，"谁？我该怀疑谁？摩德·帕尔女士？她是一个漂亮的女人。玛丽·金斯顿？简·吉尔福德女士？伊丽莎白·波琳夫人？她虽然已经结婚，但这并不妨碍她引诱国王。或者是你？"

我没有把她在气头上的话放到心里去。"王后必须由王国中最美丽，最富有的女士们所服侍，"我简单地说，"这就是宫廷的运作方式。你被美丽的姑娘们包围，她们一心想在这里找到一个如意郎君，所以她们必须用尽一切办法引起朝臣和国王的注意。"

"我该怎么办？"她问我，"我怎么才能让自己的婚姻牢不可破？"

我摇了摇头。我们都知道，她能证明上帝赐予她婚姻的唯一方法就是生下一个健康的儿子。没有他，没有那个小救世主，我们都无法预料哪天国王又会开始质疑这场婚姻。

1512年春

伦敦　威斯敏斯特宫

当国王从失子的悲痛中恢复后,他对我很友好,提出我可以申请归还我兄弟的财产和土地,甚至是我的家族头衔。我这一生都隐藏自己的名字,财富散尽,而现在终于有望恢复它们了。

这让我兴奋无比,就像再次从寒冷的修道院进入温暖的宫廷,就像从黑暗中走向光明。我列出了当这位国王的父亲将我弟弟从教室捆绑到塔楼时,他所失去的巨大财富。我说出了当我离开宫廷,嫁给一个卑微的都铎骑士时,拥有的头衔。起初,我冒了很大的风险,说出了我的名字,估算了我的巨大财富,并声称这都是我自己所有,是都铎家从我身上夺走的,现在我想把它们要回来。

我想到了在赛恩修道院时,我那些愤怒的祈祷,我忍住情绪,向国王写了一份谨慎的请愿书,没有提到他那位暴君父亲,只是提及我和我的儿子们应该拿回的东西。我希望恢复自己的名誉,我想再次成为一个金雀花。显然,目前来看,一切都有可能实现。

令人惊讶的是,国王慷慨地满足了我的一切要求。他告诉我,因为我的母亲是王国最伟大的女士之一,我应该拥有最丰厚的财富。我将恢复自己的一切:玛格丽特·金雀花,像约克公主一样富有。

我请王后允许我晚上离开宫廷。"你一定想告诉你的孩子。"她笑着说。

"这改变了我们的一切。"我说。

"走吧,"她说,"回你的新家找他们。我很高兴看到你得到了正义,再次成为玛格丽特·金雀花。"

"索尔兹伯里伯爵夫人,"我向她深深鞠了一躬,"他给我了自己的头衔。我现在是索尔兹伯里伯爵夫人。"

她高兴地笑着说:"非常棒。非常地尊贵。亲爱的,我为你感到高兴。"

厄休拉现在是一个十三岁的高个子女孩了,我把她和她的弟弟杰弗里带到河边的王家驳船上,接来河边那座靠近塔楼的金雀花宫殿,这是国王归还给我的。我把大厅里的壁炉点燃,这样当我的孩子们进来时,我们的新家就会用温暖和热情迎接他们。

我站在大厅的巨大壁炉前等着他们,两手分别拉着厄休拉和七岁的杰弗里。大儿子亨利先走进来,他弯下身来求我祝福,亲吻我的脸颊,然后走到他的兄弟亚瑟身边。他们并排跪在我面前,身高和体形的差距并不明显。他们已经不再是孩子,都长成了大小伙子。我已经错过了他们五六年的成长,就算是都铎国王都无法将这一切补偿给我。这是一种永远无法弥补的损失。

我把亨利扶起来,当他直起身时,我欣慰地笑了。他已经长成一个身材魁梧,近二十岁的年轻人。他比我高出一个头,我能感受到他的力量。"我的儿子,"我说,我清了清嗓子,语音不住地颤抖,"我的儿子,我们曾经分离,但现在终于又回到了同一个家。"

我扶起亚瑟并亲吻他。他今年十七岁,长得几乎和他的哥哥一样高,肩膀更宽阔也更强壮。他是一名运动员,是一名出色的骑手。我记得我的表兄乔治·内维尔向我保证他会把这个男孩变成一个伟大的运动员。"把他放在国王的宫殿里,他们会因为他在比赛中的勇气而爱上他。"他如是说。

接下来,当我走过去时,雷金纳德站了起来,但是尽管我紧紧抱住他,他并没有搂着我。我亲吻他,然后退后一步看着他。他身材高大瘦弱,神情像女孩一样敏感,对于一个十一岁的孩子来说,他的棕色眼睛太过警惕,嘴巴紧紧抿着。我想他永远不会原谅我把他留在修道院。"我很抱歉,"我对他说,"我不知道如何保护你的安全,我甚至不知道如何养活你。感谢上帝,你现在已经回到了我身边。"

"你把其他人保护得都很好,"他的声音不稳定,有时候是一个男孩子的高音,有时会突然变低。他瞥了一眼我身边的杰弗里,听到哥哥声音的敌意时,杰弗里紧紧抓住我的手。"他们不必像陌生人一样生活在沉默中。"

"好了!"亨利打断了他兄弟的话,"我们现在又在一起了!我们的母亲已经赢回了所有的财富和头衔。她将我们从艰难的困境中解脱出来。木已成舟,覆水难收。"

厄休拉贴近我,好像是为了保护我免受雷金纳德的责难,我把她抱在我身边。"你说得对,"我对亨利说,"你命令你的兄弟是对的。你是这个家庭的男子汉,你将成为蒙塔古勋爵。"

他高兴地冲了过来。"我有头衔?他们也给了我头衔?我可以用你的姓?"

"现在还不行,"我说,"但你会拥有它。从现在开始,你就是蒙塔古勋爵了。"

"以后我们要叫他蒙塔古而不是亨利吗?"杰弗里鼓起勇气,"我也有新名字吗?"

"你肯定会成为伯爵,"雷金纳德不愉快地说,"只要他们不找个公主嫁给你的话。"

"我们现在可以住这里吗?"厄休拉问道,她环顾着大厅里高高的彩绘横梁和房间中央的老式壁炉。她对宫里美好事物和生活有些品味。

"这是我们在伦敦的房子,但我们将留在宫里,"我告诉她,"你和我在王后的房间,你的兄弟杰弗里会成为王后的侍卫。你的兄弟们将继续为国王效力。"蒙塔古抿着嘴,亚瑟握紧拳头。"这正是我们所希望的!"

雷金纳德的脸色明亮起来。"我呢?我也会去宫里吗?"

"你很幸运,"我告诉他,"雷金纳德要去大学!"我向其他人宣布此事时,他的笑容却就此消失了。

"国王已经提出支付你的学费,"我告诉他,"你很幸运能得到他的赏识。他本人就是一位伟大的学者,他钦佩学者。这是一份殊荣。我告诉他你和加尔都西兄弟一起学习,所以他在牛津大学的莫德林学院给你留了一个位置。这是个很大的恩赐。"

他低头看着自己的脚,黑色睫毛遮住了他的眼睛,我想他可能正努力克制住自己的眼泪。"所以我必须再次跟你们分开,"他小声说,"你们所有人都一起待在宫里。"

"我的儿子,这是一份殊荣,"我有点不耐烦了,"如果你得到国王的青睐,能在教会寻到一官半职,将来不知道会有多好的前景呢!"

他还想再争辩些什么,但他的兄弟打断了他。"红衣主教!"蒙塔古弄乱了他的头发,大声喊道,"教皇大人!"

雷金纳德冷冰冰地看着他的兄弟。"你现在是在嘲笑我?"

"没有!我的意思是,"蒙塔古回答道,"为什么不会呢?"

"为什么不会呢?"我附和道,"我们重新得到了一切,一切皆有可能。"

"我们有什么呢?"亚瑟问道,"如果我要为国王服务,我需要买一匹马,一匹马鞍和盔甲。"

"是的,他给了我们什么?"蒙塔古问道,"上帝保佑他把一切都解决了。我们得到了什么?"

"我们重新得到了属于自己的东西,"我自豪地说,"我所要求的,是当我弟弟被残忍处决时,他们从我身上夺去的财富和头衔。现在国王承认我的弟弟不是叛徒,所以他正在恢复我们的财富。这是正义,而不是施舍。"

国王的诅咒

男孩们静静等着,像在等待新年礼物的孩子。他们一直都知道一个叔叔的存在,但没有人敢提到他的名字,过去的时光太过辉煌,所以我们不得不隐瞒它,之前拥有的财富如此之多,以至于我们难以开口讨论失去的东西。现在他们母亲的梦想终于被证明是真实的。

我深吸一口气。"我重新得到了爵位,"我说,"我的姓,和我的头衔。我将成为索尔兹伯里伯爵夫人。"

蒙塔古和亚瑟对这个爵位的等级有所了解,所以很是震惊。"他封你为伯爵?赐封一个女人?"蒙塔古问道。

我点头。我清楚我此时满面红光,我无法掩饰自己的快乐。

"我兄弟的所有土地都归还给了我们。"

"我们很富有吗?"雷金纳德问道。

我点头。"是的。我们是整个王国中最富有的家庭之一。"

厄休拉倒吸了一口气,双手合十。

"这是我们的房子?"亚瑟环顾四周问道,"这房子?"

"这是我母亲的房子,"我自豪地说,"我将在她的大房间里睡觉,她曾经和她的丈夫,也就是国王的兄弟睡在那间房里。它和伦敦的宫殿一样大。当我还是一个小女孩时,我都能清晰地记得自己住在这里。现在它又是我的了,这不止是房子,你们可以称它为我们的家。"

"那些乡村的房子呢?"亚瑟着急地问道。

我看到他脸上的急切,也认识到自己的满足和兴奋。"我要修房,"我向他保证,"我打算在汉普郡的沃灵顿建造一座砖房,一座像宫殿一样富丽堂皇的城堡。这将是我们最大的府。我们名下的房产包括伯克郡的毕萨姆,伦敦的这座房子,还有艾塞克斯的克拉弗林庄园。"

"那我们在斯托顿的家呢?"雷金纳德问道。

我笑了。"那里不算什么,"我不屑一顾地说,"一个小地方而已。只是我们众多房产之一。我们有十几栋像斯托顿那样的房子。"我转向蒙塔古："我会为你安排一场美满的婚姻，你将拥有自己的房屋和土地。"

"我会结婚的，"他答应道，"现在我有一个名字可以送给妻子了。"

"你将能送给自己的妻子一个头衔，"我向他保证，"现在我就能帮你物色一个合适的人。你拥有财富和地位，国王是我的亲戚，现在我们可以寻找一位财富与你相匹配的女继承人。"

他看起来好像有话要说，但他暂时微笑保持沉默。

"我知道是谁。"亚瑟调笑他。

我立刻察觉到什么。"你可以告诉我，"我对蒙塔古说，"如果她家境富裕而且家教良好，我就可以安排此事。你有选择权。现在，整个王国里没有一个家庭不认为与我们家的孩子结婚是一种荣幸。"

"你已经从乞丐变成了公主，"雷金纳德缓缓说道，"你一定觉得上帝对你的祈祷做出了回应。"

"上帝仅仅是赐予我正义，"我认真地说，"作为一个家庭，我们必须对此表示感谢。"

慢慢地，我已经习惯了再次回到富裕的生活，就像当年习惯贫穷时那样。我安排工人们对我伦敦的住宅进行修缮，他们把这里建造得更加宏伟了，他们铺设前院，为大厅雕刻漂亮的木板。在沃灵顿，我建造了一座城堡，挖了一条护城河，还修了一座吊桥、一座小教堂和一片绿地，就像我父母在我童年时代建造的米德尔赫姆城堡一样，那时我明白自己出生在富贵家庭，但从未设想过它可能在一夜之间消失。我在这片土地上建造了数座华丽的城堡，当国王和宫里来的客人与我同住时，他们可以住在跟宫殿同样豪华的客房里。

国王的诅咒

每天清晨,我都要承认自己有些骄傲了。但我不在乎。我想向全世界宣告:"我的兄弟不是叛徒,我父亲也不是叛徒。这是一个光荣的名字,这是王室的旗帜。我是英格兰唯一一个凭借自己的能力获得伯爵爵位的女人。这些房子就是象征。我生活在这里,我不是叛徒。"

我的孩子们像王子一样进入宫廷生活。国王很认可亚瑟在长矛比武中的勇气和技巧。我的亲戚乔治·内维尔为我的儿子们提供了很好的教育,他将孩子们养育成人,并教给他们必备的技能,蒙塔古很快就成为受欢迎的朝臣;而亚瑟被称为宫里最勇敢的人之一。他是少数几个敢于在马上竞技中对抗国王的人之一,也是极少数可以击败他的人之一。当亚瑟把英格兰国王从马上摔下来时,他立刻跳下马来扶亨利站起来,亨利大笑着与亚瑟拥抱。"我没事,金雀花表弟!"他们为国王的摔倒大声笑着,就像金雀花胜过都铎王一样,只是个笑话。

此时的雷金纳德在上着大学,厄休拉在王后房间里同我待在一起,杰弗里和他的导师及同伴一起住在埃贝尔的育儿室,有时候会来宫殿看看。在与我的三儿子分别之后,在雷金纳德经历长久的在外生活后,我决不能把他送走。这个男孩,我最小的儿子,我将把他留在家里。我发誓,除非他结婚,否则我绝不会离开他。

国王迫切希望参加战争并决心惩罚法国人在意大利的侵略,决心捍卫教皇和他的土地。今年夏天,我的表亲多塞特侯爵托马斯·格雷,带领一支先头部队去了阿基坦①,但没有王后父亲的支持他无能为力,后者拒绝参与他们的联合作战计划。托马斯以及他部队也因此受到指责,这再次影响了他作为都铎支持者和我们家人的声誉。

"错不在你的表兄弟,而在你的岳父身上,"这位直言不讳的北方领主汤姆·达西这么告诉国王,"当我进行十字军东征时,他并没有支持我。他

---

① 位于法国西南部。

没有支持托马斯·格雷。所以不是你盟友的错,而是指挥官的错。"

他看到我在看他,冲我眨了眨眼。他知道我们家的所有人都担心失去都铎王室的宠幸。

"你可能是对的,"亨利生气地说,"但是西班牙国王是一位伟大的将军,而托马斯·格雷却不是。"

1513年夏

伦敦　威斯敏斯特宫

这样的挫折并不能永远地削弱国王对法国战争的热情，这是由于他的良心所致，他确信自己正在捍卫教会，确信自己会获得"法国国王"的称号。教皇非常聪明，他知道亨利渴望赢回其他英国国王失去的头衔，并证明自己是真正的国王，是男人们的领袖。

这个夏天，整个宫殿和我的孩子们听到的都是挽具、盔甲、马匹和食物。国王的新顾问大臣托马斯·沃尔西证明了他在调兵遣将方面的独特能力，他四处订购货物，控制部队集结，指挥铁匠们锻造长矛，为骑马者制作皮革夹克。关于运输、供应和时间的命令则不变——没有任何贵族可以为之烦恼，这就是能想到的所有主意了。

王后房间里的侍女们用粗糙的布料缝制旗帜、纪念物和穿在锁子甲下的特殊衬衫；凯瑟琳本人就是战争女王的女儿，她在一个充满战争的国家长大，她与亨利的指挥官会面，并与他们谈论入侵法国的规定、纪律和部队的健康状况。只有沃尔西了解她的担忧，她经常与施赈人员联系，讨论游行的路线，沿途的规定，如何建立信使线以及一个指挥官如何与另一个人交流并协同工作。

托马斯·沃尔西非常尊敬她，明白她见过的战争比许多贵族更多，因为她是在格拉纳达的围困①中长大的。整个宫殿都对她报以微笑,因为大家都知道她又怀孕了,她的肚子开始变得坚硬而隆起。她去每个地方都坚持步行,拒绝乘车,在下午才略作休息,整个人充满着自信。

---

① 西班牙收复失地运动的最后战役。

1513年6月

肯特郡　坎特伯雷

我们带着军队缓慢穿过肯特郡，前往海岸区域，第一次停顿是在坎特伯雷的光辉神殿，在圣托马斯·贝克特神殿祈祷英格兰能在战争中获胜。

当我跪在她旁边祈祷时，王后握住我的手，并将她的念珠串递给我，将它按在我的手中。

"这是什么？"我低声说。

"握紧它，"她说，"很抱歉我要告诉你一些糟糕的事情，我担心这会让你很痛苦。"

尖锐的象牙十字架像钉子一样深深扎进我的手掌。我已经猜到了她要告诉我什么。

"是你的表兄埃蒙德·德拉·波尔，"她轻声说，"对不起，亲爱的。我很抱歉。国王下令处死他。"

即使几年来我对此事已经有过思想准备，知道这无可避免，但我还是有些无法接受："但为什么呢？为什么偏偏是现在？"

"塔楼里还关着一位王位觊觎者，国王无法安心地投入战争中。"我从她内疚的神情中可以看出，她依然记得上一位所谓的王位觊觎者被处决的目的就是让她来到英格兰嫁给亚瑟。"我很抱歉，玛格丽特。亲爱的，我很抱歉。"

"他被监禁了七年！"我抗议道，"七年来一直没有惹什么麻烦！"

"我知道。但议会也建议处决他。"

我低下头想要祈祷,但我找不到任何言语,我的表兄弟死在都铎的斧头下,仅仅因为他是一个金雀花。

"我能奢望你原谅我们吗?"她低声说。

在群众此起彼伏的颂歌中,我几乎听不到她的声音。我抓住她的手。"这不是你的错,"我说,"这甚至不是国王的错。为了摆脱竞争对手,谁都有可能做出这样的事。"

她点点头,仿佛得到了一些安慰;我捂着脸,明白他们从来都不肯放过金雀花,从来都不可能放过我们。我的表亲埃德蒙的兄弟,理查德·德拉·波尔,他的继承人,现在成为新的王位觊觎者了。他已经逃离了英格兰,在欧洲的某个地方试图组建军队;在他之后,我们有一个又一个的继承者,无休无止。

1513年6月

肯特郡　多弗城堡

  王后在多弗城堡与她的丈夫道别，国王授命她为英国摄政王后——她将以加冕之王的权威统治这个国家。她是英格兰的君主，是有统治权的女人。他轻轻地将手放在她的腹部，拜托她保护他的国家和他的宝宝安全，直到他回来。

  我的脑海里只有我的儿子蒙塔古，他的职责是守护在国王的身边，这种职责会使他处于所有战斗的中心。等他的战马装上船后，他走到我面前跪下，接受我的祝福。我下定决心要笑着与他告别，不让他发现我的恐惧。

  "要小心。"我敦促道。

  "妈妈，我要去打仗了。我不应该小心。如果我们每个人都小心翼翼，就要吃败仗了！"

  我无助地扭着手指。"那至少要小心不要吃不干净的东西，不要躺在潮湿的地面上。要一直穿着皮斗篷。在任何可能危险的地方，永远不要摘掉你的头盔——"

  他笑着握住我的双手。"妈妈，我一定会回到你身边的！"他年轻而乐观，以为没有任何东西能伤害他，就算是战争本身也不能。

  我深吸一口气。"我的儿子！"

  "我会保护好亚瑟，"他答应我，"我会安然回家。也许我能抓住法国俘虏拿到一大笔奖金，那样我就能衣锦还乡。也许我能赢得法国的土地，你将可以在法国和英格兰都拥有自己的城堡。"

"我只求你能安全回家,"我说,"我不稀罕新城堡,我只想要我的儿子。"

他深深弯下腰,现在我不得不让他离开。

✦

战况比我们的预期要好。在国王的指挥下,英国军队占领了泰鲁阿讷,将法国骑兵逼出境外。我的儿子亚瑟写信告诉我,他的兄弟在战争中表现得很英勇,被国王封为爵士。我的儿子蒙塔古现在是亨利·波尔爵士——亨利·波尔爵士!——而且他很安全。

1513年夏

伦敦西部　里士满宫

这对在伦敦的我们来说，是个令人欢欣鼓舞的消息；但是比起战况，国内发生的事情则要严重许多。与国王的姐姐玛格丽特公主结了婚，并宣布永远与英格兰结盟的苏格兰国王詹姆斯四世，在亨利的舰队才刚刚启航后就发动了叛乱。整个英格兰面临内忧外患的局面。

此时英格兰唯一的指挥官是萨里伯爵托马斯·霍华德，他久经沙场，所以亨利让他留下来，辅佐王后对战争进行部署。七十岁的老将和怀孕的王后接管了整个里士满宫，桌上铺满了英格兰和苏格兰的地图、参战人员花名册，以及全力支持王后对苏格兰战争的领主名册，就连王后的侍女们都积极参与进来。

凯瑟琳从小就与她的父母一起为每一寸国土而奋斗，这些经历很好地支持了她和托马斯·霍华德在一起做出的每一个决定。虽然每个留在英格兰的人都抱怨说他们是由一位老人和一名孕妇守卫的，但我相信这两位比法国所有的指挥官都要优秀。她深深地了解战场的危险和部队的部署之道，就好像这是公主的使命一样。当托马斯·霍华德召集他的部队向北进军时，他们还有另一个应急计划：如果霍华德没能有效制止苏格兰的进攻，凯瑟琳将在中部地区占据第二线。她置自己的身体状况于不顾，骑着白马，穿着金色的战衣带领军队，并发表演讲，告诉他们世界上没有一个民族可以像英国人那样英勇战斗。

我注视她，根本无法看出这就是我曾在勒德洛抱着的那个小女孩。她确实是一位天生的王后。更重要的是，她是一名铁腕战士，是名副其实的英格兰王后。

1513年秋

伦敦　威斯敏斯特宫

　　他们的作战计划非常成功。托马斯·霍华德把詹姆斯四世沾着血的外套献给了凯瑟琳。国王的姐夫和同僚都已经死了,已经丧偶的玛格丽特公主带着十七个月大的婴儿独自生活,苏格兰是我们的了。

　　凯瑟琳沉浸在嗜血的喜悦中,当她在房间里跳舞、用西班牙语唱着战歌时,我忍不住笑了出来。我握住她的手让她坐下,保持冷静;但她完全遗传了她母亲的铁腕统治,要求抓捕苏格兰地区所有的领主,我们不得不说服她,英国君主不能如此凶残。她把詹姆斯四世血迹斑斑的外套和撕裂的旗帜送到了在法国的亨利手中,以便他知道她比任何一位摄政王都更好地守护着王国,她已经击败了苏格兰人,整个宫殿都为我们拥有这么一位英雄王后而庆祝,她不但守护了王国,并且还怀着孩子。

✧

　　一个夜晚,她突然生病了。我陪她一起睡在床上,听到她疼痛的呻吟声。我转过身来,撑起一只手看她的脸,以为她做了个噩梦,正准备叫醒她,我突然感觉到脚上湿湿的,匆忙跳下床,看到睡衣已经被她的羊水浸湿了。

　　我冲出门外,大声呼喊着侍女们,让她们去叫助产士和医生,然后跑回床边,紧紧握住她的手。

现在还早，但还不算太早；也许她的婴儿能在突如其来的早产中幸存下来。当凯瑟琳向前倾斜时，我托着她的肩膀，当她向后靠着喘息时，我将她的汗涔涔的脸擦干净。

助产士大声叫她用力，然后他们突然喊道："等等！等等！"我们听到，我们都听到了一声微弱的抽泣。

"是我的孩子吗？"王后问道，他们拎起他，他的小腿扭动着，脐带晃来晃去，他被放在她松弛而颤抖的肚子上。

"一个男婴，"有人惊呼，"我的上帝，这真是一个奇迹。"他们剪断脐带把婴儿紧紧包裹起来，然后将温暖的被子掀开，把男婴放在凯瑟琳怀里。"英格兰的又一个男孩。"

"我的宝贝。"她低声说，脸上充满了喜悦和爱。我觉得她看起来像是圣母玛利亚的肖像，好像她把上帝的恩典抱在怀里。"玛格丽特，"她低声说道，"给国王捎个信儿。"

她的脸突然大变，婴儿的活动越来越微弱，后背拱起，像是要窒息。"怎么回事？"她问道，"他怎么了？"

奶妈刚刚解开自己的衣扣，现在吓得连连后退，不敢碰婴儿。助产士抬起头来，大叫道："快拍他的背！"好像他必须再次出生一回。

凯瑟琳说："救救他！救救他！"她从床上坐起来，将孩子抱给助产士，"他究竟怎么了？怎么了？"

助产士将嘴巴覆在婴儿的鼻子和嘴巴上，吸吮出了黑色胆汁并吐在地板上。事情非常不妙。显而易见，她不知道该怎么做，没有人知道该怎么做。小小的婴儿呕吐着，从他的嘴里，鼻子里，甚至从他闭着的眼睛都有像是油脂的东西从他苍白的小脸上流下来。

"我的儿子！"凯瑟琳哭喊道。

他们像是救溺水者那样拍打他，把他放在护士的膝盖上，捶打他的背。

但孩子已经没了呼吸,手指和小脚趾发青。显然他已经死了,再怎么拍打都救不活他了。

凯瑟琳倒在床上,把被子拉到脸上,好像希望自己也这么死去。我跪在床边,伸手去拉她的手。她抓住了我。"玛格丽特,"她不愿让我看到被子下面那张了无生气的脸,"玛格丽特,写信告诉他,他的孩子已经死了。"

当助产士清理完毕现场,医生发表完了意见,她就开始写信给国王,并命令托马斯·沃尔西的使者前去送信。在这胜利的时刻,她必须告诉即将胜利归来的征服者亨利,尽管他能够证明自己的英勇,但他依旧无法拥有一个孩子。

我们等他回来;她沐浴完毕,穿上新衣服。她试图保持微笑,我看到她在镜子前一遍又一遍地练习,但根本做不到。她试图为自己的胜利感到高兴,为他的回归而高兴,并为他们的未来充满希望。

国王没有看出凯瑟琳只是在假装快乐。为了他,凯瑟琳已经习惯装出一副欢欣鼓舞的样子,他只是兴致勃勃地讲述着自己在战场上的传奇故事。宫中一半的人都得到了打赏,这阵势就像是他已经攻下了巴黎一般;但是没有人提及的是,教皇并没有像承诺的那样,赐予他"法国基督教之王"的称号。他长途跋涉,经历各种艰险,但什么都没有得到。

对他的王后,他表现出一种阴沉的怨恨。这是他们的第三次失子,这一次,比起悲伤,他似乎更加困惑。他无法理解自己这么一个年轻英俊、娶到了心爱的女人还能打胜仗的男人,为何无法拥有自己的孩子,如果能像金雀花国王爱德华那样每年生一个孩子,他现在应该拥有四个孩子了。

为何现在他却膝下无子呢？

这个男孩拥有君主应该拥有的一切，得到了王位和自己心爱的女人，受人民爱戴，所以他对发生在自己身上的这一切根本无法理解。我看着他在这场悲剧中困惑不已。为了证明自己仍是个高高在上的国王，他与在法国并肩作战的人们一起重温胜利；但他的目光还是忍不住一次又一次地转向王后，无法理解他心爱的女人为何就是不能给他他想要的东西。

1514年春

伦敦　格林尼治宫

对于这场战争的讨论持续了很久。托马斯·霍华德在战争中的出色表现为他重新赢得了诺福克公爵的头衔。在一个寒冷春天的下午,当我与王后一起在河边散步时,霍华德拖着跛脚微笑着走过来,他向王后鞠躬行礼。

"我已经完全恢复了元气,"他直截了当地说道,"又像以前一样了。"此刻,他不是朝臣或老将,只是一个好朋友,也是王国中最忠诚的臣民。他是我叔叔爱德华的心腹,是我叔叔理查德王忠实的指挥官。当他向亨利·都铎请求赦免时,他解释说他没有做错,只是为国王服务。霍华德会忠诚地为任何坐在国王宝座上的人服务;他像獒一样简单而率真。

"他恢复了你的公爵头衔?"我想。我瞥了一眼他的妻子艾格尼丝。"而您的夫人又是公爵夫人了?"

他向我鞠了一躬。"是的,伯爵夫人,"他笑着说,"我们所有的冠冕都回来了。"

艾格尼丝·霍华德对我微笑着。

"祝贺你们,"我说,"这是一种莫大的荣誉。"这是事实。这使托马斯·霍华德成为王国中最伟大的人之一。公爵这一头衔仅次于国王本人;只有白金汉——有王室血统的公爵——才比诺瓦克的等级要高。但这位新公爵着实有些八卦。他抓住我的胳膊,拉着我停下脚步。"你听说过他也准备恢复查尔斯·布兰登的爵位吗?"

"没有!"我大为震惊。这个男人除了勾引女人和娱乐国王之外什么也没做。宫里一半的女孩都为他神魂颠倒,包括国王的妹妹玛丽公主,但他只不过是一个英俊的流氓。"为什么?他做过什么不得了的事吗?"

老人的眼睛眯了起来。"托马斯·沃尔西,"他说,"他为什么喜欢布兰登?"

"并不是说他多么喜欢查尔斯·布兰登,他只是希望能有对抗白金汉公爵爱德华·斯塔福德的权力。他希望当权的朋友能把公爵拉下马。"

我认同这个说法,瞥了一眼,确保王后听不见我们的谈话。"托马斯·沃尔西的势力增长很快,"我不屑地说,"从一开始就能看出苗头。"

"自从国王不再接受王后的建议以来,他就是唯一能与国王谈古论今的人了,"公爵严厉地说道,"这个沃尔西值得夸耀的最大优点就是,他宛如一个移动的知识库,而且拥有生意人的精明头脑。他可以告诉你任何东西的价格,他可以告诉你英格兰每个城镇的名字。他知道每个议员和他们隐藏的每一个秘密。国王想要的任何东西,他都可以为他找到,甚至在国王还没意识到自己想要之前,沃尔西就已经把它呈给国王了。当国王听取王后的意见时,我们对自己的处境了然于心:与西班牙结盟,与法国为敌,接受贵族的统治。现在国王被沃尔西迷了心智,我们不知道与谁为敌与谁为友,也不知道我们要去向何方。"

我向前看去,发现王后正靠在伴娘玛芝莉·霍斯曼的肩膀上。虽然我们才走了一英里,她看起来显然有点疲惫了。

"王后一度让国王变得沉稳,"霍华德在我耳边抱怨道,"但是沃尔西给了他所有他想要的东西,并敦促他想要更多。王后是唯一一个对他说不的人。年轻人需要好的引导。现在王后必须拉紧缰绳了,她必须把他引回正确的道路上。"

确实,王后已经失去了对亨利的影响力。她赢得了英格兰和苏格兰史上最伟大的战斗，但他无法原谅她失去了孩子。"她已经尽力了。"我说。

"你知道我们现在称他为什么吗？"霍华德低声咆哮道。

"托马斯·沃尔西吗？"

"主教。林肯主教。"他在我震惊的神情中点点头。"上帝知道那个称号一年会给他带来多少收入。如果她能为国王生个继承人，我们都会更富有，国王也会更加体贴她。只是因为她在这一件事上失败了，国王就无法再相信她。"

"她尽力了，"我很快说，"世上没有女人能比她更虔诚地祈祷了，也许吧……"

在我谨慎的暗示下，他皱了皱眉。

"现在时日很早。"我谨慎地说。

"求求上帝，"他虔诚地说道，"这个国王经验不足，我们没多少时间可浪费了。"

1514年夏

英格兰

在行军过程中,王后再次怀孕了。两头疲惫不堪的骡子拉着她的轿子。这次怀孕至关重要,我们必须不惜一切代价保住这个孩子。

亨利不再去她房间过夜了。当然,一个好丈夫不会在妻子怀孕期间与她同床;可是他也没有来找她谈话或征求任何建议。她的父亲再次拒绝在法国开战,亨利对阿拉贡的费迪南的愤怒和失望转移到了费迪南的女儿身上。就连亨利的小妹妹玛丽公主与查尔斯大公的婚姻也被否决。国王发誓他不会再接受外国人的建议,没有人比他更了解英国人的意愿。他对王后的西班牙侍女们也恶语相向,对她们的问安不予理睬。凯瑟琳本人,她的父亲,她的祖国,被她丈夫公开侮辱,而此时她只能静静地坐着,双手交叉在圆圆的肚子上,等待这场风暴过去。

亨利宣称他将不会再依赖任何人的建议和帮助,可实际上,他根本毫无作为,沃尔西全权审阅所有文件,国王只负责签名。有时候他甚至连名都懒得签,沃尔西可以用自己的私人印章签署任何命令。

沃尔西主张与法国人和平共处。甚至国王的现任情妇也是法国女人,是玛丽公主的女仆之一,那女人在法国宫廷是个臭名昭著的妓女,国王却被她迷得神魂颠倒,像只猎犬一样对她穷追不舍。与法国有关系的所有事情都被称为时髦,无论是妓女、缎带,还是联盟。国王似乎将十字军东征忘得一干二净,准备与英格兰的宿敌结盟。我并不是唯一一个怀疑沃尔西是企图用婚姻来保住和平的英国人——亨利的妹妹——曾经娇纵跋扈的玛丽公主——即将像一个囚禁在龙岩石上的处女一样被献给法国国王。

我对这一切深感怀疑；但我没有告诉凯瑟琳。在她很有可能怀着男孩的时候，我不会让这些事情使她烦心。算命先生和占星师向国王保证，这次他的儿子肯定能平安出生。英格兰的每一位女士都在祈祷凯瑟琳这次能顺利为国王生下一位继承人。

"我怀疑贝茜·布朗特并不会为我祈祷。"她痛苦地说道，她指的是前不久刚进宫的那位金发小美女，几乎所有人都喜欢她，当然国王也包括在内。

"我相信她会的，"我坚定地说，"而我宁愿人们将注意力集中在她身上，也好过都去关注法国女人。贝茜爱你，她是个可爱的女孩。比起其他的姑娘，国王确实更喜欢她，不过这也不是她的错。国王邀请她跳舞，她也无法拒绝。"

但其实贝茜根本不想拒绝。国王为她写诗，每晚都与她共舞；他调笑她，她像小孩一样咯咯地笑着。王后坐在宝座上，考虑到自己越来越沉的肚子，她决心休息并保持冷静。她用手指跟着音乐打拍子，假装很高兴看到亨利，兴奋得满脸通红，像个男孩一样疯跳着舞，朝臣们都鼓掌叫好。当王后发出离开的信号时，贝茜和我们其他人一起退了下去，但众所周知，她和其他一些姑娘们会一起偷偷回到大厅，跟国王一直跳到天亮。

如果我是她的母亲布朗特夫人，我会把她从宫里带走。一个年轻女孩子即使能得到国王一时的喜爱，也摆脱不了被抛弃的命运。但是布朗特夫人在遥远的英格兰西部，贝茜的父亲约翰爵士则很高兴看到国王喜欢他的女儿，他在此事中看到了能使自己升官发财的机会。

"她的表现比其他人好，"我默默地提醒凯瑟琳，"她没有要求过什么，也从未顶撞过你。"

"她有什么可说的?"她突然大怒,"我做了妻子该做的一切,在他离开国家的时候打败了苏格兰人,帮助他统治国家,在他外出打猎的时候帮他审阅文件,在他背信弃义的时候还是努力维护与我父亲的约定,甚至在他把我的父亲和同胞当作骗子和叛徒时,也都静静地坐着听。我忍受了那个可耻的法国情妇的挑衅,现在又来了一个布朗特。为了阻止托马斯·沃尔西强迫我们与法国结盟,为了不让英格兰和西班牙成为废墟,我已经做得够多了!"

我们都沉默了,凯瑟琳以前从未和她年轻的丈夫顶过嘴。但他以前也不像现在这样虚荣和自私。

"贝茜有什么了不起的?"凯瑟琳气愤地说道,"她会写诗,谱写音乐,唱情歌?她很机智,她很有才华,很漂亮。这些真的重要吗?"

"你知道你有什么事没完成,"我温柔地说,"但你会做到的。如果他有了孩子,他将会充满爱心和感激之情,你可以带他回到西班牙联盟,离开托马斯·沃尔西的摆布,远离布朗特的迷惑。"

她把手放在肚子上。"我会做到的,"她说,"这次我会给他生一个儿子。所有事情都取决于孩子,有了孩子他就永远不会抛弃我。"

1514年秋

伦敦　格林尼治宫

但是在宝宝出生前三个月，我们从苏格兰得到一个坏消息：国王的姐姐，丧偶的玛格丽特王后做了个愚蠢的决定，与安格斯伯爵结了婚。她一下失去摄政的权力，也失去了她两个儿子——两岁的继承人和仅六个月大的婴儿——的抚养权。他们二人带着孩子在斯特灵城堡里度蜜月的时候，苏格兰的新摄政王，奥尔巴尼的第二任公爵约翰·斯图亚特开始掌权。

亨利和整个英格兰北部的人都担心奥尔巴尼会与法国人联盟并攻击英格兰。但是，在苏格兰人与法国人结盟之前，我们已经击败了他们。亨利决定用玛丽公主的婚姻来保证与法国的友好关系。王后将不得不面临这样一个事实：她的小姑子要与自己的死敌联姻了。

玛丽公主强烈反对这场婚事——这位法国国王的年纪已经可以当她的祖父了。她来到王后的房间，向王后倾诉自己已经爱上了查尔斯·布兰登，并恳求王后说服亨利，让她如愿嫁给自己爱的人。

我和凯瑟琳一同瞥了一眼鞠躬的红金色脑袋，这位年轻的公主在王后的膝盖上哭了起来。"你是一位公主，"凯瑟琳稳稳地说道，"你的命运带来了巨人的财富和力量；但你不是为了爱而结婚。"

亨利迫切地希望抓住这个宣示自己统治权的机会。他沉浸在自己政治家的野心里，无视自己妻子和妹妹的抱怨和抗议。他派使者和侍女们将玛丽公主送到法国；我的儿子亚瑟也在同行队伍之中。

王后小心翼翼地暗示玛丽公主带贝茜一起去法国，公主立刻问贝茜，愿不愿意去看看法国的宫殿。玛丽公主非常清楚，如果贝茜能够离开，那么王后在怀孕期间就能安心许多。但贝茜的父亲立刻对此事表示拒绝，我们知道这是国王的意思，他不愿让贝茜离宫半步。

有一天，当我在前往凯瑟琳房间的路上时，遇到盛装打扮的贝茜正朝着相反的方向跑去，我抓住她的手臂。

"贝茜！"

"女士，我得走了！"她急忙说道，"国王在等我。他给我买了一匹新马，我必须去看看。"

"我不会拦住你。"我回答。当然，我也无法拦住她。没有人可以对国王的选择施加任何权威。"但我想提醒你不要顶撞王后。在怀孕期间她很焦虑，所有人都在传播流言蜚语。你不会忘记的对不对，贝茜？你不想伤害凯瑟琳王后对吗？"

"我从未伤害过她！"她突然说道，"我们都很爱她，我会为她做任何事。我父亲告诉我过，不要让国王担心。"

"你父亲？"我重复道。

"他告诉我，如果国王对我说什么，那我决不能提及王后的身体状况，只能说我们家族人丁兴旺。"

"人丁兴旺？"

"是的。"她说，对于自己的记性沾沾自喜。

"哦，是吗？"我愤怒地说，"好吧，如果你父亲想要一个隐姓埋名的私生子，那么他做到了。"

贝茜的脸涨得通红，当她转身离开时，眼泪迅速涌了出来。"我是按父亲和英格兰国王的吩咐做的，"她低声说，"您没有必要骂我，这事不是我可以选择的。"

1514年秋

多弗郡　肯特城堡

玛丽公主被护送到多弗，即将启程前往法国。风暴天气好转以后，装着玛丽的巨大衣柜、地毯和各类家具的马匹与推车被运上船，年轻的公主和侍女们最后走上甲板，站在船尾，向我们这些能幸运地留在英格兰的人挥手致意。

"这就是我要建立的伟大联盟，"亨利宣布道，他所有的朋友和朝臣都频频点头，"你的父亲将为他自己的愚蠢行为而后悔。他会知道谁才是更伟大的人，谁将成为欧洲王国的制造者，而谁只是破坏者而已。"

凯瑟琳垂着头，掩饰住自己的情绪。我看到她紧紧地握住自己的手，戒指箍住她肿胀的手指。

"我想，夫君……"她开口。

"你没有必要去思考，"国王打断了她的话，"你能为英格兰做的就是给我们生一个儿子。我负责统治这个国家，我需要思考；而你只需要给我生个继承人。"

她顺从地看了他一眼，挤出一个笑容。众人目睹了都铎王子对西班牙公主的责难，纷纷投来炙热的目光，凯瑟琳只能假装看不到，转身走向多弗城堡。我走在她身后半步。当我们走到俯瞰大海的背风处时，她转身拉起我的手臂。

"我很抱歉。"我迟疑地说道,为他的粗鲁而烦恼。

她耸了耸肩。"如果我能生个儿子……"她说。

1514年秋

伦敦　格林尼治宫

国王正在大规模改造格林尼治宫。这曾是我的表弟和他母亲最喜欢的宫殿。我和王后一起走在河边的大路上,女王停下脚步伸手摸着肚子,她仿佛感受到肚子里的孩子正有力地动着。

"他又踢了你一脚吗?"我微笑着问道。

她深深躬下身,然后慌乱地伸出手拉住我。"我很痛。我的肚子非常痛。"

"不!"我扶住她,她痛苦地坐在地上,侍女们赶紧跑去找医生,我跪在她身边。

她抬头看着我,因恐惧而双眼发黑,脸色惨白,她说:"不要说出去!很快会过去的。"

我立刻转向贝茜和伊丽莎白·布莱恩[①]。"你们都听到王后的话了。什么都不要说,快送她进房间。"

我们刚要抬起她,她突然痛苦地尖叫起来。一下子,六名护卫员冲向她,但看到她躺在地上时,谁也不敢碰她,因为她的身体太过神圣。谁也不知道应该做什么。

"拿一把椅子!"我大声喊道,一个护卫跑回来。他们从宫殿拿来一把

[①] 亨利八世宫廷的核心成员之一,后文中尼古拉斯·加露的妻子。

木制的椅子，侍女们帮着把她抬上去。他们小心翼翼地把椅子抬进宫殿里昏暗的房间。这座宫殿是亨利出生的地方，也是都铎王朝的福佑之地。

产房还未完全准备好，因为这次生产比预产期提前了一个月还多。助产士们非常紧张；侍女们匆匆拿来干净的床单、热水、墙壁挂毯。她的阵痛持续了一天一夜，房间已经完全布置好了，婴儿还是没有出生。

她靠在刺绣枕头上，目光扫视着正跪下祷告的侍女们，我知道她是在找我，于是我站起来走向她。"为我祈祷吧，"她低声说，"求你了，玛格丽特，去礼拜堂为我祈祷。"

✦

在礼拜堂，我跪在贝茜旁边，双手紧紧抓住圣坛。我侧身看了一眼，她的蓝眼睛里充满了泪水。"祈祷上帝，这次能顺利生出个男孩。"她低声对我说，试图挤出微笑。

"阿门，"我说，"而且是个健康的孩子。"

"完全没有道理，不是吗，索尔兹伯里夫人，为什么王后不能生出个男孩？"

我坚定地摇摇头。"没有什么道理。如果有人问你或是曾经问过你，贝茜，你应该知道，王后一定会生出一个健康的儿子。"

她跪坐在地上。"他确实问过。"她坦言道。

我很震惊。"他问了什么？"

"他问我，王后是否私下与她的朋友、你和侍女们谈过。他问我王后是不是害怕生孩子，或者是不是有什么不能言说的难处。"

"那你告诉他什么？"我小心翼翼地克制住自己的愤怒。

"我告诉他我不知道。"

"你应该这么回答他，"我坚定地说，"回答他王后是一名伟大的女性——这是事实，不是吗？"

她脸色苍白，点点头。

"告诉他，她是一个真正的妻子，这也是事实，难道不是吗？"

"是的。"

"而且她不但是这个国家的王后，还是他的伴侣和谋士。他身边不会再有比她更好的女人了，她是个血统尊贵的公主，还是一位称职的王后。"

"我明白。"

"既然你明白，那么请你告诉他，毫无疑问，他们的婚姻受到上帝的祝福，并且会拥有一个儿子，只是需要更多的耐心。"

她抿了抿嘴，耸耸肩。"可是你知道，我不能跟他说这些，他不会听我的。"

"但他问了你？你刚才说他问了你！"

"我想他这么问了所有人。但除了主教沃尔西，他不会听任何人的建议。这很正常，因为他是一位明智的国王，深知上帝的旨意。"

"无论如何，你都不能告诉他，他的婚姻无效，"我直截了当地说，"如果你胆敢说出这么邪恶的话，我永远不会原谅你，贝茜。上帝也永远不会原谅你这样的谎言。王后会因此受伤。"

她重重地摇摇头，新的珍珠头饰在烛光下闪闪发光。"我永远不会这么做！我爱王后。但我只能告诉国王他想听的。我们都知道这一点。"

※

我赶回产房陪凯瑟琳待在一起，她的阵痛越来越剧烈，助产士朝她的脸上扔了一把胡椒，让她打喷嚏。她喘不过气来，泪水从脸上涌出，眼睛和鼻子都因刺激的香料而痛苦不已。婴儿和血一起涌出她的体外。助产士扑过去，迅速把婴儿拉出来，并剪断脐带。奶妈用亚麻布和羊毛毯子包裹着他，抱起来给王后看。她已经被泪水和胡椒熏得睁不开眼睛。"是男孩吗？"她急切地问道。

"是个男孩！"她们兴奋地告诉她，"一个男孩！一个健康的男孩！"她伸手触摸他握紧的小拳头和不断踢打的小脚，她有些不敢抱他。但他很坚强：小脸通红，大声哭喊着，声音像他父亲一样响亮，也像都铎王朝一样自负。她发出一声惊讶又高兴的笑声，伸出双臂。"他还好吗？"

"他很好，"她们答道，"因为早产个子很小，但很健康。"她转向我赐予我一项殊荣："你去告诉国王这件事。"她说。

我赶到国王的房间，他正与他的朋友查尔斯·布兰登、威廉·康普顿和我的儿子蒙塔古打牌。我在众臣面前宣布了此事，他们总希望向侍女们打探口风，拿到第一手消息。国王一看到我，就知道发生了什么事，他一脸希望地朝我冲过来。这时，我在他身上看到了从前的影子，这个男孩以前总是在吹嘘和恐惧之间徘徊。我朝他行了礼，站起来，告诉了他这个天大的好消息。

"国王陛下，王后给您生了个健康的孩子，"我简短地说，"你有一个儿子了，一个小王子。"

他有些站不稳，把手搭在蒙塔古的肩膀上。我的儿子第一个开口说道："上帝保佑！"

亨利的嘴巴颤抖着，虽然他如此虚荣，可他仍然只是个二十三岁的年轻人，他的虚荣只是对失败的恐惧的体现。我看到他眼中的泪水，明白他一直生活在可怕的恐惧之中，他害怕自己的婚姻被诅咒，永远无法拥有一个儿子。不过现在，所有人都为他欢呼，称他为一个伟人，一个真正的男子汉，他这才感受到诅咒已经从他身上消散了。

"我必须祈祷,必须感恩,"他结结巴巴地说,已经无法组织语言,"玛格丽特夫人!我应该感恩,不是吗?我应该立刻唱一首弥撒?这是上帝对我的祝福,不是吗?我很幸运,我很幸运。所有人都见证了我的幸运,我的家族是被上帝眷顾的。"

众臣都围在他身边。我看到托马斯·沃尔西在人群中穿梭,然后传话下去,命令燃放焰火,敲响英格兰所有教堂的钟,每个祈祷的人都要宣读感恩弥撒。他们将在街上点燃篝火,并提供免费的啤酒和烤肉。全国上下的人都会知道国王拥有了继承人,王后为他生了个儿子,都铎王朝会永垂不朽。

"她还好吗?"在人们的欢呼和祝贺声中,亨利问我,"宝宝健康吗?"

"她很好。"我答道。没有必要告诉他,凯瑟琳经历了生产的痛苦,正虚弱地躺在床上。亨利不喜欢听到疾病;他对身体虚弱感到恐惧。如果他知道王后流了那么多血,可能再也不敢与她同床了。

"宝宝很强壮,"我深吸一口气,为王后打出了最强的牌,"他跟您长得很像,陛下。他有着都铎家族标志性的红发。"

他大声欢呼着,像个孩子一样在房间里奔跑着,与朋友尽情拥抱着。

"我的儿子!我的儿子!"

"康沃尔公爵。"托马斯·沃尔西提醒国王。

有人拿来一瓶酒,然后把它倒进十几个杯子里。"康沃尔公爵!"他们大声呼喊,"上帝保佑他!上帝保佑国王和威尔士亲王!"

"你会帮忙照看他吗?"亨利转身问我,"亲爱的玛格丽特女士,你会照顾和保护我的儿子吗?你是英格兰我唯一一个信任做此事的女人。"

我犹豫了。我是他们第一个儿子的保姆,现在对此还心有芥蒂,但我必须答应他。如果我不这样做,就像是在怀疑自己的能力,也对孩子的健康状况有所隐瞒。在生活中的每一天,每一分每一秒,我们都必须表现得完美无缺,就像是都铎王朝受到上帝特别的祝福。

"没有人会比她更能温柔地照顾您的儿子。"我的儿子蒙塔古在我犹豫之际迅速说道。他冲我使了个眼色,提醒我赶紧作出回应。

"我很荣幸。"我说。

国王亲手将酒倒入我的杯中。"亲爱的玛格丽特夫人,"他说,"你将养育下一任英格兰国王。"

当护士把婴儿从金色珐琅小床上抬起时,发现他已经没有血色,停止了呼吸,她们首先赶来告诉了我。当时她们在王后卧室隔壁的房间里,保姆坐在摇篮旁边,看着他,但她只是以为他在安静地睡着。她把手放在婴儿柔软的头上,感觉不到脉搏。她把手指伸进睡衣里,发现他身子还是暖的,但他已经没了呼吸。他刚刚停止呼吸,就像那些古老的诅咒轻轻地将一只冷酷的手放在他的小鼻子和嘴上,害死了他。

我抱着没有生气的小尸体,保姆盯着他哭得喘不过气。他没有发出什么声音,谁也不知道出了什么事——我把他放回华丽的婴儿床,假装让他睡个好觉。我沉默着走过护理室,来到产房,在那里,王后已经沐浴过,包扎完毕,穿好睡衣准备就寝了。

助产士正在翻转大床上的新床单,几个侍女正坐在火炉边,王后正在房间角落的小祭坛上祈祷。我跪在她身边,她转过脸来,看到我的表情。

"不。"她简短地说。

"我很抱歉。"在这个可怕的时刻,我的肚子疼得厉害,像是要呕吐,对于自己即将说出的话,我感到万分恐惧。"我很抱歉。"

她无言地摇着头,"不,"她说,"不会的。"

"他死了,"我竭力保持平静,"他在睡觉时死在了摇篮里,就在刚才。

我很抱歉。"

她脸色苍白,向后倒去。我大喊一声,侍女贝茜·布朗特在她摔倒之前扶住了她。我们把她抱起来,放在床上,助产士将苦油倒在一块布上,敷在她的鼻子和嘴上。她清醒过来,睁开眼睛看着我的脸。"告诉我这不是真的。告诉我刚才只是个噩梦。"

"这是真的,"我泪流满面,"这是真的。我很抱歉。孩子死了。"

在床的另一边,我看到贝茜惊愕的表情,她跪下来,低头祈祷。

✦

王后在床上躺了很多天。她本应穿着最华丽的衣服,靠在金色的枕头上,接受来自教父母和外国大使的礼物。可现在,这一切都不会发生了。她把脸转向枕头的另一边,沉默地躺着。

我是唯一一个能前去与她对话的人。"凯瑟琳,"我低声说,现在我是她的朋友,而不是侍女,"凯瑟琳。"

有那么一会儿,我觉得她会继续保持沉默,但她在床上动了一下,转过脸看着我。她的脸上写满了痛苦,憔悴了很多。"怎么了?"

我祈祷自己能够对她说出鼓励的话语,提醒她必须像她的母亲一样勇敢,她是尊贵的王后。我想也许我可以和她一起祷告,或者只是和她相拥而泣。但是她的脸色惨白得吓人,静静地等我开口说出一些安慰的谎话。

在沉默中,我意识到没有任何言语可以安慰她。但是,我还是有一些话要对她说。"你必须站起来,"我说道,"你不能留在这里,你必须起床。"

✦

每个人都很好奇,但是谁也不敢发问。凯瑟琳接受仪式后,重新回到宫里,亨利以一种出人意料的冷静迎接了她。他从小就爱玩爱闹,但她正在教他学会悲伤。他对自己的好运充满信心，但凯瑟琳却在教他怀疑这一切。他对一切事都努力做到最好，对自己的力量、能力和外表很满意。他无法忍受自己或身边的任何人出现失误。但现在他对凯瑟琳感到失望，他对死去的儿子感到失望，甚至对上帝感到失望。

1514年圣诞节

伦敦　格林尼治宫

国王走到哪里,贝茜·布朗特就跟到哪里,他们手拉着手,像是一对年轻的夫妇。在圣诞节的庆祝活动中,王后一言不发,就像白色花园里厚厚的积雪形成的雕像之一。她穿着华丽的服饰,但冰冷无比。亨利在晚餐时与朋友谈话,他常常从台上走下来,以轻松愉快的方式在大厅里闲逛,与不同的人交谈,传播王室的恩惠,并对每张桌子上的人打招呼。他就像是一个帅气的演员,无论走到哪里都是令人钦佩的英俊男人,深受大家的喜爱。

凯瑟琳坐在宝座上,几乎什么也没吃,露出一丝空洞的笑容,眼神黯然无光。晚餐后,他们并排坐着观看娱乐活动,贝茜站在国王身边,倾身与他窃窃私语,不管国王说了什么,她都发出少女般的清脆笑声,像鸟鸣一样毫无意义。

宫殿举行了一场圣诞节选美比赛,贝茜身着蓝色礼服,装扮成意大利萨伏依式的风格,脸上戴着面具。在舞会上,她和她的同伴被四个勇敢的蒙面骑士救起,他们都在一起跳舞,高大的红发蒙面男子与精致优雅的年轻女子共舞。王后为他们的表演鼓掌,微笑并赠送小礼物,好像她最爱看到的就是她的丈夫和情妇共舞,酩酊大醉。

1515年春

伦敦　格林尼治宫

我的儿子亚瑟和年轻的玛丽公主不会在法国待很久。在基督教世界最美丽的公主与最年老的国王结婚仅仅两个月后，法国的路易十一就去世了，玛丽公主现在是太后了。英格兰的婚礼派对在法国持续进行，直到确定玛丽没有孩子为止——这些传闻说，不管国王如何希望，她还是没有怀孕，但仍然要等待几个星期，因为年轻的王后嫁给了国王派来的查尔斯·布兰登，他们需要得到国王的赦免才能回来。

她一直都是个任性的孩子，像她的兄弟一样充满激情和自我意识。当我听说她为了嫁给自己爱的人，不惜违背国王的意愿时，我微笑着，想着她的母亲，我的堂姐伊丽莎白，她曾陷入爱情，与自己爱的人结婚，就连伊丽莎白的母亲也是与爱人秘密结婚。她的母亲曾是一位王室公爵夫人，因与乡绅丈夫结婚还引发了一场丑闻。这三代女性一直都坚持让自己愉悦的选择。

亨利已经被这对夫妇愚弄了，或者更确切地说，这两个男人被这个年轻女子所愚弄。亨利知道她爱上了查尔斯·布兰登，他让他的这位朋友保证会安全地护送她回家，而不是跟她谈情说爱——但是查尔斯刚从英格兰来到这里，她就哭着发誓，如果不能嫁给他，自己宁愿进修道院。在热泪和柔情之间，查尔斯·布兰登完全被她诱惑了，不惜一切代价娶了她。

她也愚弄了自己的兄弟，因为他无法责怪她。当他坚持与法国人联姻时，她的条件就是，如果自己无法选择自己的第一任丈夫，那么第二次婚姻绝不会听从任何人的摆布。现在她确实这样做了。亨利对她以及他亲爱的朋友查尔斯感到愤怒，并且有许多人说布兰登因未经许可与公主结婚而犯了叛国罪。

"他应该被斩首，"老托马斯·霍华德坦率地说道，"比他更优秀的男人，得到的却远不及他。这是叛国罪，不是吗？"

"我不认为国王会处决他，"我说，"感谢上帝吧。"

这是事实。与他的父亲不同，亨利不是一位热衷刑罚的国王，他希望自己的宫廷充满爱和崇拜。很快，他原谅了心爱的妹妹和自己最好的朋友，两人成功重返宫廷并计划在五月举行第二次公开婚礼。

这是今年春天为数不多的幸福事件之一，此时，因为这个顽皮的漂亮妹妹重返宫廷，国王和王后的感情得到了一丝和解。除此之外，他们还是很疏远，法国王后玛丽公主也意识到宫里发生了很大的变化。

"他完全不再接受王后的建议吗？"她问我，"他再也没有像之前那样来过她的房间。"

我摇了摇头，从针线盒掏出一根线。

"现在除了托马斯·沃尔西之外，谁的建议他都不再接受了吗？"她又问道。

"除了约克大主教托马斯·沃尔西之外，谁的建议他都不听，"我说，"大主教极力想与法国人结盟。"

大主教取代了亨利私人议会中的王后的位置；他取代了议会会议厅的所有顾问的位置。他工作非常努力，完全占用了十几个人的地方和费用，当他决定国家大事时，亨利可以自由地玩乐，而王后只能微笑并假装她丝毫不介意。

由于需要继承人，国王仍然会与凯瑟琳同床，但他在其他地方享受他的乐趣。凯瑟琳的吸引力对他来说已经不大了,因为她不再是他哥哥的美丽寡妇,也不是无法触碰的女人。自从对法国作战失败后,他不再纠结于她的父亲和无法拥有继承人这件事。在晚宴时二人依旧会并肩坐在一起,凯瑟琳也依旧是尊贵的英格兰王后,但他早已不再忠心于她,现在宫里每个人都对此心知肚明。

1515年5月
伦敦　格林尼治宫

　　我不喜欢查尔斯·布兰登；甚至在他与玛丽公主婚礼当天，我也无法热情地祝福他。有可能是我多虑了，但每当我看到他受众人崇拜、洋洋得意的样子，我总会预感着有一天他会毁掉谁的生活。

　　"但至少这是玛丽公主真正期待的婚姻，"王后对我说，此时我正站在她身后，捧着她的皇冠，侍女们正在为她盘发。亚瑟王子曾爱极了她浓密的赤褐色秀发。

　　我对她微笑。"玛丽公主深陷爱情，但你总在假设查尔斯·布兰登是别有用心。"

　　她带着责备的微笑向我摇摇头："哦，对不起，"王后静静地坐着。"我发现你已不再相信爱情，玛格丽特夫人，"她笑着说，"你变成了一个冷酷的老寡妇。"

　　"我确实是，"我愉快地说，"但公主，我的意思是法国王后，对他们的爱情太过自信。"

　　"不管怎样，我很高兴他们能重新回到宫里，"凯瑟琳说，"我很高兴国王原谅了他的朋友。他们是一对非常相配的情侣。"她侧身轻笑着对我说。凯瑟琳一直很聪明。"约克大主教托马斯·沃尔西是否赞成这场婚姻？"她问道。

　　"他很赞成，"我说，"我相信查尔斯·布兰登对他的支持表示感谢，而且我相信这让他付出了很大代价。"

她沉默地点点头。国王身边从不缺阿谀奉承的人,他们为了争宠各显神通。沃尔西和布兰登联合起来陷害我的表兄白金汉公爵;但是这片土地上的所有领主都嫉妒沃尔西。

"国王忠于他的朋友。"她说。

"当然,"我附和道,"他虽然脾气暴躁。但从不记仇。"

✸

婚礼非常顺利。我们都很喜欢玛丽公主,对于她的回归欢欣鼓舞。不过我们仍然都很担心她姐姐玛格丽特在苏格兰的健康和安全——由于玛格丽特丧偶,苏格兰领主不能接受再婚,我们都希望她也能安全回家。

我的儿子亚瑟在舞会中来到我身边,吻了吻我的脸颊,跪下向我行礼。

"不去跳舞吗?"我问道。

"不了,我带了个人来见你。"

我转向他。"你没惹什么麻烦吧?"我赶紧问道。

"只是个想见你的客人而已。"

他微笑着穿过跳舞的人群和一扇扇门来到最里面的房间。我走进去,看到我最大的惊喜:我的儿子雷金纳德,他已经长成瘦瘦高高的大孩子,手腕露在外套的袖口外,穿着磨损的靴子,露出羞涩的笑容。"母亲大人。"他说道,我把手放在他温暖的头上然后抱着他跳起来。"我的孩子!"我高兴地说,"噢,雷金纳德!"

我把他抱在怀里,但他肩膀不自然紧绷着。他从来没有像他两个哥哥那样拥抱过我,也从没像他的弟弟杰弗里那样抱过我。他被教导成为一个不同的孩子;现在,他十五岁了,完全成为一个被修道院塑造的年轻人。

"母亲大人。"他重复道,好像他正在测试这些词语的含义。

"你为什么没待在牛津?"我松开了他,"国王知道你在这儿吗?他们允许你离开吗?"

"他毕业了,母亲!"亚瑟提醒我,"他不必再回牛津了!他非常优秀,顺利完成了学业。人们都说他是一位非常有前途的学者。"

"真的吗?"我怀疑地问他。

他害羞地低下头。"我是我大学里最优秀的拉丁语学者,"他平静地说,"他们说在镇上也是最优秀的。"

"在整个英格兰都是最优秀的!"亚瑟兴高采烈地说。

我们身后的门打开了,蒙塔古和杰弗里走进来。十岁的杰弗里兴奋地跑过去拥抱他的哥哥,雷金纳德松开他之后过去与蒙塔古拥抱。

"他就上帝的本性进行了三天的辩论,"亚瑟告诉我,"他很受敬佩。事实证明我们的兄弟是一位伟大的学者。"我笑了。"好吧,我很高兴,"我说,"雷金纳德,国王对你有什么安排?你会加入教会吗?他想要你做什么?"

雷金纳德不安地看着我。"我没有得到教会的召唤,"他小声地说,"所以母亲大人,我希望你给予我允许。"

"没有申请?"我重复道,"你从六岁开始就住在修道院!你几乎一生都在接受教士的教育。你为什么没有得到召唤?"

"我没有得到神召。"他重复道。

我转向蒙塔古。"这是什么意思?"我问道,"从什么时候开始,教士必须得到召唤才行?这片土地上的每一位主教都在为了家庭而努力。他受过教会的教育。亚瑟告诉我他很受好评。国王也对他颇为眷顾。如果他接受神召,就可以过上优渥的生活,他一定会成为一名主教,甚至可能成为大主教。"

"这是信仰的问题。"亚瑟打断了他哥哥的回答,"说实话,母亲大人……"

　　我坐在桌子尽头的椅子上，看着孩子们稚气已脱的脸。杰弗里跟着我，站在椅子后面严肃地看着他的哥哥，他就像我的小门童，而两个哥哥则是请愿者。"这个家庭的每个人都为国王服务，"我断然说道，"这是获得财富和权力的唯一途径。这条路既安全又成功。亚瑟，你是宫里最优秀的侍卫之一。蒙塔古，你也已经在宫里站稳了脚跟，我知道你将一定会成为高级顾问大臣。等杰弗里年纪稍大些，他也会像你们一样为国王服务。厄休拉将嫁给一位贵族，把我们的家族与别的家族紧密相连，维系我们的地位和财富。雷金纳德将成为一名教士，为国王和上帝服务。还有别的可能吗？不然他要去做什么呢？"

　　"我热爱并敬佩国王，"雷金纳德平静地说，"我很感激他。他赐予我温伯恩的明斯特院长的职位，但我不必接受神圣的命令来获得它，没有任命，我也可以成为一名院长。他说他会付钱给我出国留学。"

　　"他没有要求你坚守自己的誓言？"

　　"他没有。"

　　我很惊讶。"这已是一项殊荣了，"我说，"毕竟他已经为你做了这么多，我本以为他会向你提出要求。"

　　"国王读过雷金纳德的一篇文章，"亚瑟解释道，"雷金纳德说，教会的服务对象应该是聆听过上帝呼召的人，而非所有人，那些把教会作为上位的踏脚石的人不应包含其中。国王印象非常深刻。他钦佩雷金纳德的逻辑、他的判断。他认为他既有天赋又受到了良好的教育。"

　　对于这个似乎已经成为神学家而不是牧师的儿子，我感到十分惊讶。我不能强迫他遵守自己的誓言，尤其是国王希望他会成为学者。"好吧，就这样吧，"我同意，"目前可以如此，但以后你还是要接受神召进入教会，雷金纳德。不要以为你可以避免这种情况。但是既然国王很认可，你暂时可以按照自己的意愿接受院长的职位继续学习。"我瞥了一眼蒙塔古。"我们要为他筹一笔钱,"我说,"付他的学费。"

"我不想出国,"雷金纳德平静地说,"如果您能允许,母亲大人,我想留在英格兰。"

我震惊得说不出话来,亚瑟打破了沉默。"他从小就从未与我们一同生活过,母亲大人。就让他在牛津大学学习吧,暑假的时候他能跟我们待在一起。当我们去沃灵顿或者毕萨姆时,他可以和我们一起来。我相信国王会允许的。蒙塔古和我可以帮雷金纳德去征求国王的同意。现在他已经完成学位,能让他回家来吗?"

雷金纳德,那个我曾经因贫穷无法养活的孩子,现在直截了当地看着我说:"我想回家,我想和我的家人住在一起。是时候了,让我回家吧。我已经离你们所有人太久了。"

我犹豫了。家人团聚曾是我最大的愿望。让我所有的儿子生活在同一屋檐下,看到他们为我们家庭的复兴而努力是我的梦想。"这也是我所希冀的,"我告诉他,"我从来没有告诉过你我有多想念你。当然。但我还是要得到国王的允许,"我说:"征求国王同意这件事由我来做,如果他同意的话,那将是我最深切的愿望。"

雷金纳德的脸涨得通红,他泪流满面。我意识到,尽管他是一位才华横溢的学者,但他仅有十五岁,是一个从未有过童年的孩子。当然,他想和我们一起生活。他想再次成为我心爱的儿子。我们又找到了自己的家,他想和我们在一起,他也应该和我们生活在一起。

1515年6月

伦敦西部　里士满宫

玛丽公主作为法国王后回归，给死气沉沉的宫廷带来了生机。她进出王后的房间，向她展示自己的新礼服，或带上一本新书。她教王后的侍女们学习法国流行的舞蹈，她的随行人员将国王和朋友们带进王后的房间，尽情地唱歌、玩耍、调情和写诗。

国王重新回到了他妻子的身边，也再次发现了凯瑟琳的魅力和智慧。他意识到自己的妻子是一位美丽、聪慧而有趣的女人，是一位真正的公主，是宫廷中最优秀的女人。与那些只会引起他注意的女孩相比，凯瑟琳简直出类拔萃。随着夏天的到来，宫里的人时常在河上划船并在伦敦市周围郁郁葱葱的田野里吃晚餐。国王经常与凯瑟琳同床，虽然他和贝茜·布朗特共舞，但他只和妻子一起睡觉。

在一个晴朗的日子，我找到机会问国王，是否允许雷金纳德留在英格兰。

"啊，玛格丽特夫人，你必须跟你的儿子分开，但不会很久。"他愉快地说。我在从保龄球场回来的路上走在他旁边。王后的一些侍女走在前面，欢快地玩闹着，希望引起国王的注意。

"欧洲的每个王国都开始接受新思潮，"亨利解释说，"每个人都在写论文，制订计划，发明机器，建造伟大的纪念碑。每个国王，每个公爵，最卑微的领主都希望家里能出一名学者。英格兰需要的学者和罗马一样多。

他们告诉我,你的儿子将成为最伟大的学者之一。"

"他很愿意学习,"我说,"真的,我认为他有天赋。我们和他都很感激你把他送到牛津大学。但当然,他也可以成为威斯敏斯特的学者,他可以住在家里。"

"帕多瓦,"国王说,"他将去帕多瓦。在那里,一切新事物正在孕育,所有最优秀的学者都在那里。他需要去那里学习,然后回来把新的知识带到我们的大学,用英语发表他的想法。他可以将外国人写的著作翻译成英文,以便英格兰学者来研究。他可以将新思潮带到我们的大学。我对他寄予厚望。"

"帕多瓦?"

"在意大利。他可以帮我们购买和翻译书籍,甚至可以筹备一个图书馆。他可以将意大利学者引荐到我们的宫廷来。他将成为我在帕多瓦的学者和使者,他将成为一盏明灯。他将在基督教世界展示我们英格兰人也在阅读、学习和理解。玛格丽特夫人,你知道我一直很重视学术研究。当我还是一个孩子的时候,伊拉斯谟对我的印象多么深刻!我所有的导师都说,如果我进入教会,我将成为一位伟大的神学家和语言学家。我直到现在,还在坚持写诗。如果我在雷金纳德之前得到这样的机会,我都不知道自己能取得多么大的成就。如果我能有这么优渥的学习环境,除了学习之外我什么都不想做。"

"你对他一直都很好。"见国王已经沉浸在自己勾画的完美场景中,我说,"但他不需要立刻就去吧?"

"噢,我希望他尽快启程,"亨利兴高采烈地说道,"我会向他支付一笔津贴,而且他还能得到另外一笔费用……"他转过身来,一直走在我们身后认真听着的托马斯·沃尔西说道:"温伯恩明斯特的。"

"对,是的。他可以拥有其他生活,沃尔西很期待。沃尔西非常明智,懂得将合适的人放在合适的位置上。我希望雷金纳德成为我们的代表,他会成为帕多瓦备受尊敬的学者,并且过上理想的生活。我是他的赞助人,玛格丽特夫人,他的成就也反映着我自己的学术成就。我希望全世界都知道,我是一个有思想的人,处于新思潮的最前沿,是学者之王。"

"我感激您,"我说,"只是我们作为他的家人,想让他和我们一起生活一段时间。"

亨利握住我的手,挽在他的臂弯。"我知道,"他热情地说,"我也想念我的母亲。在比雷金纳德还小的年纪,我就失去了她。但我必须忍受这一切。人必须服从命运的召唤。"

国王挽着我的手。一个漂亮的女孩带着灿烂的微笑走过来,向我们屈膝行礼,我可以明显觉察到亨利对她很感兴趣。

"所有姑娘都换了帽子,"亨利说,"我妹妹带来的这种时尚是什么?这几天她们穿的都是什么?"

"这是法式的兜帽,"我说,"玛丽带回来的。我也想换成这种,它更轻,戴着也更舒服。"

"那么王后也应该换成这种来戴。"他说。他把我拉近了一些。"她很好,你觉得呢?这次我们说不定会很幸运?她说自己的月事还没到。"

"还没到时间,但我希望如此,"我坚定地说,"我为你们祈祷。她也每天都祈求着孩子的到来。"

"那么上帝为什么听不到我们的祈祷呢?"他问道,"既然我们和一半的英格兰人都在祈祷,上帝为什么就是不能给我一个儿子呢?"

我非常害怕他向我大声说出这个想法,尤其是当托马斯·沃尔西就在身边听着,我的脚险些站不稳。亨利慢慢地转向我。"问这样一个问题并没有错,"他像个孩子一样戒备,"这并不是对爱人的不忠。这不是要挑战上帝的旨意,所以它不是异端的。我只是无法理解:为什么随便哪个村里的

国王的诅咒

傻子都能得到一个儿子,而英格兰国王就是不能呢?"

"你现在就可能有一个,"我无力地说,"她现在可能正怀着你的儿子。"

"孩子可能根本无法活下来。"

"别这么说!"

他怀疑地瞥了我一眼。"为什么不能?你现在觉得害怕了吗?你觉得她不走运吗?"

我哽住了。这个年轻人提出的问题正是我不愿去思考的。他的亲生母亲对他父亲的血脉做出了诅咒,每次当我跪地祈祷上帝惩罚都铎家的暴政时,我都会想起这件事。"我相信上帝的旨意,"我说,回避这个问题,"没有哪个女人像王后一样善良和神圣,她应该得到一切的祝福。"

他并没有得到安慰;他看起来很不高兴,好像对我的话并不满意。我不知道他还想听到什么。"我应该受到祝福,"他还像是那个被宠坏的孩子,要求全世界都围着他的意志转,"我应该受到祝福。我应该得到一个儿子。"

1515年夏

英格兰

我们继续向西前进,王后坐在轿子里,避免太过劳累。国王每天早晨都兴致勃勃地去打猎,回来的时候总是嚷嚷着饿得不行。厨师们在中午提供丰盛的早餐,有时在狩猎场支起帐篷,像是在野餐一样。

托马斯·沃尔西跟我们一起行进,他总是骑着低调的白色骡子,但是他的坐骑是用最好的红色皮革做装饰。一开始,他只是个卑微的小教士,现在已经威风无比,拥有红衣主教的头衔,走到哪都有一帮衣冠整齐的护卫跟着。

"这是他能达到的最高成就了,除非他能说服他们让他成为教皇。"当我骑着马跟在王后的轿子旁边时,王后从轿帘内跟我窃窃私语。

我笑了,但是我不禁在想,如果国王问沃尔西为什么上帝不能赐予他一个儿子,那我们的红衣主教将会做出什么回答。作为一个饱读教义的尊贵主教,他对任何问题都应该能够作答。我确信亨利这么问过他,也确信他的答案会是亨利希望听到的,我确实很好奇他是如何回答的。

1515年秋

伦敦　威斯敏斯特宫

很久以后，我们终于得知了苏格兰发生的一切。国王的姐姐，玛格丽特王后的统治被推翻，她逃到北部城堡，生下了一个名叫玛格丽特·道格拉斯的小女孩。上帝应该眷顾这个孩子，她的母亲在流亡，而父亲已经跑回苏格兰。王后不得不南下投奔她的弟弟，凯瑟琳王后满足了她的一切需求。

1516年春

伦敦　格林尼治宫

我们正在为王后准备产房。侍女们监督仆人将挂毯挂在墙上，遮住所有光线，并检查橱柜中金银杯子的放置。王后不会用到这些新的，但是每个产房都必须有丰富的库存来迎接将要出生在这里的王子。

其中一位侍女伊丽莎白·布莱恩，现在已是加露一族，负责监督用米黄色亚麻床单铺好大床，以及天鹅绒铺盖的摆放。她向刚来宫廷的女孩们展示了这些细致的准备工作：她们必须熟练掌握王后待产的正确仪式。但是这对于贝茜·布朗特和其他侍女们而言并不新鲜，我们只是平静地工作着。

贝茜表现得很忧郁，我停下动作问她是否安好。她看起来很困扰，我把她拉进王后的私室，小祭坛上的蜡烛火焰在她脸上交替映上金色的光影。

"这对我们来说只是浪费时间，给她徒增伤悲。"她说道。

"嘘！"我立刻说，"小心你说的话，贝茜。"

"但很明显，不是吗？这不只是我说的。所有人都知道。"

"知道什么？"

"她永远无法给他一个孩子。"贝茜低声说。

"没有人这么认为！"我反驳道，"没人知道会发生什么！也许这次她将生下一个坚强、善良的男孩，他将成为康沃尔公爵亨利，并成长为威尔士亲王，我们都会祝福他们。"

"好吧，我希望如此，我敢肯定。"她顺从地回答道，但是不敢直视我，好像她说出的话只是毫无意义的敷衍。

产房准备好了，王后开始进入待产状态，她的嘴唇紧抿着。我和她一起走进这熟悉的阴暗房间，我告诉自己，我无法忍受再次经历死亡了。如果她这次能生下另一个儿子，我认为自己没有勇气去照顾他。我内心的恐惧已经压制住了所有希望。我已经确信她会生下一个死去的孩子，或者她所生的任何一个孩子都会在几天内死去。

一天早晨，国王把我叫去，告诉我一个令人更为忧郁的消息，之后我们在清晨一同走向昏暗的产房。"王后的父亲费迪南国王已经去世了，"他简短地对我说，"我不认为我们应该在她待产时告诉她这个消息。你怎么看？"

"不应该告诉她。"我立刻回答。我们决不能让待产的女王收到任何坏消息的影响。虽然大家都认为费迪南国王对这个小女儿太过严厉，但凯瑟琳还是很崇拜她的父亲。"你可以在孩子出生后告诉她。她现在不能受刺激。"

"但我的姐姐玛格丽特在待产的时候都在为死亡担惊受怕，"他抱怨道，"她差点没能越过边界避难，但她还是生下了一个健康的女孩。"

"我知道，"我说道，"苏格兰王后是一个勇敢的女人。不过没有人会怀疑我们凯瑟琳王后的勇气。"

"她还好吗？"他问道，好像我是一名医生，我的保证能起到作用似的。

"她很好，"我坚定地说，"我有信心。"

"你确定吗？"

他只想听到一个答案。理所当然的，我回答道："是的。"

✦

　　我试图表现得很有信心，每天早上都欢快地向她问安，并且在她每天三次祈祷的时候跪在她旁边。当她要求上帝赐予母亲的生育能力和婴儿的健康时，我会说出"阿门"的信念，有时候我觉得她悄悄地抓住我的手，像是在寻求勇气，我总是紧紧握住她的手指。我从来没有露出怀疑的目光，也从未说出犹豫不决的话语，即使是当她对我耳语："有的时候，玛格丽特，我担心事情不太对。"

　　我绝对不会说："你是对的。你害怕的是一个可怕的诅咒。"相反，我总是盯着她的眼睛，坚定地说："世界上每一个妻子，我认识的每个女人都失去过至少一个婴儿，但她们会拥有更多。你来自一个健康的家庭，你年轻而坚强，国王则是个真正的男子汉，没有人能怀疑他的活力和力量，没有人会怀疑你的生育能力。这一次，凯瑟琳，这次我确定一切会顺利的。"

　　她点点头。我看到她坚定的微笑，她对自己也有信心。"那我会充满希望，"她说，"如果你真的确定的话。"

　　"我确定。"我在撒谎。

✦

　　比起上一个孩子，这次的分娩过程顺利一些。助产士大叫着她们已经看到了婴儿血淋淋的小脑袋，凯瑟琳紧紧抓住我的胳膊，有那么一个瞬间，我在想，也许这是一个健康的宝宝？也许一切都会好起来的。

　　我握住她的手告诉她等待，助产士说婴儿即将出生，她必须用力将孩子推出来。凯瑟琳咬紧牙关，忍住痛苦的呻吟声。有人告诉过她，真正的王后在孩子出生时是不会哭出声来的，她脖子紧绷，努力让自己保持沉默，像圣母玛利亚一样安静。

国王的诅咒

伴随着孩子响亮的哭声,凯瑟琳发出嘶哑的呜咽,每个人惊呼着宝宝出生了。凯瑟琳害怕地问道:"他活着吗?"

另一阵疼痛袭来,她的脸痛苦地扭曲着,助产士说道:"是个女孩,一个活着的女孩,王后陛下。"

我为王后感到遗憾,但这想法令我自己都恶心。但后来我听到婴儿的响亮的哭声,我才意识到,在见证了这么多次死亡之后,这个房间终于出生了一个活着的孩子。

"让我看看她!"凯瑟琳说。

他们把她裹在带香味的亚麻布上,抱给她的母亲,助产士在旁边忙个不停,凯瑟琳嗅着孩子潮湿的小脑袋,好像她是一只小猫一样,婴儿停止哭泣,在她的脖子上蹭来蹭去。

凯瑟琳冻住了,赶紧低头往下看。"她还在呼吸吗?"

"是的,是的,她只是饿了,"其中一位助产士微笑道,"你想把她抱给奶妈吗,王后陛下?"

凯瑟琳不情愿地把她交给了身边那个丰满的女人。她简直无法把眼睛从小襁褓上移开。

"坐在我旁边,"她说,"让我看着她吃奶。"

这位女士按照她的要求行事。这是一位新的奶妈。我无法接受聘用上一个奶妈,我希望一切都是新的:新的亚麻布,新的襁褓,新的摇篮和新保姆。我想要一切都不要再重演,所以当王后转向我,严肃地对我说"亲爱的玛格丽特,你会去告诉国王此事吗?"的时候,我害怕得要死。

当我从闷热的房间慢慢走向大厅时,我意识到这次的传话已不再是荣誉了。我的儿子蒙塔古已经守在门外了。看到他,我不禁宽慰地哭出来。我抓住他的胳膊。

"我觉得你会想有人陪着一起过去?"他说道。

"是的。"我简短地说。

"宝宝出生了?"

"是的,一个女孩。"

考虑到我们可能不得不告诉国王不愉快的消息,他抿着嘴唇,我们默默地走在大厅里,一起走进国王的卧房。他正等待着,红衣主教沃尔西在他身边,他的朋友们安静而焦虑。他们不再像之前那样满怀兴奋和自信,随时准备举杯庆祝。我看见亚瑟站在他们中间,他向我点点头,脸色苍白,焦虑不安。

"国王陛下,我很荣幸地告诉您,您有一个女儿了。"我对亨利国王说。

没有一丝犹豫,他的脸上瞬间充满着喜悦。不管如何,只要他的王后能为他生个活着的孩子,他就很开心了。"她还好吗?"他满怀希望地问道。

"她很健康。奶妈正在给她喂奶。"

"那王后呢?"

"她也很好,比以往任何时候都好。"

他朝我走来,拉住我的胳膊轻声地说着话,这样就没有人,甚至连后面的红衣主教都听不到我们的对话。他问道:"玛格丽特夫人,你有几个孩子……"

"五个。"我回答。

"每个都活下来了吗?"

"有一个在几个月的时候夭折了。这很正常,国王陛下。"

"我知道。我知道。但这个宝宝看起来很健康吗?你能否分辨得出来?她会活下来吗?"

"她看起来很强壮。"我回答。

"你确定吗?玛格丽特夫人,如果你对此有疑虑,你一定会说实话的对不对?"

国王的诅咒

我怜悯地看着他。怎么会有人有勇气告诉他任何不好的事情呢？如果没有人敢对他说不，这个被宠坏的孩子要如何才能变得明智呢？如果最诚实的人都不能对他说一句不好的话，他又如何判断别人是否在骗他呢？

"国王陛下，我来告诉你实话：她现在看起来很健康，但以后会怎么样只有上帝知道。不过王后已经为您生下了一个健康的女孩，她们这一整个下午状态都很好。"

"感谢上帝，"他说，"阿门。"我能看出他深受感动。"感谢上帝。"他重复道。

他转身面向等候着的众人。"我们得到了一个女孩！"他宣布道，"玛丽公主。"

每个人都欢呼着，没有人表现出丝毫的焦虑。没有人敢表现出丝毫怀疑。"万岁！上帝保佑公主！上帝保佑女王！上帝保佑国王！"他们呐喊道。

亨利国王向我提出了我最怕的问题："亲爱的玛格丽特夫人，你愿意成为她的保姆吗？"

我做不到。这次我真的做不到。我无法再一次深陷噩梦，听着喘息声、脚步声和敲门声，脸色苍白的女孩哭着说婴儿刚刚无缘无故地停止了呼吸，我能不能去看看，谁去告诉王后？

我的儿子蒙塔古跟我对视并点了点头。他提醒我，如果我们要保留我们的头衔和土地以及在宫廷中的地位，我们都必须忍受那些我们想要避免的事情。雷金纳德不得不远离他的家，亚瑟必须微笑着打网球，当他从马背摔下扭伤背部时，他还是要爬回马上，假装自己一点都不害怕。当蒙塔古宁愿不下注时，他必须输掉牌，另外，我必须照看一个命运未卜的婴儿。

"我很荣幸。"我努力挤出微笑。

国王转向约翰·赫西勋爵。"你会成为她的监护人吗？"他问道。

约翰勋爵低下头，仿佛在接受这份荣誉，但当他抬起头时，我们目光交错，我在他眼里看到跟自己一样的恐惧。

✦

我们很快就给她在附近的天主教修士小教堂进行了洗礼，一刻都不敢多等，也不敢在寒冷的空气中把她带到更远的地方。我们都不知道她能活多久，不确定她能否长寿到可以许下誓言。我们为她许下誓愿，无论是瘟疫时，还是河面刮起病态的风时，寒风吹得百叶窗吱嘎作响时，希望誓愿小心翼翼地保护着她不受伤害。当我把圣油涂在额头上，手持蜡烛的时候，我不禁在想，她能否活到足够长时间让我告诉她，她对教会的信仰是坚定的，我代表她，我们所有人都在为她的生命不断祈祷。

她的教母、我的表亲凯瑟琳把她带到过道，送到教堂门口，送给另一位教母诺福克公爵夫人艾格尼丝·霍华德。每个侍女都鱼贯向这个宝宝行了屈膝礼后，公爵夫人把她交给我。她不是一个多愁善感的女人，她不爱抱孩子；我看到她朝着继女伊丽莎白·波琳轻快地点了点头。我温柔地把小公主放在她的奶妈玛格丽特·布莱恩的怀里，和她一起并肩而行，我裹着白貂皮，以抵御从泰晤士河谷吹来的寒风，厚厚的面料覆盖着我们高贵的头，卫兵和侍女们都跟在我身后。

这对我来说是伟大的时刻，甚至是最伟大的时刻。我是王室继承人的保姆。我本应该享受这一刻，但我不能陶醉其中。我所能做的就是跪下来祈祷这个婴儿的寿命比她可怜的兄弟们长。

1517年夏

英格兰

汗热病席卷了伦敦。苏格兰王后玛格丽特希望去往北方来躲避这场灾祸,回到自己的国家与她的丈夫和儿子重聚。她刚一离开,国王立即命令宫廷上上下下收拾行李前往里士满宫,远离城市的污垢、气味和低洼的雾气。

"他只带了一支骑兵队就先走了,"我的儿子蒙塔古告诉我,他靠在我房间门口,看着女仆们忙里忙外,将所有用品装进旅行箱里。"他很害怕。"

"嘘。"我小心翼翼地说。

"他害怕疾病,这已经不是什么秘密了。"蒙塔古走进来,关上了身后的门,"他自己也承认。他对所有疾病都有一种神圣的恐惧,但汗热病是他最害怕的。"

"这不奇怪,因为是他的父亲带来了这种病,它杀死了他的兄弟亚瑟,"我说,"他们甚至称汗热病为都铎诅咒。人们说,王朝开始于汗水,并会以泪水结束。"

"好吧,请上帝证明他们是错的,"我的儿子愉快地说,"王后今天会和我们一起出发吗?"

"等她准备好了就出发。但她本月晚些时候要去沃尔辛厄姆朝圣祈祷。汗热病也无法改变她的计划。"

"不,她可不想自己咳嗽致死,"他说,"可怜的女士。她要去祈祷再生一个孩子吗?"

"当然。"

"她还是希望生个男孩?"

"当然。"

这场疾病的状况越来越严重,而且还将继续恶化。鉴于它惊人的发病和传播速度,它是目前最骇人的疾病。一个男人可能在晚餐时间告诉家人他身体一切健康,他们很幸运能逃过此劫,傍晚时分就可能会开始头疼,最终在日落时刻死亡。没有人知道疾病是怎么从一个地方传播到另一个地方,也不知道它是怎样在人与人之间进行传播的。红衣主教沃尔西也染上了汗热病,我们都准备好接受他的死讯,但他最终幸存了下来。亨利国王并不为此感到安慰:他决定彻底逃离汗热病的阴影。

我们住在里士满宫时,其中一个切肉仆染上了病。身边再次有人患病,使得亨利立刻陷入恐惧之中,他觉得那个被死亡笼罩的男孩把自己的肉献给了他;他觉得那个可怜的受害者是个刺客。他命令所有人立刻收拾行李再次迁移。所有的领班都必须立即对手下的人进行全方位的检查,发现任何发病症状,发热、疼痛或是头晕都要即刻汇报。当然,每个人都否认自己染了病,没有人愿意和里士满那个垂死的男孩一起被遗弃;此外,这种疾病发病如此之快,就算所有人都发誓自己一切正常,也说不定哪个明天就染上了病。

我们匆匆赶到下游的格林尼治宫,那里洁净的空气混杂着海水的咸味。国王命令仆人每天洗刷自己的房间,本受上帝仁慈眷顾的国王,现在根本不允许任何人靠近他。

西班牙人的到来分散了他对疾病的恐惧,他们派遣了一个使团,前来

国王的诅咒

商议结盟以共同对抗法国的事宜。在热切的审查之下,我们在几周的时间内假装这个国家一切正常,并未受到疾病的影响,我们的国王也没有为疾病困扰。会见西班牙使团时,他更加高度重视他的西班牙妻子,所以他对王后很好,听取她的建议,欣赏她与使者们的优雅对话,也会在晚上来到她洁净的床上一同就寝。凯瑟琳的朋友玛利亚·德·萨利纳斯嫁给了一位英国贵族威廉·威洛比,两国联姻备受好评。有那么一阵子我们的生活就像以往一样充满着宴会、庆典和比武活动。但是当西班牙使团驱车离开后,我们再次听说格林尼治村出现了汗热病的症状,国王当即决定前往温莎城堡,那里会更安全。

这一次,他没有要求整个宫廷一同前往。只有王后,他的一些朋友和他的私人医生才可以和他们一起同行。我待在位于毕萨姆的家里,祈祷免受汗热病的影响。

但死亡跟随着都铎国王,正如它跟随他的父亲那样。当国王的一个仆人染病死去时,他确信死亡就像一只黑暗的猎犬绝不会轻易放过他。他陷入无休止的躲藏之中,抛下他所有的仆人和朋友,只带着王后和医生,从一个房子转移到另一个房子,就像一个寻求庇护的罪人一样。

无论打算去哪里,他都派遣侍卫开路,国王的医生会询问城堡的看管人,这里是否有人生病或是受到过汗热病的影响。亨利只会待在他确信绝对安全的城堡中。即便如此,他还是一次又一次下令匆忙转移,可能仅仅是因为哪位侍女抱怨身体发热,或是哪个孩子因牙痛而哭泣。在一次次混乱的转移中,宫廷已经失去了应有的尊严和优雅,家具、亚麻布,甚至银器都被抛下不管。城堡的主人很难做到万全准备,当他们预定昂贵的食物和娱乐设施时,国王却认为这些非常危险,他不能留下来。当其他人在家休息,尽量避免旅行,远离陌生人并且默默向上帝祈祷时,国王却在乡村里游荡,试图在危险和不确定的环境中寻求安全的庇护,仿佛是担心英格兰的空气和溪流是有毒的。

伦敦，成了一个饱受疾病困扰的无领导城市，学徒们走上街头暴动，他们想知道：国王在哪里？大法官在哪里？市长和城市的管理者在哪里？伦敦被抛弃了吗？国王跑了多远？他会去威尔士吗？去爱尔兰，还是更远的地方？为什么他不与他的人民站在一起分担他们的痛苦呢？

这个城市的普通人备受疾病的折磨，农民、啤酒制造工、纺织工，纷纷在工作中倒下。人们一起走上街头，反对他们曾经崇拜的年轻国王。他们说国王是个胆小鬼，对于自己家族带来的疾病却充满恐惧，只知道逃避。他们诅咒他，说他的父亲带来了死亡，现在儿子又对人民弃之不顾。

1517年夏

伯克郡　毕萨姆庄园

因为国王繁忙地迁移，我也不需要再照顾玛丽公主，她在育儿所安全又健康。我可以支配自己的整个夏天，在我自己的房子、土地和农场上，为自己的收益而工作。另外，我要操办儿子蒙塔古的婚事。

现在我们拥有不菲的财产和高贵的头衔，蒙塔古是英格兰最高贵的单身汉。我只会让他与一位富有的女继承人结婚，用她的财富来巩固我们的地位，或是选择一位出身高贵的女孩子。当然，我不必看得太远。蒙塔古在亲戚乔治·内维尔的养育下度过了他的童年，在那里，他曾跟表妹简朝夕相处，那里的男孩们像年轻的贵族一样接受教育，跟女孩子们上的课不一样，但是他在晚餐、教堂、盛大的节日都能遇到她。上舞蹈课时，他们是舞伴；上鲁特琴课时，他们表演二重唱。家族狩猎时，简跟着他冲上树篱和阶梯。他们就跟所有年轻的男孩女孩一样，小心翼翼地喜欢着对方。

当他们渐渐长大，生活在同一所房子里，从一个大宫殿转移到另一个宫殿时，简完成了学业，也完成了从一个小女孩到年轻女人的转变，蒙塔古看着简从一个小玩伴变成一位优雅美丽的女子，这一切对他来说像是魔术一般奇妙。

蒙塔古主动问我对他和简之间关系的看法。碍于简的头衔，他只是小心翼翼地暗示我，简比他在宫廷看到的任何年轻姑娘都更好。

我问："比贝茜·布朗特还好？"贝茜因甜美的笑容和容光焕发的美貌

受到宫里众多年轻人的青睐。

"比任何人都好,"他说,"但这事由母亲您来决定。"

我想,这个艰难的故事终于迎来幸福的结局。没有她父亲的帮助,我无法养活我的孩子。现在,我很高兴他能够从他对我的忠诚和关爱中获益,我的家族能给予他的女儿波尔夫人的头衔,眼下她就可以获得一份由她丈夫给她的两百镑的财产,而我死后,她可以继承我的财产以及我的头衔。如果嫁给我的儿子,她不但能得到尊贵的头衔,还能得到广阔的土地。而且她本身就是一位女继承人,她将会带来一笔财富作为她的嫁妆,在乔治去世后,她也可以继承他的一半财富。乔治·内维尔年事已高,膝下只有两个女儿,蒙塔古同简的婚事,对两家人来说都是件好事。

他们的孩子也将是金雀花,父母皆有王室血统,贵上加贵,并将为都铎王朝和他们的表亲效力。毫无疑问,他们的孩子一定很漂亮。我的儿子今年二十五岁,身材高大,外貌英俊,新娘的身高和外貌都与他很相配。我希望她能多生几个孩子,但就像我表亲乔治在签署婚约时说的那样:"表妹,我们完全不用担心,从来没有哪个金雀花生不出儿子的。"

"嘘。"我不假思索地说,我把密封蜡放入烛火中,并用我戒指上的白玫瑰徽章在上面盖了个印记。

"事实上,国王自己也总谈论此事。他问大家为什么像他一样强壮有力的英俊男人就是无法拥有一个儿子,时至今日,怎么也该有三四位小王子睡在育儿院里了。你怎么看?这是王后的问题吗?可她毕竟是来自一个善生养的家族,到底是什么出了问题?这场婚姻无法得到祝福吗?"

"我什么都没有听到。"我做了一个手势,停止了这段窃窃私语,"我什么都没听到,也不会去谈论它。我告诉她所有的侍女,不要去议论这件事。就算这件事是真的,又能怎么样呢?她仍然是他的妻子,不管有没有儿子,她仍然是英格兰王后。她已经承受了失子的痛苦和悲伤,难道还必须为此事承担责任吗？谈论和诽谤只会徒增她的痛苦。"

"她有可能退位吗？"他轻声问道。

"她不能，"我直截了当地说，"她相信是上帝加冕她为英格兰王后，让她坐在国王身边。她已经为国王生了一位公主，上帝一定会保佑他们生个儿子的。另外，我们在谈论的到底是什么？一个男人在八年或者五年内还没有得到一个儿子，他就应该结束这段婚姻吗？难道妻子是可以取消的季节性租约吗？婚姻是无论健康或疾病，只有死亡才能分开的，并不是只要产生怀疑就能分开。"

我堂兄笑了。"她很幸运有你这么一个守护者。"他说道。

"你应该感到高兴，"我指了指婚约书，"你的女儿将嫁给我的儿子，他们会发誓只有死亡才能将他们分开。只有当婚姻有了这种保证，你的女儿或者所有女人才会对她们的未来充满信心。王后不会允许任英格兰的任何男人可以凭喜好随意抛弃自己的妻子，她不会置全英格兰的女人的安危于不顾。如果她这么做了，她也就不会成为英格兰女性爱戴的王后。"

"他必须有一个继承人。"他指出。

"他可以指定自己的继承人。"我让自己挤出一个笑容。"毕竟，继承人大有人在。"我说。我表兄的女儿就嫁给了其中一个，我的儿子蒙塔古。"有许多继承人。"他沉默了一会儿，在想我们离宝座有多近。"金雀花的回归，"他非常平静地说，"如果在经历了这一切之后，王位还能回到我们中间的某个人身上，那真是太讽刺了。"

1518年春

汉普郡　沃灵顿堡

圣诞节来了又去，但国王并没有回到他的城市，也没有召集人群举办宴会。我到格林尼治的托儿所拜访了小公主，发现宫里并没有受到疾病困扰，小女孩在念念有词、玩耍、学习跳舞。

我和玛丽度过了愉快的一周，拉着她的小手满足了她在长廊跳舞的无理要求，天气变得越来越冷了，俯瞰河流的窗户外面飘起了雪花。她是个可爱的孩子，我给她留下一堆礼物，承诺会很快再来看她。

王后写信给我，说他们已经搬到了南安普敦，在那里他们可以购买佛兰德斯商人带来的商品；但国王不想要英国商品，担心会受到污染。他也从不让仆人去镇上的市场采购。

除了国王最亲密的朋友，他仿佛可以弃任何人于不顾，由于害怕这种疾病，国王甚至拒绝接收市政府的来信。红衣主教沃尔西从里士满宫——他现在住在那里，像国王一样统治着——用特制纸张给他写信。他坐在皇宫之中接受来自全国各地的请愿，并在宝座上一一决议。我曾敦促国王回到威斯敏斯特的家中准备复活节，但红衣主教坚决反对我，国王也不听取其他人的建议。红衣主教在信里说疾病依旧肆虐，国王觉得还是远离伦敦为好。

国王的诅咒

我还保留着旧时的谨慎习惯,阅读过后就烧掉了王后寄来的信,但是她的话语仍然留在我耳边。英格兰宫廷像是亡命之徒一般,仆从躲在港口附近,只为从外国人那里购买食物,拒绝英国市场上的本地食物,而且他们居然只采纳一个男人的建议,这个人不是一个金雀花,甚至不是一个公爵,也不是一个领主,而是一个只致力于满足自己野心的男人。一想到这些我就忧心忡忡,哪怕我正在新建的房子中庆祝这多灾多难的一年终于过去。屋外的原野上,人民正在用犁翻动着富饶的土地。

我只会住在生我养我的土地上,只会吃自己种出来的食物。除了我的人民,我不会接受其他任何人的效力。我是一个这里出生长大的金雀花,绝不会轻易离开这里。国王的父亲花费了一生的时间去征服英格兰,为什么他自己对这片土地并没有那么深的感情呢?

1518年复活节

伯克郡　毕萨姆庄园

我们和家人在毕萨姆举办复活节盛宴。除了亨利的核心圈子和红衣主教之外,王室仍然对所有人紧闭大门,红衣主教现在正在牛津附近旅行。我开始怀疑他们是否还会回到自己的首都去。

红衣主教全权统管王国境内所有事务,因为没有人能见到国王本人,他甚至拒绝接收文件。沃尔西决定着大大小小的事情,他的势力极速扩张。他的职员可以撰写王室文件,他的调查员知道所有商品的价格,他的顾问判断每件事应该如何处理,而他最喜欢的托马斯·莫尔,已经成为国王和红衣主教之间值得信赖的中间人,现在被授予负责宫廷健康的重任。他命令王国中有病人的家庭必须在门口放置一捆干草,这样任何人都可以看到此标志并远离它。

人们抱怨说,大法官莫尔是在用这种方式逼走穷人,但我写信给年轻的法官感谢他照顾国王,当我听说他自己生了病时,我送他一瓶亲手提炼的精油,有缓解发烧的功效。

"您真的非常慷慨,"我的儿子蒙塔古对我说,他看到我命人给住在牛津附近的阿宾顿的托马斯·莫尔带去一篮子珍贵药品,"我没想到莫尔会是我们的朋友。"

"如果他是红衣主教的得力助手,那他就可以接近国王,"我简短地说,"如果他接近国王,那么我希望他对我们是友好的。"

我的儿子笑了。"我们现在很安全,你知道的,"他提醒我,"也许过去老国王在位时,每个人都必须付出代价才能获取王室的友谊,可现在亨利的顾问对我们来说不是威胁。现在没人会反对我们。"

"这是一种习惯,"我承认,"我一生都是靠王室的恩惠生活的。对我来说别无其他生存之法。"

由于我们都没有被国王邀请同住,我的亲戚内维尔和斯塔福德来到这里度过了一个星期,以庆祝四旬期结束和复活节到来。白金汉公爵爱德华·斯塔福德带着他的儿子一起来:十六岁大的聪明迷人的亨利。我的儿子杰弗里只小他三岁,两个表兄弟相谈甚欢,常常一整天都见不到两人的踪影,他们比赛骑马,甚至在泰晤士河寒冷的水中钓肥鲑鱼,而且自己在厨房烹饪鲑鱼,这让厨子大为头疼。

对于他们小小的骄纵行为,我们选择放任,甚至在鲑鱼端上餐桌时吹号庆祝。在大厅共进晚餐的三百户人都站起来,为高贵的鲑鱼和咧着嘴笑的年轻渔民喝彩。

"你有没有听说过王室成员什么时候会回来?"晚餐结束后,乔治·内维尔问爱德华·斯塔福德,我们这群表亲和我们的儿子们坐在我的私室里,在壁炉前放松地喝着葡萄酒,吃着点心。

他的脸色暗了下来。"如果按照红衣主教的意思,他会让国王永远与宫廷分开,"他不快地说,"我被命令禁止去觐见国王,为什么会有这样的事情?我很健康,我的家人也很健康。这事已经与疾病无关了;是因为红衣主教担心国王会听取我的建议,所以他禁止我去觐见国王。"

"大人们,"我小心翼翼地说,"兄弟们,我们必须谨言慎行。"

乔治微笑着握住我的手。"你总是太谨慎。"他说。他朝公爵点点头。"就算未经许可,难道你就不能直接去告诉国王,红衣主教并没有为他的利益而服务吗?他当然会听你的。我们是一个伟大的家族,惹麻烦对我们可没有任何好处，他完全可以信任我们。"

"他不听我的话，"爱德华·斯塔福德烦躁地说道，"他不听任何人的意见。不管是王后，是我，还是任何比他更优秀、更知道如何统治国家的人。我不能直接去找他，除非他确信来访者没有携带疾病，否则他不会让任何人进入他的住所。你猜由谁来判断一个人是否健康？甚至不是医生——而是红衣主教的新助手托马斯·莫尔！"

我向我的儿子蒙塔古和亚瑟点点头，示意他们离开房间。虽然议论红衣主教可能没什么大不了，毕竟大部分领主都很反对他，但我还是希望我的儿子们不要参与进此事。如果有人问起，他们可以如实地说他们什么都没听到。

他们都犹豫不决。"没有人会怀疑我们对国王的忠诚。"蒙塔古对他们两人说。

白金汉公爵不情愿地笑了笑，他抱怨道："所有人都怀疑我的忠诚，我比国王的血统更为高贵，谁会相信我忠实于王室？我永远不会挑战国王的权威。但我确实质疑那个该死的屠夫儿子的动机和势力。"

"叔叔大人，我以为红衣主教的父亲是商人？"蒙塔古质问道。

"这有什么区别？"白金汉大声说道，"修补匠或裁缝或乞丐又如何？我的父亲是公爵，我父亲的祖父是公爵，我最最最最伟大的曾祖是英格兰之王！"

1518年夏

伯克郡　毕萨姆庄园

　　国王的先驱骑士来到了我的门前，身后跟着六个守卫，他瞥了一眼门上的新石雕，我自豪的家徽挂在旧宅门口，然后他眼神穿过翻新的塔楼，漂亮的屋顶，延伸到宽阔河流的草地，精耕细作的田地，干草堆，金黄的小麦以及田野里浓郁的青绿色微光。就算不看他贪婪的眼神，我都知道他正在计算着我所拥有的田地、肥美的牲畜，以及这片广阔的郁郁葱葱的乡村到底是多大一笔财富。

　　"您好。"我穿着骑马服戴着一条普通的头巾走出大门，这装扮就跟每个拥有大片土地的领主一样。

　　他向我深深鞠了一躬。"夫人，我是从国王那里来的，如果村子里没人染病，他将会和你们在一起待八个晚上。"

　　"我们都很健康，感谢上帝，"我回答，"欢迎国王和王室的到来。"

　　"我看得出你可以容纳得下这么多人，"他对我气派的房子表示认可，"这是我们最近待过的最好的地方。我可以跟你家里的管家说话吗？"

　　我转身点头，詹姆斯·乌普索尔向前迈进了一步。"先生？"

　　"我这里有一份房间清单，"骑士从他外套内口袋里拉出一个纸卷，"我必须了解你们每一个马夫和用人。我必须亲自确认他们的健康情况很好。"

　　"请协助骑士完成此事，"我平静地对乌普索尔说，他对这种高压统治很是愤怒，"请问国王陛下何时会来？"

"一周内。"骑士回答说,我点点头,尽量表现得波澜不惊,安静地走进屋子,然后我拿起我的礼服,跑去告诉蒙塔古和简、亚瑟以及厄休拉,特别还有杰弗里——国王将莅临毕萨姆,一切都必须绝对完美。

蒙塔古骑马出去,在路上设置标志,以确保王室派来探路的人不会迷路,守卫们会确保村子里一切安全,国王不会遭到伏击或袭击。布置完毕后,他们将累坏了的马牵回马厩。杰弗里整个上午都忠实地守望着,之后跑来告诉我他看到了守卫,所以宫廷来的人应该也快到了。

我们一切准备就绪。我的儿子亚瑟比任何人都更了解国王的喜好,他已经命令音乐家们开始排练晚餐后的舞曲。他已经安排从邻居处借来好马用于狩猎,以满足随王宫而来的一大群猎手。亚瑟警告我们的佃户,国王将在他们的田地和林地中骑行狩猎,当访问结束时,他会赔偿所有对庄稼造成的破坏,在那之前,严禁民众对此提出抗议。然而佃户们已经准备好为国王欢呼并大声祝福,他们根本不会对此抗议。我已经命令管家们到当地各个市场购买美味佳肴和奶酪,同时蒙塔古派他自己的人到伦敦的埃伯酒窖,寻找最好的葡萄酒。

厄休拉和我派布料房的侍从去找出最优良的床上用品,布置在最豪华的两间卧房内,分别是西侧的国王房间和东侧的王后房间。杰弗里兴奋地在各个房间来回奔走,从一座塔楼跑到另一座塔楼。可是我远比孩子气的他更开心,因为英格兰国王将睡在我的屋檐下,每个人都会看到我恢复了自己的地位,在我祖先的房子里,英格兰国王是一位来访的朋友。

奇特的是,最棒的消息,最美妙的时刻却是在所有准备工作以及所有洋洋得意之后。当杰弗里站在我身边迎接国王一行人的到来,我把王后扶下轿子,她容光焕发,一把拉住我,仿佛她是我的小妹妹,而非我的王后。她兴奋地在我耳边低语:"玛格丽特!猜猜为什么我坐轿子而不骑马?"

我犹豫不决,不敢贸然说出自己非常期待的事情,她大笑着再次拥抱我。"是的!没错!这是真的。我又怀孕了。"

很明显,他们最近相处得非常愉快,远离了阿谀奉承的人和一心想引起国王注意的女孩们,在整整一年的时间里,他们像一对普通夫妇那样生活,只有少数朋友和同伴的陪伴。亨利已经接受了太多的赞美和关注,这样简单的生活对他有好处。在没有其他人打扰的情况下,他们很享受彼此的陪伴。每当亨利对凯瑟琳多一些关注,她就会在他爱情的温暖之下绽放,他重新开始向自己美丽而迷人的妻子学习。

"可我担心国王忽视了他的统治。"她说。

"无所作为?"

没有人比阿拉贡的凯瑟琳对君主制的看法更准确:她始终相信,统治王国永远是比祈祷更神圣的职责。当亨利还是个小男孩的时候,他也有同样的感觉,但他现在对统治已经不再那么上心。当王后担任英国摄政王后时,她每天都会接见议员,咨询专家,听取领主们的建议,阅读并签署宫廷签发的每一份文件。而亨利回到家时,他只致力于狩猎。

"他把所有的工作留给红衣主教,"她说,"我担心一些领主可能会觉得他们被忽略了。"

"他们确实被忽略了。"我直截了当地说。

她低垂下眼睛。"是的,我知道,"她承认道,"而且红衣主教的工作得到了太丰厚的回报。"

"他现在得到了什么?"我问道。我能听到自己声音中的愤怒。我尽力微笑,伸手去摸她的袖子。"原谅我,我也认为红衣主教管得太宽而且收入过高。"

"受宠的人总是有着得天独厚的优势,"她笑着说,"但是这个新的荣誉将使国王损失惨重。它来自教皇。红衣主教将成为教皇的特使。"

我惊讶地吸了口气。"教皇的特使？托马斯·沃尔西是要接管国教吗？"

她抬起眉毛，点点头。

"除了教皇，没有人在他之上？"

"是的，"她说，"至少他是一位和事佬。我想我们应该为此感到高兴。他建议我们和法国和平共处，还建议我女儿与法国王储联姻。"

我同情地握住她的手。"她才两岁，"我说，"那还有很长的路要走。这件事可能永远不会发生；在她前往法国之前两国肯定还会有矛盾。"

"是的，"她承认道，"但是红衣主教——主啊，请宽恕我——似乎总能得到他想要的东西。"

王室的访问一切顺利。国王很喜欢这座房子，他喜欢在这里狩猎，与蒙塔古打牌，与亚瑟一起骑马。王后和我一起走遍了整栋房子，微笑着称赞我的会客厅、私室和卧室。她见识到了我在自家宅府中所表露的欢乐，并清楚我已经得回我过去拥有的所有房产。她称赞我的珍宝库和档案室，而对我而言，妥善经营这一切，经营我的这片天地，就是我的骄傲与幸福。

"你出生在一个很棒的地方，"她说，"这一年你一定过得很开心，操办了一场婚礼，并且得到了所有你想要的东西。"

王室继续行进时，他们提出带着亚瑟一起走。国王说没人能像亚瑟一样在狩猎场跟上他的脚步。

"他是要让我成为枢密院议员。"亚瑟昨晚来到我的房间对我说。

"什么？"

"这是国王正组建的新团体。所有他最好的朋友，都会为枢密院服务，就像法国国王那样，亨利想要做法国国王曾做过的一切。他想与之竞争。

所以我们也会组成一个枢密院,我将成为极少数议员之一。"

"你的职责是什么?"

他笑了。"就像现在一样,寻欢作乐。"

"还有酗酒无度。"我补充道。

"寻欢作乐与酗酒无度,以及和女士调情。"

"然后让国王走向歧途?"

"唉,母亲,国王是个年轻人,而且他似乎一天比一天年轻。他自己就可以把自己引入歧途,而不需要我做他的引路人。"

"亚瑟,我的孩子,我知道你不能阻止他,但也有一些年轻的女士希望看到他与妻子感情破裂。如果你能引导他远离她们……"

他点点头。"我知道。而且我知道她对你来说多么重要,谁都明白英格兰不可能拥有比她更好的王后。他永远不会做任何不尊重她的事:他真的爱她,只是……"

"如果你能引导国王适可而止,让他记得跟那些女孩子的小暧昧只是过眼云烟,就是对王后和这个国家最大的贡献。"

"我会永远效忠王后。但即便是威廉·康普顿或是查尔斯·布兰登都无法改变国王。"亚瑟笑着说,"而且,妈妈,没有什么可以阻止他坠入爱河。这太荒谬了!他是欲望和古板的最奇怪混合物。如果他在洗衣房看到一个漂亮的女孩,他可以不费吹灰之力就带走她,但相反,他一定会先给她写一首诗并说一些情话,然后才会做出我们大多数人都会做的事。"

"是的,这正是让王后头疼的事,"我说,"那些爱的话语远比金钱和时间更伤人。"

"这就是我们的国王,"亚瑟耸了耸肩,"他不想要一时的快乐,他想要谈情说爱。"

"跟一个洗衣房的姑娘?"

"跟任何人都有可能,"亚瑟说,"他是个行侠仗义的骑士。"

他受难似的说出这句话,让我忍不住发笑。

我向王室告别,并不准备与他们同行。我要去伦敦,与玛丽公主同住几个星期,之后去丝绸市场,因为我有很多东西要买。我的女儿厄休拉将于今年秋天在家结婚。我为她安排了一场真正了不起的联姻,这让我感到很自豪。她将嫁给亨利·斯塔福德,他是我表亲爱德华·白金汉公爵的儿子和继承人。她将成为公爵夫人,也是英格兰最广阔的土地所有者之一。我们将与我们的表兄弟——这片土地上最伟大的公爵家族——建立新的联系。

"他还是个孩子,"当我告诉她这个消息时,她很快地答道,"当他在复活节来这里时,他是杰弗里的小玩伴。"

"他十七岁了,已经是个男人了。"我说。

"我已经二十岁了!"她惊呼道,"我不想嫁给杰弗里的小朋友,妈妈,我该怎么办?我怎么能嫁给弟弟的玩伴呢?这样我看起来像个傻瓜。"

"你看起来像个女继承人,"我说,"再晚些时候,你会看起来像公爵夫人。你会发现你现在的不满得到了很好的补偿。"

她摇摇头,但她知道她别无选择,我们都知道我的选择是正确的。"我们住在哪里?"她生气地问道,"我总不能和杰弗里住在一起,看到他们两个每天早上都跑出去玩。"

"他是个年轻人了,会慢慢长大的,"我耐心地说,"但无论如何你都要与公爵一起生活,他的父亲将把你带到宫里,住在白金汉的宅邸。我会在那里与你见面,你也会继续为王后效力。在宫里,除了公主之外,你比其他任何姑娘地位都要高。"

我看到她脸上浮现出开心的神色，掩饰自己的微笑。"是的，想一想！你的头衔比我的更高。你会超过我的，厄休拉。"

"噢。真的吗？"

"是。当你不在宫里时，你将住在他的一个宫殿中。"

"哪里？"她问道。

我笑了。"我不知道是哪一个。应该是他十二座城堡的其中一个吧。我为你打点好了一切，厄休拉。在你的婚礼当天，你会立刻成为一个富有的年轻女人，当你的公公去世之后，你的丈夫还将继承一切的财富和地位。"

她犹豫了。"但公爵还能再为国王效力吗？我听到亚瑟说，国王现在只听教皇的建议。"

"白金汉公爵依旧会效忠王室，"我向她保证，"没有伟大领主的支持，国王就无法统治，托马斯·沃尔西做得再多也没用。国王和他的父亲一样深知这一点。国王永远不会与伟大领主发生争执，这会导致国家分裂。公爵拥有如此广阔的土地，在他的指挥下有这么多人，这么多忠实的佃户，没有他就没有人可以统治英格兰。他当然得继续作为这片土地上最伟大的领主之一在王室占据一席之地，而你将作为他的媳妇以及下一任白金汉公爵夫人受到人们尊重。"厄休拉一点也不傻。她会无视新丈夫的幼稚，因为他可以为她带来财富和地位，而且她对一些问题甚至看得更透彻："斯塔福德家族是爱德华三世的直系血亲，"她评论道，"他们有王室血统。"

"一点都不亚于我们。"我附和道。

"如果我生了一个儿子，他的父母都是金雀花，"她指出。"父母都有王室血统。"

我耸耸肩。"你是英格兰的老王室，"我说，"没有什么能改变这一点。你儿子会继承王室血统。但坐在王位上的是都铎王朝，如果王后怀的是男孩，那么他就是都铎王子，也没有什么可以改变这件事。"

我不排除哪天我的公爵女儿会使我享尽荣华富贵，因为第一次，我对自己在宫廷里的地位产生怀疑。从国王登上宝座的第一刻开始，他就对我恩赐了太多太多。他恢复我的财产和头衔，让我在宫里站稳脚跟，建议王后任命我为贴身侍女，并且信任我对公主未来的指导和教育。他向全世界展示了我是一个受宠的王室亲戚。我是这个国家最富有的领主之一，是迄今为止最富有的女人，也是唯一一个名下拥有土地和头衔的女人。

但是一种不知名的阴影已经袭来。他很少对我们露出笑容，对我和我庞大的家族也没那么热情了。亚瑟仍然能得到他的欢心，蒙塔古仍然身居高位，但是所有年长的亲戚——白金汉公爵、乔治·内维尔、爱德华·内维尔——正慢慢地从国王的枢密院边缘化，沦为外面会见厅的不受宠的客人。

在汗热病肆虐期间，那些与国王年龄相仿，一起骑马的伙伴一起组成了国王身边的核心圈子。他们甚至有自己的称号：他们称自己是"部下"——国王最忠实的同伴。

我的表亲，特别是白金汉公爵爱德华·斯塔福德和乔治·内维尔都年事已高，太过循规蹈矩，不能像弄臣一样逗乐国王。这些年轻人骑马走上王宫的阶梯，绕着会见厅慢跑，还引发过一起事故；而这本该是最好的运动。有人在一扇门上架了一壶水，前来进行国事访问的大使被淋了个透心凉。他们组织了一场小型军事袭击，将厨房洗劫一空，把晚餐带到宫殿里去吃，在吃完烤肉后立刻就要吃冷饮。除了这群年轻人，没人会认为这很有趣。他们在伦敦的一个市场里玩闹，推翻摊位，打破货物并破坏商品，喝得酩酊大醉在壁炉中呕吐，还纠缠宫里的女仆，没有一个规矩的姑娘会留在牛奶棚。

国王的诅咒

理所当然地，我那些年长的亲戚被排除在这种运动之外，但是他们认为这些行为比年青人肆无忌惮的玩闹更为严重。当亨利与仆从们一起嬉戏时，王国的所有工作都是由他的左右手红衣主教沃尔西完成的，所有的礼物和特权以及收益丰厚的工作都要经手于他，其中很多都滑进了他的私人金库中。亨利并不愿意邀请严肃的老议员回到自己面前，质疑他对另一位英俊的年轻国王弗朗西斯不断增长的热情，更不愿意听到任何有关他朋友那些愚蠢和奢靡的事儿。

所以我很担心他把我也当作那些沉闷老人中的一员，他有天告诉我，他觉得把我在萨默塞特的一些庄园赏赐给我的决定是一个错误——因为它们本都该归王室所有。一听见他的话，我便深感忧虑。

"我不这么认为，陛下。"我马上回答道。当我与国王顶嘴时，我环顾周围的年轻人，看到我的儿子蒙塔古探出头小心翼翼地听着。

"威廉爵士似乎这么认为。"亨利说。

我的前任追求者威廉·康普顿先生冲我迷人一笑。"事实上，那些庄园是王室土地。"他断言道。他显然对这些事情深有研究。"其中三个庄园属于萨默塞特，并不属于你。"

我懒得理他，向国王转过身去。"我有证据证明这些土地一直都是在我家族名下的。国王陛下非常慷慨，将它们物归原主。我不过只拥有本该属于我的一切。"

"噢，这个家族！"威廉爵士打了个哈欠，"我的上帝啊，那个家族！"

我震惊得说不出话来。这句话是什么意思？他的意思是我的家人，英格兰的金雀花家族根本不值得尊重吗？我年轻的表亲亨利·考特尼对这种侮辱很是气愤，他怒视着威廉·康普顿，手已经放在平常别着剑的位置。

"陛下？"我转向国王。

令我欣慰的是，他用手做了一个小小的手势，威廉爵士赶紧微笑着鞠躬退下了。

"我会让总管去调查这件事，"亨利简短地说道，"但威廉爵士似乎很确定这些土地并不属于你。"

我差点就脱口而出：噢！不管它们是否属于我，我都会立刻将土地还给您——可能这才是一个臣下应该做的。一切都属于国王，他的心情决定着我们的命运，如果我第一时间就服从他的命令，也许他以后还会赏赐我些什么。

就在我即将屈服的时候，我看到了威廉爵士从我的儿子蒙塔古旁边，转身离开之前，他脸上那抹狡猾的笑。

这个男人仗着自己受宠，简直无法无天，觉得自己的任何行为都不会受到惩罚，他以为自己可以赢过我年轻优秀的儿子，我绝不会容许这种事情的发生。这个奸诈小人企图把这些本属于我家族的所有土地夺走，让我再次回归贫困。如果我按照威廉·康普顿这样的人的要求，把它们送给亨利这样幼时会在育儿室跳舞欢腾、抢走他妹妹的玩具娃娃并拒绝分享的国王，将自己的土地拱手让人，我会受到诅咒的。

"我会命令我的管家托马斯·波琳调查这件事并及时通知威廉爵士，"我冷静地说，"但我确信自己没有弄错。"

✦

我转身离开国王的枢密室，带着几个侍女走向王后的房间，此时亚瑟突然出现，并一把抓住我的胳膊，好让别人听不见我们的谈话，他悄声对我说："母亲，把土地还给他吧。"

"那是属于我的土地！"

"所有人都知道。但这并不重要，把土地还给他吧。国王不喜欢被人顶撞，他不喜欢做事。他不喜欢读报告，不愿意思考，最要紧的是他不想写任何文书,也不想在任何文件上签名。"

我停下脚步转向他。"你为什么要建议我放弃你哥哥的继承产?如果我没有穷尽一生心力去赢回一切,我们现在会在哪里?"

"他是国王,他已经习惯了随心所欲,"亚瑟简短地说道,"每次他命令沃尔西做什么事,只需要点点头,沃尔西就能很好地完成。但是你和我的叔叔斯塔福德与内维尔总爱与他争辩。你们希望他按规矩行事,按部就班,学会承担责任。但他并不愿意,他希望自己有绝对的权威。"

"可那些是我的土地!"我提高嗓门,瞥了一眼四周后压低声音,"这些土地归我家族所有。"

"我的公爵表亲还认为我们会登上王座,"亚瑟低声说道,"但他永远不会在国王面前大声说出来。我们拥有这些土地,我们理应拥有整个英格兰。但是我们从来都不会说出来。把土地还给他吧,让他认为我们只是他卑微的臣下,对他的任何赏赐都感恩戴德。"

"他是英格兰国王,"我不耐烦地说,"我认可你的看法。但是他的父亲靠着征服和战场上的背信弃义得到了王位,亨利并不是这样,他没有古老的英格兰王室血统。年轻的亨利奉行平等,他不凌驾于我们之上,也不凌驾于法律之上。我们称他为'陛下',就像我们称呼任何一位公爵,就像称呼你的公爵表亲斯塔福德一样。他是我们中的一员,但并不高于我们之上。他的话并不代表着上帝的旨意,他不是教皇。"

1518年11月

伦敦　威斯敏斯特宫

十一月，王室搬到威斯敏斯特，王后进入待产期，我细心为她操办着一切，在产房的窗户上挂上厚厚的毯子，挡住令人不安的阳光。

我们准备继续使用玛丽公主出生时的分娩床，我甚至准备好了相同的亚麻布。大家都心知肚明，我们希望这些东西会带来好运。在怀孕第八个月时，她忙碌、快乐、充满自信，腹部也明显隆起。我们并排站在一起，思考房间的哪个地方用来放置漂亮的梳妆台，此刻她突然停了下来，好像感受到了什么。

"怎么了？"

"没什么，没什么，"她也不太确定，"我只是觉得……"

"你想坐下吗？"

我小心翼翼地把她扶到椅子上坐下。

"你觉得怎么样？"

"我觉得……"她刚准备开口，突然猛地捂住肚子。"去叫助产士，"她低声说，好像害怕被人听到似的。"去叫助产士，关上门。我在流血。"

我们带着热水、毛巾和摇篮冲进房间，同时我派人向国王传信说，王后即将分娩，虽然比预产期早个几周，但她状态很好，我们正在悉心照顾她。

我大胆地祈祷着：两岁的小玛丽在她的育儿所里健康成长着，她是一个聪明的两岁儿童,她也是早产儿。也许这个小宝宝也将以力量和坚强给我们所有人带来惊喜。如果能是一个坚强的小男孩……

这是我们所有人的心愿,但是没人敢说出来。即使王后年纪已经不小,而且遭受了多次失子之痛,但只要她这次能顺利生个儿子,那么就会给那些谣传她虚弱、不育、被诅咒的人一个漂亮的反击。就连沃尔西也将失宠,毕竟王后给了她丈夫所缺失之物,那些陪伴王后与国王共进晚餐、与国王一起散步或玩牌,各种场合极尽风骚之能事来勾引国王的年轻女孩子们,哪怕她们总谦逊地低着眼睛,把发兜向后拉露出光滑的头发,又或是拉扯长袍展示诱人的曲线,她们也都将沦为过眼云烟。只要王后能给国王生个儿子,国王的视线中将只有王后。

午夜时分,王后还在为分娩拼尽全力,她凝视着神圣的雕像和房间角落祭坛上的圣餐。助产士拉着她的胳膊,大声喊着让她用力,但是一切都结束得太快了,没有孩子撕心裂肺的哭声,只有一个小小的身体,在血水中几乎难以看清。助产士在王后的凝视中将那个小小的身体包裹在亚麻布里,她说道:"我很抱歉,王后陛下,是一个女孩,但她还在您肚子里的时候就死了。"

她小心翼翼地转向我,然后默默地点点头。不用她开口,我已经懂她的意思。她的脸因悲伤而扭曲。我疲倦地站起身来,从待产房走下楼梯,穿过大厅,上楼梯来到国王的房间。我匆匆走过那些举着长矛的警卫和跪在地上的朝臣,当我进入房间时,那些等待觐见国王的人们纷纷沉默下来。每个人都知道我为何而来,他们都能从我僵硬的脸上看出这次又是个坏消息。因为我走进议事厅的大门,国王就在那里。

国王正在打牌。贝茜·布朗特是他的搭档;桌子的另一边还有另一个女孩,但我根本没有心情去细看。我可以从贝茜面前的一堆金币中看出她正在赢钱。这些王室的新朋友此刻正穿着法国时装,在清晨喝着最好的葡萄酒，幼稚地喧闹着。当我走进房间，他们抬起头看着我，从我的神情和低垂的肩膀一下子就看出我再次带来了坏消息，我看到，我不会错过，那些投机分子已嗅到心碎的气息，迅速从悲剧中看到了机会，眼底闪烁渴望的光芒。偌大的房间瞬间沉寂下来，有的人因为看到我再次带来坏消息而感到非常不耐烦。

国王扔下牌，迅速向我走来，仿佛宁愿我永远不要说出这个令他蒙羞的秘密，这个罪过。"不太好吗？"他快速问道。

"我很抱歉，国王陛下，"我说，"是个女孩，生下来就死了。"

刹那之间，他嘴角垂下，仿佛他被迫咽下一个无比苦涩之物。我看见他喉咙发紧，仿佛快吐了一般。"一个女孩？"

"是的。但她还没出生就死了。"

他没有问自己的妻子是否健康。

"一个死去的婴儿，"他只说了这一句话，语气近乎惊诧，"这对我来说真的太残酷了，你不觉得吗，索尔兹伯里夫人？"

"对你们两个人来说都是沉重的打击，"我几乎难以开口说出这些话语，"王后非常伤心。"

他点点头，仿佛这不值一提，仿佛她理应感到悲伤，而自己却不必如此。

在他们尽情地玩着牌的时候，他的妻子正在拼尽全力生出那个死婴。在他身后贝茜从牌桌边站起身来。她转身的方式引起了我的注意，她似乎在刻意回避我的脸，并试图在我没注意到她时溜走，好像隐藏着什么。

她悄悄向国王的背鞠了一躬然后转过身去，连牌桌上赢的钱都来不及拿走就匆匆离去。当她转身开门时，我从她礼服的褶皱看出了她肚子的曲线，贝茜·布朗特怀孕了，怀的应该是国王的孩子。

1518年冬

伦敦　威斯敏斯特宫

王后悲伤的情绪渐渐平复,她做完礼拜,沐浴后穿戴整齐,准备回到王宫,在这之前一直在等待时机。我准备在晨祷后,在从小礼拜堂回去的路上找机会跟她谈谈。

"玛格丽特,难道你不知道我能看出你有话要对我说吗?经过这么多年,我已经可以轻而易举地看出你的想法。你是不是打算申请回家去为你的亚瑟操办婚事?"

"我会向你申请的,"我承认,"但我现在并不是准备跟你聊这个。"

"那你想说什么?"

看着她那张曾为了幸福生活拼尽全力的脸庞,我实在难以挤出微笑。她不知道,在她消失的这段时间里,宫廷里增添了多少乐趣。

"陛下,很抱歉我要告诉您一些坏消息。"她曾经的女仆玛利亚·德·萨利纳斯——现在的威洛比伯爵夫人——走到她身边,瞪着我,好像我是一个叛徒,让受尽苦难的王后雪上加霜。

她淡淡地问了一句:"到底怎么了?"

我深吸一口气。"陛下,是伊丽莎白·布朗特[1]。在你待产期间,她一直和国王在一起。"

---

[1] 即贝茜。

"这可不是新闻了,玛格丽特。"她假装不经意地发笑,"你的消息也真是闭塞,居然告诉我这么过时的八卦。每当我怀孕时,贝茜总是和国王待在一起。她也算是忠贞了。"

玛利亚咕哝了一声,然后转开了脸。

"是的,但是——你不知道的是,现在她怀孕了。"

"是我丈夫的孩子?"

"我想是这样的。国王还没有承认。贝茜对此事也没有声张,只是她腹部的礼裙绷得越来越紧。她没有告诉过我,也没有提出任何要求。"

"小贝茜·布朗特,我自己的侍女?"

我严肃地点了点头。

她的反应很平淡,只是将目光从画廊转向窗外,并轻轻推开了玛利亚扶着她的手。她从小小的玻璃窗朝外看去,寒冷的河流上漂浮着灰色的冰块和积雪。她仿佛看到自己的母亲曾蒙在被子里啜泣,被西班牙国王的背叛伤透了心。

"那个女孩从十二岁起就在我身边了。"她若有所思地说道,艰难地发出微不可闻的笑声。"显然,我没有好好教她。"

"陛下,她无法拒绝国王,"我平静地说,"我不怀疑她对你的感情。"

"一点也不奇怪。"她漠然地说道,声音像窗玻璃上的霜花一样冰冷。

"我觉得也是。"

"国王看起来很开心吗?"

"他对此只字未提。她现在也不在这里了。她——贝茜——很快就离开了宫,在……"

"在被所有人看出之前?"

我点点头。

"她去了哪里?"王后显然不是很感兴趣。

"艾塞克斯郡的圣劳伦斯修道院。"

"她不能给他生孩子!"玛利亚突然气愤地喊道,"那孩子肯定会死的!"

我被她诅咒般的话吓了一跳。"我们只有玛丽公主,这不是国王的错!"我立刻纠正了她。再多说两句就是在质疑国王的力量和健康了。我转向王后。"也不是你的错,"我低声说,"这一定上帝的旨意,是上帝的旨意。"

王后转过头看着玛利亚。"为什么你认为贝茜这么年轻健康的姑娘,无法给国王生孩子?"

"嘘,不要再说了。"我低语。

但玛利亚正在气头上,她说:"因为上帝不能对你这么残忍!"

凯瑟琳在胸前画了个十字,亲吻着珊瑚念珠上悬挂的十字架。"比起看着贝茜生出那个小私生子,我之前遭受的痛苦远超于此,"她说,"不管怎么样,你们不觉得国王现在会立刻失去对她的所有兴趣吗?"

1519年5月

伦敦　格林尼治宫

我的亲戚和王国的其他领主，诺福克的老公爵托马斯·霍华德，还有他的女婿，我的管家托马斯·波琳爵士，与国王和罗马教廷特使沃尔西进行了私密会面，并向他们汇报王室一些年轻人的不良行为已经给我们所有人造成了极坏的影响。但亨利就是喜欢那些肆意妄为的行为，他根本不把这些劝告放在心上，直到最后，这些老臣告诉他，进行外交访问的年轻朝臣们在弗朗西斯国王面前出尽了洋相。

这对亨利而言是极大的打击。在亨利的内心深处，他仍然是仰望着自己兄长亚瑟、渴望与其比肩的小男孩，仍然是那个年幼时迈着胖乎乎的小腿蹒跚着跟在亚瑟屁股后，吵着要一匹跟哥哥的坐骑一样大的马的小男孩。现在，他在法国弗朗西斯国王的身上看到了新一代优秀君主影子，而他想要效仿他。他认为弗朗西斯是优雅和时尚的典范，拥有一小群朋友和顾问，他们洞悉人情世故，机智而高尚。他们不沉迷于互相之间的恶作剧和笑话，不会在打牌时作弊，也不会酩酊大醉。亨利一心想让英格兰王室像法国人一样见多识广而优雅。

这一次，红衣主教和议员们团结一致，他们说服亨利必须要将那些出丑的部下流放。他们中的六个人被王室赶出去，并且永远不得返回。贝茜·布朗特在待产期仿佛与世隔绝，甚至没有人提到她。一些表现良好的年轻朝臣，包括我的儿子亚瑟和我的继承人蒙塔古，都得以继续留在宫里。

王室中躁动不安的因子被清除，但我的家人由于良好的家教和素养，并未受到影响。红衣主教甚至对我说，他很高兴我能坚持拜访玛丽公主，她必须将我当作礼仪的典范。

"与她一起的时光总是很开心，"我微笑着说道，"她是一个漂亮的孩子，和她一起玩是一种享受。我正在教她写信和阅读。"

"你是她最好的老师，"他说，"他们告诉我，玛丽总是奔跑着迎接你，好像你是她第二个母亲一样。"

"我对她的疼爱更甚于对我的亲生骨肉。"我说。我得强迫自己才能不再重复地表扬她有多活泼，多聪慧，她的舞姿又是多么动人，歌喉多么甜美。

"很好，上帝保佑你们两位。"红衣主教轻声说道，挥舞着他的胖手在我头上画了个十字。

1519年6月

汉普郡 沃灵顿堡

  我离开了重获清明与平静的王室，回到我最心爱的房子并着手操办亚瑟的婚姻。我对这场婚事非常满意。我只会让我心爱的儿子与出身高贵的女继承人结婚。他的妻子是简·卢克诺，萨赛克斯骑士唯一的女儿，当然也是唯一的女继承人，萨赛克斯家族地位显赫且家财万贯。简之前结过婚，并在那场婚姻中得到了一大笔财富。她有个女儿，现在和监护人住在一起，所以我知道她的生育能力没有任何问题。最重要的是，对于亚瑟来说，他身边那些朋友都只迷恋徒有其表的蠢姑娘，但简有着一头金发和明亮的灰色瞳孔，十分可爱但并不无知。而且她受过良好的教育，很有礼貌，可以为王后服务。总而言之，她是亚瑟不可多得的理想妻子，我认为她会对我的家族大有用处。

1519年6月

肯特郡　彭斯赫斯特庄园

　　国王很是器重我的表亲白金汉公爵爱德华·斯塔福德，他决定再次访问彭斯赫斯特庄园，同时爱德华极力邀请我带上厄休拉夫妇前去，帮助他招待国王一行人。对于爱德华来说，这是一个极具纪念意义的时刻，但这件事对于我的女儿厄休拉来说更是意义非凡，就像我所承诺的那样，与小亨利·斯塔福德结婚会使她收益颇丰。她站在婆婆埃莉诺公爵夫人身边，一同迎接英格兰国王和王室成员，所有人都认为她会成为最受尊敬的公爵夫人。

　　我知道爱德华一定会大张旗鼓盛情款待国王，即便如此，那排场还是令我大开眼界。他每天都在树林中举办狩猎活动、娱乐活动和野餐。每天一场假面舞会，斗牛等决斗比赛也从未间断。公爵根据国王的喜好提前组织排练了舞蹈和音乐表演，其中有出讽刺戏剧的寓意是嘲弄卡斯蒂利亚王国的查尔斯国王的野心：查尔斯刚刚浪费了一笔财富企图购买神圣罗马皇帝的位置。其实亨利也希望自己能坐上那个位置，但此刻，他在剧中查尔斯的贪婪和狂妄被指控时，笑得几乎流泪。王后报以宽容的微笑倾听戏剧中对她外甥的侮辱，好像这与她没什么关系似的。

　　有些早晨，我们被窗外唱诗班的歌声唤醒，有些时候我们一起床就去游船上欣赏音乐表演，然后进行帆船比赛。不须多言，不管是帆船、打牌、网球、赛马还是摔跤，国王总是能赢得所有的比赛，从各个角度展现他的勇气和力量。所有比赛都是为国王而设计的，每天都充满着新鲜感和奢侈。亨利很享受这一切，作为每场比赛的胜者，他凌驾于所有人之上，像是一个当之无愧的神。

"你花了一大笔钱，让国王拥有了一年中最愉快的一次访问，"我对表兄说，"这是你的领地。"

"正是如此，我非常富有，"他不假思索地回答道，"这是我的领地。"

"国王一定认为这是英格兰最美丽壮观的房子了。"

他笑了。"你的话有失偏颇，事实上，对于我，我的头衔，和你即将继承这一切的女儿来说，这都是一场胜利。"

"可是从少年时代开始，国王对所有的东西的喜爱最终都是想占为己有，他嫉妒心很强。"

我的表亲挽住我的胳膊，带我穿过花园的温暖砂岩墙，向射箭场地走去，我们一路上都可以听到惊呼声和掌声。"玛格丽特，感谢你的善意提醒，但我心中有数。我永远不会忘记，这位国王的父亲曾经一无所有，来到英格兰时，他一穷二白。当他的儿子看到像你我这样生而高贵的土地所有者，他理应感到嫉妒和恐惧，明白自己并非一切的主人。我们出生在英格兰最伟大的家族，从小过着王子和公主一样的尊贵生活，但亨利不一样，他的父亲是个冒牌货，在这么一个新的王位上，他肯定坐得不安稳。"

我捏了他一把。"小心说话，表哥，"我建议道，"称都铎王朝为新来者是非常不明智的行为，特别是我们这些曾经拥有王位的人。我们都不是由父亲抚养长大的。"

公爵的父亲因反对理查德国王，犯了叛国罪被处决。而我的父亲则是因反对爱德华国王被处决。也许我们的王室血统已经深深烙上了叛国的印记，不再去提及这件事才是明智的做法。

"噢，这不太礼貌，"他承认道，"当然，这也是事实。但作为领主，我并不礼貌。但我想我已经向他展示了我希望他看到的东西。他已经看到英格兰的伟大领主应该如何生活。我们不会像小孩一样骑马上楼，不会向房客扔鸡蛋，也不会像白痴一样到处惹事，整天玩耍，不会与女仆厮混，也不会让天生尊贵的女士躲起来照顾孩子，因为上述所有行为都是肮脏而可耻的。"

对此，我无法反驳。"他一直都是个矛盾的人。"

"粗鄙之人。"公爵低声说道。

我们来到射箭场，众人鞠躬并退到我们身后，以便我们能更好地目睹国王的英姿。亨利就像一座精美的弓箭手雕像，他姿势稳定，整个身体形成一条修长笔直的线。他拿起沉重的长弓，拉直弓弦，小心瞄准并轻轻地释放箭头，我们都屏住了呼吸。

箭在飞过空中时发出嘶嘶声，最终射在靶心附近的公牛标志上，虽然不在正中央，但也非常接近了。每个人都热烈鼓掌；王后微笑着拿起一条小金链，准备将它奖给她的丈夫。

亨利转向我的表兄。"你能做得更好吗？"他得意洋洋地喊道，"有人能做得更好吗？"

我按住公爵的手，在他准备上前拿起弓箭之前制止住他。"我非常肯定他不能。"我说，公爵也微笑着说："我确信没人能超越您。"

亨利得意地轻笑一声，然后跪在王后面前，抬头看着她，笑嘻嘻地等待着王后弯腰将象征胜利的金链戴在他脖子上。她吻了他的嘴，然后他抬起双手轻轻地捧着她的脸，好像再次爱上了她，或者只是爱上了此情此景：年轻英俊的男人跪在妻子身前，享受着她对自己浓密的棕色卷发的爱抚。

✫

那晚的假面舞会形式很新颖，一些演员穿着戏服表演场景，又邀请王室成员与他们共舞。国王戴着面具和一顶大帽子,但所有人都能从他的身高和周围人那敬重的目光中一眼认出他。当我们都假装把他当作一个陌生人并且对他优雅的舞蹈和魅力感到惊讶时,他很高兴。舞者们散开来,与所有王室成员共舞时,所有侍女都簇拥在国王身边。国王选择与伊丽莎白·加露共舞。既然贝茜离开了,那么其他不在乎名声的漂亮姑娘就得到了机会。

大厅的中央壁炉燃着篝火,这是公爵保留下来的气派装饰。我站在王后身后,看见有名仆人急匆匆赶来,要向红衣主教沃尔西汇报,经过一个又一个人的传话,托马斯·莫尔靠在红衣主教身边,向他低声耳语些什么。

"有事发生了。"我轻声对王后说。

"去问问。"她回答道。我立刻动身,我知道去问红衣主教并没有用,因为他一直坐在椅子上看着跳舞的人们,假装无事发生。我走向大厅外的庭院,在那里,一个小马倌正牵着信使的那匹满身是汗的马,另一个小倌正在脱掉被汗湿的马鞍。

"它看起来很热。"我假装经过,不经意地说。

他们对我鞠了一躬。"快被累晕了,"一个小伙子抱怨道,"我绝对不舍得把这么漂亮的马累成这个样子。"

我犹豫了一下,拍拍马潮湿的脖子。"可怜的孩子,他赶了很远的路吗?"

"从伦敦一路过来,"小伙子说,"但信使更惨——他从艾塞克斯一路骑过来。"

"那还有很长的路要走,"我同意,"一定是给国王传信来的吧?"

"是的。但这一趟没有白跑。他说自己至少也会被奖励个金诺布①。"

我笑道:"好吧,你必须奖励一下这匹可怜的马。"然后我假装闲逛

---

① 诺布(noble)为旧时英格兰所使用的金币,值半马克。

离开。

一走出他们的视线，我立刻转身穿过大厅一侧的小院子，走到大厅侧门，托马斯·莫尔正在看着跳舞的人群。看到我时，他微笑着向我鞠躬。

"贝茜·布朗特生了个男孩是吗？"我直截了当地说道。

他为王室效力的时间还很短，不太会撒谎。"夫人……我什么都不能说。"他结结巴巴地说。

我对他微笑。"你不需要说什么，"我告诉他，"的确，你也什么都没说。"在被人注意到我离开之前，我迅速回到王后身边。

"是关于贝茜·布朗特的，"我对她说，"你先冷静一下，陛下。"

此刻国王正走向舞池的中央，双手扶在臀部，当他走进圆圈的中心，快步跳起吉格舞时，王后微笑着，随音乐打起节拍。

"说吧。"在掌声的掩盖中，她开口说道。

"她一定是生了个男孩，"我说，"信使正在计算奖励。只有当生了男孩时，国王才会奖励他。沃尔西的随从托马斯·莫尔也没有否认这一点，那个男人不善于献媚，他根本不会撒谎。"

她始终保持微笑。亨利在热烈的掌声中转过身来结束自己的舞蹈，满意地看着自己的妻子对他的表演欢欣鼓舞。他向她致意，带着另一个女孩进入舞池。

她再次坐下来。"一个男孩，"她断然说道，"亨利有了一个活着的儿子。"

1520年春

伦敦 格林尼治宫

尽管我们这些亲手埋葬过夭折的都铎王子的人有万般不满,贝茜的儿子在前几个月还是安然无恙。当然,没人能说什么,但是在宫里的人们有一种无言的感觉:国王无法得到儿子,或者,即使他得到了,也没人能抚养儿子们长大。他们将这个可怜的小私生子起名为"亨利",并赐姓为"菲茨罗伊",也算是国王承认了与其的血缘关系。

生下了国王的儿子,贝茜毫无疑问地获得了一笔抚养费。而这孩子的教父理所当然的是红衣主教托马斯·沃尔西,这男人正竭力将消息传播到全国各地,让所有人都知道国王拥有了一个坚强的小儿子。

贝茜从产房出来后,立刻受洗然后被许配给了沃尔西的守卫——年轻的吉尔伯特,这男孩的父亲没什么势力,无力阻止自己的儿子跟一个被抛弃的女人结婚。正如王后预想的那样,国王并没有回到他的旧情人身边,怀孕生子这件事让他对贝茜失去了所有兴趣。随着国王渐渐成熟,他似乎更加喜欢臭名昭著的美女或是未经世事的年轻姑娘。

关于贝茜,关于亨利·菲茨罗伊,关于我的管家托马斯爵士的女儿玛丽·波琳,凯瑟琳王后对所有事都不去过问。玛丽刚从法国来到英格兰王室,并因她的美貌而引起了人们的注意。她本是一个无关紧要的小人物,刚与威廉·凯里结婚,威廉似乎也很享受王室对他迷人妻子的爱慕。国王单独叫她出来跳舞,许诺会给她一匹好马。她欣赏国王的彬彬有礼和音乐品味，当看到那匹马时，她像个漂亮孩子一样高兴地紧握着手。她扮演一个无辜的角色，国王喜欢打破这份天真。

"对我而言，他跟人妻玩耍总比跟女仆要好，"王后悄悄地说，"感觉不那么……"她斟酌一下用词，"……伤风败俗。"

"对我们所有人来说都更好，"我回答道，"如果他跟她在一起，再生个孩子，那么这个私生子将会生活在凯里家族，得名为亨利·凯里，我们至少不会再有另一个亨利·菲茨罗伊。"

"你认为她也会为国王生个男孩吗？"她带着悲伤的微笑问我，"你认为玛丽·波琳会为都铎家族生育一个男孩吗？是不是只有我无法给国王生个儿子？"

我握住她的手，但我不敢直视她眼中的痛苦。"我不是故意这么说，因为我不知道，殿下。没有人能知道。"

我所知道的是，野水仙沿着河岸开出一簇簇的花，黑鹂也开始展示动人的歌喉，在很多个清晨，国王都在玛丽·波琳的床上醒来，我们知道这件事不是因为国王开始频繁赠送她小礼物，而是因为国王开始写诗了。五月的一个早晨，他雇了一个合唱团在她的窗下唱歌，宫廷为她加冕成为五朔节女王。她的家人——我的管家托马斯爵士，和他的妻子诺福克公爵的女儿伊丽莎白——开始以一种全新的眼光看待他们的漂亮女儿，他们将她视作获得财富和地位的一步棋，像一对快活的老鸨，将她梳洗干净、装扮一新，打扮得珠光宝气地送给国王，仿佛她是一只即将成为佳肴的小肥鸽。

1520年夏

法国　金缕地

托马斯·沃尔西战略的巅峰之作是与法国国王弗朗西斯会面，这是一场和平运动，数不清的帐篷、马匹，穿着新衣服的朝臣，成千上万的卫兵和仆人，两边王室的姑娘们都装扮得雍容华贵，两位王后则不断换上各种华丽的礼服，戴着镶满珠宝的头饰。沃尔西精心筹划，建造了一座非凡的临时小镇，坐落在加莱岛外的一个山谷中，这里有一座童话般的美丽城堡，城堡的正中央是我们君主的雕像，如同一件稀世奇珍坐落在他的顾问大臣的设计之中，展露风采。

他们称这里为金缕地，因为华盖和旗杆，甚至帐篷都镶着金线，加莱周围的潮湿田野一跃成为基督教世界里令人眼花缭乱的中心。在这里，两位最伟大的国王聚集在一起，进行一场美丽与力量的竞赛，他们宣誓两国达成永恒的和平协议。

亨利是我们珍贵的国王，和法国国王一样潇洒、英俊，他的父亲从未如此慷慨地追求真诚的和平。现在他做到了，每个人都为他感到骄傲。而站在他身边的王后，美丽又充满活力，在基督教世界最伟大的舞台上占据一席之地，我为她感到骄傲，为他二人感到骄傲，为他们争取与法国和平共处而付出的长期努力而骄傲，为他们对英格兰的繁荣的长久付出而感到骄傲，也为他们彼此间长年磕磕绊绊后所达成的关爱与妥协而感到骄傲。

我和王后都心知肚明，不管是谁坐到国王的宝座上，周围都会围绕着数不清的姑娘。法国的弗朗西斯国王几乎对王后的所有侍女都行了亲吻礼，当然除了老夫人埃莉诺，也就是白金汉公爵夫人，厄休拉的凶悍婆婆。凯瑟琳和法国王后克洛德很快就一见如故，她们都嫁给了英俊年轻的国王，我想她们遇到的困难远比拿出来讨论的要多。

在两个王室的激烈竞争中，我的儿子蒙塔古和亚瑟大放异彩；杰弗里则在这场盛事中很好地学习了礼仪。厄休拉作为王后的侍女也很引人注目，但秋天到来时，她就要进入待产期了。一天下午，我的儿子雷金纳德突然来到我的房间，他跪地向我行礼，请求我的祝福。

我惊讶得喘不过气来。"我的孩子！哦！雷金纳德。"

我扶起他，亲吻他的脸颊。他今年已经二十岁了，长得比我还高，看起来英俊而严肃。他有着浓密的棕色头发和深棕色的眼睛，可我还是能在他身上看到当初那个小男孩的影子，那时我把他留在希恩修道院，他嘴唇颤抖着，却无法开口求我留下来。

"他们允许你来这里吗？"我问道。

他微笑。"我并不需要随时待命，"他回答，"我已经不是个学生了，当然可以在这里。"

"可国王——"

"国王希望我在整个基督教世界学习。我经常从帕多瓦去往图书馆或拜访学者。这也正是他所希望的，他鼓励我这样做，也为我提供旅行的费用。我写信告诉他我会来这里。我是来跟托马斯·莫尔见面的。我们经常通信，这次准备花一个晚上的时间讨论教义。"

我必须记住，我的儿子现在已经是一位受人尊敬的神学家和思想家了，他时常与最伟大的哲学家交谈。"你会和他讨论什么？"我问道，"他现在在宫里是举足轻重的人物，作为国王的秘书，他参与撰写很多重要的信件，并领导了很多关于和平的商议。"

他笑了。"我们将谈论教会的性质,"他说,"关于一个人的良知会对他起到什么样的作用,或者人是否必须依赖教会的教导。"

"那你怎么看?"

"我相信基督组建教会来传递教义,指导我们做礼拜,而祭司和神职人员将神的意志传达给我们,就像我们学者将基督教义从希腊语翻译过来一样。由耶稣亲自向我们传递教义才是最好的方法。一个人不完美的良知永远无法凌驾于传统。"

"托马斯·莫尔的观点呢?"

"大部分都一样,"他敷衍地说,仿佛这种神秘微妙的神学理论并没有必要跟自己的母亲讨论,"我们引用时事,反驳对方的论点。对于细节你不会感兴趣的。"

"你会被任命吗?"我急切地问道。雷金纳德一定要被授予神职才能实现个人发展,况且他已经接受过领导教会的训练。

他摇了摇头。"还没有,"他说,"我还没有被召唤过。"

"当然,你自己的良知不能成为指导的依据!你刚才说,一个人必须受到教会的指导。"

他笑着点头表示同意。"母亲,您真是一个雄辩家,我应该带你去见伊拉斯谟和莫尔。你是对的。如果一个人的良知抗拒教会的教导,也就更无法成为自己的指导。人永远无法与教会为敌。但教会的教义告诉我,我必须等待和学习,直到被召唤的那一刻。当我受到召唤的时候,我一定会接受。如果教会需要,我愿意随时为其服务。每个人,就连国王都必须为其服务。"

"并且被任命。"我强调。

"我不是一直按你的要求做的吗?"

我点点头。我不想听到那种不耐烦的语气。

"但如果我被任命,我将不得不在教会派我去的任何地方服务,"他说道,"如果我被派往东方怎么办？或者俄罗斯？如果他们派我去这么远的地方,我永远不能回家呢？"

我不能对这个年轻人说,为家族效力往往意味着无法生活在家庭的核心。在他还小的时候我就离开了他,去照顾亚瑟·都铎,如果王后需要我在她身边,我一样无法陪伴厄休拉。"好吧,我希望你能回家。"然而我只能这么说。

"我希望如此,"他回答说,"我觉得我根本不认识我的家人,我已经离开他们很久了。"

"当你完成学业后——"

"你觉得国王会邀请我进宫为他工作吗？或者我会在大学教书？"

"有可能,这也是我的愿望。只要我能,我就会提起你。亚瑟和蒙塔古都对你印象很深刻。"

"你会提起我了？"他带着怀疑的微笑,"在你忙于为其他的儿子寻求国王恩赐的时候,还有时间向他提起我？"

"国王掌控着所有的一切,"我简单地说,"我当然提到你了。我提到你们所有人。我已经尽力了。"

雷金纳德在这里待了一晚,与领主和他的兄弟们共进晚餐。亚瑟在晚餐后来看我,他认为雷金纳德是一个很好的伙伴,他知识渊博,能够解释清楚并评判席卷基督教世界的新学问。"他或许能成为玛丽公主的导师,"他说,"这样他就可以回家了。"

"玛丽公主的导师？噢,好主意！我会跟王后去说。"

"明年你就会作为教养老师跟公主生活在一起,"他思考,"她什么时候会需要一名导师？"

"也许六七岁的时候?"

"两年。然后雷金纳德就可以跟你在一起。"

"我们两个人可以一起指导她，"我说，"如果王后会再生一个王子，"——虽然我们都认为这似乎不太可能——"雷金纳德也可以教他。如果他是下一任英格兰国王的导师，你的父亲一定会非常自豪。"

"他一定会的，"亚瑟微笑着陷入回忆，"他会为我们感到自豪。"

"你过得怎么样，我的儿子？跟国王一起每日骑行一定很累吧。他们每天都要出去参加运动，骑马或比赛。"

"我很好，"亚瑟说，虽然他看起来很疲惫，"当然，跟上国王的脚步有时更像是工作而不是游戏。但我有点困扰，亲爱的母亲。我和简的父亲有些争执，所以她对我很不满。"

"发生了什么事？"

亚瑟告诉我，他曾试图说服简的父亲出让土地，以便他能够以主人身份负责军务事宜。反正亚瑟都将继承这一切，这个老人没必要对这些抓着不放，如果发生了战争，他也没必要去负责召集佃户。"他真的无法再效忠国王了，"他愤怒地说道，"他又老又虚弱，我的提议对他来说也有好处，我也愿意支付租金。"

"你说的很对。"我说。任何能增加亚瑟的土地所有权的事我都不会反对。

"他向简抱怨此事，简认为我企图在她的父亲去世之前偷走她的遗产，她对我大发雷霆。他也向我们的表亲亚瑟·金雀花和很多亲戚说了这件事，现在他们威胁我要去向国王告状。这家人说我企图将这个老傻瓜赶出自己的土地，说我是在抢劫自己的岳父！"

"可笑，"我坦言，"无论如何，你无需害怕什么。亨利现在根本不会相信任何诋毁你的话。他现在一门心思都扑在与法国的比赛上。"

1521年春

伦敦　埃贝尔

国王对我儿子亚瑟的青睐还在继续。亚瑟处在这个沉迷于赌博、酗酒和嫖娼的王室的正中央。所有因为不端行为被驱逐出去的年轻人一次又一次地回到这里，好像什么事都没发生一样。亨利也不会责难他们，因为他喜欢和这些人一样地狂野和自由。亚瑟告诉我，国王决不允许任何人和事挑战他的威严，我的表亲白金汉公爵愤怒地说，宫廷更像是一个餐厅而不是一个严肃的地方，他抱怨沃尔西将这种不良风气从伊普斯维奇带到威斯敏斯特。

从金缕地回来之后，他们更加嚣张跋扈，充满着胜利的喜悦，从未像现在这样意识到自己的青春和活力。这是一个年轻人的宫廷，他们热爱生活，渴望享受，没人愿意去改变这种现状。

王后的侍女们也很高兴回到英格兰，远离竞争激烈的法国宫廷，回来后她们开始热衷于炫耀法式时装，练习法国舞蹈。她们中的一些人甚至沾染上了荒谬的法国口音，但认为这种口音很时髦的大有人在。最具异国情调的，当然也是其中最浮夸的人就是安妮·波琳，玛丽和乔治的妹妹，多亏她父亲的魅力，她在法国王室度过了童年，并且完全忘记了英国人该有的谦虚。从法国回来后，托马斯爵士的全家都回到了宫廷：乔治·波琳，他的儿子几乎一生都为国王效忠。他的妻子伊丽莎白和他刚结婚的女儿玛丽，都和我一起为王后效力。

我的表亲白金汉公爵越来越被排挤到这个为法国和时尚狂热的宫廷之外,而他的家族荣誉感也越来越强,因为我的女儿厄休拉给他生了个孙子,小亨利·斯塔福德正在华丽的小摇篮里茁壮成长着,家里有了新一代具有王室血统的人,公爵感到很自豪。

直到有一次晚餐前,国王在金碗里洗完手,走到宝座前坐下,红衣主教将仆人召唤过来,然后将手指浸入国王洗过手的水中。我的公爵表兄暴怒地打翻碗,把水泼在他红色长袍上。亨利转过身来看了一眼,像是没事发生一样笑了笑。

我的表亲大声宣泄着对王位被玷污的愤怒,而亨利的笑声在看到他的瞬间戛然而止了。他盯着我的表亲看了很久,仿佛思绪已经远远超过那个被打翻旋转的金碗。在这个瞬间,我们都看出了:作为一个自命不凡的新国王,亨利跟他的父亲一样谨慎而疑心重重。

今年春天,我请了长假,将大量时间都花在监工我伦敦的房子,和陪伴玛丽公主上。作为她的教师,我的职责从她上学时才开始。但她是一个聪明的小女孩,我希望她早点上课,我喜欢给她读睡前故事,听她唱歌,教她的祈祷,并在乐师演奏时和她一起在房间里跳舞。

因为王后暂时不需要我,所以我可以离开宫廷。她在房间里听音乐和阅读,每天晚上都和国王一起用餐,观看侍女们跳舞,过得很开心。她知道我和她的女儿在一起,感到很开心,也经常来看望我们。国王好像开始跟别的姑娘调情了,但这还只是我们的猜测,因为我们发现他又开始写爱情诗了,每天下午都对着一张白纸趴着,咬着羽毛笔的笔杆。没人知道他这又是被谁迷住了。对于亨利滑稽可笑的转变,王后和我都不会再当回事。宫里漂亮女孩这么多,每个都对国王唯唯诺诺,而国王似乎宁愿她们抗拒自己。也许有人去他的房间吃私人晚餐，或者他直到凌晨才回到王后的房间。也许国王写了一首诗或一首新的情歌。王后可能不喜欢它，但这并不重要。对于国王来说，红衣主教和贵族之间，以及红衣主教和王后之间，都存在着一种心照不宣的致命角力，这完全是一种权力的平衡。那些跟此事毫无关系的姑娘能很好地分散他的注意力。

此外，国王强烈赞成圣洁婚礼的神圣性。他的姐姐苏格兰王后玛格丽特，现在将自己的爱人视作敌人，一心想取代他的位置。有传言说，她甚至和自己之前的对手摄政王奥尔巴尼公爵有染。有些传言则更为糟糕，一位北方的领主写信给托马斯·沃尔西，直截了当地警告他，国王的姐姐要求她的情人奥尔巴尼帮助她离婚。前指挥官预测此事不仅仅会导致一场婚礼的废除，更可能会导致谋杀事件。

亨利对于他姐姐的不端行为感到非常生气，并写信给她以及为她所不喜的丈夫，十分郑重地提醒他们婚姻关系是一个不可分割的誓约，婚姻则是无法被抛弃的圣礼。

"不管他自己有多少洗衣女仆。"我对蒙塔古说道。

"婚姻是神圣的，"蒙塔古微笑着赞同，"它不能被抛弃。但衣服还是要有人去洗。"

伦敦的房子让我很是费心。房前蔓延的巨大藤蔓正压着砖石，威胁着屋顶。必须搭起多个木制的脚手架，工人们才能站得尽可能高，去修剪那些杂乱交错的树枝。我的邻居们抱怨道路被堵，于是我收到了镇长的一封信，要求我保持道路畅通。我完全置之不理。我是一名伯爵夫人，如果我愿意，我可以封锁伦敦所有的道路。

园丁们向我承诺，等藤蔓修建完，他们会在这里种上花草和果树。到秋天的时候,我就能在自家的葡萄酒中沐浴。我笑着摇摇头。在过去的几年里,我们经历了非常寒冷潮湿的天气,我担心在英格兰再也无法酿酒了。自童年以后,我们就很少拥有美好的夏天。我还记得在晴朗的天气里骑马跟在伟大的理查德国王身后,接受着民众的欢呼的情景。这样的夏天似乎再也回不来了。亨利从未在阳光和赞誉中举行盛大游行。我童年记忆中的金色夏日已经消失了,没人能再目睹那样的光辉时代。

施工完毕,我们放下脚手架铺平了房子前的道路,以便污水能顺利流走。我还在道路旁修建了一条沟渠,并告诉马厩里的小伙子,要确保粪便从我们的院子流入小溪,再流入河里。城镇住宅的臭味得到了缓解,厨房和仓库里的老鼠也少了许多,镇上的所有人都认为这是伦敦最伟大的房子之一,就像宫殿一样宏伟。

当我欣赏着新铺的路石时,管家来到我身边,轻声说:"夫人,我有话要跟您说。"

"托马斯爵士?"我转身看到波琳焦虑的神色。"出了什么事吗?"

"恐怕是,"他环顾了一圈,说道,"我不能在这里说。"

我突然感到害怕,想起了那个没人敢在街上乱说话的年代。"荒谬!"我断然地说道,"但我们进去说也好,可以远离街上的噪声。"

我走进阴暗的大厅,然后转向右边的小门。这是家庭管家的楼下记录室,他在这里观察来来往往的客人,接待信使并支付账单。有两把椅子、一张桌子和一扇双门,这样当他发号施令或是训斥仆人时,任何人都无法窃听。"来这里,"我说,"这儿很安静。说吧,怎么了?"

"是关于公爵,"他直截了当地说道,"白金汉公爵爱德华·斯塔福德。"

我坐在桌子后面的椅子上,示意他可以坐在对面。"你想和我谈谈我表兄的事吗?"我问道。

他点点头。

我对接下来的事情有点害怕。这可是厄休拉的岳父，我外孙的爷爷。"说下去。"

"他被捕了。关在塔楼。"

一切都突然变得异常安静。我甚至可以听到自己心脏快速跳动的怦怦声。"他因为什么被捕？"

"叛国罪。"

这个词在安静的房间如同斧头呼呼地砍下。波琳看着我，苍白的脸上写满了恐惧。我知道自己必须保持镇定，我咬紧牙齿，以免它们因害怕而打颤。

"他被传唤到伦敦，去格林尼治宫觐见国王。他刚准备登船出发，国王的手下一起上了船，告诉他此行其实是去往塔楼。事情的经过就是这样。"

"他们说他做了什么？"

"我不知道。"托马斯爵士说道。

"你知道，"我坚持道，"你刚才说了叛国，快告诉我。"

他舔了舔干燥的嘴唇，咽下口水。"预言，"他说，"他跟加尔都西会的人见了面。"

这不是犯罪。我见过加尔都西会的人，我在他们的礼拜堂里做礼拜，很多人都会这样做。他们把雷金纳德带进了希恩修道院并教育了他，养育了他，同时保持着宗教人士的良好作风。"这没什么不对，"我坚决地说，"他们没有什么问题。"

"有人传言，他们在希恩修道院的图书馆里预言公爵会成为国王，"他继续说道，"议会将像加冕亨利·都铎那样加冕他为王。"

我咬紧嘴唇，一言不发。

"公爵应该是说了国王被下了诅咒，无法拥有合法的儿子和继承人之类的话，"托马斯爵士非常冷静地说道，"他说王后的一位侍女提起过都铎家的诅咒,其中一位侍女说国王无法拥有儿子。"

"哪位侍女?他们知道这个鲁莽的女士是谁吗?"我能感觉到自己的双手开始颤抖,赶紧把它们放在膝盖上。我记得托马斯爵士是诺福克公爵的女婿,而诺福克公爵是国王的高级管家,正是他认定我的表亲犯了叛国罪。我在想,波琳现在是作为我的管家在警告我,还是作为公爵的间谍来试探我?"谁会说这样的话?你的女儿们有没有谈到它?"

"她们谁都不会说这样的话,"他很快回答道,"是公爵的告解司铎提供了将他定罪的证据。还有他的管家和仆人。你的女儿有没有告诉过你什么?"

我摇头否认。公爵的管家住在我家里,我和他的顾问们一起祈祷。我的女儿与公爵住在一起并与他讨论一切事情。"我的女儿永远不会听到或传播这样的事情,"我说,"公爵的告解司铎也不可能污蔑他。他对自己的职业发过誓,不能将别人的祷告词告诉其他人。"

"红衣主教说这完全可以。这是一项新的裁决。红衣主教说牧师对国王的责任大于他对教会的誓言。"

我沉默了。这不可能。如果红衣主教改变了保护忏悔者的法律,牧师们将不敢发声。"这就是红衣主教反对公爵的主要证据?"

他点点头。事实就是如此。为了垄断国王的关注,沃尔西正在一步步摧毁他的竞争对手。这将是一场漫长的斗争。在红衣主教的红色长袍上溅起的水最终会变成一块无法抹掉的血渍。沃尔西想复仇。

"公爵会怎么样?"其实我不需要问就心知肚明——对叛国罪的惩罚是怎样的,没有人会比我更清楚。

"如果他们认定他有罪,他将被斩首。"波琳平静地说。他等我消化了现有的信息后,又告诉了我一件更糟糕的事情。"而且,夫人,他们也在怀疑其他人,怀疑这是否是一起阴谋事件。"

"谁?他们还在怀疑谁?"

"他的家人,他的朋友,他的熟人。"

也是我的家人,我的朋友和我的熟人。被判处有罪的是我的表亲和朋友,我的女儿厄休拉的公公。

"他们究竟在怀疑谁?"

"你们的表亲,乔治·内维尔。"

我吸了一口冷气。"还有呢?"

"他的儿子,你的女婿亨利·斯塔福德。"

杰弗里的朋友,厄休拉的丈夫。我屏住呼吸。"还有谁?"

"你的儿子蒙塔古。"

我几乎无法呼吸。这个小房间的空气变得无比厚重,令人透不过气。"蒙塔古是无辜的,"我果断地说,"有人提到亚瑟吗?"

"还没有。"

我们像藤蔓一样交织在一起,我们都是金雀花家族的人。我的女儿厄休拉与公爵的儿子结婚。他和我是表亲。我的孩子们在我的另一个表亲乔治·内维尔家中长大。我的儿子蒙塔古娶了乔治的女儿。我们彼此紧密地联系在一起。很多伟大的家族都是如此,联姻使我们同心协力,我们将财富留在家族中,扩大自己的土地。但是总有人以批判的眼光看待这一切,怀疑我们图谋不轨。

那一刻我想到了杰弗里,他是王后的书童,至少他的忠诚是毋庸置疑的。他一定很安全。如果杰弗里是安全的,那么我可以面对任何事情。

"有人提到杰弗里吗?"我直截了当地问道。

他摇了摇头。

"他们会怀疑我吗?"我问道。

他转过身背对我。"是的。他们肯定会。如果房子里有什么东西……"

"你是什么意思?"我的恐惧转化为愤怒。

"我不知道!"他突然大声说道,"我不知道!我怎么会知道?我没有预言的能力,也没有失去过王位。我不像您和内维尔一样,有着显赫的家族背景,也不是出身高贵的约克家族。我们只是出身平凡的小人物。当你的叔叔登上王位时,我的家族还默默无闻。我不知道你可能拥有什么,或者从那些年代保留了什么——标旗,旗帜,珠串或者信件。任何显示你血统的东西,任何显示你王家血统的东西,任何你曾经拥有王位并将再次拥有它的预言。但无论你有什么,夫人,你必须立刻清除并烧毁它。不要冒着风险保留它们。"

✦

我做的第一件事就是向杰弗里写信告诉他立即前往毕萨姆,在收到我的消息之前,不要与任何人说话,也不要接待任何人。他要告诉仆人自己生病了,有可能是汗热病。如果我能确保他的安全,那么我可以放心地为其他儿子而战。我派仆人去伦敦塔打探消息,看看到底有谁被关在那高墙之后,人们又是如何谈论此事的。

我派一名侍女去厄休拉的住处,告诉她立刻带她的小儿子去埃贝尔,并留在那儿直到我们知道该如何应对此事。我派书童去找亚瑟,告诉他我会立刻进宫见他。

我命令驳船载着我沿河而下。王室目前在格林尼治宫,我静静地坐在驳船后面的座位上,身边坐着几名侍女,当伦敦塔渐渐出现在视线中,我告诉自己要耐心等待。

驳船停靠在码头,当我踏上陆地时,桨手们向我致意,我带着微笑缓缓走过,控制住自己飞奔到王后房间的念头。我慢慢走在崎岖不平的小路上,听到马厩里的嘈杂声。一名守卫为我打开私人花园中通往王后房间楼梯的门，我点头表示感谢，然后慢步走上去，我尽可能保持呼吸稳定，但其实心跳已经非常快。

门外的守卫向我行礼并站在一边，当我走进房间时，看到王后正坐在靠窗的座位上，望着花园，手上绣着一件精美的亚麻衬衫，其中一位侍女正为她读手稿，其他人坐在一旁做着缝纫活儿。我看到了波琳家的姑娘和她们的母亲，莫利夫人的女儿简·帕克，西班牙侍女赫西夫人，还有其他六个人。我向王后行礼时，她们也纷纷向我行礼。王后挥挥手示意她们退下，然后我亲吻了她的脸颊坐到她身边。

"真漂亮。"我说，我的声音缥缈，不带任何感情。

她把它举起来，仿佛准备向我展示白色刺绣上黑色的细节，这样就没有人能看到她的嘴唇，她低声对我说："他们带走了你的儿子吗？"

"是的，蒙塔古。"

"什么罪名？"

我咬紧牙关，挤出一个微笑，好像我们是在谈论天气一样。"叛国罪。"

她瞪大眼睛，但是脸色没有发生变化。其他人会认为她是对我带来的消息很感兴趣。"这是什么意思？"

"我认为是红衣主教与公爵之间的争斗：沃尔西跟白金汉公爵。"

"我会去跟国王说，"她说，"他必须知道这是毫无依据的事。"但在看到我的脸时，她顿了一下。"这毫无根据，"她有些犹豫了，"不是吗？"

"他们说他提起了都铎家的诅咒，"我的声音有些微弱，"他们说你的一名侍女说起了这个诅咒。"

她吸了一口气。"不是你吧？"

"不。决不是。"

"你的儿子被指责重复了这个诅咒吗？"

"还有我表亲，"我承认道，"但是，殿下，我的儿子和表亲乔治·内维尔都没有说过或听过一句反对国王的话。白金汉公爵可能有些莽撞，但他绝对忠诚。如果这位王国的伟大贵族就这么被一个顾问心血来潮地定罪，这个顾问只不过是国王的仆人，毫无出身和血统可言，那么我们谁都不会安全。宝座周围总会有竞争，但失去恩惠不等于导致死亡。我亲戚爱德华·斯塔福德是有些冒失，但他一定要因此而死吗？"

她点点头。"当然。我会和国王谈谈。"

如果是十年前，她会立刻走到他的房间，把他带到一边，轻轻一握他的手臂，仅需一个微笑，国王就会对她言听计从。五年前，如果给他建议，她会去他的房间，国王会谨慎参考她的意见。即使是两年前，她也会等国王在晚餐前来到她的房间，然后告诉他正确的事实，他会认真听取。但现在她知道国王可能正在与红衣主教交谈，他可能会和他最喜欢的人一起打牌，他可能会在花园里散步，挽着另一个漂亮姑娘在她耳边窃窃私语，告诉她自己不会再爱上别的人，而她的声音就像音乐，她的笑容就像阳光。现在的他对妻子的意见几乎没有兴趣。

"我会等到晚餐的时候再跟他谈。"她决定道。

我和王后坐在一起，直到国王和他的朋友们一起护送她和侍女们共进晚餐。我打算微笑着迎接亚瑟，低声告诉他我会晚点跟他见面，但当大门打开，英俊的亨利大步走进房间大笑着向王后鞠躬时，亚瑟并没有跟在他的身后。

我向他鞠躬行礼，脸上挂着面具一样的微笑，但冷汗已经开始在我的脊椎上滑落。所有人都在那里：查尔斯·布兰登，威廉·康普顿，弗朗西斯·布莱恩，托马斯·怀亚特①。我能想到的每个人都在那里，没有一个人缺席，所有人都在尽情谈笑，但亚瑟·波尔并不在场。我的儿子失踪了，没有人对此发表任何评论。

其中一位侍女不小心将她一直在阅读的书掉在了地上，然后弯下腰来捡起它。她对国王行了一个夸张的屈膝礼，将书紧紧地压在胸衣上，强调她对学习的热爱，并竭力将国王的视线引往她脖子和乳房温暖诱人的皮肤上。我看到她法式头巾下面的黑发和脖子上戴的乳白色珍珠项链，但国王正弯腰亲吻着自己妻子的手，根本没有注意到她。

侍女们在王后身后依序排成一列。我看到玛丽·波琳和简·帕克正在推推搡搡，我假装对她们微笑，其实是在四处张望，但是始终没有找到我的儿子亚瑟，我不知道他今晚在哪里。

❀

众位夫人和绅士已经落座的时候，托马斯·莫尔还站在餐厅的入口处等待，他正拉着脸思考些什么。他可能是在等待他的主人红衣主教，也可能正在处理针对我儿子的案件。

"莫尔议员。"我礼貌地说。

有些惊讶地转身，然后看到了我。

"很抱歉打断你的冥想。我的一个儿子是个学者，他和你一样经常冥想。我打扰他时，他总会对我发脾气。"

他笑了。"我也不敢轻易打断雷金纳德的思考，但在我这儿你很安全，我刚是做白日梦。不过他确实不该对自己的母亲发脾气，对父母顺从是孩子神圣的职责，"他接着调侃自己，"我一直这么告诉我的孩子。但我的女

---

① 托马斯·怀亚特（Thomas Wyatt）爵士为亨利八世宫廷大臣，担任外交等工作。曾将十四行诗这一诗歌写作形式引入英国诗坛。

儿总说我在诡辩。"

"你有我其他儿子的消息吗？蒙塔古和亚瑟，"我平静地问道，"我今晚在这里没看到亚瑟。"

随后最糟糕的事情发生了。他看我的眼神并没有带着对叛国者的鄙视，也没带着愤怒。他的眼神充满同情，就像看着一个失去亲人的女人那样。他那双深色眼眸的凝视告诉我，他认为我是一个失去儿子的女人，我的孩子已经死了。

"我很遗憾地得知蒙塔古勋爵被捕。"他平静地说。

"还有亚瑟？亚瑟呢？"

"他被流放了。"

"他在哪里？"

他摇了摇头。"我不知道他去了哪里。如果我知道，我一定会告诉你，夫人。"

"托马斯爵士，我的儿子蒙塔古是无辜的。你能替他求求情吗？你能告诉红衣主教他没做什么错事吗？"

"不，我不能。"

"托马斯爵士，国王不应认为法律是随自己的心情而变的。你的主人是一个伟大的思想家，是个聪明人，他必须知道，国王应该像所有人一样依法生活。"

他点点头表示赞同。"所有的国王都应该遵守法律，但这位国王正在学习如何使用他的权力，学习如何制定法律。你不能让一个成年男子表现出孩子般的顺从。一旦他长大成人，他还会再次成为一个孩子吗？当他不再是王子了，谁敢去命令国王呢？当他知道自己不再是幼崽了，谁敢去指挥狮子呢？"

国王的诅咒

✦

晚餐时，红衣主教坐在国王的左手边，另一边是王后。国王与红衣主教相谈甚欢，但对王后却有些疏远，明眼人都能看出现在谁才是他的首席顾问。这两个男人始终旁若无人地亲密交谈。

我坐在侍女中间。她们聊着天，目光却总是掠过国王的朋友，她们拔高声音，头转来转去，一直在试图与国王对视，吸引他的目光。我想抓住她们中的任何一个人，摇晃着她愚蠢的脑袋，对她说："这不是一个普通的夜晚。如果你对国王有影响力，你必须把它用于帮助我的儿子上。如果你和他一起跳舞，你必须告诉他我的儿子是无辜的。如果你这个愚蠢的荡妇要跟他一起睡觉，你必须在床上劝说他饶恕我的儿子们。"

我咬紧牙关，强忍住自己的焦虑。我抬头看着国王，当他看向我时，我优雅地微微点头，热情地对他微笑着，充满自信。他的目光冷漠地停留在我身上片刻，然后立刻看向别处。

✦

晚餐过后有舞蹈和戏剧节目。有人组织蒙面舞会，有人朗诵诗歌。这是一个充满文化又有趣的夜晚，通常我也会表演一些才艺，但今晚我根本无心表现自己。我只是安静地坐着，恐惧而沮丧。王后向国王微笑着从椅子起身，向他亲吻道晚安然后离开房间，侍女们跟在她身后。其中一两个侍女明显是形式上离开，却计划着稍后偷偷溜回来。

回到房间后，王后遣走了所有人，留下玛丽·波琳和摩德·帕尔帮她脱掉头饰和戒指。一个女仆解开她的长袍、袖子和抹胸，另一个女仆帮助她穿上亚麻绣花睡衣，她披了件温暖的长袍。凯瑟琳看起来很累了，她不再是刚来英国与王子结婚的女孩。她已经三十五岁了，把她从贫穷和艰难中解救出来的童话王子现在变成了一个坚强的人。她示意我坐在炉边的椅子上。我们像在勒德洛那样把脚放在壁炉的栅栏上,我等着她开口说话。

"他不愿听我的,"她慢慢地说,"你知道,我以前从未见过他这个样子。"

"你知道我的儿子亚瑟在哪里吗?"

"被流放出宫了。"

"没有被捕?"

"没有。"

我点头,祈求上帝他已经去了位于布罗德赫斯特的家,或者去了毕萨姆庄园。"那蒙塔古呢?"

"好像亨利的父亲托了梦给他,"她也感到很疑惑,"就好像他的父亲通过他来发号施令,这么多年来亨利始终无法感受到爱、荣誉和安全感。玛格丽特,我认为他有些害怕了,像他父亲那样一直处在担惊受怕中。"

我一直盯着炉排上的红色余烬。我生活在一个可怕国王的统治之下,我知道恐惧是会传染的,就像汗热病一样。一个受惊的国王首先害怕他的敌人,然后是他的朋友,但他不能告诉对方,直到王国中的所有人都无法信任任何人。如果都铎王朝再次回归那个恐怖的时代,那么我和我的家人的幸福时光就结束了。

"他没有理由害怕亚瑟,"我断然说道,"他不能怀疑蒙塔古。"

她摇了摇头。"是公爵,"她说,"沃尔西已经说服了他,说白金汉公爵已经预见到了我们王朝的死亡和终结。公爵的那位告解神父违背了自己的诺言,向他人说了一些可怕的事情,预言和手稿之类的。他说,你的公爵表兄谈到了都铎家族的死亡和诅咒。"

"但这跟我无关,"我说,"绝对无关。跟我的儿子也无关。"

她轻轻地把手放在我的手上。"公爵在希恩修道院见了加尔都西会教士。每个人都知道你的家人与他们关系很近。雷金纳德被他们抚养长大！公爵跟蒙塔古也密不可分，他是你女儿的公公。我知道你和你的儿子们都不会犯叛国罪。我会告诉亨利的，我会再次和他谈谈。我相信他会恢复自己的勇气和理智。但红衣主教告诉了他一个关于都铎家族的古老诅咒，威尔士亲王会死——亚瑟王子也确实死了——而继承他王位的王子也会死去，他们的家族将以一个处女为结束，在此之后，都铎家族将会走向灭亡。"

我听到了伊丽莎白王后曾经下过的诅咒。我不知道这是否真的是对杀人犯的惩罚。都铎家族确实杀了我的兄弟，杀了觊觎王位者，也许还杀死了约克王子。他们会像我们一样失去他们的儿子和继承人吗？

"你知道这个诅咒吗？"我的王后朋友问我。

"不知道。"我在撒谎。

我派出四个最值得信赖的卫兵，分别去往我的三座房子以及亚瑟和他的妻子简在布罗德赫斯特的住处。我告诉他，无论他现在在哪里，都要立刻前往毕萨姆庄园与他的兄弟杰弗里碰头。如果发现任何危险，或者都铎士兵已经到达附近，他必须把杰弗里送到身处帕多瓦的雷金纳德那里然后逃脱。我告诉他我正在尽我所能地拯救蒙塔古，而厄休拉在伦敦跟我待在一起也很安全。

我写信给我的儿子雷金纳德。我告诉他，国王已经开始怀疑我们的家族，他必须立刻告诉身边所有人，我们家族从未质疑国王的统治并且从不怀疑他和王后将会生一个儿子作为继承人。我补充说，即使国王声称对他提出邀请或者庇护，他也决不能回家来。无论发生什么事，留在帕多瓦都会更安全。如果没意外，他可以为杰弗里提供容身之处。

我回到卧室，在小十字架前祈祷。耶稣身上被十字架钉的五个伤口在他苍白的皮肤上显得尤为醒目。我试着去想象他承受过的痛苦，但我一心都是被关在塔里的蒙塔古、厄休拉的丈夫和公公以及我的表亲乔治·内维尔。我的儿子亚瑟被王室流放，小儿子杰弗里则躲藏在毕萨姆庄园。他现在应该很害怕，不知该如何是好。

在一个灰蒙蒙的春日黎明，有人敲响了我的房门。王后站在门外，她刚结束晨祷回来。她的脸色异常苍白。"你被解雇了，不能再当玛丽的教师了，"她直截了当地说，"我和国王一起祷告时，他告诉我的。他不容任何人辩驳，现在已经出发跟波琳家姑娘们打猎去了。"

"被解雇？"我完全无法理解这一切，"不能再当玛丽公主的教师？"

我无法离开她，她才五岁，我深爱着她。我教她踏出第一步，为她修剪卷发，教她读拉丁语、英语、西班牙语和法语。我抱她骑上小马，教她牵着缰绳，我和她一起唱歌，她上音乐课时，我坐在她身边陪着她。她也爱着我，希望我和她待在一起。没有我，她一定会很失落。她的父亲怎么能让我和她分开？

王后点点头。"他不听我的话，"她呆呆地说，"简直是充耳不闻。"

我本应想到这种可能性，但没想到这件事真的会发生。我从没想过他会拒绝再让我来照顾他的女儿。凯瑟琳茫然地看着我。

"她习惯了跟我在一起，"我无力地说，"谁会来取代我的位置？"

王后摇了摇头。她看起来很沮丧。

"我最好还是离开，"我不确定地说，"我要离开王宫吗？"

"是的。"她说。

"我会去毕萨姆，会在这个国家默默无闻地生活。"

她点点头，嘴唇颤抖着。我们谁都没再开口，只是紧紧地抱在一起。"我会让你再回来的，"她低声许诺道，"我很快就会再见到你。我不会允许我们分开太久。我会让你再回来的。"

国王的诅咒

"上帝保佑你,"我的声音因泪水而哽咽,"祝福玛丽公主。告诉她我会为她祈祷并再次来见她。告诉她要坚持每天练习音乐。我一定会再次成为她的教师。告诉她我会回来的。一切都会好起来的,都会回到正轨的。"

然而事情并没有好转。国王裁定我的亲戚白金汉公爵爱德华·斯塔福德犯下了叛国罪,并判处他死刑。我的朋友和亲戚诺福克公爵老托马斯·霍华德,流着泪亲口宣读了这则死刑判决。直到最后一刻,我们都希望亨利能给予赦免,因为公爵是他的亲戚和忠诚的伙伴,但他没有。他让爱德华·斯塔福德死在了断头台上,完全将他视作敌人,而不是王国最伟大的公爵,他祖母最喜欢的朝臣,以及他自己最伟大的部下和支持者。

在他的抗争过程中,我没有发表过任何言论,所以我也许应该为今年我们所目睹的一切——那笼罩着国王的奇怪阴影——受到指责。到了三十岁,他的眼神和内心都变得更加坚硬,仿佛针对都铎家族的诅咒不仅仅有关继承人,而且是一种慢慢吞噬他的黑暗。当我为白金汉表亲的灵魂祈祷时,我想也许他也只是这种转变的一个受害者。我们的完美王子亨利有个无法战胜的弱点:一种深埋于内心的恐惧,他害怕自己不够优秀。我那位亲戚,以自己的骄傲和不可动摇的自信,触到了国王的痛处,从而招致了如此可怕的结果。

1521年

伯克郡　毕萨姆庄园

  国王的怒气并没有持续很久，公爵本人不像自己那个暴君父亲。公爵是我们家族唯一一个付出巨大代价的人。他的儿子被剥夺财产，他也失去了财产和公爵爵位，但至少得到释放。我的儿子蒙塔古被无罪释放。亨利的疑心并没有蔓延到几代人身上，也不会将死刑判决转为致命的债务。他逮捕了我的儿子，出于恐惧将我们全部驱逐出宫廷，他害怕我们可能说过的话，或者只是害怕我们的身份。但是他没有对我们赶尽杀绝，只要我们离开了他的视线他就恢复了平静，重新做回自己。我非常肯定，他还会让我回到他的身边，回到他女儿的身边。

  曾经他是我们眼中从不出错的完美王子，但这对任何一个年轻人来说都是太过艰巨的任务。可他仍然是我们的亨利，会回到正轨上来的。他的母亲是我所知道最勇敢，最平和，最有爱心的女人。我的堂姐伊丽莎白王后绝不会抚养出一个不值得爱和信赖的儿子。我不会忘记她。我相信亨利会变回最初的样子。

1522年

伯克郡　毕萨姆庄园

带着这个想法，我在毕萨姆庄园过着隐居生活，守护着我的土地，不过分追求财富。我不与任何人通信，只跟儿子们生活在一起。我的表兄乔治·内维尔回到他位于肯特郡的家中，只是偶尔给我写信说些普通的家庭新闻，他甚至从不将信密封，以免间谍追踪或企图看到内容。我回复说，我们为厄休拉失去她的小儿子而感到悲痛，他在不到一岁的时候因发烧而死，但蒙塔古的妻子生了个女孩，我们已经用王后凯瑟琳的名字为她命名。

大儿子和妻子一起安静地住在他们的大房子里。亚瑟和妻子简住在布罗德赫斯特的家，离我很近，蒙塔古的家距伯克莫只有四英里，我们每个月都会互相拜访。而在杰弗里童年最后的宝贵岁月，我选择让他留在我的身边。随着他变得更强壮、更英俊、更有男子气概，我发现自己更加离不开他了。晚上坐在一起时，我们决不会窃窃私语，即使当仆人离开后房间只剩我们二人的时候，我们也绝不会谈论国王、宫廷和那个我不得不离开的小公主。就算有人在房前屋后偷听，他们听到的也只是普通的家庭谈话。我们从未达成这类沉默的协议，但它就像一个魔咒，就像一个童话故事，我们沉默得像被施了魔法，已经没人愿意浪费时间来偷听我们的谈话了。

雷金纳德在帕多瓦也很安全。他不仅完全逃脱国王的恶意，而且还因给予国王和托马斯·莫尔的帮助被高度赞扬，因为他们对路德派的异端邪说进行了一场关于信仰的辩护。我的儿子帮助他们研究收藏在帕多瓦图书馆的学术文献。我建议雷金纳德，不管他与国王和托马斯·莫尔在圣经教义上达成了如何一致的观点，他都最好远离伦敦。他在帕多瓦一样可以像在伦敦一样研究学术，而且国王喜欢在国外工作的英国学者。雷金纳德应该很想回家来，但我决不能把他置于危险境地，尤其是在我们家族的声誉被阴云所笼罩之际。雷金纳德向我保证，除了学术，他对任何事情都不感兴趣。与他恰恰相反，公爵只对财产和土地感兴趣，可他的妻子现在成了寡妇，他的儿子也被剥夺了继承权。

厄休拉在斯塔福德郡的新家给我寄来了信。当我为她操办婚事时，我预测她将成为英格兰最富有的公爵夫人，那时我从未想过，斯塔福德家族会遭遇这等灭顶打击。他们的爵位、财富和土地都在红衣主教的黑手操作下被王室财政部掠夺一空。她的美好婚姻和远大前程都随着她公公的死而灰飞烟灭。她的丈夫再也无法成为白金汉公爵，她也永远不会成为公爵夫人了。现在她的丈夫只是斯塔福德勋爵，有六个庄园和几百英镑的年收入；她也只是斯塔福德夫人，只得省吃俭用。他名誉扫地，所有的财产都被国王没收。我的女儿曾以为永远也看不到犁耙了，可现在她不得不管理一座小庄园，努力地赚钱，失去了自己的小儿子后，她连仅剩的这一点点财产都无人继承。

1523年夏
伯克郡　毕萨姆庄园

我们本可能被逐出宫廷，但当国王需要杰出的军事领袖时仍然想到了我们。自打国王决定攻打法国时，我的儿子蒙塔古和亚瑟再次被召唤进宫。蒙塔古被任命为上尉，而亚瑟因其在战斗中的英勇表现被封为爵士，他现在是亚瑟·波尔爵士了。我相信他的父亲会非常地自豪，国王的母亲也会很欣慰，当然我也很高兴自己的儿子继续为她的儿子效忠。

1524年5月

伯克郡　毕萨姆庄园

宫里没人写信给我，我是个被流放的人，必须为自己的耻辱沉默不语。虽然每个人都知道除了拥有这个名字之外，我是完全无辜的。老福诺克公爵托马斯·霍华德在他的床上安详地离开了，我为他做弥撒，希望他的灵魂得到安息。他是我最忠诚的好朋友，但我无法去参加他的豪华葬礼。王后凯瑟琳偶尔会寄信过来，还送了我一本来自她自己的图书馆的祈祷书作为新年礼物。她在国王面前的得宠程度随着英国与西班牙的结盟和对抗而起起伏伏。而我亲爱的小公主玛丽，先是被安排与她的亲戚查尔斯订婚，以结盟对抗法国，后来国王又准备将她嫁给她的表兄詹姆斯，那位年轻的苏格兰国王，人们甚至说她会去到法国并在那里结婚。我希望那个取代我在她身边位置的人，能告诉她不要把自己与这些联盟联系起来，不要将这些年轻人当作自己的恋人。我希望有人能教她辩证地看待这一切。对她而言，与这些看重名利的小人结婚没有任何好处，他们可能全都一事无成。

我从管家那里听到了些小道消息，他是听那些把我们的肉牛运到史密斯菲尔德的小伙子们说的。听说国王有了一个新的情人。当然宫里对国王抱有不切实际幻想的姑娘多的是，但后来我听说她是波琳家族的姑娘之一，玛丽·凯里，她怀孕了，每个人都说她怀的是国王的孩子。

而从另一个小贩的口中我得知了令人开心的消息：她生了个女孩。小贩神秘兮兮地说，在她待产期间，国王又爱上了她的妹妹安妮。那天晚上，

国王的诅咒

在我的房间里安静地吃完晚饭后,杰弗里调笑道也许所有霍华德家族的女孩都闻起来像国王的猎物,正如塔尔博特猎犬喜欢野兔的气味那样。他惹得我发笑,想起诺福克公爵爱讲的下流笑话,但我还是训斥了杰弗里的不当言论。这个家庭,特别是男孩,决不能对这位国王说一句不尊重的话。

1525年7月

伯克郡　毕萨姆庄园

国王任命了一名新的公爵来取代我那被他杀掉的亲戚——贝茜的儿子，也就是他的私生子，亨利·菲茨罗伊。我的管家从伦敦回来，说布里斯托尔的旧王宫举办了一场很棒的游行，这个六岁的男孩被授予两个公爵头衔：里士满公爵和萨默塞特公爵。国王的新宠托马斯·莫尔宣读了这项决议。

"我第一次听说有人可以同时拥有两个公爵头衔。"我的管家狡黠地笑了笑。

"我确信国王有自己的判断。"我说道。但发自内心地，我认为这会让王后感到非常痛苦——一个金发的都铎男孩在她眼前，被他的国王父亲亲吻并披上貂皮。

而我的儿子——我如今一般称呼他为亚瑟爵士——给我带来了第一个孙子，也是我姓氏的继承人。他将孩子取名为亨利，我给简送去了一个漂亮的镀金摇篮，给我们新一代的金雀花男孩。我对这个孩子的降生和我们家族的下一代血脉感到极其自豪。

我的儿子杰弗里没有参与对法国的作战，我敢肯定他没有报名参军。他现在已经是一个快二十一岁的年轻人了，我最宝贵的幺子，必须找到一个妻子。在这些流亡的岁月里，我在考虑谁是杰弗里妻子合适的人选上，花了最多时间。

她必须要能为他打理好家庭琐事。杰弗里已经成长为一名贵族，他的家宅必须井井有条。当然,她必须能生养并且家教良好,受过良好教育,但我并不需要自己的儿媳妇是个学者,她只需要帮助孩子在教堂的学习。上帝保佑我别遇到追求新式学习或是满口异端邪说的姑娘。她必须意识到杰弗里是个敏感的男孩——他不像亚瑟那样热爱运动,也不像蒙塔古那样圆滑,他是个在母亲的宠爱中长大的孩子,即使是小时候,他只是看着我的脸就知道我在想什么,现在的他仍然有着这种敏感,这在任何人中都是罕见的,尤其是年轻的贵族中。我的儿媳妇一定要很漂亮,杰弗里有着长长的金色卷发,经常被误认为是个漂亮姑娘,现在他已经成长为男子汉了,跟宫里的所有男人一样,如果我能为他找到一个很好的伴侣,他的孩子一定会是个美人儿。她必须优雅周到,必须为加入英格兰的古老王室感到自豪,王国上下已没有出身比杰弗里更高贵的年轻男子了。我们现在可能处境尴尬,但国王的心情向来变得飞快,说不定在一夜之间我们又会重新得到王室的青睐,届时她将代表我们金雀花家族出现在都铎王室,这可不是件容易的事。

如果我的小儿子能在宫里站稳脚跟,寻到一个好职位,继承英格兰最丰厚的财富,那么我很容易就能为他找到合适的新娘。但目前我们还在流亡中,地位并没有得到恢复。并且由于我的土地之前发生过的纠纷,康普顿会以我依然在逃而拒绝我,我们家族目前没有很大的吸引力。杰弗里无法像蒙塔古一样,成为最受欢迎的单身汉。我们家族的子嗣依然繁茂——蒙塔古的妻子简又生了个女孩,叫温妮弗雷德,所以我现在有三个孙辈了——在这些焦虑的日子里,后代降生是珍贵的恩惠。

最后,我选择了王后的傧相,埃德蒙·帕克南爵士的女儿。这不是一场轰动的婚事,但还算不错。他没有儿子,只有两个教养良好的女儿,其中一个康斯坦茨,跟杰弗里的年龄刚好合适。这两个女孩将共同继承他们父亲的财产和在萨塞克斯的土地。萨塞克斯离我们家很近,所以杰弗里永远不会离家很远。埃德蒙爵士跟王后很亲近，他知道我与王后的友谊仍然没有动摇，一旦她的丈夫允许，她就会让我回到法庭。他愿意在我的儿子身上下赌注，相信他能像他的哥哥们一样受到王室青睐。他像我一样认为，亨利受到了蒙蔽，红衣主教正是利用了亨利的担忧，利用了他父亲的恐惧来误导他，但这一切很快就会过去。

婚礼很低调，这对年轻夫妇婚后和我一起住在毕萨姆庄园。如果我再次回到宫廷，我会带着康斯坦茨一起去，她将为王后服务，地位无疑会大幅提升。埃德蒙爵士确信他会在宫里再次见到我。

他是对的。随着春天来临，王室对我的态度也有很大的缓和。王后送了我一件礼物，在我家附近狩猎的国王也亲自向我赠送了礼物。经过四年的流亡，我终于收到一直期待的那封信。

我受命再次前往勒德洛城堡，成为这位九岁小公主的同伴和教师，她即将掌管公国。也许很快她就会成为威尔士公主，生活在那片曾有一位受人敬爱的王子的土地上。我知道凯瑟琳对国王慈爱而温柔的建议会让他找到真正的自我。我知道，只要国王与西班牙结盟，凯瑟琳就会再次得到宠幸。红衣主教不会永远受到青睐，我疼爱的小王子将恢复自己的天性：成为一个公平、公正、光荣的国王。

我立刻赶往索恩伯里城堡去见公主，此行我带上了嫁入不久的儿媳妇康斯坦茨，她将作为侍女为王后服务。都铎家族的再次青睐使我们所有人又回到王室的中心。我自豪地向她展示了我们家族位于勒德洛的美丽城堡，给了她讲了亚瑟和他的公主新娘的事。我没有大肆渲染这对年轻夫妇的美好爱情，也没有宣扬他们彼此间那能令城堡染得紫红的热恋。但我的确告诉她，城堡曾是一座幸福家园，而我们将会让它再次幸福起来。

1525年8月

格洛斯特郡　索恩伯里堡

九岁的玛丽公主在一个炎热无比的夏日来到这里，她骑着自己的小马，两侧有两百名骑士护卫。她穿着蓝绿相间的礼服，对城堡大门处聚集着的人们微笑致意。

我站在门口的阴影里躲避太阳，准备随时迎接她。这座城堡是斯塔福德家族的财产，我本以为我的女儿厄休拉会将其继承下来。红衣主教把它从公爵手中夺走，现在它将由公主使用，而我则负责打理它，因为我的职责包括协助公主打理她所有的房产。

我的亲戚，切特里的费雷斯男爵，沃尔特·德弗罗带领着整个随从队伍。他温柔地吻了吻我的脸颊，然后帮助小公主从马鞍上下来。

第一眼看到她时，我感到很震惊。这么长时间没见面，我以为她会像自己的玛格丽特姑妈一样长得高高胖胖，但她却很娇小，像花朵一样精致。我看到她苍白的心形脸被巨大的兜帽盖住，身着的成人礼服也快要将她小小的身躯淹没。对于她的头衔和我们的期望来说，她还太小了，无法承担她的职责以及管理这些土地。我感到焦虑不安。她太脆弱了，就像一个用雪做的公主，羽翼未丰就要承担重任。

但出乎我意料的是，她敏捷地抓住沃尔特的手并跳下马，冲上台阶一把抱住我。"玛格丽特夫人！我的玛格丽特夫人！"她低声说，脸紧紧贴着我，头靠在我的胸前，身体纤细而瘦弱。我紧紧抱住她，感受着她的颤抖，感谢上帝让我再次回到她的身边。我本应将她介绍给她的人民，但我紧紧抱着她，一刻都不舍得松开。我把她当作自己心爱的孩子，她还是个小姑娘，而我已经错过了她整整四年的童年，现在她终于重新回到我的生活中了。

"我以为我再也见不到你了。"她低声说道。

"我知道我会回到你身边，"我说，"我永远不会再离开你了。"

1525年至1526年

威尔士边界　勒德洛城堡

她不是一个难管教的孩子。她继承了母亲温和又固执的性格，所以我为她雇了一些家庭教师，并说服她练习音乐和锻炼身体。我从不指挥她；这是英格兰国王的女儿，是威尔士公主——除了她的父母，没有人可以指挥她，但是我告诉她，她亲爱的父母已经安排我来照顾她，如果我失职的话就会受到责怪。出于对我的爱，她立刻答应下来。我尽力让她的课程愉快有趣并鼓励她提出质疑和思考，让骑术老师为她挑选有激情但又温顺的坐骑，并且每晚在城堡中演奏乐曲举办舞会，这一切都是为了让她掌握作为公主必须具备的技能。她是一个聪明、体贴的女孩，唯一的缺点是有些严肃。我总是忍不住希望她能成为雷金纳德的学生，如果雷金纳德能对她的生活施加什么影响的话，那对于我们整个家族都是有利的。

她的导师是理查德·费瑟斯顿先生，这是她母亲的选择，我也对他十分满意。他身材高大，一头棕色头发，而且机智敏捷。他教授玛丽拉丁语和《圣经》翻译，但他也创作了一些无意义的诗和歌曲逗她开心。虽然我们从未提及，但我认为他对玛丽母亲的忠诚是不可动摇的。

玛丽公主是一个充满激情的女孩。她很看重自己与表兄西班牙国王查尔斯的婚约，并在每件礼服上都钉上一枚胸针，上面刻着"皇帝"。她的母亲鼓励这种依恋，经常跟她讲有关查尔斯的事。但今年夏天，我们得知她的订婚被宣布失效，她将嫁进法国王室。

The King's Curse

我亲口告诉她这个消息,她跑开了,把自己锁在房间里。她是公主——她抱怨并没有用。但她把钻石胸针放在首饰盒的底部,生了好几天闷气。

我能与她感同身受。她才刚刚九岁,就认为自己的心已经碎了。我梳着她美丽的赤褐色长发,而她脸色苍白地看着镜子,告诉我她永远不会再开心了。我对她的婚约解除并不感到惊讶,但是当我们收到红衣主教的一封信并且得知国王决定将她嫁给一个年龄足够成为她父亲的男人时,我简直难以置信:这个丧偶的法国国王因生活放纵而臭名昭著。由于这三个充分的理由,她一点也不喜欢他。出于自己的责任,我告诉她,作为英格兰的公主,她必须下定决心要用她的婚姻为她的国家服务,而在这方面,或者说任何方面,她都必须要服从自己的父亲,她的父亲有绝对的权力将她安置在他认为最合适的地方。

"但是,如果我的母亲有不同的想法呢?"她问道,她愤怒地瞪着黑色的大眼睛。

我忍住笑。她已经长到了四英尺高,像西班牙女王一样充满自信。"那么你的母亲和父亲必须达成一致,"我平静地说,"如果你想要评判他们,或者偏袒任何一方,你就无法成为一个好女儿。"

"好吧,可我不会喜欢他的。"她固执地说。

"你会作为一个善良和尽职尽责的妻子,去爱他和尊重他,"我告诉她,"没有人要求你喜欢他。"

她很快意识到我的幽默并大笑出声。"哦,夫人!你可真会说话!"

"无论如何,你都可能会喜欢上他,"我说得很坦率,拉着她坐在我旁边,让她把头靠在我的肩膀上,"一旦你嫁给一个男人,生下了孩子,与他共同统治土地,你就会在他身上发现你所钦佩的各种品质。如果他对你很好,也是孩子们的好父亲,你就会喜欢上他。"

国王的诅咒

"并非总是如此,"她指出,"我的姑妈玛格丽特,苏格兰王后,将她城堡上的大炮对准了自己丈夫,并试图说服教皇让她离婚。"

"这种做法是非常错误的,"我坚持道,"一个女人要服从她的丈夫,并且他们的婚姻只能以死亡作为结束,这是上帝的旨意。你父亲亲自告诉过她。"

"那么为爱而结婚会更好吗?"她问道,"我的国王父亲因为爱而娶了我的母亲。"

"他确实做到了,"我附和道,"就像童话故事一样。但并非所有人都能拥有像童话一样的生活。我们大多数人不会。你的母亲非常幸运,国王选择了她,并且对于得到她的爱感到荣幸。"

"那么他为什么要和其他女士在一起?"玛丽低声问道,尽管房间现在只有我们二人,"为什么会这样,玛格丽特夫人?"

"你听说了什么?"

"我自己也亲眼见过,"她说,"他最喜欢的是玛丽·凯里。我还在宫里看到了他和贝茜·布朗特的儿子。他封那男孩为公爵,里士满公爵和萨默塞特公爵。英格兰没有其他人能得到这样的荣誉。对于贝茜这样的人所生的孩子,对于他这样可怕的小男孩来说,简直过于恩宠。"

"男人,即使是国王,也许特别是国王,就算在结婚之后也可能会有自由的心,"我看着她真诚又带着质疑的脸说道,我甚至讨厌自己说出的这个真相,"你的父亲作为国王,可以随心所欲,这是他的权利。国王的妻子,即使她自己是王后,也不会向他抱怨,更不会向别人抱怨。这并不重要,也不会有什么影响。就算国王身边围绕着再多姑娘,她仍然是他的妻子,你的母亲仍然是王后。不管有多少贝茜和玛丽这样的人在宫里跳舞或者走进王后的房间,她们都无法对王后造成任何困扰。也无法对你造成困扰。"

"那个有两个爵位的小公爵呢?"她恨恨地问道。

我不确定国王创造这样的荣誉用意何在，所以我不敢告诉她。"你仍然是公主，"我说，"无论发生什么，王后仍然是王后。"

她看起来并不相信，我不愿告诉这位年轻的公主：一位女士，甚至是一位公主，都是她父亲的仆人，也是她丈夫的奴隶。"你知道，任何丈夫，都是由上帝派来统治自己的妻子的。"

她点点头。"当然。"

"他必须按自己的意愿行事。如果他背弃了自己的灵魂，一个好妻子会提醒他。但她不能尝试发号施令。她必须按照丈夫的意愿生活。这是她作为妻子和女人的责任。"

"但她可能会介意……"

"她有可能会，"我承认，"但他不能离开她，不能否认他的婚姻，不能拒绝与她同床，也不能否认她作为王后的头衔。他可以跟一个漂亮女孩跳舞、玩耍和写诗，但这一切都不会造成任何改变。他可能会疼爱自己的私生子并赐予他荣誉，但这对他婚姻里合法的孩子没有任何影响。在王后去世之前，她永远是王后，没人能从她身上夺走与生俱来的王冠。在妻子去世之前，她永远是妻子。其他一切都只是满足消遣和虚荣而已。"

这个公主是个聪明的小姑娘，我们没有再谈及过此事。她在伦敦的母亲送来一封信，告诉我们波琳家的姑娘又给国王生了个孩子，这次是个男孩，取名为亨利。我命令所有人决不能将此事对玛丽公主透露半句，并告诉我的儿媳妇康斯坦茨，如果她将此事传到玛丽公主的耳朵里，我一定会暴打她一顿。

我的儿媳并不怕我，她很了解我，知道我太爱她了，根本不舍得对她动手。但是，她一定会确保公主不会听到有关亨利·凯里的任何事，也不会让公主知道她父亲又开始与新的姑娘调情了。

在我的监护之下，公主没有再听过什么风言风语，就算在我们每年去威斯敏斯特和格林尼治宫过圣诞节的时候,或是当国王命令我们在里士满宫为公主设立宫廷时也是如此。我对侍女们非常严格,不许她们传播任何八卦。然而目前,整个宫廷都在讨论国王与安妮·波琳的绯闻,这女人虽然还没上得了国王的床,就似乎已经取代了她姐姐的位置。

1527年5月

伦敦　格林尼治宫

我受命将公主带回宫，以庆祝她与瓦卢瓦王室的订婚仪式。她可能会嫁给法国国王，也可能会嫁给他只有七岁的二儿子，这个计划完全混乱而毫无章法。我们到达宫廷后，玛丽一路小跑到她母亲的房间，我跟在她身后，劝说她能像个公主一样优雅些。

但这无关紧要。王后从宝座中跳下来，抱着她的女儿，牵着我的手带着我们两人走进她的卧室，这样我们就可以在没有众人围观的情况下放心地说话。

房间门一关上，母女二人立刻交换了一连串的询问和回答，愉悦的表情慢慢从王后的脸上消失了，我能看出凯瑟琳疲惫不堪。她的蓝眼睛仍然绽放着看到女儿时的喜悦，但脖子下的皮肤却斑斑点点，她很疲惫，脸色苍白。从她的脖子上的皮疹看，我知道她应该是在礼服里面穿了件粗毛衬衫①，好像生活本身使她羞愧得还不够一般。

我立刻就明白了，她的宝贝女儿被捆绑到法国，作为与法国联盟的一颗棋子，对抗她自己的外甥查尔斯，她因此而责备自己，因为一切都源于英格兰没有一位合法的继承人。作为西班牙公主和英国王后，她认为自己应当负主要责任。她的外甥查尔斯的行为使她在英格兰的生活变得更加糟

---

① 这是一种自我惩罚式的苦修，以粗糙的布料对身体进行伤害，使修行者如苦行僧般生活。

糕。查尔斯在向国王许诺之后又背信弃义，让亨利觉得自己的尊严受到了冒犯，他因此自私地惩罚自己的妻子。

"我有一些好消息：你不需要立刻前往法国，"她坐在椅子上把玛丽抱到她的腿上，"订婚是值得庆祝的，但你不用立刻去，也许是过两三年才会去。在这期间任何事都可能改变。"

"你不想让我嫁到瓦卢瓦吗？"玛丽焦急地问道。

她的母亲挤出一个令人安心的微笑。"你的父亲自然会为你做出正确的选择，我们也会高兴地服从他。"

"但我很高兴他告诉我，你未来几年还会留在英国。"

"在勒德洛？"

"甚至比那更好！在里士满。亲爱的玛格丽特女士将和你住在一起，在我不得不离开的时候照顾你。"

"那我也很高兴。"玛丽热情地说。她抬起头，看着满脸笑容，但又带着倦态的母亲。"妈妈，你还好吗？没有生病吧？"

"我很好。"王后说，虽然我听出她已经有些不堪重负，我拉住她的手。"我很好。"她重复道。

✼

她没有告诉我，她对自己的女儿要嫁到她的法国敌人家里感到很失望。她也没有向我抱怨，她前任侍女所生的儿子现在是北方最大的领主，生活在谢里夫哈顿郡的大城堡里，有一个像我们公主那样宏伟的宫廷，并掌管着北部边界地区。那孩子已经是英格兰海军大臣，虽然他只有八岁。

她从未抱怨过自己的疲倦和健康状况，也从不向别人提及她身体的变化：盗汗，以及令人作呕的头痛。一天早上我去她的房间，发现她被裹在床单中，从一个热气腾腾的浴缸里走出来，又一次变成光彩熠熠的西班牙公主。

她对我不以为然的表情报以微笑。"我知道,"她说,"但沐浴从来没有对我造成任何伤害,在夜晚我觉得很热!我梦到自己回到了西班牙,醒来以后就好像发烧了一样。"

"我很抱歉。"我说。我把亚麻布绕在她的肩膀上,她肩膀上的皮肤依旧光滑,像珍珠一样苍白。"你的皮肤和以前一样可爱。"

她耸了耸肩,并不在意,然后拉起床单。我也没有提及那些红疹和她乳房以及腹部被粗毛衬衫摩擦而产生的斑块。

"陛下,你没有理由去伤害自己。"我非常平静地说。

"这不是为了我,而是为了整个王国,"她说,"我希望把国王和百姓的痛苦转移到我自己的身上。"

我犹豫。"这可不对,"我说,"你的神父……"

"亲爱的费希尔主教亲自为世上的罪孽穿着一件粗毛衬衫,托马斯·莫尔也是如此,"她说,"只有祈祷,热情的祈祷,才会让上帝给国王赐下圣言。我愿意为此做任何事。"

我沉默了一会儿。

"你呢?"她问我,"你还好吗,亲爱的?你的孩子都很好吗?厄休拉生了个小女孩,对吗?亚瑟的妻子也生了孩子对不对?"

"是的,厄休拉有一个名叫多萝西的女儿,而且她又怀孕了,简也生了个女儿,"我说,"他们将她取名为玛格丽特。"

"用你的名字吗?"

我微笑。"当简的父亲去世时,亚瑟将继承他妻子的巨额财富,但他们希望看到属于我的一些财产能冠上我的名字。"

"他们都已经生了个男孩。"她若有所思地说,这便是她唯一的告白,她在贫瘠的婚姻中只生下了我们的小公主,这令她心碎难当,而如今这已变成一种长久且陈旧的悲哀了。

但是，当我走进宫殿向我的朋友们和亲戚们问候时，我发现不仅是她的侍女们，宫里的每个人似乎都认为她已经没有生育能力，并且将永远无法怀上都铎家族的孩子了。也许终将如此：没有男继承人，这个家族将以一个女孩作为结局走向灭亡。

对于这种缓慢而绵长的绝望，国王只字不提。但从他对贝茜·布朗特的私生子，小亨利·菲茨罗伊的宠爱和给予的荣誉，所有人都能看得出，王后已经过了生育年龄，虽然都铎家族已经拥有了一个英俊的年轻男孩，这也并不是由王后所生，现在已经没有人寄希望于她能带来什么好消息了。

玛利亚·德·萨利纳斯，也就是威洛比伯爵夫人，现在是王后最忠诚的朋友。她轻声对我说："不要以为她只是对这场与法国的联姻而沮丧，她害怕的事远不止如此。"

"为什么，还有什么更糟的事吗？"我问道。

我们一起在河边散步，因为国王要举办划船比赛，水手正在与王室贵族展开对决。每个人都伪装成士兵或人鱼，确实是有趣的场景。我只能看出哪支球队是贵族或哪支是水手，因为水手们几乎赢得了每一场比赛，亨利爽朗的笑声不绝于耳。

"她担心国王可能会命令玛丽公主与亨利·菲茨罗伊结婚。"她说道。我脸上的微笑骤然消失了，感觉自己随时要晕倒，我赶紧转过身面对她并握住她的手。

"什么？"我想自己可能是听错了。

她点点头。"这是真的。其中一个计划就是让玛丽公主嫁给这个混蛋里士满公爵。"

"这个玩笑太邪恶了。"我说。

她坚定的目光告诉我,这并不是玩笑。

"你为什么这么说?"

"因为这是真的。"

我环顾四周,姑娘们都在为自己支持的队伍加油呐喊。虽然没人能听到我们的谈话,我还是挽着她的手沿着河岸走进郁郁葱葱的宁静花园。

"国王不可能想到这么荒谬的事情。"

"当然不是。是红衣主教的主意。但现在国王也认可这个想法了。"

我看着她,震惊得说不出话来。"这太疯狂了。"

"这是唯一一个可以让他的儿子登上英格兰王位,也不会剥夺他女儿继承权的方式。这也是人们接受亨利·菲茨罗伊作为他父亲的继承人的唯一方式。玛丽公主成为英格兰王后,她的丈夫是都铎王朝的继承人。"

"他们可是同父异母的兄妹啊,这太可怕了。"

"不管是我们,还是任何一个普通父亲都会认为这个想法太可怕了。但他是国王,只关心谁将继承他的王位。只要能够保住都铎家的王位,他可以不惜一切代价。一个公主永远不可能登上英格兰王位,但通过这样荒谬的婚姻,他就能完成自己的期望。"

"教皇决不会同意此事。"

"实际上,教皇会同意的。红衣主教会将此事安排妥当。"

"红衣主教有那么大的影响力吗?"

"有人说他将成为下一任教皇。"

"王后肯定不会同意的。"

"是的,"玛利亚温柔地说道,好像我终于明白了她的话,"确实。这是最糟糕的结局。王后肯定不会同意的。她宁愿死也不愿看到女儿受辱。王后一定会为之斗争到底。如果她违背国王的意愿,你觉得会怎么样?如果她违抗自己丈夫的命令捍卫她的女儿，你认为她有什么后果？在最近这些日子，如果有人胆敢违抗国王的命令，你觉得他会怎么做？"

看着她苍白的脸，我想起了我的亲戚白金汉公爵。只因在忏悔室那些吹嘘的话，他就招致了杀身之祸。"如果她反抗国王，会被判处叛国罪吗？"我问道。

"是的，"她说，"这就是为什么我宁愿国王将公主嫁给我们最大的敌人，法国人。因为还有一些计划远比这更糟糕。"

❖

我的儿子亚瑟爵士在帆船赛中击败了其他四艘船，名次仅次于一队健壮的水手。我的儿子蒙塔古在河岸上下注并从国王那里赢得一枚金币。在晚些时候，一场小型舰队演练结束了这快乐、嘈杂的一天。安妮·波琳俨然是个傀儡，她站在国王的船头，凝视着水面，指挥着驳船上的焰火。每个人都被淋湿了，国王大笑着扶安妮离开了船，我们回宫的路上他俩一直走在一起。

❖

玛丽公主在为订婚仪式中的蒙面舞会反复排练。裁缝们正为她修改礼服，这件礼服非常昂贵，镶有红宝石和珍珠，装饰着象征都铎王朝的红白玫瑰图案，茎由翡翠组成，花蕊则是黄钻石。刚穿上这件厚重的礼服时她有些蹒跚，但当她站起来时，完全就是世界上最迷人的公主。她身材娇小，但她苍白的皮肤看起来却很健康，还有一头浓密的赤褐色秀发。在这件礼服的衬托下，她看起来就像是一座价值连城的圣坛上的圣像。

"我们真该好好奖励裁缝。"我对她说。她一脸兴奋。

"这比天鹅绒还珍贵，"她说道，"快看我的袖子！"

侍女们帮助她穿上苏尔外套①。礼服的挂袖很是时髦，长度几乎及地，她整个人都披着金色的光芒。侍女们将她浓密的头发拢在花冠中，并用银色丝网牢牢包裹住花朵和头发。

"我看起来怎么样？"她问我，心里清楚答案肯定是"美极了"。

"你看起来像一位英格兰公主和法国王后，"我告诉她，"你就像你母亲第一次来到英国时一样美丽，但你的衣服更为华丽，亲爱的，你非常耀眼，所有人都将只关注你一人。"

她牵起裙摆，向我行了一个屈膝礼。"啊，谢谢，我的好妈妈②。"她说。

我的猜想完全正确，所有人的目光都聚集在我们的公主身上。这场蒙面舞会大获成功，公主和七位侍女从彩绘风景中缓缓出现，与八位穿着骑士戏装的绅士一起跳舞，得益于闪闪发光的珠宝和完美无瑕的训练，她成为全场关注的焦点。当蒙面舞会结束时，法国大使诚恳邀请公主与他共舞。在房间的另一边，她的父亲正在与他的舞伴共舞。王后在这个重要的官方场合，面带微笑看着自己的丈夫与平民安妮·波琳共舞，他们正深情对视着。

我等待着侍女们应该离开的信号，但舞会一直持续到深夜。午夜过后，王后终于站起身来向国王鞠躬。国王握住她的手，弯下腰亲吻她的脸颊，每一个细节都显示出充分的尊重。侍女们有的从椅子上起身，有的则不情愿地停止舞蹈准备离开。

王后说："晚安，上帝保佑你。"并对她的丈夫微笑。他们的女儿玛丽

---

① 旧时的无袖铠甲罩衣。

② 原文为法语。

国王的诅咒

公主站在她身后。前法国王后玛丽·布兰登也跟在她身后。我紧随其后，所有的侍女按照等级排好队准备离开——但是安妮·波琳并没有动身。

那一刻，我感到非常尴尬：她出了错，我们必须立刻纠正她。她可能没有注意到我们准备走了，如果王后离开后她还在那里蹦蹦跳跳的，一定看起来很蠢。就算她自己无足轻重，但对宫中历史悠久的仪式如此疏忽实属不应该。我向前走了一步，准备拉着她走进侍女队伍中，让这个年轻的姑娘在造成尴尬后果之前尽快纠正错误。但当我看到她微侧的脑袋和挑衅的笑容时，我犹豫了。

她站在宫里最英俊的男人们之间，处在这个美丽拱形大厅最引人瞩目的位置。她的黑色头发上裹着一条深红色的法式头巾，上面镶着金线。她并没有觉得自己显得格格不入，也没有感到羞耻。作为一个侍女她已经忘记了自己的位置和身份。相反，她看起来洋洋得意。她微微鞠了一躬，红色的天鹅绒礼服铺展开来，她并不急着加入王后的侍女队伍，而且表现得很理所当然。

在那一瞬间，时间仿佛停滞了，王后的目光从国王转移到这个波琳家的姑娘身上，她仿佛立刻意识到有些新鲜又奇怪的事情正在悄然发生。这个年轻的姑娘并不准备跟在王后身后，或者按照严格的优先顺序走在高级侍女身后——她只是一个骑士的女儿，我们中很多人的身份都高于她。她根本没打算离开。她的这一举动几乎改变了所有事。王后没有命令她过来，国王也默认她这么做。

凯瑟琳耸了耸肩，仿佛并不在意，她只是转过身，昂着头穿过大厅。由公主带队，我们这些出身高贵的王室成员，以及其他宫里的侍女们默默跟在王后身后。但是当我们走上宽阔的楼梯时，大家都听到了安妮迷人的傻笑声。

我在早餐前的黎明时分，趁着大家都还没开始忙碌之前，将蒙塔古和亚瑟叫到我的房间。

　　"你们应该告诉我事情已经发展到了这种地步。"我严厉地说。

　　蒙塔古确认了门窗紧闭，他的马倌正昏昏欲睡地站在外面。"我不能写信提及任何事，况且，我也并不知情。"

　　"你会不知道？"我大声说道，"她只是个侍女，但那么地随心所欲，与国王一起跳舞，而且在我们离开时也不赶紧跟上？"

　　"这是第一次发生这种情况，"亚瑟解释说，"她以前从未留下来过。是的，她一直和他在一起；她独自一人去他的房间，他们一起骑马，我们其余的人只能跟在后面，他们坐在一起聊天、玩牌、玩耍和唱歌。"他做了个滑稽的鬼脸。"母亲，他们甚至一起读神学书！这算是什么勾引手段？但她以前总是很谨慎，表现得跟其他人并无区别。她之前从来没有想留下来过。"

　　"为什么现在会这样呢？"我质问道，"尤其是在法国大使和那么多人面前？"

　　蒙塔古对这个问题点头表示赞同。他比自己的兄弟更像一个政治家。亚瑟能看到一切表象，因为他与国王几乎形影不离，是国王亲密的朋友之一，但是蒙塔古则更能看到这件事情的实质。

　　"难道是因为这个原因？也许因为这是玛丽公主与法国人的订婚仪式，"他猜测道，"安妮跟法国人关系很近，她在法国宫廷生活了多年。她对于这桩婚事的促成也起到了一定作用。亨利已经不打算再与西班牙交好，并将西班牙人视作敌人，而王后就属于敌人阵营的一员，所以现在国王觉得自己可以随意冒犯她。而安妮则在这件事情中坐收渔利。"

国王的诅咒

"这对国王有什么好处?"我问道,"在整个宫廷面前侮辱王后只会伤害她,也会贬低自己。当我们离开时,那个年轻女人笑了,我听到了她的声音。"

"如果这种纵容能赢得女士的青睐,他确实会这么做,"亚瑟说道,"他现在已经发狂了,没什么事情是他做不出来的。"

"你叫她什么?"

"我称她为女士。很多人都这么叫她。"

我十分愤怒。"当然,他们不能称她为'殿下',"我尖刻地说,"也不能称她为'女士',她只不过是一个骑士的女儿。她连亨利·珀西都配不上。"

"她喜欢一切让她脱颖而出的东西,"亚瑟接着说,"她喜欢引人注目,喜欢国王公开介绍她。她害怕别人认为她跟自己的姐姐一样只是个妓女,因此她总是让国王做出承诺,让她不会变成另一个贝茜,另一个玛丽,或是另一个洗衣女佣,也不是法国荡妇乔安奴。她必须要特别,必须与众不同,而且要让每个人都看到她的与众不同。"

"跳梁小丑。"我粗俗地说。

蒙塔古看着我。"不,"他说,"你必须意识到很重要的一点,母亲。她已经不仅仅是国王的新欢了。"

"她还能做什么?"我不耐烦地说道。

"如果王后去世……"

"但愿这样的事不会发生。"我立刻在自己胸前画了个十字。

"或者说,如果王后会退位去过宗教生活。"

"噢,你认为她会吗?"亚瑟惊讶地问道。

"不,她当然不会!"我惊呼道。

"有可能,"蒙塔古坚持说道,"她可能会。说实话她应该这么做。她知道亨利必须有一个儿子。只有菲茨罗伊和玛丽公主是不够的。国王必须拥有一个男继承人,而不是一个私生子或女孩。王后清楚地知道这一点。如果她足够慷慨,退出这场婚姻,亨利就可以自由地再次结婚。她也应该这样做。"

"噢,这就是你的看法吗?"我咬牙切齿地问道,"作为在王后的恩惠下受益匪浅的人,这就是你的看法吗?又或者是宫里那些宣誓为她效忠的年轻人的看法?"

他很尴尬。"我不是唯一一个这么认为的人,"他说,"还有很多人也这么想。"

"即便如此,"我断然说道,"即使她选择进入修道院,安妮·波琳也无法从中得到任何好处。就算王后退出了,国王也只会娶西班牙或者法国的公主。国王的妓女也只是个妓女而已。"

"一个配偶?"蒙塔古说道。

"情妇?"亚瑟笑了。

我摇了摇头。"无论是从上帝的角度还是国家的法则,除了淫乱的妓女之外,没有任何女孩会这么做。英格兰没有所谓的配偶或是情妇,她对于这一点也心知肚明。即使王后退位,对她这种连妓女都不如的婊子来说,能得到最大的好处也只不过是在宫里尽情跳舞的权利,或是'女士'这样的头衔而已。除此之外她什么都别想得到。"

1527年至1528年夏

威尔士边界　勒德洛城堡

我不敢向蒙塔古打探消息,所以整个夏天我的消息来源要么是他看似家常的信件中的巧妙暗示,要么是来自伦敦的小商贩。蒙塔古告诉我家里发生的新鲜事:亚瑟的女儿玛格丽特正在茁壮成长,厄休拉又给斯塔福德家族生了个男孩,取名叫亨利,直到有一天他自豪地告诉我,自己也拥有了一个儿子。我拿着这封信亲吻它,然后捧在胸口上。我们家族会有另一个亨利·波尔,另一个蒙塔古勋爵。这个小亨利,是我们家族走向伟大的又一个里程碑。

对于其他的新闻,他只字不提。他不能告诉我关于王后和宫廷的任何事情,也不能告诉我国王召唤托马斯·莫尔来汉普顿宫廷与他密谈,向他倾诉自己的婚姻问题。他宣称,教皇不允许他的英格兰王后姐姐玛格丽特离婚,但他的婚姻则截然不同——上帝已经通过那些夭折的孩子向他展示了他的婚姻是不被祝福的。而托马斯作为一名优秀的议员,则吞下自己所有的怀疑,向国王保证他将深思熟虑,对这个问题提出一个周全的法律意见,然后呈现给国王一个合理的解决方法。

但蒙塔古的谨慎没有起到任何作用,因为到了夏天快结束的时候,整个王国都知道了国王正在准备与王后离婚。纵然整个王国已经传得沸沸扬扬,但是勒德洛城堡仍然是一片宁静。连我自己都惊讶于自己所建立的严格规则:没有人胆敢对我说起王后一点不是,所以即使公主周围的世界已经开始坍塌,她还全然不知。

当然,到最后我还是要告诉她的,很多次话到嘴边我却还是吞下了。就连我自己都不敢相信这件事的真实性,这对我来说是不真实的,这对我来说是不可思议的,我最多能告诉她兰布顿蠕虫的故事①是一个事实,而不是荒谬的传说。可能每个人都知道,但它仍然是不真实的。

无论如何,正如我所希望的那样,没有任何事情发生。或者无论如何,我们没有得到什么确切的消息。我们距离伦敦很远,得不到任何可靠的消息。但即使在这里,我们也知道王后那个西班牙的外甥查理五世已经入侵罗马还抓住了教皇,并且几乎把他当作囚犯来对待。这改变了一切。即便是巧舌如簧的红衣主教也无法说服一位被西班牙国王监禁的教皇去做一些对英格兰的西班牙王后不利的事。而此时被俘的教皇对国王用来支持自己离婚的神学论点也是充耳不闻。西班牙皇帝命令教皇做出裁决,他远在英格兰的姨妈,也就是凯瑟琳王后必须一切安全。她的任务就是断言一个简单的事实:上帝命令她嫁给英格兰国王,因此这段婚姻就绝不可能是无效的。我相信她会坚持这个真理直到去世。

在这座曾经生活着凯瑟琳和亚瑟的城堡里,我没有对任何人提起过他们炽热的爱情或是他们的誓言——如果他去世了,她必须成为英格兰王后并且生一个叫做玛丽的女儿。我对自己撒的谎只字不提,就像这是一个年代久远到我自己都几乎忘记的秘密。这是我的一块心病,唯恐哪一天,也许是托马斯·莫尔,也许是红衣主教的新助手托马斯·克伦威尔,抑或是其他人随时会问我亚瑟和凯瑟琳是否相爱过。我祈祷着如果我继续这么缄口不言下去,我就可以告诉别人我已经不记得或是从未知情。

炎热的夏天来了,汗热病再度暴发,王后召唤公主与她和国王一起远

---

① 兰布顿蠕虫是英国东北部的一个民间传说,蠕虫所指的其实是一头巨龙,它色深而肥胖,出没在兰布顿山及周边地区,后被约翰·兰布顿勋爵杀死。

离伦敦去旅行。在国家遭受苦难时,他们再次踏上旅程。

"你将要去圣奥尔本兹,"我对玛丽公主说,"我会带你去那里,然后回自己家。我肯定你能在那跟他们度过愉快的夏天。"

"跟谁在一起?"她焦急地问道,"还有谁会在那里呢?"

可怜的孩子。所以她还是知道了,尽管我给她的世界包裹上厚厚的盾牌,但她还是知道安妮·波琳在国王面前强烈的存在感。她的沉默并不是无知,而是一种谨慎。但这次,我还是兴高采烈地给她带来了好消息。"哎呀,"我故意拉长音,直到她开始感兴趣,"哎呀,我听说宫里很多人都生病了。红衣主教回家接受治疗了,已经和他的医生一起回到家中,安妮·波琳也已经去了赫佛堡。所以那里可能只有你的父亲和母亲跟你待在一起,也许还有一两个其他人,托马斯·莫尔还有玛利亚·德·萨利纳斯。"

她的脸色突然好转。"只有我的父亲和母亲?"

"只有他们。"我确定地说道,其实我在想如果诅咒那个该死的妓女在肯特城堡死于汗热病,我会不会有罪。

"那你呢?"她问道。

我抱了抱她。"我将去毕萨姆庄园,去保护我的家人和人民。这是一种可怕的疾病,我需要陪在他们身边。亚瑟和简又生了一个孩子,我希望他们一切平安。我会跟你写信报平安的,亲爱的,我会很想你的。"

"我会回到你身边,"她强调道,"夏天结束的时候我们一定会再次相聚。"

"当然"。

1528年夏

伯克郡　毕萨姆庄园

这是一种可怕的疾病，是上帝原谅英格兰的条件。有许多人说这是都铎家的第一代来时所带来的。他们说，国王无法得到一个儿子，这个国家也无法平安。有许多人对现状和前景很担心，并将这一切都归咎于都铎王室。

所有人都在谈论肯特城堡的某位年轻女子，她已经奄奄一息了数周，现在终于恢复了生机，并说所有君主都应该服从教皇。现在，人们称她为有远见之人，并纷纷前去听取她的见地。但我不需要女先知的预言也知道这将是一个糟糕的夏天。我得到了一些来自伦敦的消息，街上满是奄奄一息的人们，有的甚至死在回家的路上。我知道这一年对我们所有人来说都很难熬，当然对于我的家人来说也是如此。杰弗里和他的妻子康斯坦茨来与我同住，亚瑟把他的孩子亨利和玛格丽特以及一个还在吃奶的小婴儿托付给我，并给我捎了封信说，汗热病已经席卷布罗德赫斯特，他和简都生病了，他们祈祷自己能够渡过难关，祈求我能好好照顾他们的孩子。

他在信里写道：

我祈求上帝能保佑。如果我们没能熬过，母亲，请照顾我的孩子，并为我祈祷，我也会为你祈祷。

这两个可怜的小孩子——小亨利和玛格丽特——站在我的大厅里，紧紧握着对方的手。我跪在他们身边，把他们抱在怀里，努力对他们挤出一个假装自信的微笑。

"我很高兴你们来找我，你们一定能在这里玩得很开心，"我向他们保证，"只要布罗德赫斯特的人们都恢复健康，你们的父母就会过来接你们，那时你们就可以跟他们炫耀这个夏天你们已经成长了很多，变成了懂事的好孩子。"

我确保房子一直处在严格消毒的状态。所有从外面进来的东西都经过醋和水的洗涤。我们很少从毕萨姆的市场上购买食物，大部分是自给自足。我们拒绝接待陌生人，那些从伦敦出发穿过小镇的人都只能在修道院过夜。我从迷迭香、鼠尾草和甜酒中提取好几加仑的酊剂，家里所有人每天早上都要吃上一勺，但其实我对它的功效也不大确定。

我没有再去教堂做过礼拜，我不允许家人出现在任何温暖、黑暗、发臭的地方。作为代替，我在卧室旁边的私人小教堂里与我自己的告解神父一起完成礼拜仪式。我每天跪地祈祷这种疾病能够快些过去。亚瑟的两个孩子每天早晚两次在我的小教堂祈祷，我尽可能地让他们与牧师保持距离，当他为家里的小婴儿祝福时，他只能在她珍贵的头顶上方的空中画十字架。

我尤其担心杰弗里，因为他太瘦弱了，看起来不堪一击。但实际上他很健康，脸色很好，充满活力，每天都过得很快乐。但我依然在仔细关注着他，生怕他会出现任何发烧或头疼的症状。他的妻子康斯坦茨像一匹健壮的小马，兢兢业业地为我努力工作，我很感激她能悉心照顾自己的丈夫。如果哪天她不再爱慕杰弗里了，我一定会恨她的。

我慢慢开始放下心来，虽然村子里有一些人死去了，我们也失去了一个仆人，但今年夏天我们终会渡过难关。有一天，当我在为所有我爱的人，玛丽公主，王后和孩子们的健康而祈祷时，杰弗里轻拍小教堂的门，然后走了进来。

"原谅我，亲爱的母亲。"他说。

我知道如果他在祈祷时打扰我，一定是为了很重要的事。我调整好呼吸，让他进来。他在胸前画了个十字，跪在我身边。我看到他嘴唇颤抖，好像又变成了小时候那个拼命忍住泪水的孩子。一定是发生了什么可怕的事。我看到他紧握双手，闭上眼睛，仿佛祈求上帝的帮助，然后他转身看着我。握住我冷冰冰的手时，他深蓝色的眼睛里充满了泪水。

"母亲大人，"他平静地说，"对你来说我有个坏消息。"

"快说，"我冰冷的嘴唇说道，"快告诉我，杰弗里。"我想，是我深爱着的玛丽公主吗？是我的继承人蒙塔古吗？还是他们的某个孩子？上帝会如此残忍地夺去金雀花家族的另一个血脉吗？

"是亚瑟，"他噙满泪水，"是我的兄弟。他死了，亲爱的母亲。"

有那么一会儿，我愣住了，仿佛听不清他在说什么，也听不到任何的声音。他又重复道："是亚瑟，我的兄弟。他死了，亲爱的母亲。"

亚瑟的妻子简也已经奄奄一息。她身边只有一个侍女在照顾她，所以没有人告诉她她的丈夫已经死了。他们的管家对这场疾病太过恐惧，以至于他放弃了自己的职责，将自己锁在房间里。在这种情况下，整个家庭完全陷入混乱，所以我的儿子蒙塔古命令仆人将亚瑟的尸体从那栋不幸的房子中带走，送到我们的小礼拜堂里。

我们让他安息在毕萨姆的小修道院内，这里曾经也是其他金雀花国王的安息地。教堂清理完毕后，我和杰弗里还有康斯坦茨一同过去为他的灵魂祈祷。

从教堂回家后，我盯着翻新过的大房子，家族的徽章还挂在门上。我痛苦地想，纵然赢回了所有的财富和权力，我依然无法将自己心爱的儿子从这场都铎家族带来的疾病中拯救回来。

1528年夏

萨赛克斯郡西部　布罗德赫斯特庄园

蒙塔古和我赶到亚瑟位于布罗德赫斯特的庄园，这里到处乱糟糟的，田里的干草也无人收割。农作物长得很好，但那些小农夫要么得了病，要么已经死了。村庄是一片寂静，家家户户窗户紧闭，每隔一扇门都放着一捆干草。这栋大房子里的人似乎都逃走了，只有一个侍女负责看护筒，没有人管理房子，更没有人耕种土地。

仆人们已经睡了很久的干草堆，也很久没有吃过饱饭了，我一进门就开始命令他们整理和打扫。"你没必要这么做。"蒙塔古对我说。

"这是亚瑟的土地，"我说道，"这是我为他安排这场婚事的用意，也是他留给儿子亨利的遗产。我无法看着它就这么被荒废。如果亚瑟不能给他的孩子留下一笔财富，那么这场婚事就没有任何意义。如果没有留下遗产，那么他生命的意义又是什么？"

蒙塔古点点头。他走到马厩外面，发现我们的马跳进了田里。他告诉管家，不管汗热病有没有过去，明天都必须安排人收割干草，不然就算夏天没有死于汗热病，冬天也会因为缺乏牲畜粮食而死。

我们两人花了数周的时间将这栋房子和这片土地打理完毕，那时我们听说在伦敦汗热病已经完全消退了。红衣主教本人也染上了病，但他还是幸存下来。上帝第二次怜悯了托马斯·沃尔西。他确实笼罩着一种神秘色彩。

"世界上仿佛没有能打败他的瘟疫,"我严肃地说,"没有什么疾病能伤到他似的。赫佛堡那边有什么消息吗?"

"她也活了下来。"蒙塔古对我说,他像我一样对安妮·波琳充满鄙视。我们有相似的感觉,汗热病应该带走的是这个惹麻烦的贱人,而不是亚瑟。

"亚瑟爵士。"我大声说。

"上帝保佑他,"蒙塔古跟着说,"为什么是他而不是其他人?"

"上帝无所不知。"我说,但我根本无法集中精神做祷告。简知道我们在家里,但我们因为害怕被传染而不敢去她的房间,她并没有给我们传什么话,也不曾问起她丈夫的情况。

"如果她问的话我可能还感到宽慰一些,"我愤怒地对蒙塔古说道,"她没有设想过吗?"

"她可能正为自己的生命而战。"他说。

蒙塔古顿了一下继续说道:"母亲,你是否记得,在亚瑟的婚姻协议中,有一项条款是针对他早逝情况的处理吗?她作为嫁妆带给亚瑟的土地将归还给她,她未来将从她父亲那里继承的土地也会转给她,她可以按照自己的意愿处理这一切。在亚瑟去世时,她父亲的财产将由她独自继承。我们什么都得不到。"

我不想记得这件事。我无法接受自己这个月一直忙于整理的土地和房子会跟我没有任何关系。我为了给儿子带来财富而编撰的婚姻协议给他带来的却只有忧虑,现在我们根本得不到任何东西。"他始终在认真打理这片土地,"我气愤地说,"他已经准备好了接管军务以取代她的父亲,也准备管理佃户。他已经准备好为他们做出一切努力,而她父亲那个老傻瓜却一直跟亚瑟作对。她还支持自己的父亲对付亚瑟。"

蒙塔古低下头。"现在这些都没有意义了,"他说,"我们这个月的工作得不到任何回报。"

"这些都是我的孙子亨利的遗产;我在为亚瑟的儿子而努力。感谢上帝,他在这场瘟疫中幸免于难。他可以回到自己家的房子,然后得到所有这些财富。"

蒙塔古摇了摇头。"不,因为这是他母亲的家。他的母亲才是继承人,他并不是。如果她愿意,她完全可以拒绝将土地分给亨利。"

剥夺儿子继承权的想法对我来说太陌生了,我非常震惊。"她绝不会做这样的事!"

"如果她再次结婚呢?"蒙塔古说道,"新丈夫会将所有财产都夺去。"

我走到窗前,望着这片曾属于亚瑟的田地,我一直深信不疑,这片土地终将属于亚瑟的儿子,另一个亨利·波尔。

"如果她不再婚,那么我们就得花钱养着她,"蒙塔古沮丧地补充道,"我们必须为她余生的花费买单。"

我点点头,发现并不能像之前想的那样把她当作亲生女儿来对待。当她和父亲一起与亚瑟作对的时候,当她离开亚瑟任他独自死去的时候,她就辜负了作为妻子的责任。现在,她把孩子送走,自己躺在床上,她丈夫的兄弟和母亲为她打理好了一切。在她的余生中,只要她活着,她就能从我努力播种和收获的庄园中获取收入。这个在自己丈夫临死前狠心离开的骄纵女继承人将名正言顺地住在我的房子里,一生都能从我这里获取生活费。她将继承她父亲的财产。我甚至在自己的遗嘱中也承诺了会给她土地。保不准我会死得比她早,她可能会穿戴从我衣橱中拿到的黑色天鹅绒礼服和皮草装饰来参加我的葬礼。

简的病情渐渐好转。她的侍女来找我,鞠躬行礼后告诉我,简派她向我致谢。她在与汗热病的斗争中获得了胜利,并将在今晚与我们一同用餐,她非常感谢我们为这个家所做的一切。

"你告诉过她,她的丈夫已经死了吗?"我直截了当地问那个女人。

她脸色苍白,很是紧张。"夫人,她生病的时候我们不敢告诉她,"她说,"现在说似乎又为时已晚。"

"她就没有问过吗?"蒙塔古怀疑地问道。

"她病得很厉害。"她在为自己的主人找借口。"她病得太厉害了。我想也许你……"

"告诉她今天晚饭前来我房间,"我说,"我亲自告诉她。"

这间曾经属于亚瑟·波尔的客房,现在变成了这个女人的。我跟蒙塔古一起在房间里等她。

门敞开了,侍女扶着她走进房间,她依然很虚弱,无法独立行走。

"啊,亲爱的,"我尽可能友善地说,"你的脸色很不好,快坐下。"

她对我行了屈膝礼,并向蒙塔古低头致意,侍女扶她坐下后,我示意她们先离开房间。

"这是我的表姐伊丽莎白。"她虚弱地说,想让这个女人留下来。

"你可以跟我们共进晚餐。"我向她保证,于是女人识趣地离开了房间。

"我有一个糟糕的消息要告诉你。"我温柔地说。

"关于我父亲吗?"她眨了眨眼睛。

"是亚瑟,你的丈夫。"

她倒抽了一口气。显然,她甚至不知道亚瑟也生病了。但可以肯定的是,当她从房间出来的时候亚瑟并没有来迎接她,她应该已经猜到了。

"我以为他和孩子们一起去了你家!他们还好吗?"

"感谢上帝,当我离开毕萨姆时亨利和玛吉在那过得很开心,身体也很健康，小宝宝玛丽、我的儿子杰弗里和他的妻子也安然无恙。"

她接受了这些信息。"但亚瑟……"

"我的女儿，我很抱歉，他已经死于汗热病。"

她痛苦地蜷成一团，仿佛一块掉落的布料，手捂着头，小脚都蜷在凳子下面。她双手捂住脸，悲伤地哭泣着。

蒙塔古看着我，仿佛在问："我该怎么办？"我点点头，让他坐下来等待这种无助的抽泣停止。

她一直在哭，于是我们丢下她先去吃晚饭。仆人和佃户需要看到他们的主人还在这里，生活必须继续，他们还得继续工作并且支付租金。虽然我的儿子已经死了，但这并不意味着他们就不用干活了。简再次拥有这些土地，但是亚瑟的儿子终将继承这些，所以他们必须保持良好的心态。晚餐结束后，我们回到房间，她哭得双眼通红，脸色苍白。但是，感谢上帝，她终于停止了哭泣。

"我无法承受这一切，"她对我说，好像一个女人可以选择她能承受什么似的，"我没法儿再当一次寡妇！我不能没有他。我无法面对寡妇的生活，也不会考虑接受再嫁。无论生死，我都会永远忠于他。"

"事情已经过去了，你受到的震惊已经太多。"我安慰地说。但她显然很有决心。

"我的心已经碎了，"她说，"我会在毕萨姆过隐居的生活，不接待任何人，也永远不会外出。"

"真的吗？"我抱着怀疑的态度，并再次轻轻地说，"真的吗，亲爱的？难道你不想回去和你父亲住在一起吗？你不想回到博迪亚姆堡吗？"

她摇了摇头。"我的父亲肯定为我安排另一场婚姻。但我不想再结婚了。我想要住在亚瑟的家里,永远跟他在一起。我会和你住在一起,每天为他哭泣。"

对此我却无法感到宽慰。"当然,你现在肯定很难过。"我说。

"我很有决心。"她说。

我相信她的话。

"我将终生缅怀亚瑟。我会永远待在毕萨姆,像鬼魂一样守护着他的坟墓。"

"噢。"我说。

❂

我给她几天时间思考这个决定,但她并没有动摇。她决心永远不再结婚,一心想永远生活在这个家里,她将在我的屋檐下拥有自己的小家庭,雇用自己的仆人,从我的厨房获取饭菜,并且每年四次收到来自她农场的租金,我亲自签下了她的婚约,但从未想过会为此买单。现在我根本不知道如何应对这一切。

蒙塔古是个安静而深沉的人,他提出了一个出色的解决方案,以防止年轻的寡妇永远与我们生活在一起。一天晚上,简出来吃晚饭,然后准备前往教堂祈祷整晚,抓住这个时间缝隙,蒙塔古问他的弟媳:"你确定要过着与世隔绝的生活吗?"

"我确定。"她说。她跟我一样穿着深蓝色的丧服,蓝色是王室表示哀悼的颜色。亚瑟是金雀花家族的继承人,他应该当像王子一样被哀悼。

"那么我担心毕萨姆庄园对你来说太过于喧嚣和忙碌,"他说,"国王在行军时会在这里停留,王室在夏天会来这里待上几个星期,我母亲在冬天会招待她的家人,斯塔福德家,考特尼家,莱尔家,还有内维尔家。你知道我们有多少表亲!在夏天,玛丽公主肯定长期逗留在这里,甚至会带上她整个宫廷的人员。这里不像你的私人住宅,它是一座宫殿,一座议事行宫。"

"我不想见到那些人,"她说道,"我想过完全隐居的生活。也许我的母亲会在她的土地上给我另一栋属于我自己的房产,在那里我可以平静地生活。我不需要太多,只要一个带静谧园林的庄园就足够了。"

蒙塔古对这个要求避而不谈。"我的母亲一直在努力将土地集中到一起,"他平静地说道,"我认为她现在不会想将它们分割开来。"

"我不能住在嘈杂繁忙的房子里,"她转向我,"我不想住在宫殿里。我想要像个修女一样安静地生活。"

蒙塔古什么都没说。

他在等待。

我什么都不说,我也在等。慢慢地,她萌生了一个新的想法。

"如果我住在女修道院呢?"她问道,"或者——如果我立誓修行呢?"

"你觉得自己受到召唤了吗?"我感到一丝内疚,王后曾经发誓,在她感知到上帝的召唤之前,她绝不会立誓修行,她认为盲目的立誓修行是对神灵的亵渎。我的儿子雷金纳德至今仍然拒绝立誓。他说盲目立誓是对上帝的侮辱。

"是的,"她突然热情地说道,"我想我受到了召唤。"

"我相信你会的,"蒙塔古自然地接过话来,"从一开始你就说你想过隐居生活,再也不会结婚。"

"没错,"她说,"我只想守着悲伤独自终老。"

"那么这就是最好的解决方案,"我没有表现出过多的依依不舍,"我会给你找个好去处,并且支付你修行的费用。"

她显然没有意识到,当同意成为一名修女的那一刻,她会将她的嫁妆归还给我,跟她选择再婚并无两样。我将只需要支付她在修道院清贫生活的费用。

"我认为这是最好的结果，"她说，"但这栋房子和土地怎么办？我的遗产呢？从我父亲那里得到的财富呢？"

"你可以将它们分配给你的继承人，亨利，"我建议道，"我会作为他的监护人帮他打理好这些财产。你根本不需要为此费心。"

蒙塔古小心翼翼地忍住要与我交换胜利目光的想法。"无论你想要什么，弟妹。"他恭敬地说。

我等着被命令打开里士满宫，待国王回来，但是看上去国王并没有打算回到这个城市，并且有传言说他已将自己封锁在一座塔楼内，以避免被传染。伦敦市民们刚刚埋葬成千上万的人就听到了这个消息，他们那个在比武大赛上如此英勇的国王在疾病面前只是个懦夫。

不只是伦敦人民深受其害。我的前任求婚者和最新的敌人威廉·康普顿爵士去世了，我希望关于我土地所有权的争执也能就此平息。安妮·波琳也染了病，但她最终痊愈。不过她姐姐的丈夫威廉·凯里爵士去世了，留下了一个漂亮性感的寡妇和两个无父的孩子。这是另一个健康的私生子，一个红头发的亨利。我不禁在想，如果国王看到玛丽公主，还会不会想要将自己的妻子置之不理，或是宁愿接受玛丽·波琳和他们一家人。

简宣誓成为一名修女。我立即写信给刚刚恢复健康的红衣主教，以申请我的孙子亨利的监护权。这场瘟疫夺走了比沃尔西更优秀的人的生命，现在他应该可以放心地处理他们的继承人了。无论他多么贪婪，都无法否决我的要求。还有谁能比我更适合管理我孙子的庄园，直到他成人之时呢？

但我绝不敢留下任何纰漏。一个富裕的被监护人是人人争抢的财富。我向红衣主教承诺了一笔可观的费用，这是我每年为了讨好他而付给他的

国王的诅咒

一百马克之外的额外好处费。如果他能够批准我的要求，那么一切都是值得的。我失去了心爱的儿子亚瑟，我无法忍受再次失去他的财产，他的儿子必须成为我订立的婚约的受益人。

但现在，这不是唯一使我发愁的事。我曾希望国王在与他的妻子和女儿一起躲避汗热病的时候，能让他意识到近二十年来有妻子陪伴的重要性。但当蒙塔古访问旅行中的小宫廷时，他发现国王每天都会给缺席的波琳女孩写下激情四溢的信件，为她漂亮的黑眼睛赋诗，向所有人诉说对她的渴望。王室即将返回伦敦，国王和王后或许在危险中紧紧地团结起来，可一旦他们回到威斯敏斯特宫，国王就会继续尝试让王后为一个年轻平民而退位。

至少我的儿子杰弗里让我有些宽慰。他和康斯坦茨都没有染上病，我去伦敦时，他们回到萨赛克斯的家，杰弗里把他的土地治理得很好，在跟租户和邻居的相处上也有一套，我放心地赋予他成为议会议员的权利。

"你可以用这个作为进入王室的垫脚石。"在晚饭后我告诉他，第二天他就要回家而我也即将启程进宫。康斯坦茨识趣地离开了房间，因为她知道我喜欢和杰弗里在一起自由地谈论一切。在我所有的儿子中，他一直是与我最亲近的人。从婴儿时期开始，他就从未离开我身边。

"就像托马斯·莫尔那样？"他回答道。

我点点头。杰弗里继承了我所有的政治技巧。"确实如此，看看他现在的权力有多大。"

"但他过去常常因支持议会而反对国王。"他提醒我。

"是的，在这方面你不必效仿他。因为当他成为议会发言人后，他就开始说服议员们顺从国王的意愿。你可以效仿他在议会中的演讲来吸引人们的注意力。让众人看到你的体贴和忠诚。你要让国王知道，他可以放心地通过你把他的案子提交给议会，并将你当作朋友。这样当你为国王提出一些建议时,你的意见就会有影响力,并且得到认可。"

"或者你可以直接把我安排在王室里,我可以和国王交朋友,"他建议道,"你就是这么为亚瑟和蒙塔古安排的。你没有把他们送到议会学习或是演讲。他们直接进了王室,所要做的就是陪着国王,逗他开心。"

"时代不同了,"我沮丧地说,"非常不同。"我想起了我的儿子亚瑟以及国王对他的欣赏,因为他在宫里的所有比赛中都展示了勇气和敏捷。"现在跟国王交朋友并不是件易事。以前就轻松很多,亚瑟的工作就是赛马和玩游戏,那时候国王只是个喜爱玩乐的年轻人,很容易被取悦。"

1528年秋

伦敦西部　里士满宫

今年秋天，最糟糕的情况是我再也得不到任何小道消息，就算我得知了一些，也无法将其透露给公主半分。其实她很清楚，她的母亲和父亲已经很疏远了，她也知道她的父亲正在疯狂地爱着另一个女人，并且没有任何避嫌的想法。那个女人出身低贱，就连能进宫当侍女都已经是幸运无比，现在却仗着受宠，极其嚣张跋扈。我还记得安妮·波琳在法国的时候能为玛丽公主①服务就已经很激动了，她设法成为王后的侍女时，她的父亲都感到非常自豪。我无法想象她还会成为国王的配偶，可以向王室下达命令，或是抱怨伟大的红衣主教——现在她几乎是一个非官方的王后。

玛丽公主现在十二岁，聪慧而机灵，但她接受的教育和训练又给她带来了优雅和尊严。我确信自己对她的评价绝对公正而准确。我亲自教授她，让她学会一个公主应该懂得的一切，洞察臣民与敌人的心思，未雨绸缪，制订策略，要掌握远超其年龄的智慧。但是，我应该如何让她面对自己崇拜的父亲即将远离她深爱的母亲这件事呢？我们应该如何告诉她，她的父亲一直相信这么多年的婚姻只是罪恶的源泉？我们应该如何告诉她天堂里有一位上帝，因为观察到这一点，决定用四个兄弟姐妹的死亡来惩罚这对年轻夫妇？我不能对这个自己深深爱着的十二岁姑娘说出这样的话，我相

---

① 此处的玛丽公主指亨利八世的妹妹，安妮·波琳曾是她在法国当王后时的侍女。

信没有人能够做到。

让她不受流言纷扰也不是难事，我们很少进宫用餐，也没什么人会来拜访。过了好一阵子我才意识到这是麻烦到来的前兆：无论多么年幼，王位继承人所在的行宫总会熙熙攘攘，人们知道玛丽这样的孩子总有一天会成为英国女王，都会抢着为她效力。

但这个秋天显然不同。天气变得越来越冷，每天早上天都灰蒙蒙的看不见太阳，没有伦敦来的车马，也没有快速驶过的驳船。今年秋天，我们没有受到什么青睐，没有朝臣和顾问过来拜访，就连我们写出的请愿信也没有得到回应。我想，如果不是还有借钱的人前来光顾，公众估计已经忘了我们。

玛丽公主对此不明所以，但是我心知肚明。我们在里士满宫如此默默无闻的原因只有一个，国王必须让人们明白，她不是王位的继承人。他必须让人们知道，国王可以采取一切微妙、无需言说的方式，让玛丽公主离开勒德洛城堡，并且夺去她在威尔士的统治权，玛丽公主既不会与法国国王订婚，也不会与西班牙国王订婚，她只会像都铎王室的女儿一样住在里士满宫，虽然衣食无忧受人尊重，但地位根本比不上她同父异母的兄弟，也就是贝茜·布朗特的儿子。

一众朝臣全都围绕着新宠打转，就如同环绕在一张汗流不止的脸边上的摇蚊。我从裁缝那里得到了很多小道消息——她来到里士满宫，为我定制一件用于冬季节日深红色天鹅绒礼服。她自豪地告诉我，自己现在非常忙碌，因为琼斯克的萨福克家族的女士们都争着找她定做礼服。她说这话时我正站在凳子上，裁缝在为我收紧紧身胸衣。

"萨福克家族？"我重复道。这是前法国王后玛丽和她那位一文不值丈夫查尔斯·布兰登的家宅所在地。虽然玛丽王后一直深受王室喜爱，但我无法想象为什么那里突然如此忙碌和受欢迎。

"波琳小姐现在待在那里！"她高兴地说，"所有人都赶去拜见她和国王,那里每晚都举办舞会。"

"在萨福克堡?"这只可能是查尔斯·布兰登的所作所为。玛丽王后将永远不会允许那个波琳姑娘出现在自己的房子里。

"是的,她已经完全接管了那里。"

"那王后呢?"我问道。

"她的生活很安静。"

"那么圣诞宴会的计划?"

裁缝注意到我没有收到邀请这件事。她微微挑眉,仿佛认为自己没必要制作一件永远不会出现在国王面前的昂贵礼服。"好吧,"她说,准备分享丑闻,"我听说波琳女士将拥有自己的套房,就在国王的隔壁,她会在那里跟请愿者一同庆祝。就像在同一个宫殿里的两个宫廷一样。但国王和王后将一如既往地一起庆祝圣诞节。"

我点点头。我们对视了好一会儿,我知道她脸上沮丧笑容的含义,我们都知道自己最好的岁月已经过去了。

"完美,"她说,并帮助我从凳子上下来,"你知道的,在英格兰,三十岁以上的女人都感受过女王的痛苦。"

"但是三十岁以上的女性不会被问及自己的意见,"我说,"谁又会在乎我们的想法呢?"

我和侍女们坐在一起,听玛丽公主练习鲁特琴和唱歌。这首歌由她自己作曲,改编自一位老农所写的关于播种的民谣。她面带微笑地唱歌弹琴,状态不错。每月一次的生理期疼痛已经过去,她现在脸色红润,也重新恢复了胃口。看着她的身影,我不禁在想,这个漂亮的姑娘简直是上帝赐予我们的礼物,国王应该对她的存在充满感激,并将她视为英格兰未来的统治者。他欠她的，也欠英格兰的。亨利为什么不认为玛丽是个跟他一样珍贵的继承人呢？

敲门声突然响起，我的管家鞠躬后走进房间，玛丽公主抬起头来，她的手指仍按在琴弦上，管家说："夫人，门口有位绅士说他是你的儿子。"

"是杰弗里吗？"我笑着站起来。

"不，我当然认识主人。他说他是你意大利的儿子。"

"雷金纳德？"我问道。

玛丽公主站起身温和地说："哦，玛格丽特夫人！"

"让他进来。"我说。

管家点点头，带着雷金纳德走进来，他现在高大又英俊，有着黑色的眼睛和浓密的黑发，他走进房间，目光扫视了一圈，然后跪下来求我赐福。

我抚摸着他的头发，他站起身来，然后弯腰亲吻我的脸颊。

我立刻把他引荐给公主，他向公主深深鞠了一躬，拉住她的双手，玛丽的脸立刻涨得通红。"我对你和你的学术研究早就有所耳闻，"她说，"我阅读过很多你的文章，玛格丽特夫人一定很高兴你能回家。"

他朝我微微一笑。在他身上，我看到那个当年被我留在修道院的小宝贝，他在多年的学习和在外生活后，已经长成一个高大、沉稳而独立的年轻人。

"你会待在这里吗？"我问他，"我们准备吃晚饭了。"

"我一直盼着呢！"他愉快地转向公主说，"我特别想念童年时期在英格兰的晚餐。我妈妈还是很喜欢吃羊肉馅饼吗？"

她做了个鬼脸。"我很高兴你能来吃饭，"她说道，"因为我胃口不大，所以总是让她失望，我在斋戒日也很少进食，她总说我太过严格。"

"不，你是对的，"他说道，"斋戒日不光是为了我们的健康，也是为了服从上帝的旨意。"

"你说为了我们的健康?挨饿是件好事吗?"

"对于那些钓鱼的人来说,"他解释道,"如果每个基督徒在星期五只吃鱼,那么渔民和他们的孩子将在本周余下的时间里吃得很好。上帝的旨意永远是为了人类的更大利益。他的律法是天地的荣耀。我非常相信行动和信仰的力量。"

玛丽公主向我顽皮地一笑,仿佛雷金纳德说到她心里去了。"这正是我的想法。"她说。

"不如我们谈谈孝顺的话题?"我建议道。

雷金纳德笑着举起双手,"妈妈,我会乖乖地来吃饭,吃什么说什么都听你的。"

这是一顿畅所欲言、主仆尽欢的晚餐。雷金纳德用希腊语表达了对宫廷的感激,并与我们一同欣赏乐师们演奏。他与公主的导师理查德·费瑟斯顿博士分享了彼此的学术观点,他们都认为路德教会只是异端邪说。雷金纳德喜爱舞蹈,玛丽公主就拉着康斯坦茨的手,和侍女们一同在他面前跳舞,完全把他当成一位尊贵的访客。晚饭后,我看着玛丽做完了祈祷,爬上床,然后神采奕奕地看着我。

"你的儿子非常英俊,"她说,"而且学识渊博。"

"是的。"我说。

"当费瑟斯顿导师离开后,你认为我父亲会任命他为我的导师吗?"

"他可能会。"

"你不希望他做我的导师吗?你不认为他会是一个聪明和有思想的好导师吗?"

"我认为他会对你很严格。他现在正在自学希伯来语。"

"我很愿意学习,"她向我保证,"与他这样的导师一起学习是一种荣幸。"

"好吧,是时候睡觉了。"我说。我不会让她对雷金纳德产生任何少女情愫,因为这个年轻的姑娘不得不嫁给她父亲为她决定的人,这件事似乎没有回旋余地。

她抬起头来,我吻了吻她的脸。那漂亮小脸上的羞涩深深触动了我。

"上帝保佑你,我的小公主。"我说。

雷金纳德和我回到我的房间,我让仆人们把椅子放在炉边,给我们留下一杯葡萄酒,一些坚果和干果,让我们两个单独聊聊天。

"她很开心。"他说。

"我把她当作自己的孩子那样疼爱。"

"说点家里发生的新鲜事吧,我的兄弟姐妹们怎么样了?"

我微笑。"好吧,感谢上帝,虽然我比自己想象中更想念亚瑟。"

"蒙塔古的儿子怎么样?"他笑着问道,他认为这个孩子会是我的最爱,因为他最有可能将我们家族的名誉发扬光大。

"他很好,"我愉快地说道,"他喋喋不休,四处奔波,跟所有的金雀花王子一样强壮,任性又冒失。"我克制住自己继续谈论他的冲动。"他很有趣,"我告诉他,"他就是那个年纪的杰弗里的翻版。"

雷金纳德点点头。"好吧,他已经派我去了,"他毫无征兆地说道,因为他知道我会立刻明白他说的是国王,"我即将开始昂贵又漫长的学习生涯了。"

"这很有用,"我立刻回答,"他咨询你关于异端思想的看法,我知道你建议托马斯·莫尔,国王现在很依赖他。"

国王的诅咒

"你不需要鼓励我,"他笑着说,"我已经过了需要你不停赞扬的年纪。我不像蒙塔古的继承人,无需竭力表现自己来赢得你的青睐。国王很认同我在大学时期写给教皇的信。但他现在希望我回到英格兰。他需要顾问和议员,他的宫廷需要了解世界,需要在罗马有朋友,还能跟他们所有人辩论的顾问大臣和议员。"

虽然炉火烧得通红,墙上也挂着厚厚的挂毯,我还是觉得有些寒冷,于是裹了一条披肩。"你决不能建议他抛弃王后。"我断然说道。

"据我所知,没有可能的理由,"他简单地说道,"但他可以命令我研究一些会包含这个问题的答案的书籍——你会对他搜集的藏书感到惊讶。那位女士也带给他书籍,我有责任回答那些问题。他们中的一些人是十足的异端。他允许她阅读我和莫尔会下令禁止的书籍,有些书甚至是已经明令禁止的。她甚至把这些邪书带给了国王。我将向他解释这些书中的错误,驳斥说教会反对这些危险的新想法。我希望在英格兰为教会和国王服务。他可以要求我咨询其他神学家,这绝不会造成任何损失。我应该知晓他所拥有的权力,并告诉他该如何做出决策。他付钱让我接受教育,以便我能为他出谋划策。我会做到这一点。"

"对王后和公主来说,质疑这场婚姻会对她们造成很大伤害!"我气愤地说,"质疑王后和质疑教会的书籍应予以禁止,这毋庸置疑。"

他低下头。"是的,母亲,我知道这对一位非常值得尊重的伟大女性来说是很大的伤害。"

"她让我们摆脱了贫困。"我提醒他。

"我知道。"

"在她十六岁的时候,我就认识了她,并且深深地爱着她。"

他点点头。"我会研究此事并告诉国王我的意见,保持完全中立的立场,"他说,"但我会这样做,这是我的责任。"

"你会住在这里吗?"我感到很高兴能再次见到我的儿子,但是因为他六岁时就与我分开,我们很少生活在同一屋檐下。我不知道自己能否想要这个独立的年轻人的陪伴,特别是他并没有顺从母亲的习惯。

他笑了,仿佛他十分清楚这一点。"我会去希恩的迦太基兄弟会,"他说,"我将再次过着沉默的生活。但是可以像以前那样时常拜访你。"

我做了一个小小的手势,仿佛要摆脱关于那些日子的回忆。"今时不同往日了,"我说,"我们现在拥有一位好国王,日子过得很好。你可以选择留在那里,不是因为你无处可去,也不是因为我无力抚养你。这是不同的时代了。"

"我知道,"他温和地说,"我感谢上帝,我们生活在不同的时代。"

"但不要听那里的风言风语,"我警告他,"据说他们持有一份关于我们家族的旧预言文件。我想它已经被销毁了;不过还是不要听信任何关于它的事情。"

他微笑着向我摇头,仿佛我是一个愚蠢的老妇人,在庸人自扰。"我不需要去听,但整个国家都在谈论肯特郡神婆的预言,那则警告国王不要离开他妻子的预言。"

"她的话并不重要。"我拒绝接受成千上万的人蜂拥而至,只为听她的话这一事实。我只是不想雷金纳德参与其中。"不要听八卦。"

"母亲,"他提醒我,"他们是一个沉默的教团,杜绝流言蜚语,在那里甚至一个字都不能说。"

我想起公爵,我的亲人因为在这个修道院说了一些关于都铎王朝灭亡的话而被斩首。"肯定有人在那里说过些什么危险的话。"

他摇了摇头。"那一定是谎言。"

"这让你的亲人失去了生命。"我说。

"所以是个邪恶的谎言。"他说。

1529年春

伦敦西部　里士满宫

今年春天来自伦敦的游客并不多,但是有天我望向窗外上涨的河水,看到一艘驳船正在接近,弓和船尾是达西勋爵的象征色。北方老领主托马斯·达西勋爵即将来拜访我们。

我派人去报告公主,然后我们出去迎接他,他快步走下驳船的舷梯,身后跟着三位侍从,然后扑通一声跪倒在公主面前。看着他痛苦的神色,我们有些担心,随后一个侍从走上前来扶他起身。托马斯·达西估计已经六十多岁了,但他不喜欢任何人对此发表评论。

"我从北方的荒原给您带来了一些啄木鸟蛋。"他对公主说。

他的语气就像他拥有所有的英格兰北部荒野一样,而他确实拥有很大的一部分。托马斯·达西勋爵是北方最伟大的领主之一,他的毕生精力都致力于防止苏格兰人越过边境。我第一次见到他,是我与我叔叔理查德国王住在米德尔赫姆城堡的时候,那时达西是北方议会的议员之一。我走上前去,亲吻他红润的脸颊。

他微笑着冲我眨眨眼。"我带这些绅士来参观你的宫廷。"他说,这时法国游客正排队鞠躬,领取着小礼物。玛丽的侍女们向他们行礼,然后带领他们进入宫殿。公主在会议厅与我们进行短暂的谈话之后就离开了。法国人一边观赏着挂毯和银盘以及餐具柜上的珍贵物什,一边与侍女们聊着天。达西勋爵向我靠近了些。

"困难时期，"他说，"我从未想过我会活到现在。"

我点头，带他走到窗口，欣赏繁花盛开的花园和远处河流的景色。

"他们向我问起了那场婚礼的新婚之夜！"他说道，"四分之一世纪前的新婚之夜！即使我在那么偏远的北方。"

"确实，"我说，"但他们为什么要问你？"

"他们想对此进行审判，"他不高兴地说，"有一些红衣主教，不远万里从罗马过来，就是为了说服我们的王后，她并没有真正结过婚，或者说服国王他在过去二十年里一直是单身汉，可以和任何他喜欢的人结婚。这些人的想法真是异想天开，不是吗？"

"确实。"我同意道。

"我没有时间去做，"他突然说道，"那个肥胖的教友沃尔西也一样。"他精明的目光扫视着我。"我以为你有什么可说的。你和你的朋友们。"

"没有人问过我的意见。"我谨慎地说。

"好吧，当他们问起你时，如果你回答王后是他的妻子，而他的妻子是王后，汤姆·达西就是你最忠实的支持者，"他说，"至于其他人，国王需要听取同龄人的建议，不应该被红衣主教那个愚蠢的胖子迷惑心智。"

"我希望国王能得到很好的建议。"

老男爵伸出手。"把你漂亮的饰针给我。"他说。

我摘下了夫家的象征徽章，那是一件深紫色的三色堇珐琅，平时我会将其戴在腰带上。我把它放进达西手中。

"如果有什么紧急的事需要警告你，我会让信使将其带给你，"他说，"那么你就能确定那是我的来信。"

我谨慎地说："我应该很高兴收到你的来信。但我希望我们永远不会需要这样的标志。"

他冲公主的会客室点了点头。"我也希望如此。但不管怎样，我们还是要做好准备，就算是为了她，"他说，"可爱的小姑娘。英格兰玫瑰。"

1529年6月

伦敦西部　里士满宫

蒙塔古从黑衣修士区来到里士满宫,给我捎来了伦敦的消息,我命令仆人将他直接带到我的卧室,将那些流言蜚语关在门外。玛丽公主一直待在自己的房间,除非我派人去找她,否则她不会来找我;我告诉她的侍女们今天不要让她闲着,也不要跟来自伦敦的任何人聊天。我们都在努力保护她免受噩梦的影响。她的导师理查德·费瑟斯顿博士已经去往伦敦征求王后的同意,如果可以的话,我们应该让她的女儿摆脱联姻的命运。但是,我明白坏事传千里的道理,也对坏消息有所心理准备。达西勋爵并不是唯一被问话的领主,现在红衣主教已从罗马抵达伦敦,并设立了一个法庭来裁定这场王室婚姻。

"发生了什么事?"一关上门,我赶紧问道。

"沃尔西和红衣主教坎贝乔召开了一场听证会,"他说道,"当天盛况空前,很多人都前去旁听。他们就像挤在脚手架旁边观看斩首一样。太可怕了。"

我看到他苦恼的神色,赶忙给他倒了一杯酒,然后把他按在炉边的椅子上。"快坐下,我的儿子,喘口气。"

"他们把王后叫到法庭,她表现得很好。完全无视坐在中间的红衣主教,径直走过去跪在国王面前。"

"她真是这么做的?"

国王的诅咒

"她跪下问国王自己做错了什么。她说自己对他的朋友都非常友善,也做了国王希望她做的所有事情,如果是因为她没有给他一个儿子,那也不是她的错。"

"我的上帝——她在公开场合这么说?"

"清晰且明确。她说国王知道自己就像是刚从西班牙来的时候一样,是一个纯洁的处女。国王什么也没说。她告诉国王不管在哪个方面,她都是一个尽职尽责的妻子。国王依旧保持了沉默。他能说什么?她这二十年已经做得够多了。"

一想到凯瑟琳当众向这位习惯了谎言和讨好的国王说出真相,我忍不住感到欣慰。

"她问她是否可以向罗马申诉,然后她站起来走了出去,由着国王保持沉默。"

"她就这么走了出去?"

"他们喊她的名字,命令她回去,但她就这么走出去回到自己的房间,完全不在身后的声音。这是最伟大的时刻。母亲,她一直都是位伟大的王后,但那是她最美好的时刻。法庭外的所有人,就连普通人,都为她的名字欢呼和祝福,并且诅咒那个只会带来麻烦的妓女。法庭内的所有人都惊呆了,他们不敢由着自己的本意大笑,或者欢呼——因为国王还像个傻子一样坐在那里。"

"嘘。"我马上说。

"我知道,"他打了个响指,像是对自己的轻率行为感到恼火,"抱歉。这比我想象中更加激动人心。我感觉……"

"什么?"我问道。蒙塔古不像杰弗里,不管是悲伤还是愤怒,他的情绪都不会急速转变。如果蒙塔古感到苦恼,那么他一定是见证了一些非常了不得的事情,他的反应代表了宫里绝大多数人的反应。王后让人们看到了她的悲伤，展示了自己的心碎，现在人们就像是第一次看到母亲哭泣的孩子一样，非常困扰。

"我觉得好像发生了一件可怕的事情，"他疑惑地说道，"一切都天翻地覆。如果国王试图以某种方式结束自己与完美妻子的婚姻……如果国王失去了她，他将失去……"他顿了顿。"没有她，他会变成什么样？没有她的建议，他将如何表现？即使国王不咨询她的建议，我们都知道她的想法。即使她不说话，存在感依旧很强，我们知道她就在那里。她是国王的良心，是国王的榜样，"他再次停顿，"她就是国王的灵魂。"

"这些年来，他一直没有听取她的意见。"

"是的，但即便如此她也不必发言，不是吗？国王知道她的想法，我们也知道她的想法。她就像一个他已经忘记的错，但仍能使他保持稳定。而那个侍女只是他的一个幻想而已，不是吗？他身边永远不缺漂亮姑娘，但他总会回到王后身边，王后也总会欢迎他回来。王后是他的避风港。没有人相信这件事会因为时间的推移有任何转变。"

在一阵沉默中，我们思考着如果没有凯瑟琳坚持不懈的爱，亨利会变成什么样的国王。

"但你说过她应该考虑退位，"我指责他，"在这一切才刚刚开始的时候。"

"国王想要一个儿子和继承人，没人能因此责怪他。但他不能因为一个那样的女人抛弃自己的妻子。如果是一位来自西班牙，法国或葡萄牙的公主的话，他或许可以考虑一下。但那个受罪恶欲望驱使的女人却试图欺骗王后说他们的婚姻无效，任谁都无法坐视不理。"

"这是不对的。"

"简直是大错特错。"蒙塔古双手捂住脸。

"现在情况怎么样了？"

"听证会在继续进行。我认为这需要数天甚至数周。他们会听到各种各样的神学家的声音,国王有来自全国各地的书籍和手稿来证明他的情况。他委派雷金纳德为自己寻找和购买书籍,把他送到巴黎与学者协商。"

"雷金纳德要去巴黎?为什么,他什么时候离开?"

"他已经走了。在王后走出法庭的那一刻,国王就派他出发了。王后将向罗马教廷提出上诉,她不会接受沃尔西在英国法庭上的判决。因此,国王需要外国顾问,以及来自基督教世界各地的著名作家的帮助。英格兰的学者是远远不够的。这是他唯一的希望。否则,教皇会说他们已在上帝面前结了婚,没有什么可以把他们分开。"

我的儿子和我看着对方,好像我们所知道的一切正在变得面目全非。

"他怎么能这样做?"我简短地问道,"他这是在质疑自己的信仰。"

蒙塔古摇了摇头。"他陷入了自己的想法,"他狡黠地说道,"就像他的爱情诗。他说服自己这是真的。现在他想要相信上帝直接对他说话,他的良心比其他任何东西都更有指导力;他说自己爱上了这个女人,他想要离婚,并且希望每个人都能同意。"

"谁会不同意?"我问道。

"大主教费希尔、托马斯和雷金纳德可能不会同意,"蒙塔古说,用手指计算着反对派中德高望重之人的人数,"还有我们。"

"我们不算,"我说,"我们不是专家。我们只是一家人。"

1529年夏

伦敦西部　里士满宫

沃尔西以及他从罗马带来的红衣主教试图找到一个折中的方案，国王对此感到非常失望，于是他离开王后继续前进。他带了一队骑兵，当然也带上了安妮·波琳。据说他们玩得很开心。他没有召唤自己的女儿一同前往，玛丽公主问我，今年夏天自己会不会被传唤进宫和自己的父母同住。

"我不这么认为，"我温柔地说，"我不认为他们今年会一起旅行。"

"那么我可以和我的母亲，王后一起去吗？"

她从针线活中抬起头来，此时她正在为自己的父亲做衬衫上的黑色刺绣，正如她母亲教她的那样。

"我会写信去问，"我说，"但你父亲可能更希望你留在这里。"

"他不希望我去拜见他或者母亲吗？"

当她用诚挚的目光盯着我的时候，我很难说谎。

"我想是的，亲爱的，"我说道，"现在是困难时期。我们必须耐心等待。"

她抿起嘴唇，努力阻止自己说出反驳的话语。她埋头做刺绣。"我父亲要和母亲离婚吗？"她问道。

从她口中说出的这个词就像一个亵渎神明的誓言。她抬头看着我，好像宁可我纠正她的话一样。

"这个案子已经被提到罗马教廷去了,"我说,"你知道吗?"

她微微点头,显然已经从某处听到了这个消息。

"教皇会作出判断。我们只需要等待,看看他的想法。上帝会引导他。我们必须有信心。教皇会做出正确的判断,上帝会同他讲话。"

她叹了一口气,挪了挪位置。

"你不舒服吗?"我问道,看到她弯下腰,仿佛要缓解腹部的抽筋。

她立刻坐直,舒展肩膀,像公主一样昂起头。"完全没有。"她说。

当宫廷离开伦敦时,我的儿子杰弗里因对国王忠心耿耿而被封为爵士。杰弗里现在是杰弗里爵士了。我觉得我的丈夫一定会非常自豪,而一想到他儿子获得的殊荣,我就整日乐得合不拢嘴。

蒙塔古与宫廷一起行进,沿着泰晤士河阳光明媚的山谷骑行,住在富丽堂皇的城堡中,夜夜笙歌。安妮·波琳成了这一切的女主人。有天蒙塔古给我捎来一封潦草的短信:

> 停止给沃尔西上贡,夫人已经与他为敌,他一定会输的。你可以对托马斯·莫尔更友好些,我打赌他将成为新的大法官。

公主知道信使是从宫里来的,她看到了我脸上的喜悦。"是好消息吗?"她问道。

"是个好消息,"我告诉她,"现在,一个非常诚实的人已经来到了你父亲身边,他会为你父亲提供良好的建议。"

"是你儿子雷金纳德吗?"她满怀希望地问道。

"是他的朋友和相熟的学者,"我说,"托马斯·莫尔。"

"红衣主教沃尔西发生了什么事?"她问我。

"他已经离宫了。"我说。我没有告诉她那位肯特郡的圣女曾预测,如果他鼓励国王离开他的妻子,他将会悲惨地独自死去;而现在红衣主教众叛亲离,健康状况也每况愈下。

1529年圣诞节

伦敦　格林尼治宫

玛丽公主穿着她最好的礼服，裹着皮草，与我一同乘王家驳船下河去格林尼治宫过圣诞节，一到达那里，我们就直奔她母亲的房间。

王后正在等我们。侍女们微笑看着玛丽公主穿过会客厅进入卧室，母女二人紧紧拥抱对方，好像她们再也无法忍受离开一样。

凯瑟琳从她女儿低着的头向我看来，蓝色的眼睛里满是泪水。"玛格丽特，你把我的女儿养育得如此美丽，"她说，"圣诞快乐，亲爱的。"

经过这么长时间的分离之后，她们二人的对视让我感动到无法言语。

"你还好吗？"小公主问她的母亲，看着她疲惫的脸，"妈妈，你还好吗？"王后笑了，我知道她会骗她的女儿，就像我们这些日子一样。她将要说出一个勇敢的谎言，希望这个小女孩能够成长为一个女人，而不会因为知道她父亲在思想、生活甚至是信仰方面犯了错而心碎。

"我很好，"她强调说，"更重要的是，我相信我在上帝面前做了正确的事。我为自己感到开心。"

"真的吗？"这位小公主怀疑地问道。

"当然。"她妈妈说。

✦

这是一场盛大的宴会，亨利仿佛试图以此方式向世界展示他是家庭、财富和权力的统一,以及他宫中的美女。他一如既往优雅地带着王后登上她的宝座,当他们用餐时,他迷人地对她说着话,看着两人微笑的样子,没有人会相信这是一对已经无比疏远的夫妻。

他的孩子们,私生子和真正的继承人,高低贵贱的地位颠覆了,竟然享受到了同等的尊崇。我看着玛丽公主同这个十岁的男孩,贝茜·布朗特的私生子一同走进大厅。他们看起来是男才女貌的一对。公主美丽又纤细,这个男孩高大而英俊,他们以同样的速度走过来,个头也差不多高。小亨利·菲茨罗伊被称为里士满公爵;这个戴着头巾,一脸微笑的孩子是这个国家身份最高贵的公爵。

玛丽公主在进入宴会大厅时握着他的手,当他从父亲那里打开他的新年礼物——一套华丽的镀金杯和花盆时,玛丽公主微笑着鼓掌,仿佛很高兴看到此情此景一般。她瞥了我一眼,看到了我的小小赞许。如果英格兰的公主被要求将她父亲的私生子视为尊贵的同父异母兄弟,这位私生子同时还是爱尔兰中尉、北方议会的首领,那么我的小公主——威尔士、英格兰、爱尔兰和法国真正的公主,绝对可以经受住这场严峻考验。

那个女人不在现场,所以我们不用忍受看着她坐在不属于她的尊贵位置上;但也没必要指望国王厌弃她,因为她的父亲正在到处炫耀自己的新头衔。

曾经连作为我的管家都非常荣幸的托马斯·波琳,现在是已经是威尔特郡和奥蒙德的伯爵了,他那个英俊但不学无术的儿子乔治是罗奇福德勋爵,与我表兄亨利·考特尼一起被任命为内阁成员——我不知道他俩是否能和平共处。那个缺席的女儿幸运地成为安妮小姐,以前那个波琳家的婊子,玛丽·凯里,现在身兼两个相互矛盾的身份:首席侍女及她妹妹的唯一的知心朋友,同时也是王后的侍女。

蒙塔古告诉我,在圣诞节前举行的宴会上,为了庆祝托马斯·波琳的成就，他的女儿安妮甚至走在了原法国王后玛丽前面。我无法想象国王的情妇居然走在国王的妹妹前面，我管家的女儿居然能走在王后前面。当蒙塔古告诉我这件事时，我唯一的安慰就是安妮·波琳已经成为了一个强大的敌人。王后已经习惯于在这个宫中占据绝对优先的位置，她绝不会放任这个诺福克出生的贱人将这一切从她身上夺走。

1530年夏

伦敦西部　里士满宫

王室带领浩浩荡荡的队伍出访里士满宫，高大的骏马和华丽的马车中间坐着国王的仆人，他们手持四套缰绳，控制着马匹稳定前进。紧跟其后的首先是穿着轻型骑马装备的骑手，然后是携带猎鹰、猎犬、小狗和宠物的推车，其次是装着家庭用品的推车，运输国王的奢侈品、床单、家具、地毯、挂毯、财宝的推车走在国王的马车前。那个小姐的礼服、头饰和珠宝都有专用的推车，侍女们谁也不敢把眼睛从衣柜上移开。

在他们身后的厨师们带着所有厨房用具，以及为今天和明天宴会准备的食材。

玛丽公主站在里士满宫的塔楼旁边，低头看着这个朝我们前进的蜿蜒队伍，充满希望地说："他会在这儿待很长时间吗？"

我搂着她的腰。"不会。这里是他的第一站，他只会在这儿待一天。"

"之后他要去哪儿？"她悲伤地问道。

"他今年夏天会四处旅行，"我猜想，"伦敦又出现了汗热病的疫情，他会像往年一样从一个地方转移到另一个地方。"

"他会叫我与母亲同行吗？"她抬头看着我，充满着憧憬。我摇了摇头。"我觉得今年不会了。"我说。

国王的诅咒

看起来,国王下定了决心要对自己的女儿更加友好,甚至是想得到她的支持。从他的驳船到达码头的那一刻起,他就吹响了小号,直到他在黄昏时离开的那一刻,他始终与她保持眼神接触,挽着她的手,俯身聆听她的讲话。他仿佛是在扮演"一个慈爱的父亲",戴着面具,竭力表现得像是个"正直的家长"。

这次与他同行的人并不多:他的几个朋友,查尔斯·布兰登和他的妻子法国玛丽王后,我的表兄亨利·考特尼和他的妻子格特鲁德,我的儿子蒙塔古和其他一些绅士。波琳家的男人们也在王家驳船上,但是那家的婊子们并没有出现,和我们一起用餐的女士都是国王妹妹的侍女。

国王到达后,他的早餐就送达了。他亲自切下最美味的肉,并为玛丽公主倒了最甜的葡萄酒。玛丽公主用希腊语向他问安,他对此表示了赞扬,然后点头向我表示感谢。"你抛光了我的宝石,"他说,"我感谢你,玛格丽特夫人,你是一位亲爱的朋友和亲戚。我不会忘记,从童年开始,你就像一位慈爱的母亲一样,一直照顾着我和我的孩子。"

我鞠了一躬。"我很荣幸为公主服务。"我说。

他笑得很开心。"我像她这个年纪的时候可不太一样。"他眨眨眼睛,我心想,你是多么迫切地想把谈话转移到自己身上,多么渴望得到赞美。

"您是育儿所里最棒的小王子,"我回答道,"又调皮又惹人爱!"

他笑着拍拍玛丽的手。"我喜欢运动,"他说,"但我从不忽视我的学业。每个人都说我擅长做所有事。但是,"他耸耸肩,笑了一下,"不管王子做什么,人们总是会赞美。"

他们带着马去外面打猎,玩累了,我就会为他们准备野餐。我们在树林里见面吃饭,音乐家们演奏由国王自己创作的音乐。他要求公主为他唱歌,于是她朝着自己的姨妈鞠了一躬,并用法语唱了一首歌以取悦她。

曾经也是一位玛丽公主的法国王后从桌子边站起来亲吻她的侄女,并送给她一个镶了黄金和钻石的手镯。"她真是一个可人儿,"她静静地对我说,"一个真真正正的公主。"我知道我们都在想着那个不是,也永远不可能成为王子的小男孩。

晚饭后举办了一场舞会,蒙塔古站在我身边,与我一同观赏公主和侍女们跳舞。"王后留在温莎城堡,"他说,"但我们必须继续行进。我们今晚要和夫人及她的宫廷成员见面。"

"事情没什么变化吗?"

他摇了摇头,"没有什么变化。现在的情况就是,我们都在围着夫人团团转,夏天再也没有欢乐了,我们就像是离家出走的孩子一样,已经厌倦了冒险,但又必须无休止地假装正在度过美好的时光。"

"国王不开心吗?她没有让国王开心起来吗?"我充满希望地问。如果国王对她不满意,那么他会重新考虑。

"他还没有得到她,"蒙塔古坦率地说道,"她将国王玩弄于股掌之间,国王甚至把她视为自己志在必得的奖品。国王仍然在追求她,渴望得到她。我的上帝,她真的很清楚如何诱惑一个男人!她终将为国王献身,但她把自己包装成了一个抢手货。"

✺

国王似乎很喜欢狩猎,享受这怡人的天气,享受那悦耳的音乐。国王对所有事情都很满意,特别是与他女儿共处的时光。

"我多么希望能把你带走,"他深情地说道,"但你的母亲不会允许的。"

"我相信我的母亲会允许的,"她说,"我相信她会,我的保姆会帮我打点好行李,我只需片刻就能准备好离开。"她微弱地笑了一声,有些紧张,

国王的诅咒

又充满着希望。"只要您召唤我,我可以随时出现。"

他摇了摇头。"我们有一些分歧,"他小心翼翼地说,"你的母亲不明白我的困难处境。我的女儿,我受上帝的指引,希望能与你的母亲恢复圣洁的生活,这样充满敬意的生活对她也是一种解脱。"

"大多数人都会说她很幸运能够离开这个充满困境的世界,并在尊重和圣洁的环境中过着轻松的生活。我决不能放弃。我必须在这个世界上继续奋斗。我必须守卫这个国家并延续我的家族。但是你的母亲可以摆脱她的责任,她可以得到幸福,可以过上一种让她高兴的生活。你可以经常和她在一起。而我不行。我不能放下肩上的责任。"

她紧紧咬住嘴唇,唯恐说错一句话。她紧皱眉头消化着自己父亲的话。亨利笑着摸了摸她的下巴。"别这么严肃,小公主!"他说道,"这些都是你父母之间的问题,不是你应该担忧的事。你有足够的时间来了解我承受的沉重负担。但是,请相信这一点:她写信给教皇对我发号施令,她写信给她的皇帝外甥来责备我,向别人抱怨我,这无疑是不忠诚的做法,不是吗?我只是在努力按照上帝的旨意做正确的事情。所以她不能和我一起旅行,虽然我希望她和我在一起。你也不能和我一起旅行。她残忍地将我们分开,企图获取声势,这并不是女性应该扮演的角色。她不应违背上帝的诫命,对自己的丈夫提出意见。"

"这很艰难,"国王继续说道,甚至为他自己感到悲哀,"这对我来说是一条艰难的道路,没有妻子在我身边。当你母亲与我作对时,她并没有考虑到这一点。"

"我确定……"玛丽公主刚准备开口,但是她父亲抬抬手打断了她的话。

"千万相信这一点:我为你,为王国和你的母亲做了正确的事,"他打断了她,"我正在遵行上帝的旨意。你知道,上帝直接与国王对话,所以任何反对我的人都是在反对上帝的意志。那些真正的学者也这么认为,这是无可争辩的。我遵守上帝和你母亲的意愿,而她只遵循自己的野心。至少我知道自己可以得到你的爱和顺从。我的小女儿,我的公主。我唯一的真爱。"

她的眼睛噙满了泪水,嘴唇颤抖着;在对母亲的忠诚和父亲强大的魅力之间挣扎。她无法反对父亲的权威;她深深鞠了一躬,说道:"当然。"

1530年秋

伦敦西部　里士满宫

在参与审判之前,前红衣主教沃尔西在前往伦敦的途中就死去了,就像肯特的圣女所预言的那样。感谢上帝,我们在审判时不用再看到他。表亲亨利·考特尼被告知他必须提出腐败和巫术的指控;但上帝是仁慈的,我们的双手不会沾满他的鲜血。我们不能将红衣主教送上断头台,尽管汤姆·达西说他本可以做到。

波琳家族的男男女女们在庆典上载歌载舞,那是一场被诅咒的假面舞会。他们就像是地狱使者,有着乌黑的脸和像爪子一样的手。天知道我们要面对的是什么。沃尔西已经够难对付了,但现在国王的议员们都是一群无名小人,他们把自己打扮成魔鬼来庆祝一个无辜男人的死亡。烧掉这封信。

1530年12月

伦敦　格林尼治宫

我们像往常一样在格林尼治宫度过圣诞节，国王依旧表现得非常富有魅力，宠爱王后，溺爱玛丽公主，并自豪地向他的儿子，双重公爵，小菲茨罗伊张开温暖的怀抱。菲茨罗伊今年十一岁了，所有人一看都知道这是国王的儿子，他像约克家族的人一样高大，像都铎家族的人一样健壮，又像金雀花那样对运动、音乐和学习都充满热爱。

我想不到国王对他要做何安排，有可能是将他作为继承人留在身边，以防后继无人。他在新年礼物和衣食住行上的花费都不逊于玛丽公主。更糟糕的是，国王希望每个人都能看到这一点——这对我的公主和她的未来意味着什么让我感到困惑。每个来宫中的外国大使都知道公主是国王和王后唯一合法的孩子和女继承人。但与此同时，国王的私生子却与她平起平坐，穿着华服坐在国王身边，就像王子一般。大家都在想，国王是否要栽培他的私生子登上王位？如果玛丽公主不是威尔士公主，又会有什么样的结局？而且，如果亨利·菲茨罗伊当上了下一任国王，她又该何去何从？

王后表现得很平和，实则对那个无名的私生子与她女儿平起平坐感到非常痛苦。她微笑着坐在自己的丈夫身边，向众人点头致意。宫里的女人们，从法国王后到贝茜·布朗特，都对她表现出了极大的敬意，她们中的大多数对她格外温柔。每个女人都知道，如果一个丈夫将抛弃妻子说成是上帝的旨意，那么她们中任何一个人的位子都坐得不安稳。

国王的诅咒

宫里的贵族们更是一丝不苟。他们不敢公然反对她的丈夫,但是从他们鞠躬的方式和倾听的神情可以看出,所有人都知道这是西班牙公主、英国王后,没有任何东西可以改变这一点。只有波琳家族对王后十分疏远,波琳家族和他们的亲戚托马斯·霍华德,年轻的新诺福克公爵——他不像自己的父亲那样对王后保持忠诚,他只考虑他自己家族的力量。每个人都知道,霍华德只对自己派去国王身边的年轻姑娘感兴趣,他们完全不在意王后的看法。

除了王后的房间之外,他们在游走在宫里的任何地方,好像是在他们自己的房子里那样,简直把宏伟的格林尼治宫当作他们的赫佛城堡。我从其中一位侍女那里听到,那个波琳家的女人,安妮已发誓说她希望所有的西班牙人都沉入海底,她再也不会为王后服务了。我认为,如果拒绝服务是安妮·波琳可以做出的最大威胁,那么我们完全无需担心。

红衣主教已经去世,霍华德派在宫中占据了上风,这意味着国王的身边只剩下一位优秀的顾问:托马斯·莫尔。他一整天都在国王的身边,但其实很想回去城里和他的家人在一起。"告诉你的儿子,我正在写一篇长文章来回复他,"有一天,当他到院子里找自己的马时,他对我说,"告诉他我很抱歉那么晚回信。我为国王写了太多的信,连自己的信都没有时间回了。"

"你是在他的授意下写信,还是告诉他你自己的意见?"我好奇地问道。

他谨慎地微微一笑。"不管是按照他的命令写作,还是告诉他我的想法,我都必须小心谨慎,玛格丽特夫人。"

"你和雷金纳德的意见依旧相合吗?"我问他,彼时雷金纳德在法国旅行、咨询教友,向他们询问托马斯·莫尔在英格兰拒绝提供的建议。

他继续微笑着。"雷金纳德和我在想法细节上有所区别,"他说,"但总的来说,我们认同彼此的观点,夫人,只要他能继续支持我,我绝对相信你的儿子是个非常聪明的人。

✦

  我要把一个新的年轻女人带到公主的家里：玛格丽特·道格拉斯小姐，她是国王的姐姐苏格兰王后的平民女儿。她之前受红衣主教沃尔西的监护，现在必须另寻他处容身。在我建议下，国王选择将她安置在我们的家中，与公主一起生活。

  我对她的到来很是欢迎。她今年十六岁，是个漂亮的小姑娘，迫不及待地希望长大后进宫。我想她会成为公主的小伙伴，在这些艰难的日子里，公主总是很严肃，这让我们感到困扰。但我希望她的到来并不预示着公主的地位在下降。我带着担忧来到王后的小教堂，跪在她的祭坛上，看着金色的十字架上闪亮的红宝石，我无声地祈祷国王将这个一半都铎血统的姑娘送进公主的宅邸之中，并非是因为他或许有朝一日会声称公主也是如此：一半都铎血统，一半西班牙血统，非王室正统。

1531年春

伦敦西部　里士满宫

在暮色中,为了不被人监视,杰弗里骑马出去与我见面。我从窗外看到他,出门与他相见。他将马拴在院子里,跪下来向我问安,然后把我拉进昏暗的花园,更方便说话。

"怎么了？发生什么事了？"我急切地问他。他的脸色十分苍白。"我必须告诉你一些可怕的事情。"

"关于王后吗？"

"王后很安全,感谢上帝。但有人试图用毒药杀死主教费希尔。"

我震惊地握住他的手臂。"谁会做这样的事情？不可能有人与他为敌。"

"那个女人。"杰弗里冷酷地说道,"他为王后辩护,捍卫自己的信仰,他是唯一敢于反对国王的人。她和她的家人一定对此怀恨在心。"

"这不可能！你怎么知道的？"

"因为有两个人吃了主教的粥后死了。上帝救了约翰·费希尔。那天他正在禁食,没有碰那碗粥。"

"我简直不敢相信。我不相信！我们现在是意大利人吗？"

"没人能相信。但有人准备杀死主教,为波琳家那女人铲除障碍。"

"上帝保佑,他没有受伤吧？"

"现在没受伤。但是母亲,如果她会准备杀死一位主教,她是否敢对王后或者公主下手呢？"

我感觉一阵凉气从后背袭来,双手都开始颤抖。"她不会的。她不敢对王后或公主下手。"

"有人在主教的粥里下毒。他们显然有所准备。"

"你必须警告王后。"

"我已经这么做了,我告诉了西班牙大使,达西勋爵也有同样的想法,他来找过我。"

"不能让别人认为我们与西班牙是共谋,在现在这个时期更是如此。"

"你的意思是,现在与安妮·波琳作对后果会很严重吗?因为国王用的是斧头,而她用的是毒药?"

我麻木地点点头。

1531年夏

伦敦西部　里士满宫

雷金纳德从巴黎回来了，带着随行人员和学识渊博的顾问，经过数月的辩论、研究和讨论，他带回了法国教会和大学的意见。他给我寄了一封短信，告诉我在他向国王汇报完毕后就会前来拜访我和公主。

蒙塔古带着他回来，乘着驳船在潮汐中行进，赛艇运动的鼓声飘荡在傍晚凉爽的水面上。我在里士满宫等着他，玛丽公主和侍女们陪在我身边，她挽着我的胳膊，和我一样欢欣鼓舞。

驳船越来越近了，我看到蒙塔古那苍白的脸色和僵硬的下巴，便明白事情出了些问题。"进去吧，"我对公主说，然后向玛格丽特·道格拉斯小姐点点头，"你也进去。"

"我想问候蒙塔古勋爵，并且——"

"今天不行。回去吧。"

她们两个听话地回去了，不情愿地朝着宫殿走去，我再次把注意力转向驳船，看到蒙塔古僵硬的身影和瘫倒在座位上的雷金纳德。蒙塔古将雷金纳德拖到他的身边，帮助他走下舷梯，此时鼓声大作，赛艇运动员举起自己的船桨向他们敬礼。

我的学者儿子蹒跚着，像是生病了一样，看起来很难受。我站在码头上看着，驳船的船长抓住另一只手臂，他们两个人才能勉强抬起他。

雷金纳德跪倒在我的脚下，深深低下头。"请原谅我。"他说。

我惊恐地看着蒙塔古。"发生了什么事？"

雷金纳德抬头看向我，他脸色惨白，就像一个垂死的汗热病人，双手潮湿而颤抖。"你生病了吗？"我担心地问道。我转向蒙塔古。"他得了汗热病吗？你怎么能带他到这来，公主……"

蒙塔古严肃地摇摇头。"他没病，"他说，"他跟人打架受了伤。"

我抓住雷金纳德的手。"是谁胆敢伤害他？"

"是国王，"蒙塔古简短地说道，"国王用匕首捅了他。"

我一时语塞。目光从蒙塔古转到雷金纳德身上。"你说什么？"我低声说，"你做了什么？"

他鞠了一躬，肩膀痉挛，打嗝似的抽泣着。"妈妈，我很抱歉。我冒犯了他。""你做了什么？"

"我告诉他，不管是上帝的法律，《圣经》或普世的正义，都没有理由让他抛弃王后，"他说，"我告诉他这是所有人的意见。他把拳头砸在我的脸上，从桌子上抢了一把匕首。如果不是托马斯·霍华德抓住他，他已经杀了我。"

"但你本来就是去征求法国神学家的意见！"

"那就是他们所相信的。"他抬起头，我看到他苍白的脸上有一块巨大的瘀伤。我儿子精致的脸颊印上了都铎重拳的印记。愤怒使我几乎呕吐。

"他拿了匕首？还捅了你？"

国王是唯一可以在宫中携带武器的人。如果他拔出剑来，攻击对象一定是个手无寸铁的人，所以从没有国王会在宫廷里拔剑或匕首。这违背了亨利从小学习的所有骑士准则。对于一个手无寸铁的对手来说，用刀和拳头都不是他的本性。他强壮而高大，虽然总是发脾气但都能控制自己的力量。我不敢相信他会使用暴力，尤其是对雷金纳德。雷金纳德不属于他那些花天酒地的酒肉朋友，而是他的学者啊。

"你嘲笑他了吗?"我指责雷金纳德。

他低着头,摇了摇头。

"你一定是让他生气了。"

"我什么也没做!他突然就冲了过来。"他咕哝道。

"他喝醉了吗?"我问蒙塔古。

蒙塔古神情严肃,仿佛也受到了很大刺激。"没有。诺福克公爵把雷金纳德拖到我身边,将他带出会客厅。我能听到国王像野兽一样在他身后咆哮。我觉得国王真的会杀了他。"

我无法想象这一点,根本无法相信。

雷金纳德抬头看着我,脸颊上的瘀伤发黑,双眼充满恐惧。"我觉得他疯了,"他说,"他就像一个疯子一样。我想我们的国王已经疯了。"

我们将雷金纳德安置到希恩修道院,在那里他可以在他的兄弟之间默默祈祷,静静养伤。一等到他痊愈,我们会立刻悄无声息地把他送回帕多瓦。之前人们都认为他可能会成为约克大主教,但现在看来是不可能了。他永远无法成为公主的导师了。我甚至怀疑他还能否再次进宫或是继续生活在英格兰。

"他最好能离开这个国家,"蒙塔古坚定地说,"我根本不敢为他求情,国王一直处于愤怒之中。他诅咒诺福克将沃尔西赶到了死地,他诅咒自己的妹妹,只因她与王后亲近。他甚至不愿接见诺福克公爵夫人,因为她宣称自己忠于王后。他也不再去问托马斯·莫尔的意见因为他害怕听到托马斯说的话。他说自己再也不会信任我们家族的任何人。对我们和雷金纳德来说,他最好消失一阵子,远离王室的视线。"

"他说国王疯了。"我尽可能平静地说。

蒙塔古回头检查身后的门是否紧闭着。"事实上，母亲，我认为国王已经失去了理智。他爱王后，也依赖她的智慧。自从他十七岁登上王位以来，王后一直陪在他的身边。没有她，他根本无法成为一位称职的国王。但是，现在他疯狂地爱上了那个女人，她日复一日地用欲望和争论折磨着他。而且他已经不再是一个年轻人，无法轻易陷入爱情并再次全身而退。他就像患上了绿色贫血病。这已经不再是在她窗下作诗和唱歌这么简单的事了。那个女人用身体和大脑折磨着他。他疯狂地爱着那个女人，有时我甚至认为他会伤害自己。雷金纳德正是揭开了他的痛处。"

"对我们来说更可惜。"我说，蒙塔古还要在宫中生活下去，厄休拉正在为斯塔福德家族的头衔而挣扎，杰弗里总是与别人发生冲突，试图领导那个备受恐惧困扰的议会。"如果我们暂时消失一阵子，情况会更好。"

"他必须做汇报，"蒙塔古坚定地说，"说出真相需要很大的勇气。但他最好离开这个国家，那么至少我们会知道他不会再次惹恼国王。"

1531年夏

伯克郡　温莎堡

我带着玛丽公主和侍女们一起前往温莎城堡拜访她的母亲，国王则继续着自己的旅行，整个宫廷再度分裂。国王和他的情妇再一次逗留在英格兰的数个宫殿中，他们整日狩猎，整晚跳舞，并向对方保证他们无比幸福。我不知道这样的生活亨利还能过多久，不知道究竟何时他会感到空虚然后回到自己妻子身边。

王后在城门口迎接我们，她身后是宏伟的大门，头顶悬挂着巍峨的吊桥。我们骑马登上山坡，看着她挺直的背和昂起的头，我明白现在勇气是唯一支撑住她的东西。

下马后，我向她鞠躬问安。王后和她的女儿无言地拥抱着。这时尊贵的凯瑟琳·阿拉贡已经不再拘谨于礼节了，她只想把女儿抱在怀里永远不再让她离开。

直到晚餐后，玛丽公主准备去祈祷和睡觉时，王后和我才有机会私下交谈；凯瑟琳把我叫进她的卧室，假装是要一起祈祷，我们把两把凳子拉到炉边，关上门，才得以安静地对话。

"他派遣年轻的诺福克公爵来说服我。"她说。我看到她脸上的调侃，在那瞬间我们仿佛忘记了恐怖的境况，都开怀大笑起来。

"他很聪明吗？"我问道。

她拉着我的手大笑。"主啊，我多么想念他的父亲！"她衷心地说道，

"他不学无术,也大大咧咧,但这位公爵,他的儿子,却没有继承这些优点!"她顿了顿。"他一直说:'最高的神学当局,最高的神学权威',当我问这是什么意思时,他只是说:'*Levitiaticus*[①],*Levitiaticus*.'"

我大笑起来。

"当我说我认为《申命记》的这段经文表明男人应该娶已故的兄弟的妻子时,他说:"什么? *Deuteronomous*[②]? 什么,萨福克?你的意思是 *Deuteronomous* 吗?不要和我谈论经文,我从来没有读过这些经文,这是我牧师的工作。"

"萨福克公爵,查尔斯·布兰登也来过这里吗?"我瞬间冷静下来。

"当然。查尔斯愿意为国王做任何事,"她说,"他只会服从,完全没有自己的判断。当然,他也左右为难。我知道他的妻子是前王后。"

"这个国家里一半的人都是你的朋友,"我说,"所有的女人都是。"

"但这没有任何区别,"她平静地说道,"这个国家认为我做得对与不对都无所谓。我别无选择,必须按照上帝的旨意生活。当我还是一个不到四岁的小女孩时,我母亲就告诉我,我应该成为英格兰王后,亚瑟王子在临终前为我选择了这个命运,上帝主持了我的加冕仪式。只有教皇可以用不同的方式命令我,而他现在并没有别的指示。可是玛丽要怎么办呢?"

"很糟糕,"我实话实说,"她在生理期流血很多,而且很痛苦。我咨询了很多人,甚至还问了医生,但他们建议似乎没什么用。当她知道你和她父亲有矛盾时,她就吃不下饭,沉浸在痛苦中。如果我强迫她吃东西,她又会吐出来。她对发生的一切都心知肚明。国王亲口对她说,你没有履行自己的职责,这对她来说是个重大打击。她爱自己的父亲,也崇拜他,而且对他十分忠诚。可如果没有你,她就活不下去,知道你为自己的名字和

[①] 《圣经·旧约》中的一章节:《利未记》。

[②] 即《申命记》。

荣誉而战时，她很悲伤。这正在一步步摧毁她的健康。"我停下来，看着她下垂的眼帘。"这种状况会一直持续下去，不知道什么时候才能结束。"

"我只能侍奉上帝，"她固执地说道，"无论如何，我只能遵守上帝的法律。我的生活也陷入了困境，国王亦是如此。每个人都说他就像被魔鬼附了身。这不是爱情，我们见过他陷入爱情的样子，这更像是一场疾病。她没有呼唤出国王的真诚和慈爱，而是激发出了国王的虚荣，并且使其不断膨胀。她用言语欺骗国王。我每天都祈祷教皇能说服国王远离那个女人。现在这已经不是为了我了，而是为了亨利着想，那个女人正在慢慢毁掉他。"

"他们一起旅行吗？"

"是的，留下托马斯·莫尔在伦敦追杀对教会提出质疑的异教徒。伦敦的商人们受到迫害，但她还可以阅读禁书。"

有那么一刻，我看到的不是一个疲倦而苍白的女人，我看到的是那个失去了自己初恋的公主，那个遵守诺言的女孩。"啊，凯瑟琳，"我温柔地说，"我们为什么要承受这一切？这些事都是因何而起？"

"你知道吗，他这次没有告别就离开了。"她若有所思地说道，"他以前从未这样做过。最近几年都没有。无论他多么生气，无论多么困难，他都不会在没有和我说晚安的情况下上床睡觉，他永远不会不告而别。但是这次他骑马走了，当我准备祝福他旅途愉快时，他回答……"她顿了一下，接着虚弱地说，"他说他不想要我的祝福。"

我们陷入沉默。我认为亨利不应该这么粗鲁。他的母亲亲自向他传授过王室的完美礼仪，他始终保持着谦逊和礼貌。而他对待自己的妻子，对待王后如此粗鲁失礼，显示出了这个国王性格中的另一面：他会攻击一个手无寸铁的年轻人，将自己的老朋友逼迫至死，看着他最好的朋友和兄弟姐妹将教会的红衣主教拖下地狱。

对于这种残忍又愚蠢的行为,我只能摇摇头。"他正在炫耀,"我确信地说,"在某些方面,他还是我认识的那个小王子。他正在用炫耀取悦她。"

"他很冷酷,"王后说。她把披肩围在肩膀上,仿佛承受不住房间的寒冷一般。"我的使者说,当国王转身走开时,他的眼睛明亮而冷酷。"

几周之后,我们正准备骑马外出时,收到了国王的来信。凯瑟琳看到王室印章,立刻带着憧憬拆开它。有一刻我觉得国王会命令我们和他一起旅行,他的脾气已经缓和,现在或许想要见自己的妻子和女儿。

她读着信,脸色渐渐黯淡下来。她说:"不是好消息。"

我看到玛丽抬手捂住腹部,像是很不舒服,不安地调转马头。王后递给我信,一言不发地从院子走进宫里。

我展开信。这是国王一个秘书寄来的短信:王后要立即打包行李离开格林尼治宫,然后前往已故红衣主教的其中一所房子。但玛丽和我不会同她一起过去。我们将返回里士满宫,国王将在旅行过程中拜访我们。

"我该怎么办?"玛丽担忧地问,"我该怎么办?"

她才十五岁,对此无能为力。"我们必须服从国王,"我说,"你母亲也会听他的话。"

"她永远不会同意离婚。"玛丽转过身来,小脸痛苦地皱着。

"她会在良心允许的范围内服从他的一切命令。"我纠正自己。

1531年夏

伦敦西部　里士满宫

我们回到家中,玛丽一关上卧室的门,我立刻感到暴风雨即将到来。在我们回家路上,人们在河流两岸向她欢呼,她始终保持着优雅和稳重。她坐在驳船后部,向人们打招呼。兰贝斯码头的渔妇们喊道:"上帝保佑你和你的母亲!"她微微侧头,表示自己听到了,但没有表示对父亲的不忠。她像一个牵线木偶那样紧紧抱着自己,但是当我们回到家关上门的那一刻,她一下子蜷成一团。

她抽泣着跪倒在地,没有什么可以安慰她,也没什么能让她恢复平静。她抽泣到出不了气,之后干呕起来,像是要将悲伤从身体中吐出来似的。我拿过来一个盆子然后轻拍她的背,可她仍然没有停下来。她再次呕吐,但只是吐出了胆汁。"别哭了,"我说,"停下来,玛丽,停下来。"

她以前从未违抗过我的命令,但这次她根本停不下来,父母的分离彻底撕裂了她的心。她哭到窒息,快要把肺都咳出来。"停下来,玛丽,"我说,"别哭了。"

我不知道她还能不能听到我的声音。她看起来就像一个失去灵魂的空壳,被自己的眼泪,抑或是胆汁呛到无法呼吸。

我把她从地板上拉起来,用披肩裹住她,就像她还在襁褓时那样。就算他的父亲抛弃她,她的母亲也被迫离开她,我还是希望能让她感受到一丝温暖。我将披肩裹紧,让她仰面躺在床上,抱着她瘦弱的肩膀,她还在止不住地啜泣。我像晃动襁褓中的小婴儿那样轻轻晃着她，擦去她红肿眼睛里的泪水，擦了擦她的鼻子和嘴巴。"嘘，"我温柔地说，"嘘。嘘，小玛丽，嘘。"

天色渐渐变暗，她的呜咽变得安静了些。她缓慢呼吸然后深吸了一口气。我把手放在她滚烫的额头上，心里想着，这两个大人之间的问题几乎要杀死他们唯一的孩子。整个漫长的夜晚，玛丽时而睡着，时而啜泣着醒来，完全不相信自己的父亲竟然抛弃了自己的母亲，并离开了她。

我忘记了凯瑟琳是正确的，她正在遵行上帝的旨意，她发誓要成为英格兰王后，上帝将她召唤到这个地方接受自己的恩赐。我忘记了亲爱的玛丽是个公主，上帝已经召唤了她，剥夺她的继承权就像剥夺她的生命一般罪恶。我只是觉得这个十五岁的女孩，在父母的争斗中付出了可怕的代价；对她来说，也对我来说更好的，是完全放弃王室的头衔和一切。

宫廷四分五裂，就像一个面临战争的国家。一些人被邀请参加国王的环英格兰狩猎之旅。有些人跟王后一起留在摩尔，在那里她住在一所大房子里，也有自己的宫廷。许多人逃回自己的房屋和土地，并祈祷他们不会被迫选择是向国王还是王后效忠。

蒙塔古与国王一起旅行，与国王形影不离，但他始终忠于王后。杰弗里回到萨赛克斯，回到他的妻子身边，他们生下了第一个孩子。他们称他为"亚瑟"，为纪念杰弗里最爱的兄弟。杰弗里立刻向我写信要求给他的小儿子一笔津贴。他没什么挣钱的能力，我批评了他的生活方式，他对朋友太慷慨，家里的生活也过于奢侈。我知道我应该拒绝他，但我做不到，尤其是当他给我们家族带来了另一个男孩之后——这才是无价之宝。

我和玛丽公主一同住在里士满宫。她仍然希望去与母亲同住，她小心

国王的诅咒

翼翼地写信给父亲,只能偶尔收到潦草的回复。

有天我从她卧室的窗户往下看去,有六个骑士穿过大门走进宫殿,我以为是国王派人送来了信。我在门口等待着接到信件,然后将它带去给刚做完祈祷的公主。我现在很害怕她再收到什么坏消息。

然而,缓慢走上楼梯的不是王室信使,而是老汤姆·达西[①],看到我在门口等待时,他直起身子鞠了一躬。

"大人!"我惊讶地说。

"玛格丽特·波尔,伯爵夫人!"他答道,伸出双臂让我亲吻他的脸颊,"你看起来状态不错。"

"我很好。"我说。

他瞥了一眼卧室紧闭的门,灰白的眉毛皱起。"公主不太好。"我说道。

"无论如何,我此行是来看你的。"他说。

我将他带到自己的房间。我的侍女们在小教堂和公主待在一起,所以我们可以在阳光充足的房间里安静地谈话。"想喝点什么吗?"我问道,"或是吃点什么?"

他摇了摇头。"我不想引人注意,"他说,"如果有人问起我为什么在这里,你可以说我在去伦敦的途中顺路过来看望公主,但是没有见到她就离开了,因为她……"

"她不舒服。"我说。

"生病?"

"忧郁。"

他点点头。"意料之中。我是来告诉你一些关于王后的事,当然这跟她也息息相关。"

我等待着。

[①] 即北方老领主托马斯·达西勋爵。

"圣诞节后，在下一届议会上，他们准备将国王的婚姻大事纳入英格兰的判决范围内，不受教皇影响。他们会要求议会支持这一决策。"

我微微点头。

"他们意图废除国王与王后的婚姻并剥夺公主的继承权，"达西平静地说道，"我告诉诺福克，我不能袖手旁观。他却让我不要插手此事。如果我站出来反对这一决议，我需要有人支持。"他看着我。"杰弗里或者蒙塔古会帮我说话吗？"

我扭动手指上的戒指，他紧紧握住我的手。"我需要你的支持。"他说。

"我很抱歉，"我最终开口，"你是对的，我和我的儿子们都明白。但我不敢让他们说出来。"

"国王将篡夺教会的权力，"汤姆警告道，"他准备篡夺教会的权力，以便自己成功离婚并且剥夺那个无辜孩子的继承权。"

"我知道！"我一下子爆发道，"我知道！但我们不敢违抗他。目前还不敢！"

"要到什么时候？"他简短地问道。

"当我们不得不违抗的时候，"我说，"当我们不得不这样做的最后一刻。如果国王认清现实，或者事态发生转变，教皇做出明确的裁决，我们就可以不必站出来反对整个英格兰，反对这个可能是全世界上最有权势的人。"

他一直仔细聆听着，然后点点头，搂着我的肩膀，好像我还是个女孩，而他是个年轻英俊的北方领主。"啊，玛格丽特夫人，我亲爱的，你害怕了。"他温柔地说。

我点头。"是的。对不起。我帮不上忙。我担心我的孩子们。我不能冒把他们送进塔楼的风险。"我看着他沧桑的脸请求谅解。"我的兄弟……"我喃喃道。

国王的诅咒

"他不能以叛国罪指控我们所有人,"汤姆坚决地说,"如果我们站在同一战线,他就无法怪罪我们所有人。"

我们静静地站了一会儿,然后他松开我,把手伸进外套里面,掏出一个精美的刺绣徽章,这是男人们在参加战斗前会钉在衣领上的徽章,是基督的五处创伤:出血的手掌,两只脚,一颗以红色刺绣缝制的流血心脏,四周是白色玫瑰花瓣,就像一个光环。他轻轻地把它放在我的手中。

"这太美了!"我对这精良的工艺惊叹,并为将基督的苦难与家族的玫瑰联系起来的意象所震撼。

"当我计划对摩尔人进行远征时,我曾将这刺绣戴在身上,"他说,"你还记得吗?几年前的十字军东征,虽然最终一无所获,但我保留下了这个徽章。我用你家族的玫瑰做了这个徽章送给了你的表亲,他当时是我的战友。"

我把它放进我的礼服口袋里。"感谢你。我会把它穿到念珠上并为它祈祷。"

"我祈祷自己永远不必在战时戴上它,"他严肃地说,"上次我把它发给了我的战士们,我们发誓要保护教会免受异教徒的伤害。祈祷上帝,我们永远不必在这里与异教徒作战。"

天气炎热,国王带着宫廷转移到了远离首都的地方。达西勋爵不是我们在里士满宫唯一的访客,伊丽莎白、我的亲戚、诺福克公爵夫人、托马斯·霍华德的妻子①,也来看望了我们,带来了一些礼物和八卦。

她向公主问安之后来到了我的卧室。我们二人的侍女们坐在远处,她

---

① 此处的诺福克公爵指托马斯·霍华德(1473—1554),与自己父亲同名,为第三任诺福克公爵、第二任萨里伯爵,伊丽莎白是艾格尼丝夫人的儿媳。

命令其中二人为我们唱歌。如此一来我们的窃窃私语可以淹没在音乐中，她对我说：''波琳家那婊子已经为我的女儿定下婚事。''

''不！''我惊呼道。

她点点头，小心翼翼地维持着平静的表情。''她指挥国王，然后国王命令我的丈夫，根本没有人问过我的意见。她实际上是在对我发号施令。听到她的选择时你不要太惊讶。''

我安静地等待着。

''我的女儿玛丽要和国王的私生子结婚。''

''亨利·菲茨罗伊？''我怀疑地问道。

''是的。我的丈夫当然很高兴，这满足了他最高的期望。但我并不想让自己的女儿踏入这浑水。当你下次见到王后时，请告诉她我从未满足于自己对她的爱和忠诚。这场订婚不是我的意愿。我认为这是我的耻辱。''

''踏入浑水？''我小心翼翼地问道。

''我会向你解释我的想法，''她快速地低语道，''我认为国王准备抛弃王后，无论别人怎么说，他准备把她送到修女院，然后宣称自己恢复了单身。''

我静静地坐着，就像在自己家门口听说一场新的瘟疫即将到来。

''我认为他会否认公主的继承权，说她是非法的孩子。''

''不。''我低声说。

''我确实这么认为。我想他如果跟波琳家那女人结婚，如果她给他生一个儿子，他会宣告那个男孩是他的继承人。''

''那样的婚姻是无效的。''我平静地说，坚持着自己的想法。

''完全无效。而且完全违背上帝的旨意！但是在英格兰谁敢违抗国王呢？你敢吗？''

我深吸一口气。没有人敢违抗他。每个人都知道雷金纳德在报告法国学者的意见时发生了什么。

"他会剥夺公主的继承权,"她说,"上帝饶恕他。但是,如果波琳家那女人无法给国王生个孩子,国王就会留下菲茨罗伊,让他成为自己的继承人。"

"贝茜·布朗特的儿子?取代我们的公主的位置?"我试图让自己的声音充满怀疑,但其实她的话确实令人信服。

"他拥有里士满和萨默塞特双重公爵头衔,"她提醒我,"北方指挥官,爱尔兰中尉。国王给了他这么多伟大的头衔,所以这一切皆有可能。"

我知道这是红衣主教以前的计划。我曾希望这想法和他一起下地狱。"没有人会支持这样的事情,"我说,"没有人会允许合法的继承人被一个私生子取代。"

"谁敢反对呢?"她问道,"大家都不希望看到这件事,但谁会有勇气反对它呢?"

我闭上眼睛片刻,摇摇头。我知道如果有人要站出来反对,那应该是我们。

"如果你第一个站出来,我可以告诉你谁会支持你,"她充满激情地低语道,"只要教皇发令,一定会群起而呼之。在英格兰,每个热爱王后并支持公主的人,每个流淌着金雀花家族血液的人,都会支持你。"

我伸出手。"夫人,你知道我不能在公主的家里谈论这个话题。为了她和我自己,我什么都没有听到。"

她点点头。"但这是真的。"

"但为什么波琳家那女人会安排这样一场婚事?"我好奇地问她,"你的女儿玛丽带来了一笔很棒的嫁妆,而她的父亲则占据了英格兰的土地和所有的租户。为什么那女人会愿意给亨利·菲茨罗伊这样大的权力呢?"

公爵夫人点点头。"对她来说,他是最好的选择,"她说,"她无法接受菲茨罗伊与玛丽公主结婚。她不希望看到公主成为继承人。"

"这件事绝不会发生。"我断然说道。

"谁又敢阻止它呢?"她挑战我。

我把手伸进口袋里,那里面放着我的念珠和汤姆·达西给我的徽章。汤姆·达西会站出来阻止这件事吗?我们要加入他吗?我要把这个徽章缝到我儿子的衣领上并送他出去为公主而战吗?

"无论如何,"她总结道,"我是要来告诉你,我不会忘记自己对王后的爱和忠诚。如果你能见到她,请告诉她我愿意竭尽所能为她做任何事情。我会去说服西班牙大使和我的亲戚们。"

"我不能参与其中。我并不准备为她征集支持者。"

"好吧,你本该如此。"公爵夫人直截了当地说。

1531年夏

伦敦西部　里士满宫

玛格丽特·道格拉斯小姐，国王的外甥女，国王之姐苏格兰女王的女儿，受命离开我们，尽管她和公主已成为最坚定的朋友。她不是要回到自己母亲身边，而是回到宫里成为安妮·波琳的侍女。

她对能进宫感到很兴奋，希望自己的美貌能吸引人们注意。波琳家那女人的黑发和橄榄色皮肤现在备受推崇，但是她并不愿意为一个平民服务。在登上驳船离开之前，她紧紧抓住我和玛丽公主的胳膊。

"我不知道为什么我不能和你们待在一起！"她大声说道。

我挥挥手向她告别。我也不知道为什么。

❀

我要为一场夏季婚礼做准备，因此将注意力从公主身上转移到婚礼的筹备中。我要为新娘，我的孙女凯瑟琳，也就是蒙塔古最大的女儿选择花环。她只有十岁，但我很高兴看到她与弗朗西斯·黑斯廷斯订婚。她的妹妹温妮弗德与弗朗西斯的兄弟托马斯·黑斯廷斯订婚，由此，我们的命运与一个正在崛起的家族牢牢地联系在一起；两个男孩的父亲，我的亲戚，刚刚成为伯爵。我们为两个小女孩准备了非常隆重的订婚仪式。当两对夫妇走在长廊时，玛丽公主像她们的姐姐那样微笑着，并为我们感到骄傲。

1531年圣诞节

英格兰

这个圣诞节笼罩在阴郁中,不只是公主和王后,似乎连国王也不高兴;他依旧在格林尼治宫举办了奢华的盛宴,但人们都说,当王后在位时,宫里总是欢声笑语,现在国王被一个无法满足的女人困扰着,他根本快乐不起来。

王后待在摩尔,虽然锦衣华服,但是很孤独。玛丽公主和我受命前去艾塞克斯的比尤过圣诞节,在这十二天里,我尽自己所能地想让公主开心起来,但是不管是旅行、舞会还是宴会,所有这些都无法给她带来快乐。她很想念自己的母亲,并且一刻不停地为父亲祈祷。

1532年5月

伦敦西部　里士满宫

这是一个美丽的初夏,整个乡村都显得十分可爱,仿佛它想让所有人都记住这个时节。每天清晨,河上升起珍珠般的薄雾,在平静的水面上,鸭子和鹅展开翅膀扑腾着。

在日出时,热量蒸发了雾气,草叶上沾满了闪闪发光的露水,蜘蛛网像是由蕾丝和钻石组成的那般。空气中飘荡着河水和泥土的清新气息。有时候,我静静地坐在码头上,俯视漂浮的杂草和大团香甜的水薄荷,小鱼群在草叶中来回穿梭。

从宫殿一路蔓延到河流的水草甸中,奶牛在茂盛的浓密草丛中蜷缩着,尾巴轻轻地驱赶着周围的苍蝇。它们和公牛一起肩并肩走着路,小牛犊跟跟跄跄地跟在它们身后。

不同种类的燕子陆续到达,很快地,它们在宫殿的每一面墙上都筑上了小巢。鸟儿从河流飞到屋檐,停留在马厩的屋顶上,就像黑白相间的小修女一样。当燕子父母飞过巢穴时,小燕子们纷纷抬起头来,张开黄色的喙大声喊叫。

这个季节给我们带来了无尽的喜悦,五月到来,我们在树林里跳舞,举办划船比赛和游泳比赛。绅士们喜欢钓鱼,每个年轻人都带着一根竿和一条线,我们在河边燃起篝火,厨师们将他们的战利品裹上黄油,放在大锅里烘干烤熟。当夕阳落下,小银月升起时,我们走出驳船,聆听音乐家们的演奏，天空变成桃色，悠扬的乐曲荡漾在水面上，河流在天色的笼罩下像是一条玫瑰金的通道，仿佛能将我们带去任何地方。

我们在黄昏时回家，与鲁特琴乐师一同轻轻哼唱，没有火把的照耀，河面变成灰色，蝙蝠掠过水面的声音都清晰无比。这时我听到身后传来一阵鼓声，看到蒙塔古的驳船燃着火把向我们快速驶来。

我们的驳船驶入码头，我命令玛丽公主进入宫殿，准备独自跟蒙塔古会面，但这一次，她头一回没有顺从地按照吩咐回去。她停下来看着我说："亲爱的玛格丽特，我想我应该见见你的儿子。他应该把知道的消息同时告诉我们二人。是时候了。我现在十六岁了，不是小孩子了。"

蒙塔古的驳船停靠在码头；水手高高举起手中的桨跑过，发出嘎吱嘎吱的踏步声。

"我已经足够勇敢，"她答应道，"无论他说什么。"

"让我知道发生了什么，然后我会立刻转告你，"我做出让步，"你不是小孩子了，是时候了。但是……"我顿了顿，做了一个小小的姿势，以此表达：你是如此脆弱，怎么承受得住坏消息呢？

她抬起头，挺直肩膀。她是她母亲的女儿，她已经为最糟糕的事情做好了准备。"我能承受任何事情，"她说，"我可以忍受上帝给我的任何审判。你们一直教育我要如此。告诉你的儿子过来向我报告，我是他未来的君主。"蒙塔古站在我们面前，向我们两人鞠躬，等待着。一个是他信任的母亲，另一个是我抚养长大的年轻王室继承人。

她点点头，好像自己已经是王后了。她转过身坐在我们自建的小凉亭里，这是一个适合情侣在玫瑰花和金银花的树荫下观赏河景的地方。她坐在那里，像是坐在宝座上那样，而玫瑰花的清香则组成了自然的天棚。"蒙塔古勋爵，你可以告诉我，有什么不好的消息吗？你从伦敦来，桨划得这么快，鼓声又如此响亮。"当她注意到他瞥了我一眼，接着说，"你可以告诉我。"

"这是很糟糕的新闻。我来告诉我的母亲。"他毫不犹豫地脱下帽子,在她面前单膝跪地,像是对待王后那样。

"当然,"她稳稳地说道,"我一见到你的驳船就知道了。但你可以告诉我们两个。我不是孩子了,也不是傻子。我知道我的父亲正在反对圣教会,我需要知道事情的进展,蒙塔古勋爵,作为我的顾问,你要帮助我,并告诉我发生了什么。"

他抬头看着她,希望能替她挡住这片阴霾。但他只能简短地轻声告诉她实情。"今天教会向国王投降了。谁都不知道以后会发生什么。但从今天起,国王将统治教会。教皇在英格兰不再有话语权。他只不过是主教,罗马的主教,"他摇摇头,都不敢相信自己说出的话,"教皇被国王推翻,国王的地位仅次于神,远高于教会之上。托马斯·莫尔已经归还了大法官的印章并辞去了他的职务回家了。"

她知道自己的母亲失去了一个真正的朋友,她的父亲则失去了最后一个能告诉他真相的男人。在听到这番话时她一言不发。"国王将教会收归己有了?"她问道,"教会的所有财富、法律和法院都包含在内吗?这完全是将整个英格兰变成他自己的财产。"

我和我儿子根本无法反驳她。

"他们将这称之为神职人员的归顺,"他平静地说,"教会不能制定法律,教会不能判定异端邪说,教会可能不会向罗马支付财富,也不会接受罗马的命令。"

"所以国王可以决定他自己的婚姻。"公主说。我意识到她已经深入思考到了这一点,她的母亲应该告诉过她国王和他的新顾问托马斯·克伦威尔耍了多少花招。

我们保持沉默。

"耶稣任命他的仆人彼得统治教会,"她说道,"我知道这个。每个人都知道这一点。英格兰是准备违抗耶稣基督吗?"

"这不是我们的战斗,"我打断道,"这是教士们的问题。与我们无关。"

她那双约克家族的蓝眼睛望着我,渴望听到实话,但她知道我无法说出真实想法。

"我是这么认为的,"我坚持说,"这是一件大事,是由国王和教会决定的。如果有需要的话,教皇自然会谏言。国王才是应该接受建议并发号施令的人。议会的教会成员应与国王对话。托马斯·莫尔、约翰·费希尔和你的导师理查德·费瑟斯顿都不会置之不理的,这是男人、主教和大主教该考虑的事,不是我们该考虑的。"

"噢,他们说过,"蒙塔古苦涩地说,"教士们立刻就发言了。他们中的大多数人在没有争吵的情况下达成了一致意见,该投票时,他们就离开了。这就是托马斯·莫尔回到切尔西的原因。"

小公主从花园座位站起来,蒙塔古站起来。她没有扶住蒙塔古伸出的手臂,而是直接转向我。"我要去小教堂祈祷,"她说,"在这艰难的日子里,祈求智慧指引我。真希望我知道自己应该做些什么。"

她沉默了一会儿,看着我们俩。"我将为我的导师和主教费希尔祈祷。我会为托马斯·莫尔祈祷,"她说,"我认为他是一个知道自己该做什么的人。"

1532年夏

伦敦西部　里士满宫

那天过后，我们无忧无虑的夏天结束了，好天气也随之结束，公主在小教堂里祈祷，拨动着念珠，将她的母亲、主教费希尔和托马斯·莫尔比作圣裘德——那是位绝望的圣人。云层卷过山谷，河水变暗，夏季风暴带来浓密沉重的水滴，雨季到来了。

恶劣的天气持续了数周，整个城市都笼罩着厚厚的云层，人们在炎热的天气里变得脾气暴躁。夜晚到来，云层散去时，进入眼帘的不是熟悉的恒星，而是一连串不断燃烧的彗星。人们普遍认为这糟糕的星象是战争的预兆。雷金纳德以前的一位朋友，加尔都西会僧侣，告诉我的告解神父，他曾在教堂上方清晰地看到一个火红的球体。他知道国王早晚有一天会因预言和隐藏手稿而惩罚他们。

那些带着新鲜鳟鱼来到码头的渔民说，他们总能在渔网中发现尸体，很多人选择在高涨的洪水中结束自己的生命。"异教徒，"有人说，"因为如果他们不自杀，教会就会烧死他们。托马斯·莫尔将会看到这一点。"

"不会再有了，"另一个说，"莫尔会选择自杀，现在英格兰的异教徒都很安全，因为国王喜爱的妓女是路德教徒。只有那些热爱旧方式，向圣母祈祷并尊崇王后的人才会选择淹死自己。"

"你们少说两句吧，"我制止了厨房门口的这场谈话，"我们不希望在这个家庭中再出现任何这样的谈话。带着你的钱快走，不要再来这里，否则我不会放过你的。"

我可以让门口的男人们闭嘴,但是往返伦敦的路上每个人在晚餐时总会互相交换这样或那样的故事。这些不同的故事却有着同样不祥的主题。

人们谈论着奇迹和预言。人们相信王后每天都会接到来自她皇帝侄子的信息,承诺他会为她辩护,并且每个黎明时都会有一支西班牙舰队在泰晤士河上航行。他们对此并不确定,但是他们得到消息说教皇正在咨询他的顾问,严厉批判基督教世界上出现的这种情况。每个人似乎都确信国王只听取波琳家族的意见,那些邪恶的谎言:他想要的唯一方法就是偷走教会,抛弃他的加冕誓言,撕毁大宪章,然后扮演暴君并惩罚那些质疑他的人。

没人敢确定;但是他们能清楚地嗅到前方危险的战争气息。每次雷声在英格兰的某个地方轰鸣,人们会说:"听,是枪声吗?战争又开始了吗?"

那些不怕战争的人害怕的是死者从坟墓中站起来。在博斯沃思、陶顿、圣奥尔本斯以及托斯特的陵园里,那儿浅浅的墓穴里摆放着金银制成的徽章和纪念品、代币及制服纽扣。现在他们说宁静的大地已经被古老的战场打扰了,好像在黑暗中被痛击一样,为约克而死的人已经从潮湿的泥土中被解救站起,他们聚集成为古老的军队,重新回来为他们的公主和教会而战。

一些傻瓜来到门前,告诉马夫他看到了我的兄弟,他的头靠在他的肩膀上,好像是个英俊的年轻人,他敲了伦敦塔的门,要求重新进去。爱德华或许会大声呐喊,这个邪恶黑暗的英国国王已经登上宝座。龙、狮子和狼必须击败他,龙就是罗马的皇帝,狼象征着苏格兰人,狮子则是我们真正的公主,就像故事中那个女孩一样,她不得不杀死她邪恶的父亲,让她的母亲和国家重获自由。

"把那个叛逆肮脏的造谣者丢进河里,"我说道,"然后将他锁在警卫室里,向诺福克公爵询问该如何处置他。告诉所有人,我再也不想听到狮子、鼹鼠或燃烧的星星的任何事。"

我冷酷而又愤怒,每个人都必须服从我。但是那天晚上,当我关上卧室窗户的百叶窗时,我看到宫殿屋顶上方有一颗燃烧的星星,就像一座蓝色的十字架,在公主的卧室上方,仿佛圣裘德到来一般,正在给她指明前进的方向。

1532年夏

伦敦西部　埃贝尔

蒙塔古和杰弗里与我相约在伦敦的埃贝尔见面，于是我向公主请假外出，说自己需要去看医生，顺便为宫殿的墙壁买一些温暖的挂毯，再给她买条冬天的斗篷。

"你去伦敦会见谁吗？"她问道。

"我可能会去见我的儿子们。"我说。

她瞥了一眼，确保我们的对话没有第三个人听到。"你可以帮我捎一封信给我母亲吗？"她低声问。

我犹豫了一会儿。没有人告诉过我公主和她的母亲是否可以交换信件；但同样也没有人明令禁止。

"我想写信给她，并且不被别人看到。"她说。

"好的，"我保证道，"我会试着把信交给她。"

她点点头，然后回到自己卧室。过了一会儿，她拿出一封信递给我，信封上没写名字，背后也没有密封。

"你准备怎么把信给她？"她问道。

"你最好不要知道。"我亲吻了她，穿过花园，一直走到码头。

我乘驳船一路向下游驶去，由卫兵护卫着到达我位于伦敦的家。

我亲手修剪葡萄树收获葡萄酿酒的日子似乎已经过去很久了。在那个阳光灿烂的日子，托马斯·波琳警告我，我的表亲白金汉公爵的表现很危险。想到现在身居高位的波琳,想到他的野心将我们置于这等危险境地,他当初的想法简直谨慎得可笑——尽管那时候,他确实警告过我。谁会想到波琳能够向国王提供谏言呢?谁会想到我管家的女儿能威胁到英格兰王后?谁会想到英格兰国王不惜推翻这片土地和教会的法律只为让这样的女孩上他的床?

杰弗里和蒙塔古正在卧室里等着我,炉里的火烧得正旺,前面放着一杯啤酒。尽管我很少住在这里,但我的房子必须保持良好的状态,我满意地点点头,坐到椅子上准备跟两个儿子谈话。

蒙塔古看起来远不止四十岁。为了效忠那位国王,他违背了他的人民的意愿,也走上了错误的道路:违背教会的真理,反对议员的建议——所有这些都正在使我的大儿子精疲力尽。

杰弗里在挑战中茁壮成长。他对自己所处的状态很满意:在一切的中心,追求他所信仰的东西,争论最微小的细节,喧嚣着最伟大的原则。他在议会中为国王效忠,为国王聪明的仆人托马斯·克伦威尔提供信息,与这个国家最有地位的男人们聊天;因为对宫里的情况不了解而感到困惑和焦虑,他与我们在内阁的朋友和亲戚们会面,尽可能地为王后说话。杰弗里喜欢辩论,我应该让他成为一名律师,之后他可能会像托马斯·克伦威尔一样身居高位,他的计划是让议会对抗牧师,从而将他们分解至毁灭。

他们都跪了下来,我把手放在蒙塔古的头上并祝福他,又把手放在杰弗里的头上。他头发的触感仍然富有弹性。当他还是个孩子的时候,我常常用手指梳理他的卷发。他是我所有孩子中最漂亮的一个。

"我已答应公主把这封信送到她母亲手中,"我给他们看了那张叠起来的纸,"我们应该怎么做?"

蒙塔古伸出了手。"我会把它交给乔比,"他说的是西班牙大使,"他经常秘密地写信给她,并将她的回信交给皇帝和教皇。"

"决不能让人知道信是我们送来的。"我提醒他。

"我知道,"他说,"不会有人知道的。"他把信塞在衣服的夹层中。

"所以,"我说,打手势让他们坐下来,"我们这样的会面一定会被人察觉到,如果有人问起,我们该如何应对呢?"

杰弗里已经准备好了说辞。"可以说我们在谈论亚瑟的遗孀,简的事情,"他说,"她给我写了一封信,要求从誓言中解放出来,她想要离开毕萨姆修道院。"

我向蒙塔古挑挑眉毛。他严肃地点点头。"她也给我写过信,这不是第一次了。"

"她为什么不给我写信?"

杰弗里咯咯地笑。"她埋怨你把她送进去,"他说,"她已经明白你是想保住你孙子亨利的财产,让她消失得远远的,她的嫁妆和获得的遗产全都归你保管。她想出来拿回自己的财产。"

"这不可能,"我断然说道,"她已经宣誓终身放弃自由,我不可能将嫁妆还给她或者让她住进我的家里,在亨利成年之前,我将为他保管全部的土地和财产。"

"我同意,"蒙塔古说,"但我们可以说这就是我们在这里见面和交谈的原因。"

我点头。"那么你为什么要见我?"我坚定地说。我的孩子们一定不知道我对现在的世界感到多么地厌倦和恐惧。我从未想过英格兰王后有可能会被推翻,我从来没有想过国王的私生子会获得头衔和财富并有可能成为王室继承人。在这个国家漫长的历史中,从未有人想过英格兰国王会企图将自己立为英国教皇。

"国王将再次前往法国,进行另一次会面,"蒙塔古简短地说,"他希望说服弗朗西斯国王支持他与教皇的分裂。今年秋天将举行听证会。亨利希望弗朗西斯国王能代表他。作为回报,亨利将承诺继续为教皇进行十字军东征,和土耳其人作战。"

"法国国王会支持他吗?"

杰弗里摇了摇头。"怎么可能?这件事既没有逻辑又违背道德。"

蒙塔古疲惫地笑了笑。"这也打消不了他的积极性。或者他可能会保证,只是启动十字军东征。关键是国王带上了里士满公爵。"

"亨利·菲茨罗伊?为什么?"

"作为访问国王子,他将留在法国宫廷,法国国王的儿子菲利普·德·奥尔良会和我们一起回来。"

我吓坏了。"法国人竟然愿意用他们的王子来交换菲茨罗伊,那个贝茜·布朗特的私生子?"

蒙塔古点点头。"条件是国王必须计划将他任命为继承人,并剥夺公主的继承权。"

这简直难以置信。我捂着脸挡住自己痛苦的表情,不让我的儿子们看不到我脸上的痛苦,杰弗里温柔的手搭在我的肩膀上。"我们并不是无能为力,"他说,"我们可以做出回击。"

"国王也会将那女人带去法国,"蒙塔古继续道,"他会给她一个头衔和一笔财富;她将成为彭布罗克侯爵。"

"什么?"我问道,这头衔很奇怪,简直是让她成为一个独立的领主,"他怎么能带她去法国?王后不会出席,所以她不能作为侍女参加。那她去做什么?以什么名义去?"

"她只是——一个妓女。"杰弗里冷笑道。

"一个特立独行的夫人,"蒙塔古带着怜悯平静地说,"法国新王后不会接见她,法国国王的姐姐也不会见她,所以当两位国王见面时,她将不得不留在加莱。她根本见不到法国国王。"那一瞬间,我想起了那年在金缕地，英格兰和法国的两位王后一起做弥撒，像姐妹一样聊天，互相亲吻并承诺做彼此终生的朋友。"这与之前的情况截然相反，"我说，"国王没有意识到这件事吗？谁会陪她一起去？"

蒙塔古笑了出来，"玛丽王后①不是这位女士的朋友，她说自己病得很严重无法一同前往，她的丈夫也和国王争论过关于波琳的事。诺福克公爵夫人也不去，公爵连问都不敢问她。没有哪位尊贵的夫人愿意跟她一同过去。这位女士只有她的直系亲属陪着：她的姐姐和她的嫂子。除了霍华德家族和波琳家族，她没有任何朋友。"

杰弗里和我茫然地听着蒙塔古对这个临时宫廷的描述。每个伟大的人总是被一群亲密而忠诚的家人、朋友和支持者所包围着：这才算得上是一场伟大的游行。世人会认为一位没有同伴的女士根本无足轻重。波琳家的女人只有在国王的心血来潮时才会出现。国王的妓女身边没有任何的支持者，她没有任何伙伴。"他对此丝毫不知情吗？"我无助地问道，"她既没有朋友也没有家人。"

"他认为波琳只需要他一个人的陪伴，"蒙塔古说，"他喜欢那样。他认为波琳是个稀罕的物什，别人不能触及，只是他一个人的奖励。他不喜欢波琳被贵族包围，希望能保持她的陌生感、法国风情和孤立感，他喜欢这些特质。"

"你必须去吗？"我问蒙塔古。

"是的，"他说，"上帝原谅，我一定得去。这就是我们想见你的原因。妈妈，我觉得现在是采取行动的时候了。"

"行动？"我茫然地说。

"我们必须保护王后和公主免受这种疯狂举动之害。就是现在了。如果他安排亨利·菲茨罗伊作为他的继承人一起前去，公主肯定就要被搁置一

---

① 指法国前王后、亨利之妹玛丽。

旁了。所以我想带着杰弗里一起过去，等我们到达加莱时，他可以溜去跟雷金纳德会面，并向雷金纳德传达关于我们在英格兰的朋友和亲属的动态，向教皇捎信，帮王后给她的侄子西班牙国王带去一封信。我们可以告诉雷金纳德，如果教皇向亨利发布一项强有力的裁决，这一切就可以被阻止。如果教皇决定反对亨利，那么他必须把王后带回来。教皇不能对此事坐视不理，也不能再拖延了。国王在继续他疯狂的计划，但是现在他已经丧失了理智和判断力。没有人会支持他的。"

"但没有人敢反抗他。"我说道。

"这就是我们必须告诉雷金纳德的原因，我们要反抗他，"蒙塔古毫不退缩地接受挑战，"必须是我们。如果不是我们，还能有谁会做这件事？白金汉公爵吗？他确实是这个国家最伟大的公爵，但他已经被处死在断头台上，他的儿子也已一蹶不振。厄休拉也帮不了他——我已经问过她了。诺福克公爵应该对国王提出建言，但安妮·波琳是他的侄女，他的女儿嫁给了国王的私生子。他没有必要打压自己家族的力量。查尔斯·布兰登应该辅佐国王，但是亨利只因为他说了安妮·波琳一句不是就把他从宫里赶了出去。

"至于教会，它应该由约克或者坎特伯雷大主教来守护，但是沃尔西死了，大主教沃勒姆也死了，国王准备让波琳的牧师接替他的职位。约翰·费希尔非常勇敢，但国王并不重视他，他已经老了，健康状况堪忧。大法官托马斯·莫尔爵士交回了他的印章，更别提对此发声了。我们的兄弟在暴政下只得保持沉默，现在国王只听信那些无底线无原则的小人之言。他最伟大的顾问托马斯·克伦威尔既不是教会成员，也不是贵族。他是一个没有受过教育的人，就像动物一样。他只会像条狗一样为国王服务。国王被谗言所蒙蔽，我们必须将他拉回正轨。"

"我们必须站出来。"杰弗里说道。

"亨利·考特尼呢?"我建议道,试图摆脱命运的负担,提起了我们的金雀花族人,埃克赛特侯爵的名号。

"他和我们站在同一战线,"蒙塔古快速回答道,"全心全意。"

"他不能完成这件事吗?"我小心翼翼地问道。

"独自一人?"杰弗里嘲笑我,"不能。"

"他会和我们携手并进。我们在一起就是白玫瑰,"蒙塔古温柔地说道,"我们是英格兰的正统统治者金雀花。国王是我们的亲戚。我们必须帮助他回到自己的位置。"

看着他们两个急切的面孔,我想起了他们的父亲希望我能过着默默无闻的拮据生活,这样我就永远不需要做出这样的决定,也不必承担起我作为天生领袖的责任,更不必决定王国命运的走向。他想要弱化我的权力,所以我不必做出这种抉择。但我不能再隐藏了。我必须在自己的能力范围内为公主辩护,我不能否认自己对王后、朋友和孩子们的忠诚是正确的——这就是我们家族的命运。

此外——国王曾经是一个小男孩,我教会他走路。我爱他的母亲,也答应过会保护她儿子的安全。我无法对他正在犯的可怕错误坐视不理。我不能让他就这么为了一个无足挂齿的人摧毁自己的荣誉和继承的传统,也不能看着他用一个私生子取代公主的位置。我不能让他通过逃避都铎王朝的诅咒来形成自己的新诅咒。

"很好,"我最终艰难地开口,"但你必须非常非常小心。不要留下任何记录,不要告诉任何人,除了我们可以信任的人,就算是向神父忏悔也决不能透露此事。这绝对要完全保密,不要告诉你们的妻子,特别是孩子们,我不希望他们被卷入这件事中。"

"国王不会追究嫌疑人家属的责任,"杰弗里向我保证,"厄休拉也没有受到她公公的牵连,她的儿子也很安全。"

国王的诅咒

我摇了摇头。我不忍心提醒他,我曾亲眼看着自己十一岁的弟弟被带进了塔楼,再也没有出来过。"即使如此,这事必须完全保密,"我又一次强调,"孩子们决不能被牵连其中。"

我拿出汤姆·达西送给我的徽章,基督五伤的刺绣徽章,上面是约克的白玫瑰。我将它平放在桌子上,让他们看着。"在这个徽章上发誓,这事必须保密。"我说。

"我发誓。"蒙塔古的手放在徽章上,我的手重在他手上,杰弗里的手放在最上面。

"我发誓。"他说。

"我发誓。"我说。

我们的手紧握了一会,蒙塔古微笑着松开了手,然后拿起徽章查看。

"这是什么?"他问道。

"汤姆·达西给我的。当他踏上十字军东征的征途时,他就做好了这个徽章。这是反对异端的教会捍卫者的徽章。他为我们家族也做了一个。"

"达西也会站在我们这边,"蒙塔古证实道,"他在最后一次议会大会上反对国王离婚。"

"他早已走在我们前面。"

"我们带了个人来见你。"杰弗里热切地说。

"如果你愿意的话,"蒙塔古谨慎地说,"她是一个非常神圣的女人,说过一些不同寻常的事情。"

"谁?"我问道,"你带了谁来?"

"伊丽莎白·巴顿,"杰弗里平静地说道,"那个被人称之为肯特圣女的修女。"

"母亲大人,我想你应该见见她,"蒙塔古唯恐我会拒绝,"国王亲自见过她,是大主教威廉·沃勒姆把她引荐到国王身边的。国王也曾听过她的讲话,并与她交谈。你没有理由不去见她。"

"她宣扬玛丽公主将登上王位,"杰弗里说,"正如她所说的那样,她做出的其他预测已经成真。她在这方面有天赋。"

"我们的表亲亨利·考特尼也见过她,他的妻子格特鲁德和她一起做祷告。"蒙塔古说道。

"她现在在哪里?"我问道。

"她还待在赛恩修道院,"杰弗里说,"向加尔都西会兄弟讲道,她很有远见,理解力远远超过一个普普通通的乡村女孩。但是现在,她待在你的小教堂里。她想跟你谈谈。"

我瞥了一眼蒙塔古。他安慰地点点头。"没有人会怀疑她,"他说,"她跟宫里的每个人都谈过话。"

我起身穿过大厅,走到旁边的私人小教堂。蜡烛一如既往地在祭坛上燃烧着。在我丈夫的纪念石前,一支蜡烛在红色威尼斯水晶杯中明亮地燃烧着。教堂散发的干树叶般的香气、蜡烛上的一缕烟雾都让我感到安慰。祭坛上方的三联画金箔闪烁,我安静地走进温暖的黑暗中,对着十字架标志行了屈膝礼,沾了一点圣水点在额头上。一个苗条的身影从另一侧的座位上站起,向着祭坛点点头,仿佛在向一位朋友致意,然后转身向我行礼。

"很高兴见到您,您正在完成上帝的使命,守护着将成为女王的英格兰继承人。"她用柔和的乡村口音,直截了当地说道。

"我是玛丽公主的监护人。"我小心翼翼地说。

她在烛光中向我缓缓走来。她穿着本笃会的长袍,腰间系着柔软的皮革腰带。长袍上的一条浅灰色羊毛落到地上,头巾完全盖住头发和被晒黑的脸庞,坦诚的双目被面纱遮住。她看起来更像一个普通的乡村女孩,而不像一个女先知。

"圣母吩咐我告诉你,玛丽公主将坐上宝座。无论发生什么事,你都必

国王的诅咒

须向她保证,这将成为现实。"

"你怎么会知道这事?"

她微笑着,好像她清楚我有一大帮像她那样的年轻女工在我的领地上为我工作,在我众多宅邸的挤奶室或洗衣房里为我工作。

"我是一个普通的女孩,"她说,"就跟我的外表一样普通。跟《圣经》故事里的普通姑娘马大没什么两样。但是上帝以他的智慧呼唤我。我沉睡了,发表了醒来就不会记得的言论。有一次我连说了九天方言,没有进食进水,就像一个在人世间睡着但在天堂醒来的人。

"我能听到自己的声音,明白自己在说什么,并且知道这是真的。我的主人把我带到了牧师那里,他召集伟人来看我。他们检查了我、我的主人和牧师,以及沃勒姆大主教,并证明我是在传达上帝的旨意。上帝命令我与众多伟人交谈,没有人反驳我,我所说的每一件事总能成真。"

"告诉夫人你的预言。"杰弗里敦促道。

她对他微笑,我明白为什么成千上万的人追随着她,听她讲话。她的微笑甜美而自信,接受了这个微笑就是选择相信她。

"我告诉红衣主教沃尔西,如果他帮助国王离开他的妻子,如果他支持国王与安妮·波琳结婚的建议,那么他的人生就会走向毁灭,并且将孤独地病死。"

杰弗里点点头。"这件事成真了。"

"可怜的红衣主教。他应该劝告国守在自己妻子身边。我警告沃哈姆大主教,如果他不帮王后和公主主持正义,他也会孤独地病死,而现在,这个可怜的罪人也已经离开了我们,就像我预见的那样。我警告托马斯·莫尔勋爵,他必须鼓起勇气向国王谏言,告诉国王必须和自己的妻子相守,并将公主送上王座。我警告过他,如果他不这么做会发生什么事,现在这件事也成真了。"她看起来备受煎熬。

"为什么,托马斯·莫尔会怎么样?"我平静地问道。

她棕色的眼睛悲伤地看着我,好像惩罚已经降临一样。"上帝拯救了他的灵魂,"她说,"我也会为他祈祷。可怜的人,可怜的罪人。我告诉你的儿子雷金纳德,如果他比任何人都勇敢,他的勇气就会得到回报,他会到达到自己命中注定的位置。"

我抓住她的胳膊,把她拉开了一些。"什么位置?"我低声说。

"他将通过教会崛起,众人会尊称他为教皇。他将成为下一任教皇,他将看到玛丽公主登上英格兰王位,唯一真正的信仰也将得到恢复。"

我无法否认,这就是我的想法和祈祷。"你确定吗?"

她那胜券在握的自信眼神让我不得不相信她。"我很荣幸,上帝让我看到了未来。我向你发誓,我已经看到这一切都成真了。"

我只得相信她。"那公主要怎么才能回到自己应在的位置?"

"在你的帮助下,"她平静地说,"你是由国王自己任命来保护和支持她的。你必须这样做。永远不要离开她。你必须让她为王位做好准备,相信我,如果国王不回到他的妻子那里,他将无法长期执政。"

"我从未听过这样的话。"我断然说道。

"我不是为了告诉你这些,"她说,"我说的是我的愿景,你可以随心所欲地倾听。上帝告诉我要大声表达自己的观点,这对我来说已经足够了。"

她停顿了一下。"我没有对你说,我没有对国王说过,"她提醒我,"他们带我去找他,这样他就可以知道我的愿景是什么了。他和我争辩,告诉我,我错了。但他没有命令我保持沉默。我会继续说,想要学习的人可以倾听。那些想要留在黑暗中,像鼹鼠一样埋在地下的人可以视而不见听而不闻。上帝告诉我,于是我告诉国王,如果他离开他的妻子,随便娶任何一个女人,那么他甚至撑不过婚礼后的一个小时。"

她看着我惊恐的脸,点点头。"我向国王说了这些话,他感谢我的建议，并把我送回了家。我被允许说这些话，因为这是上帝的旨意。"

"但国王并没有回头，"我说道，"即使他已经听过这样的话，也并没有因此回到我们身边。"

她耸了耸肩。"他按照自己的意愿行事。但我已经警告过他这样做的后果。这一天终将到来，当那一天到来时，你必须做好准备，公主必须做好准备，如果宝座不向她敞开，她将不得不夺走它。"她的眼睑颤抖着，像是随时会晕倒一般，我只能看到她的眼白。"她将骑着她的骏马，走在她的人马前面，她必须在宅邸设下重防。她将骑着一匹白马来到伦敦，人们会为她欢呼。"她眨了眨眼睛，脸上梦呓般的神情逐渐消失。"还有你的儿子"——她向等在教堂后面的蒙塔古点头，——"他会陪在她身边。"

"作为她的指挥官？"

她对我微笑。"作为女王的丈夫。"她的话语在教堂的沉默中掷地有声，"他是白玫瑰，身怀王室血统，他是王国每一位公爵的亲戚，他与她结婚，他们二人将共同接受加冕。"

我惊呆了。我转过身来，蒙塔古刚好出现我身边。"把她带走，"我说，"她说得太多了。她的言论很危险。"

她笑了，丝毫没有因此困扰。"不要提及我的儿子，"我命令她，"不要谈论我们。"

她低下头，但没有做出保证。

"我会把她带回赛恩，"杰弗里自告奋勇，"修道院里的人们很想念她。他们正在研究她的旧文件和传说。数百人来到修道院门口询问她的建议。她告诉人们事情的真谛。他们谈论着预言和诅咒。"

"但我们不会，"我断然说道，"我们从不谈论这样的事情。从不。"

1532年夏

伦敦西部　里士满宫

这个早晨异常难熬。我从伦敦回来后,不得不告诉公主,她的父亲将于十月前往法国参加一场盛大的议会,但不会带上她。

"我晚些会跟着一起去吗?"她满怀希望地问道。

"不,"我说,"你不会。你的母亲,王后也不会参加。"

"我父亲只带他的朝臣们?"

"大多数贵族。"我保守地说道。

"那位女士会去吗?"

我点头。

"但谁会接见她?不是法国王后吧?"

"不,"我尴尬地说,"王后不会见她,因为王后是你母亲的亲戚。国王的妹妹也不会见她。因此,国王将不得不独自与法国国王会面,而情妇波琳将留在我们的加莱堡,甚至不会进入法国。"

她对这种复杂的安排感到困惑,实际上任何人都会如此。"那我父亲的同伴呢?"

"一些朝臣。"我不安地说。看着她苍白而悲伤的脸,我不得不告诉她真相,"他会带上里士满公爵。"

"他会带贝茜·布朗特的儿子去法国,但不带我吗?"

我无力地点点头。"里士满公爵将在参观后留在法国。"

国王的诅咒

"他会拜访谁？"

这是关键问题。他可能会去拜访法国国王的情妇，可能会被安置在一个贵族私生子的家里，就像我们都派自己的儿子去与亲戚家的孩子结伴一样，这样他们可以相互学习。按照常理，里士满会去一个与他地位相匹配的家庭，一个贵族的私生子的家里。

"他会住进国王的宫殿，"我咬牙切齿地说道，"法国国王的儿子将来到我们宫中。"

她的脸色变得更加苍白了，手紧紧捂住肚子。"那么他是以王子身份出访的，"她平静地说道，"他作为英格兰王子和我的父亲一起旅行，作为被承认的继承人住进法国国王的宫中，而我只能留在家里。"

我说不出话来。她看着我，好像她希望我会反驳她一样。"我的父亲想让我隐姓埋名，就像从未出生过那样。"

这段谈话之后我们沉默了很久。我们沉默的时候，来自伦敦的皮货商给玛丽带来了冬天的斗篷，并告诉我们国王要求王后拿出自己的珠宝，给安妮在加莱的时候佩戴。王后一开始拒绝了，说这些是西班牙的珠宝，是她的爱人送给她的珠宝，并不是王室财宝的一部分。可最后还是无能为力，只得把珠宝献给了国王，以表示自己的顺从。

"他会想要我的吗？"玛丽痛苦地问我，"我有一串念珠，是一件洗礼礼物。去年圣诞节他还送给我一条金链子。"

"如果他要，我们都会给他的，"意识到有人在听，我尽量平静地说道，"他是英格兰国王。一切都属于他。"

皮货商离开时，对我们的平静反应感到气馁，他告诉我，那位女士派她的女仆去买王后的驳船，然后把它偷走了，还烧掉了美丽的石榴雕刻，用自己的猎鹰标志取而代之。但显然这对国王来说太过分了。他抱怨她的管家不应该做这样的事情，凯瑟琳的驳船归她自己所有，不应该被夺走，波琳家那女人不得不向王后道了歉。

"所以他想要什么?"皮货商问我,"以上帝的名义,他想要什么?拿走这位老夫人的珠宝而不动她的驳船?"

"在我家里,你绝不许称她为老夫人,"我对他说,"她是英国王后,她永远都是。"

1532年秋

伦敦西部　里士满宫

不管之前蒙塔古还是杰弗里给我写多少信都比不上一封来自法国的私密信件。蒙塔古对我谈起了华丽的衣服和热情好客的法国人以及大获成功的会谈,他们都互相发誓要联手进行圣战,讨伐土耳其人,双方成为了最好的朋友,他即将启程回家。

蒙塔古来到里士满宫向公主问安,这时他才告诉我,在从法国回来的路上他们在坎特伯雷停留了一夜,肯特圣女伊丽莎白·巴顿穿过人群和卫兵,走进国王和安妮·波琳正在漫步的花园。

"她警告了他。"蒙塔古兴高采烈地对我说。此时我们站在公主房间的一个窗口。房间异常安静,公主的女仆们正在准备晚餐,公主在她的更衣室,女仆在为她挑选珠宝。"她跪在他面前,非常庄重地向他提出劝告。"

"她说了什么?"

小窗玻璃上映着我们的脸。我转过身去,以防有人在黑暗中窥探。

"她告诉他,如果他抛弃王后,跟波琳家的这女人结婚,一场汗热病就会随之而来摧毁我们所有人。她说,婚礼结束后他将活不过七个月,这个国家也会就此毁灭。"

"我的上帝,他怎么说的?"

"他很害怕,"蒙塔古的声音很平静,"他非常害怕。我从来没有见过他这样。他说:'七个月?你为什么要说七个月?'他看着安妮·波琳好像有话要说，但她用眼神制止了国王。接着圣女就被带走了。但这对国王来说一定意味着什么可怕的事情，卫兵将圣女带走时他一直默念着'七个月'。"

我突然感到很不舒服。玻璃窗在我眼前晃动着，我随时有可能晕倒。

"妈妈，你还好吗？"蒙塔古问道。他抓住我，把我扶在椅子上，有人赶忙打开窗户，让冷空气吹进房间，吹到我的脸上，我上气不接下气，几乎无法呼吸。

"我发誓，她这是告诉他，她怀了孕，"我对蒙塔古耳语，这个想法让我不寒而栗，"波琳家的婊子。当国王让封她为女侯爵时，她答应国王会给他生一个男孩——那时距现在有七个月，她一定对此撒了谎。这就是这个日期对国王来说的意义。这就是为什么他对七个月感到震惊。他认为他的孩子将在七个月内出生，现在圣女告诉他，那孩子一出生就会死去。这就是他害怕的原因。他认为他受到了诅咒，他和他的继承人都会死去。"

"圣女说的是诅咒，"蒙塔古说，用冰冷的双手揉着我的手掌，"她说你知道那是个诅咒。"

我把头转过去，不看蒙塔古那焦虑的脸。

"妈妈，你知道吗？"

"我不知道。"

✥

我们在晚餐后不再私下交谈，因为公主抱怨自己肚子疼。我让她早点睡觉，然后在床边放了一杯温热的五香麦芽酒。她在十字架前祈祷后，去往我为她铺好的床上。"和蒙塔古去八卦吧，"她微笑着说道，"我知道他在等你。"

"我会在早上告诉你所有有趣的事情。"我向她保证，她微笑着，好像自己可以假装认为自己父亲和情妇在法国发生的事情很有趣。

国王的诅咒

蒙塔古在我的卧室里等着我,在送走所有人之前我点了葡萄酒和甜食。他在门外听着动静,随后走进院子,我听到外门"咔哒"一声,然后他带着杰弗里走进房间,我赶紧锁上门。

杰弗里走过来跪在我的脚边,脸上闪烁兴奋的光芒。"我希望你能保持平静,"我干巴巴地说,"这不是游戏。"

"这是世界上最伟大的游戏,"他说,"拥有有史以来最高的赌注。我刚刚拜见了王后。我们一回来,我就赶过去告诉了她这个消息。"他从他的衬衫里掏出一封信。"这是她写给公主的信。"

我接过它藏在礼服里。"她还好吗?"

他摇摇头,他的兴奋消失了。"非常悲伤,我也没能给她带去好消息。国王与法国国王建立了联盟,我们认为他们会向圣父提出一项协议:托马斯·克兰默将成为大主教,并有权决定英格兰国王的离婚事宜。如果国王成功离婚,作为回报,他会保留教会的权力,修道院的财产也得以保住。亨利会忘记他自称是教会领袖的说法,这一切都将被遗忘。"

"大规模的贿赂,"蒙塔古厌恶地说,"教会放弃了王后,赢得了安全。"

"教皇会允许克兰默审判国王的婚姻吗?"

"除非雷金纳德能够在法国国王到达之前改变他的主意,"杰弗里说,"我们的兄弟正在与西班牙人和王后的律师们合作。他完全说服了索邦大学的学者们。他认为自己能够做到。他有教会的法律,西班牙人和上帝的支持。"

蒙塔古说:"如果那女士怀了孕,那么无论学者们说什么,亨利都会坚持离婚。而且每个人都认为就算没有教皇的许可,他也会与她结婚。在坚持了这么久之后,她还有什么底牌?"

"一场见不得光的婚礼,"杰弗里轻蔑地说,"一场秘密婚礼。王后说她永远不会承认这桩婚事,我们也一样。"

我沉默地听完这个可怕的消息，问："雷金纳德还说了什么？他现在怎么样？"

"他很好，"杰弗里说，"他没有什么事，不用担心他，他往返于罗马和巴黎以及帕多瓦之间，与最伟大的人一起用餐，每个人都同意他的看法。他是一切行动的核心，每个人都希望听他的意见。他的影响力很大，教皇都会聆听他的观点。"

"当你告诉他我们准备好了的时候，"我问道，"他有什么建议吗？"

杰弗里若有所思地点点头。"他说查尔斯皇帝将入侵英格兰，以捍卫自己姨妈的地位，我们必须和他并肩作战。皇帝已经宣誓，如果亨利公开与波琳结婚并抛弃公主，那么他将入侵英格兰，捍卫他的姨妈和表妹的权利。"

"雷金纳德认为战争是不可避免的。"蒙塔古平静地说道。

"谁会与我们站在一起？"我问道。这一切都来得太快了，和女先知伊丽莎白·巴顿一样，我感觉未来一下子冲到了眼前。

"我们所有的亲戚，"蒙塔古说，"考特尼和英格兰西部，加莱的亚瑟·金雀花，斯塔福德家族，内维尔家族，或许还有查尔斯·布兰登。如果我们明确表示反对的是顾问而不是国王，那么所有教会土地上的租户——几乎英格兰三分之一的人都会支持我们。当然还有威尔士，因为公主和你住在那里，我的叔叔伯格尼勋爵统治着整个北方领土。珀西家族会为教会辩护，愿意为公主奋斗的人比你想象中的更多：汤姆·达西勋爵，约翰·赫西勋爵以及沃里克都会站在你的这一边。"

"你跟我们的亲戚们谈过此事吗？"

"我非常小心，"蒙塔古向我保证，"但我跟亚瑟·莱尔子爵谈过。他和考特尼会见了肯特圣女，也相信她关于国王会退位的言论。很多人来找我，询问我们将要做什么，或如何与西班牙大使交涉。我确信到时支持国王的只有他扶植的新人：波琳家族和霍华德家族。"

"我们怎么知道皇帝什么时候来?"

杰弗里狡黠地笑了。"雷金纳德会写信给我，"他说，"他知道我们必须有足够的时间让每个人武装好自己的力量。他很清楚。"

"我们要等待吗?"我确认道。

"目前先等着。"蒙塔古带着警告的目光看向杰弗里，"这些谈论仅限于我们家族之内，其他人决不能知道我们已经向王后或公主发过誓。"

1532年冬至1533年夏

伦敦西部　里士满宫

就像葬礼上缓慢的钟声一般，囚犯从昏暗的塔楼中被带出，走上山头，刽子手正在断头台旁等着他们，伦敦宫廷不断传出坏消息。

十二月，国王和安妮视察了伦敦塔的修复工程，据称工程进度赶得很急，整个城市传得沸沸扬扬，大家猜想王后会被从摩尔宫带走并被囚禁在塔中。

她说，她已准备好接受叛国罪的审判，并教导玛丽公主永远不要否认自己的名字和出身。她知道这意味着她们可能都会被捕并被带到塔楼，但她还是坚持下达了这个命令。烧掉这个。

杰弗里告诉我，安妮在宫中的地位很高，她佩戴着王后的珠宝，坐在最尊贵的位置上。她从加莱回到了宫中，高昂着头，就像头上已经戴上一顶王冠一样，完全目中无人。而真正出身高贵的女士们却被忽视了，法国王后玛丽拒绝露面，声称自己生病了。第二任诺福克公爵夫人艾格尼丝、埃克赛特的侯爵夫人格特鲁德，还有我都没有被邀请。安妮被她那紧凑的小圈子守护着：诺福克的女儿玛丽·霍华德、她的妹妹玛丽和嫂子简。她把所有的时间都花在了亨利宫中的年轻人和她的兄弟乔治身上，这是一个由独眼弗朗西斯·布莱恩爵士领导的狂野圈子，他们被称为"地狱牧师"。

国王的诅咒

这是一个由国王批准的滑稽至极的庸俗宫廷,充斥着肉欲和野心。在这里,胆大妄为的年轻人,和德行有缺的女人,都用新学说在新世界里庆祝自己的鲁莽言行。他们只对新时尚、新异端、教皇的裁决以及国王的决定感兴趣。他们孤注一掷地相信国王有能力逼迫教皇同意他的请求,他们都深知这是世间最深重的罪孽,也清楚这会让王国毁灭,同时却又认为这是通向自由和新思维的飞跃。

一月,国王派去面见教皇的特使带着微笑回家,带来了教皇已批准了国王钦点的坎特伯雷大主教的消息。威廉·沃勒姆,那个圣洁、体贴、温柔的人就这么被取代了,他眼睁睁看着国王摧毁他的教会。新主教是波琳家族的牧师托马斯·克兰默,关于谁是异端路德教徒这一点,他跟国王的想法如出一辙。

"这与雷金纳德预测的非常一致,"蒙塔古沮丧地说道,"教皇接受了波琳家族牧师,但他拯救了英国教会。"

托马斯·克兰默看起来不像是一个救世主。刚刚加冕成为坎特伯雷大主教,他便立刻发布讲道,称国王与王后的婚姻是有罪的,国王必须得到一场更好的婚姻。

对于公主,我无法再瞒下去了。无论如何,她必须为来自伦敦的坏消息做好准备。我脑海中缓慢的钟声已经越来越响亮,她也该有所警惕了。

"这是什么意思?"她问我。她的蓝眼睛下方拖着重重的黑眼圈。她因腹部疼痛而无法入睡,我对此也束手无策。每个月生理期到来时,她都会流很多血,只能卧床。我十分担忧她的病情,如果悲伤导致她不孕不育,那么国王就亲手立下了自己的诅咒。"这是什么意思?"

"我认为你的国王父亲已经暗中获得了教皇的允许,允许他离开你的母亲。托马斯·克兰默即将把此事公之于众。也许到时候国王会封自己的妻子为女侯爵而不是王后。但这件事对你没有任何影响,亲爱的公主,你仍然是他唯一合法的孩子。"

我没有告诉她,你的母亲要求你对此发誓,无论会因此付出多少代价。对她开口说出这件事太艰难了,我实在是做不到。我不能告诉一个十七岁的年轻姑娘,她的名字可能会害死她,但她不得不冒这个险。

"我知道,"她小声说道,"我知道我是谁,而我的母亲也知道自己从未有过任何不光彩的行为。每个人都知道。唯一不为人知的是女侯爵。"

春天来临时,蒙塔古从伦敦捎来了几封信,这些信既没有签名,也没有密封。它们要么出现在我的盘子里,要么塞在我的马鞍下,要么藏在我的珠宝盒里。

> 新的大主教已经裁定国王与王后的婚姻为无效婚姻。约翰·费希尔主教据理力争,却在当晚被逮捕。
>
> 国王派诺福克公爵去告诉王后,现在她是亲王遗孀,国王将与安妮结婚,而安妮将成为英格兰王后。烧掉此信。

我知道接下来会发生什么。我等待国王的使者到来,他一到达,我立刻把他带到公主的房间。公主坐在桌子旁,正在作曲。春天的明媚阳光照在她的卷发上,看到我进来,她抬起头来,脸上的笑容在她看到我身后那位脏兮兮的使者时骤然消失了。她很快就从一个幸福的年轻女人变成了一个多疑的外交官。使者毕恭毕敬地向公主行了礼,她小心翼翼地检查了密封信件正面的名字。她依旧被称为玛丽公主。她撕开王室封印,默默阅读国王简短潦草的来信。

我站在门口,隐约可以看到几个字,以及龙飞凤舞的H签名[1]。她转过身来,微笑着把信递给我。"国王陛下告诉我他是多么的快乐,"她平静

---

[1] 代表"亨利"。

地说,"晚饭后我会写信祝贺他。"

"他结婚了吗?"为了让传令官和随行的侍女们安心,我模仿她的语气,欢快地问道。

"是的。与彭布罗克女侯爵。"她的声音丝毫没有颤抖。

六月我目睹她加冕为后。杰弗里成了她的仆人,我跟随在国王身后。我在加冕晚宴上默默切肉,整个游行没有人欢呼,女人们都为真正的王后而哭泣。

杰弗里租了一艘船,他穿着深色的精纺披肩,帽檐拉很低。他让自己的大女儿凯瑟琳来码头接我。

"我见过王后,"他说道,"她让我把这个交给公主。"

我悄悄接过那封用蜡封住的信,但她心爱的石榴徽章却不见了。"他们不允许她写信,也不允许人们探望她,"他说,"就像个囚犯一样,仆人也只剩几个了。波琳家那女人容不下王后和她的宫廷。"

"安妮怀孕了吗?"

"她走路时挺着肚子,像是怀了双胞胎。"

"那么西班牙的查尔斯皇帝必须在孩子出生前入侵。如果是儿子。"

"他永远不会有儿子,"杰弗里轻蔑地说,"都铎家族不像我们。我的妹妹厄休拉刚生下了一个儿子,我的第二个孩子也即将出生。所有都铎家族的孩子都会死产。肯特圣女对此发过誓,每个人都知道都铎家族无法摆脱诅咒。"

"真的吗?"我低声问。

"是的。"

1533年夏

伦敦西部　里士满宫

诺福克公爵写信告诉我,公主将搬去比尤利堡,我们不会再回里士满宫。

"这是为了削弱我的势力,"她直截了当地说,"公主应该住在宫殿里。我此前一直是住在宫殿或城堡里的。"

"比尤利很棒,"我提醒她,"在美丽的乡村,这是你父亲最喜欢的……"

"狩猎小屋,"她接住话茬,"对,就是这样。"

"你妈妈也要搬家。"我告诉她。

她仰起头,脸上充满着希望。"她会去比尤利吗?"

"不,"我急忙说,"不,我很遗憾。亲爱的,她不去。"

"他不会准备把她送回西班牙吧?"

我不知道她还担心这件事。

"不是的,他要把她送到巴克登。"

"那是哪里?"

"在剑桥附近。也许并不符合她的身份,但国王已经下令解散了她的小宫廷。"

"所有人吗!"她喊道,"谁来服侍她?"

"只剩几个人了,"我说,"她的朋友,玛利亚·德·萨利纳斯和威洛比夫人不被允许去拜访她。乔比大使也不被允许见她。她只能在花园里散散步。"

"她被监禁了?"

我诚实地回答她,但对一个爱着自己母亲并尊重父亲的女孩来说这是一件可怕的事。"恐怕是这样。"

她转过头去。"那我们最好抓紧时间收拾东西,"她平静地说道,"因为如果我不服从他,他说不定也会监禁我。"

1533年8月

艾塞克斯郡　比尤利

杰弗里和蒙塔古一起过来拜访我，他们将在比尤利周围的广阔园林里游猎一天。消息一出，公主立刻去往有围墙的花园里迎接他们。

天气很好，高高的砖墙锁住热气，园内无风，树叶都静止了。当公主走来时，蒙塔古单膝跪地向她微笑。"我有好消息带给你，"他说，"感谢上帝，我终于可以给你带来好消息。教皇要帮你的母亲主持正义。他吩咐国王丢下别人，把王后接回宫。"

她稍微喘了一口气，脸色渐渐红润。"我很高兴，"她回答道，"上帝怜悯我们，劝导了教皇。上帝赐予教皇勇气，让他做他应该的事。"她在自己胸前画了个十字，转过身来，我张开双臂搂住她瘦弱的肩膀，她眼里噙满了泪水。"我没事，"她说，"我很放心。我很高兴。教皇已经发声了，我的父亲会听到他的声音。"

"只要……"我再次陷入沉默。只有希望是没意义的：教皇早就该作出此裁决。但至少他做了。波琳怀着孩子和国王举行了形式上的婚礼，但这并不能阻挡国王回到他的妻子身边。宫里怀孕的妓女不在少数，多年来，王后一直跟国王的情妇们和私生子们住在一起。

"我的父亲会重新听从教皇的指导，是吗？"她转身看向蒙塔古，小心翼翼地问道。

"我认为他会谈判，"蒙塔古狡黠地说，"他必须与罗马达成协议，你母亲的自由和王后的尊号必须恢复。教皇的裁决使这成为所有基督教国王的事。你父亲不会冒险让法国和西班牙联合起来反对他。"

她看起来如释重负。"你带给我的确实是个好消息,蒙塔古勋爵,"她说,"还有你,杰弗里爵士。"她转向我:"你的儿子带来这么好的消息,你也一定很高兴吧?"

"是的。"我说。

1533年9月

艾塞克斯郡　比尤利

是个女孩。所有麻烦都是这个波琳的私生女带来的。人们都说上帝已经不再眷顾国王了，刚出生的女孩被取名为伊丽莎白。

经过几个月的等待，波琳家那女人无法生下一个男孩，这对我们来说也是一种安慰。如果他能拥有一个儿子，他就能证明自己的观点——无论教皇怎么说，上帝都始终眷顾着他——永远是正确的。但按照现在的境况，他只能跟王后和好，宣布玛丽公主为他的继承人。除此之外他还有别的选择吗？波琳没有生出儿子来取代玛丽公主的位置，在这场豪赌中一败涂地。他们家的安妮跟曾经的玛丽一样，起不到什么本质性的作用。国王会回到他妻子身边，王后会回到宫里。

我想，幸运之轮已转向公主和她的王后母亲。教皇宣布阿拉贡的婚姻是合法的，波琳的婚礼只是做戏，安妮生的孩子只是个私生女而已。一夜之间，波琳失去了身上的光环，也失去了拥有的一切。

✦

我信心十足。我们都在等待亨利服从教皇并恢复自己妻子的地位。但没有任何动静。这个私生女伊丽莎白即将受洗，她的母亲在宫里仍然占有一席之地。

国王的诅咒

公主的总管约翰·赫西勋爵一路从伦敦回到比尤利。"他在受洗现场,"他的妻子安妮酸溜溜地说,"他不得不戴着遮篷,但他的心并不在那里,他依然爱着我们的公主。"

"我表亲的妻子格特鲁德是那孩子的教母,"我回答道,"而且没有人比她更爱王后。我们都必须坚守岗位并发挥自己的作用。"

她瞥了我一眼,好像不确定自己该不该开口。"他跟一位北方领主会了面,"她说,"我不能说出他的名字。那人说,如果国王不服从教皇的旨意,北方领区就会奋起保卫王后。我能让他来找你吗?"

我害怕地咬紧牙齿,口袋里的念珠紧紧缠绕着汤姆·达西勋爵那枚绣有家族白玫瑰和基督五个创伤的徽章。"千万小心,"我说,"告诉他,他可以悄悄地来找我。"

捡柴火的小男孩挎着篮子走过,我们立刻噤声。

"无论如何,幸亏国王的妹妹当时不在场。可怜的公主,"安妮夫人说,"她绝不会对波琳家这个孩子行礼!"

前法国王后玛丽·布兰登在夏天于家中去世了。有些人说,她哥哥与情妇的私密成婚让她心碎。王后和公主都失去了一位好朋友,国王失去了一个能告诉他真相的人。

"国王爱他的妹妹,她做任何事都能被原谅,"我说,"我们其他人必须非常小心,不能冒犯他。"

我们望向窗外,看到约翰·赫西带领马队穿过茂密的树林,停在房子前面。他跳下马,把缰绳扔给马夫,然后慢慢地走到前门,整个人疲惫不堪。

"他带来的不会是让我们再次搬家的命令吧,或者是又要拿走什么?"我不安地看着他重重的步伐。

"他不会要求任何东西。王后拒绝把公主的受洗礼服给伊丽莎白;他们从我们这儿什么都得不到。"

"他最好不要向我提任何问题。"她快速说道,然后转身往公主的房间走去。

听到约翰勋爵慢慢走上楼梯的脚步声,我在画廊等着他。看到我在等他时,他吓了一跳。"夫人。"他鞠躬。

"约翰勋爵。"

"我从伦敦来。伊丽莎白在那里举办了洗礼仪式。"

我点头,既没有确认也没有否认这个名字,但我认为他在洗礼仪式上并没有很开心,因为他看起来有些邋遢,闷闷不乐。

"国王的秘书托马斯·克伦威尔,亲自命我过来拿走公主的珠宝清单。"

我挑起眉毛。"为什么托马斯·克伦威尔想要公主的珠宝清单?"

他停了片刻。"国王任命他为珍宝馆的掌管人。他亲自指示我来做这件事。你不能质疑这一点。"

"我不能,"我附和道,"我不会。所以我很遗憾地告诉你,没有清单。"

他意识到我不好对付。"肯定有。"

"没有。"

"但你怎么确定一切尽在掌握?"

"因为当她想要时我会拿出来给她,等她使用完毕我再收起来。她是个公主,又不是金匠,不需要列下自己的库存清单。珠宝对她来说就像手套或者蕾丝那样。我可不会专门为手套和蕾丝列清单。"

他被我难住了。"我会告诉他的。"他说。

"那就告诉他吧。"

我知道这种事情还没完,事实果然如此。

"托马斯·克伦威尔说,你要对公主的珠宝进行盘点。"几天后,约翰·赫西这么对我说。

国王的诅咒

他的妻子在楼梯上路过我们身边,她摇摇头,有些不屑一顾,轻声说了些什么。

"为什么?"我问道。

他有些为难,"他没有告诉我原因。他只是说必须这样做。所以我也没有办法。"

"很好,"我说,"包含所有的清单吗?还是只需要最好的那些?"

"我不知道!"他苦恼地说道,但随后他立即开始检查,"包括所有一切的清单。"

"如果克伦威尔想要盘点彻底的清单,那么你最好带几个手下和我一起做。"

"好的,"他说,"明天早上开始。"

我们来到公主的衣橱,打开所有用珍珠绳和漂亮胸针扣住的小皮包。

托马斯·克伦威尔在盘点其他的东西。他的使者在这片土地上来回奔波,探究修道院的财富,试图发现他们的藏品和宝藏所在。所有人都无法理解,为什么克伦威尔先生会对其他人的财富如此感兴趣。

修道院的人们宣称自己是圣洁的,极力隐藏他们的财富,而我在尽可能地整理所有的清单。我们翻出了她从童年时代就保留下来的所有小盒子,都是些无价值的东西,有来自多弗海滩的贝壳,以及丝绸上的一些干燥浆果。我们小心翼翼地列出清单。查理皇帝的钻石胸针消失不见了,当时她还是国王的继承人,欧洲最尊贵的两位王子都向她求婚。在橱柜后面的小盒子里,我找到了一条皮带和一个脱落的搭扣。还有些漂亮的念珠,她的虔诚是众所周知的,她有几十个金色的十字架。我把它们全部拿来,用金线和玻璃制成的小玩具冠、银头的针脚、象牙的发梳和几个生锈的幸运马蹄铁。我们记下她的发夹,一套象牙牙签和银色梳子。无论找到什么,我都会详细列出来,并让约翰勋爵的职员添加到清单里,这些清单写满了一页又一页，每页都由我们两人共同签名。我们花了几天时间，将公主大大小小的财宝全部铺在珍宝室的桌子上，就连小针都被记录下来。

约翰勋爵说："现在我们必须将它们收拾起来，并将它们交给弗朗西丝·埃尔默。"他听起来很疲惫，我也是如此，这项工作实在太繁杂，耗时很久。

"哦，不，我做不到。"我简短地说。

"但这就是我们制作清单的原因！"

"这不是我制作清单的原因。我制作了清单，是遵守克伦威尔先生的指示。"

"好吧，现在，他让我告诉你把珠宝送到埃尔默夫人那里。"

"为什么？"

"我不知道为什么！"他像一头受伤的公牛一样怒吼道。

我镇定地看着他。我们都知道为什么。那个把自己当做王后的女人想要拿走公主的珠宝，让它们成为自己私生女的所有物。仿佛一颗小小的钻石就可以把一个非婚生子女变成英格兰公主。

"没有国王的命令，我不能这样做，"我说，"他告诉我要保护他的女儿和她的财产。我不能仅仅根据某人的说法就将其上交。"

"这是托马斯·克伦威尔的命令——所以！"

"他对你来说可能看起来像个伟人，"我谦逊地说道，"但我还没有发誓要服从他。除非国王直接向我发出命令，否则我不能放弃珠宝。如果真的是国王的命令，我会把珠宝给予他点名的任何人。但我问你，那会是谁？你认为谁有资格得到公主的珠宝？"

约翰勋爵骂骂咧咧地冲出房间。他重重地关上门，然后冲下楼梯。我听到大门被撞开所发出的闷响和他对哨兵的咆哮。随后一切归于沉默。

其中一名书记员抬头看着我。"你也只能拖延而已，"这是他在沉默的

国王的诅咒

工作中第一次直截了当地对我说话,"夫人,你只能拖延这件事的发生而已。但如果一个男人疯了,想要羞辱他的妻子并抢劫他的女儿,那就很难阻止他。"

1533年秋

伯克郡 毕萨姆庄园

我带着沉重的心情回到家,因为亚瑟的儿子亨利已经死于喉咙发炎,我们要将他埋葬在家族墓地里。当时他外出打猎后有些口渴,有些傻瓜怂恿他喝了村里的井水,回家后他就开始抱怨喉咙肿胀和发热。亚瑟失去了一个儿子,金雀花家族也失去了一个男孩,这都是一时的粗心大意所致,我为亚瑟感到悲伤,责备自己没有保护好他的儿子。

如果他的母亲简没有进入修道院,而是好好守护自己的亡夫和孩子,那么可能小亨利就不会死。她穿过石阶"扑通"一声跪在墓前,紧紧抓住铁格栅,呼喊着她想要和儿子以及丈夫在一起。

她沉浸在悲伤中不能自拔,我们不得不把她带回修道院静养。我去拜访她,她从来没有对我说过一句连贯的话,所以我没有听到她说希望自己没有加入女修道院,或者她想打破誓言之类的话。也许现在她想留在修道院。

我们为那些来参加葬礼的人提供餐食,一切清理干净后,杰弗里和蒙塔古将他们的妻子留在房间后,一起来到我的卧室。

"上个月,我与西班牙大使尤斯塔斯·沙皮见了面,"蒙塔古开门见山地说,"既然国王已经对教皇的命令置之不理,沙皮向我们提了一些建议。"

杰弗里把我的椅子拉到炉边,我坐下来,把脚放在温暖的挡泥板上。杰弗里安慰地把手放在我的肩膀上。

国王的诅咒

"沙皮建议雷金纳德秘密来英格兰,并与公主结婚。"

"雷金纳德?"杰弗里茫然地说道,"为什么是他?"

"他未婚,"蒙塔古不耐烦地说,"如果必须是我们中的一员,那就只能是他。"

"这是皇帝的主意吗?"我问道。我对自己学者儿子的前景感到震惊。

蒙塔古点点头。"结盟。你可以看出他的想法;这将是一个无与伦比的联盟:都铎家族和金雀花。这是老式的解决方案,与都铎家族让亨利·都铎与约克的伊丽莎白结婚差不多。而我们这样做是为了将波琳家排挤出去。"

"确实如此!"杰弗里从他的嫉妒中恢复过来,雷金纳德将成为国王,他知道我们会从中获得什么,"皇帝会亲自过来支持起义吗?"

"他这么承诺过,大使认为现在是时候了。波琳家那女人只生了一个女孩,据说还体弱多病。国王没有合法的继承人,而波琳已经开始威胁王后和公主的生命。她可能企图再次毒害费希尔主教,下次可能就是对王后下毒手了。大使认为他们都处于危险之中,万事俱备后,皇帝会带雷金纳德一起过来。"

"他们人一到就结婚。我们会扬起她的旗帜和我们自己的旗帜。我们所有的亲属都会为我们挺身而出。天空中又出现了三个太阳,战场上有三个约克家族的儿子。而且,皇帝为了公主而踏上异国,每位正直的英格兰人都为了教会而战,"杰弗里激动地说道,"甚至都不用战斗,时机一不对,霍华德会立刻转换立场,没有人会为国王而战。"

"她会同意嫁给他吗?"蒙塔古问我。

我缓缓地摇头,知道这会破坏计划。"她不会违抗自己父亲。这要求对她太过分了。她只有十七岁。她爱她的父亲,我亲自教她不能违抗父亲的法律。尽管她知道自己的父亲已经背叛并监禁了她的母亲,但女儿对父亲的服从并不会改变。他仍是国王。她永远不会对合法的国王做出叛国行为,她永远不会违抗她的父亲。"

"所以我应该告诉沙皮吗?"蒙塔古问我,"她被自己的责任感绊住了?"

"先别拒绝,"杰弗里快速地说,"想想我们未来的身份,我们是否会重返王位。他们的儿子是一朵金雀花,白玫瑰将再次登上英格兰宝座。我们将再次成为王室成员。"

"告诉他现在还不可能,"我暂时说道,"我暂时不会跟她说这件事。"在那一瞬间,我想的是我的儿子终于可以凯旋了,作为教会的英雄,准备保卫英格兰教堂、公主和王后。"我同意,这是一个很好的提议。对于这个国家来说,这是一个很好的机会,而且令人难以置信的是,这对我们来说是一次伟大复兴。但现在还不是最好的时机,我们首先要学会从对国王的顺从中解脱出来。我们必须等教皇执行他的法令,直到亨利被逐出教会——之后我们才能自由行动。那时公主就从臣子和女儿的职责中解放了。"

"那一天一定会到来,"杰弗里宣称,"我会写信给雷金纳德让他向教皇施压。教皇必须宣布任何人都不应完全服从国王。"

蒙塔古点点头。"他必须被逐出教会。这是我们面前的唯一一条路。"

1533年秋

艾塞克斯郡　比尤利

　　牛津大学的约翰·德维尔是亨利忠诚的仆人，也是位忠实的兰开斯特，他穿过长长的林间大道和美丽的大门，进入比尤利堡内院，高举着自己的旗帜，还有两百名轻骑兵紧随其后。

　　玛丽公主和我一起站在窗边俯瞰庭院，看着士兵下马。"他害怕在路上遇到麻烦，所以带了这么多人吗？"

　　"一般来说，德维尔只会带来麻烦而已。"我讽刺地说，但我知道这一路对于国王的手下来说是危险的。人民疑心很重，他们害怕收税官，害怕前来检查教堂和修道院的新官员，他们不再为都铎家族而欢呼，当他们看到安妮的徽章——一只隼啄着石榴，炫耀她对凯瑟琳王后的胜利，人们会在马前吐痰。

　　"我去迎接他，"我说，"你在房间里等。"我关上门，慢慢走下大石阶，进入门厅，约翰把帽子扔在桌子上，脱下皮手套。

　　"约翰勋爵。"

　　"伯爵夫人，"他愉快地说，"我可以把马放在你的田地里吗？我们不会待太久。"

　　"当然，"我说，"你会和我们一起用餐吗？"

　　"那太棒了。"他说。德维尔的胃口一直很好。这个家族与亨利·都铎一起流亡，又回到博斯沃思准备吞噬英格兰。"我来看玛丽女士。"他平静说道。

听到这个称呼时我表现得很冷静。他这一举动直接宣告了公主失去了她的称号。我顿了片刻，凝视着他。"我会把你带到玛丽公主那儿去的。"我坚定地说。

他一只手放在我的胳膊上。我没有挣脱，只是默默地看着他。他尴尬地移开了手。"一句忠告，"他说，"对于一位广受称赞、备受尊敬的英格兰国王的亲戚，我有一句忠告要对你说……"

我在冰冷的沉默中等待着。

"国王希望她被称为玛丽女士。这事迟早会发生。如果她违抗命令，情况会更糟。我是过来告诉她，她必须服从这一命令。国王想要将她变成自己的私生女，并赐她名为玛丽·都铎女士。"

怒火瞬间涌上我的心头。"她不是私生子，凯瑟琳王后也不是妓女。任何说出这话的人都是骗子！"

他无法直面我的愤怒，于是转身离开我身边，好像为自己感到羞耻。之后他走向卧室，我追上去，不顾一切地想挡在门前，不让他对我们的公主说出这等可怕的话。

他没有通报一声就进去了，向她微微鞠了一躬。我匆匆赶到他身后，阻止他传递这可耻的信息。

她很快明白了一切。当他称她为玛丽女士时，她没有回应。她安静地看着他，深蓝色的眼睛凝视着他，他无法再重复下去，只得陷入沉默。

"我会写信给我父亲，"她说，"你可以帮我捎信过去。"

她从椅子上站起来，直接走过他身边，不再期待他会向自己鞠躬。约翰·德维尔在过去习惯的尊重和新规则之间纠结，一会儿抬头，一会儿又低头，最后只得像个傻瓜一样愣愣地站在原地。

我跟着她回到卧室，看到她坐在桌子旁边，拿过一张纸。她检查羽毛

国王的诅咒

笔的笔尖,将它浸入墨水中,仔细擦拭,然后开始自信优雅地写字。

"殿下,在写作之前要先仔细考虑。你打算怎样说?"

她抬头看着我,神情冷静,好像早已为此做好准备,这是可能发生的最糟糕的事情。"我会告诉他我永远不会违背他的命令,但我不能放弃上帝,自然和我父母给我的权利。"她耸了耸肩,"即使我想放弃自己的职责,我也不能这样做。我无论生死都是都铎公主,没有人可以反驳这一点。"

1533年11月

艾塞克斯郡　比尤利

蒙塔古穿过黑暗的薄雾和雨水来到比尤利，他带了六个侍从，都穿着便装。

他们叽叽喳喳地走进来，我在院子里迎接他们。"你这次是秘密前来？"

"不完全是，但我并不想引人注意，"他说，"我觉得自己没有被监视或跟踪，我希望这种状态能保持下去。但我必须见到你，母亲，有件要事。"

"进来吧。"我让马夫将马牵到马厩，指使侍从们去大厅取暖，然后把我的儿子带到小楼梯，进入我的卧室。我的两个孙女凯瑟琳和温妮弗雷德以及另外两名侍女坐在窗前，抓住最后一丝光亮做缝纫活儿。我告诉她们放下活计去会客厅练习舞蹈。她们鞠了一躬离开，开开心心地去跳舞了，我转身面对儿子。

"什么事？"

"肯特圣女伊丽莎白·巴顿已经从赛恩修道院消失了。我担心她可能被克伦威尔带走了。他可能会逼她说出自己见过王后的朋友，而克伦威尔就可以把这些情节串联起来编成一个完整的故事。自从我带她到你那儿之后，你有没有再见过她？"

"有一次，"我说，"她和我们的亲戚，亨利的妻子格特鲁德·考特尼一起过来，我们做了祈祷。"

"有人见过你吗？"

国王的诅咒

"没有。"

"你确定吗?"

"我们在里士满的小教堂里。牧师在那里。但他永远不会背叛我。"

"他现在可能会了。克伦威尔利用酷刑来逼人认罪。她说了关于国王的事吗?"

"酷刑?他在折磨神父?"

"是的。圣女说起国王了吗?"

"她说的跟之前差不多,如果他试图抛弃王后,那么他剩下的日子就屈指可数。但这话她对国王本人也说过。"

"她有没有说我们会夺取王位?有没有说过?"

我不会告诉我儿子,她预见到他娶了公主并成为国王。我也不打算告诉他,她预测金雀花家族将再次成为英格兰王室。"我不会说。即使是对你,亲爱的。"

"母亲,托马斯·莫尔警告她不要为像我们这样的家庭预言。他提醒过她白金汉公爵牧师的下场,牧师与公爵只是悄悄讨论了一个预言而已。他警告她,假先知让我们的表亲做起了美梦,之后也让国王砍了他的头。不管是先知,还是先知所预言的英雄,国王都一并惩罚。现在公爵的告解牧师和公爵都死了。"

"所以我从不谈论预言,"我默默地补充道,"还有诅咒。"

蒙塔古放心地点点头。"宫里有一半的人都曾见过她,听她讲道或是与她一同祈祷,"他说,"我们只做了这件事对不对,你能确定?"

"我不知道她对格特鲁德说了什么。你能确定杰弗里不会说吗?"

蒙塔古沮丧地笑了笑。"无论如何,我确信杰弗里永远不会背叛我们,"他说,"我想他去过赛恩并和她一起旅行到坎特伯雷,但是还有很多其他人一同前往,费希尔和莫尔也在。"

"有数千人听过她的讲道,"我说道,"成千上万人私下会见了她。如果托马斯·克伦威尔想要逮捕所有与肯特圣女一起祷告的人,那么他就得逮捕大半个王国。如果他想逮捕那些认为王后不该被抛弃的人,他就得逮捕王国的所有人,除了诺福克公爵、波琳家族和国王本人。我的儿子有这么多人掩护,我们一定不会有事的。"

但托马斯·克伦威尔的胆量超乎了我的想象,他也比我想象的更加危险。他逮捕了肯特圣女,逮捕了七名圣人,并再次逮捕了主教约翰·费希尔和前大法官托马斯·莫尔,仅仅是因为观点相悖,他就把这些伟大的人当作无名小卒一样从街上拎起,然后丢进伦敦塔中。

"他不能因为主教与一位修女交谈过,就逮捕主教!"玛丽公主说,"他不能这么做。"

"他确实真这么做了。"我回答。

1533年冬

艾塞克斯郡　比尤利

　　我不指望国王会邀请我们参加圣诞宴会，听说宫里正准备大肆庆祝另一个孩子的降生。坊间传闻那个自视为王后的女人高昂着头，时时刻刻都捧着肚子，很自信这次会生出男孩。我想她一定每晚都跪地祈祷，希望能生个男孩。

　　在这种情况下，我觉得他们并不希望我露面。我目睹了太多次分娩过程，那种失望像件黑色斗篷一样笼罩着我。我觉得他们也并不希望公主在场，所以我命令仆人们在比尤利准备圣诞宴席。我也不指望这场宴席能给公主带来多少的快乐，她甚至都不被允许给自己的母亲送一份礼物或是一句祝福。我怀疑那个称自己为王后的女人警告人们不要前来拜访或是送礼物，但她是我们的公主，我们必须为她举行圣诞节盛宴。

　　尽管不敢公然表达敬意，但这个国家的国民都在用自己的方式向公主表达敬爱与支持，这实在是令人感动。当地农夫们源源不断地给我们送来苹果和奶酪，甚至还有烟熏火腿。我所有的家人，即使是最远的表兄弟，都给她送来了圣诞礼物。几英里外的教堂里，人们都在为她和她的母亲祈祷，所有仆人和访客都称她为"尊敬的公主"，并向她致以最诚挚的问候。

　　我从未要求人们违抗国王之命继续称她为公主，但在比尤利，所有的人都是这么做的。她身边的很多人都是陪着她长大的，她一直都是我们的公主，即使我们想要换个称呼，新的称号也无法深入人心。安妮·赫西夫人以她真正的头衔大胆地称呼她,当有人对此质疑时,人们就说她已经四十三岁,太老了,不能适应新变化。

在一个明媚的冬日清晨,公主和我准备去打猎。在庭院里,我们牵着她的小马驹准备小跑出去,还带了一些热葡萄酒用来取暖。猎犬们四处嗅探,时不时发出兴奋的叫声。我轻拍马脖子,公主的骑师帮她坐在马鞍上。我下意识地把手指放在马腹带下,检查是否束紧,骑师对我微笑着颔首。"我决不会放松公主的马腹带,"他说道,"决不会。"

我尴尬得满脸通红。"我知道你不会,"我说,"但我不能不检查就让她骑上去。"

玛丽公主笑了。"如果可能的话,她会让我坐在你身后的软垫马鞍上,"她顽皮地说道,"她甚至会让我骑驴。"

"我必须保证你的安全,"我说,"不管是在马鞍上还是在外面。"

"她骑着布莱奇绝对安全。"骑师说道,紧接着他向门外一瞥,转过身来悄声对我说:"有士兵来了!"

我踩上垫脚台,顺着马头看到一些士兵跑进院子里,后面跟着一个骑大马的男人。

"托马斯·霍华德,诺福克公爵。"

玛丽公主动了动身,想要下马,但我向她点点头示意她好好坐在马鞍上。我站直身体,等待诺福克公爵骑到我身边。

"大人。"我冷冷地说。我爱他的父亲,老公爵是王后的忠实信徒。我也很喜欢他的妻子,但他让自己的妻子过着悲惨的生活。我对他从来都没有什么好感,这男人确实继承了他父亲所有的野心,但他却没有任何智慧可言。

"尊敬的伯爵夫人,"他扫了我一眼,然后大声说道,"玛丽女士。"

他的声音很激动,像是随时准备与人发生冲突。他的警卫队长四处环

国王的诅咒

顾着,似乎是在衡量我们双方的力量。他注意到我们正在打猎,而且很多人都拿着匕首或是短刀。但霍华德完全不必担心自己的安危,他身后的士兵们全副武装,充分做好了战斗的准备。

我冷静地计算士兵的数量和武器。我看着这位面无表情的公爵,思索着他希望实现的目标。玛丽公主的脸稍稍偏转,假装没有注意到这一切。

"我给你们带来了迁居的消息。"他大声说道,就是为了让她听见。尽管如此,她还是不愿意看他。"国王陛下命令你到宫里去。"

她立刻转过身来,脸上露出笑容。"进宫去?"她问道。

他继续严肃地说话。我意识到他并不愿意做这份工作,如果要效忠于国王和那个自称王后的女人,那他会感到更加耻辱。

"你要进宫去服侍伊丽莎白公主。"他说,他的声音在马匹和猎犬的嘈杂声中也清晰可闻,公主的侍从们发出不满的嘀咕声。

快乐立即从她脸上消失了。她摇了摇头。"我不能为公主服务,我就是公主。"她说。

"这不可能。"我开口。

霍华德转过身来,往我手里塞了一张纸,上面有国王潦草的签名和印章。"读读吧。"他粗鲁地说。

他卸下缰绳扔到侍从身上,没等人请他就自顾自地穿过双扇门,走进大厅。

"我会跟他谈,"我快速对公主说,"你去骑马。我去看看该做些什么。"

她气得浑身颤抖。我瞥了一眼她的骑师。"照顾好她。"我警告他。

"我是公主,"她挤出一句话,"除了我的王后母亲和我的国王父亲,我不会服侍任何人。告诉他这一点。"

"我会想办法。"我向她保证道,从垫脚台上跳下来,示意猎人退下,然后跟着托马斯·霍华德走进昏暗的大厅。

"我不是过来争辩对错的,我只是来传达国王的意愿。"在我走进大房间的那一刻,他对我说道。

我不确定公爵能否判断任何是非对错,他不是伟大的哲学家,当然也不是雷金纳德那样的人。

我低头。"国王的意愿是什么?"

"有一项新法律。"

"另一项新法律?"

"一项决定国王继承人的新法律。"

"长子继承王位这一点还不够吗?"

"上帝告诉国王,他与安妮王后的婚姻是他唯一有效的婚姻,她的孩子将成为他的继承人。"

"但玛丽公主仍然可以作为公主,"我说道,"只是两个中的一个。两个人中更年长的那个。"

"不。"公爵断然说道。我能看出这件事让他也大为不解,尤其是当我提出这个问题后,他显得更为火大。"事情并不是这样!我不是来与你争论,而是来执行国王意愿的。我要带她去哈特菲尔德宫。在约翰爵士和安妮·谢尔顿夫人的监督下,她将住在那里。她只能带一名女仆、一名侍女和一名马夫,仅此而已。"

谢尔顿是波琳家的亲戚。他这是要把我的公主带到一个被敌人包围的房子里。

"那她的侍女、管家、骑师和家教呢?"

"这些人不能一同前往,她的仆人们将被解雇。"

"但我必须和她一起去。"我震惊地说道。

"你不能。"他断然说道。

"当她还是个孩子的时候,国王就让我陪在她身边!"

"已经过去了。国王让她去服侍伊丽莎白公主。没有人可以服侍她。你被解雇了。她的仆人们都被解雇了。"

我看着他那张冷酷的脸,想到他安置在我们圣诞庭院里的士兵。我想到等会玛丽公主骑马回来后,我必须告诉她,她要去哈特菲尔德的旧宫殿,身边不再有随从和仆人或是朋友。她必须在波琳家的亲戚监督之下,服侍波琳家的私生子。"我的上帝,托马斯·霍华德,你怎么能这么做?"

"我不能对国王说不,"他粗鲁地说道,"你们谁都不能。"

⁂

她脸色苍白,十分痛苦,根本无法骑马,我只能扶她下来。我把一块热砖放在她的脚下,用丝绸裹在她的腿上。她把小手伸进窗帘,我紧紧抓住她,不舍得放她走。

"我会尽快叫你过来,"她平静地说,"他不能将我们分开。所有人都知道我们必须形影不离。"

"我问他们是否可以和你一起来,我说我会自费前来,我会服侍你。我会支付所有的费用。"我焦虑不安地唠叨着,看到角落里的托马斯·霍华德站起身。骡子不安地走动,我紧紧握住她的手。

"我知道。但他们想让我独自一人,就像我母亲一样,身边没有任何朋友。"

"我会来的,"我发誓,"我会写信给你。"

"他们不会让我收到信件。我不会读到任何称我为公主的信件。"

"我会偷偷地写。"我极力不让她看到我哭泣,在这可怕的时刻,我极力帮助她保持自己的尊严,我们被生生拖走了。

"告诉我的母亲,我很好,而且我一点也不害怕,"她说道,她害怕得发抖,脸色苍白得犹如轿舆的帘布。"告诉她我永远不会忘记我是她的女儿,她是英格兰王后。告诉她我爱她,我永远不会背叛她。"

"快走!"托马斯·霍华德喊道,他们一动身,玛丽立刻紧攥住我的手。

"你可能不得不服从国王,我不知道他会问你什么,"我在马车旁奔跑着,"不要反抗他。不要让他生气。"

"我爱你,玛格丽特!"她说,"祝福我吧!"

我想说些什么,但根本无法开口。"上帝保佑,"我低声说,"上帝保佑你,小公主,我爱你。"

我退后一步,向她远去的背影行了个礼,低下了头,如此她便看不到我因悲伤而扭曲的脸。在我的身后,家里的每个人都向她深深鞠躬,整条街上的人都看到了公主在自己的房子里被绑架,他们脱下帽子,跪下来为这位英格兰唯一的公主而祈祷。

1534年春

汉普郡　沃灵顿堡

我终于能再次回到家中休养。我本应该很高兴。每天醒来，阳光透过明亮的威尼斯玻璃窗，把房间照得亮堂堂，壁炉的火烧得正旺，干净的亚麻布在缓慢烘干。我是一个富有的女人，有高贵的头衔，现在不用再服侍王室，可以留在家里与儿孙享天伦之乐，经营土地，在自己的修道院祈祷，过上安全又舒适的生活。

我不再年轻了，我哥哥死了，我丈夫死了，我的王后堂姐也死了。我凝视镜中自己脸上深深的皱纹和眼睛里的疲惫，兜帽下的发丝也已悄然灰白，现在是该休息了，但想到这一点就令人唏嘘，我知道自己从未为死亡做准备：我是个幸存者，不知道自己何时才能甘愿静默地死去。

我很珍惜这份来之不易的安全。托马斯·莫尔被指控犯了叛国罪，因为他曾与伊丽莎白·巴顿交谈过。他必须找到自己曾经警告伊丽莎白的信件，才能证明自己的清白，洗脱罪行。在这个潮湿的春天，我的朋友约翰·费希尔没能摆脱指控，现在被关押在塔楼的石头牢房里。伊丽莎白·巴顿和她的朋友们也都被关起来了，必死无疑。

我本应对自己能拥有安全和自由而感到庆幸，但我根本开心不起来，因为约翰·费希尔还生死未卜，王后还被遗忘在亨廷顿郡平坦寒冷的土地上，得不到悉心照顾。更糟糕的是，在哈特菲尔德宫，玛丽公主不得不在自己房间的壁炉上烹制早餐，因为波琳一家随时有可能在她的饭菜中下毒。

她被软禁在房子里，甚至不允许在庭院内走动，没人能去拜访她，她接受不到任何消息，也得不到一句安慰。我不被允许去找她，虽然我用乞求的信件轰炸了托马斯·克伦威尔无数次，也请求萨里伯爵和艾塞克斯伯爵去说服国王，但谁都改变不了现状。我终究还是与自己视作女儿的公主分开了。

我时常感觉到身体不适，但医生并没有检查出任何疾患。我一旦躺下就很难起床，觉得自己患上了一种令人逐渐憔悴的疾病。我非常担心公主和王后的境况，但却无法给她们任何帮助，这种无力感在身上蔓延，几乎令我窒息。

☆

杰弗里前来拜访，向我传递了一些雷金纳德的动态，他目前在罗马，正在恳求教皇将亨利驱逐出教，这样人民就可以起来反对他，为西班牙皇帝的入侵做好准备。

杰弗里告诉我，我的表亲亨利·科考特尼的妻子格特鲁德公开支持王后和公主，国王甚至警告考特尼，他的妻子再多一句嘴，就要砍了他的脑袋。考特尼告诉杰弗里，他起初以为国王是在开玩笑——有谁会为了妇人之言而斩首她的丈夫？但现在他意识到这不是笑话，他已经命令自己的妻子保持沉默。杰弗里吸取了他的教训，从此加倍小心，一个人行进在寒冷泥泞的道路上，拜访王后并捎信给公主。

"这件事也没能让她高兴起来，"他闷闷不乐地对我说，"我担心这会让事情变得更糟。"

"为什么？"我问道。我躺在靠近窗户的沙发床上，接受着最后一缕夕阳的照抚。杰弗里给玛丽带去的信里，一定是有什么让她痛苦的内容。"为什么？"

"因为这是一场告别。"

我撑起身子。"告别?王后要离开?"我的脑袋天旋地转。难道她的侄子会在国外为她提供安全的避风港吗?她难道要让玛丽独自一人在英格兰面对她的父亲?

杰弗里苍白的脸上写满恐惧。"不是这样。但比这更糟糕。王后写道,公主不应该与国王发生争执,除了那些涉及上帝和她灵魂安宁的事情外,应该在所有事情上服从他。"

"是的。"我不安地说。

"她说不介意他们对自己做了什么,因为她确信她们会在天堂见面。"

我惊坐起身:"你怎么想?"

"我没有看到整封信。这是公主读信时我看到的,她将信紧紧捂在胸口,亲吻了王后的签名,说自己会跟随母亲的引导,不会让她失望。"

"王后是否认为自己将被处决,并告诉公主也要做好准备?"

杰弗里点点头。"她说她不会失败。"

我站起身来,但还是感觉天旋地转,不得不紧紧抓住床头板。我必须去找玛丽,我要让她宣誓,不管发生什么事,决不能拿生命冒险。这个宝贵的都铎姑娘所拥有的最珍贵的东西,就是她自己的生命。我悉心照料她长大,视若己出,绝不是为了让她轻易放弃自己的生命。没有什么比生命更可贵,她决不能在这场与她父亲的斗争中牺牲自己的生命。

"有人说每个人都必须起誓。我们每个人都必须按在《圣经》上发誓国王的第一次婚姻是无效的,他的第二次婚姻是有效的,而伊丽莎白公主是国王唯一的继承人,玛丽公主是他的私生女。"

"她不能发誓,"我断然说道,"我也不能。谁都不能。这只是个谎言。她不能立下这种荒唐的誓言,这是对她母亲的侮辱。"

"我觉得她不得不这样做,"杰弗里说,"我想我们都得如此。因为拒绝起誓的人会被判处为叛国罪。"

"他们不能因为说出真相而杀死一个人。"我无法想象一个国家的刽子手竟然会杀死说真话的人,"我知道国王现在的心意已决,但他不会做到这一步。"

"我觉得会。"杰弗里警告道。

"所有人都知道她才是真正的公主,她本人怎能起誓否认这一点呢?"我再次强调,"我不能起誓,谁都不能做出这件事。"

1534年春

伦敦　威斯敏斯特宫

我与一些贵族一起被召唤到威斯敏斯特宫的枢密院，在那里，大法官托马斯·克伦威尔踩着托马斯·莫尔的鞋子——就像在主人靴子里跳舞的傻瓜一样——带领宣誓。贵族们站在他面前，就像困惑的孩子们在等待背诵教义问答。

我们对事情的真相心知肚明，因为教皇已经公开裁定过了。他宣布凯瑟琳王后和亨利国王的婚姻是有效的，国王必须抛弃其他人，与自己真正的妻子和睦相处。但他并没有将国王逐出教会，所以虽然我们知道国王是错的，我们也没有权利藐视他。我们每个人都必须做自己认为最正确的事。

而且，教皇在很远的地方，国王声称他无权管辖英格兰。国王已经裁定他的妻子不是他的妻子，他的情妇是王后，她的私生子是公主。国王宣称他认定的就是事实，他是新教皇。他可以裁定任何一件事。但凡我们有一丝勇气，或是对世俗世界有一丁点的清醒认识，都知道国王犯了错。

可与此相反，我们一个接一个地走到大桌子前写下誓言，按上巨大的印章。我拿起笔把它浸在墨水里，感觉自己的手在颤抖。现在的我就是犹大，就像是犹大本人把笔递到我的手里。纸张上抄写精美的单词在我面前旋转着，我几乎看不清任何一个字眼。我想：祈求上帝拯救我，我已经六十岁了，又老又虚弱，也许我可以直接晕倒过去，从房间里被带走，就能幸免于此。

我抬起头，对上蒙塔古坚定的目光。他和杰弗里都会签字，我们都必须同意这项决议以逃避旁人的疑心，期待事情会出现转机。很快，在我找到改变主意的勇气之前，我潦草签下了名字：**玛格丽特，索尔兹伯里伯爵夫人**，让自己再次忠于国王，忠于那个自称王后的女人，承认国王是英格兰教会的负责人。

这些全都是谎言，而我就是亲手写下谎言的骗子。我后退一步，不再希望自己假装晕倒了，我希望我有勇气挺身而出，因为王后告诉公主她必须做好准备。

✦

后来我听说，约翰·费希尔，那个圣洁的老人，始终坚持忠于我们的英格兰王后，坚决拒绝签字。他们不尊重他的年龄，也不尊重他对都铎王朝的忠诚；他们强迫他进行宣誓，而他说自己决不会否认教皇的权威，他被再次带回塔楼，很可能会被处决，虽然大多数人都认为没人能处决教会的主教。我对此没有公开表达任何看法。

托马斯·莫尔也拒绝起誓，我想起他温暖的棕色眼睛和他关于孝顺的笑话以及亚瑟失踪时他对我的怜悯。他以一个学者的身份拒绝签字，说自己虽然不完全反对这份誓词，但也不能完全赞同它。我多么希望在那样的时候，我能站在他的身旁支持他。

他的灵魂如此圣洁，从未责怪那些起誓的人，也没有对那些签署过誓词的人说过一句批评的话语。但是为了自己的灵魂，他拒绝签名。

国王曾向他的朋友托马斯承诺过，永远不会让他处于此等境地，但国王并没有遵守他对这个受众人爱戴的男人所许下的誓言。

1534年夏

伯克郡　毕萨姆庄园

我回到了毕萨姆，杰弗里也回到了洛丁顿。每天醒来时我嘴里都有不好的味道，我认为这是怯懦的气味。我很庆幸能离开伦敦，在那里我的朋友约翰·费希尔和托马斯·莫尔被关押在塔楼里，在那里伊丽莎白·巴顿诚实的眼睛盯着伦敦桥上的长钉，直到乌鸦和秃鹰啄掉它们。

他们制定了一项以前从未有过的新法律。这项法律被称为叛国法，任何希望国王死亡，或者通过言论、信件、手稿或者承诺对国王乃至他的继承人造成任何身体伤害，以及称国王为暴君的人，都犯下了叛国罪，都要被处死。我的表亲亨利·考特尼写信告诉我，这一法案已经通过，我们必须非常谨慎地处理自己所写下的任何内容，我觉得他不必警告我烧掉他的来信，因为这根本没什么大碍，重要的是我们要学会忘记自己的想法。我决不能认为国王是一个暴君，也必须忘记他自己的母亲曾起誓希望他终身膝下无子。

蒙塔古与国王一起旅行，行走在出游宫廷的长队之中，而托马斯·克伦威尔也取得了自己的成就：他信赖的手下搞清楚了英格兰大大小小、各种教派的每个宗教建筑的价值。没有人确切知道为什么大法官会对这些东西感兴趣，但大家都觉得这对于富裕和平的修道院来说绝不是个好兆头。

我可怜的公主躲在哈特菲尔德宫的卧室里，试图躲避伊丽莎白公主的族人的欺负。王后再次奉命迁居。现在她被关在亨廷顿郡的金博尔顿城堡①里，这是一座新建的塔楼，只有一个出入口。她的管家——不妨称他为狱卒——住在院子的一边，王后和几名仆人住在另一边。人们传言王后生病了。

那个将自己奉为王后的女人住在格林尼治宫待产。在那个宫殿，我与凯瑟琳共度了无数个日夜，祈祷一个男孩的诞生。

显然，他们确信在此将生出个男性继承人。他们的医生、占星家和预言家都说有一个强壮的小男孩即将出生。他们非常有信心，埃尔特姆宫的王后居所已被改造成为即将出生的王子的宽敞育儿室。他们为他做了一个坚固的银摇篮，女仆们在亚麻布上用金线绣出图案。他无所不能的父亲给他取名为亨利，他将在秋天出生，他的洗礼仪式将证明国王受上帝的眷顾，波琳家那女才才是合适的王后人选。

在农民收获的季节，我的牧师和告解神父约翰·希利亚尔来找我。我们在田野里堆起了高高的草垛，以为冬天贮存干草；一车车的玉米从田里被拉到粮仓。我正站在粮仓的门口，金黄色的谷物令我生出一阵欣喜。我的人民可以平安度过整个冬天，我也将为自己积累一大笔财富。这种物质上的舒适就像暴饮暴食一样，给我带了巨大的宽慰。

约翰·希利亚尔难以认同我的喜悦之情。他面露难色地要求与我私下说说话。"我不能宣誓，"他说，"他们来到了毕萨姆教堂，但我做不到。"

"杰弗里签字了，"我说，"蒙塔古和我也签了。我们是第一批被召入的人，我们都做到了。现在轮到你了。"

"你真的相信国王是教会的真正领袖吗？"他冷静地问我。

农夫们唱着歌，将牛车赶上车道，大牛们拉着挽具就像春天拉着犁那样。

"我向你忏悔了自己说出的谎言，"我平静地说，"你知道我在签署誓

---

① 位于剑桥郡附近。

言时就犯下的罪。你知道我背叛了上帝、王后以及我心爱的公主。我背叛了我的朋友约翰·费希尔和托马斯·莫尔。我余生的每一天都会为之忏悔。"

"我知道,"他认真地说,"而且我相信上帝也知道,他会原谅你。"

"但我不得不这样做。我不能像约翰·费希尔那样一步步走向死亡,"我凄惨地说,"我不想被关到塔楼去,我终其一生都在逃避这个结局,我不能这么做。"

"我也不能,"他同意道,"所以,如果你能允许的话,我将离开英格兰。"

我很震惊,转身抓住了他的手。一些劳累的人吹着口哨,还有人拉扯着他的袖子。"我们不能在这里说话,"我不耐烦地说,"到花园去。"

我们远离粮仓的喧嚣,穿过大门来到花园。墙边有一个石凳,晚熟的玫瑰仍然在肆意生长,充满着香气的花瓣掉落在石凳上。我用手拂去花瓣,然后坐下。他在我面前站着,好像以为我会责备他。"噢,快坐下!"

他坐下后沉默了一会儿,仿佛是在祈祷。"真的,我不能宣誓,我也害怕死亡。我要去国外,看看是否有其他方法可以为你效忠。"

"什么方法?"

他斟酌了一番。"我可以为你的儿子传话。我可以去你加莱的亲戚那里,可以前往罗马教廷,告诉他们公主的境况。我可以去找西班牙皇帝把他姨妈的遭遇一五一十地转告给他。我可以去打探前来英格兰的大使们对我们的看法,并向你报告。"

"你是在说自己愿意成为我的间谍,"我断然说道,"你觉得我想要或需要一个间谍和一个信使。但你们所有人都知道我宣誓成为国王和安妮王后及其继承人的忠诚臣民。"

他什么都没说。如果他说自己只是要让我与我的儿子保持联系,我就能断定他是克伦威尔的间谍，被派来引导我们踏入陷阱。但他没有再说什么。他只是低下头："如你所愿，夫人。"

"就算得不到我的佣金，你也愿意离开吗？"

"如果我无法胜任这项工作，那么我会尽力找到一个有能力的人。托马斯·达西勋爵、约翰·赫西勋爵和你其他的亲戚们，我知道有很多人都违背了自己的意愿宣誓。我会去问西班牙大使是否有什么我能做的。我相信很多领主都想知道雷金纳德在思考和做什么，教皇和皇帝在计划些什么。无论我的主人是谁，我都会为王后和公主的利益服务。"

我选了一朵最娇嫩的白玫瑰递给他。"这是给你的回答，"我说，"也是给你的徽章。去找杰弗里的朋友，他的老管家，休·赫兰德，他会帮助你安全地穿过狭海。之后去找雷金纳德，告诉他我们的境况，然后帮助他。你要告诉他，那些誓言对我们所有人来说都太沉重了，英格兰已经准备好了，他必须告诉我们什么时候开始行动。"

✦

约翰·希利亚尔第二天就启程了。当人们问起时，我说他没有提前知会就离开了。我将不得不为家庭寻找另一位牧师，并为自己寻找告解牧师，这是个巨大的麻烦事。

理查德院长在周日礼拜后召唤所有家庭成员在小修道院宣布国王的誓言，我抓住这个机会向大家宣布约翰·希利亚尔的失踪，告诉大家他在布里斯托尔可能有家人，所以也许他已经去了那里。

我们拥有了另一个线人，连接着金博尔顿堡的王后与罗马教廷，教皇会在那里下令救出她。

九月份，天气变冷了，王室回到伦敦，蒙塔古来到毕萨姆宫进行短期访问。

"我想要亲口告诉你这件事。"他从马上跳起来,在我身边跪下,"我不想写信。"

"发生了什么事?"我微笑着问。我可以从他站起来的姿势知道这绝不是个坏消息。

"她失去了孩子。"他说。

像世界上任何一个女人一样,我对这个消息感到十分悲伤。安妮·波琳是我最大的敌人,而孩子曾是她最大的筹码。即便如此,我已经太多次给国王带去坏消息:死去的婴儿,痛彻心扉的悲伤,未兑现的承诺,曾憧憬的未来,现在成了永远不会发生的事。

"哦,上帝保佑他,"我在自己胸前画了个十字,"上帝保佑他,这个无辜的可怜孩子。"

这次不会有都铎男孩出生,金雀花王后和她母亲对都铎王朝的可怕诅咒仍然有效。我不知道它是否会像我的堂姐所预言的那样达到最终目的:都铎家族无法得到一个男孩,只能得到一个女孩,一个无法生育的女孩。

"国王怎样了?"过了一会儿,我问道。

"我以为你会很高兴,"蒙塔古惊讶地说,"我以为你会觉得如释重负。"

我用手比画了一个手势。"我没有那般铁石心肠,不会希望一个未出生的孩子死亡,"我说,"无论他会带来什么。是个男孩吗?国王能接受这件事吗?"

"他非常生气,"蒙塔古沉着地说道,"他把自己锁在房间里,像一头受伤的狮子一样咆哮,用头往木板上撞,我们都听到了动静,但是谁也不敢进去。他咆哮了一天一夜,哭喊,大叫,最后像个醉汉一样睡着了,头埋在壁炉里。"

我默默地听着。这就像一个失望孩子的愤怒,而不是一个男人,也不是一个父亲的悲伤。

"然后呢?"

"然后早上他恢复了理智,他洗脸,剃须,打理头发,对这件事绝口不再提。"蒙塔古困惑地告诉我。

"他不忍心再说吗?"

蒙塔古摇了摇头。"不,他表现得好像这件事从未发生过一样。不管是哭泣的夜晚,失去的孩子,还是床上的妻子——简直令人难以置信。虽然人们已经为孩子制作了摇篮,房间也刷上了壁画,甚至在王后房间旁新建了一个小王子的卧室,但这一切似乎对他都像是过眼云烟,他甚至否认自己曾经有过一个孩子。我们也一样,表现得很开心,希望她很快就会再怀孕,谁都不敢表现出绝望。"

比起亨利抱怨上帝对都铎王朝不再眷顾,这似乎更加奇怪。我以为他会觉得自己不走运,会像之前迁怒于王后那样迁怒于安妮。我以为他会责备安妮无法给他生下儿子。他无法承受自己遭遇的这一切,所以他选择否认和逃避,甚至拒绝承认这件事的存在。

"没有人跟他谈过吗?你们都知道这件事切切实实地发生过,完全没有人对他的遭遇表示同情吗?"

"不,"蒙塔古沉重地说道,"在宫里没有一个人敢这样做。他的老朋友查尔斯·布兰登,甚至托马斯·克伦威尔,这些与他形影不离的人也不敢。宫里没有一个人有勇气告诉国王他在否认些什么。因为我们知道他说什么就是什么。母亲,我们允许他对这个世界做出定义,他也确实如此。"

"他说自己根本没有孩子?"

"是的。所以她必须假装快乐,假装自己过得很好。"

我思考了一会,一个刚刚失去孩子的年轻女子不得不表现得像以前一样。"她表现得好像很开心?"

"不只是开心。她笑着跳舞,和宫里的每个男人调情。她兴奋不已,赌博、喝酒、跳舞。她必须让自己成为最理想、最美丽、最聪明、最有趣的女人。"

现在的宫廷就像噩梦一般,游走于疯狂的边缘。"她做到了吗?"

"她甚至有些失控。但如果她做不到,国王会认为她有缺陷,"蒙塔古平静地说,"有病。无法生育孩子。她不得不否认自己丧子这一事实,因为他不会娶一个不完美的女人。她秘密地埋葬了死去的婴儿,继续伪装成一个美丽、聪慧、能生育的女人。"

宣誓抵制王后和公主的活动从全国各地的教堂到宫里都在继续进行。我听说他们逮捕了我的亲戚安妮·赫西夫人,她和我都是公主的侍女。她被指控给位于哈特菲尔德的公主送去信件和小礼物,并不得不承认自己继续称她为"玛丽公主"是出于习惯,而不是故意为之。在得到赦免之前,她会被关押在塔楼中数月。

过了一阵子,我收到了杰弗里的一封短信,他没有签名,也没有盖上自己的印章。

> 王后拒绝宣誓,说自己决不会否认自己或女儿的身份,并表示自己已准备好接受任何处罚。她认为自己会在金博尔顿堡的城墙后被秘密处死。我们必须立即准备营救她和公主。

这是我此生最想逃避的一幕,我觉得自己生来就是个胆小鬼,是个骗子。我想起了我的丈夫,他曾祈求我永远不要再主张自己的身份或是履行什么职责,一定要保证自己和孩子的安全。但是现在,我认为那些日子已经过去了,虽然我怕得要命,但是我还是写了信送给杰弗里和蒙塔古。

  雇人和马,租船去佛兰德斯。照顾好自己。但是要让她们离开这个国家。

1534年圣诞节

伯克郡　毕萨姆庄园

我在毕萨姆举行圣诞节盛宴，不再等待来自哈特菲尔德和金博尔顿的消息。找到进入王宫的方法，贿赂王家监狱的仆人是需要时间的。当与泰晤士河沿岸的船员交谈时，我的儿子们需要特别小心：找到谁去向佛兰德斯航行，谁忠于真正的王后。我必须表现得除了圣诞盛宴之外别无想法。

我的家人也伪装得很好，假装并没有为自己的修道院感到担心，也不怕托马斯·克伦威尔的检查员来访。我们知道，这个国家的每个修道院都必须经历检查，特别是那些富有的修道院。他们来到我们的修道院，看了我们的宝藏和富饶的土地，然后就这么走了，什么也没说。我们只能表现得像是丝毫不害怕他们的复检。

哑剧演员们来到大厅的火炉前玩耍，侍者前来唱歌。我们穿戴着精美的帽子和斗篷，表演历史故事。

今年没有人表演关于国王、王后或教皇的故事。今年的圣诞司仪没有安排喜剧；没有人知道什么是真的、什么是叛国，一切都是颠倒的。将国王驱逐出教会的那位教皇已经死了，现在罗马有了一位新教皇，没有人知道上帝是否对他交代清楚，或者他将如何处理这位拥有两个妻子的国王，新教皇是法尔内塞家族①的一员，世人对他的看法并不完全可信。我祈祷他能找到神圣的智慧。没有人再寄希望于上帝能够对我们的国王产生启发。人们说他已经对欧洲鼹鼠进献的谗言深信不疑，而身处远方的王后也已随时准备好被处决。那个自称为王后的女人没能成功生下儿子，因此人们认为上帝也并没有眷顾她。虽然整件事充满着谎言和欺骗，但没有人敢再提一个字。

相反，人们开始讲述一些历史悠久的故事。有些是关于一场伟大的海上航行，冒险者是如何战胜海洋女巫、怪物和可怕的水龙卷。厨师沉默地玩起了掷刀游戏，好像思想比刀片更加危险。牧师走进小修道院，用晦涩的拉丁语诵读《圣经》，他不再给我们讲述马槽里的婴儿和向他下跪的牛的故事，一切的是非黑白都已经颠倒，即使是那些曾给人带来希望的话语也是一样。

因为真理只能是由国王告诉我们，而且我们也已经发誓相信他所说的一切——无论那是多么荒谬——我们无法确定所有事情。他的妻子不是王后，他的女儿不是公主，他的情妇戴上了王冠，而她的私生子由他真正的继承人服侍。在这样的世界里，我们还有什么是可以相信的呢？

"她正在渐渐失去自己的朋友，"杰弗里告诉我，"她与托马斯·霍华德舅舅大吵了一架；她的姐妹因嫁给普通士兵而被羞辱离开宫廷；她的嫂子简·波琳更是被国王流放，只因为她和国王的新对象发生了矛盾。"

"他再次坠入爱河了？"我急切地问道。

"只是调情。但是波琳王后在试图将她赶走的过程中失去了自己的嫂子。"

---

① 意大利文艺复兴时期较有影响力的一个家族，其历史可追溯至10世纪。此处的教皇应为保罗三世，他既有热心与虔诚的一面，又在世俗事务上有谋求私利的一面。

"那个女孩是谁?"

"我甚至都不知道她的名字。而现在他正在向玛奇·谢尔顿求婚,"杰弗里说,"为她写情歌。"

我突然充满了希望。"这是你给我最好的新年礼物,"我说,"霍华德家族的另一个姑娘。这会让他们家族四分五裂。他们一定想推那个姑娘上位。"

"波琳家的那女人因此非常孤独,"杰弗里的语气似乎带着几分同情,"她唯一能指望的人是父母和兄弟。其他人都会成为对手或是威胁。"

1535年春
伯克郡　毕萨姆庄园

我收到了蒙塔古寄来的一封没有签名的短信。

我们无能为力。公主生病了，他们很担心她的安危。

我立刻烧了纸条，然后去礼拜堂为她祈祷。我捂住自己通红的双眼，祈求上帝能够眷顾公主，她是英格兰所有的希望和光明所在。据说她现在病得很重，甚至可能死去，没有人知道她到底生了什么病。

我的亲戚格特鲁德告诉我，有一个谋杀王后的计划是将她捂死在床上，身体不会出现任何瘀伤，公主现在甚至在被波琳家派去的人毒害。我不确定是否应该相信她。安妮王后坚称真正的王后因犯叛国罪而被软禁。她竟然如此邪恶，这个曾经是我管家女儿的女人，她真的会秘密地杀死自己的前任情敌吗？

我不认为亨利参与了此计划。他已经把自己的医生送到了公主那里，并允许她搬去靠近自己母亲的位置，以便王后的医生可以照顾她，但他不会让她和她的母亲住在一起，不允许王后亲自守护她并照顾她恢复健康。我再次写信给托马斯·克伦威尔，恳求得到允许前去照顾她。他说这是不可能的。但他向我保证，只要她愿意签署誓言，我立刻就可以去陪她，她甚至可以进宫去，重新成为被自己父亲宠爱的孩子，就像亨利·菲茨罗伊一样。他这句话只让我发抖。

国王的诅咒

我回复说我会自费前往,并带上自己的医生。我将为她安排房子,我会劝说她像我一样宣誓。我提醒他,我是第一批宣誓的人。我不喜欢主教费希尔,或托马斯·莫尔勋爵。我没有良知,在暴风雨来临之际只会选择退缩。没有良心的指导,我是一个在暴风雨前会像柳枝般摇摆的人。如果他需要一个异教徒,一个叛徒,一个犹大,我将自己的安危置于一切之前,我会自愿答应他的一切要求。儿时的痛苦经历使我心怀胆怯。如果托马斯·克伦威尔想要一个骗子,那么我是最合适的人选,随时准备相信国王是教会的领袖。我相信王后是个亲王遗孀,相信公主只是玛丽女士。我向他保证,我准备相信国王命令的任何事情,只求他允许我去保护玛丽公主,为她餐前试毒。

他回答说自己很乐意帮我,但这是不可能的。他很遗憾地告诉我,玛丽公主的前任导师理查德·费瑟斯顿因拒绝宣誓而被关进了塔楼。"你给她雇的导师是个叛徒。"他假装不经意地威胁道,虽然表现得毫不在意,但他很高兴听到我愿意为所有事发誓,因为约翰·费希尔和托马斯·莫尔已经被判处叛国罪,所有人都知道后果是什么。

他最后补充道,国王将就这些变化咨询雷金纳德!我难以置信地丢下这封信。国王写信给雷金纳德是为了他与安妮·波琳结婚的学术观点,以及他对英国教会所有权的看法。他们相信雷金纳德会证实国王的观点,即英格兰国王必须是教会的领袖,难道真的只有国王一人才可以统治这个王国吗?

我很快开始担心这是一种陷阱,他们希望向雷金纳德灌输这样的想法,好让他谴责自己。但克伦威尔勋爵接着写道,雷金纳德已回复国王说自己非常荣幸,并且正在研究此事,得出结论后会立即回复国王。他会对此进行阅读、研究和讨论。克伦威尔勋爵对雷金纳德会做出什么样的决定深信不疑,因为他已经承诺自己是一个忠诚而充满爱心的教士。

我带上一匹马和一名警卫,驱车来到伦敦的房子,并且给蒙塔古写了一封信。

1535年春夏之际

伦敦 埃贝尔

"主教费希尔和托马斯·莫尔被送上了审判台,"蒙塔古疲倦地告诉我,"不难猜出判决结果会是什么。法官是托马斯·霍华德,波琳的叔叔,波琳的父亲和兄弟。"这些经历和我的愤怒使他疲惫不堪。

"他们为什么不发誓?"我悲伤道,"上帝会原谅他们的啊!"

"费希尔无法撒谎,"蒙塔古双手捂着头,"国王要求我们所有人学会假装。有时我们不得不假装他是一个进宫来的英俊陌生人,假装他的私生子是个公爵,假装从来没有婴儿死去。现在我们必须假装他是教会的最高领导人。他称自己为英格兰皇帝,没有人敢提出不同意见。"

"但他永远不会伤害托马斯·莫尔,"我争辩道,"国王喜欢托马斯,当别人不得不为婚姻提供建议时,他允许他保持沉默。他让雷金纳德说出来,但他允许托马斯保持安静。他允许托马斯放弃职位回家休养。他说,如果托马斯想要保持沉默,那么他可以过上平静的生活。托马斯也确实这么做了。他与家人住在一起,告诉所有人他很高兴能成为一名退隐学者。国王不可能会谴责他如此深爱的朋友。"

"我敢打赌他会,"蒙塔古说,"他们只是想找个不会打扰学徒男孩们的日子。他们不敢在圣节处决约翰·费希尔。他们担心自己会造就另一个圣徒。"

"看在上帝的分上,他们为什么不顺从国王的意志,乞求赦免,然后先离开监狱呢?"

蒙塔古看着我,好像我是个傻瓜。"你能想象吗,曾经指导过教会的圣人,玛格丽特·博福特夫人的告解牧师约翰·费希尔,怎么可能公开声明教皇不是教会的领袖,在上帝的见证下立下荒谬的誓言?他怎么可能这样做?"

我摇头,眼泪模糊了双眼。"这样他至少能保命,"我绝望地说,"没有比这更重要的了。他不必为此去死!就为了几句话!"

蒙塔古耸了耸肩。"他做不到,托马斯·莫尔也做不到。你觉得这件事会发生在他身上吗?托马斯可是整个英格兰最聪明的人。我想他每天都在思考这件事。对生活和子女的爱是对他最大的诱惑,但他现在宁愿抛弃这一切。"

我蜷在椅子里,用手遮住脸。"儿子,这些圣人真的宁愿去死,也不愿意在那张罪恶的纸上签名吗?"

"是的,"蒙塔古说,"如果我更有男子气概些,我也会做同样的事情,我会和他们一起进入塔楼,不会让自己像犹大一样背叛他们,甚至还不如犹大。"

我马上抬起脸。"不要这样,"我平静地说,"不要希望自己在那里。永远不要想这样的事情。"

他停顿了一下。"母亲大人,时机已到,我们必须坚定立场,无论是对抗国王的顾问,还是反抗他自己。约翰·费希尔和托马斯·莫尔现在都在坚持自己的立场。我们应该和他们站在一起。"

"谁会和我们站在一起?"我问道,"如果皇帝开始入侵,我们就能站出来反抗他。可如果孤立无援,我根本不敢。"

看着他苍白但坚定的脸,我只得说服自己不要崩溃。"儿子,你不知道塔楼是什么样的,你不知道只能从小小的窗口往外看是什么感觉。你不知道听到他们建造断头台是什么感觉。我的父亲在那里被处决,我的兄弟穿过吊桥走到塔山,脑袋滚落在人前。我不能让你或者杰弗里去冒险。我无法再目睹金雀花家族的另一个人走进那个地方。没有可靠的支援我们绝对不能轻举妄动。向我保证,不要让自己冒着生命的危险去做这件事,一定要有绝对的把握,再开始行动。"

✦

新任教皇向国王传递了一个明确的信息,他决定赋予约翰·费希尔红衣主教的头衔,这位因被关押而健康状况堪忧的伟人,必须得到所有人的尊重。教皇是普世教会的负责人,他的这一举动无疑能够给予费希尔明确保护。

当着整个宫廷的面,国王大声宣誓:红衣主教的冠冕不准进入英格兰,否则他会将费希尔的项上人头奉上。

这一举动简直野蛮至极。宫中的知识精英们虽然对此心存不满,但他们纷纷选择不作为。没有人胆敢对他说"嘘"或"上帝原谅你"。我的儿子们也很可悲地位于他们之中,到了六月,这群人眼睁睁地目睹国王处决了这位选择坚守信仰的伟人,这位伟人曾是他们祖母最忠实的朋友,也是国王妻子的精神顾问。约翰·费希尔是一个善良而有爱心的人,当我还是一个孤立无援的年轻女人时,他曾慷慨地为我提供了避难所。而现在,我甚至没有挺身而出为他辩护一句话。

长期的牢狱之灾并没有摧毁这位风烛残年的老人的意志,他从未试图逃避托马斯·克伦威尔为他安排的结局。在被处决的那个清晨,他换上自己最好的衣服,像是赶去婚礼的新郎那样义无反顾地奔向自己的刑场。听闻这个令人不寒而栗的消息,我即刻赶往自己的小教堂祈祷。我永远无法做出此举动,我缺乏信仰,并且太想活下去了。

国王的诅咒

七月,托马斯·莫尔完成了写作、祈祷和思考后,他终于意识到自己没有办法同时满足上帝和国王,他走出牢房,仰望蓝天和嗥叫的海鸥,漫步到塔山,深吸了一口夏日的空气,然后接受处决,他宁愿选择殉道也不愿意背叛自己的教会。

整个英格兰没有人敢对此抗议,我们一句话都不敢说,假装什么事都没有发生过。

来自雷金纳德的一份短信中写道,教皇、法国国王和西班牙皇帝已达成一致意见,他们都认为必须阻止英格兰国王,类似的事件不能再次发生了。这件在英格兰爆发的恐怖事件震惊了整个世界。整个基督教世界都诧异于国王竟敢处决红衣主教,让国内最伟大的神学家和他自己最亲密的朋友殉道。所有人都陷入了深切的恐惧,人人扪心自问:如果国王能做出这种事,那么还有什么事是他干不出来的?那王后呢?这个暴君会对他自己的王后怎么样?

八月底,雷金纳德写信给我们说他已经实现了自己一直为之奋斗的目标——国王将被逐出教会。这件事意义非凡,意味着教皇已经对国王宣战。教皇告诉英格兰人,也告诉整个基督教世界,国王不再受上帝的眷顾,也并未得到教会的授权。他是个叛徒,肯定会下地狱。没有人需要服从他,没有基督徒可以为他辩护,没有人应该为他拿起武器,事实上任何与他作斗争的人都会成为反对异教徒的十字军战士而受到教会的祝福。

他被逐出教会,但该判决暂缓执行。他有两个月的时间回归与王后的婚姻。如果他坚持自己的罪孽,教皇会召集西班牙和法国的基督徒国王入侵英格兰,我将与他们的军队并肩作战,让英格兰回归到正确的轨道上来。

自托马斯·莫尔去世以来,蒙塔古病得很厉害,他的妻子写信请求我去看看他。她担心蒙塔古可能会死。

他怎么了？我冷酷地回复道。

他拒绝见人,也拒绝进食。

他悲痛欲绝。我对此无能为力。这种痛苦不亚于汗热病。我让他立即振作起来到伦敦与我见面。现在可不是沉湎于悲伤的好时候。烧掉这封信。

蒙塔古从病榻上起身前来见我。他面色苍白,神情凝重。我召集了整个家族,假装是庆祝两个新生儿的降生。我的女儿厄休拉又生了个男孩,为他取名爱德华。杰弗里则迎来了自己的第四个孩子,托马斯。我的表亲亨利·考特尼和他的妻子格特鲁德送来了两个银制洗礼杯,我的女婿亨利·斯塔福德为自己的儿子拿走一个,并表示了谢意。在外人看来,这就是一场普通的庆祝新生儿诞生的家庭聚会。

王室再度远离城市出游。国王和那个自称王后的女人一路向西前进。几年前,国王会来和我待上一阵子,毕萨姆的壮丽行宫总是能够迎来这位英俊的国王和我最爱的王后朋友。现在他们只会与阿谀奉承者待在一起,他们认为新学说和新宗教是通向天堂的道路。这些人不相信炼狱,准备在人间建造一座地狱,休眠在偷来的石板下。

整个王室充斥着绝望而轻浮的气氛。国王已经不再迷恋玛奇·谢尔顿,现在他更偏爱西摩尔家族的一个姑娘,于是前去造访她位于伍尔夫的家。我知道那个姑娘,她名叫简,非常害羞,虽然对这个年纪足以当她父亲的人没有多少好感,但还是面带微笑地接受他的情诗。

波琳则只能眼睁睁地看着另一个年轻漂亮的女孩一步步夺走国王的青

睐，这恰恰是她之前的所作所为。她比任何人都清楚亨利的拈花惹草会带来多么严重的后果，知道侍女抢走王后的风头是件多么可怕的事。

"这根本毫无意义。"我对杰弗里说道。他向我汇报说，西摩尔家族的人告诉所有人，他们家的一个姑娘是在偶然经过国王妻子的房间时吸引住了国王的视线。"如果他不回到王后身边，他就会被逐出教会。教皇是否会实现他的威胁？"

蒙塔古假装兴致勃勃地命令仆人带来食物并邀请我们参加一个欢乐的家庭聚会，杰弗里安排音乐家在大厅里高声演奏，然后我们走进大桌子后面的私室并关上门。

"我收到了莱尔表兄的来信。"亨利·考特尼说。他向我们展示了密封邮戳，之后小心翼翼地将它塞进火中，看着它燃成灰烬。"亚瑟·金雀花说我们必须保护公主。他能在加莱为公主提供庇护。如果我们能把她从英格兰带出来，她就能在那儿安全地生活。"

"保护她免遭谁的毒手？"我断然问道，逼他们说出实情，"莱尔家族在加莱平安无事。他们要我们做什么？"

我的儿子蒙塔古平静地说："母亲，下一届议会将通过一份反对王后和公主的法案。她们会像莫尔和费希尔那样被关进塔楼，并被处决。"

震惊使所有人陷入沉默，但每个人都能明白蒙塔古表达的惨烈真相。

"你确定吗？"我挤出一句话，但他痛苦的神情就是答案。

他点点头。

"是否有足够的人支持我们否决议会的议案？"亨利·考特尼问道。

杰弗里开了口。"王后应该有足够多的支持者来否决议案。只要他们敢于说出自己的想法，就会有足够的选票。但他们必须敢于站出来。"

"我们怎样才能确保他们发声？"我问道。

"必须有人敢于承担首当其冲的风险，"格特鲁德急切地说道，"你们中的一员。"

"这么久以来你从未发声。"她的丈夫怨恨地说。

"我知道,"她承认道,"我以为我会死在塔里。在我被审判和处死之前,我以为我会死于感冒和疾病。那里太可怕了,我在那儿待了好几个星期。如果我没有否认一切并请求原谅,我应该还被关在那儿。我说自己是个愚蠢的女人。"

"我担心国王现在准备对女性发动战争,"蒙塔古冷酷地说,"这个借口再也站不住脚了,但格特鲁德是对的。如果必须有人发声,就应该是我们。我会去见我们所有的朋友,告诫他们决不能对王后或公主不利。"

"汤姆·达西会帮助你,"我说,"约翰·赫西也会的。"

"是的,但克伦威尔将领先于我们,"杰弗里警告说,"没有人比克伦威尔更擅长议会这套。他会走在我们面前,而且他家财丰厚,大家都害怕他。他知道每个人的秘密,抓住了每个人的弱点。"

"雷金纳德无法说服皇帝吗?"亨利·考特尼问我,"公主乞求获得救助。皇帝能否派船去把她带走?"

"他说他会的,"杰弗里回答道,"他答应了雷金纳德。"

"但两座城堡都有守卫。金博尔顿更是守卫森严,"蒙塔古警告道,"公主愿意抛弃王后离开吗?从本月初开始,所有港口都将加大警戒力度。国王非常清楚,西班牙大使正在与公主密谋接她离开。她受到紧密监视,克伦威尔在英格兰所有港口都安置了间谍。我们很难秘密地送她离开这个国家;让她离开汉斯顿都够难的了。"

"我们能把她藏在英格兰吗?"杰弗里问道,"或者把她送到苏格兰?"

"我不希望她被送到苏格兰,"我插话,"如果那边将她扣押怎么办?"

"我们可能不得不这样做了,"蒙塔古说道,考特尼和斯塔福德点头表示同意,"有一件事是肯定的:我们不能让她被带到塔楼,我们必须阻止克伦威尔议会通过那项法案，绝不能让她去送死。"

"雷金纳德正在努力让国王被逐出教会的决议公之于众。"我提醒他们。

"这件事必须立即完成。"蒙塔古说。

1535年冬

汉普郡　沃灵顿堡

杰弗里前去拜访所有住在沃灵顿和洛丁顿的领主，并向他们讲述了意在反对王后和公主的剥夺公权法，以及它为何不能通过议会。在伦敦，蒙塔古谨慎地游说他在宫中的一些朋友，告诉他们公主应该被允许与她的母亲住在一起，她不应该被如此严密地监禁。国王的好朋友弗朗西斯·布莱恩爵士同意他的观点，暗示他去找尼古拉斯·加露谈谈。这些人是亨利宫中的核心人物，他们渐渐开始反抗国王对自己妻子和女儿的恶行。我认为克伦威尔不敢在议会提议逮捕王后。他会发现越来越多的反对者出现，他绝不希望遭到公开挑战。

国王的旅途在秋季到达了尾声。波琳又怀上了孩子。罗马教廷没再传来新的言论，国王安心了许多。他频繁地去波琳的房间与她的侍女们调情，但波琳并不在乎。如果这次她能生个男孩，那她的地位就不可撼动了。

1536年1月

汉普郡　沃灵顿堡

我亲爱的母亲,

我很遗憾地告诉你,王后生了重病。我请求克伦威尔勋爵,让你去看看她,但他说王后被禁止接待访客。西班牙大使在圣诞盛宴之后去探望了她,玛利亚·德·萨利纳斯已经在前去的路上了。我们也只能做到这一步了。

顺从并爱着你的儿子,
蒙塔古

1536年1月

伦敦　埃贝尔

沿着冬季寒冷的道路，我一路赶往伦敦，身上披着厚厚的斗篷，裹了一层又一层的围巾才能勉强保暖。到达伦敦的房子，我一下马，杰弗里立刻走过来紧紧拥抱着我，亲切地说："你现在到家了，不要再去金博尔顿堡了。"

"我得走了，"我说，"我必须向她道别，并请求她的原谅。"

"你何时让她失望了？"他一边问，一边扶我走进大厅。壁炉里的火生得很旺，我能感受到自己的身体正在慢慢变暖。侍女们帮助我脱掉厚重的斗篷和围巾，从我冰冷的手上褪去手套，然后脱下我的马靴。寒冷和疲倦使我精疲力竭，我今年已经六十二岁了，这一切使我有些吃不消。

"她让我照顾公主，而我却无法陪在她身边。"我简短地说。

"她知道你已经竭尽全力了。"

"噢，让这一切都见鬼去吧！"我大声咒骂，"我一点都没有帮到她，年轻时我们坐在一起谈天说地的时光仿佛还在昨天，而现在她的生命岌岌可危，她女儿也身处险境，我却没办法陪在她们身边。我只是个愚蠢的老妇人，在这个世界上根本无可奈何！"

杰弗里跪在我的脚下，他英俊的脸透露出难忍的悲伤。他对我说："你是我在这世上所知道的最坚定和强大的女人，王后会知道你现在正想着她并为她祈祷。"

国王的诅咒

"是的,我可以祈祷,"我说,"我可以祈祷,至少她能处于一种优雅而无痛苦的状态。我可以为她祈祷。"

我撑起身子,撇下炉火的诱惑和一杯热啤酒,走进我的小礼拜堂,跪在石板上,这是她一直进行祈祷的方式,我把我最亲爱的朋友阿拉贡的凯瑟琳的灵魂交到上帝手中,希望他在天堂对她的眷顾能超过我们对她的帮助。

当蒙塔古前来告诉我她已经离世时,我仍然在礼拜堂为她祈祷。

✦

她走得很有尊严;这对我和她来说都是一种安慰。她为自己的死做足了准备,她与大使聊了很久,她最亲爱的玛利亚也不惧严寒赶往她的身边。她给自己的国王侄子写了信。他们告诉我,她写信给亨利,因为她一如既往地爱着他,并最后一次以妻子的名义签了名。她和告解神父一起祷告,在身上涂抹圣油,接受了终傅圣事①,以不可动摇的信仰迎接死亡。在下午的早些时候,她离开了这个世界,这一世的生活对她来说太过艰苦和难熬。我相信她会在天堂与自己的丈夫亚瑟重逢。

我想起了自己第一次见到她的时候,那时她还是一个对成为威尔士王妃惴惴不安的小姑娘,整个生活都被自己的初恋所照亮。她是英格兰有史以来最优秀的王后,相信她身后会跟着五个小天使,一路护送她去往天堂。

✦

"现在的局势对玛丽公主极为不利。"杰弗里急躁地冲进我的卧室,边说话边扔掉了他的棉夹克。

---

① 基督教中一项为危重病人涂抹圣油,并象征将之托付给基督乞求安慰与拯救的古老圣事。

"怎么不利？"悲伤使我感到平静。我穿着一件深蓝色的礼服，这是王室表示哀悼的颜色，虽然人们说，国王穿着黄色和金色的丧服，那是西班牙王室表示哀悼的颜色，他还戴着一条颜色鲜艳的毛领子，跟他的心情形成呼应。他应该松了一口气，不用再想办法对付自己这个忠实的妻子，也无需担心遭到她侄子的入侵。

"她失去了保护者和证人，"蒙塔古也很认同，"在她母亲还活着的时候，国王永远不会对她不利，只会给王后施压。而现在玛丽公主是英格兰唯一一个拒绝宣誓的人。"

我终于做出了那个艰难的决定。"我明白。我们必须让她离开英格兰。蒙塔古，现在是时候了。我们必须承担风险，并采取行动。她的生命现在岌岌可危。"

我留在伦敦，蒙塔古和杰弗里精心挑选了一名警卫，他将前往汉斯顿秘密带走公主，计划绕行伦敦的路线，并租一艘船作为接应，将她从泰晤士河边的小村庄带走。我们决定不告诉西班牙大使，他深爱公主而且对她母亲的去世深感悲痛，但他太过柔弱，又贪生怕死，一旦托马斯·克伦威尔逮捕了他并对他刑讯逼供，我想要不了几天，甚至几个小时，这个男人会把自己知道的一切全盘托出。

杰弗里去了亨斯顿，他耐心等待了一阵子，贿赂了能接近公主的每个人，最终成功收买了公主的一名贴身仆人。他回到家，脸上洋溢着宽慰的神情。

"她目前是安全的，"他说，"感谢上帝！因为把她秘密带走几乎是不可能的。但她迎来了好运气，谁能想到呢？波琳王后给她写了信，说她们应该成为朋友，公主可以随时寻求她的帮助。"

"什么？"我怀疑地问道。一大早，我还没有穿好衣服，只裹着睡衣和毛皮长袍。杰弗里来到我的卧室，把壁炉的火生了起来。

"我知道。"他笑着说，"我甚至看到了公主。按照安妮的命令，她被允许在花园里散步。显然，那位女士已经下令公主应该获得更多的自由和更善良的对待。她可以接待访客，西班牙大使可以帮她捎信。"

"但是为什么？安妮为什么会做出这样的改变？"

"因为当凯瑟琳王后还活着的时候，国王别无选择，只能留在那位女士身边，他一心想推翻教会。你知道他无视所有人的意见和抗议，顽固到底。但现在王后已经死了，他恢复了自由身。他与西班牙皇帝的矛盾已经结束，他不会遭受入侵，也没有必要与教皇争吵。他现在是个鳏夫；如果他愿意，他可以合法地娶安妮，并且没有理由不与公主和解。公主是他第一任妻子的女儿；他第二任妻子所生的儿子的继承权将优先于公主。"

"所以那个女人正试图和公主交朋友？"

"她说她将向她的父亲说情，她说自己将成为她的朋友，说她可以进宫，甚至不是作为侍女，可以有自己的房间。"

"甚至优先于波琳的私生子？"我还是一如既往的尖锐。

"她没有这么说。但为什么不呢？如果他在教会的祝福下第二次与安妮结婚，那么这两个女孩的继承权会位于一个合法的儿子之后。"

我若有所思地点点头，然后突然意识到了什么："啊。我知道了。她害怕了。"

"害怕？"杰弗里从餐具柜转过身来，手里拿着一块糕点。

"国王没有和她结婚。他们举行了两次仪式，但是教皇判定这一切都是无效的。她只是他的情妇。现在王后已经死了，国王可以再次结婚。但也许不会娶她。"

杰弗里张嘴看着我，面包屑掉落在地板上。我没有提醒他拿盘子接住碎屑。"不和她结婚?"

我细数着所有的可能性。"她没能给他生下儿子,只有一个女儿。国王已经不再迷恋她,转而与别的女人调情。她无法为国王出谋划策,也没能给国王带来任何好朋友。她没有强大的外交关系来保护自己,她在英国的家族关系也并不可靠。她的叔叔反对她,她的姐姐被驱逐出宫,她的嫂子冒犯了国王,托马斯·克伦威尔之所以服侍她只因为她受宠。如果她不再受宠了又会如何?"

1536年1月

北方大道

下雪了,伦敦异常寒冷,我们沿着彼得伯勒①的大路向北行驶。天气状况非常恶劣,雪花眩目,道路无法通行,我们在旅途中整整走了两天,从黎明时分开始我们从未停歇。一到下午,我们就驻足寻找住宿,有时是热情好客的庄园主,有时只能住在旅馆。我们再也不能指望沿途的修道院会热情接待我们,其中一些修道院完全关闭了,一些修道士被转移到其他地方。我想也许托马斯·克伦威尔在他开始对宗教建筑进行调查,并为了国王的利益而掠夺时,并没有预见到这一点。他声称自己是拨乱反正,但他正在摧毁这个国家最伟大的机构。修道院为穷人提供食物,为病人提供护理,他们帮助旅行者;除了国王之外,他们拥有的土地比其他任何人都多,并且打理得很好。现在再也没有什么是可以确定的了。没有谁是完全安全的。即使是朝圣旅社也拉上了百叶窗,因为他们的财富和权利都被剥夺了。

---

① 位于英格兰中东部,毗邻牛津区。

1536年1月

剑桥郡　彼得伯勒

在第三天下午，彼得伯勒修道院的尖顶出现在眼前，直指铁灰色的天空，我的马在寒风中垂下头，在路上稳稳地前进，蹄子被冰雪刮伤。十几名护卫守在我身旁，当我们进入城门时，宵禁的钟声响起，街上的人们一看到我的旗帜立刻愤慨地大吼大叫。

有那么一瞬间，我担心他们会攻击我，把我视为宫中众多新领主之一，那些人在都铎的庇护下富得流油，但我不会再拥有这种庇护。但是一个女人从一扇窗户里探出身来，对我尖叫："上帝保佑白玫瑰！上帝保佑白玫瑰！"

我吃了一惊，抬头看向她。"上帝保佑凯瑟琳王后！上帝保佑公主！上帝保佑白玫瑰！"

尽管那些人不知道我是谁，但是就连儿童和乞丐们都转过身来欢呼。人们纷纷从小路旁的商店、作坊、教堂和啤酒屋里走出来，男人们脱下帽子，有些人甚至跪在冰冷的泥浆中，我走过去，他们呼唤祝福王后、她的女儿、我和我的家族。

有人甚至大声呐喊道"沃里克家族的人！"我知道他们没有忘记，曾经那个坐在英格兰王位上的是一个兢兢业业的国王，他没有成为教皇的野心，没有一个假装王后的情妇，也没有一个企图成为继承人的私生子。

当我们穿过这个城市时，我明白了国王为什么不敢把王后葬在威斯敏斯特的修道院里。因为整个城市的人都会赶来哀悼她。亨利的害怕是对的，我想整个伦敦都会因此爆发骚乱。英格兰人民反对都铎一族。这位年轻的国王曾经让一切回到正轨，但现在他带走了他们的教堂和修道院，抛弃了他们的神父和王后。但英格兰人民仍然为她祝福和祈祷，他们将王后称为殉道者，一个圣人；而我作为旧王室成员之一，也得到他们的欢呼，他们知道约克家族绝不会让这个国家误入歧途。

我们到达了修道院的接待大厅，王后的随从们都挤在这里。王后忠实的朋友，威洛比夫人玛利亚·德·萨利纳斯已经到了，她跑下楼梯，好像她还是一位西班牙公主的侍女，我只是斯托顿的波尔夫人。我们紧紧地拥抱，我能感觉到她的颤抖。当我们看向彼此时，双眼都噙满了泪花。

"她走得很安详，"这是她说的第一句话，"她终于得到了安宁。"

"我知道。"

"她真心地爱着你。"

"我尽力了……"

"她知道你会想着她，继续保护她的女儿。她想给你……"她哽咽着，难以再继续说下去。即使这么多年过去了，她也嫁给了英国贵族，她的西班牙口音依然很明显。"对不起。她想给你一串她的念珠，但是国王已下令没收所有东西。"

"她的遗物？"

"他已经拿走了一切，"她叹息道，"正如这是他的权利一样。"

"这不是他的权利！"我马上说，"如果像他说的那样，她是一个寡妇，而他们的婚姻无效，那么在她去世时所拥有的一切都是她自己的！"

听到这些话时，玛利亚的黑眼睛里有一丝闪烁。我控制不住自己，总是想要捍卫女人的财产。我低下头。"这已经不重要了，"我平静地说，她最伟大的珠宝和宝物已经从她身上取下并挂在安妮·波琳那骨瘦如柴的脖子上,"我并不是想要她的任何东西,就算没有任何纪念品,我也永远不会忘记她。但那些东西本该属于她。"

"我知道。"玛利亚说道,然后抬头看着楼梯,弗朗西丝·格雷,多塞特的侯爵夫人,前法国王后玛丽的女儿①,从楼梯上走下来,向我鞠了一躬。当都铎公主的女儿与平民结婚时,弗朗西丝曾对她的权力和地位感到焦虑,但她的父亲现在已经再婚了,玛利亚的女儿也在这里。

"欢迎你来到这里,"她说,好像这是她自己的房子一样,"葬礼在明天早上。我会走在最前面,后面依次是你,玛利亚和她的女儿凯瑟琳,以及我的继母。"

"当然,"我说,"我只想跟我的朋友道个别。位次先后对我来说无关紧要。她是我最亲爱的朋友。"

"伍斯特伯爵夫人和萨里伯爵夫人也会在场。"弗朗西丝继续说道。

我点头。萨里伯爵夫人弗朗西丝·霍华德一直以来都是都铎王朝的支持者。伍斯特伯爵夫人伊丽莎白·萨默塞特是安妮·波琳的侍女。我猜测她们已经前去报告过此事了。当六匹黑马拉着王后的棺材走在街上接受人们的祝福时,我想她们心里一定不怎么好受。

今天天气很好。从东方吹来的风刺骨而寒冷,但是当我们走向修道院教堂时,天空明净,数百根蜡烛在教堂里散出黯淡的光芒。这是一场简单的葬礼,对于伟大的王后和弗洛登之战的胜利者来说不够隆重,配不上这位心怀远大志向而来到英格兰的西班牙公主。但是修道院的教堂有着一种宁静的美丽,四位主教穿着黑色的天鹅绒袍子迎接棺材。两个侍从走在棺材前面,两个走在后面,举着印有她的盾徽的旗帜:她自己的饰章,西班

---

① 弗朗西丝·布兰登为玛丽·都铎与查尔斯·布兰登之女,与第三任多塞特侯爵亨利·格雷成婚。亨利·格雷的祖父与约克的伊丽莎白为同父异母的兄妹。

牙的皇家盾徽，英格兰的皇家盾徽，以及她的徽章。她的座右铭"谦卑而忠诚"以金色字母刻在棺材侧身，修道士们唱出弥撒安魂曲，最后的纯净音符慢慢消失在线香弥漫的空气中时，棺材被放进了祭坛前的墓穴，我的朋友离去了。

我紧紧捂着嘴巴，抑制住自己的呜咽声。我从未想过自己会看到她的坟墓。当我还是勒德洛的管家时，她来到我身边，那时她才十三岁。我无法想象自己会看到她如此安静地被埋葬，这个城市曾是令她自豪的首都和花园，现在一座小小的修道院却成为了她的安息之所。

这不是她在遗嘱中所要求的葬礼。但我确实相信，虽然她希望被埋葬在修士们的教堂中，有一大批为她唱弥撒的群众，但即使没有众人的祈祷，她在天堂也会有一席之地。国王否认她的头衔，关闭了修道士们的教堂，但即使他们今晚流浪在空旷的道路上，仍然会为她祈祷；我们所有爱着她的人都相信她是永远的英格兰王后凯瑟琳。

我们很晚才用餐，晚餐时大家都很安静。玛利亚、弗朗西丝和我谈起了她的母亲，以及凯瑟琳王后统治宫廷及遗孀王后玛丽从法国回家的那些时光，她是如此的美丽、坚定，她拒绝逆来顺受。

"不可能一直是夏天，不是吗？"玛利亚渴望地问道，"我对这些年的记忆一直都是夏天。那时每天都是晴天吗？"

弗朗西丝抬起头来。"门口有人。"

我也听到了骑兵的动静，门开了，弗朗西丝的管家在门口说道："有来自宫里的消息。"

"让他进来。"弗朗西丝说。

我瞥了一眼玛利亚，想知道她是否可以出现在这里，国王是否会派人逮捕她。我也为自己感到担心，担心即将到来的消息是否会对我、我的孩子或者我们家族任何一个人不利。眼线众多的托马斯·克伦威尔是否会发现我们想要悄悄把公主带走的计划?

"你知道这是谁吗?"我压低声音问弗朗西丝,"你在等什么消息吗?"

"不,我不知道。"

那个男人走进房间,抖掉斗篷上的雪,把兜帽放回去,向我们鞠躬致敬。我认出那一身是多塞特侯爵亨利·格雷,也就是弗朗西丝的丈夫的制服。

"夫人,多塞特夫人,索尔兹伯里夫人,萨里夫人,萨默塞特夫人,伍斯特夫人。"他向我们一一鞠躬致敬。"我从格林尼治带来了些坏消息。对不起,我花了这么长时间才来到这里。我们在路上遇到了意外,不得不先把一个人送回恩菲尔德。"他转头看向弗朗西丝。"您丈夫命令我接你进宫,你的国王舅舅受了重伤。五天前我离开时,他昏迷不醒。"

她似要起身接受这个惊人的消息,我看她差不多是靠在桌边上才撑住了身体。

"昏迷不醒?"我问道。

那个男人点点头。"国王受到撞击,从马上摔下来。当他躺下时,马跌跌撞撞地倒在他身上。他和马都配备着全套装甲,所以重量……"他顿了顿,然后摇摇头,"当我们把马从他身上扶起来时,他一动不动,也没有发出声音,就像一个死人。我们甚至不知道他有没有呼吸,我们带他进入宫殿,叫来了医生。主人立刻派我来接夫人。"他把拳头砸到手掌上。"我们在积雪天挣扎了很久。"

弗朗西丝颤抖不已,满脸通红。"真是场可怕的事故。"她气喘吁吁地说。

那个男人点点头。"我们应该立刻启程,"他看着我们,"国王的情况是个秘密。"

"王后才刚刚去世,还没有得到安息,他就举行骑士比武?"玛利亚冷冷地说。

信使稍微鞠躬,他不想对国王和那个自封王后的女人庆祝对手之死的行为做过多的评论。但我在意的并不是这些,我正在观察着弗朗西丝的表现。她一直都非常雄心勃勃,渴望在宫里担任职务。现在,我一眼就可以看出她的想法,她的眼神一直飘忽不定。如果国王在今年秋天去世,那么他就会留下一个不被认可的女婴,一个尚在腹中的婴儿(其母成为真正王后的可能性也随国王驾崩而变为了零),一个被国王承认且赐予尊号的私生子,以及一个被软禁的公主。谁又能预测到底谁会登上王位?

伊丽莎白·萨默塞特是波琳家族的支持者,公开宣称将支持波琳和她的孩子伊丽莎白;霍华德家族、弗朗西丝家族和萨里伯爵夫人则会竭力帮助那个唯一的男性继承人,即使他是贝茜·布朗特的私生子——因为他已经和他们的家族结亲;而玛利亚和我的整个家族都是英格兰的老贵族,我们将不惜一切代价帮助玛丽公主登上王位。在这张餐桌上,在王后的葬礼上,各方势力相互制衡,如果国王今晚死了,战争将立刻爆发。我目睹过战争中的国家的下场,其他的继承人都将陆续出现。我的表亲亨利·考特尼,我的儿子蒙塔古,这些都是国王的亲戚。还有我的儿子雷金纳德,如果他娶了公主并得到教皇和西班牙军队的祝福呢?或者甚至是弗朗西丝本人,她一定会想到这一点,因为她站在这里睁大眼睛,野心勃勃:会是法国女王的女儿、国王的外甥女登上王位吗?

片刻之后,她恢复了理智。"即刻出发。"她同意道。

"我有些东西给你。"他递给她一封信,我可以看到她丈夫的印章,一匹站立的独角兽。我一定要知道她的丈夫给她的密信里到底写了什么。她拿着那封信转向我。"请原谅我。"她说。我们小心翼翼地互相行了个礼,然后她匆匆安排侍女们打包行李,开始读信。

玛利亚和我看着她走开。"如果国王没能撑下来……"玛利亚轻声说。

"我认为我们最好和弗朗西丝夫人一起进宫,"我说,"我想我们都需要回到伦敦。我们可以陪她一起去。"

"她想要快点过去。"

"我也是。"

1536年1月
北方大道

我们连夜骑马赶往伦敦,一路上都在打探消息,但是我们命令禁止仆人们向别人透露我们为何匆忙回宫。

"如果人们知道国王受了重伤,我担心会发生暴动。"弗朗西丝悄悄地对我说。

"毫无疑问,"我冷酷地回答道。

"那你们的亲属会……"

"忠诚。"我很快说,没有解释这可能意味着什么。

"必须要有一名摄政王,"她说,"伊丽莎白公主有可能要度过一个非常长久的摄政期。除非……"

我等着看她是否有勇气说完这句话。

"除非。"她最终开口。

"祈求上帝让他能恢复健康。"我简短地说。

"没有他,无法想象这个国家会变成什么样。"弗朗西丝附和道。

我与她交换了一个眼神并点头致意。显然,我们都认为这是不可能的。

✦

我们在一家旅馆停下来过夜,那里可以容纳下我们这一大家子女眷,但男人们只能待在外面的农场,而卫兵不得不睡在谷仓里。当听到外面有骑兵的动静时，我们并没有太多防备。

女士们退到餐厅的大桌子后面，但我出去面对即将到来的一切。我宁愿迎接恐惧而不是躲进大厅。多塞特侯爵夫人弗朗西丝总是不敢出头，一有危险就让我挡在前面。于是我独自一人，站在门口等待。火光映照在前门上，一个男孩远远地跑过来报信，我看到绿白相间的王室号衣，心跳骤然慢了一拍。

"有一封给伍斯特伯爵夫人的信。"他说。

伊丽莎白·萨默塞特赶紧走上前来，接过这封用猎鹰徽章封好的信。当她撕开波琳的封签时，我安排侍女拿着火把靠近她身边，为她照亮信上的字，其他谁也看不到信的内容。

我走到路边，对信使微笑。

"这段旅程漫长而寒冷。"我说道。

他将马的缰绳扔给一个马夫。"是的。"

"我担心旅馆里没有床，但是我可以把你的侍从们送到附近的一个农场，我的卫兵在那睡觉。他们会帮你们找食物和休息的地方。你会和我们一起回伦敦吗？"

"我将在明天黎明时带伯爵夫人回宫去，要比你们早一些，"他抱怨道，"而且我知道这里无处可去。估计也没什么可吃的。"

"你可以让仆人们到农场去，今晚我可以在大厅的桌子上给你留一个位置，"我说，"我是索尔兹伯里伯爵夫人。"

他深深鞠了一躬。"我认识您，夫人。我是托马斯·福瑞斯特。"

"你今晚可以与我们共进晚餐，福瑞斯特先生。"

"非常荣幸。"他说。他转过身来朝仆人们呼喊，让马夫拿着火炬带他们到农场去。

"是的。"我说道，带他走到餐桌旁的长凳。他可以闻到厨房里传来的烤肉香味。"但是王后为什么这么着急呼唤她的侍女,让你不得不在恶劣的天气赶路?或者只是一个孕妇的心血来潮而已?"

他靠向我身边。"他们没有告诉我任何事情,"他说,"但我是一个已婚男人。我知道这些迹象意味着什么。王后已经卧床,侍女们端着热水和毛巾匆匆进出,从身份最高贵的贵族到最年轻的厨房女佣,每个人都把我们当成傻瓜或罪犯似的在交谈。助产士也在那里。但没有人带着摇篮进去。"

"她要流产了?"我问道。

"毫无疑问,"他粗暴而又诚实地说,"又一个胎死腹中的都铎婴儿。"

1536年春

伯克郡　毕萨姆庄园

我安排夫人们赶回宫去，国王因坠马所受的伤刚刚开始恢复，他又要接受另一个孩子死亡的消息，而我悠闲地骑马回家。现在唯一的问题是国王将如何接受失去儿子这件事，因为那婴儿是个男孩。他是否会将此视为上帝不赞成的标志，转而仇视第二任妻子，就像他对自己第一任妻子做的那样？

考虑到这一点，我在修道院小教堂里跪了几个小时。我的家人，上帝保佑他们能像我所祈祷的那样平安无事。唉，我真的无法静下心来祈祷。在小修道院的安静平和中，我脑海里一遍又一遍地猜测着这个我曾经无比熟悉的男孩会做出什么事，现在他是一个极度沮丧的男人。

我认识的这个男孩会因为这样的打击而痛苦地退缩，但随后他会寻求他所爱的人和那些爱他并安慰他的人的支持，然后振作起来。

有一天杰弗里陪我一起守夜，我对他说出了这些想法。他轻声对我说："但他不再是个男孩了，他甚至不是一个年轻人了。头部的撞击对他影响很大，他现在状态很糟糕，每况愈下，突然之间，一切就变得很糟。蒙塔古说，他好像已经意识到自己会像他的王后妻子一样死去。"

"你觉得他为王后的死而哀悼过吗？"

"即使他不想回到她身边，他也知道她在那里，爱着他，为他祈祷，希望他们能够和好。可是突然之间，他已经直面死亡，那个婴儿也死了。蒙塔古说他认为上帝已经抛弃了他。他必须找到一些原因来解释这件事。"

"他会责怪安妮。"我预测道。

杰弗里刚准备接话，理查德先生静悄悄地走进来跪在我身边，祈祷片刻，在自己胸前画了个十字，说道："夫人，我可以占用你一点时间吗？"

我们转向他。"发生了什么事？"

"有访客光临，"他的口气十分鄙夷，给人感觉像是青蛙从护城河上蹦出来，爬满了整个厨房和花园。"访客？"

"他们是这么说的。这是检查。克伦威尔勋爵派人过来检查我们修道院的运行是否一切顺利。"

我站起身。"这根本毋庸置疑。"

他走出教堂，往自己的房间走去。"夫人，他们确实对此表示怀疑。"

他打开门，两个男人转过身来，傲慢无礼地看着我，好像是我在打扰他们一样。实际上，他们目前位于我的修道院，站在我的土地上。我默不作声地等了一会儿。

"这是索尔兹伯里伯爵夫人。"院长说道。听到这句话他们才勉强向我行了个礼，我立刻意识到修道院已经处在危险中。

"你是哪位？"

"理查德·莱顿和托马斯·莱格，"年长的那个人流利地说道，"我们为克伦威尔勋爵工作——"

"我知道你是做什么的。"我打断了他的话。他就是审问托马斯·莫尔的人，也是进入希恩修道院审问修道士的人，他还曾作证反对肯特圣女伊丽莎白·巴顿。估计我的名字，以及我儿子和牧师的名字已经多次出现在了他携带的棕色手提包里的文件上。

他鞠了一躬，完全没有感觉到羞耻。"我很高兴，"他说道，"教会中有很多腐败和邪恶，托马斯·莱格和我很荣幸能帮助上帝对这些情况进行清理和改革。"

"这里没有腐败和邪恶,"杰弗里激动地说,"所以你们可以继续赶往别的地方了。"

莱顿用脑袋做出个滑稽的点头姿势。"你知道的,杰弗里爵士,每个人都这么向我保证。所以我们得确认一下,然后尽可能快速地结束工作。我们有太多事情要做,不能耽误时间,"他转过头对院长说,"我们可以用你的房间当询问室吗?你依次传唤司铎和修女进来,从资历最老的开始。"

"你为什么要跟修女谈话?"杰弗里问道。我们都不希望我的儿媳简向陌生人抱怨她决定加入修道院,或是提出要离开的要求。

莱顿脸上闪过一丝意味深长的微笑。他知道简的事情,知道我们怂恿简进入修女院,宣誓终生侍奉上帝,然后拿走了她的嫁妆和财富。

"我们会跟每个人谈话,"理查德·莱顿平静地说,"这样才能确保不错过任何细节,我们在完成上帝的使命,并且做得非常彻底。"

"理查德院长会跟你坐在一起,听取所有谈话内容。"我说道。

"啊,不是的。理查德院长将是我们的第一个谈话对象。"

"听着,"我愤怒地说,"这是由我家人创立的修道院,你不能在这里随心所欲地东问西问。这是我的土地,我的修道院。我不会允许这种事发生。"

"你签了誓词,不是吗?"莱顿翻着桌子上的文件,随意地问,"你确定吗?我记得只有托马斯·莫尔和约翰·费希尔拒绝签字。现在他俩都死了。"

"当然,我的母亲签了名。"杰弗里开了口,"我们的忠诚是毫无疑问的。"

理查德·莱顿耸耸肩。"你接受了国王作为教会的最高领导人的地位。他下令对教会进行访问,我们也是按他的吩咐行事。你难道是在质疑他神圣的权力和管理教会的资格吗?"

"不,当然不是。"我无奈地说。

"那么请吧,夫人,我们要开始了。"莱顿笑着说,他从桌子后面拉出椅子坐下,打开皮包,而托马斯·莱格拿出一叠文件在第一页写上标题:毕萨姆修道院访谈,1536年4月。

"噢,"理查德·莱顿像是突然想到什么,"我们也会和你的牧师谈话。"

他的话让我猝不及防。"我没有牧师,"我说,"我和家人们一样,找理查德院长做忏悔。"

"你没有牧师?"莱顿问道,"我确信修道院的账户里有一笔付款……"他翻动书页,仿佛在寻找自己隐约记得的东西,行为像是演员一样生硬。

"我之前有,"我坚定地说,"但他离开了。走之前没有给我任何解释。"我瞥了一眼杰弗里。

"很不可靠。"他坚定地说。

"叫希利亚尔,对吧?"莱顿问道,"约翰·希利亚尔?"

"是吗?"

"是的。"

他们在修道院的客房待了一个星期,在小修道院的餐厅与修道士一起用餐,每晚都被祈祷的钟声吵醒。听到他们抱怨失眠,我反而有些开心。由石墙堆砌的小房间很冷,除了院长的书房和餐厅之外,别的房间都没有壁炉。他们肯定会感到寒冷和不适,但他们本来就是要调查修道院的生活,这种清贫和严格的生活才是常态。托马斯·莱格习惯了被隆重招待,他有十四个随从,他的兄弟是他不变的伴侣。他们本想留在庄园,但我告诉他们庄园有跳蚤感染的风险,所有房间都在进行烟熏和消毒。显然,他并不相信我，我也不需要他的信任。

在他们访问的第三天，厨房的托马斯·斯坦迪什突然冲进奶牛场，彼时我正在看女佣们制作奶酪。

"夫人！村民们聚在了小修道院！你最好马上过来！"

我把木制奶酪压榨机放在磨好的板子上，然后脱掉围裙。

"我也要去！"其中一位挤奶工急切地说道，"他们准备把那个叫克伦默①的男人扔下马。"

"不，他们不会的，他的名字是克伦威尔，你留在这里。"我坚定地说。

我走出厨房，仆人拉着我的胳膊引导我穿过院子里的鹅卵石。"只有十几个人，"他说，"有内特·里德利和他的儿子，一个我不认识的男人，还有老怀特和他的儿子。他们站满了整个院子，说决不允许修道院被调查。每个人都知道这件事。"

我刚准备开口，一阵突然的钟声打断了我。有人开始胡乱地敲响钟声，撞钟的时间不对，顺序也不对，接着我听说他们正敲钟示意他们后退。

"这是一个信号。"斯坦迪什突然向前跑去，"当警钟被敲响时，意味着整个村庄会开始暴动。"

"阻止他们！"我命令道。托马斯·斯坦迪什往前跑，我们走进修道院，钟声是从教堂后传来的，这不合时宜的铿锵声在小空间里显得震耳欲聋。

"停下来！"我喊道，但没有人能听到我的声音。我拍了拍身后的男人，用手中的钝奶酪刀轻轻捅了一下另一个男人。"停下来！"

看见我后，他们停止拉动绳子，钟声也渐渐停止。当他们发现我身后莱格和莱顿这两个来访者时，这些男人立刻怒气冲冲地转过身来。

"你们出去吧，"我轻声对二人说，"去跟院长待在一起，我无法保证你们的安全。"

---

① 此处原文为"Crummer"，也有面包屑之意。

"我们是国王的使者。"莱格说道。

"你是魔鬼的使者!"其中一名男子大呼道。

"现在,"我轻声地说,"你应该明白了。"

我对两位访客说:"我提醒你,到院长那去,他会保证你的安全。"

他俩垂着头从教堂走出去。"现在,"我平静地说,"你们其他的人在哪里?"

"在修道院,他们正在拿走圣餐杯和法衣。"斯坦迪什说道。

"拯救它们!"老农夫怀特对我说,"将它们从那些邪恶的小偷手里拯救出来。你应该承担自己的责任,完成上帝的使命。"

"不仅仅有我们,"一位陌生人告诉我,"我们并不孤单。"

"你是谁?"

"我叫古德曼,来自萨默塞特,"他说,"萨默塞特的人民也在捍卫自己的修道院,做僧侣和士绅该做的,我们正在捍卫教会。我来这里是为了告诉这些好人,他们必须站起来捍卫自己的修道院。我们每个人都必须拯救上帝的恩赐以迎来更好的时代。"

"不,我们不能,"我立刻回答道,"我会告诉你原因。因为如果你们把这两个人赶走——我相信你们也有这个能力——国王就会派遣一支军队,把你们都一个个吊死。"

"如果整个村子的人都站出来,他就无法杀掉我们所有人!"一个叫怀特的农夫抗辩道。

"不,他可以,"我说,"你认为他没有大炮和手枪吗?不会派出全副武装的骑兵和步兵吗?不会给你们所有人搭起足够的断头台吗?"

"那我们还能做什么?"他们的士气完全消失了。一些村民透过教堂的门看着我,仿佛在祈求我拯救修道院。"我们能做些什么?"

"国王已经变成欧洲鼹鼠!"一名女子在人群后面喊道,脏脏的披肩盖在她的头上,她脸转向另一边。我不认识她,也不想看到她的脸。她继续说着些叛国的话,我也不想去反驳她。"国王已成为一个虚假的国王,像只毛茸茸的山羊一样,疯狂地啃掉了地上所有的黄金。五月将无法到来!"

我焦急地瞥了一眼门,看到斯坦迪什安慰地点点头。访客们听不到这席话:他们正躲在院长房间。

"你们是我的人民,"在不愉快的沉默中,我轻声说,"这是我的修道院。我无法拯救修道院,但我能拯救你们。回家去吧,让访客完成他们的工作。如果他们没有任何发现就会离开,修道士们也能安然无恙,一切都会好起来的。"

人群发出了痛苦的呻吟声。"如果情况不是这样又该怎么办?"有人说道。

"那么我们必须请求国王解雇他判断失误的顾问,"我说,"并让国家像以前那样,重回正轨。"

"最好能回到都铎王朝前的旧时代。"有人轻声说道。

在有人高呼"沃里克!"之前,我抬起手让他们保持沉默。

"安静!"我这话听起来更像是一个恳求而不是命令,"不允许对国王有任何不忠行为。"人们嘀嘀咕咕。"所以我们必须让他的使者完成工作。"

一些反应快的人点点头。

"但你会告诉他吗?"有人问我,"告诉国王我们不能失去修道院、祭坛和朝圣地。我们需要修道院开放并为穷人服务。我们希望领主们告诉国王,公主才是他的继承人,而不是这个克拉默。"

"我会尽力。"我说。

不情愿地,不确定地,他们就像是穿过篱笆进入一片陌生田地的牛群,面对自由不知所措,只得从修道院教堂中走出来,踏上通往村庄的道路。

当所有人再次安静下来时,小修道院的门打开了,两位访客走出来。

他们紧张地走到教堂的门口,看着骚乱的痕迹、地板上的泥土、挂着的绳索,对着钟声的回响皱眉。

"这些人都很难对付,"莱格对我说,好像是我怂恿了民众的反叛,"不忠。"

"不,他们不是,"我断然反驳道。"他们完全忠于国王。他们误解了你在做什么。他们以为你要偷走教堂的财富并关闭修道院。他们认为大法官为了自己的利益正在关闭英格兰的教堂。"

莱格冷漠地对我笑了笑。"当然不是这样。"他说。

第二天,理查德院长来到庄园的档案室与我见面。我坐在巨大的圆桌旁,每个抽屉都贴有一个字母,每名租户的契约都装在这些标有字母的抽屉里,桌子可以从 A 旋转到 Z,这样我就可以立刻抽出我需要的文件。院长一来,我立刻停止了手头的事务。"他们今天会跟修女谈话。"

"你觉得会有问题吗?"

"如果你的媳妇抱怨……"

我关上一个抽屉,将桌子向右推一点。"她不能说任何批评修道院的东西。她可能会说自己已经改变了想法,成为一名修女,她可能会说自己想从修道院出来,并拿回自己的嫁妆,但这并不是腐败。"

"这是我们唯一可能被视为过错的事情。"他试探性地说道。

"你没有错,"我向他保证,"是蒙塔古和我一同催促她,并将她安置在那里的。"

他看起来仍然很担心。"现在是困难时期。"

"不会更糟,"我认真地说,"我从来没有见过更糟的事情。"

托马斯·克伦威尔的手下，理查德·莱顿和托马斯·莱格结束任务后礼貌地离开了。我注意到了他们的好马和精美的马具，以及侍从们华丽的制服。看来，为国王的教会工作确实有利可图——给可怜的人民定罪能得到极高的报酬。我挥手目送他们离开，知道很快会迎来一个处理结果。即便如此，我还是感到十分惊讶，仅仅四天之后，院长来到庄园并告诉我这些人又回来了。

"他们要我离开，"他说，"他们要求我辞职。"

"不，"我断然说道，"他们没有这个权力。"

他低下头。"夫人，他们拿着由托马斯·克伦威尔签字、国王盖章的判决书。他们有权力。"

"国王不应该将自己当做教会的负责人来摧毁这一切！"我的愤怒一下子爆发出来，"我们并没有发誓说应该关闭修道院，把修士们扔出来，从窗户上取下彩色玻璃，从祭坛上取下金币，这个国家没有人发誓要求结束天主教圣餐！他们这么做是不对的！"

"我为你祈祷，"他脸色苍白，"我祈祷你保持沉默。"

我转头看向窗外，茂盛的绿叶挂在树枝上，红白相间的苹果花从果园墙上探出头来。我想起了亨利小的时候，那时他天真而充满希望，以幼稚的方式虔诚地祈祷。

我转过身来。"我不敢相信会发生这种事，"我说，"叫他们过来找我。"

莱顿和莱格轻声走进我的会客厅，没有任何忧虑的迹象。"关上门。"我说。莱格关上门，二人站在我面前。我没给他们准备椅子，也没准备从华盖下的巨大座椅上起身。

"理查德先生不会辞职，"我说，"修道院没有任何问题，他没有做错任何事。他会留在自己的岗位上。"

理查德·莱顿打开了一个卷轴,向我展示了印章。"他被命令辞职。"他遗憾地说道。

我让他把卷轴递给我,我好自己阅读那些冗长的句子。然后我看着他。"没有理由,"我说,"我知道你没有证据。他会上诉。"

他把卷轴收起来。"没有任何形式的上诉,"他说,"我们不需要理由。夫人,这就是最终决定。"

我站起来,向门口做了个手势,示意他们离开。"不,我的决定才是最终的,"我说,"除非你能证明他做错了什么,否则院长不会辞职。你无法证明这一点。所以他会留下来。"

他们不得不向我鞠躬。"我们会回来的。"理查德·莱顿说。

✦

这是段考验人的时期。我知道有些修道院马虎松懈,其雇员也成了腐败的代名词。鸽子的骨头和鸭子的血迹,以及他们花天酒地的生活,每个人都心知肚明。这个国家充满了怯懦的傻瓜,一些品性恶劣的修士和修女在误导及剥削民众,让人们接受贫穷,自己却过着领主一样的生活。没人敢向国王谏言,要求任命诚实的人去解决这些问题。我的修道院是为上帝和人民服务的,所有的财富都是为了维护上帝的荣耀,院长收来的租金是为了接济穷人,我却不得不看着国王的使者前来企图改变这一切。我的家人建立了这座修道院,我会保护它。这些都是我的生命:就像我的孩子,我的公主,和我的庄园一样。

✦

蒙塔古从伦敦写信给我,没有密封也没有签名:

他说上帝不会赐给他一个儿子。

我把信拿在手里一会儿,然后丢进火中。在很长一段时间里,安妮·波琳应该不会再称自己为王后了。

◆

在晚餐前的一个小时里,我和侍女们一起坐在卧室,乐师正在演奏鲁特琴,我听到了外面的敲门声。

听着脚步声穿过大厅来到楼梯,乐师渐渐停止了演奏。"继续。"我对他们说。

他刚弹出一个和弦,门就打开了。克伦威尔的手下莱顿和莱格走进房间向我鞠了一躬。和他们一同出现的,是我穿着新衣服的儿媳妇简,她像是从坟墓里冒出来的幽灵。我最后一次看到她时,她还抓着家里地下室的门框在为自己的丈夫和儿子哭泣。

"简?你在这里做什么?你穿的这是什么衣服?"我问她。

她发出一丝挑衅的笑声,然后摇了摇头。"这些绅士护送我到伦敦,"她说。"我订婚了。"

我的愤怒涌上来,呼吸加快。"你是修道院的初学修女,"我平静地说,"你是不是疯了?"我看着理查德·莱顿。"你是在绑架一名修女吗?"

"她和院长谈过了,院长已经释放了她,"他流利地说,"如果她不愿意,没人能逼她成为一名修女。波尔夫人将与威廉·巴兰坦爵士结婚,我受命带她去找她的新丈夫。"

"我还以为威廉·巴兰坦只是从教堂偷走了财富和土地?"我恶毒地说道,"看来是我的消息过时了,他连修女也偷。"

"我不是修女,我不应该被关在那儿!"简对我大喊。

我的侍女们冲过来,我的孙女凯瑟琳也冲过来站在我和简之间,但我轻轻地将她拉到一边。"是你自己哭着祈求离开这个世界,说自己已经心碎了,"我平静地说,"现在我看到你已经恢复了,又请求再出来,但你得告诉你的新丈夫他娶的只是个贫穷的修女,而不是一个继承人。当你结婚时,你不会从我身上得到任何东西,你的父亲也不会把遗产留给一个叛逃的修女。你没有儿子可以承担你的名字或遗产。如果你愿意,你可以回到这个世界,但不可能再重获一切。毕竟是你自己选择要离开的。"

她吓坏了。她根本没有想到这一点。我想她的未婚夫如果知道自己的结婚对象并非一位女继承人,他也一定会惊恐万分。"你夺走了我的遗产?"

"根本没有,是你自己选择了贫穷的生活。你在悲伤时潦草地做了决定,现在又想随心所欲地反悔。你似乎无法做出决定并坚持下去。"

"我会拿回属于自己的财富!"她愤怒地说。

我平静地从她身边走过,走到一直观察着这一切的理查德·莱顿身边。"你还想带她走吗?"我冷漠地问道,"我想你的主人托马斯·克伦威尔不会打算用这个身无分文的疯女人来奖励他的朋友威廉·巴兰坦吧?"

他有些不知所措。我强调我的优势。"院长不会释放她的,"我说,"理查德院长决不会这样做。"

"理查德院长已经辞职了,"带着浓重口音的托马斯·莱格流利地说道,"威廉·巴洛院长将取代他的位置并将修道院交给克伦威尔勋爵。"

我并不认识巴洛,但知道他是改革的伟大支持者,这意味我们猜测的一切都成了现实:好人被从教会中驱逐出去。他的兄弟是波琳家族派的间谍,他听到了乔治·波琳的忏悔,并将这些话都编成了故事。

"理查德院长不会离开的!"我急忙说,"这里容不下一个波琳家族的牧师!"

"他已经走了。你再也见不到他了。"

那一瞬间我甚至在想,他们是不是把他带到了塔楼,"被逮捕了吗?"我担忧地问道。

"他做出了明智的选择,所以没有造成那样的后果。"理查德整理了自己的衣服,"现在我要把你的儿媳妇送到伦敦。"

"拿着!"我突然恶狠狠地说。我把手伸进钱包,拿出六便士银币,把它丢进理查德手里,他不假思索地抓住,像个乞丐一样从我手中接过一枚小小的硬币。"拿去当她路上的盘缠。毕竟她身无分文。"

❈

我写信给雷金纳德,然后把它寄给在佛兰德斯的约翰·希利亚尔,让他把信带给我儿子。

> 他们把我们的修道院交给了一个陌生人,还解雇了我们的牧师。他们带走了简,让她嫁给了克伦威尔的朋友,教会无法在这场灾难中幸存下来,我也做不到。告诉教皇,我们无法接受这个结果。

我待在家中,在我一生热爱的教堂里,久久地无法从这场灾难中走出来。这时,我接到了一封来自伦敦的短信:

> 妈妈,请立刻来,M。

1536年4月

伦敦 埃贝尔

蒙塔古在家门口迎接我，藤蔓的绿叶在他周围舒展，他就像是一株金雀花，无论土壤如何贫瘠，天气如何恶劣，总能保持旺盛的生命力。

他扶我下马，拉着我的手臂沿着低矮的台阶向门廊走去。觉察到我的步伐有些僵硬，他说："我很抱歉让你骑马赶过来。"

"我宁愿骑马来伦敦，也不愿消息闭塞地待在家，"我冷淡地说，"直接带我去卧室，支走其他人，然后告诉我发生了什么事。"

他按照我的要求安排好了一切，我坐在炉边，手里拿着一杯热葡萄酒，蒙塔古站在火炉前，靠在石烟囱上，望着火焰。

"我需要你的建议，"他说，"托马斯·克伦威尔邀请我与他共进晚餐。"

"带一柄长勺。"我答道，看着我的儿子露出一丝苦笑。

"这可能是一切变化的征兆。"

我点点头。

"我知道他的用意，"他说，"亨利·考特尼与我一并受邀；他与托马斯·西摩尔交谈过，而西摩尔曾与托马斯·克伦威尔、尼古拉斯·加露及弗朗西斯·布莱恩一起打过牌。"

"加露和布莱恩是波琳家族的支持者。"

"是的。但是现在，作为西摩尔的表亲，布莱恩正在为简出谋划策。"

我点点头。"所以托马斯·克伦威尔现在刻意和我们这些支持玛丽公主的人，或是简·西摩尔的亲戚交朋友？"

"托马斯·西摩尔向我保证，如果简能成为王后，她一定会让公主回到宫里，并恢复她的地位，让她重新成为继承人。"

我挑起眉毛。"简怎么可能成为王后？克伦威尔怎么能这么做？"

虽然我们在自己家说话，门也紧紧关闭，蒙塔古还是小心翼翼地低声说："杰弗里昨天才和伦敦主教约翰·斯托克斯利谈过。克伦威尔曾问过主教，国王是否可以合法地抛弃波琳夫人。"

"合法地抛弃她？"我简直不敢相信，"这是什么意思？主教怎么回答的？"

蒙塔古笑了。"他不是傻子。他希望波琳被抛弃，但他说他只会向国王发表意见，也只会讲国王喜欢听的。"

"谁知道国王想要听什么吗？"

蒙塔古摇了摇头。"这些迹象是矛盾的。一方面，他召集了议会和他自己的理事会会议。克伦威尔显然正在策划对抗波琳家族，但国王又将她作为王后引荐给西班牙大使，所以现在，我们也不太确定了。"

"那我们必须等到确定的时候。"

我若有所思地脱下骑马手套，把它们放在椅子的扶手上，然后开始烤火。"那么克伦威尔想从我们这里得到什么？因为他现在欠我一所修道院，我对他友好不起来。"

"他希望我们保证雷金纳德不会反对他，他会停止敦促教皇惩罚国王。"

我皱眉。"他为何开始关心雷金纳德的意见了？"

"因为雷金纳德是教皇的发言人。克伦威尔和国王都非常害怕教皇会将他们逐出教会，那样就没有人会服从他们的命令了。在人身安全方面，克伦威尔需要我们的支持，"蒙塔古继续说道，"国王自己在一天之内说的话经常自相矛盾。克伦威尔不想走沃尔西的老路，如果他像沃尔西推翻凯瑟琳那样推翻了安妮,他希望每个人都将告诉国王这是一件神圣的事情。"

"如果他推翻了安妮,并且拯救我们的公主,那么我们支持他。"我不情愿地说道,"但他必须建议国王重新顺从罗马。他必须恢复教会,没有我们的修道院,我们就没法在英格兰生活。"

"一旦安妮离开,国王将与西班牙结盟,并将教会的统治权归还给罗马教皇。"蒙塔古预测道。

"克伦威尔会主动提出这个建议吗?"我怀疑地问道,"他一下子就成了忠实的教士?"

"他不希望被逐出教会的决定被公布于众,"蒙塔古平静地说道,"他知道这会毁了国王。他希望我们保持沉默,为国王重回罗马铺平道路。"

在那一瞬间,我终于感受到了这场游戏的有趣之处,以及权力给我带来的快乐。自从托马斯·克伦威尔开始建议国王背叛王后、摧毁公主以来,我们一直处处居于弱势,现在看来,局势正在慢慢发生变化。

"要想对抗波琳家族,他就必须与我们交好,"蒙塔古说,"西摩尔希望我们支持简。"

"她是国王的新恋人吗?"我问道,"他们真的认为他会娶她吗?"

"她是在安妮之后能够给予国王慰藉的人。"蒙塔古说道。

"国王爱她吗?"

他点点头。"他对她很痴迷。他认为她是一个安静的乡下姑娘,腼腆而纯洁。他认为她绝不是那种会勾引男人的女人。他从简的家人能够看出,简是一个生育能力强的女人。"

这位年轻女子有五个兄弟。"但他绝不会认为她是整个宫里最优秀的女性,"我反对道,"他一直都想要最好的。他不可能认为简比其他所有人都要好。"

"不,他已经改变了。她不是最好的,远远不是,但她比任何人都更崇敬他，"蒙塔古说，"这是他的新基准。他喜欢她看着自己的样子。"

"什么样子？"

"她很敬畏他。"

我接受了这一点。我可以看到，对于国王来说，经历过命悬一线的昏迷后，想着自己可能会没有一名男继承人就这么死去，一个纯洁的乡村女孩的崇拜可能是一种抚慰。"所以呢？"

"今晚我和克伦威尔以及亨利·考特尼一起用餐。我能告诉他我们会和他们一起对抗安妮吗？"

我思索着波琳家族日渐增强的力量和霍华德家族的巨额财富，可即便如此，我认为我们也可以与之抗衡。"可以，"我说，"但请告诉他，我们的条件是恢复公主的地位和修道院。我们可以对他们被逐出教会的决定保密，但国王必须回归罗马。"

蒙塔古结束了与克伦威尔的晚餐，喝得酩酊大醉，简直站不起来。那时我已经准备上床睡觉了，他敲开了我的门要进来。我打开门，看到他站在门槛上，说自己不会随意闯进来。

"儿子！"我笑着说，"你醉得像个马倌。"

"托马斯·克伦威尔真是铁石心肠。"他遗憾地说道。

"我希望你没多说什么别的。"

蒙塔古靠在门框上，叹了口气。我闻到了啤酒、葡萄酒和白兰地混合的味道。"上床睡觉去，"我说，"你明早会难受得像一条狗。"

他疑惑地摇了摇头。"他简直是铁石心肠，"他重复道，"你知道他在做什么事吗？"

"不知道。"

国王的诅咒

"他正在设法让安妮的叔叔,托马斯·霍华德搜集不利于自己侄女的证据。托马斯·霍华德将找到解除这段婚姻的证据。他要去审问那些不利于他侄女的目击证人。"

"真是个冷酷无情的人。那么玛丽公主呢?"

蒙塔古严肃地对我点头:"我不会忘记你对她的爱,我永远不会忘记,母亲。我立刻就向他提了这件事。"

"他怎么说?"我问道,我竭力克制住把自己醉酒儿子的脑袋浸在冰水里的冲动。

"他说她会得到一处合适的房产,恢复合法的身份。她会进宫去,与简王后成为好朋友。"

这个新的称谓几乎让我窒息。"简王后?"

他点点头。"很神奇,不是吗?

"你确定吗?"

"克伦威尔很确定。"

我伸手去扶他,没再去介意他身上那股葡萄酒、白兰地和啤酒混合的味道。他向我眨眨眼,我拍了拍他的脸颊。"做得好。很好,"我说,"也许这件事会迎来一个好的结局。这不仅仅是克伦威尔的一厢情愿,也是国王的想法。"

"克伦威尔只会服从国王的意志,"蒙塔古坦白说,"你可以放心。现在国王希望恢复公主的地位,赶走波琳家那女人。"

"阿门。"我说,然后轻轻地将蒙塔古推出我的房门,他的仆人在门外等着他。"让他去睡觉,"我说,"让他一觉睡到天亮。"

1536年4月

伦敦　圣劳伦斯庞特尼①的玫瑰庄园

抱着这个秘密，我突然充满了希望。我去伦敦拜访我表亲格特鲁德·考特尼位于圣劳伦斯庞特尼的庄园。她的丈夫亨利即将参加宫里举办的马术比赛，蒙塔古也必须留在球场上。比赛结束后，他们将参加在法国举行的盛宴，弗朗西斯国王是东道主，主持整场宴会。无论克伦威尔计划如何对付波琳，他都得寻找合适的时机，这对促进与西班牙的友谊或回归罗马都毫无用处。因为比起托马斯·克伦威尔，我宁愿相信用炖肉诱惑来的雇佣兵。我认为他很可能是个双面间谍，周旋于支持波琳的法国和支持玛丽公主的西班牙之间，直到他能确保哪一方会赢。

格特鲁德表亲总是能得到许多八卦消息。我刚刚下马，正准备往大厅走，她就一把抓住了我。"来吧，"她说，"到花园来，我想跟你说说话，不能被别人听到。"

我笑着跟上她。"有什么急事？"

她一转身说话，我的笑声就消失了，她的表情很是严肃。"格特鲁德？"

"国王私下对我丈夫说的，"她说，"我不敢写信给你。在那个女人失去孩子之后，他对我的丈夫说，现在他认为上帝永远不会赐给他一个儿子。"

"我知道，"我说，"即使我一直待在乡下，我也听说了这件事。如果每

---

① 伦敦的一座教堂，始建于12世纪中叶，毁于17世纪的火灾中，教堂原址及墓地尚存。

个人都知道了，那一定是国王和克伦威尔刻意散布的消息。"

"你一定没听过这个：他说安妮用巫术诱惑了他，这就是他们永远无法得到一个儿子的原因。"

我惊呆了。"巫术？"我低声重复这个危险的词。指责一个女人使用巫术等于判她死刑，因为没有人可以拿出证据反驳。如果有人说他们被迷惑了，怎么能证明事实并非如此呢？如果国王说他被迷惑了，谁会告诉他他错了？

"祝她好运！亨利怎么说？"

"他什么也没说。他太惊讶了，不敢说话。再说，他能说什么呢？我们都以为她让国王发疯了，让每个人都疯了，他显然很沮丧，谁能说这不是巫术？"

"因为我们看到她像玩弄一条鱼那样玩弄他，"我烦躁地说，"没有神秘感，没有魔法。难道你没有看到简·西摩尔也是这样欲擒故纵的吗？我们目睹国王疯狂地爱上了六个女人，她并不会魔法，只是擅长玩弄心计。她与波琳的不同之处在于她更聪明，她有一个支持她的家庭——而王后，上帝保佑她，她已经老了，不能再生孩子了。"

"是的，"格特鲁德说道，"你是对的。但国王坚持认为自己被迷住了，认为她是女巫，这一切都能为流产做出解释，这才是最重要的。"

"接下来重要的是他会对此做些什么。"我说。

"他会抛弃她，"格特鲁德得意洋洋地说道，"他会责怪她的一切行为，并且抛弃她。而我们和克伦威尔以及我们所有的亲属将帮助他做到这一点。"

"怎么做？"我说，"因为这正是蒙塔古、克伦威尔、加露和西摩尔正在做的事情。"

她笑着对我说："不只是他们，还有其他几十个人也正在这样做。我们根本不必出手，克伦威尔那个魔鬼将一手包办。"

我和格特鲁德一起用餐。我本来准备多待一阵子，但是午后，蒙塔古的一个使者来找我，要我回到埃贝尔去。

"发生了什么事？"格特鲁德和我一起来到院子里，仆从已经把我的马准备好了。

"我不知道。"我说。

"但我们能安全脱身吗？"她确认道，我们在晚餐时曾秘密庆祝安妮被抛弃，国王会明白玛丽公主才是他真正的继承人。

"我不这么认为，"我说，"蒙塔古会提醒我，我认为他会安排好一切。也许我们最终能取得胜利。"

1536年5月

伦敦　埃贝尔

蒙塔古在我们的小教堂来回踱步，他很想立刻跑到海岸边的格雷船长那儿去，然后坐船去找他的兄弟雷金纳德。

"他疯了，"他低声说道，"我真的认为他现在已经疯了。没有人是安全的，没有人知道他接下来要做什么。"

我被这突如其来的逆转震惊了。我把斗篷放在一边，拉住他的手。"淡定。告诉我发生了什么。"

"你在街上没听到些什么吗？"

"没有。我走过的时候有几个人为我欢呼，但大多数人都很安静……"

"因为这简直令人难以置信！"他用手拍了拍他的嘴，环顾四周。除了我们之外，礼拜堂里没有人，门关着，蜡烛火焰上下浮动。没人能听到我们的对话。

蒙塔古转过身，跪在地上。我看到他苍白忧虑的脸。"他以通奸罪逮捕了安妮·波琳，"他倒吸了一口气，"以及宫里为她保守秘密、支持她的人。我们现在还不知道有多少人被逮捕了，也不知都有谁。"

"'有多少？'"我怀疑地重复道，"这是什么意思？"

他挥了挥手。"不知道！就算安妮与数十名男人发生了不正当的关系，他为何要逮捕这么多人？为什么他会让这种事情被人知道？他明明可以秘密地抛弃她！他们逮捕了托马斯·怀亚特和亨利·诺里斯①，还有在她房间里演唱的小伙子和她自己的兄弟。"他看着我。"你了解他！他在想什么？他为什么要这样做？"

"等等，"我说，"我不明白。"

我瘫坐在牧师的椅子上，我想自己已经年纪大了，无法接受这种突然的刺激，亨利现在的行为与他还是王子的时候完全背道而驰，亨利王子聪慧而果决，可是亨利国王却像女人一样多疑又过于武断。

蒙塔古慢慢地向我重复了这些名字，还添加了几个似乎在宫里失踪的男人的名字。

"克伦威尔说她生了一个怪物，"我儿子说，"这似乎证明了一切。"

"一个怪物？"我愚蠢地重复道。

"不是死胎。而是某种爬行动物。"

我惊恐地看着儿子。"我的上帝，托马斯·克伦威尔将所有事都看作是罪恶和通奸！在我自己的修道院里，在王后的卧室里！这个男人到底在想些什么，他平时都在祈祷些什么！"

"重要的是国王的想法。"蒙塔古把双手放在我的膝盖上，抬头看着我，好像我还是他无所不能的母亲，可以扭转这一切。"克伦威尔会服从国王的意志，他打算判处安妮通奸罪。"

"他打算判处自己的妻子通奸罪？"

"上帝帮助我，我将成为陪审团的成员。"

"陪审团？"

"我们同意了！"他跳起来吼道，"我们所有与克伦威尔会面的人都被传唤了，我们被告知会帮助他取消婚姻。我们本以为能够帮助国王从那些虚

---

① 亨利·诺里斯（Henry Norris）爵士原为亨利八世最亲密的朋友之一，是爱德华·诺里斯爵士的次子，曾于1487年参加斯托克（Stoke）战役。

假的婚姻誓言中脱身，调查婚姻的有效性，但我们从未想到会是这个结果！"

"他正在尝试取消这场婚姻吗？"我问，"就像处理跟王后的婚姻那样？"

"没有！没有！没有！你没有听明白吗？他不是试图取消婚姻，而是正在审判这名女子。他想要以通奸罪名逮捕她、她的兄弟和一些其他的人，天知道还有谁，还有多少人。谁都不知道这些人中会不会有我们的朋友和兄弟，只有上帝才能知道这一切的原因！"

"我们中的任何人？"我急切地问道，"不会有我们的家人或与我们合作的人吧？有公主的支持者吗？"

"至少我现在知道的还没有，这也正是奇怪之处。所有失踪者都是那些整天进出波琳房间的人，"蒙塔古做了个鬼脸，"有些是你认识的。诺里斯，布雷顿……"

"都是克伦威尔不喜欢的人，"我说，"但是为什么会有弹鲁特琴的男孩？"

"我不知道！"蒙塔古用双手揉着脸，"他们先把他带走了。也许是因为克伦威尔可以折磨他直到他认罪，或者是供出克伦威尔想要逮捕的人？"

"折磨？"我再次确认道，"折磨他？国王会对一个小乐师使用酷刑？"

蒙塔古看着我，我们所了解和认识的国家在此刻彻底崩塌了。"我同意了参加陪审团。"他说。

✦

不仅仅是我的儿子蒙塔古，还有其他二十五名贵族都要加入陪审团，给这个他们曾经称之为"王后"的女人定罪。她的亲叔叔担任陪审团主席，审判由他亲手推上女王宝座的侄女。旁边坐着的是她的旧情人亨利·珀西，他愤怒地颤抖，嘀咕着自己生了重病，不应该被强迫参加。

我家族的所有领主都坐在那里。陪审团四分之一的人是我们的亲戚和朋友，他们支持玛丽公主，自从波琳篡夺后位以来一直非常憎恨她。对我们来说，虽然使用亲吻或者是色诱的说法太过令人震惊，但对她陷害王后并且计划毒害公主的指控则大快人心。陪审团的其余成员是亨利的左膀右臂，他们完全可以依据国王的意志决定自己的想法。波琳在占据王后宝座期间没有交到任何朋友，没有人为她辩护。她完全无法为自己伸张正义，因为大家都认为托马斯·克伦威尔所提供的证据很是令人信服。

        伍斯特伯爵夫人伊丽莎白·萨默塞特在彼得伯勒与我一起参加了王后的葬礼，现在她转而反对自己曾经的朋友安妮，并且呈上了发生在王后房间里的风流韵事的证据。有人甚至愿意为此起誓，整个宫廷充满着大大小小的八卦和怪诞的丑闻。

        蒙塔古回到家，脸色阴沉而愤怒。"简直是奇耻大辱，"他说，"国王说，他相信有多达一百人曾得到过她，令人不齿。"

        我递给他一杯热麦芽酒，然后问他："你说了'有罪'这个字眼吗？"

        "我说了，"他说，"证据无可争辩。克伦威尔勋爵掌握了所有人可能质疑的每一个细节。我不知道他为什么会允许乔治·波琳在宫中大肆宣布国王没有生育能力这种事。"

        "他们证明了波琳谋杀王后的事吗？"

        "他们指控了这一罪名，这似乎就够了。"

        "他会监禁她吗？还是把她送到修女院去？"

        蒙塔古转向我，脸上充满了怜悯。"不。他会杀了她。"

1536年5月

伯克郡　毕萨姆庄园

我离开伦敦。我不忍心听到猜测和八卦，不想再听人重述审判的细节，以及对事态走势的讨论。就算是讨厌波琳的人也无法理解为什么国王这次没有宣称自己的婚姻无效、将他的女儿伊丽莎白当成私生子，并将她母亲扔进一座遥远的寒冷城堡里。

其中一些事情已经完成：婚姻被废除，伊丽莎白被视为私生子。然而，这名妇女仍然留在塔楼，处决计划仍将继续进行。

虽然很高兴能离开这座城市，但我的脑海中总是浮现塔楼里那个女人的身影。在封闭的修道院里，我走进寒冷的小教堂，跪在朝东的石头地板上，这里美丽的十字架和祭坛银器都已被带走。我在空荡荡的祭坛上，为自己曾经憎恶的女人祈祷。

英格兰从未有过处决王后的先例。王后不可能被斩首。从未有哪个女人从塔楼走到教堂前的草坪接受处决。我简直无法想象这一切。而且我无法相信亨利·都铎，我的小王子，会如此残酷地对待一个他曾经爱过的女人。当然，他不能判处自己的妻子、孩子的母亲死刑。我知道他曾抛弃过一位善良的王后。但完全不同的是，这不仅仅是抛弃一个令人失望的女人，而是在一夜之间改变主意并且下令杀了她。

我为安妮祈祷，但内心深处还是倾向于国王，我认为他一定是被愤怒冲昏了头脑，人们对他的评价令他感到羞耻，他发现了波琳的恶毒，而愈加增长的年龄使他的英俊不复当年。每天当他照镜子时,都会看到年轻英俊的王子被苍老臃肿的国王面孔所取代。当亨利还年轻的时候,每个人都崇拜他。而现在,眼前的妻子不但没能给他生出儿子,还给他戴了无数顶绿帽子,这一切都使他崩溃。

但我完全误解了,我认为亨利正沉浸在耻辱的暴躁中时,他其实正在恢复自己的骄傲,向西摩尔家的姑娘求爱。他并没有为自己的青春哀悼,而是在他的驳船上每日与简寻欢作乐。他送给简各种各样的小礼物,甚至像新订婚的夫妇一样计划他们的未来。他没有哀悼逝去的青春,而是重获了青春;就在国王犯下有史以来最严重的罪行——杀害自己妻子——后的短短几日,塔楼上传来的礼炮声就向整个伦敦公告国王再次结了婚,我们又有了一位新王后:简。

"西班牙大使告诉我,简将把公主带进宫,并且恢复她的尊位,"杰弗里告诉我。我们走在农场的小路上,看着田里的作物。

在一棵白色山楂树上,一只乌鸫鸣唱着,轻快的声音充满了希望。

"真的?"

杰弗里笑容满面。"我们的敌人已经死了,而我们幸存了下来。国王将亨利·菲茨罗伊叫到身边,把他抱在怀里,告诉他波琳本打算杀了他和我们的公主,他很幸运他们都还在。"

"他会叫公主过去吗?"

"只要简成为王后,王室重新组建,我们的公主将在几天内与她的新王后母亲一起生活。"

我挽着儿子的胳膊,将头靠在他的肩膀上。"你知道吗,在这一团糟的生活中,我简直不敢相信自己依然在这里,也不敢相信这一切逐渐走上正轨。"

他轻拍我的手。"谁能想到呢？说不定你还能看到你心爱的公主加冕。"

"嘘，嘘。"我说，虽然田地空无一人，但远处一个工人正在修理堵塞的沟渠。现在即使谈论国王的死也算叛国罪。克伦威尔每天都在制定新的法律来保护国王的声誉。

在回家的路上，我们听到了马蹄声。当我们走进院子，蒙塔古正在下马。他迅速朝我们两人走来，微笑着跪在我面前。"我有来自格林尼治的新闻，"他说，"是个好消息。"

"公主要回宫去吗？"杰弗里猜测道，"我是不是这么说过？"

"甚至更好，"蒙塔古说。他转向我。"你被邀请回宫，"他说，"妈妈，我是来向你传达国王的邀请。放逐已经结束，你可以回宫了。"

我不知道该说些什么。看着他那张笑脸，我努力组织语言。"回归？"

"彻底回归。就像以前一样。公主住在宫殿里，而你陪在她身边。"

"感谢上帝，"杰弗里惊呼道，"你会像以前一样成为玛丽公主的管家。我们都能恢复应有的地位，土地和财富也会回到我们手中。"

"欠债了吗，杰弗里？"蒙塔古笑着问道。

"我怀疑你根本无法管理自己的领地，还会经常与邻居们发生纠纷，"杰弗里烦躁地说，"我只想得到本应属于我们的东西。母亲应该在宫里占据一席之地，我们也一样。作为金雀花家族的人，我们生来就应是统治者，至少也要建言献策。"

"我会好好照顾公主。"我说——这对我来说是唯一重要的事情。

"家庭教师再次回到公主身边，"蒙塔古握住我的手，向我微笑着，"恭喜你。"

1536年6月

伦敦 格林尼治宫

我同蒙塔古一起回到伦敦，挥舞着白玫瑰旗帜的士兵走在我们前面，卫兵们穿着精美的制服。我们的驳船刚刚靠岸，还没进城，民众纷纷指着我们奔跑，欢呼。当我们靠近河边时，街上有成千上万的人喊我的名字，为公主祝福，高喊"沃里克！沃里克！"

"够了。"蒙塔古示意一名守卫骑马冲进人群，拿起剑重击年轻的支持者。

"蒙塔古！"我震惊了，"他只是为我们欢呼。"

"他不能这么做，"蒙塔古冷酷地说，"母亲，你回到宫里，我们恢复了身份和地位，但事情并没有这么简单。我想国王再也不会变回以前的样子了。"

"我还以为他跟简·西摩尔在一起很开心？"我问道，"她不是他唯一爱过的女人吗？"

面对我的讽刺，蒙塔古收起了严肃的笑容。"他们在一起很开心，"他小心翼翼地说，"但他并没有被爱情迷惑头脑，他难以忍受任何一句批评和质疑。现在这些人为你，为公主或教会大声欢呼，就是一种他无法接受的批评。"

国王的诅咒

我又回到了以前在宫里居住的房间。很久以前,我是凯瑟琳的侍女,那时她是一个只有二十三岁的王后,被十七岁的国王从贫困和绝望中解救出来。那时我们曾以为一切都不会再有变故。

我去新王后简·西摩尔的房间向她问安。当我第一次见到简时,她还只是凯瑟琳一个害羞的女仆而已。从她傲慢的手势,我看出她并没有忘记以前曾因笨拙受到我的责骂的事。我只能尽可能压低身子鞠躬,得到她的允许后才抬起头来。

在参观她的房间和拜访侍女的过程中,我无法露出一丝笑容。曾经刻着猎鹰和大写字母A的桌子都被重新打磨过,现在刻着花体的J和凤凰图案。侍女们在都铎的绿色旗帜上绣上了她们谄媚的铭言"矢志顺从和服务"。侍女们愉快地问候了我。她们中的一些人是我的老朋友,伊丽莎白·达雷尔曾和我一起为凯瑟琳服务,弗朗西丝·格雷的同父异母的姐妹玛丽·布兰登也在这里,最令人惊讶的是乔治·波琳的遗孀简·波琳,她为自己的丈夫和小姑子安妮提供了定罪的致命证据。现在她似乎已经从这场家族悲剧中迅速恢复过来,非常礼貌地向我问好。

简王后的行宫让我感到惊讶。任命简·波琳作为侍女无异于在自己身边安插了一名间谍。她肯定明白,简·波琳既然能将她自己的丈夫和小姑子送上断头台,就没有什么事是她做不出来的。这些人都不是简亲自选择的,而是她们的亲戚安插在简身边以获取某种利益的。从某种意义上说,这根本不是英国王后的行宫,而是一个老鼠窝。

虽然我还是不能前去拜访公主,但我可以写信给她。对于这项禁令我有足够的耐心，确信国王会将她召进宫去。对于公主，简表现得很友善，还询问我关于寄送新衣服和骑马斗篷的建议。我们一起选择了一件新的礼服和一些很适合公主的深红色天鹅绒套袖，由王室信使携带送去给她。此时她正在距汉斯登不到三十英里地方，为进宫做准备。

我写信询问她的健康和生活状况，并告诉她我们很快会再次相见，过上幸福的生活。我希望国王能让我像以前一样管理她的家庭。我告诉她宫廷会恢复往日的平静和快乐，而简王后也会成为她的朋友。我没有提及她们年龄只相差八岁，当玛丽成为尊贵的公主时，简只是一个无名骑士的女儿。我等待着她的回信。

最亲爱的玛格丽特夫人，

　　我很抱歉，也很伤心，我不能再进宫与你待在一起。虽然我愿意做任何事情来服从和尊重我的父亲，我还是不幸冒犯了他。我无法违背母亲和上帝的旨意，为我祈祷吧。

玛丽

我无法理解，于是立刻去国王的宫殿找蒙塔古。他正在与西摩尔的一个兄弟打牌，现在西摩尔家的人都成了达官显贵。我在旁边等到牌局结束，跟着众人嘲笑蒙塔古的斤斤计较。亨利·西摩尔拿走了他的奖金，向我鞠了一躬，然后沿着长廊踱步走开。

"公主发生了什么事？"我双手紧握着她的信，藏在口袋里，简短地问道。

"在公主答应宣誓之前，国王是不会召她进宫的，"他说道，"他派诺福克去找她，诺福克指着她的鼻子骂，还说她是叛徒。"

国王的诅咒

我困惑地摇摇头。"为什么?为什么国王坚持要她现在宣誓?凯瑟琳王后不在了,安妮也死了,伊丽莎白被宣布为私生子,国王娶了新的王后,上帝会祝福他们拥有一个男性继承人。为什么国王还是坚持要她宣誓?有什么意义呢?"

蒙塔古转过头去向前走了几步,逃避我焦虑的神情。"我不知道,"他简短地答道,"这没有道理。我本以为波琳死后,所有的麻烦都会结束,国王也会和罗马和解。我不明白为什么他还要坚持这么做。我尤其不明白的是,他为什么要讨伐自己的女儿,诺福克对公主说话的态度简直比对一条狗还不如。"

我克制住自己的惊叫。"他威胁了她吗?"

"他说,如果她是自己的女儿,他会让她撞墙而死。"

"不!"我简直不敢相信托马斯·霍华德胆敢这样和公主说话。我无法相信任何父亲会允许一个男人用暴力威胁他的女儿,"我的上帝啊,蒙塔古,我们要怎么做?"

面对危险,我的儿子虽然并不情愿但依旧大义凛然。"我本认为麻烦已经结束,但现在看来并不是这样,"他缓缓地说道,"我们必须把她带走。简王后在为她求情,克伦威尔也建议国王应该把她接进宫来,但是国王对简大吼说公主应该因叛国罪受审,简如此支持她完全是受了她的蛊惑。我想国王现在已经把公主当成了自己的敌人。即使在远处,公主的存在也是对他的一种羞辱。看着公主,他总会想起自己如何对待她的母亲,难以假装安妮的事从未发生过。公主的不顺从使国王崩溃,我们必须带公主离开,她待在英格兰并不安全。"

✦

杰弗里再次骑马来到格雷家族位于河边的神秘村庄,确保那名船夫依旧时刻待命并且忠于公主。我们在加莱的亲戚，莱尔勋爵亚瑟·金雀花写信告诉我，他已经做好准备接受我即将送去的货物，派去伦敦的管家也会在合适的时机向他发出信号。蒙塔古带了六匹强壮的马进宫，对外宣称是为狩猎季做准备。我们的表亲亨利·考特尼贿赂了汉斯顿堡的一名书童，以获得稳定的情报来源，其中包括公主现在每天早晨都可以在花园里散步这种小事。

一天早餐前，我随简王后前去教堂做晨祷，看到了蒙塔古。他来到我身边跪下，当我的手在他的头上时，他低声说道："诺福克向国王告发他同父异母的兄弟，汤姆因叛国罪被捕。"

直到蒙塔古站起身，抬起了胳膊，我依旧处于震惊状态。"快过来。"我赶快说。

"别这样。"他扶着我走向教堂，向王后鞠躬并退后一步。"不要露出任何端倪。"他提醒我。

牧师开始做弥撒，整个教堂充满了拉丁语的诵经声。我紧紧抓住自己的念珠，一遍又一遍地摩挲。霍华德绝不可能做出反对国王的事。汤姆·霍华德家族壮大的唯一原因就是死心塌地侍奉国王。国王在这个国家不会再找到比他们更加忠诚的心腹了。我根本无心祈祷，瞥了一眼低着头的王后，不知道她对此事是否知情。

直到进宫吃早餐，我才有机会走到蒙塔古旁边，假装是个跟儿子正常聊天的母亲。"汤姆·霍华德做了什么？"

"他引诱苏格兰王后的女儿，你之前的侍女：玛格丽特·道格拉斯女士。他们在复活节秘密结了婚。"

"玛格丽特女士！"我惊叹道。自从她离开我的身边为安妮·波琳服务以后，我很少见到她。我松了一口气，公主并没有受到什么新的威胁，但我想起了那位曾受我照看后来却进宫失了联系的漂亮姑娘。"她绝不会做任何不符合规矩的事情,"我狠狠地说道,"她是公主的侍女,是玛格丽特·都铎的女儿。我绝不会相信她会未经允许就与一个平民结婚!"

"事实就是这样。"蒙塔古断然说道。

"嫁给汤姆·霍华德?秘密结婚?国王是怎么发现的?"

"每个人都在说是公爵告发的。诺福克真的会背叛自己同父异母的兄弟吗?"

"是的,"我立刻说,"因为他不能冒险让国王认为,有一个将另一名王室继承人嫁给霍华德家族的阴谋。他的家里已经有亨利·菲茨罗伊了;如果家人再与都铎家的另一个继承人结婚,那会是什么样子?"

"在国王看来,他们像是准备篡夺王位。"蒙塔古冷酷地说道。

"对我们来说,他对霍华德家族起疑心比对金雀花更好,"我说,"但玛格丽特女士会怎么样?国王很生气吗?"

"他非常暴怒,情况比我想象的还要糟糕。他连带对亨利·菲茨罗伊的妻子玛丽·霍华德感到愤怒,因为玛丽是他俩的介绍人。"

"他们怎么会这么愚蠢?"我摇摇头,"玛格丽特女士知道,任何追求她的人都会让自己看起来是想篡位。这种情况在最近尤为严重。如果伊丽莎白公主被宣布为私生女而玛丽公主的地位未被恢复,那么玛格丽特女士就是继她母亲和兄弟之后排在第三位的继承人。"

"她现在知道了,"蒙塔古说,"国王说,诺福克公爵已将叛国分裂带进了这个国家。"

"他用了'叛国'这个词?"

"是的。"

"但是等等,"我说,"等等,蒙塔古,让我想想。"我走了几步,然后退回来。"想一想。诺福克公爵为什么不抓住她?正如你所说,如果国王否认公主,那么玛格丽特夫人就是继承人之一。为什么诺福克没有利用这个秘密婚姻将王位的继承人带入他的家庭？为什么他不鼓励这件事并保密呢？"

当我提出这个疑点时，蒙塔古正要开口。"诺福克肯定认为国王准备将亨利·菲茨罗伊当作他的继承人——因此玛丽·霍华德的女儿将会成为英格兰王后。否则，他会支持这场婚姻，并将其作为另一个有用的王室关系保密。"

"危险的话。"蒙塔古低声说。

"诺福克永远不会背叛他的兄弟，除非得到了一个接近王位的机会——他的女儿嫁给国王继承人，"我倒吸一口气，"诺福克在为自己和家人寻找最大的机会。他知道玛格丽特女士并不是重点。他绝对是认为亨利·菲茨罗伊将被任命为继承人。"

"等等？"蒙塔古说，"这对我们意味着什么？"

我浑身发冷。"这意味着你是对的，我们必须让公主离开这个国家，"我说，"国王永远不会恢复她的地位，因为她挡住了国王的路，这让她自己处于危险之中。任何阻挠国王的人都会身处险境。"

✦

年轻的王后简正在她的会客厅，我在她的宝座旁边娴静地等待，这里有数百人向她鞠躬致敬，提出各种请求。对于自己地位的突然上升，简看起来有些无所适从。每个人都给她带来了礼物，她接过后就递到侍女手中，由侍女放在她身后的桌子上。她时不时地瞥了我一眼，我则不间断地审视侍女们是否礼貌得体，举止端庄。我轻轻地点了点头。尽管公主的家庭开销很高，但我仍然是宫中最富有的女人，拥有最高贵的头衔，而且是迄今为止最年长的贵妇。我六十二岁了，简是我在这个宝座上见过的第六位王后。她目光羞涩地瞥了我一眼，确认她自己举止得体。

国王的诅咒

她以一个可怕的错误开始了自己的统治。她永远不应该允许玛格丽特·道格拉斯女士与汤姆·霍华德秘密会面。与亨利·菲茨罗伊结婚的年轻公爵夫人玛丽·霍华德绝不应该鼓励他们。简刚刚登上王后的宝座,这个宝座上还有沾有上一任主人受到惊吓而流下的汗水的余温。突然崛起的地位冲昏了她的头脑,她还没搞清楚宫里发生了什么。现在汤姆被押入塔中,被指控犯有叛国罪,玛格丽特女士被软禁在房间里,国王对每个人都很生气。

"不,她被捕了,现在也在塔楼中。"简·波琳兴高采烈地告诉我。

塔楼这个词激起了我那悲痛的回忆。"玛格丽特女士?罪名是什么?"

"叛国。"

简·波琳的这句话无疑是给她判了死刑。

"她所做的一切都是为了爱而嫁给一个年轻人,这怎么能算叛国?"我问道,"愚蠢,是的。不服从,是的。国王肯定觉得被冒犯了,但这怎么能算叛国?"

简·波琳垂下眼睛。"国王决定了谁犯有叛国罪,"她说,"他说他们是有罪的。惩罚就是死亡。"

✦

我很震惊。如果国王可以指控自己心爱的侄女叛国并将她押进塔楼,那么他也可以指控自己的女儿。现在他已经将她视为自己的私生女,安排了品行最恶劣的手下前去威胁她。我准备去国王的会客厅见蒙塔古,此时身后突然传来士兵们的脚步声。

我紧张得几乎窒息,蜷缩在冰冷的墙边听着他们的脚步声逐渐经过。一共有二十几个护卫兵,身着整齐划一的都铎制服,一步一步地穿过格林尼治宫的走廊,前往国王的会客厅。

他们一走远，我突然开始担心蒙塔古。我倒吸一口气："我的儿子。"我快速走到士兵身后，他们走上楼梯到国王的房间，那里的会客厅大门打开了，卫兵两两并排，个个威猛慑人。

房间很拥挤，但国王不在那里。宝座是空的。他待在卧室里，房门紧闭。他不会目击逮捕现场。就算有哀号和哭泣，他也不会被打扰。我环顾繁忙的房间，确定蒙塔古也不在这里：他可能和国王在一起。

士兵们不是为我儿子而来的。相反，士官自信地走向国王最喜欢最信赖的御马官，安东尼·布朗爵士身旁，礼貌地请求他和他们走一趟。安东尼懒洋洋地从窗边站起来，露出得体的微笑，随意地问道："为什么，罪名是什么？"

"叛国。"士官回答道，安东尼周围的人群逐渐散去。

士官环顾惊呆了的人群。"弗朗西斯·布莱恩爵士！"他喊道。

"在这里。"弗朗西斯爵士说。他向前走了一步，身后的人纷纷后退，好像他们从未认识他一样。他微笑着，黑色的眼睛无助地扫视人群，看不到一个支持者。"士官，需要我做些什么？"

"跟我走一趟，"士官冷酷地说道，"因为你也被捕了。"

"我？"弗朗西斯·布莱恩说，他可是现任王后的表亲，也是前任王后的表亲，多年来都受到王室保护。"为了什么？什么罪名？"

"叛国，"士官重复了一遍，"叛国。"

我看着这两个人被警卫带出去，诺福克公爵托马斯·霍华德突然出现在我身边。"他们做了什么？"我问道。布莱恩曾多次身处险境，至少两次被流放但最终都毫发无伤。

"我很高兴你不知道，"他说出了最可怕的话，"他们一直在与国王的私生女玛丽女士密谋，企图让她离开汉斯顿，并乘船前往佛兰德斯。他俩和玛丽女士都将为此被处死。"

国王的诅咒

我回到王后的宫殿,恐惧蔓延了我的全身。侍女们问我发生了什么,我告诉她们我看到了国王最坚定的两位朋友被捕。我没告诉他们诺福克公爵所说的话。我太害怕说出这些字眼了。伍兹夫人告诉我,我的亲戚亨利·考特尼因涉嫌策划公主的逃脱被从枢密院解雇了。我的表现非常自然,现在完全可以面不改色地接受任何令人震惊的消息。

"你不写信给玛丽女士吗?"伍兹夫人说,"你没有和她保持联系吗?每个人都知道你爱她,再次进宫也是为了她。"

"我只能通过克伦威尔勋爵给她写信,"我说,"当然,我对她有旧情。我和王后一起给她写信。"

"但你没有鼓动她?"

我瞥了一眼房间。简·波琳依旧在专心做着缝纫活儿。"当然没有,"我说,"我像其他人一样都宣了誓。"

"不是每个人,"简从她的工作中抬起头来,"你的儿子雷金纳德离开英格兰时没有发誓。"

"我的儿子雷金纳德正在为国王准备凯瑟琳王后的婚姻和英格兰教会治理的报告,"我坚定地说,"国王亲自向雷金纳德委托了这项工作。他是国王的学者,他的忠诚不容置疑,我的也一样。"

"哦,当然,"简笑着说,弯腰接着做活儿,"我没有别的意思。"

晚餐时我看到了蒙塔古,但我没有找到合适的机会与他说话,直到桌子被清理干净,舞曲响起。国王看着简和侍女们跳着舞,心情似乎不错。受到热烈邀请后,他站了起来邀请一个新来的漂亮姑娘与他共舞。

我看着他,像是看着一个陌生人一样。他已经不是那个我们曾经十分喜爱的王子了。四十年前,他的母亲还活着,他是第二个儿子;现在他的双腿又粗又弯,小腿肌肉在紧绷的蓝色吊带袜下凸起,肚子挺在外套下,由于外套有着厚厚的衬垫,让他看起来更加高大而不是肥胖。他的肩膀本就很宽,像运动员一样,当衣服的框架完全展开,他甚至只能穿过一扇双门。他的卷发渐渐稀疏,虽然仔细梳理,仍能看到苍白的发根。他的胡子也开始变得花白和稀疏。凯瑟琳从不让他留胡子,总抱怨说它刮伤了她的脸,而现在这位王后根本不敢拒绝他,也不敢抱怨。

他满脸通红,跳着令人尴尬的舞蹈,紧盯着那个偷瞄他的年轻女子,虽然他的年龄已经足以当她父亲,但是她仿佛并不介意。随着舞蹈,他们抱得更紧。他的神色让我无法开口。

他不再像伊丽莎白的儿子了。她的族人,我们的族人总是整洁而得体的,他油腻的脸颊和厚厚的双下巴完全不符合这一点。伊丽莎白五官上的优点在她亲爱的亨利王子脸上已经找不到了。他的眼睛在肿胀的脸颊上显得更小,玫瑰色的嘴唇总因不满而抿起,看起来很卑鄙。他仍然是一个英俊的男人,拥有一张英俊的面孔,但表情却并不英俊。他看起来十分放纵。不管是他的母亲,还是我们家族的任何一个人都不是这样的。他的先辈都是非常端庄得体的国王和王后,而尽管他穿着夸张的衣服,力图表现得很强大,看起来仍是一个肥胖的小男人,心怀憎恨和报复。这个宫廷,这个国家所面临的一切麻烦,都源于我们给予这个心胸狭窄又无视教廷的国王太多权力。

"你看起来非常严肃,波尔夫人。"尼古拉斯·加露对我说。

我立刻将目光从国王那里移开并微笑道。"我走了个神。"我说。

"事实上,有一个人我倒希望她今晚能走远一点。"他平静地说道。

"哦,是吗?"

"我可以帮助你拯救她。"他认真地说。

"我们现在不能谈论这个，在这儿不行，"我说，"今天之后也不行。"

他点点头。"如果可能的话，我明天早餐后会来你的房间。"

我等了很久，但他没有过来。不能被别人看到我在寻找他，所以我和王后的侍女们一起骑马出去，当我们和绅士见面在河边野餐时，我坐在侍女们身边，找机会偶尔看向那些绅士，一眼就看出了他不在那里。

我立刻开始寻找蒙塔古。国王坐在主桌，简王后在他旁边。他吵闹着，大笑着，叫来更多的葡萄酒，赞美厨师；他面前摆着一盘巨大的菜肴，他正在用长长的金色汤匙从里面捞肉，然后把它递给简，汤汁洒在她精美的礼服上。我马上发现蒙塔古失踪了。他不在主桌上，也没跟枢密院其他的绅士待在一起。我冒了一身冷汗，看着这十几个年轻人，意识到失踪的不止蒙塔古和加露，但我没法立刻发现失踪的都有谁。我想起上一次蒙塔古失踪时，托马斯·莫尔告诉我他被赶出了宫。现在托马斯·莫尔已经不在了，这一次，我不知道我的儿子是否安全。

"你在找你的儿子。"坐在我对面的简·波琳叉了一片烤肉，小口地咀嚼，像法国公主一样精致。

"是的，我希望他能在这儿。"

"你不用担心。他的马瘸了，他回去了，"简说道，"我不认为他跟其他人一样被带走了。"

我看着她轻佻戏谑的笑容。"别人怎么了？"我问道，"你是什么意思？"

她眨着黑色的眼睛。"为什么，托马斯·基尼和约翰·拉塞尔被带去接受讯问了。克伦威尔勋爵认为他们一直在策划并鼓动玛丽女士反叛她的父亲。"

"那是不可能的,"我冷冷地说,"他们是国王的忠诚仆人,你所说的可是叛国罪。"

她直视我,美丽的黑眼睛里闪烁着顽皮的光芒。"我觉得事实就是这样,还有可能更糟。"

"还有什么比这更糟糕的,罗奇福德夫人?"

"尼古拉斯·加露已被捕。你认为他是叛徒吗?"

"我不知道。"我装傻道。

"而且,你的朋友曾为玛丽女士服务过,是管家的妻子,你的朋友安妮·赫西夫人!她因密谋反叛被捕,并被带到了塔楼。我担心所有服侍玛丽女士的人都会被捕,祈祷没有人怀疑你。"

"我感谢你的祈祷,"我说,"希望我永远不需要它们。"

那天晚上,蒙塔古在晚餐前来到我的房间,我走向他,将额头靠在他的肩膀上。"抱紧我。"我说。

他总是对我很害羞。杰弗里会给我一个大大的拥抱,但蒙塔古总是更加沉默寡言。"抱着我,"我重复道,"我今天非常害怕。"

"到目前为止我们都很安全。没有人背叛我们,没有人怀疑你对国王的忠诚。亨利·考特尼没有被捕,只是受到怀疑,被从枢密院解雇。威廉·菲茨威廉[①]和他在一起。弗朗西斯·布莱恩将被释放。"

我坐下了。

"我们现在无法让公主离开,"蒙塔古说,"考特尼的眼线已经被带走了。没人有她房子的钥匙,也没人能把她带出家门。加露还贿赂了她的一

[①] 威廉·菲茨威廉(William Fitzwilliam)为亨利八世统治时期的英国海军上将,南安普敦伯爵。

名女佣，但没有加露我们就无法联系到她。他被捕了，但我不知道在哪里。我们只能等待。"

"他们逮捕了安妮·赫西。"

"我听说了。我不知道你在里士满有多少旧亲戚受到了怀疑。"

"上帝帮助他们。你有没有提醒杰弗里？"

"我给他送了一封信，要他保持沉默，"蒙塔古冷酷地说道，"他决不能尝试去看望公主，公主日夜都被紧密监视着。我们的谋划已经被他们发现了，她的门前有警卫看守，每晚都有一名女佣和她一起被锁在房间。他们甚至不让她走进花园。"

"西班牙大使呢？"

蒙塔古的脸色变得严峻。"他告诉我，他正试图从教皇那里获得特许，这样她就可以宣誓说她父母的婚姻无效，她是个私生子，国王是教会的领袖。乔比说她必须发誓。如果她不这样做就会被捕。"他看到了我惊恐的表情。"被捕和斩首，"他说，"这就是为什么乔比告诉她必须发誓，争取时间，之后我们会带她离开。"

她才二十岁。距离她的母亲去世还不到一年。她被迫与朋友们分开，像个罪犯一样被逮捕。除了对上帝的信仰之外，她什么也没有，她害怕上帝的意志就是让她为自己的信仰而殉道。

为了调查她背叛国王的罪行，一个法官小组被专门召集，他们与自己的良心进行了短暂的斗争后，同意再一次往汉斯顿宫寄去誓言书，现在我们的公主像个囚犯一样在那饱受屈辱。他们预先准备了一份名为《玛丽女士的归顺书》的文件，并告诉她必须签名，否则会以叛国罪指控她。犯了叛国罪的人会被判处死刑，她知道有六名男子被指控试图营救她，他们的生命取决于她下一步怎么做。她相信她的母亲被她父亲的上任妻子毒死了，如果她不服从的话，她的父亲会将她斩首。没有人可以救她，甚至没有人能够接近她。

可怜的孩子。她签署了三个条款。首先，她表示接受自己的父亲为英格兰国王，并且她将遵守他的所有法律。接着，她表示接受他为英格兰教会的首领；最后她签署了最后一项条款：

我自愿坦率地承认国王陛下和我母亲之间的婚姻是乱伦和非法的。

"她签了名？"杰弗里来伦敦找我借钱，并打算待上几天。听到这个消息，他很是震惊。

我点点头。"上帝知道让她发誓自己的母亲是一个乱伦的妓女对她是多么大的打击。但是她签了名，她接受了自己只是玛丽女士，一个私生女，并不是公主。"

"我们应该在此之前把她带走！"杰弗里愤怒地说道，"我们应该在律师到达那里之前过去，把她抢走！"

"我们不能，"我说，"你知道我们做不到。她生病时我们推迟了计划，因为我们认为安妮去世后她很安全。现在没有跟其他人一样被送进塔楼，我们已经很幸运了。"

克伦威尔勋爵现在在国会众议院提起诉讼，规定国王将提名自己的继承人。他的继承人应该是他所选择的，来自简，或是他以后的任何一位妻子。

"他打算再次结婚？"杰弗里问道。

"有这种可能性，"蒙塔古说，"我们的公主被废除了，私生女伊丽莎白也失去了她的头衔。如果简王后没有为他生出孩子，那么他可以选择他的继承人。现在他有三个孩子可供他选择，他们都被宣布为私生子：真正的公主、私生公主和私生子公爵。"

杰弗里说："每个人都在猜测他准备选择谁当继承人。在议会中，当人们阅读法案时，一直在问我国王打算选谁作为他的继承人。有人甚至问我是否认为国王会将我们的表亲亨利·考特尼任命为继承人并恢复我们家族的地位。"

蒙塔古笑了。"他可能放弃自己的孩子而选择亲戚吗？"

"没有人认为他会跟简生个孩子吗？"我问道，"这表明他怀疑自己的能力吗？"

自从安妮·波琳因为向她的兄弟嘲笑国王在那方面没有能力而被送上断头台，我们都清楚地知道说这样的话是违法的。我看到蒙塔古瞥了一眼关着的门和紧闭的窗户。

"没有。他将任命菲茨罗伊为继承人，"杰弗里确信地说，"菲茨罗伊在议会开幕前走在他面前，拿着国王的冠冕出现在众人面前，非常引人注目。他得到了可怜的亨利·诺里斯一半的土地和房产，而国王准备把他和他的妻子玛丽·霍华德一起安置在贝纳德城堡。"

"那就是亨利·都铎第一次来到伦敦时所生活的地方，"我说道，"在他加冕成为亨利七世时，他才搬到威斯敏斯特。"

杰弗里点点头。"这是一个信号。玛丽公主、私生女伊丽莎白和私生子菲茨罗伊的地位都是平等的，但玛丽公主刚刚才被释放，伊丽莎白还是个弱小的婴儿，菲茨罗伊是唯一一个拥有自己的城堡和土地的人，甚至在伦敦市中心拥有一座宫殿。"

"国王也可以跟简生个儿子，"蒙塔古说道，"这就是他所希望的。如果这种婚姻符合上帝的旨意，为什么他现在不能有儿子？她是一个二十八岁的年轻女子,应该是善生育的。"

杰弗里看着我,好像我知道这个答案为何是否定的。"他不会得到一个活着的儿子。他永远不会。有一个诅咒,不是吗,亲爱的母亲?"

而我的回答每次都是:"我不知道。"

"如果有这样的诅咒,国王应该没有儿子和继承人,那就没有任何意义,因为他有菲茨罗伊,"蒙塔古烦躁地说,"这个关于诅咒的谈话是在浪费时间,因为有公爵,他就快被命名为国王的继承人并取代公主了,这一切都证明诅咒是不成立的。"

杰弗里无视他的兄弟,转头问我:"诅咒是存在的吗?"

"我不知道。"

1536年6月

伦敦　哈克尼　国王行宫

我们沿着城墙进入田野,向东北方向走到哈克尼村时,我开心得几乎唱出歌来。这是一个美好的夏日,天气很棒,阳光镀着金边,杰弗里和蒙塔古分别在我左右,渐渐远离伦敦和隐约可见的塔楼,我感到十分欣喜。

当玛丽公主否认了她的母亲和信仰后,国王就将一座美丽的狩猎小屋赐给了她,那儿离威斯敏斯特宫只有几英里。她还被允许回宫,也可以去见她的朋友,可以随意走路和骑行。她一重获自由就立刻给我送来了信,说自己可以跟我见面了。

"当你看到她时,你会感到震惊,"杰弗里提醒我,"自从你最后一次见到她已经两年多了,她病了,非常不开心。"

"我们度过了一段艰难的时光,"我说,"她是我的寄托,我唯一遗憾的是,无法让她免遭不幸。"

"我的遗憾是我们无法让她离开。"杰弗里冷冷地说道。

"够了,"蒙塔古打断他,"那些日子结束了,感谢上帝,我们所有人都幸存了下来,无论是出于什么方式。永远不要再提起这件事了。"

"有没有加露的消息?"杰弗里低声问蒙塔古,尽管我们周围没有别人,只有六个我们自己的守卫,他们在远远的地方骑行,根本听不到。

蒙塔古严肃地摇了摇头。

"没有什么会把我们和他联系起来吧?"杰弗里逼问道。

"每个人都知道，我们的母亲对公主就像是对自己的女儿一样，百般疼爱，"蒙塔古烦躁地说道，"每个人都知道我与阴谋家交谈过。我们都和克伦威尔共进晚餐并策划了安妮的死。你不必像克伦威尔那样咄咄逼人，我们可不希望克伦威尔来找我们的麻烦。"

"枢密院一半的人都反对国王剥夺公主的继承权，"杰弗里抱怨道，"他们中的大多数都对我这么说。"

"如果克伦威尔想让枢密院一半的人闭嘴，他也一定能找到证据，"蒙塔古看着我和他弟弟，"如果让他听说这件事，他第一个来找你的麻烦。"

"因为我是第一个为她说话的人！"杰弗里突然大吼道，"我为她辩护！"

"嘘，男孩们，"我说，"没有人怀疑你们两个。蒙塔古，不要取笑你的兄弟，你们又像孩子一样了。"

蒙塔古低下头表示歉意，我往前看去，狩猎的旧小屋坐落在一个小坡上，在树林的另一边，炮塔隐约可见。

"她在等我们吗？"我紧张地问道。

"当然，"蒙塔古答道，"她一有机会拜见国王，立刻请求与你见面。国王也同意了。他说，他知道她爱你，而且你也一直都是她的好保姆。"

顺着树林的边界，我们可以看到通往城堡的车道，一些骑兵向我们慢跑过来。我抬手遮挡清晨的阳光，看到一位女士骑马在男人们的中间小跑，个个身穿华丽的礼服。我想他们已经出来迎接我们了，我微笑着催促我的马开始慢跑。

"嘿！闪开！"杰弗里跟在我身后，向前方大喊。这时我已经完全可以确定，最中间的那个骑手就是公主本人，她跟我一样，一秒钟都等不下去了，立刻骑马来见我。

"殿下！"我大喊道，忘记了她的头衔已经被改变，"玛丽！"

当双方走到一起时，马会慢下来，我拉起我的猎狐马，它兴奋地打呼。

其中一名警卫跑到它面前,帮助我从马鞍上下来,我亲爱的公主从她的马上一跃而下,好像她还是一个孩子,她跳到我身边,投入我的怀抱,我紧紧抱住她。

她哭了出来,我弯下腰,捧着她满是泪水的脸颊,悲伤和失落感汹涌而来,不禁潸然泪下。

"来吧,"蒙塔古轻轻地说道,"来吧,亲爱的母亲和玛丽女士。"他点点头,仿佛在为这个虚假的头衔道歉。"我们都回到家去,你们可以聊一整天。"

"你很安全,"玛丽抬头看着我说道。她眼睛下方的黑眼圈和脸上的疲惫清晰可见。她不再是那个幸运的孩子了,失去母亲,又承受父亲的残忍给她留下了深深的伤痛,她苍白的皮肤和紧抿的嘴唇都显示出她已经过早地成为了一个学会忍受痛苦的女人。

"我很安全,但我一直都很担心你。"

她摇摇头,仿佛在说她永远无法告诉我自己承受了什么。"你去了我母亲的葬礼。"她说,把马的缰绳递给马倌,挽着我的手臂,慢慢走回房子里。

"葬礼非常庄严隆重,我们这些深爱她的人都被允许参加葬礼。"

"他们不让我去。他们甚至不让我支付她的祈祷费用。而且,他们还从我这里夺走了一切。"

"我知道。"

"但现在好了,"她带着勇敢的微笑说道,"我的父亲原谅我的顽固,没有人比简王后更善良。她给了我一枚钻石戒指,我父亲给了我一千个金币。"

"你有一个合适的管家为你照顾好事情吗?"我焦急地问道,"一名总管?"

她的脸上闪过一丝阴郁。"约翰·谢尔顿爵士是我的总管；安妮夫人，他的妻子，将经营这个家庭。"

我点点头。所以狱卒成了总管。我想他们仍然会向克伦威尔勋爵报告这里的所有动静。

"约翰·赫西勋爵跟他的妻子都不能再为我服务了。"玛丽说。

"他的妻子被捕了，"我非常平静地说，"在塔楼里。"

"我的导师理查德·费瑟斯顿呢？"

"在塔楼里。"

"你还好吗？"

"我很好，"我说，"并且很高兴能再次和待你在一起。"

✦

我们整天待在一起，关上门自由地聊天。她问起我的孩子们，我跟她聊起关于我的小孙女凯瑟琳和温妮弗雷德的趣事。我告诉她，我为蒙塔古家九岁的儿子亨利感到骄傲。"我们为他取名为哈里，"我告诉她，"真希望你能看到他骑马奔腾的样子，简直令人难以置信！"我告诉她亚瑟痛失爱子，但所幸他的两个女儿正健康成长。厄休拉给斯塔福德家生了三个男孩和一个女孩，我的小儿子杰弗里也有了自己的孩子：五岁的亚瑟，四岁的玛格丽特，三岁的伊丽莎白，还有一个叫托马斯的小婴儿。

她主动询问起关于自己同父异母的妹妹伊丽莎白的事，为那孩子的天真无邪发笑，赞美她的敏捷和魅力。她问起侍奉简的侍女们，我告诉她大部分都是由西摩尔跟克伦威尔选择的，那些人根本不适合这项工作，有时候简被她们折腾得头昏脑涨，她咯咯地笑出声。

"教会怎样了呢？"她轻声地问我，"还有修道院呢？"

"一个接一个地被关闭了。我们失去了毕萨姆修道院，"我说，"克伦威尔派来的人对它进行检查，然后将它交给一个陌生人，他一心想宣告我们的修道院充满着腐败，然后让我们将其拱手让人。"

"他们这么做是不对的，"她说，"毕萨姆修道院是圣洁的，我敢保证。"

"所有的询问都充满谎言，只是想逼走院长。克伦威尔派的人几乎没有放过任何一个小修道院。我相信他们迟早会对大修道院下手。他们指责修道士们犯下了可怕的罪行，然后打压他们。曾经有些地方进行过文物交易——你知道的，有些地方的生活确实有些奢靡，但不管他们怎么掩饰，这根本不是改革，而是一种毁灭。"

"为了利益？"

"是的，只是为了获利，"我说，"上帝知道有多少宝藏从祭坛进入库房，富饶的农田和建筑物已经被邻人买走。克伦威尔不得不建立一个全新的机构来管理财富。亲爱的，你曾经的王国已经面目全非，它被洗劫一空了。"

"如果我能继承这一切，我会让它们回到正轨，"她非常平静地说，"我发誓。我会让它们重回正轨。"

1536年7月

肯特郡　锡廷伯恩

宫廷向多弗城堡行进，以检查新的防御工事，结束后那对新婚夫妇将去打猎。饱受质疑的朝臣已被从塔中释放，我的亲戚亨利·考特尼重回王宫，但还没能回到枢密院。

"你证明自己的清白了吗？"在我们骑马出门之前，我轻声问他。

"没有任何东西得到证实或反驳。"他一边扶我上马，一边抬头对我说。强烈的阳光晒得他睁不开眼。"我认为国王此举并不是检验我们是否有罪，而是为了吓唬我们，让我们陷入混乱。并且，"他苦笑着说，"他确实做到了。"

这曾是国王一年中最快乐的时光，但今年夏天并非如此。当简吃早餐时，国王瞥着她的盘子，好像期待她吐出来；当简和侍女们一起跳舞时，他盯着她看，头微微一偏，仿佛希望看到简体力不支。我们都认为他是在简身上挑毛病，想知道她还没怀上孩子的原因，怀疑她是否有什么缺陷，所以没能怀上都铎王朝的继承人，甚至没有资格当上王后。他们结婚才不到八周，国王已经开始对她不满了。他要求事事完美——他之所以娶她，也是因为相信这个女人跟安妮·波琳截然不同。

锡廷伯恩大旅馆坐落在惠特灵大道，这是多弗到伦敦的主干道，也是通往坎特伯雷的贝克特圣坛的主要朝圣之路。我们住在里昂，这里的宴会厅很大，房间也很多，可以容纳大部分王室成员，小部分侍从和下等仆人

国王的诅咒

则留宿在附近的旅馆。

我平生第一次见到这样的场景,虽然朝圣者们按要求掀开面罩露出脸,但他们却没有看向国王。虽然他们不敢表达出更多的不满,但是在国王经过时他们没有祝福他,也不像以前那样对他微笑。他们责怪他关闭了较小的修道院和修女院,担心他会继续摧毁更大的修道院。他们都是些虔诚的人,习惯于在他们小城镇的修道院教堂里祈祷,而现在取代院长的是一些凶神恶煞的都铎领主。他们曾世代在这些小修道院的庇护下生活,从修道院租来土地耕种,生病了就去修女开的医院,饥荒时节就去修道院领取食物。但现在国王强行关闭了这些修道院,把修士和修女们积累的财富拱手让人。

现在这些朝圣者正前往一名教徒的圣祠,他被另一位叫亨利的国王所杀害。他们相信托马斯·贝克特代表教会反对国王,而在他的圣地上不断发生的奇迹将证明教会是正确的,国王是错的。王室卫兵小跑进村庄,跳下大马,沿着村庄的街道行进,朝圣者低声谈论起约翰·费希尔,那个为了自己的信仰而殉道的人。托马斯·莫尔拒绝接受国王为教会的合法领袖,宁死也不愿意签字。王室的部队进入村庄,回应他们的并不是欣喜的面孔或是兴奋的呼喊,而是人们的沉默和低声抱怨。

亨利听到了;他抬起头来,冷冷地看着那些站在旅馆门口,或从窗子探出身来的朝圣者,那些人将他视为摧毁教堂的敌人。守卫们不安地四下环顾,意识到即使他们自己的队伍对国王的忠诚也大不如从前。

许多人知道我是公主的家庭教师和管家,他们向我喊道:"上帝保佑她!上帝保佑她!"他们甚至不敢说出她的真名和头衔,因为他们曾发誓否认她的地位,但在内心深处,他们仍然热爱她,并忠于她。

亨利通常乘驳船游玩于各个宫殿之间,所到之处都受到严密保护,所以他从未听过任何反对的话语。这些言论就像是遥远的雷声,低沉又充满不祥之兆，而反对他的人总是躲在暗处。突然之间，他大声笑了起来，好像他正试图证明他并没有为这种待遇所困扰，他从马背上猛地跳下，把缰绳扔给马倌，然后一言不发地站着。他双手叉腰，仿佛想要确信没有任何人敢反对或是挑战他。没有人敢冒着生命危险与他为敌，对于这种事，他总是勇气十足。人们不再相信这位国王，也不相信他的教会，更不相信他的意志是由上帝赐予的，他们想念凯瑟琳王后，王后的罪罚和死亡消息令所有人震惊不已。这位虔诚的国王选择了她，以证明自己的地位。现在她的声誉遭此诋毁，他又将如何粉饰这一切呢？

对于简王后，人民几乎一无所知，但大家都传言，她在安妮王后的处决之夜跳起了舞，并且在国王斩首前妻十一天后就与他结了婚。他们认为她一定是个毫无怜悯之心的女人。对他们来说，国王不再是那个明智的王子，更不是那个醉心于玩笑和运动的年轻人。现在人民对国王的爱戴已经完全转化为怀疑和恐惧。

亨利环顾四周，抬起头，好像他对这座小镇和垂着头的朝圣者们不屑一顾。他的这一神情让我想起了他父亲过去的样子，好像认为我们都是傻子一样，凭借自己机敏又狡猾的智慧夺取了王位和王国，并且对我们的纵容表示鄙视。亨利瞥了一眼，站在他身边的简正在等他一起走进旅馆敞开的大门。看到她低垂的金色脑袋，亨利的表情并没有缓和。他把她当作傻瓜一样看待，知道她会按照自己的意愿做任何事，甚至不惜自己生命的代价。

我们漫无目地跟在国王的部队后面，外围突然一阵骚动。几个人骑着马，正试图穿过重重人群。蒙塔古跟国王回头查看情况。其中有个人是亨利·菲茨罗伊的仆人，他的马看起来已经累坏了，应该是从圣詹姆斯宫——这名年轻公爵在伦敦的家——一路奔波而来的。

蒙塔古走进昏暗的大厅前，朝我点了点头，示意我在门外等待，顺便

国王的诅咒

打探菲茨罗伊的仆人如此匆忙赶来的原因。那个男人从人群中挤过去,他的马倌在后面等待着。

人们聚集在他身边打探消息,我站在后面听。他摇摇头,轻声说着些什么。我清楚地听到他说无能为力了,这个可怜的年轻人,实在是无能为力了。

我进入旅馆,国王的会客厅挤满了王室成员,嘈杂地猜测着。简坐在宝座上,假装毫不关心,跟侍女们说着话。国王私人房间的门紧闭着,蒙塔古在旁边把守。

"他只让信使进去了,"蒙塔古轻声地对我说,"其他所有人不得进入。发生了什么事?"

"我觉得菲茨罗伊可能已经死了。"我说。

蒙塔古瞪大眼睛,发出一声惊呼。但现在他已然是个成熟的政客,不允许自己表现出太多情绪。"是意外吗?"

"我不知道。"

紧闭的门后传来可怕的咆哮声,就像是一头被铁链拴住喉咙后轰然倒地的公牛发出的吼叫。国王似乎听到了令他心碎的消息。"不!不!不!"

听到门后的怒吼,简从宝座上站起来,手足无措。片刻之后,她再次坐下来,抬起头,所有人都沉默地看着她。她哥哥飞快地跟她说了些什么,她顺从地走到房间门口,又退后一步,做了一个小小的手势,阻止卫兵打开它。"我做不到。"她说。

她看着我,我走到她身边。"我该怎么办?"她问道。

房间里传来响亮的呜咽声。简很害怕。"我应该去他身边吗?托马斯说我必须过去。发生了什么事?"

我还没来得及开口,托马斯·西摩尔就走到他妹妹身边,伸出手把她推向那扇紧闭的门。"进去吧。"他从牙缝里挤出一句话。

她用脚尖摩擦着地面,向我使了个眼色。"克伦威尔勋爵不进去吗?"她低声说。

"他又没法把死人复活!"托马斯说道,"你必须进去。"

"跟我一起进来吧。"当卫兵把门打开时,简抓住我的手。信使跌跌撞撞地走出来,托马斯·西摩尔把我们两个都推了进去,猛地关上我们身后的门。

亨利跪在地板上,弯着腰趴在一个脚凳上,脸埋在厚厚的刺绣中。他像个孩子一样哭泣,声音已经嘶哑,仿佛心都被悲伤撕裂。"不!"他几乎喘不过气来,痛彻心扉地咆哮着。

简小心翼翼地走向他。她停下脚步弯下腰,手悬在他的肩膀上方,她看向我,我点点头。于是她轻轻地拍了拍他的背。

他的脸与脚凳上的金色亮片摩擦着,紧握的拳头捶打凳子和木质地板。"不!不!不!"

简吓坏了,往后退了一步看向我。亨利发出痛苦的尖叫,将脚凳推开,面朝下趴在地板上,在草药和稻草中从一侧滚到另一侧。"我的儿子!我的儿子!我唯一的儿子!"

他挥舞双臂,腿四下乱蹬,简根本不敢靠近。但我往前走去,跪在他头边。"上帝保佑他,留住他,带他进入永生。"我平静地说。

"不!"亨利抬起头,他的头发沾上了草药和稻草,朝我尖叫道,"不!我不要他进入永生。他是我的孩子!是我的继承人!我需要他在我身边!"

他满脸通红,愤怒的神情显得有些吓人,但我很快发现,脚凳刮伤了他的脸,撕裂了他的眼睑,所以鲜血和泪水混合在他的脸上。在他身上,我仿佛又看到了那个接连失去哥哥和母亲的孩子。他曾经受到众人庇护,但突然之间,他的整个世界都天翻地覆。曾经没人敢拒绝他,但现在他所爱的一切都被一一夺走。

国王的诅咒

"哦,亨利。"我的声音充满了怜悯。他伏在我的腿上痛哭,用力地紧紧攥住我的腰。"我不能……"他说,"我做不到……"

"我知道。"我想起了我曾经不得不一次又一次来到这个年轻人身边,将他儿子的死讯亲口告诉他。现在他和我那时一样年纪,我必须再次告诉他他失去了一个儿子。

"我的孩子!"

我紧紧抓住他,轻拍他的背。他就像是个伏在母亲膝盖上痛哭的孩子。

"他是我的继承人,"他哀号道,"他是我的继承人。跟我简直是一个模子刻出来的。每个人都这么说。"

"是的。"我温柔地说。

"他像我一样英俊!"

"是的。"

"就好像我永远不会死……"

"我知道。"

他伤心欲绝,再次呜咽起来,我紧紧抱住他。越过他颤抖的肩膀,我看了简一眼。她整个人都怔住了,盯着蜷缩在地板上哭泣的国王,像是看着童话故事中的怪物一般,仿佛这事与她毫无关系。她的眼睛瞟向门口,希望自己能够远离这一切。

"这是诅咒。"亨利突然坐起来看着我说道。他的眼皮肿胀发红,脸上满是斑点和划痕,头发乱糟糟的,帽子被丢在火中燃成灰烬。"肯定有人在诅咒我。为什么我会失去所有我爱的人?为什么我如此不幸?我明明是国王,为什么会成为这个世界上最悲惨的人?"

即使现在,当这个失去亲人的父亲紧紧抓住我的手的时候,我也什么都不会说。"贝茜·布朗特冒犯了上帝,他为什么要来惩罚我?"亨利问道,"里士满公爵做错了什么?如果不是有人在诅咒他,上帝为什么要把他从我身边带走?"

"他生病了吗?"我平静地问道。

"太快了,"亨利低声说,"我知道他身体不好,但情况并不严重。我派去了我的私人医生,做了父亲应该做的一切……"他哭得喘不过气来。"我没有做错任何事,"他大声说道,"这绝不是因为我,他被带走是上帝的旨意,一定是贝茜做过什么罪恶的事情!"

他顿了一下,握住我的手放在他伤痕累累的脸上。"我无法接受,"他简短地说道,"我简直不敢相信。告诉我事情不是这样的。"

眼泪从我脸上流下来。我默默地摇摇头。

"我无法接受这一切,"亨利说,"快告诉我事情不是这样的。"

"我无法否认,"我平静地说,"对不起。对不起,亨利。我很抱歉。他去世了。"

他的嘴巴张开,口水顺着嘴角流下来,愤怒的眼睛噙满了泪水。他几乎发不出声音了。"我无法承受,"他低声说,"那我该怎么办?"

我从地板上站起来,坐在脚凳上,向他伸出双臂,就像他还是王室育儿所里的那个小男孩一样。他朝我走来,把头放在我膝盖上,默默地哭泣。我抚摸着他稀疏的头发,用我礼服的亚麻袖子擦拭着他脸颊上的伤口,让他尽情地哭泣。这时房间被落日镀上一层金黄色,简·西摩尔蜷缩在房间另一侧的角落里,像尊雕像一样,吓得一动也不敢动。

✦

天色更加昏暗,夜幕笼罩,国王的啜泣逐渐转向呜咽,然后是颤抖,我认为他已经睡着了,但随后他再次颤动起来,肩膀起伏。到了该吃晚饭的时候,他依旧没有动静,在目睹了他的心碎时刻后,简与我一起无声地为他守夜。镇上晚祷的钟声响起时,门开了一个缝,托马斯·克伦威尔闪身进入房间，看了一眼就对所有状况了然于胸。

"噢。"简松了一口气，站起来，心不在焉地甩了甩手，仿佛在向这位秘书传达国王因悲伤而崩溃的讯息，而克伦威尔最好赶紧着手收拾残局。

"王后殿下，你想去用餐吗？"克伦威尔低头问她，"你可以告诉朝臣们，国王正单独在他的房间里用餐。"

简点头表示赞同，随后轻声离开了房间，克伦威尔转过身来，看着拥抱着国王的我，有些不知所措。

"伯爵夫人。"他向我鞠了一躬。

我微微点头，但没有开口，好像我不希望怀里熟睡的孩子被吵醒。

"要叫侍从们送他去卧室睡觉吗？"他问我。

"叫他的医生带些药来？"我低声建议道。

医生来了，国王抬起头，顺从地喝下了药。他一直闭着眼睛，不想面对侍从们或好奇或同情或调笑的表情。侍从们把床调低，用剑刺入床下以防有刺客暗藏其中，用装着热煤的平底锅把床暖好，然后分别站在国王的头和脚边，等待指示。

"把陛下抬到床上。"克伦威尔说道。

这个新头衔把我吓了一跳。现在国王是英格兰唯一的统治者，而教皇只不过是罗马教区的牧师，国王认为自己像皇帝一样出色。他不再甘于跟公爵一样被称为"大人"，虽然这个称呼不管是对于他的父亲，第一任都铎国王，还是对于我的家族来说都已经足够尊贵了。现在他有一个皇家头衔：他是"陛下"。现在他赋予自己的威严被悲伤所摧毁，他谦卑的臣民虽然不得不把他抬到床上，但是害怕得根本不敢碰到他。

侍从们犹豫不决，不知道该如何接近他。"哦，看在上帝的分上！"克伦威尔烦躁地说。

足足六个人才把他从地板抬到床上，他耷拉着脑袋，泪水从闭着的眼睛里溢出。我让侍从们脱掉他精美的马靴，克伦威尔则安排他们脱下国王厚重的外套，所以他并未完全宽衣入睡，像个酒鬼一样。其中一位侍从将睡在地板上的草垫子上陪他；这个不幸的人将得到一些硬币作为补偿。当他打鼾、放屁和哭泣时，没有人愿意和他待在一起。两个门卫守在门口。

"他会睡着的，"克伦威尔说，"但是你觉得等他醒来后他会怎么样，玛格丽特夫人？这件事让他悲痛欲绝吗？"

"这对他而言是可怕的损失，"我坦言道，"失子之痛令人惋惜，但是失去陪他度过病重时光的孩子……"

"失去继承人。"克伦威尔说。

我沉默了。我不打算就国王的继承人发表任何意见。

克伦威尔点点头。"从你的角度考虑，这不失为一件好事吧？"

这个问题非常无情，我简直不敢相信自己亲耳听到这样的话。

"这让玛丽女士成为唯一可能的继承人，"他指出，"或者你会说是公主？"

"我不会谈论她。我叫她玛丽女士。我签了誓言，也知道你通过了议会法案，国王可以选择他自己的继承人。"

我叫了些食物送到我的卧室，不想面对嘈杂的人群，还有他们喋喋不休的猜测。蒙塔古带来了水果和甜食，倒了一杯酒，坐在我对面。

"他崩溃了吗？"他冷静地问道。

"是的。"我说。

"当他失去波琳所生的婴儿时，他也是这样的，"他说，"他哭泣又咆哮，拒绝说话。然后，当他从悲伤中走出来，他甚至开始否认这件事曾经发生过。我们只能秘密举行葬礼。"

国王的诅咒

"这对他来说是一个可怕的损失,"我说,"他说他本来准备把菲茨罗伊作为他的继承人。"

"现在他没有男性继承人,就和诅咒所预言的一样。"

"我不知道。"我说。

✦

第二天早上,国王依旧满脸通红,闷闷不乐,眼睛发红、浮肿,脸色暗沉。他完全无视我,好像我不曾出现一样。他吃得很多,一次又一次地叫来更多的肉、更多的啤酒和葡萄酒、新鲜出炉的面包和糕点,像是要吞下整个世界,之后他又去了自己的小教堂。我和王后以及她的侍女们坐在明亮的房间里,俯瞰着大街,看到穿着诺福克家族制服的使者来去匆匆,但年轻公爵的死亡并没有公之于众,所以大家都不知道是否应该穿丧服。

我们在锡廷伯恩停留了三天,尽管越来越多的人知道菲茨罗伊已经死了,国王仍然对这件事绝口不提。第四天,王室继续往多弗城堡行进,仍然没有人宣布公爵的死讯,宫廷也没有进行哀悼,并且没有计划举办葬礼。

好像一切都暂停了,像冬天的瀑布一样被冻结住。国王什么也没说;大家都知道一切,但乖乖地表现得好像毫不知情。菲茨罗伊没有从伦敦过来与我们会面,他永远不会再出现了,但我们都必须假装在等他过来。

"这简直是疯了。"蒙塔古对我说。

"我不知道该做些什么,"王后对她的兄弟说,"这与我没有任何关系。我订了一件哀悼礼服,但不知道是否应该穿上它。"

"霍华德必须站出来说点什么,"托马斯·西摩尔说,"菲茨罗伊是他的女婿。我们没有理由为这个私生子操办葬礼,也没有理由要求国王负责这一切。"

晚饭前,托马斯·霍华德走到国王身边,以微不可闻的声音请示,自己能否回家一趟，给自己的女婿下葬。

他小心翼翼地避免提及菲茨罗伊的名字。国王靠近他耳边低语，然后转身示意他退下。托马斯·霍华德一言不发地离开宫殿，前往他位于诺福克的家。后来，我们听说他在塞特福德修道院埋葬了他的女婿连同他的野心。只有两个人参加了葬礼，只有一副普通的木制棺材和一个秘密随从。

"为什么？"蒙塔古问我，"为什么要对这件事保持沉默？"

"因为亨利不忍心失去又一个儿子，"我说，"而且现在整个宫廷都宁愿装傻，对他完全服从。如果他不愿意听到，那么谁都不敢提起。如果他失去了儿子而无法承受这份悲伤，那么这个男孩就要被秘密埋葬。如果他接下来想要做一些完全错误的事情，我们会发现他已经变得更强大了。他可以否认真相，没有人会和他争辩。"

1536年7月

伯克郡　毕萨姆庄园

宫廷向前行进,我则待在家中休息。我走在田野里,看着小麦慢慢变成金色。在收获季节的第一天,我和收麦子的小伙子一同出发,看着他们并排穿过田野,挥动镰刀收割农作物,野兔在人前跳来跳去,小伙子们跟它们玩闹起来。

在男人的身后,女人们拿着一大堆谷穗,动作娴熟地将它们捆在一起,为了能大步行走,她们把长袍拉高,卷起袖子露出粗壮的手臂。很多人背上背着一个孩子,身后还跟着几个。老人们在后面一路捡拾掉落的小麦,避免浪费。

我现在的心情就像是看着黄金搬入自己库房的吝啬鬼。对于我来说,此刻金黄的作物比修道院那些镶着金边的盘子都要珍贵。我坐在马上看着佃户们劳作,他们朝我呼喊,说今年是美好的一年,对我们所有人来说都是。

我骑马回家,注意到马厩里有一匹陌生的马,还有一个男人在厨房门口喝啤酒。看我进入院子,他摘下帽子,抬起头来。他的帽子看起来有些古怪,我猜是意大利制造的。我下马等他过来跟我说话。

"伯爵夫人,我给你捎来你儿子的消息,"他说,"他很好,并向你致以美好的祝愿。"

"我很高兴能收到他的消息。"我强忍住自己的焦虑。我们已经等了几个月,因为雷金纳德完成了关于国王声称自己是英国教会最高领导人的报告。雷金纳德承诺,这项工作将很快完成,并将支持国王的观点。我不知道他将如何走出托马斯·莫尔迷失过的迷宫,怎么避开埋葬约翰·费希尔的陷阱,但基督教世界里没有人比我的儿子雷金纳德更博学多才。如果在教会的悠久历史中有像国王这样的先例,他一定能找到,或许他还能找到一种方法来恢复玛丽公主的地位。

"我读完后会回封信给他。"我告诉他。

他鞠了一躬。"我明天会带着信启程。"他说。

"管家会为你安排今天的晚饭和住宿。"

我走进了通向内花园的大门,坐在玫瑰花下的座位上,拆开雷金纳德写给我的信。

他在威尼斯。我把信放在我的膝盖上,闭上眼睛,想象我的儿子在一个神话般充满财富和美丽的城市,打开房门就能看到河水,前往图书馆需要乘船,那里所有人都将他奉为尊贵的学者。

他写信告诉我他生病了,已经开始考虑死亡。他并不悲伤,而是感到平静。

我已经完成了报告并将其写成一封长信寄给了国王。这份报告不会出版。是国王希望看到的观点,尖锐而又充满爱心。他的学者会认识到逻辑的力量,而他的神学家会解读历史。傻瓜和感性主义者则会感到震惊。但我相信他姘妇的死让他有机会回到教会,他必须如此才能拯救自己的灵魂。我是他的预言家,就像上帝派去大卫身边的人一样。如果他能听取我的意见,他就可能得救。

我建议他把信交给他最好的学者,让他们来做准备。这封信

国王的诅咒

很长,我知道他没有耐心阅读所有内容!但是英格兰有些人会阅读它并忽略其激烈的言语以听取真相。他们可以回信,我也许会回复。这不是面向所有人发表的声明,而是一份供学者讨论的文件。

我病了,但我不愿休息。如果我死了,有些人会很高兴。在很多时候,我甚至希望自己在睡眠中逝去。我永远记得,并希望你也记得,当我还是一个小男孩的时候,你把我送到上帝的手中,然后离开了我。请不要担心我——我仍然陪在他身边。

爱你并顺从你的儿子,

雷金纳德

我把信贴在脸颊上,仿佛还能闻到他书房的香火和蜡烛味道。我亲吻他的签名,想象着他在寄信之前也亲吻过这个地方。如果他开始对生活厌倦,宁愿选择死亡,那么我就彻底失去了他。如果我把他留在我身边,我会教给他的一件事就是永远不要厌倦生活,而是要坚持下去。生活就是要不惜一切代价。我从来没有为死亡做过准备,甚至没有为生孩子做过准备,我永远不会把头放在断头台。我非常后悔当初把他留在加尔都西教会,虽然那里的修女和修士都是品行很好的人,虽然那时我贫穷到根本无法抚养他。如果有重来的机会,我宁愿抱着他在路边乞讨,也不会让他成长为一个将自己看作在上帝手中,并祈求去天堂的人。

当我把他留在修道院时,我就失去了他,当我把他送到牛津时,我又一次失去了他。当我把他送到帕多瓦时,我再次失去了他,现在我终于知道自己到底失去了什么。当年,我嫁给了一个好男人,生了四个英俊的男孩,现在我年事已高,是个寡妇,只有两个儿子在英格兰,而雷金纳德,那个最聪明、最需要我的孩子，现在却在离我很远的地方，祈求死亡。

我捧着他的信，为我那厌倦了生命的儿子哀悼，然后开始思考。我重读了这封信，想弄清楚他信中所说"激烈的话语"是什么意思，以及他作为国王的先知需要承受些什么。我无比希望他没有写任何会激起国王怀疑或愤怒的内容。

1536年10月

伦敦　威斯敏斯特宫

宫廷刚刚返回伦敦,我就被传唤到国王的私室。当然,我希望的是他能安排我到公主的家中。于是我快速从房间穿过庭院和一扇小门,上了楼梯,穿过大厅,直接来到国王位于威斯敏斯特宫的宫殿。

我带着一丝期待的笑容穿过拥挤的会客厅。朝臣们可能还要接着等,但我被召唤了。他一定是要任命我服侍公主,我可以帮助公主赢回她的头衔和地位。

今天想要觐见国王的人比以往更多,他们中的大多数人手中都有一套计划书或地图。英格兰的修道院和教堂正在被一个接一个地分割,每个人都想要分一杯羹。

但有些人看起来很不安。我认出了我丈夫的一位老朋友,赫尔市[①]的一个普通居民。当我走过时我向他点点头。

"国王会召见你吗?"他急切地问道。

"我现在要去找他。"我说。

"请你帮我问他,我是否能觐见,"男子说,"赫尔市正笼罩在恐惧中。"

"如果可以,我会告诉他,"我说,"发生了什么事?"

"人们不能忍受教堂被夺走,"他一边瞟着国王房间的门,一边快速地

[①] 英格兰东北部的一座港口城市。

说道,"他们接受不了这一切。每拆除一座修道院,都是在抢劫整个城市。居民们无法对这一切坐视不理,他们在北方集结,商议捍卫修道院,赶走那些前来关闭它们的检查员。"

"你应该去告诉克伦威尔勋爵,这是他的工作。"

"他知道。但他没有警告国王。他不明白我们所面临的危险。我告诉你们,如果民众团结起来,北方领土就会失守。"

"捍卫教会?"我缓缓地说。

他点点头。"就说这已经被预言证实了,并为公主求情。"

国王的侍从打开了房门,向我点点头。我没有对那市民的话做任何回应,就进去了。

这个房间凉爽又昏暗,百叶窗把秋天阳光的余晖牢牢挡住,柴火在炉栅上但并未点燃。国王坐在一张宽大黑色抛光桌子后的大雕花椅子上,皱着眉头。他面前的桌子上堆满了报纸,一位秘书在另一侧等候,笔已经准备好了,国王应该是一直在构思一封信,当他听到哨兵敲门并打开门时就被打断了。克伦威尔勋爵站在一边,当我走进来时礼貌地向我鞠躬致敬。

我可以嗅到危险的气息,就像马可以在腐烂的桥上感觉到下方颤抖的木材。我看了看克伦威尔低垂的目光,又看向时刻待命的秘书,我们就像宫廷画家荷尔拜因大师笔下的人物一般,画作的标题叫做《审判》。

我抬起头,走向桌子,基督教世界最有权势的人阴沉沉地凝视着我。我不害怕。我不会害怕。我是一个金雀花。我不仅能嗅到危险的气味,也能嗅到新鲜血液的浓郁气味,鼠毒的尖锐气味。我在幼儿时期就嗅到过这种味道,它几乎贯穿了我的童年和整个生命。

"陛下。"我行了屈膝礼后站起来,走到他面前,双手在胸前紧握着,脸色平静。

他紧紧盯着我,眼睛里一片空白,在他沉默的这几秒钟里,咸味的胆汁在我的喉咙里缓缓升起，我默默咽了下去。他开了口："你知道这是什么。"他粗鲁地把一捆手稿推向我。

我向前走了一步，克伦威尔勋爵点点头，我把它捡了起来，手并没有颤抖。

我看到标题是拉丁文。"这是我儿子的来信吗？"我的声音也没有任何颤抖。

克伦威尔勋爵低下头。

"你知道他把这叫做什么吗？"亨利问。

我摇了摇头。

"Pro ecdesiasticae unitatis defensione，"亨利大声朗读道，"你知道这是什么意思吗？"

我看了他一眼。"陛下，我知道。我曾经教过你拉丁语。"

这句话让他几乎恍惚，好像我让他想起了自己小的时候。但只有一瞬间而已，他立刻重新暴怒起来。"为了捍卫教会的团结，"他说，"但难道我不是信仰的守护者吗？"

我微笑着，嘴唇也没有颤抖。"你当然是。"

"以及英国教会的最高领导？"

"你当然是。"

"当你的儿子质疑我统治教会并捍卫它的权利时，他是不是犯了侮辱罪和叛国罪？他这封信的标题是叛国罪，里面句句都是谎话！"

"我没有读过他的信。"我说。

"他写过信给她。"克伦威尔勋爵轻声地对国王说。

"他是我的儿子，当然会写信给我，"我没有搭理克伦威尔，"他告诉我他给你写了一封信。不是报告，不是一本书，没有发表，也没有标题。他告诉我你曾就某些问题征求他的意见，他已服从你，进行研究和咨询并写下他的观点。"

"这种观点就是叛国,"国王断然说道,"他比托马斯·莫尔更糟糕、更恶劣。托马斯·莫尔根本不应该因为自己的言论而死,他从没说过这么恶劣的话。他应该仍作为我最优秀的顾问而活着,该被斩首的是你的儿子。"

我咽了咽口水。"雷金纳德决不会写下任何跟叛国有关系的东西,"我平静地说,"如果他真的这么做了,我替他请求您的原谅。我不知道他在写什么,也不知道他在研究什么。多年来,他一直是你的学者,为你的命令工作。"

"他说的都是你们的想法!"亨利站起身来靠近我。他的小眼睛怒气冲冲地瞪着我。"你敢否认吗?当着我的面?亲口对我说?"

"我不知道他说了些什么,"我重复了一遍,"但我在英格兰的家人们从未说过或是想过任何跟叛国有关的东西,我们绝对忠诚。"我转头向克伦威尔。"我们一秒都没有拖延地宣了誓,"我说,"你关闭了我们家族创立的毕萨姆修道院,选择了新的院长,赶走了理查德先生和所有的修士,我也没有抱怨。你夺走了我所列的清单中玛丽女士的所有珠宝,你把她软禁起来的时候,我也完全服从你的命令,从未写信给她。蒙塔古是你忠诚的仆人和朋友,杰弗里在议会为你服务。我们是亲戚,忠诚的亲戚,从来没有做过任何反对你的事。"

国王突然重重地拍了一下桌子。一只粗壮的手沉重地拍打桌子,听起来就像一把手枪。"我受不了了!"他吼道。

我保持冷静,不让自己感到惊慌。我转过头来对着他,就像高塔的守护者面对野兽那样。托马斯·莫尔曾告诉我:不管是面对狮子还是国王,绝对不要表现出恐惧,不然你就死定了。

国王向前倾身,冲着我的脸吼。"在我所到之处都有人密谋反叛我,窃窃私语,写作……"他愤怒地将雷金纳德的手稿扫到了地板上,"没人去想我为这个国家做了什么，没人去想我是如何受苦、带领这个国家前进的，我把他们从黑暗带入光明，永远信奉上帝……"突然间，他转头向克伦威尔。"他们在林肯郡做了些什么？在约克郡做什么？都对我说了什么？你为什么不让他们闭嘴？他们为什么还在赫尔的街上游荡？你为什么允许波尔写下这种东西？"他喊道，"你为什么如此无能？"

克伦威尔摇摇头，好像在对自己的愚蠢感到惊讶。而且，鉴于他为坏消息受到责骂，他决心着手削弱它。上一秒他还是我的审问官，现在就成了同罪者，对我的敌意都不那么严重了。我看到他像个戴面具的小丑似的转身，渐渐往相反的方向走去。

"诺福克公爵将镇压北方的起义，"他安慰地说，"一些农民大喊大叫地要面包，这根本没什么。而这封来自你的学者雷金纳德·波尔的信——也没什么，只是一封私人信件而已，"他说，"这只是个人的意见。如果陛下想反驳，那它又怎么站得住脚呢？你的理解当然比他高深。如果你否认它，不去读它，有谁会在乎雷金纳德·波尔的想法？"

亨利把身子探出窗外，望向柔和的暮色。这座古老建筑的阁楼里的猫头鹰正在嬉戏着，一只巨大的白色谷仓猫头鹰轻声拍打着翅膀飞过，钟声响彻整个城市。我想，如果叛乱的钟声响起，人民纷纷起义，那这位国王该怎么办？

"你要写信给你的儿子，"亨利啐了一口，"你让他来英格兰见我，就像个男人一样。你应该跟他断绝关系，你告诉他，他不是你的孩子，因为他反对你的国王。我无法接受分裂的忠诚。你要么继续为我效忠，要么继续当他的母亲。你自己来选择。"

"你是我的国王，"我简短地说，"你生来就是国王，永远是我的国王。我从不否认这一点。你必须判断清楚对整个王国、对我，你最谦卑的仆人来说最好的处置是什么。"

他转身看着我，突然间，他的怒火似乎已经完全熄灭了。他微笑着，对我的话表示满意。"我生来就是国王，"他平静地说，"这是上帝的旨意。有其他的想法就是在忤逆上帝，把这些话转告你的儿子。"

我点点头。

"上帝舍弃了亚瑟，而让我成为国王，"他有些小心翼翼地提醒我，"不是吗？你目睹了这一切，你是见证人。"

我没有表现出提及亚瑟的死给我造成的巨大冲击。"上帝亲自将宝座赐予你。"我赞同道。

"最好的选择。"他断言。

我赞同地低下头。

国王叹了口气，得到了很大的思想安慰。

我瞥了眼克伦威尔，看来这场审讯已经结束了。他点点头，脸色有点苍白。我认为克伦威尔有时必须深入挖掘才能找到面对这个怪物的勇气。

我行了屈膝礼，刚准备转身离开，那位始终沉默的秘书对我使了个警告的手势，我才意识到我们不能转身背对国王。这位国王的地位太过崇高，离开他身边时我们只能倒退着走。

我是英格兰古老的王室成员。我父亲是两任国王的兄弟。我默默地想，今天只用了半个小时，我像个傻瓜一样对这位胖胖的暴君表现出夸张的尊重，他背对着我，根本看不到我不得不对他表现出的敬意。我又在想，其实最傻的却是那些在危急时刻无法生存的人。我朝托马斯·克伦威尔微笑了一下，希望他能明白我的意思——你和我到底要把自己摆出多低的姿态才可以？永远缩起脖子讨生活吗？我再次弯下腰，向后走六步，屈膝，用后背去触碰门把手，然后侧身出门。

国王的诅咒

深夜,蒙塔古在晚祷后来到我的房间。"他对你说了什么?"他问道。他的头发竖起,愤怒地攥紧拳头。我轻抚他的头发,抚平他的帽子。他猛地抬起头。"他对我大发雷霆,雷金纳德的这封信几乎毁了我们。我认为国王永远不会原谅他,他听不得批评,对我大吼大叫。"

"他告诉我,我必须与雷金纳德断绝关系,"我承认道,"我从没见他这么生气过。"

"他把克伦威尔吓坏了,"蒙塔古说,"我看到他的手都在颤抖。我当时跪着,我发誓,如果我站着的话,我的腿都要打颤。晚餐时他也没有开心起来。王后说了句为其他人求情的话,他就在所有人面前斥责她只会为别人瞎操心。我都担心她会当着所有人的面哭出来。用餐后,他带我到他身边坐下。"

"她害怕他,"我说,"不像凯瑟琳王后,甚至不像安妮。她根本无法应付他。"

"我们该做些什么?"蒙塔古问道,"上帝知道我们对付不了他。雷金纳德为什么要让我们陷入此等境地?"

"他必须这么做!"我为他辩护,"要么是写出那样的信,要么就是写一页又一页的谎言。国王命令他发表意见。他不得不说出他的想法。"

"他把国王称为暴君和贪婪的野兽!"蒙塔古抬高他的声音,然后记起这些单词会犯叛国罪,就用手打自己的嘴。

"我们不得不反抗他,"我不高兴地说,"我知道我们会的。"蒙塔古瘫坐在椅子上,双手抱头。"他不知道英格兰民众现在的生活是什么样的吗?"

"他非常清楚,"我说,"没人比他更清楚。雷金纳德警告国王,如果他继续破坏修道院,人民将站起来反抗他,西班牙皇帝也将入侵英格兰。北方已经发生了暴动。"

"民众已经开始攻击霍恩卡斯尔①的主教,"蒙塔古低声告诉我,"就像在约克郡发生的一样,他们燃起烽火。但雷金纳德现在宣布反对国王还为时尚早。他的信被认定犯了叛国罪。"

"我不知道他还能写什么,"我说,"国王问他的意见。他已经呈给他了。他说公主应该重新得到她的头衔,教皇重新统领教会。你说和从前有什么不同?"

"是!亲爱的上帝,我永远不会对这位国王说实话。"

"但是,如果你身处很远的地方,并且受命写下你诚实的意见呢?"

蒙塔古站起身来,走到我身边跪下,靠近我耳边低语。"亲爱的母亲,他在遥远的地方,但我们不是。我担心你,担心我自己,还有我的儿子哈里,我们所有的孩子和亲戚。雷金纳德是否正确并不重要,虽然我知道他是!就算绝大多数的英格兰人和领主都认同他的意见也并不重要。这不仅仅是在林肯郡进行游行的公地,他们带着士绅一起拜访领主。每天有人找我出去或给我送信或询问我准备做什么,但是说出这个事实已经让我们所有人陷入了可怕的危险之中。国王不再是一个有思想的学者,他不再是教会虔诚的孩子。他已成为一个完全不受他的老师、牧师和他自己控制的人了。没有必要给国王诚实的意见,他只想赞美自己。他无法忍受任何一句批评。他对那些意见相悖的人十分无情。现在说出英格兰的真相结果只有死路一条。雷金纳德身处遥远的地方,可以随心所欲地发表言论,但我们就在这里,他这是在拿我们的性命冒险。"

我沉默不语。"我知道,"我说,"我认为他别无他法,他必须说出真相。但我也知道,他的做法让我们陷入危险中。"

"还有杰弗里,"蒙塔古说,"想想你珍贵的杰弗里。雷金纳德的信已经

---

① 坐落于英格兰东部林肯郡的贝恩河及沃林河之间。

危及了我们所有人的利益。"

"我们能做些什么才能自保?"

"没有所谓的安全感。我们是王室家族,无论我们是否公开宣称这与雷金纳德有关。我们所能做的只是在雷金纳德和我们自己之间画一条线。我们只能说他的观点并不能代表我们,我们不认同他的言论,而且早已敦促他保持沉默。我们可以请求他不要发表那些言论,你可以命令他不要去罗马。"

"但如果他发表了这封信怎么办呢?如果他去罗马并说服教皇公布将国王逐出教会的命令,并下令对英格兰进行讨伐该怎么办?"

蒙塔古双手捧着头。"那我已作好准备了,"他非常平静地说,"当皇帝入侵时,我将带兵起义,参与英格兰公地游行,捍卫教会,推翻国王,并帮助公主登上宝座。"

"我们真的要这样做的吗?"我对这一切有些不确定。

"我们必须这样做,"蒙塔古冷酷地说道。然后他抬头看着我,脸上跟我一样的恐惧。"但我很害怕。"他承认道。

蒙塔古和我都写信给雷金纳德,杰弗里也写了,我们让托马斯·克伦威尔的信使帮忙送信,这样他就可以看到我们确实在谴责雷金纳德的愚蠢行为,他滥用自己作为国王学者的地位,我们很明确地要求他撤回一切言论。

如果不想让你的母亲难堪,就采取另一种方式为我们的主人服务,这也是你应尽的义务。

我没有密封信，亲吻了我的签名希望他能感受到。他不会撤回他所写的内容，我知道他只会说出真相。他也知道我不会让他否认真相。但是，只要国王还活着，他就永远不能回到英格兰，我无法再见到他。我年事已高，可能永远也见不到他了。能让我的家人重聚的唯一方法就是雷金纳德带着一支西班牙军队来召唤民众，恢复教会，并帮助公主登上王位。"愿这一天早日到来！"我低声说道，然后把信交给托马斯·克伦威尔的人，让那些间谍检查信中是否有潜在的叛国密语。

那位大人，教会的主宰和副主教，邀请我去他的私室。一进门，三名男子在高高堆起的信件和账簿后向我鞠躬。托马斯·克伦威尔跟托马斯·沃尔西一样，需要掌管所有的一切。

"国王要求你儿子进宫解释他信中的内容。"他对我说。我的余光瞟到其中一名书记员提起了笔，等着记录我的回复。

"我祈祷他会来，"我说，"我会告诉他，作为他的母亲，他应该来，像我们一样，对仁慈陛下的所有命令表示顺从，我从小就是这么教育他的。"

"陛下现在对他的雷金纳德表亲并不生气，"克伦威尔温柔地说道，"他想了解这些论点，他希望雷金纳德与其他学者交谈，以便达成一致。"

"这是个非常好的主意。"我直视他的笑脸，"我会让雷金纳德立刻过来。我会在信中添加一个注释。"克伦威尔，这个只知道迎合主人的大骗子和异教徒，他点点头，仿佛对我的忠诚非常满意。而我现在和他一样满嘴谎话。我后退离开了。

1536年10月

伦敦　埃贝尔

清早宫廷做弥撒时，蒙塔古来家里看望我。他走进我的小礼拜堂，跪在我身边的石头旗帜旁，牧师此时被十字架挡住，背对着我们，正在念弥撒，将上帝的祝福带给我和我谦卑的家人们。

在我们身后，国王要求放置的《圣经》从未被翻开过。我们所有人都认为上帝使用拉丁语传递教义，英语是市井凡人的语言，上帝的教义怎能使用小贩的语言来传递呢？上帝就是道义，是教皇，祭司，面包和酒，是神圣的拉丁文，是不可亵渎的《圣经》。但是我们不会在这方面质疑国王，不会在任何事情上质疑他。

"简王后跪下来向国王请求恢复修道院，停止剥削民众，"蒙塔古弯下腰来，佯装祈祷，对我低语道，"整个林肯郡正在捍卫修道院，所有村庄都在进行游行。"

"到我们行动的时间了吗？"

蒙塔古低下头，掩饰住自己的微笑。"很快了，"他说，"国王正派遣诺福克公爵托马斯·霍华德镇压民众。他以为这是件很容易的事。"

"你呢？"

"我祈祷。"蒙塔古小心翼翼，甚至没有说出他所祈祷的内容，"公主给你送来了祝福，国王带她和小伊丽莎白女士进宫。虽然他声称民众暴动很容易镇压，但为了安全着想，还是把女儿们带到了身边。"

仪式一结束，蒙塔古就离开了。我也不需要他给我通风报信了，不久后，这件事在整个伦敦都会传播开来。厨师的小跟班到市场去买一些肉豆蔻，回来以后说有四万名全副武装的士兵跨上战马在波士顿港巡逻。

　　我的伦敦管家过来告诉我，说来自林肯郡的两个小伙子已经逃跑了，要回家加入农民。"他们认为自己能做些什么？"我问道。

　　"他们宣了誓，"他的语气十分淡定，"显然，他们发誓称教会应该收取费用和资金，修道院应该得到恢复。而这些虚伪的主教和顾问应该被流放，离开这个国家。"

　　"大胆。"我尽量平静地说。

　　"大胆又愚蠢的想法，"他补充道，"国王派他的朋友萨福克公爵查尔斯·布兰登，与诺福克公爵一同镇压叛乱分子。"

　　"派两个公爵去镇压那几个傻瓜？"我说，"上帝拯救民众免受愚弄和伤害。"

　　"公地的民众会安然无恙的，他们并不是手无寸铁，"他说，"甚至还是全副武装。士绅与他们站在一起，他们有马匹和武器。也许公爵们更需要担心自己的安全。他们说约克郡已经准备好了，汤姆·达西已经前去询问国王的答复。"

　　"托马斯·达西勋爵？"我想起那个口袋里装着三色堇徽章的男人。

　　"叛乱分子有自己的旗帜，"我的管家继续道，"他们举着耶稣五处圣伤的旗帜行进。他们说这就像一场圣战，教会和异教徒的斗争，民众与国王的斗争。"

　　"赫西勋爵在哪里？"我提到的是另一名领主，公主的上一任管家。

　　"他加入了叛军，"我的管家看着我震惊的神色，点头道，"而他的妻子已经离开塔楼和他在一起了。"

国王的诅咒

暴动的谣言充斥这个国家,所有人都非常不安。十月初的时候我还留在伦敦。在一个寒冷的日子,我乘驳船离开,水面上浮着一层薄雾,夕阳燃成红色,潮水升起,水流强劲。

"夫人,我们最好绕着桥走。"我的船夫说,然后他们安排我坐在潮湿又黏糊糊的阶梯上,把驳船划到中间通道,扫去桥上的积水然后在另一边接过我。

我的孙女凯瑟琳挽着我的胳膊,我们在侍从的守护下走过积水的阶梯。在我们经过之前,侍从们赶走了乞丐。突然我注意到一个修女,努力不让自己的惊讶表露出来。这个女人紧张而绝望,曾自愿将自己献给上帝,却发现最终掉入了陷阱。我向凯瑟琳的妹妹温妮弗雷德使了个眼色,她擅自给这女人扔了个硬币。

一个人从黑暗中走出来,站到我们面前。"你们是谁?"他问我的一个仆人。

"我是索尔兹伯里伯爵夫人,玛格丽特·波尔,"我泰然地说,"你最好让我过去。"

他微笑着,像绿林中的好汉一样,向我深深鞠了一躬。"请通行,夫人,并接受我们的祝福,"他说,"我们知道谁是朋友。上帝与你同在,你也是一个朝圣者,正走向朝圣之门。"

我停了下来。"你说什么?"

"这不是反叛,"他非常平静地说,"你跟我一样非常清楚,这是一场朝圣。我们称之为朝圣巡旅,我们必须走进朝圣之门。"

说到"朝圣巡旅"这几个字时,他停顿了一下,看着我的脸。"我们正在基督的五处圣伤之下行进,"他说,"而且我认识你,白玫瑰所有优秀的旧领主都是和我们一样的朝圣者。"

没人知道托马斯·珀西爵士是被进行朝圣巡旅的叛乱分子抓住的还是自觉加入的。人们是在一个诚实的约克郡人,罗伯特·阿斯科的带领下起义的。十月中旬我们得知阿斯科骑马进入了北方城市约克,几乎没有受到任何抵抗,每个地区都向朝圣者敞开大门。队伍有两万人,是英格兰在博斯沃思军队人数的四倍,这支队伍足以打垮整个英格兰军队。

他们的第一个行动是恢复城市中的两座本笃会教堂、圣三一教堂和圣克莱门特的修女院。当他们敲响圣三一教堂的钟声,弥撒曲响起时,人们欢呼雀跃。

我猜测,国王将采取一切措施避免公开战斗。林肯郡的叛乱分子只要肯回家就能得到赦免,但他们并没有理由这样做,因为约克郡的反叛势力正在急速崛起。

"我奉命来镇压佃户的游行,"蒙塔古对我说道,他已经来到了埃贝尔。晚餐后,仆人们在清理餐桌,乐师们正在调弦,蒙面舞会即将开始。我招呼蒙塔古坐到我身边来,我们就可以轻声交谈。

"我受命前去北方镇压朝圣大军,"他说,"杰弗里也得率领一支部队。"

"你要做些什么?"我抚摸着口袋里达西勋爵给我的刺绣徽章,抚摸基督的五处圣伤和约克的白玫瑰。"你不能攻击那些朝圣者。"

他摇了摇头。"永远不会,"他简短地说道,"另外,每个人都说,当国王的军队看到朝圣者时,他们会改变立场并加入他们。这种事每天都在发生。国王向指挥官发出的每一封信,都会在信的末尾确认他们是否还忠于他。国王不相信任何人,他是对的。事实证明,他已经没有人可以信任了。"

"他的支持者还有谁?"

"诺福克公爵,托马斯·霍华德。国王对他也并不是完全信任。什鲁斯伯里勋爵塔尔伯特在追随他,但他只是为了保护旧宗教和传统。查尔斯·布兰登拒绝离开,说他想留在家中守护城镇,但还是被派到约克郡。托马斯勋爵,达西说他已经镇压了自己领土上的叛乱分子,但自从王后离婚以来,他一直在反对摧毁修道院,所以没人知道他是否只是在等待合适的时机加入朝圣者。约翰·赫西写了一封信,说他被朝圣者们控制了,但所有人都知道他和妻子都是公主忠实的侍从。国王已经失去民心,除了狂热和自怜之外一无所有。"

"那……"我刚准备开口,看到蒙塔古的信使走进大厅,来到他身边等候。蒙塔古向他招手,听完他的话,然后转向我。

"汤姆·达西已将他的城堡交给叛乱分子,"他说,"朝圣者们拿下了庞特佛雷,汤姆·达西的城堡和镇上的所有人都宣誓朝圣。约克大主教也和他们在一起。"

他看着我的脸。"老汤姆正在进行他的最后一次十字军东征,"他讽刺地说道,"他会佩戴上圣痕徽章。"

"汤姆戴上了徽章?"我问道。

"他在自己的城堡里都悬挂了十字军纹章,"他说,"他还给朝圣者分发徽章。他们正在完成上帝的使命,佩戴基督的圣痕朝圣以反对异端。没有基督徒能在那面神圣的旗帜下击倒他们。"

"我们该怎么办?"我问他。

"你到乡下去,"蒙塔古决定道,"如果南方的朝圣者崛起,他们会需要领导、金钱和物资。你可以在伯克郡带领他们。我会给你捎信,告诉你北方的形势。杰弗里和我将带着我们的部队前往北方,并在时机成熟时加入朝圣者。我会立即向雷金纳德寄信。"

"他会回家来吗?"

"上帝保佑他能率领西班牙军队前来。"

1536年10月

伯克郡　毕萨姆庄园

我在乡村消息很闭塞，但能听到有成千上万的人在重建被毁坏的修道院，歌唱伟大的诗篇和非凡故事。人们说约克郡上空出现了一颗彗星，林肯郡的起义者们正在悄然崛起，国王不得不到处追赶他们，但起义者们已经占据了约克郡的山丘和山谷，他永远无法再向他们施加压力。

我收到了格特鲁德的信，她在信中告诉我，她的丈夫，我表亲亨利·考特尼，已经受国王之命集结军队，在塔尔博特勋爵的指挥下，加速向北进军。国王本打算亲自带领军队，但现在来自北方的传言太过可怕，他开始派我的亲戚前去应战。

这举动也收效甚微。国王没有给指挥官足够的钱来支付士兵的酬劳，士兵的鞋具磨损严重，马匹也少得可怜，根本没办法快速进军。再说了，他们都知道，当国王的军队看到朝圣者的纹章时，他们就会带着武器离开。托马斯·霍华德抱怨说自己受命镇压约克郡的暴动，但所有的钱和军事力量都被乔治·塔尔博特收去支援查尔斯·布兰登，国王不知道谁才是他的朋友，也不知道如何留住支持者，这让他如何应对敌人？

最重要的是，诺福克有权与叛乱分子进行谈判，他必须给予他们拯救修道院的权利。如果我们能在这短时间内保证公主的安全,那么这将是一次伟大的胜利。

我一得到消息就会立刻转告你。王室军队和朝圣者必定会在战斗中相遇,朝圣者数量超过数千人,天使们也都站在我们这一边。

烧掉这封信。

毕萨姆庄园的猎人给厨房带来了一头鹿。野鹿在丛林中奔跑,练就了一身矫健的肌肉,现在它却被挂在冰凉的石板房间里,滴下来的血流到排水沟中。

"他们就像这样把我们的朋友莱格挂了起来。"猎犬的主人轻声对我说。

我小心翼翼,没有转过头去。在别人看来,我们就像正在检查剥落的尸体。

"他们?"我问道,"是来这里,企图关闭修道院的托马斯·莱格吗?"

"是的,"他欣慰地说道,"在林肯郡的城门上。还有林肯郡的主教。他提出了反对圣徒王后的证据。这看上去就像所有事情都回归了正轨,不是吗,夫人?"

我微笑着,但谨慎地沉默不语。

"你的儿子雷金纳德会很快带着一支神圣的军队出现吗?"他低声说道,"公众一定会很高兴的。"

"很快。"我说,他鞠躬后离开了。

我们吃了鹿肉,用肉做馅饼,用骨头煮汤,然后把骨头丢给了猎犬。我们从唐卡斯特[①]那里得到消息,北方的领主、绅士和民众在战斗中与国

---

① 位于英格兰南部约克郡的一座城镇。

国王的诅咒

王的军队对抗,我的两个儿子站在错误的一边,等待合适的时机以加入朝圣者。蒙塔古派信使捎了封信给我。

  朝圣者向托马斯·霍华德提出了要求。对他来说,他们同意谈判就是件幸运的事;如果正面对抗,他的军队一定会被击溃。朝圣者的部队有三万多人,约克郡的所有领主和绅士都加入了战斗。国王的军队饥寒交迫,身处贫困的乡村,得不到任何补给。我没有足够的钱给大家支付酬金,能够投身军队的人也比我所承诺的要少。天气状况恶劣,人们传言镇上已经开始出现瘟疫。

  朝圣者赢得了这场战争,现在提出了要求。他们希望恢复我们父辈的信仰和法律,还要恢复国王最高尚的顾问们的身份,而克伦威尔、理查德·里奇和其他异教徒主教应该被驱逐出去。国王军队中所有人,包括托马斯·霍华德,都对此表示同意。查尔斯·布兰登也鼓励他们这么做。自从国王首次责难王后并任命克伦威尔做他的顾问,我们就期盼着这个结果。因此,托马斯·霍华德带着朝圣者获得赦免以及恢复旧道的要求,踏上了觐见国王的道路。

  妈妈,我对此很乐观。

  烧掉这封信。

1536年11月

伦敦　埃贝尔

我本应在毕萨姆庄园为圣诞节做准备，但一想到我的两个儿子正被国王和朝圣者的军队前后夹击，依然在等待国王的休战通知，我根本无法安下心来。最终，我还是带着蒙塔古的孩子们——凯瑟琳、温妮弗雷德和哈里——前往伦敦，希望能得到一些消息。

我没有向他们承诺参加加冕仪式，但他们知道国王已答应为他的妻子加冕，仪式会在万圣节举行。在我看来，他向北方派遣人员和武器已经消耗了大量的财力，如今根本负担不起一场盛大的加冕仪式，他会对此表现出极大的愤怒和恐惧。他无法自信地迈步在人群前，让所有人都羡慕他和他美丽的新婚妻子。这场反叛已经动摇了他，让他想起童年时代的恐惧，他不够强大，无法筹划一场盛大的仪式。

我一抵达伦敦就先去小礼拜堂做了祈祷，然后来到会客厅，会见了佃户和请愿者们。他们祝我圣诞快乐，提出要求，并支付了他们的季度费用和租金。在他们中间，有一张熟悉的面孔，是我那位流亡牧师约翰·希利亚尔的朋友。

"你可以不用陪在我身边了。"我对孙子哈里说。

他抬头看着我，表情十分开朗。"我可以和你待在一起，祖母，我能当你的书童，绝不会厌倦。"

"不，"我说，"但我可能会整天待在这里。你可以去马厩，去街上随便逛逛。"

看着他朝我鞠了一躬后溜出房间。我才向希利亚尔的朋友打了招呼,并向我的管家示意他可以走上前来与我说话。

"我是哈佛特的理查德·朗格里奇神父。"他提醒我。

"当然。"我微笑道。

"你的儿子杰弗里托我向你问好,我曾在北方国王的军队中与他一同作战。"他说。

"我很高兴听到他的消息,"我清晰地说,"我很高兴我的儿子能为国王效忠尽职。他还好吗?"

"你的两个儿子都很好,"他说,"而且确信这些麻烦很快就会结束。"

我点头。"如果你愿意的话,今晚你可以在大厅用餐。"

他向我鞠躬。"谢谢你。"

有一个人走上前来,抱怨酒馆啤酒的价格,我的管家走上前去,拿纸记下了这个问题。

"晚饭前让那个男人到我的房间,"我平静地说,"不要让别人注意到他。"

他不动声色,默默记下啤酒掺水和分量不足的问题,然后挥手示意下一个请愿者上前。

朗格里奇在我卧室的火炉旁等待,像是个躲起来的秘密情人。想到这里我不禁笑了出来,上次有男人在卧室等我已经是很久之前了,我已经当了三十二年的寡妇。

"有什么消息?"我坐在炉边的椅子上,他站在我面前。

他悄悄地给我看了一小块布料,上面有个领饰一样的图案。这是汤姆·达西给我的徽章，基督的五处圣痕伤与一朵白玫瑰。我默默地抚摸它，将其当作信仰的象征，然后归还给他。

"朝圣者们撤退了大部分人马，等待国王同意他们的条件。国王向汤姆·达西下达了一个不光彩的命令：与朝圣者罗伯特·阿斯科会面，佯装谈判，其实是为了绑架他，把他交给克伦威尔的人。"

"汤姆怎么说？"

"他说他永远不会做这样的事。"

我点头。"这才是汤姆会做出的行为。我的儿子们呢？"

"他们两个都很好，每天都将军队的人放到朝圣者的队伍中，但因为他们都宣誓效力于国王，所以没人怀疑他们。国王问起有关朝圣者提出要求的细节，他们也能很好地解释。"

"蒙塔古和杰弗里是否认为国王会批准这些要求？"

"他必须这么做，"男人简短地说，"朝圣者只需要一瞬间就能击败王家军队，他们只是在等待答案，因为他们不想对国王发动战争。"

"他们既然已经发起战争，吊死国王的手下，怎么还能称自己为忠诚的臣民？"

"死亡人数极少，"他说，"因为几乎没有人反对他们。"

"那托马斯·莱格呢？他确实该被吊死，这一点我倒是很认同。"

他笑了。"如果他们抓住了他，一定会处死他，但他逃走了，像个懦夫一样让他的厨师替他送死。朝圣者不会攻击领主或国王，他们只怪罪他的顾问。克伦威尔必须被驱逐，修道院必须被恢复，你和你的家人才能回到国王的议会。"

他有些狡黠地看着我，微笑着。"我也有你的另一个儿子雷金纳德的消息。"

"他在罗马吗？"我急切地问道。

他点点头。"他可能会成为一名红衣主教,"他感叹道,"一旦国王同意朝圣者的要求,他将作为红衣主教来到英国,并恢复教会的荣耀。"

"教皇会把我儿子送回家光复教会吗?"

"为了拯救我们所有人。"朗格里奇虔诚地说。

1536年12月

伦敦　埃贝尔

今年，我们依旧沿袭以往度过圣诞节十二日的方式。毕萨姆的小修道院可能依然关闭，但是在伦敦，我打开我的小教堂，在窗户上放置降临节灯并打开门，这样所有进来的人都可以看到用金布、圣杯装饰的祭坛十字架在黑暗中闪闪发光，并散发着香气。水晶圣匣中盛有圣饼的奥秘，小教堂里面布满了面露微笑、面容自信的圣徒画像，都披着教堂和我家族的旗帜。在教堂的暗处中，白玫瑰的旗帜随风飘动；对面是波尔家族的三色堇标志。我跪下来用手捂住脸，相信雷金纳德一定能够成为教皇。

对于我们家族和整个英格兰来说，今年的圣诞节意义非凡。也许今年我的儿子雷金纳德将回家来，帮助教会恢复应有的地位。我的儿子蒙塔古和杰弗里将帮助国王回到正轨。

我的亲戚格特鲁德、西班牙大使的信使以及我在伦敦的眼线都说，国王已被说服，英格兰不会有任何裁决，更不用说北方了，除非他是假意与朝圣者达成协议。他们简单而恭敬地告诉他，教会必须服从罗马的安排，之前的贵族顾问的地位也必须得到恢复。国王可能会认为没人有权告诉他应该咨询谁，但他、领主们和绅士们都清楚，自从他娶了我管家的女儿，把最低级的职员安置在高位，这个国家就开始一步步偏离正轨了。

在咆哮和愤怒过后，他同意了——除此之外他也别无他法。霍华德带着国王的赦令在寒冷的天气里冒雪骑马回到北方，等候在唐卡斯特外的兰

国王的诅咒

卡斯特传令官向安静等候的朝圣者们公布了国王的赦免令。领导人罗伯特·阿斯科跪在成千上万的朝圣者面前,告诉他们朝圣之旅已经取得了巨大的胜利。他请辞自己作为队长的职位。经过朝圣者同意后,他撕掉了五圣伤的徽章,并承诺以后除了国王的徽章,他们不会再需要佩戴任何东西。

听到这个消息后,我拿着汤姆·达西给我的徽章,亲吻了一下,然后将它放在衣柜里的旧箱子后面。我不再需要它作为我忠诚的秘密提醒了。朝圣已经结束,朝圣者们取得了胜利;我们都可以丢掉这枚徽章,我的儿子都能回家了。

伦敦人民听到这个新闻都很欢欣鼓舞。他们为庆祝圣诞节仪式敲响了教堂的钟声,但其实所有人庆祝的是我们拯救了国家,拯救了教会,也拯救了国王。我带着我的家人看着宫廷从威斯敏斯特行进到格林尼治,我们笑着走在冰冻的河面上。天气非常寒冷,孩子们可以在冰面上肆意玩耍。我的孙女凯瑟琳,温妮弗雷德和孙子哈里紧紧抓住我的胳膊,缠着我拖着他们走。

在圣诞节的气氛中,宫廷行进在冰冻的河中心,主教冠冕上的珠宝在火把的照耀下闪闪发光。守卫们挡住人群,马匹穿着带有锋利螺柱的特殊冰鞋顺利地走在河道中央。河流像是一条穿过冰城的白色大道,仿佛一路通往俄罗斯。伦敦所有的屋顶都被雪覆盖着;每棵茅草都粘着闪闪发光的冰柱。市民和孩子们穿着红绿相间的鲜艳服装,在空中抛起玫瑰色的帽子,大喊:"上帝保佑国王!上帝保佑王后!"

当玛丽公主穿着白衣骑着白马出现在视野中,迎接她的是人群最激烈的呐喊声。"上帝保佑公主!"我的孙子哈里见到她非常高兴,当场跳起来欢呼,忠诚的眼睛炯炯有神。伦敦人民毫不在意她的头衔已经不再是公主,而变成玛丽女士。他们知道教会已经得到恢复，那么毫无疑问，他们也可以让公主恢复地位。

她按照我曾经教她的方式微笑着，不时往左右方向转头，这样就不会漏掉任何一个方向的民众。她戴着缝有珍珠的精美刺绣白色皮手套，拥有一个公主应有的体面。她的马佩戴着深绿色的装饰，马鞍以绿色皮革制成。冰冷的风吹动着她的旗帜，我微笑着看她挥舞一朵都铎玫瑰，中心的红心很小，看起来像一朵白玫瑰，她也挥动绣有石榴的旗帜，那是她母亲的象征。

她头上戴着最漂亮的帽子，装饰有银白色的羽毛；穿着一件有白色刺绣的外套，上面钉着银色的珍珠。她厚厚的裙子也是白色的，垂在马鞍两边，她的马术很不错，手里牢牢握住缰绳，头高高昂起。

在她身边，波琳三岁的女儿骑着深棕色小马，漂亮的小脸在猩红色的帽子下明丽可人，她向众人挥手，玛丽不时地跟她说话。很明显，她爱她的小妹妹伊丽莎白。人群纷纷为她鼓掌。玛丽有一颗温柔仁爱的心。

"我能鞠躬吗？我能向她鞠躬吗？"哈里问道。

我摇了摇头。"今天不行。下次我单独带你去见她。"

我往后退了几步，不让她看到我。我不想让她想起那些艰难的日子，也不想在她如此辉煌的时刻刻意寻求她的关注。我希望她能够享受到她从小就应该拥有的快乐，我希望她成为一个没有遗憾的公主。自从波琳家那女人出现以来，她几乎就没有了幸福的日子，但这次除外。我不希望她因没有我的陪伴而感到悲伤，因为我们仍无法在一起。

能站在河岸上看着她，我已经很满足了。我想最后国王终于醒悟过来了，这些年我们已经遭受了太多伤痛和摧残，国王则对自己的所作所为没有任何意识，而之前从未有人有勇气阻止他。但现在民众终于做到了，借着上帝的勇气，普通民众站出来警告亨利·都铎，他的父亲虽然征服了这个国家，但无法夺走人民的灵魂。

沃尔西不会这样做，波琳家的女人们不敢这样做，克伦威尔从未想过要这样做，但是英格兰人民做到了，他们对国王的越界行为提出警告，告诉他，他无权控制王国里的所有人和事。

我坚信，终有一天他会发现自己对凯瑟琳王后犯下的错，并恢复自己女儿应有的地位。他把玛丽当作自己的私生女，这无法给她带来任何好处。不远的将来，他一定会承认玛丽是他的长女，会让我再度回到她身边，并为她安排一段体面的婚姻。我会和她一同前去，确保她在她的新宫殿里得到安全和快乐，无论她要去往哪里，要跟谁结婚。

"我想成为她的书童。"哈里与我的想法不谋而合，"我会为她服务，成为她称职的书童。"我向他微笑，抚摸着他冰凉的脸颊。

人群突然爆出兴奋的呼声，有些人被挤得踉踉跄跄，但是没人跌倒。他们不得不踮起脚尖才能站稳，白绿相间的衣服使他们看起来充满生机又英勇无比。在整个队伍的最后，国王终于出现，他被笼罩在一层紫色的光辉中，仿佛他是神圣罗马皇帝本人，简陪在他身边，身上穿着臃肿的皮草。

他现在看起来庞大无比，骑在一匹高大的马上，马宽阔的肩膀和巨大臀部与亨利的肌肉相匹配。他穿着厚厚的夹克，肩膀有两个人那么宽，帽子四周有皮毛装饰，就像在他的秃头上放了一个巨大的盆。他披着披肩，华丽的夹克和背心显露无遗，巨大的紫色天鹅绒披肩几乎能扫到地上。

他的双手戴着皮革手套，上面镶嵌着钻石和紫水晶。他的帽子、披肩的下摆，还有马鞍上都镶嵌着宝石。他看起来像是一位打了胜仗后凯旋的国王。伦敦的公民和士绅在他骑马经过时，都对他呐喊，表示支持。

简在他身边显得很娇小。她穿着蓝色的衣服，看起来有些冷酷无情。她佩戴着一个高高耸立的蓝色发罩，肩上披着的一张过大的蓝色斗篷不时将她的身体向后拉扯，她不得不紧抓缰绳以稳住自己。她骑在一匹漂亮的灰马上，但骑马的姿势并不像一位王后，马蹄在冰上打滑时，她显得非常紧张。

她对欢呼的民众微笑，但环顾四周后，她意识到人民并不是在为她欢呼。她听到了另外两个妇人的呐喊，"上帝保佑王后！"她必须提醒自己，这些忠诚的呐喊并不属于她。

我们等待着，最终所有王室成员（包括领主及其家眷）、所有主教和穿着素色皮草大衣的克伦威尔，以及外国大使们全都骑马经过。我看到了一位身材娇小的西班牙大使，但我拉高了斗篷的皮草衬里，避免让他看到我。我不希望他看到任何隐藏的迹象：这不该是存在阴谋的一天。我们已经赢得了胜利，今天是庆祝的日子。我和我的家人一起等待，直到最后一批士兵走过，他们身后还跟着一批家用马车。我说："游行结束了，哈里、凯瑟琳、温妮弗雷德。该回家了。"

"噢，祖母，我们不能等猎人们把猎犬带走再回家吗？"哈里恳求道。

"不，"我命令道，"他们已经把猎犬和猎鹰都带走了，并且拉上窗帘给它们保暖。没有什么可看的，而且已经太晚了。"

"但为什么我们不能进宫？"凯瑟琳问道，"我们不属于王室吗？"

我拉起她的小手。"明年我们会进宫的，"我承诺道，"我相信国王会让我们和所有家人们一起回到他身边，明年我们将在宫里度过圣诞节。"

在埃贝尔的圣诞节前夕，我在教堂里，跪在地上，听着一百声钟鸣依次响起，庆祝基督的诞生。

我听到外面的门突然打开，然后"砰"的一声被关上，感受到冷空气的旋涡，蜡烛嗡嗡作响。我的儿子蒙塔古一下子来到祭坛前鞠躬，然后跪在我面前。

国王的诅咒

"我的儿子!噢,我的儿子!"

"母亲大人,祝您节日快乐。"

"圣诞快乐,蒙塔古。你刚从北方回来吗?"

"我和罗伯特·阿斯科一起骑马过来的。"他说。

"他在这儿?朝圣者们在伦敦吗?"

"他受命进宫,很荣幸地成为国王圣诞大餐的嘉宾。"

我简直不敢相信自己的耳朵。"国王竟然会邀请朝圣者的领袖罗伯特·阿斯科共进圣诞晚宴?"

"并且是以忠实顾问的身份。"

我拉住我的儿子。"朝圣者和国王共进晚餐?"

"这是和平。也是胜利。"

"难以相信苦难已经结束了。"

"阿门,"他说道,"谁能相信呢?"

1537年1月至2月

伦敦　埃贝尔

蒙塔古第二天带着哈里一起进了宫，出发时他的表情十分严肃冷峻。圣诞节十二日结束后他刚一回到家，就直接来到我的房间告诉我国王和朝圣者之间的会面情况。

"他跟国王谈话时坦率得令人难以置信。你绝对不敢相信。"

"他说了什么？"

蒙塔古瞥了一眼，但只有我的孙女和我在一起，还有几个侍女，此外，恐惧间谍的时期已经过去了。

"他当面告诉国王陛下，民众无法容忍克伦威尔继续担任国王的顾问。"

"克伦威尔亲耳听到这话了吗？"

"是的。这就是我为何说他极有勇气。克伦威尔非常愤怒，发誓说所有北方人都是叛徒——国王来回扫视他们两人，然后搂住罗伯特·阿斯科的肩膀。"

"比起克伦威尔，国王更喜欢阿斯科？"

"当着所有人的面。"

"克伦威尔一定气疯了。"

"他非常害怕。想想他的主人沃尔西的下场！如果国王反对他，他就没有朋友。托马斯·霍华德有可能明天在自己的断头台上被处死。他制定了可以用来抓捕任何人的法律。如果他被自己的网抓住，我们谁都不会伸手去拯救他。"

"那国王呢?"

"他将自己的猩红色缎子的外套,还有他脖子上的金链子都赐给了阿斯科,还问他想要什么。我的上帝,但阿斯科是一个勇敢的约克郡人!他虽然跪着,但是高高地抬起头,毫无畏惧地跟国王说话。他说,克伦威尔就像一个暴君,把品行高尚的人从修道院里赶出来,他的贪欲几乎吞噬一切,英格兰人民没有了修道院就无法生活。他说教会是英格兰的心脏,攻击教会就是在攻击我们所有人。国王认真聆听了他的每一句话,还决定让他成为议会的一员。"

我看着哈里明亮的脸。"你亲眼看见,亲耳听到这一切了吗?"

他点点头。"他很安静,最开始根本无法引人注意,但后来你就会发现他是那里最重要的人。虽然他一只眼睛失明,但他看起来依旧很英俊。他很安静,总在微笑。真是个勇敢的人。"

我转头看向蒙塔古。"我能看得出他非常招人喜欢。但是——枢密院成员?"

"为什么不呢?他是约克郡的绅士,是西摩尔的亲戚,比克伦威尔出身更好。但无论如何,他拒绝了。能想象吗?他鞠躬说,没有必要这样做。他想要的是一个自由的议会,理事会应该由旧领主统治,而不是年轻的新贵。国王说,他将在约克郡召集自由议会以表达他的善意,王后将在那里加冕,教会集会将在那里宣读教义。"

有那么一瞬间,我为这种变化所震惊。看着蒙塔古确定的目光,我在自己胸前比了个十字架,低头祈祷了好一会儿。"这些都是我们曾经所追求的。"

"甚至更多,"我的儿子附和道,"比我们想象的更多,国王比我们想象的更愿意给予的还要多。"

"还有什么?"我问道。

蒙塔古冲我眨眨眼。"雷金纳德即将受到召唤。他正在佛兰德斯,乘船一天就到了。国王只要一召唤他,他就会立刻来到英格兰恢复教会。"

"国王会召唤他吗?"

"国王将任命他为枢机主教。"

想到雷金纳德即将带着荣誉回家,让一切回到正轨,我闭上眼睛片刻,感谢上帝让我有足够长的寿命以见证这一切。"为什么会这样?"我问蒙塔古,"为什么国王会如此轻易地这么做?"

蒙塔古点点头:他也考虑过这一点。"我认为他终于明白自己走得太远了,而阿斯科向他讲述了朝圣队伍的数量和他们的简单期望。阿斯科说,他们热爱国王,但憎恨克伦威尔,对于国王来说,被人民爱戴比什么都重要。在阿斯科身上,他看到一个好人,一个坚守原则的人的影子。他看到一个忠诚的英国人,爱戴自己的国王,并且时刻准备好追随一位好国王,却因无法忍受的变化被逼反抗。当他遇到阿斯科时,他找到了重获人民爱戴的另一种方式。他可以将克伦威尔的声誉视为一种诡辩,他可以恢复修道院。他个人喜欢教会,喜欢朝圣者的方式。他从未停止过对仪式或礼仪的遵守。就好像突然看到面具的另一个部分——国王再次让一切重回正轨。"

蒙塔古顿了一下,温柔地抚摸着他小儿子的肩膀。"母亲,或许情况会更好。也许我的观点还是有些保守,现在确实是奇迹的时刻。也许国王身上再次发出了圣光,也许他真的受到了上帝的点化,是上帝拯救了英格兰。"

在圣诞盛宴之后的寒冷日子里,我通常有些郁郁寡欢。冬天太过漫长,

国王的诅咒

我很难想象春天的到来。即使当屋顶上的雪融化并滴入排水沟时,我也不会想到天气变暖,而是把我的皮草大衣裹得更紧,因为天气转暖之前还有太多阴冷灰暗的清晨。厚厚的冰融化成灰色浑浊的水流,积雪云在天上留下寒冷而坚硬的光芒。通常情况下,在一年的这个时候,我会蜷缩在室内,只要有人忘记关门就会发脾气。我告诉他们,冷气会从我的脚往身上爬。

但今年我很满足,就像一只被宠坏了的猫,窝在温暖的火炉旁,看着窗外的雨夹雪,我的孙子哈里在窗玻璃上的薄雾中画画。今年,我想象着罗伯特·阿斯科向北骑行,跟路上的所有人打招呼,告诉他们国王已经恢复了理智,王后将在约克加冕。国王已经承诺成立一个自由的议会,并且将修道院归还给忠实的人。

我想象那些徘徊在老建筑周围、在曾经工作的地方乞讨的修士,都聚集在阿斯科身边,反复确认这件事是不是真的。他们会打开教堂的门,跪在祭坛前,承诺重新开始侍奉上帝,并敲响钟声。罗伯特会向他们展示自己的金链,告诉他们这是国王亲自从脖子上摘下送给他的,是恩惠的标志;他还在枢密院获得了一席之地。

但后来我们听到了一些奇怪的消息。一些得到赦免的朝圣者似乎违反了休战条款,再次武装起来。托马斯·霍华德逮捕了六名犯罪分子并将他们移送给托马斯·克伦威尔——托马斯·克伦威尔仍然在职。

一些绅士和大多数北方领主与诺福克公爵托马斯·霍华德谈话,互相交流了对于北方民众变得不守规矩的担忧。罗伯特·阿斯科向他们保证,也向朝圣者保证,不要反对国王的统治——他传递了国王的赦免,穿着国王的猩红色缎面外套。总会有人会利用困难时期做坏事——他们对和平和赦免没有任何影响。和平和赦免都将持续下去,朝圣者赢得了他们所要求的一切,国王信守了自己的承诺。

然而与朝圣者站在同一战线的托马斯·珀西爵士和英格拉姆·珀西爵

士被命令进宫,他们一抵达伦敦就被捕并送往塔楼。

"这代表不了什么,"杰弗里在回家的路上经过埃贝尔时对我说,"珀西家族一直都无视法律,利用朝圣者作为盾牌来反抗国王。他们是反叛者,而不是朝圣者;他们就该被关在塔楼。"

"可他们得到过赦免?"

"没有人会指望国王对这种人赦免。"

我没有争辩,因为杰弗里有信心,北方的形势还不错。修道院已经重新开放,朝圣者得到了赦免,每个人都宣誓效忠国王,所有人都相信美好的结局终于到来。修女和修士们都回到了修道院。每个村庄教堂都有一段神奇的故事。人们把水晶杯从茅草屋下的遮蔽处挖出来,木匠重新修复了美丽的圣徒雕刻木桩,农民仔细挖掘排水沟,挖出明亮的十字架。人们从衣柜的隐蔽处翻出藏起来的圣衣,修道士们回到房间。人们修理窗户和屋顶,我安排管家找到理查德先生并邀请他回到毕萨姆庄园来。

"亲爱的祖母,你觉得雷金纳德叔叔会回家吗?"蒙塔古的儿子哈里问我。我笑着对他说:"是的,我想他会回来的。"

但是到了二月份,约克的九名男子被诺福克公爵托马斯·霍华德指控犯有叛国罪,并被判处绞刑。

"他们怎么会被绞死?难道他们没有得到赦免吗?"我问杰弗里。

"亲爱的母亲,公爵很难对付。他觉得自己必须向国王表明,虽然他同情朝圣者,但是对叛乱分子绝不姑息。他绞死一两个人只是为了证明自己的权力。"

我又一次没有跟儿子争辩,但我担心国王的赦免并不能保障绝对的安全。毫无疑问,民众们似乎也都是这么认为的,他们在卡莱尔集合了一批人,对抗托马斯·霍华德的军队,他们就像是在为自己的生命作斗争,将赌注全部押在最后一颗骰子上。他们的数百名同伴被装备精良、补给充足的北方领主杀死了。这群北方领主在朝圣期间与他们并肩作战，却在休战时将他们完全抛弃了。

二月中旬，我们得到消息说为了庆祝贫民击败领主，伦敦的市民们兴高采烈地敲响了胜利的钟声，克里斯托弗·戴克尔爵士因此杀掉了七百多人，还将其他囚犯吊死在西北地区随处可见的小树上。托马斯·克伦威尔曾批准该地区受他管理。

受到这些残暴事件的启发，托马斯·霍华德已经宣布北方地区实行戒严，这意味着地方法官和领主没有权力反对他的统治。对于那些为自己辩护的人，霍华德可以成为法官、陪审团和刽子手。他向自己的同胞宣战——这对于将自己的侄女和侄子送上断头台的人来说并不是件难事。他在小城镇举行临时听证会，并当场宣判死刑。数百名男子被五花大绑地押到他面前，卡莱尔支持者们全部都被吊死。托马斯·霍华德将村民们吊在他们自家的小花园里，这样每个人都知道朝圣之路会通向死亡。在一年中最寒冷的时候，他的手下进入每个饥荒的小村庄，一一追查出谁是朝圣者，谁在教堂敲响了叛乱的钟声，谁为教会的回归祈祷，谁骑马出门而没有回家。

蒙塔古从格林尼治宫给我寄来了一封短信。

> 国王命令诺福克去往所有曾经反抗过的修道院。他说那些修士和修女给其他人树立了可怕的榜样。我知道这意味着他们将被处死。为我们祷告吧。

我无法理解自己现在生活的时代。我一遍又一遍读我儿子的信，那些可怕的话深深刻在我的脑海里，我不得不烧掉那些信。我走到小教堂，跪在冰冷的石头地板上祈祷，但我根本无法定下心来，只是在一遍又一遍地摩挲念珠，摇头想把朝圣者的恐怖遭遇从脑海中赶出去。

一些叛乱分子被处死，那些寡妇和孤儿已经秘密将他们的尸体埋葬在教堂的后院。国王知道这个消息后大发雷霆，命令托马斯·霍华德找到这些家庭并进行惩罚，把那些尸体从圣洁的土地上挖出来，然后送上断头台直至腐烂。

亲爱的母亲，我觉得他疯了。

诺福克公爵托马斯·霍华德饱受自己良知的折磨，依旧选择对国王完全服从，他关闭修道院，惩罚那些恢复修道院的人。没人对此做出任何解释，似乎也没有必要去解释。现在这些建筑物将被交到邻近的领主手中，供他们建造采石场；土地将被出售给附近的农民。民众无法再向修道院寻求安慰和帮助，修士们将成为无家可归的乞丐。没人能在无数的路边小教堂里为我们的公主祈祷。不再有朝圣，也不再有任何希望。北方大地流传的一首歌中甚至唱道，不会再有五月节。我从厚厚的窗玻璃看向灰色的庭院，雪正在慢慢融化，今年的春天不再有喜悦，也不再有爱情，虽然五月终会到来，但快乐却再也回不来了。

1537年春

伯克郡　毕萨姆庄园

路况好转后，我马上离开伦敦前往毕萨姆。哈里和他的父亲一起回了家，他的小脸上写满困惑，这个被寄予厚望的季节根本不像春天。我在骑师的马背上安了一个后座，让我得以靠着他宽阔的后背，这匹大马沿着通往伯克郡的泥泞道路前进。

因此，当汤姆·达西被带到塔楼接受审问时，我离开了这个城市。他对他们没有多少耐心，上帝保佑这个脾气暴躁的老人。他口袋里装着国王的赦免令，但他却被捕了。他知道克伦威尔的法官和陪审团会写下他的话作为证据，于是他直视着托马斯·克伦威尔的脸对他说："克伦威尔，你是一切反叛和事端的始作俑者。"铁匠的儿子听到这番话眨了眨眼。达西预测他将来会死在断头台上，并告诉他如果有一天英格兰只剩一个贵族，那么他肯定会把托马斯·克伦威尔斩首。

他们也抓捕了约翰·赫西，公主的前任管家。当我把大把的时间浪费在公主的珠宝库存上时，他总是耐心地看着我，他的妻子也是公主忠诚的支持者。我祈祷公主永远不会知道，她的前任管家已被关进塔中接受讯问。

他经历了严密而漫长的审问，掺杂着报复和威胁，但都对克伦威尔来说没什么帮助，因为汤姆·达西和约翰·赫西绝不会供出任何人的名字。达西不会说出自己与朝圣者站在同一战线，并且亲自为他们打开了庞特佛雷特城堡的大门。他说在他过去参加圣战东征前往圣地时,就把朝圣徽章留在了城堡内的一口箱子里,而且他拒绝透露哪些人从他手中接过徽章。他说:"老汤姆绝不会当叛徒。"他会忠诚到最后一刻。亨利·考特尼写信给我:

> 为我祈祷,表亲,因为我被任命为高级管家勋爵,负责审判这两位善良的领主约翰·赫西和汤姆·达西。克伦威尔向我承诺,如果我们发现汤姆有罪,他会将他的判决减刑——汤姆很快可以回家。但约翰·赫西没有希望。

我读完了这封暗藏谜语的信,等待侍从们将马匹准备好,明白了信里的意思,我就将它丢入火中烧掉。我转头向穿着埃克塞特制服的信使问:"你会直接回到你的主人那里吗?"

他点点头。

"向他转告我以下的话,确保不要漏掉一个字。告诉他我背诵了一句老话:这些不是我的话,只是乡下人说的谜语。告诉他,这个乡下人说不要把头放在断头台上,除非你想要它被砍掉。你能背下来吗?"

他点点头。"我知道。我的祖父过去常说起这句话。他生活在困难时期。'不要把头放在断头台上,除非你想要它被砍掉'。"

我给他一便士。"别告诉别人,"我说,"而且这些不是我的话。"

我在等待审判的消息。蒙塔古写信给我。

> 约翰·赫西被判处死刑。达西被判有罪,但得到了赦免和饶恕。

国王的诅咒

这完全是那个骗子克伦威尔的谎言。那句老话是真的——不要把头放在断头台上,除非你想要它被砍掉。领主以为他们得到的承诺可以拯救汤姆·达西,所以他们为他定罪,等待国王为他减刑。

但国王决心处决这位伟大的英格兰人,将他送上了断头台。

1537年夏

伯克郡　毕萨姆庄园

我想着汤姆·达西，他希望自己为十字军而死，为信仰而战，当人们告诉我六月达西在塔山被斩首时，燕子正忙着从河里衔到塔楼，搭建巢穴为夏天做准备，我知道他完成了自己的心愿：为信仰而死。

一个小贩走到后门，说有个小礼物要送给我。于是我进入后院，看到他坐在垫脚台上，脚下放着一个背包。他朝我鞠了一躬，说道："我给你带来了一个东西，你拿到后我就要离开了。"

"多少钱？"

他摇摇头，把一个小钱包塞进我的手里。"把这个包给我的男人说祝你好运，好时光即将到来。"说完后，他背上背包，走出院子。

我打开钱包，拿出小胸针紧紧握在手里。这是我给老汤姆·达西的三色堇胸针。他从未呼唤过我，因为他以为自己赢得了胜利，国王已经承诺要赦免他。他从未呼唤过我，因为他认为自己被上帝庇护。我把胸针放在口袋里然后走开了。

✶

对北方人的屠杀仍在继续。八个男人和一个女人被判处叛国罪，他们都是领主和士绅，其中两个是我的远房亲戚，我对他们很了解，每一个都是忠实的基督徒和臣民。其中就有约克郡人罗伯特·阿斯科。

国王的诅咒

那个穿着国王赐予的缎面外套的年轻人在伦敦塔等待他的审判,他没有钱,衣衫褴褛又食不果腹。没有人敢给他送去任何东西,因为守卫会全部偷走。对于领导朝圣队伍,他已经完全得到了赦免,从那以后,虽然偶有起义,绝望的人为生命而战,但他既没有领导也没有鼓动他们。自从他离开宫廷回到北方后,他什么都没做,只是试图说服人们接受赦免并信任国王的话。可现在,他却被关在塔楼。克伦威尔找了一个巧妙的理由——因为阿斯科认为北方会有一个议会,因为他发誓修复修道院、他向人们保证朝圣已经实现了目标,从而这犯了叛国罪。

我在炎热的阳光下走在家乡的田野里,看着成熟的小麦。今年将是一个丰收年。我想到汤姆·达西送来的信,**好时光将到来**,托马斯·克伦威尔已经裁定怀着这样的希望就是叛国行为。我不知道如果人们对小麦种子的成熟充满希望,算不算是叛国?在日落时分,一只野兔从庄稼地里跳出来,在我前面的路上跑了半圈然后停下来,蹲坐着回头看我,黑亮的眼睛看起来很是机敏。"你呢?"我轻声地对它说,"你在等吗?你是一个叛徒吗,正在等待美好时光回归的叛徒?"

克伦威尔的手下逮捕了很多人,并成功给他们定罪。他们指责教士们:吉斯伯勒的院长,杰沃克斯①的住持,万泉修道院②的住持。他们逮捕玛格丽特·巴尔默是为了她太爱自己的丈夫,当她认为朝圣失败时,她恳求他逃跑。她自己的牧师提供了反对她的证据,于是她在史密斯菲尔德被烧死了,她的丈夫约翰·巴尔默爵士在泰伯恩被吊死。约翰爵士犯了叛国罪,而他妻子的罪名是太爱他。

他们将罗伯特·阿斯科从塔楼带到宫里进行审判然后重新丢进监狱,尽管他上一次来伦敦还是被邀请参加国王的盛宴。他被从塔里带到英格兰

---

① 这两座修道院均位于约克郡北部。
② 亦名方廷斯(Fountains)修道院,位于约克郡郊外,始建于12世纪。

北部,这样那些信任他的人就可以目睹他被处死。他被带到约克游行,整个城市都对这位勇敢子民的遭遇感到震惊。他被带到约克城墙上的克利福德塔的顶端,在他忏悔完毕后,他们在他的脖子上绕了一根绳子,国王把他的金链子放进去;他们用铁链捆住他,然后把他绞死了。

我和一些领主曾向克伦威尔为北方人求过情。"求你发发慈悲!发发慈悲!开开恩!"但他并没有丝毫怜悯之心。

在仲夏时节,蒙塔古来看我。每个房间都重新打扫过,窗户外是甜美的空气,整座房子充满了鸟儿的歌声。

他到来时我正在花园里收割草药对抗瘟疫,去年夏天疫情非常糟糕,特别是对于穷人和北方人来说。我已经用掉了理疗室里的所有油脂,并且还需要做更多的油。蒙塔古跪在我面前,我把沾满绿叶的手放在他头上,第一次注意到他有了一些银色的发丝。

"蒙塔古,你的头发开始变灰了,"我严肃地对他说,"我没法接受一个白发苍苍的儿子,这会让我感觉自己太老了。"

"好吧,你亲爱的杰弗里已经开始秃顶了,"他愉快地站起身来,"那你怎么忍受呢?"

"他自己怎么能忍受?"我笑了。杰弗里对自己的美貌总是很苛刻。

"他会一直戴帽子,"蒙塔古猜测道,"像国王一样长出胡须。"

笑容从我脸上消失了。"宫里的情况怎么样?"我简短地问道。

"我们走走吧?"他挽住我的胳膊,我们一起漫步,远离园丁和小伙子,穿过药草园,穿过小木门,来到河流边的草地上。前阵子刚割过的草再一次长至我的膝盖;我们将在这片地里获取第二批干草,里面掺杂着月亮雏菊、毛茛和罂粟头。

国王的诅咒

在我们头顶上,云雀爬上无云的天空,奋力拍动翅膀。我们停下来,看着飙升的小点,直到几乎看不见,之后声音戛然而止,鸟儿躲进巢穴。

"我一直与雷金纳德保持联系,"蒙塔古说,"国王派弗朗西斯·布莱恩抓住他,我不得不警告他。"

"他现在在哪里?"

"他在康布雷。他在镇上被困了一段时间,布莱恩对他虎视眈眈。布莱恩说,如果他胆敢溜到法国去,就马上杀了他。"

"哦,蒙塔古!他收到警告了吗?"

"是的,但他知道自己必须要小心。国王和克伦威尔将不惜一切代价不让他开口。他们知道他与朝圣者有联系,并且经常与那些人通信。他们知道他正在组建一支反抗军,杰弗里自告奋勇去送信。他还告诉我他想要流亡并加入雷金纳德的队伍。"

"你告诉他不能这么做了吗?"

"他当然不能如此。但他无法再忍受这个国家了。国王也不会容忍他再次进宫,且他现在负债累累,在都铎的统治下根本无法生活。他本以为朝圣者取得了胜利,国王也重新找回理智,可现在,他根本不想待在英格兰。"

"那他有没有考虑过自己的孩子、妻子,还有土地?"

蒙塔古笑了。"哦,你知道他的。他怒气冲冲地说要走,但思考过后还是抱有期待,决定留下来。他知道如果我们中任何一个人流亡了,对于那些留下的人来说情况会更糟。他知道如果他离开的话就会失去一切。"

"那是谁去给雷金纳德送信的?"

"休·霍兰德,杰弗里的老管家。他在伦敦运送小麦。"

"我认识他。"他就是与佛兰德斯交易并将约翰·希利亚尔送到安全之处的商人。

"霍兰德正在运送一大批小麦,他也希望看到雷金纳德为这一事业服务。"

我们沿着小山走到河边。一只翠鸟扇动着翅膀掠过,形成一道蓝宝石样的闪光,它的速度甚至比箭矢更快。

"我永远不会离开,"我说,"我从未想过离开。我相信自己必须在这里见证一切。即使圣殿已经消失,尸骨在排水沟中滚动,即使修道院也全部消失,我都不会离开。"

"我知道,"他伤心地说,"我有同样的感觉。这是我的祖国。无论它在经历什么,我都必须与它同在。"

"他不能永远地继续下去,"我说道,明知道这些话会被认定为是叛国罪,"他很快就要死了。除了我们的公主,他没有真正的继承人。"

"你觉得王后无法给他生一个儿子吗?"蒙塔古问道,"她现在很远的地方,国王在圣保罗举办了一场盛大的弥撒,然后将她送到汉普顿宫待产。"

"我们的公主呢?"

"在汉普顿宫陪伴王后。她现在状况很不错。"他对我微笑道,"王后对她很温柔,玛丽公主爱她的继母。"

"国王不和她们在一起吗?"

"他害怕瘟疫。他带着宫人走了。"

"让王后独自待产?"

蒙塔古耸了耸肩。"难道你不觉得如果这个婴儿也死了,他宁愿眼不见心不烦吗?有太多人说他不能拥有一个健康的儿子。他不想再亲手埋葬另一个婴儿。"

我想象一个年轻女子和自己的第一个孩子被独自留下,而她的丈夫宁愿与他们保持距离,以防孩子死掉或者她死掉。

"你认为她不会拥有一个健康的男孩,对吗?"蒙塔古问我,"朝圣者们都

国王的诅咒

说他被诅咒了。他们说他永远不会得到一个活着的王子,因为他的父亲手上沾满了无辜者的鲜血,因为他杀死了我们的约克王子。你也这么想吗?他杀死了两个约克王子,又杀了你的弟弟?"

我摇了摇头。"我不愿意想到这些,"我轻声地说,转身沿着河边小路走,"我试着永远遗忘它。"

"但你是否认为都铎家族杀死了王子?"他低声问道,"是国王的祖母吗?她与塔楼的守卫①结婚并让她的儿子等待入侵的机会?知道在他们还活着的时候他无法继承王位吗?"

"还有谁?"我回答,"没有人从他们的死亡中获得任何好处。当然,我们现在看到都铎王室对任何罪恶的容忍度都很高。"

---

① 可能是指玛格丽特·博福特的最后一任丈夫托马斯·斯坦利。

1537年秋

伦敦　埃贝尔

我躺在伦敦家中的床上，窗帘挡住了秋天的寒意，突然我听到钟声，胜利的钟声依次响起，回荡在整个城市。我的卧室门被打开，我挣扎着坐起来，在肩膀上裹着一件长袍，女仆走进来，她兴奋地握着一支蜡烛。"夫人！有来自汉普顿宫的好消息！王后生了个男孩！王后生了个男孩！"

"上帝保佑她，保佑她的安然无恙，"我发自内心地说。没有人会对简·西摩尔怀有恶意，她是个温柔的女人，也是我心爱的公主的继母。"他们有没有提到宝宝是否健康？"

女孩微笑着，默默地耸了耸肩。当然，根据新的法律，决不能问王室宝宝是否健康，因为这是在怀疑国王的能力。

"好吧，上帝保佑他们俩。"我说。

"我们可以出去吗？"女孩问道，"我和其他姑娘？街上有篝火舞会。"

"只要你们都一起去就行，"我告诉她，"黎明时分回家。"

她朝我眨眨眼。"你要梳洗打扮去见国王吗？"她问道。

我摇了摇头。距我上一次日夜守候在床边，第一时间把孩子的消息传达给国王，已经过去很久了。"我要接着睡觉，"我说，"我们会在早上为王后和王子的健康祈祷。"

国王的诅咒

汉普顿宫传来消息：宝宝很健康，被取名为爱德华，玛丽公主带着他出席仪式。如果他活着，就会是都铎王朝的新继承人，玛丽永远不会成为女王；但是作为目睹凯瑟琳王后痛苦的人，没人能比我更清楚，一个健康的宝宝并不意味着他一定能成为未来的国王。

很快，就像我担心的那样，我们听说王后的医生被召回汉普顿宫。这次他不是因为宝宝，而是为生病的王后而来。生育的危险降落到了母亲身上。我马上到小教堂为简·西摩尔祈祷；但那天晚上她去世了，就在她的小儿子出生两周后。

他们说国王受到了致命打击，他失去了他孩子的母亲和他真正爱的女人。人们说他永远不会再结婚，简是他无与伦比的妻子，我认为她的死亡增加了这种完美色彩。国王所谓的完美妻子完全是靠自己想象出来的，现在他认为这个失去的就是最完美的。

"他曾经爱上过任何人吗？"杰弗里问我，"他曾经将妥善处理自己丈夫尸体的女人判处为叛国罪，他真的会感到悲伤吗？"

这个男孩曾在母亲去世一年后还悲痛万分，可如今在他妻子去世不到一个月后，就着手寻找新的妻子：法国或是西班牙的公主。蒙塔古穿着丧服来到我身边，强忍住嘲笑，说国王已经要求法国的所有公主到达加莱，以便他可以选择最漂亮的人成为他的下一个新娘。

法国人受到了极大的侮辱，因为国王的这一举动简直是将法国贵族女性视作市场上的小母牛，没有一位公主愿意成为杀妻者的第四位王后；但亨利并不明白他不再是抢手货了。他没有意识到他不再是学术优秀、信仰和虔诚、基督教世界中最漂亮的王子了。现在他只是一个四十六岁的肥胖男人，并且成为了教皇的死敌。然而他还是不明白，他已经不再被人爱戴，不再被人钦佩,也不再是所有关注的中心。

"母亲大人,你可能无法相信,王后的死带来了一件好事,国王已经开始恢复修道院了。"蒙塔古说。

"哪个修道院?"我问道。

"我们的。"

我没明白。"他把毕萨姆修道院还给了我们?"

"是的,"蒙塔古说,"他把我叫到教堂去。我去了汉普顿宫的王家画廊,当时他正待在自己的教堂里看着祭坛。牧师在下面庆祝弥撒时,他阅读并签署了一份文件。他停下来做了祈祷,在自己胸前画了个十字,亲吻了念珠,带着愉快的笑容转向我,说他想为简的灵魂祈祷,问你是否愿意恢复修道院作为她的圣殿?"

"但他每天都在关闭全国各地的教堂!罗伯特·阿斯科和数百人,每个都为了拯救修道院而牺牲了。"

"好吧,现在他想恢复其中一个。"

"可他说过世上本没有涤罪所这种东西,也没有捐建小教堂的必要啊?"

"显然,他想为简和自己建立修道院。"

"克伦威尔亲自驱逐了修道院的院长,并关闭了我们的修道院。"

"这是可恢复的。"

我惊呆了,这个虔诚的女人给我带来了最好的礼物:家族的修道院再次回到我的手中。"这对我们来说是一种莫大的荣幸。"我很高兴能再次开放美丽的小教堂,修士们能再次唱响弥撒曲,圣饼将再次安置在闪闪发亮的圣匣之中,摆放在祭坛之上,蜡烛在祭坛前燃烧,一丝丝光亮从窗外照进来。"他真的允许这么做吗?他下令关闭了英格兰这么多的修道院和修女院,唯独同意开放我们这一座吗?我们这座挂着白玫瑰标志的小教堂?"

"是的,"蒙塔古微笑着说,"我知道这对你来说意义重大。母亲,我很高兴。"

"我可以让它恢复往日的美丽。"我低声说。我已经可以想象在圣坛中再次悬挂旗帜,安静的圣徒们进入教堂听弥撒的情景——门口放着礼物,旅行者们感觉宾至如归,整座教堂笼罩着宁静的力量。"虽然地方很小,但我可以恢复毕萨姆教堂。它将成为英格兰唯一的小修道院,但它会再度崛起,在亨利给英格兰带来的黑暗中闪耀出微弱而神圣的光芒。"

1537年圣诞

伦敦 格林尼治宫

蒙塔古和我,在我的孙子哈里的陪同下,访问仍在为王后哀悼的格林尼治宫,为国王献上礼物。这是我见过的最安静的圣诞节。但国王微笑着接受了我们的礼物,并祝愿我们节日快乐。他问我是否见过爱德华王子并允许我去育婴室探望这个小宝宝。他说我可以带着我的孙子一起去并向哈里微笑点头。

国王对儿子的担忧非常明显。门外有两个卫兵看守,未经书面许可,任何人不得进入,甚至公爵也不行。我很喜欢这个看起来健康的婴儿,我把一枚金币放到他护士的手中,告诉她我会为他的健康祈祷。在他嘹亮的哭声中,我鞠躬离开了这位都铎家族的继承人。

表达了我的敬意后,我被允许前去公主的房间。她有自己的小院子,侍女们陪在她身侧,她一看到我,立刻跳起来跑到我身边,我像往常一样把她抱在怀里。

"这是谁?"她低头看着哈里单膝跪地,小手放在自己胸前。

"这是我的孙子哈里。"

"我可以为你效劳。"他屏住呼吸。

"我很高兴你能为我效劳。"她伸出手来,哈里站起来鞠躬,小脸因崇拜而有些茫然。

"你的祖母会告诉你什么时候可以来我身边,"她告诉他,"我觉得你的家庭现在需要你。"

"我在家里没有什么作用,每天无所事事,他们根本不会想念我。"他试图说服她,但只逗得她开怀大笑。

"那么等你成为一个有用并且努力工作的人了,你可以来找我。"她说。

她把我拉进她的私室,在那里只有我们二人,我看着她苍白的脸,擦去她脸颊上的泪水,对她微笑着。

"我最亲爱的孩子。"

"噢,玛格丽特夫人!"

我立刻意识到她没有好好吃饭,黑眼圈在她苍白的脸上显得更加明显。"你不舒服吗?"

她耸了耸肩。"没有什么特别的。我对王后的死很伤心。我很震惊……我无法相信她就那么走了……有一段时间我甚至怀疑我的信仰。上帝为什么要带走她……"

她顿了顿,将额头靠在我的肩膀上,我轻轻拍了拍她,想着,可怜的孩子,先是失去了母亲,然后失去了敬爱的继母!这个女孩的余生都将在渴望能够信任和爱护的人中度过。

"我们必须相信她与上帝在一起,"我温柔地说,"我们会在毕萨姆的小教堂里为她的灵魂唱诵弥撒曲。"

她微笑道:"是的,国王告诉我了。我很高兴。但玛格丽特夫人!其他修道院!"

我把一根手指轻轻地放在嘴唇上。"我知道。有太多值得哀悼的事。"

"你收到你儿子的消息了吗?"她低声说,声音轻得我必须弯腰听她说话,"雷金纳德。"

"当朝圣者与你的父亲达成和平协议时,他向朝圣者伸出了援手,"我说,"当收到失败的消息时,他被召回罗马。他现在在那里很安全。"她点点头。门外有人敲门，一个新来的女佣把头伸进房间。"我们现在不能说太多，"公主说道，"但是当你写信给他时，你可以告诉他，我过得很好，众人都优待我，我觉得自己很安全。现在我有一个小弟弟，我的父亲对我和我同父异母的妹妹伊丽莎白都很友好。他终于有了一个儿子。也许他能开心起来。"

我握住她的手，一同走出去。她的侍女们有一些是朋友，还有一些是间谍，所有人都站起来向我们行屈膝礼，我对她们露出了微笑。

1538年夏

汉普郡　沃灵顿堡

我在沃灵顿的家里度过了夏天。宫庭到达过沃灵顿附近,但并没有先头部队过来通知我准备盛大的聚会。国王不想留下来,虽然田野郁郁葱葱,树林茂盛而充满生机,这是他说过自己在英格兰最喜欢的房子。

我看着我为凯瑟琳王后和她年轻的丈夫所建造的巨大侧厅,这不但浪费了金钱,还浪费了感情。向都铎王朝提供的金钱或感情总是被浪费,因为这个在母亲那里得到良好教育的男孩已经被我们宠坏了。

我听说在毕萨姆,克伦威尔第二次关闭了我们的修道院。那些为简·西摩尔祈祷的修士被赶走,这座目前英格兰唯一的教堂重回寂静。主教的祭服被带走了,我们的修道院再次被关闭。都铎家心血来潮地重新开放了它,现在它又因克伦威尔的命令而关闭。这次我甚至不想再写抗议书。

至少我有信心公主在汉普顿宫是安全的,她去往里士满宫拜访她同父异母的弟弟。毫无疑问,在这一年结束之前,她将有一位新的继母,我每天晚上都祈祷国王选择一位善待我们公主的女人。他们也会为玛丽寻找丈夫,有人建议选择葡萄牙王室的王子,蒙塔古和我达成一致,无论我的年龄多大,无论她被送往多么遥远的地方,我都必须和她一起前去,直到她在新家安置下来。

今年夏天我在沃灵顿非常忙碌,为收获季做准备。但有一天,我的管家告诉我，我们的小医院来了一名新病人，名叫杰维斯·廷代尔[①]，他一直在询问外科医生理查德·艾尔为什么在教堂或医院里没有新学的书籍。有人告诉他，众所周知，我和我的全家都相信旧学，相信牧师向信徒讲述上帝的话语，坚持圣洁的弥撒仪式，坚信信仰而不是行为。

"夫人，他在追问那位被你解雇的马倌。马厩里一般的人都信仰路德教吗？他问起你的牧师约翰·希利亚尔，他是否曾在罗马或其他地方探望过你的儿子雷金纳德。他问起你儿子雷金纳德在远离英格兰这么长的时间里都做了什么。"

不管是在小村庄还是大家族总是有些闲言碎语。但是令我感到不安的是，这些内容是关于城堡，关于医院，关于我们信仰的八卦，我们才刚刚毫发无伤地经历了朝圣之旅，公主也刚刚找到安宁。

"我想你最好告诉这个男人要注意他对主人的举止，"我对管家说，"并告诉艾尔医生，我不需要与半个国家的人分享我的意见。"

管家咧嘴一笑。"他造不成什么伤害，"他说，"他什么消息也没得到。但我会提醒他。"

我没有再关注这件事，直到某天我在会客厅处理庄园的业务时，蒙塔古陪在我身边。杰弗里与理查德·艾尔医生和他的谷商朋友休·霍兰德走了进来。我看到他的第一眼立刻变得非常警觉，如同一只踩断树枝的小鹿，不知道杰弗里为什么把这些人带到我身边。

"妈妈，我有些话想跟你说。"杰弗里跪下来请求我祝福时说道。

我的笑容有些紧张。"有什么麻烦吗？"我问他。

"我不这么认为。但这里的外科医生说住院的病人——"

"杰维斯·廷代尔。"医生鞠躬打断我们的话。

[①] 杰维斯·廷代尔（Gervase Tyndale）出身一个历史悠久的家族，在1534年至1537年间，他是格兰瑟姆文法学校的校长。

国王的诅咒

"医院的一位病人想在这里建立一所推广新学的学校,有人告诉他,你不会允许这样的要求。现在他已经怀恨在心地走了,告诉大家我们不允许他人学习国王授权的书籍,我的朋友休·霍兰德来到这里,他是为我们和雷金纳德传信的人。"

"我们没做错什么,"我小心翼翼地说,瞥了一眼蒙塔古,"这些只是坊间八卦,我们也无能为力,并且他也没有证据。"

"确实,但是人言可畏。"杰弗里说道。

"这是我派去找雷金纳德的商人,"蒙塔古在我耳边轻声地说道,"他将你的牧师带到我们这里,所以他不会对我们不利的。"他转向外科医生大声问道:"廷代尔先生现在在哪里?"

"他一康复我就把他送走了,"外科医生迅速说道,"夫人的管家告诉我,她不喜欢八卦。"

"我确实不喜欢,"我严肃地对他说,"我付钱让你治愈穷人,而不是让你喋喋不休地谈论我。"

"没人知道他在哪里,"杰弗里紧张地说,"或者,如果他一直在观察我们。你认为他会去找托马斯·克伦威尔吗?"

蒙塔古冷笑着。"这是肯定的。"

"你怎么这么肯定?"

"因为有任何信息的人都会去找克伦威尔。"

"我们该怎么办?"杰弗里看向他的哥哥。

"你最好自己去找克伦威尔。告诉他这个小小的分歧,就说都是群老太太在胡乱嚼舌。"我瞪着外科医生。"向他保证我们的忠诚。提醒他国王亲自恢复了我们的毕萨姆小修道院,告诉他我们在教堂里有一本英文《圣经》,任何人都可以阅读。告诉他我们都在学习陛下许可的书籍。告诉他,校友正在教孩子们阅读,以便他们可以用英语进行祈祷。让这些好人解释那些对他们不利的言辞,我们都是国王的忠诚仆人。"

杰弗里看起来很焦虑。"你会和我一起去吗?"他轻声地问蒙塔古。

"不,"蒙塔古坚定地说,"这不重要。没有什么可担心的。更好的方法是,我们中的一个人告诉克伦威尔,不管是城堡还是庄园,这里都没有什么值得他感兴趣的事。告诉他,几个月前,霍兰德先生向雷金纳德传达了家庭新闻的消息,仅此而已。但是必须把现在发生的一切告诉他,他可能已经全部知道了,但如果我们亲自去说,性质就不一样。"

"你不来吗?"

杰弗里看起来很可怜,于是我转向蒙塔古说:"儿子,你不跟他一起去吗?比起杰弗里,你跟托马斯·克伦威尔交谈起来更容易。"

蒙塔古笑着摇了摇头。"你不知道克伦威尔的想法,"他说,"如果我们都去了,看起来就好像我们很担心这件事。如果只让杰弗里去告诉他一切,他就会觉得我们没有什么可隐瞒的。但必须今天去,这样你就可以赶在廷代尔到达之前告诉他我们的立场。"

"拿点钱去。"我平静地说。

"你知道我根本没有一分钱!"杰弗里烦躁地说。

"蒙塔古会从库房给你拿些东西,"我说,"给托马斯·克伦威尔带去一件礼物,以及我的美好祝愿。"

"我怎么知道该给他什么?"杰弗里说道,"他知道我现在负债累累。"

"他会明白这是我对友谊的保证。"我没有丝毫犹豫,拿着一大串钥匙,走向库房。

我打开两把锁后推开门。杰弗里站在门槛上,带着一丝渴望的目光环顾四周。这里有几个货架的圣餐杯,几大箱硬币:给伐木工和短工准备的铜币,支付季度工资的银币,以及用螺栓固定在地板上还上着锁的一箱箱金币。我在羊毛织物下取出一个做工精美的镀银木杯。"这对他来说非常合适。"

"镀银?"杰弗里怀疑地问道,"你不送些黄金制品吗?"

我微笑。"这个圣餐杯华而不实,才刚刚造成,远没有它看上去贵重。这简直就是克伦威尔的写照,把它带给他。"

杰弗里从伦敦回来,为自己的聪明才智感到自豪。他告诉我他是如何与托马斯·克伦威尔谈话的——"我并不是对所有事情感到焦虑,但对于那些伟人,人们总是以讹传讹。"——克伦威尔立即明白这是嫉妒我们的村民传播的八卦。他告诉大法官,我们当然会写信给雷金纳德聊一些家庭问题,休·霍兰德确实帮我们送信,但我们一直都在就那封写给国王的信而指责雷金纳德,事实上,我们恳求他永远不要发表那封信,他也答应了我们。"

"我告诉他我们都认为他是在胡说八道!"杰弗里高兴地告诉我,"我提醒他,你写信给雷金纳德并让克伦威尔本人送了一封信。"

杰弗里与托马斯·克伦威尔的谈话非常顺利,休·霍兰德在码头上被没收的货物全都回到了他手中。而这三个人,霍兰德、我的儿子和医生,又可以自由地行动了。

杰弗里和我一起骑马到白金汉郡,把好消息传给了在博克默家中的蒙塔古。我们一行有六个人,我的孙女凯瑟琳和温妮弗雷德和我一同回到他们的家。

我们沿着熟悉的田野和树林骑行,然后我看到前方有一队士兵,走在守卫部队最前面的是一个穿着王室制服的人,正朝我们快速骑行过来。我们在大道上给国王的人让路,我的警卫队长下令:"停止!"和"待命!",所有忠诚的臣民都必须这样做。

他们有十几个人，穿着骑行装，但戴着胸甲，背着剑和长矛。前面的骑手佩戴着三朵鸢尾花和狮子图案的王室徽章。当看到我们在等待他通过时，他向我点头致意。他们行进得很快，马队的中间是一个囚犯，那是一个男人，披着坎肩，颧骨上有瘀伤，双手被绑在身后，脚垂在马肚子下面。

"上帝保佑我，"杰弗里倒吸一口气，"这是谷商休·霍兰德。"

伦敦商人那笑口常开的圆脸现在十分苍白，他的双手紧紧握住缰绳，试图在飞驰的马上保持平衡。

他们经过我们时并没有减速。队长向我们投来一个可疑的眼光，他可能认为我们是骑马要来救休·霍兰德。我伸出手来向他致敬，这引起了休的注意。他看到我们的旗帜和守卫们的制服，向杰弗里喊道："继续前进，你会跟着我过来的！"

在马蹄声和骑手的吵闹中，他们飞快消失在扬尘里，杰弗里甚至来不及回话。他转向我，脸色苍白地说："但克伦威尔很清楚。他很满意。我们跟他解释过的。"

"这可能是因为另外的事情，"我说，虽然我也不这么认为，"我们去蒙塔古的家，问你的兄弟。"

1538年夏

白金汉郡　伯克莫庄园

蒙塔古家中一片哗然。当他们逮捕休·霍兰德时，国王的人把大厅的桌子和长凳都砸了，因为霍兰德激烈反抗，在大厅里四处逃避他们的追赶。

我的媳妇简泪流满面地待在她的卧室。蒙塔古正在大厅里监督仆人们重新摆放桌子并试图弄清楚这一切。杰弗里朝他大喊："他们为什么要带走他？他们给了什么理由？"

"他们没有给理由，杰弗里。你知道的。"

"但克伦威尔本人向我保证过了！"

"确实。国王还曾赦免了罗伯特·阿斯科。"

"嘘，"我立刻说，"这里一定有些误会，我们没有必要太过担心。这是休·霍兰德和法律之间的事情。跟我们没什么关系。"

"他们搜查了我的私室，"蒙塔古咬紧牙，转头看着那些正在拾起散落白蜡的仆人，"他们简直拆了我的房子。这与我们有关。"

"他们发现了什么？"杰弗里低声说。

"什么都没有，"蒙塔古说，"我每次读完信就会立刻烧掉。"他转向我，"你什么也没有，对吗，母亲？你读完信都会烧掉吗？"

我点点头。"是的。"

"没有留下什么痕迹吧？甚至是雷金纳德的信？"

我摇了摇头。"从来没有。"

杰弗里脸色苍白。"我有一些文件，"他承认道，"我保留了一些文件。"

蒙塔古盯着他。"什么？"他问道，"不，不要告诉我。我不想知道。傻子！杰弗里，你是个傻瓜。快把它们全部销毁，我不管你用什么办法。"

他挽着我的胳膊带我走出大厅。我犹豫了：这是我的儿子，亲爱的儿子。

"派牧师去，约翰·柯林斯，"我快速地对杰弗里说道，"你可以相信他。让他去找你的管家，或者最好让他去找康斯坦茨并告诉她烧掉你房间里的所有东西。"杰弗里点点头，脸色苍白，然后匆匆走出去。

"他为什么这么傻？"蒙塔古大声说道，拉着我走上通往他妻子卧室的楼梯，"他不应该保留任何东西，他知道的。"

"他不是个傻瓜，"我屏住呼吸，蒙塔古开门的手停住了，"但他热爱教会。他在赛恩修道院长大，那是我们的避难所。你不能责怪他爱他的家。他当时是个小男孩，我们一无所有，全靠教堂的恩赐。他像我一样爱着公主，忍不住表现出来。"

"现在不行，"蒙塔古说，"我们至少暂时不能表现出我们的爱。国王是个危险的男人，母亲。你永远都不知道他会做出些什么事来。这一分钟他因怀疑而焦虑，下一分钟他又会揽着你的肩膀，把你当做最好的朋友。他有时候看着我就像要把我吃掉一样，有时候他又唱起'与朋友共度好时光'。你永远不知道他什么时候会对你做出什么。

"但他总是记得——他永远不会忘记——他的宝座来自于机遇和叛国。机遇和叛国也可以轻易地推翻他。他有一个虚弱的儿子还睡在摇篮里，没有人能保护他。而且他知道他的家族有个诅咒。"

✦

当我带着凯瑟琳和温妮弗雷德一起进入房间时，蒙塔古的妻子简正惊恐地哭泣。她把两个孩子拉到身边，祝福她们，说她自己永远不会原谅她们的父亲让她们暴露在危险之中。小哈里向我鞠躬并坚定地站在父亲身边，好像他什么都不怕。

"我不想再听到一个字，简，"我断然对她说，"一个字。"

我这话让她止住了哭泣，她对我说："妈妈，我很抱歉。这太令人震惊了。那个可怕的男人四处逃窜，他们把玻璃都打碎了。"

"如果他真的有罪，那么我们很高兴克伦威尔勋爵能抓了他，如果他是无辜的，他将很快被释放。"我坚决地说。我把手放在哈里挺直的小肩膀上。"没有什么可担心的，我们一直忠于国王。"

他抬头看着我。"我们是忠诚的亲戚。"他说道。

"是的，我们一直都是。"

简按照我的指示，在剩下的时间里，试图表现得我们好像正在进行正常的家庭访问。我们在大厅里用餐，在高台餐桌上和和睦睦，吃饭喝酒，做出其乐融融的样子。

晚餐后，我们将孩子送到他们的房间，让家里人喝酒和玩牌，然后进入蒙塔古的私室。杰弗里没法安静地坐下来，他从窗户到壁炉，不停踱步。

"我有一份布道的副本，"他突然说道，"但它是在国王面前宣讲的！这没有什么害处。无论如何，柯林斯会烧掉它。"

"淡定。"蒙塔古抬头看着他。

"我收到了斯托克斯利主教的一些信件，但其中没有任何敏感内容。"他说。

"你拿到手的那一刻就应该烧掉它们，"蒙塔古说，"我几年前就告诉过你。"

"里面什么也没有！"杰弗里辩解道。

"但他有可能已经给别人写了些东西。你不想给他带来麻烦，也不想让他的其他朋友给你带来麻烦。"

"哦，你把一切都烧掉了吗？"杰弗里突然问道，以为能抓住他兄弟的把柄。

"是的，就像我几年前告诉过你的那样。"蒙塔古平静地回答道。他看着我，"你也是这么做的，对吗，亲爱的母亲？"

"是的，"我说，"他们在家里的任何地方都不会有发现。"

"他们为什么要来找？"简烦恼地说。

"因为我们的身份，"我回答她，"而且你知道，简。你自己就出生在内维尔，你知道这意味着什么。我们是金雀花。我们是白玫瑰，国王知道我们受民众敬仰。"

她转过悲伤的脸。"我以为自己嫁到了一个伟大的家族，"她说，"没想到是一个危机四伏的家族。"

"伟大意味着危险，"我简单地说，"而且我认为你现在已经很清楚这一点。"

杰弗里走到窗前，望向外面，转身回到房间。"我想去伦敦，"他说，"去找托马斯·克伦威尔，看看他正在对休·霍兰德做什么，然后告诉他，"他深吸一口气，"告诉他，"他加重语气，"他没有理由反对霍兰德，也没有理由反对我和我们中的任何一个人。"

"我和你一起去。"蒙塔古说道，这很令人惊讶。

"真的吗？"我问道，简停下手里的针线活儿，抬头看着她的丈夫，好像要说出反对的话。她凝视我，好像她会要求我将自己的小儿子单独派出去，这样她就可以把丈夫安全地留在家里了。

"是的，"蒙塔古说，"克伦威尔得知道他不能和我们玩猫捉老鼠的游戏。他是国王谷仓里最大的一只猫。但是，我认为我们还是可以继续生存下去。他得知道他并没有吓到我们。"他看着杰弗里惊恐的表情。"他并没有吓到我。"他纠正了自己的话。

"你觉得怎么样，母亲？"简想让我反对他们二人一起去。

"我认为这是个非常好的主意，"我平静地说，"我们没有什么可隐瞒的，也没有什么可担心的。我们没有违反法律。我们爱教会并尊重公主，但这不是犯罪。即使是克伦威尔也不会制定一项使这种行为成为犯罪的法律。去吧，蒙塔古，带着我的祝福。"

我在博克默庄园住了一个星期，与简和孩子们一起等待消息。蒙塔古在他到达伦敦的第一时间就给我们寄了一封信，但在那之后就再也没有动静。

"我想自己去伦敦，"我对她说，"我得到消息后会立即给你写信。"

"去吧，妈妈，"她僵硬地说，"我很高兴你身体一向健康。"

她和我一起来到马厩里，在我蹒跚地爬到马鞍上时站在我的马旁边。我此次旅程有两个同伴：我的两个孙女，简的女儿，凯瑟琳和温妮弗雷德。哈里将和他的母亲待在家里，虽然他一直惴惴不安，试图引起我的注意，希望我能把他带走。我朝她苍白的脸微笑。"不要害怕，简，"我说，"我们经历过比这更糟糕的事。"

"有过吗？"

我想起了我家族充满失败和战斗的历史，背叛和处决曾玷污了那段历史，如同路标一般，让我们一度登上英格兰王座之后又从王位上跌落。"哦，是的，"我说，"更糟糕的事。"

1538年夏

伦敦　埃贝尔

我刚到达伦敦，蒙塔古就来找我。我们在大厅里用餐，假装这是一次普通的访问，他愉快地谈论了宫廷和王子的健康，然后我们转身到高桌后的私人房间，关上了门。

"杰弗里被关进塔楼了。"等我坐下了，他才轻声开口，他担心我听到这个消息会倒下。他握住我的手，看着我震惊的脸。"妈妈，请尽量保持冷静。他没有被指控，他们没有任何东西可以反对他。这就是克伦威尔的工作方式，请记住。他热衷于吓唬人。"

我几乎要窒息了，伸手捂住胸口，能感觉到脉搏像鼓点一样在手指下敲击。我倒吸一口气，发现自己几乎无法呼吸。随后我的视力越来越微弱，蒙塔古担忧的脸渐渐模糊，我甚至觉得自己会因恐惧而死。

一阵温暖的空气扑在我的脸上，我再次恢复呼吸，蒙塔古说："妈妈，在身体恢复之前你什么都不要说，在你昏迷时我叫了凯瑟琳和温妮弗雷德过来帮忙。"

他握住我的手，捏住我的指尖。我对孙女们微笑着说："噢，我现在很好。我肯定是晚餐时吃多了，现在才会肚子痛。吃太多布丁可害惨了我。"

"你确定你还好吗？"凯瑟琳说，看看我又看看她的父亲，"你看起来很苍白。"

"我现在很好，"我说，"你能给我拿点酒来吗？蒙塔古可以帮我热一下,我马上就会好起来的。"她们匆匆忙忙地跑去拿酒,蒙塔古关上了窗户,伦敦夜市的声音被关在窗外。我把肩膀上的披肩拉直,孩子们拿了酒回来,朝我行过礼就离开了。

当蒙塔古将加热棒插入银壶时,我们一直沉默着。酒慢慢发出刺激的味道,热腾腾的酒和香料的气味弥漫在小房间里。他递给我一杯,然后给自己也倒了一杯,拉起一个凳子坐在我脚边,好像他回到自己从未有过的少年时代。

"我很抱歉,"我说,"刚才表现得像个傻瓜。"

"我自己都很震惊。你现在好些了吗?"

"好多了。你可以告诉我发生了什么。"

"当我们到达这里时,立即要求去见克伦威尔,他让我们等了好几天。最后,我偶然遇到了他,告诉他那些关于我们的谣言是在败坏我们的名声,我很高兴得知丁德尔·格鲁特的舌头被拔掉了。他没有承认也没有否认,但他让我把杰弗里带到他家。"

蒙塔古向前倾身,用马靴踢着火前的木块。"你知道克伦威尔的房子是什么样的,"他说,"到处都是学徒和文员,你根本分不清谁是谁,而克伦威尔走在中间,就像一个普通房客一样。"

"我从来没有去过他的家,"我轻蔑地说,"我们从未一起用餐。"

"好吧,"蒙塔古笑着说,"但无论如何,这是一个忙碌、友好、有趣的地方,一大堆人等着见他,每个人都有各种各样的条件,为他做生意或为他写报告,或为他监视——谁知道呢?"

"然后你和杰弗里见了他?"

"他跟我们说话,又让我们和他一起用餐,我们吃了一顿丰盛的晚餐。之后他需要出门一趟,让杰弗里第二天再去,因为他要处理一些事情。"

我的胸口再次变得紧绷,我轻拍喉咙,仿佛可以提醒我的心脏继续跳动。"杰弗里就去了?"

"我让他去的。我告诉他要坦率地说。克伦威尔读过霍兰德带给雷金纳德的消息。他知道那里面写的不是去年夏天伯克郡的小麦价格。他知道我们警告过他弗朗西斯·布莱恩被派去抓捕他。他指责杰弗里不忠。"

"但不是叛国罪?"

"不,不是叛国罪。告诉你自己的兄弟,有人要来杀他,这不是叛国罪。"

"杰弗里承认了吗?"

蒙塔古叹了口气。"他一开始否认,但很明显霍兰德已经把两封信的内容都告诉了克伦威尔。杰弗里给雷金纳德的信,以及雷金纳德对我们的回信。"

"但这仍然不是叛国罪。"我坚持道。

"没有。但显然他一定是对霍兰德百般折磨才得到这些信息。"

我咽了咽口水,想着那个来到我家的圆脸男子,以及他在路上匆匆经过我们时脸颊上的伤痕。"克伦威尔敢折磨伦敦商人吗?"我问道,"他的公会呢?他的朋友?城里的商人呢?他们不为自己辩护吗?"

"克伦威尔肯定是认为他做了些什么。显然,他确实很敢这么做,这也就是为什么昨天,他逮捕了杰弗里。"

"他不会……他不会……"我恐惧得无法开口。

"不,他不会折磨杰弗里,他不敢碰我们其中任何一人。国王的理事会不会允许他这么做。但杰弗里陷入了恐慌之中。我不知道他会说出什么。"

"他永远不会说任何伤害我们的事情。"我说。即使在这种危险中,我还在想着我儿子充满爱的忠心。"他永远不会说任何伤害我们的事情。"

"是的,就算是最糟的情况,我们所做的一切也只是警告一个兄弟他有危险。没人能责怪我们。"

"我们能做些什么?"我问道。我想立刻冲向塔楼,但我现在甚至无法站立起来。

"我们不被允许前去探视,只有他的妻子可以进入塔楼看他,所以我已经派人去找康斯坦茨了。她明天会到这里。在她看见他,并确定他什么也没说之后,我会再次去找克伦威尔。如果碰上国王回宫而且他心情不错的话,我或许可以跟他谈谈。"

"亨利知道这件事吗?"

"我宁愿他什么都不知道。可能是克伦威尔已经超越自己的权限,国王发现这件事时会对他感到愤怒。这些天他的脾气变化多端,就算是他批准的事,有时候他也会责怪克伦威尔。所以如果我在正确的时机去找他,他对我们怀有怜悯,而且又生克伦威尔的气,他可能会把这当作对我们,对他亲戚的侮辱,并为此斥责克伦威尔。"

"他现在竟如此多变?"

"母亲,从黎明到黄昏,我们都不知道他将会有什么样的心情,也不知道何时或为什么会突然改变。"

我在整个晚上的大部分时间都跪在我的小教堂里,为了儿子的安全向上帝祈祷;但我无法确定他能否听到。我想到今晚在英格兰有成千上万的母亲跪在地上,为他们儿子的安全祈祷,或为他们儿子的灵魂祈祷,那些孩子的死或许都微不足道。

我想到在英格兰夏夜的月光下打开的修道院门,圣匣和圣物在黑暗的广场上翻滚,因为克伦威尔的人毁坏了神殿并将圣物丢弃。据说国王亲自跪拜过的托马斯·贝克特的祭坛已经被捣毁,丰富的祭品和华丽的珠宝被克伦威尔勋爵的手下抢走,圣人的尸骨已经不见踪迹。

跪了一会儿，我开始背痛。我不能让自己再麻烦上帝，今晚他已经太忙了。他和我一样，已经老了，疲惫不堪，有太多事情需要操持。他的英格兰，已经在错误的道路上走得太远了。

1538年秋

伦敦　埃贝尔

康斯坦茨一抵达伦敦就直奔塔楼，然后来到埃贝尔。我带她进入我的卧室，给她一杯热啤酒，把她的手从冷冰冰的手套中取出来，解开她的斗篷和披肩。她的目光在我和蒙塔古身上游移，好像在祈求我们两个拯救她。

"我以前从未见过他这样子，"她说，"我不知道我能做些什么。"

"他现在什么样？"蒙塔古温柔地问道。

"一直在哭，"她说，"在房间里发脾气，敲门，但没有人来。他抓住窗户的栅栏，好像想要扯下塔楼的墙壁。后来他转身跪下哭泣，说自己无法承受。"

我吓坏了。"他们伤害了他吗？"

她摇了摇头。"他们伤害的不是他的身体——而是他的骄傲……"

"他说了什么吗？"蒙塔古耐心地问道。

她摇了摇头。"你没听见我的话吗？他在咆哮，完全疯了。"

"他语无伦次？"

我能听出蒙塔古声音中的希望。

"他就像个疯子，"她说，"一直在祈祷和哭泣，一会儿说自己什么也没做，一会儿又说每个人都在责备他，他说自己本应该逃跑但是你阻止了他，你总是阻止他，他还说自己无论如何都不能留在英格兰。"她瞟了我一眼。"他说他的母亲应该帮他偿还债务。"

"你能否看得出来他有没有受过审问?他是否被指控任何罪名?"

她摇了摇头。"我们必须给他送些衣服和食物,"她说,"他很冷。他的房间里没有炉火,只有一顶骑马斗篷,他把斗篷铺在地板上,蜷缩在上面。"

"我会立刻去安排。"我说。

"但你不清楚他是否受到过质疑,也不知道他在说些什么?"蒙塔古反复确认。

"他说自己什么也没做,"她重复道,"他说每天都有人来对他大喊大叫。但他什么也没说,因为他什么也没做。"

✦

杰弗里又被折磨了一天。我让管家给他送去一件保暖的衣服,又在塔楼附近的面包店给他买了一些吃的,想让他好好吃一顿。管家回来后告诉我,卫兵虽然接过了衣服,但很有可能自己私藏,并且他们不允许给杰弗里送食物。

"明天我会和康斯坦茨一起去,看看我是否可以让他们至少允许杰弗里好好吃顿饭。"我对蒙塔古说。当我走进埃贝尔的会客室时,那里空荡荡的,没有请愿者,没有佃户,也没有朋友。"她可以给杰弗里带上冬天的斗篷和床单,还有一些床上用品。"

蒙塔古站在窗前,低着头,没有说话。

"你见过国王了吗?"我问他,"你能为杰弗里求情吗?他知道杰弗里被捕的事吗?"

"他已经知道了,"蒙塔古说道,"我什么都不用说,因为他已经知道了。"

"他授意克伦威尔这么做的?"

"我们根本没想到,母亲,国王不是通过克伦威尔知道杰弗里的事情,是杰弗里亲自写信给他的。"

"写信给国王?"

"是的。克伦威尔给我看了那封信。杰弗里写信告诉国王,如果国王能给他一些恩赐,那么他会将自己知道的一切都说出来,即使会触及他的母亲或兄弟的利益。"

听到这些话,我一时没反应过来。接着我一下子恍然大悟。"不!"我惊恐万分,"这不可能是真的。一定是伪造的,克伦威尔是骗你的!他就是这样的人!"

"不。我看到了那封信,确实是杰弗里亲笔所写,我不会搞错的。"

"他宁愿为了一些温暖的衣服和一顿丰盛的晚餐背叛我们?"

"看起来是这样。"

"蒙塔古,他一定是失去了理智。他永远不会做这样的事情,永远不会伤害我。他肯定是疯了,我的上帝,我可怜的孩子,他肯定是在说胡话。"

"希望如此,"蒙塔古恶毒地说道,"如果他已经疯了,他就无法作证了。"

两名男仆搀扶着康斯坦茨从塔楼回来,她已经无法行走,也无法说话了。

"他生病了吗?"我扶着她的肩膀盯着她的脸,想要从她的表情分辨出我儿子的状况。"怎么了?发生什么事了?快告诉我。"

她摇了摇头,呻吟道:"不,不。"

"他已经神志不清了吗?"

她把脸埋在手里,抽泣着。

"康斯坦茨,快说话!他们折磨了杰弗里吗?"我说出了内心深处的恐惧。

"不,不。"

"他没有得汗热病吧?"

她抬起头来。"婆婆,他试图自杀。他从桌子上拿了一把刀,险些刺到自己的心脏。"

我险些站不住,赶紧让她拉过一把高脚椅才支撑住自己。"伤势严重吗?我的孩子!"

她点点头。"情况很糟糕。他们不让我留在他身边。我看到他胸口周围缠着厚厚的绷带。他无法说话,躺在床上一动不动,血液渗透了绷带。他们告诉我事情的经过时,他也没有说话,只是把脸转向了墙。"

"有医生给他治疗了吗?他们给他包扎了吗?"

她点点头。

蒙塔古进入房间站在我们身后,脸上浮现出扭曲的笑容。"他的餐桌上有一把刀?"

"是的。"她说。

"他吃了一顿丰盛的晚餐吗?"

在眼前的悲惨时刻提出这个问题显得过于奇怪,康斯坦茨转身盯着他。

她不知道蒙塔古话里的意思,但是我知道。

"他吃了顿很好的晚餐,有好几道菜,炉排上生起了火,有人给他送了新衣服,"她回答道,"是我们送去的衣服吗?"

"不,"她有些困惑。"有人给他送去一些新的物件,但他们没有告诉我是谁送的。"

蒙塔古点点头,没有说别的话,也没有再看我,就从房间里走了出去。

国王的诅咒

✦

第二天早上,我们在房间吃了一顿安静的早餐,在温暖的炉火前,蒙塔古告诉我他的男仆昨晚没有回家,没有人知道他去了哪里。

"你怎么想?"我平静地问道。

"我认为杰弗里把他告发了,他应该已经被捕了。"蒙塔古平静地说道。

"儿子,我无法相信杰弗里会背叛我们中的任何一个人。"

"母亲,他答应了国王,为了一件温暖的衣服和丰盛的晚餐他不惜背叛我们。昨天他吃了一顿丰盛的晚餐,今天他们已经把早餐给他送上桌了。现在他正在接受南安普顿伯爵威廉·菲茨威廉的讯问。不管是对于杰弗里,还是对于我们来说,他拿刀捅向自己的心脏反而会更好。"

"闭嘴!"我向蒙塔古大吼道,"别说了!不要再说这种愚蠢而邪恶的话,你现在就像一个对死亡一无所知的孩子。永远不要认为死亡是更好的选择!儿子,我知道你害怕。你觉得我难道不害怕吗?我亲眼看到我弟弟进入那座塔楼,再也没能出来。我的父亲被判叛国罪,在那里死去。塔楼对我来说永远都是个恐怖之地,而杰弗里现在被关在那里则是我最大的噩梦。我现在认为他们很可能会把我也带走,甚至把你也带走,我的儿子,我的继承人。"看到他的脸,我沉默了。

"你知道吗,有时候我把它想象成我们的家,"他平静地轻声说,"我们最古老、最真实的家庭居所。塔楼墓地是我们的家族墓地,也是我们所有金雀花族人终将进入的墓地。"

✦

康斯坦茨再次去探视她的丈夫,发现他因伤口发炎而发烧了。他得到了良好的护理和服侍,但是当她去看他时,房间里有一个女人——这个人通常是负责处理尸体的。门口有一个警卫,他们正在窃窃私语。

"但他什么话都没说,"她轻声地对我说,"他没有看着我,没有问起孩子,甚至没有问起你。他把脸转向墙壁,默默地哭泣着。"

蒙塔古的仆人杰罗姆没有再出现在埃贝尔。我们猜想他已经被捕了或被关押在克伦威尔的家中,等待出庭作证。

午前祷时,临街大门被打开,护卫队的人走进大厅,逮捕了我的儿子蒙塔古。

我们当时正准备吃早餐,蒙塔古转过身来,看着从街上吹来的金色叶子落在卫兵脚边。"你们是要立刻带我走,还是让我先吃完早餐?"他说得轻描淡写,仿佛这只是件小事。

"最好是现在,先生。"队长有些尴尬地说。他向我和康斯坦茨鞠躬致敬。"我祈求你的原谅,夫人。"

我走向蒙塔古。"我会给你送食物和衣物,"我向他保证,"我会尽我所能,还会去找国王求情。"

"不。回到毕萨姆去,"他简短地说,"离塔楼越远越好,今天即刻出发,我亲爱的母亲。"

他的神情很严肃,沧桑感使他看起来远不止四十六岁。当我的弟弟还是个小男孩的时候,他们把他抓走并杀掉了他,现在他们又将带走我的儿子,经过了这么多年,他们还是没有放过我们家族。恐惧使我有些头晕,我不知道自己能做些什么。"上帝保佑你,我的儿子。"我说。

他像往常一样跪在我面前,我把手放在他的头上。"上帝保佑我们所有人,"他说道,"我的父亲一辈子都在逃避这一天,我也是,也许这一切终会结束。"

国王的诅咒

他起身走出家门,没有戴帽子,没有披斗篷也没有戴手套。

我站在马厩里,看着仆人们收拾马车准备离开,这时考特尼的一个下人给我捎来了格特鲁德的信,那是我的表亲亨利·考特尼的妻子。

他们今天早上逮捕了亨利。我一有机会就来找你。

我不能守在家里等她过来,于是我命令警卫和仆人们先走一步,沿着冰冻的道路前往沃灵顿堡,我会骑马跟在后面。我带了六个侍从和我的孙女凯瑟琳与温妮弗雷德,我们穿过狭窄的街道,来到格特鲁德位于伦敦的美丽宅邸,玫瑰庄园。整个城市正在为圣诞节做准备,卖栗子的小商贩站在烧得通红的火盆后面,搅拌灼热的坚果,当季的葡萄酒、肉桂、焦糖和肉豆蔻的气味令人回味,都飘荡在寒冷的空气中。

我将马留在临街大门,带着孙女们走进大厅,然后进入格特鲁德的会客厅,这里有一种怪异的安静。她的管家出来迎接我。

"伯爵夫人,很抱歉在这里见到你。"

"为什么?"我问道,"我的亲戚考特尼夫人准备去看我,我是来跟她告别的,我准备回乡下了。"小温妮弗雷德靠近我身边,她的小手让我倍感安慰。

"我的主人被捕了。"

"我知道。我相信他很快会被释放的。我知道他是无辜的。"

管家鞠了一躬。"我知道,夫人。国王没有比我的主人更忠诚的仆人了。我们都知道。当他们问起时,我们都是这么说的。"

"那么格特鲁德现在在哪里?"

他犹豫了一下。"我很抱歉,夫人。但她也被捕了,被关进了塔楼。"

我突然明白,这个房间的奇怪之处在于一切活动被突然打断:窗户座位上放着没做完的针线,房间角落里还有一本打开了的书。

我环顾四周,我意识到这种暴政就像都铎家族带来的汗热病,它来得很快,会在没有警告的情况下带走你所爱的人,而你却无法抵御它。我来得太晚了,应该早一点到这里。我没能为她辩护,没能拯救蒙塔古和杰弗里。我甚至没有为罗伯特·阿斯科,汤姆·达西,约翰·赫西,托马斯·莫尔和约翰·费希尔辩护过一句话。

"我会带爱德华一起回家,"我说的是格特鲁德的儿子。他只有十二岁,肯定被吓坏了。在父母被捕的那一刻,他们应该立刻把他送到我这里。"把他带过来。告诉他,虽然他的父母已经被捕,但是他的亲人将带他回家。"

令人费解的是,管家的眼里突然充满了泪水,然后他向我解释了这座房子为何如此安静。"他走了,"他说,"他们把他也带走了。小主人也被关在了塔楼。"

1538年秋

汉普郡　沃灵顿堡

　　我的管家轻敲私室门后走进来，反手关上门，像是有什么秘密要向我汇报似的。我能听到房间外那些来找我的人叽叽喳喳地说个不停。我现在孤身一人，试图找到勇气走出去面对诸如租金、土地界线、下一季应该种植的庄稼等问题，这个伟大的庄园曾是我一辈子的骄傲和喜悦，但现在它看起来像一个漂亮的笼子，我在这里工作，过着幸福的生活，而我爱的国家已经坠入地狱。

　　"发生了什么事？"

　　他的脸上满是担忧。"南安普敦伯爵和伊利主教来见你了，夫人。"他说。

　　我站起来，抬手扶住腰。阴冷的天气使我背痛的毛病又犯了。我想自己真的太累了。"他们说自己想要什么了吗？"

　　他摇摇头。我强迫自己站得直一些，才走进会客厅。

　　我以前就认识威廉·菲茨威廉，因为他曾在育儿所和亨利王子一起玩耍，但现在他已然是个伯爵了。我知道他很满意自己所获得的荣誉。他向我鞠躬，但表情却冷冰冰的。我对他微笑，然后转头看向伊利主教托马斯·古德里奇。

　　"大人们，非常欢迎你来到沃灵顿堡，"我轻松地说，"我能邀请你们和我们一起用餐吗？你们今晚会留在这里吗？"

威廉·菲茨威廉看起来有些不自在。"我们来这里是为了问你一些问题,"他说,"国王命令你以自己的名誉担保说出真相。"

我点点头,继续微笑。

主教说:"我们会留下来,直到得到满意的答案。"

"你想待多久就待多久,"我虚伪地说,然后对管家点点头,"确保领主的下人和马匹都得到好的安置。"我说:"晚餐时加设座位,为我们的两位贵宾准备最好的卧室。"

他鞠躬走了出去。我环顾拥挤的会客厅。整个大厅充斥着模糊的杂音,虽然并不能完全分辨,但这个房间里的所有人都不想看到这些伟大的绅士从伦敦来到我的家中盘问我。没有人说出任何不忠诚的词,但他们的窃窃私语听起来就像是低声的咆哮。

威廉看起来很不安。"我们能去一个更方便说话的房间吗?"他问道。

我环顾四周,对我的人民微笑。"我今天不能跟你们谈话了,"为了让站在最后的人都能听到我的声音,我故意大声地说道,"我对此感到抱歉。但我必须回答两位伟大领主的一些问题。我会像曾告诉你们的那样,告诉他们,我和我的儿子们从未想过任何不忠于国王的事情,你们中的任何人也没有做过任何不好的事情。"

"说得轻巧。"主教不悦地说。

"因为这是真的。"我打断了他,然后带路进入我的私室。

窗口下面有一张桌子,我有时坐在那里写字,周围还放着四把椅子。我示意他们可以随意坐,然后自己坐在椅子上,背对清冷的灯光,面向房间。

威廉·菲茨威廉假装不经意地告诉我,他曾经审问过我的儿子杰弗里和蒙塔古。我点点头,对这个新贵族向我儿子们抱有的恶意不屑一顾。他说他们之间说话非常随意,暗示我他知道关于我们的一切,目的就是催促

国王的诅咒

我承认我曾听到他们密谋反对国王。

我坚决否认了这一说法,我说我从来没有对陛下说过一句反对的话。我说我的孩子们从来没有说过他们想加入雷金纳德的队伍,而且我也没有给最令我失望的儿子写过秘信。我对杰弗里的管家休·霍兰德一无所知,只知道他辞去了杰弗里管家的职务后就在伦敦做起了小生意。他有时候会帮我们捎一些信。我很高兴杰弗里去找了克伦威尔勋爵,并做出了让他满意的解释,霍兰德的货物也物归原主。克伦威尔勋爵负责保障国王的安全,他履行了这项伟大职责,我们都应该感谢他们,我的儿子们很荣幸能为他效劳。我从未收到过什么秘密信件,更别提烧毁秘密信件。

他们一次又一次地问我同样的事情,我一次又一次地告诉他们:我什么都没做,我的儿子什么都没做,他们找不到任何反对我们的理由。

然后我从桌前站起来,告诉他们我习惯在每天的这个时候,去我的教堂祈祷。我们遵循新学在这里祈祷,并且有一本英文《圣经》供所有人阅读。祈祷之后,我们就用餐。如果他们房间缺什么东西,他们尽可以提,我很乐意满足他们的需求。

在圣诞节期间,来自伦敦的小贩告诉厨房门口的女佣,我的亲戚爱德华·内维尔爵士已经被捕,蒙塔古、牧师约翰·柯林斯、奇切斯特大教堂的校长、乔治·克劳夫特斯、牧师以及他们的几个仆人也被捕了。我告诉那个与小贩窃窃私语的女佣,随便她买点什么,不要去听那些八卦,这些事情与我们无关。

我们为客人们提供了一顿丰盛的晚餐,晚餐后我们一起唱歌,侍女们和女佣们一起跳舞,天色开始慢慢变暗的时候我决定出去走走。当我珍贵的儿子们处于危险之中时,看着稻草在风中摇曳会使我感到安慰。我走进谷仓,奶牛缓缓地在稻草中移动,动物温暖的气息足以抵御寒冷的天气。我希望自己可以整夜待在这里,在小角灯的照射下,安静地呼吸,在圣诞节前夕的午夜，若是我能看到一个不受任何国王指挥的教会问世，那么我会一生都尊重并热爱着它。

⛤

第二天，威廉和主教再次来到我的房间，问我同样的问题。我给他们相同的答案，他们仔细地写下来并送去伦敦。我可以每天都做这同一件事，直到世界末日。我永远不会说任何会对我被监禁的儿子产生怀疑的事情。确实，我厌倦了审问者和他们反复提出的问题，但我不会因为厌倦而敷衍。我绝不会把头放在断头台上或是渴望永远的宁静。不管他们怎么问，我都始终保持缄默不言。我现在已经是一个六十五岁的老妇人了，但我依旧没有为自己的死亡做好准备，我也决不会被那些我从小看着长大的人所欺负，我什么都不会说。

⛤

在塔楼中，囚犯也在等待着。刚刚被捕的教会成员崩溃了，承认他们虽然发过誓，但从未发自内心地认可亨利是教会的最高领导。他们承诺那些虚假的誓言只是让他们内心受伤，他们根本没有准备反叛，也没有策划任何阴谋。他们只是默默地希望恢复修道院并回到古老的方式上去，只是无辜地祈祷美好时光的到来。

我的亲戚爱德华·内维尔只比他们多做了一点点。曾经有一次，他告诉杰弗里他希望公主能够登上王位，雷金纳德可以回家。杰弗里将他们这次谈话的细节告诉了调查人员。上帝原谅他，我那善良又胆怯的儿子告诉他们，几年前，他的表兄曾对他说过自己的真心话。

他们没有找到任何指控我亲戚亨利·考特尼的证据。就算他曾和内维尔或我的儿子蒙塔古聊过天，但是他们从未谈过什么过分的话题，他们也都非常忠诚，绝不出卖彼此。就像亲人应有的样子，他们彼此忠诚。没有人说别人的坏话，也都对被指控的罪名矢口否认。他们是真正的骑士，坚决维护家族的荣誉。他们懂得保持沉默。

当然，亨利的妻子格特鲁德确实曾与肯特圣女会面，并十分同情凯瑟琳王后，但她已经得到了赦免。尽管如此，他们还是将她视作囚犯，每天审问她，逼她说出肯特女孩告诉她关于国王死亡以及他与安妮·波琳的失败婚姻的事。她的儿子爱德华住在她旁边的一个小房间里，一名导师负责在花园里教他学习。我认为这是一个很好的迹象，他们应该很快会释放他，因为如果他们没想让他重回学校，现在为何要让他继续学习？

亨利·考特尼被他们抓住把柄的只有一句话，就是他曾经说过："我相信有一天会看到一个快乐的世界。"我听到这个消息后，走到小礼拜堂，双手合十。亨利表亲只是为一个快乐的世界而祈祷，而这种普遍的乐观主义却被引用作为不利他的证据。

我在祭坛前跪下，心中默念着，上帝保佑你，亨利·考特尼，保佑所有跟你一样为了自己的信仰而被拘留的囚犯，无论今晚你们身在何方，上帝都与你们同在。上帝保佑你，亨利·考特尼，你和汤姆·达西一样伟大。和你一样，我仍然希望快乐的世界能够到来。

✵

我的儿子和亨利·考特尼的审判还没开始，他们又把特拉华勋爵押到了塔楼，罪名是"拒绝成为陪审团成员"。托马斯·克伦威尔根本没有找到任何能够诋毁他的证据，特拉华勋爵只是表明了他对这些审判的厌恶而已。在将汤姆·达西送上断头台后，他曾发誓不会再伤害任何一位老朋友，所以现在，他拒绝参与对我儿子的审判。于是克伦威尔的人把他丢进塔楼，在伦敦四处寻找谣言来诋毁他，后来不得不将他释放回家，并命令他留在室内。

我当然不能去找他,甚至都不能寄信去感谢他,负责讯问我的人全天候守在我身边,他一遍又一遍地问我,是否还记得十八年前蒙塔古与亨利·考特尼在花园散步时说过些什么。我家的厨师托马斯·斯坦迪什是否唱了关于希望和反叛的歌曲,是否有人提到过五月可能永远都不会到来。但马厩的男孩帮我去埃贝尔跑了趟腿,当特拉华勋爵第二天在他的花园里散步时,他会发现一朵用丝绸制成的白玫瑰花苞从花园的墙上掉落在小径上。他会知道这是我在表达自己的感激。

"伯爵夫人,你恐怕要跟我走一趟了。"晚餐时威廉对我说。

"不,"我说,"我必须待在这里。这么大的庄园里还有很多工作要做,只有我在这里才会维持祥和的局面。"

"我们必须冒个险,"主教笑着说道,"因为你将被关押在考德雷①。你可以在萨赛克斯远程管理你的庄园。不要为你的庄园和货物烦恼,我们正在接管它们。"

"我的家?"我问道,"你们占领了沃灵顿堡?"

"是的,"威廉说,"请准备好立刻离开。"

我想起休·霍兰德被绑在马鞍上时苍白的脸。"我需要一驾马车,"我说,"我不能骑着马赶路。"

"你可以坐在我指挥官的马后座上。"威廉冷冷地说道。

"威廉·菲茨威廉,我的年纪已经足够当你的母亲了,你不应该这么苛刻地对待我!"我突然大吼出来,他脸上显现出玩味的表情。

"你的儿子可比不上我,"他说,"因为他们已经承认自己是反对国王的

---

① 位于英格兰东南部萨赛克斯郡的一座古老城堡。

叛乱分子。对母亲来说,这才是苛刻的对待,因为这可能会害死你。"

我退后一步,抚平我的长袍,克制住自己的脾气。"他们绝不会说出这样的话,"我平静地说,"我不知道他们有什么罪过。"

❈

我们花了两天时间才向南行驶到米德赫斯特①,路况非常糟糕,土地泥泞,洪水泛滥,我们迷路了六次。就在去年,我们在旅途中还随时可以停靠在舒适的修道院稍作休息,修道士们会派人为我们引路。但现在,天色很晚了,我们经过一座修道院教堂时,教堂的彩色玻璃窗被砸得粉碎,连屋顶上的石板都被偷了。

我们找不到住处,只能在彼得斯菲尔德一个肮脏破旧的旅馆过夜,厨房门口和街道上的乞丐饥肠辘辘,修道院医院和厨房的关闭使人们陷入绝望之中。

---

① 位于萨赛克斯郡西部。

1538年冬

萨赛克斯郡　考德雷庄园

这是一个美丽而寒冷的夜晚，我们来到了考德雷的广阔田野，在掉光了叶子的树下骑行。当太阳落在罗塞尔山谷的森林后面时，天空呈现出浅浅的粉红色。当我看到考德雷的牧场时，我开始想念家乡的田野。我相信自己一定会再次见到那片草原，我和我的儿子们都能回家，当这个寒冷的日落时分过去，黎明会到来，一切都将是更美的明天。

我们来到了菲茨威廉的新房子，这里的一切都显示出他的地位升上了一个新的阶层。我们在昏暗的大厅前下马，他的妻子梅布尔·克里福德和她的侍女们穿着精致的礼服，兜帽低低地垂到她的脸上，她面色灰暗，看起来脾气很暴躁。

我向她微微屈膝致意，她有些懒得回应。显然，她知道自己没有必要采取礼貌的举止，但实际上她也不确定自己应该怎么做。

"我已经把塔楼房间准备好了。"当她的丈夫走进大厅，脱掉斗篷和手套时，她说道。

"很好，"他转头看向我，"你可以在自己的房间用餐，你的仆人可以服侍你。如果你愿意，你可以在花园里或河边散步，但需要有我的两个侍从同行。你不能骑马。"

"不能骑去哪里？"我傲慢地问道。

他重复道："哪里都不可以。"

国王的诅咒
5.94

"显然,除了回家,我并不想去任何地方,"我说,"如果我像你说的那样想跑到国外去,我早就这么做了。我已经在自己家里住了很多年。"我的目光转向他那位气得满脸通红的妻子,看了一眼刚镀上金饰的木制品。"我的家族已经在那里生活了几个世纪,我愿意永远生活在那里。我不是叛徒,我从未流淌过叛乱的血。"

正如我意,我的话激怒了梅布尔,因为她的父亲是我们金雀花家族的叛徒,大半辈子都在躲躲藏藏。"所以请立刻带我回房间,我很累了。"

威廉转身朝仆人发出命令,将我带至建筑物的另一侧,绕过圆形的楼梯进入塔楼的房间。我疲倦地缓缓走上去,身体的每一块骨头都在疼痛。但是,我不是独自一个人。当有人在看的时候,我不会扶着扶手把自己拉上去。威廉和我一起进来,我很想坐在火炉边吃晚饭,但他再次追问了雷金纳德的情况,以及杰弗里是否打算逃跑去追随。

第二天早上,早餐前,我在做晨祷时,他又来找我,这次他手里拿着文件。我们离开沃灵顿的家后,有人搜查了我的房间,将它翻了个底朝天,就是为了寻找任何可以用来对付我的东西。他们发现了一封我给蒙塔古写到一半的信,但信里除了告诫他应该忠于国王并信仰上帝之外别无他物。他们质问我厨房的仆人可怜的托马斯·斯坦迪什,并且迫使他说出自己认为杰弗里可能会溜走。威廉做了太多这样的事,但我记得那次谈话所以打断他:"你错了,领主。这是杰弗里在塔楼里自残之后,我们担心他可能会死,斯坦迪什才说他害怕杰弗里可能会溜走。"

"我看到你在窜改话语,夫人。"威廉愤怒地说。

"我没有,"我简单地说,"而且我宁愿再也不跟你有任何对话。"

我已经做好准备等他早餐后再来找我了,但这次来的是梅布尔,当时我正在听凯瑟琳为我读当天的新闻。她说:"我的丈夫去了伦敦,今天不会来询问你了,夫人。"

"我很高兴，"我平静地说，"因为一遍又一遍地说实话实在太累了。"

"如果我告诉你他去了哪儿，你就高兴不起来了。"她恶毒地说道。

我等待着，握住凯瑟琳孙女的手。

"他赶去了法庭作证，证明你儿子有谋逆行为。他们将被指控犯有叛国罪，并被判处死刑。"她说。

这是凯瑟琳的父亲；但是我一直握着她的手，我们两个人直视着梅布尔·菲茨威廉。我不会在这样一个女人面前哭泣，我为我长孙女的镇静感到骄傲。"菲茨威廉夫人，你应该为自己感到羞耻，"我平静地说，"没有女人会如此无情地对待另一个女人的悲伤。没有女人会像你一样折磨一个男人的女儿。难怪你不能给你的丈夫生个孩子，因为你没有心，你可能也没有子宫。"

她的脸被气得通红。"我可能没有儿子，但很快，你也会没有儿子的！"她喊道，然后转身冲出房间。

✦

我的儿子蒙塔古在他的朋友和亲戚的注视下坐在陪审团面前，被指控反对国王，默许雷金纳德的行为，并做梦说国王已死。现在看来克伦威尔可能还会调查人的睡眠情况。他的告解神父向克伦威尔报告说，有一天早上，蒙塔古告诉他，他梦见自己的弟弟开开心心地回了家。他们调查了蒙塔古的睡眠，发现他的梦是有罪的。他坚称自己无罪，但他不被允许为自己辩护，也没人敢为他说话。

杰弗里，那个我从小最宠爱的孩子，提供了不利于他哥哥蒙塔古、他表亲亨利和爱德华以及我们所有人的证据。上帝原谅他。他说，他宁愿杀死自己，也不愿意害自己的兄弟，但是上帝改变了他的想法，因此就算他有十个兄弟姐妹或者十个儿子，他也宁愿将他们全都置于死亡的风险里，

国王的诅咒

不愿意背离自己的祖国和君主,让自己的灵魂处于危险之中。杰弗里眼含泪水向他的朋友和亲戚们发言道:"让我们这些少数人死去吧,至少好过整个国家的毁灭。"

当杰弗里宁愿让他自己和我们所有的亲戚及朋友去死时,我不知道蒙塔古作何感想。我不想去思考这件事,也尽可能不让自己去听到审判的内容。我跪在考德雷的小房间里,身边放着十字架和《圣经》,双手紧握放在脸前,祈祷上帝会让国王学会怜悯,让我无辜的儿子离开这里,把我无家可归的可怜儿子送到他的妻子身边。在我身后,凯瑟琳和温妮弗雷德为她们的父亲祈祷着,表情茫然而又恐惧。

我默默地待在房间,俯瞰南方丘陵下的河流,多么希望自己能在家里,和我的儿子们待在一起,多么希望我重新回到自己的少女时代,那时我的生活被我那沉闷保守的丈夫理查德爵士限制着;现在我觉得自己深深地爱着他,即使我之前并不这么觉得。我现在明白他给自己定下了严肃的任务,就是保证我们所有人的安全,我本应对此感激不尽,但是我已经太老了,我知道所有的遗憾都是徒劳的,所以我弯下腰祈祷,希望他听到我对他的认可和感激。他妻子的家族处在最接近王位的地方,所以他把自己所有的时间都花在使我们尽可能地远离危险上。我也试图隐藏身份,但我们是白玫瑰——即使在最黑暗、最厚重的树篱中,也会绽放,甚至在伸手不见五指的黑暗夜晚,白玫瑰也会像坠落人间的月亮,在茂密的叶子中闪闪发光。

1538年12月

萨赛克斯郡　考德雷庄园

在考德雷塔楼的房间里，我听到这家人开始准备圣诞节，就像我们在毕萨姆庄园，或者国王在格林尼治宫做的那样。他们准备禁食；从冬青树和常春藤、荆棘和金雀花上切下树枝，编织出一个绿色的圣诞树冠；他们拖动粗壮的木头，放在炉排上燃烧，直到圣诞大餐结束前，他们一直在反复排练颂歌和舞蹈。他们点燃特殊的香料，花很长时间准备当季的菜肴，和为期十二天的盛宴。我听着房间外熙熙攘攘的声音，梦见自己回到了家中。当我醒来时，发现自己依然在离家很远的地方。威廉·菲茨威廉从伦敦回来，告诉我我的儿子已经死了，我的希望就此破灭。

十二月初他回来了。我听到他马队的马蹄声和他们呼喊马厩里的男孩子的声音，我打开卧室窗户的百叶窗，低头看到威廉在周围人的簇拥中走进来，他的妻子跑出去迎接他，马蹄踢打在草地上噼啪作响。

我看着他脱下斗篷和帽子，因寒冷而不停搓手。他心不在焉地吻了吻自己的妻子，然后就开始对下人们大吼大叫。这个男人即将带来让我心碎的消息，他会告诉我，一切都是无用的，我的一生毫无价值，我的儿子们已经死了。

他直奔我的房间，好像迫不及待地要宣示自己的胜利。他的脸色很冷峻，但眼睛在闪闪发光。

"夫人，很抱歉告诉你，你的儿子蒙塔古已经死了。"

国王的诅咒

我面对他,一滴眼泪都没有流。"我很遗憾听到这个消息,"我平静地说,"罪名是什么?"

"叛国,"他轻松地说,"你的儿子和他的表亲亨利·考特尼、爱德华·内维尔沆瀣一气,企图反叛国王。"

"噢,他们是否认罪?"我问道,冰冷的嘴唇吐出犀利的话语。

"他们被判有罪,"他说,好像这就是答案,唯一公正的答案,"国王向他们展示了怜悯。"

我心跳得很快。"怜悯?"

"他允许他们在塔山上被处决,而不是在泰伯恩。"

"我知道我的儿子和他的表亲是无辜的,他们对我们尊敬的国王没抱有一丝背叛的想法,"我说,"亨利的妻子考特尼夫人和她的儿子爱德华在哪里?"

他愣了一下。他很愚蠢,几乎忘记了这两个人。"仍然被关在伦敦塔。"他闷闷不乐地说道。

"我的儿子杰弗里呢?"

他不喜欢回答问题。于是他咆哮道:"夫人,你不能审问我!你的儿子已经是个被执行死刑的叛徒了,而你也是嫌疑人!"

"的确,"我快速回答道,"只有你这么熟练的人才能审问我。他们全都申诉无罪,可你并没有找到理由来反驳他们。我也一样无罪,你找不到反对我的证据。上帝帮助你,威廉·菲茨威廉,因为你是错的。

"尽你所能地审问我吧,哪怕我的年龄已经足够成为你的母亲。最终你会发现我没有做错任何事,我亲爱的儿了蒙塔古也没有做错任何事。"

我不该说出他的名字,这让我的声音变得越来越虚弱,甚至不知道自己还能不能再说第二遍。威廉听出了我情感的变化,显得很得意。

"我绝对会再次审问你。"他说。

The King's Curse

599

在他看不见的地方，我把手背在身后，使劲捏我的手掌。"我非常肯定你什么都找不到，"我痛苦地说，"到最后，这座房子会在你身边轰然倒塌，这条河将会淹没你，你会后悔现在如此愚蠢地迫害我，并且为蒙塔古这么一个比你优秀千百倍男人的死而嘲笑我。"

"你是在诅咒我吗？"听到这座建立在考德雷修道院废墟上的房子现在已经被诅咒时，他气喘吁吁，脸色苍白，满头大汗。

我摇了摇头。"当然不是。我不相信这种无意义的东西。你的命运由自己决定。但是当你对像我儿子这样的好人作假证时，当你明知道我并没有做错什么还拼命质疑我时，你就已经站在了世界邪恶的一边。"

✦

为了嘲笑我，梅布尔将所有被判处死刑的人的名字都告诉了我。乔治·克劳夫特斯、约翰·柯林斯和休·霍兰德在泰恩伯格被处死，他们的头被挂在伦敦桥上。我亲爱的儿子蒙塔古，我的继承人，在塔山被斩首，他的表亲亨利·考特尼和爱德华·内维尔也在他之后被斩首。

"像叛徒一样死了。"她说。

"死亡并不意味着证据。"我回答。

1539年春

萨赛克斯 考德雷庄园

从黎明到黄昏,我一直在考德雷的小教堂祈祷。我为蒙塔古祈祷,为他的表亲爱德华和亨利祈祷,他们被带到塔山上,在他们叔叔丧命的地方被斩首。今天,我为所有处于危险中的亲戚们祈祷。我为他们的儿子们祈祷,特别是亨利·考特尼的儿子爱德华,他可能从窗户目睹自己的父亲最后一次穿过寒冷的草地一直走到塔山,断头台和蒙面的刽子手见证了他的死亡。

我为蒙塔古的孩子们——在博克默与母亲待在一起的亨利,还有和我一起进行悲惨守夜活动的女儿凯瑟琳和温妮弗雷德——祈祷,并且,我为杰弗里祈祷,虽然是他将我们带入这场悲剧中,但我知道自己的儿子宁愿今晚就死去。

✤

冬天过去,虽然我的一个儿子已经永远躺在坟墓中,另一个儿子杰弗里依旧被关在塔楼,他们还是把我软禁在这里。他们告诉我,杰弗里试图闷死自己,他躲在床底,将被子蒙在脸上。据说他另一个在塔中的王子表亲就是这么死的:闷在两个床垫间窒息而死。但这对我的儿子来说并不致命,也许这也不是王子的真实死因。即使这个冬天,杰弗里背叛了自己的兄弟,自己的家人,还有他的母亲我,但他仍然被留在冰冷的塔楼中,如果再多待一阵子,他一定会死。冬天可能死于严寒,夏天可能死于瘟疫。他的证词是否真实已经无关紧要了,因为这个承诺了太多事的男孩将会死去。跟他的哥哥亚瑟一样在壮年死去。不过他的哥哥蒙塔古死于信仰,死于试图拯救他的表亲。

他们将尼古拉斯·加露爵士带入塔中并宣布他一直密谋杀害国王,夺取王位,还让他的儿子迎娶玛丽公主。威廉·菲茨威廉将这件事告诉我时,他双眼炯炯有神地瞪着我,好像我要跪倒在地说这一直是我的秘密计划。

"尼古拉斯·加露?"我难以置信,"国王的骑师?他四十年来始终信任着,自孩童时期就朝夕相处的伙伴?"

"是的,"威廉说,他脸上高兴的神情渐渐消失,因为加露也是他的好朋友,他心里知道这件事是多么的愚蠢,"一样的罪名。难道你不知道加露敬爱凯瑟琳王后,并且反对国王对公主的态度吗?"

我耸了耸肩,这些并不重要。"很多人都喜欢凯瑟琳王后,"我说,"国王也爱过凯瑟琳王后。你的主人托马斯·克伦威尔是否要将成千上万的人都判处死刑?"

威廉的脸涨得通红。"你别自作聪明!"他大吼道,"最终你一定会走上断头台!记住我的话,伯爵夫人。你一定会被送上断头台!"

我忍住了脾气,因为我知道面对我这样一个懂得太多的老妇人,他显得无从下手。我盯着他的脸,看着他因暴怒而突起的血管,稀疏的头发,下巴上肥厚的脂肪,以及抿起的嘴巴。"也许我会的,"我平静地说,"但是你可以告诉你的主人克伦威尔,我没有犯任何罪,如果他杀了我,他就是杀死了一个无辜的女人,我和我亲戚的血会永远烙印在他的档案里。"我紧紧盯着他苍白的脸。"还有你,威廉·菲茨威廉,"我说,"人们会记得你违背我的意愿把我困在你家里,你觉得自己还能过几天好日子?"

国王的诅咒
6'02

在寒冷的天气里,我为儿子蒙塔古哀悼,哀悼他的诚实,他坚定的荣誉感和陪伴。我因之前没有重视他而责备自己,因为我让他觉得杰弗里才是我最疼爱的儿子。我希望自己能亲口告诉蒙塔古,他在我心中是多么的珍贵,我非常依赖他,看着他一路成长起来,我感到很自豪,他的幽默不止一次使我重新振作起来,我和他的父亲都为他感到骄傲。

我写信给我的儿媳妇,他的遗孀,简,但是简没有回复,她把自己的女儿们留给我照顾。她可能已经受够了白玫瑰的家族命运。我在考德雷的会客厅又小又窄,卧室还更小一些,所以我坚持让两个孙女每天都在河边的花园和我一起散步,无论天气如何,她们每周都得骑马两次。不管她们是收信还是寄信,都处在严密的监视下,长期的软禁生活让她们脸色变得苍白,并且逐渐沉默寡言。

奇怪的是,失去蒙塔古的心痛和失落令我回忆起失去他的兄弟亚瑟时的场景。我甚至为亚瑟感到庆幸,他不用目睹这场家族悲剧,也不用面对他已经疯掉的国王朋友。在多年前的一个晴天,当我们认为一切皆有可能时,亚瑟去世了,而现在我们处在漫长冬季最寒冷的中心。

我梦见我的弟弟,他跟我的儿子在同一个地方死去,我还梦见了我死在塔楼里的父亲。有时我梦见的只有塔楼,它的形状就像一根指向天空的巨大白色手指,就像是我家族年轻人的墓碑。

格特鲁德·考特尼现在成为了寡妇,她仍然被关押在冰冷的牢房里。她的案情随着时间的推移变得更加糟糕,托马斯·克伦威尔始终在竭力寻找给她定罪的证据。如果克伦威尔说的不是假话,我的亲戚格特鲁德一生都在给克伦威尔所怀疑的每个人写含有叛国因素的信件。但克伦威尔不接受置疑,因为他伪造了国王的旨意,将国王一时兴起的想法变成了现实。

今年春天，当尼古拉斯·加露接受审判时，有人兴致勃勃地编造了一大堆格特鲁德的信作为反对他的证据，除了克伦威尔，根本没有人仔细看过这些信。

尼古拉斯·加露是国王最亲密的朋友，也是凯瑟琳王后最忠实的朝臣，是公主忠诚的朋友，他就这么被押上塔山的断头台，像我的儿子一样，毫无理由地死去了。

可怜的杰弗里是我所有儿子中最悲惨的一个，他过着生不如死的生活，最终得到了国王的赦免并获释。因为他的妻子在家里带孩子，所以他独自蹒跚着走出后门找了一匹马，骑回沃灵顿的家。他没有写信给我，也没有试图向我解释。我想他现在应该就像一具行尸走肉，陷入深深的挫败感中。我不知道他的妻子会不会鄙夷他，他现在应该非常痛恨自己。

我在这个春天感受到与以往一样的忧郁和失落。有时候，我会想起我的丈夫理查德爵士，他一生都在努力拯救我，使我远离家族的命运，我却让他失望了。我没能保护他儿子的安全，没能让他隐姓埋名地平淡度过一生。

"如果选择认罪，你就会得到赦免并且可以获得自由。"梅布尔在一次定期访问时说道。她每周来一次，假装自己是一位善良的女主人，来确保我什么都不缺。实际上，和她丈夫一样，她只是不断地提出质疑并折磨我。"承认吧，夫人，这样你就可以回家。你一定很想回家去吧，你总说自己很想家。"

"我确实很想家，只要可以，我一定会回去，"我平静地说，"但我没有什么可承认的。"

"几乎没有任何指控！"她说道，"你可以承认自己曾经梦见国王不是一个好国王，这就够了，这就是他们想要听到的一切。根据新法律，这种形式的认罪将得到赦免，他们可以原谅你，就像原谅杰弗里一样，你可以被

国王的诅咒

释放!无论如何,你喜欢的人和同谋者都已经死了。就算你把自己的生活彻底毁掉,也拯救不了任何人。"

"但我从来没有梦到过这样的事情,"我淡淡地说,"没有想过也没有写下过任何相关的文字,不管是活人还是死人,我也没有与谁同谋过任何东西。"

"但当约翰·费希尔被处决时你一定很悲伤,"她迅速说道,"这么好的人,这样一个圣人!"

"我很遗憾地得知他反对国王,"我说,"但我并没有反对国王。"

"那么,当国王抛弃阿拉贡公主凯瑟琳时呢,你感到遗憾吗?"

"当然。她是我的朋友。我很抱歉他们的婚姻是无效的。但我并没有为她辩护,我发过誓,承认他们的婚姻是无效的。"

"即使国王已经宣称玛丽女士是私生女,你依旧愿意服侍她。这件事你可确实做过,你不能否认!"

"我爱玛丽女士,现在依然爱她,"我回答道,"无论她在世上的地位如何,我都会服侍她。但我没有为她进行任何辩护。"

"但你认为她是公主,"她咄咄逼人,"发自内心的。"

"我认为国王才是决定这件事的人。"我说。

她停下来,站了起来,在狭窄的房间里转了一圈。"我不会让你永远待在这里的,"她警告我,"我告诉过我的丈夫,我不能让你和你的侍女们待在我的家里。我的主人克伦威尔想结束这一切。"

"我很乐意离开,"我平静地说,"我会承诺静静地待在家里,不与任何人见面,也不给任何人写信。我已经失去了儿子,身边只剩女儿和孙子孙女。他们可以假释我。"

她转过身来看着我,脸上带着恶意的笑容,嘲笑我这卑微的希望。"回家?"她问道,"叛徒没有家,他们会失去一切。你认为你能去哪里?你的城堡？你美丽的庄园？你在伦敦的大房子？这些都不是你的了。除非你坦白，否则你哪儿都去不了。我也不会收留你，你能去的只有一个地方。"

我默默地等待她说出这个世界上我最害怕的那个地方。

"塔楼。"

1539年5月

通往塔楼的路

他们带上我出发，我坐在威廉·菲茨威廉一名守卫的马后座上。我们在黎明前就离开了，天空慢慢变亮，鸟儿开始唱歌。我们穿过狭窄的萨赛克斯小巷，那里处处盛开着雏菊，山楂在树篱上绽放出白色的花朵，绿草茂密，树林郁郁葱葱，悠扬的鸟鸣声处处可闻。经过一整天的骑行，我们到达兰贝斯，那里有一艘普通的驳船在等着我们，船上没有插旗杆。显然，托马斯·克伦威尔不希望伦敦市民看到我跟随我的儿子们进入塔楼。

这是一段奇怪又梦幻的水上之旅。我独自一人在一艘没有旗帜的驳船上，仿佛已经摆脱了我的家族身份和头衔，也最终摆脱了我危险的遗产。黄昏时分，太阳落在我们身后，在河边铺就了一条长长的金色光带，水鸟飞向岸边，溅起朵朵水花。水草甸里隐约可以听到杜鹃的声音，我记得当我们住在赛恩修女院时，那时杰弗里还是个小男孩，他最喜欢听到春天杜鹃的第一声啼鸣。现在修道院关闭了，杰弗里已经被毁了，只有那只没有信仰的杜鹃仍在呼唤。

我站在船尾，回头看着船尾旋起的水流，看着夕阳将青灰色的天空染成粉红色和奶油色。在我的生命中，我曾经多次在这条河上航行。那些时候，我或是作为贵宾和王室成员，出现在举行加冕的驳船中；或是坐在悬挂着我家族旗帜的驳船中。我曾是英格兰最富有的女人，拥有最高荣誉，身边站着四个英俊的儿子，每个都是我的头衔和财产的继承人。而现在我

The King's Curse
6'07

几乎失去了一切,无名的驳船静静漂荡在河面上,没有人注意到我。低沉的鼓声响起,船夫跟随着节拍划桨,驳船在水流稳定的推动下向前进。我觉得这一切就像一场梦,一场即将结束的梦。

当塔楼阴暗的影子出现在视野中,巨大的闸门在我们面前卷起;守夜人威廉·金斯顿爵士正在台阶上等候。他们跳上甲板,我坚定地向他走去,高昂着头。当他看到我时,深深地鞠了一躬,脸色苍白,十分紧张。他牵着我的手扶我走向台阶,当他向前走时,我看到那个隐藏在他身后的男孩。认出这个孩子的一瞬间我的心跳几乎停滞了,我一下子清醒过来,这不是一场梦,这是我整个漫长人生旅途中发生的最糟糕的事情。

那是我的孙子哈里。他们逮捕了蒙塔古的儿子。

✦

他看到我很开心,而这个反应让我忍不住流下眼泪。他抱住我的腰,在我身边跳舞。他以为我来带他回家,笑得很开心。他试图登上驳船,我花了很长时间才向他解释清楚我已经被监禁了,我看到他在努力忍住泪水,小脸上露出的表情惊恐万分。

我们抓住对方的手,一起走向黑暗的入口。他们把我们安置在花园塔楼里。我退后一步看着威廉爵士。"这里不行。"我说。我不会告诉他,这里是我弟弟曾被监禁、日夜渴望自由的地方,我无法待在这里。"这座塔不行。楼梯太狭窄陡峭了,我难以上下楼。"

"你不需要上下楼,"他以冷酷的幽默说道,"你只需要上去就行,我们会帮助你的。"

他们半抬着我走过蜿蜒的圆形楼梯来到一楼的房间。哈里住在我楼上的房间,可以俯瞰楼下的草坪。我的房间更大一些,往窗外可以看到草坪和河流的一侧。两个炉箅都没有生火,房间很冷。墙壁是用裸石堆砌而成,

国王的诅咒
6'08

到处篆刻着在这里住过的囚犯的名字和纹章。我不忍心去寻找我的父亲、兄弟或儿子的名字。

哈里走到窗前,顺着狭窄的街道看到了他的表亲考特尼的儿子。他和他的母亲格特鲁德一起住在比彻姆塔;他们的房间更舒适一些,爱德华过得无聊又孤独,但是他和他的母亲今年冬天终于能吃饱穿暖。作为一个十一岁的男孩子,哈里的精神头总是很足,他能跟我在一起已经很开心了,现在又看到了自己的表亲。他让我带他去拜访格特鲁德·考特尼,我告诉他我无法离开自己的房间,他很震惊。当他进来看我时,门也在他身后紧紧锁上,只能等卫兵过来开门他才能出去。他看着我,天真的脸上眉头紧皱,感到非常困惑。"那么我们能回家吗?"他问道,"我们很快就能回家吗?"

✦

我鼓起勇气向他保证他很快就能回家。他们或许能找到一些或真或假的证据来诋毁格特鲁德,再编撰一些东西来针对我,但是哈里只有十一岁,爱德华也才十三岁,除了身上流淌着金雀花的血,他们没有任何理由来诋毁这些男孩。我想,即使国王对我的家族再恐惧,也不至于将这样的两个男孩当作叛徒困在塔楼里。

但很快我就丧失了信心,因为我的弟弟就是在这个年纪被亨利的父亲以叛国罪杀掉的。我的弟弟唯一一次走出塔楼,就是沿着石头小路走到塔山,走到断头台前。

1539年夏

伦敦　塔楼

克伦威尔在议会提出了一项"剥夺公权法",该法案未经任何审判,也没有任何证据,直接宣布我们所有的金雀花族人都是叛徒。我们的名字就是罪名,我们的财产被没收充公,我们的孩子被剥夺了所有权利。格特鲁德和我的名字赫然出现在死刑犯之列。

他们编造了几十封格特鲁德的信,还编造了一封我写给儿子雷金纳德的信,信中我向他表达了之前很少流露出的爱。然后托马斯·克伦威尔像个街头魔术师一样举起一个袋子,从里面掏出汤姆·达西给我的徽章:白色的丝绸徽章上绣着基督的五处圣痕,上面有一朵白玫瑰。

当托马斯·克伦威尔拿出这些东西的时候,他也许以为人们会群情激愤,但实际上现场几乎一片沉默。克伦威尔想把这个当作给我定罪的决定性证据。就算是现在,他也没能给我定下确切的罪行,在家里的旧箱子翻出一枚徽章根本不算犯罪,在场的领主们几乎没给出任何回应。也许他们犯了糊涂,也许他们害怕死亡,也许他们中的许多人都有这样的徽章,藏在他们乡间别墅的旧箱子里,那时候人们都相信美好的日子即将到来,朝圣者们为了得到恩典而游行。无论如何,这是克伦威尔能拿出手的唯一证据,他一心想把我,我的孙子哈里,格特鲁德,还有她的小儿子都永远留在塔楼中。

1539年冬

伦敦　塔楼

　　我们的生活就像一潭死水，如同寒冷的天气把水壶里的水都冻住了一般，从石板上滴下来的水也变成了长长的冰柱。哈里获得允许可以跟爱德华一起上课，并留在考特尼的房间吃晚餐。我和格特鲁德交换了善意的信息，但我们从没写过一个字。我的表亲威廉·德拉波尔独自一人死在寒冷的牢房里，他已经在这里待了三十七年。我为他祈祷，但我尽量不去想他。当光线充足的时候我会读书，做缝纫活儿，有时只是坐在床边俯瞰草坪。我在房间角落的小祭坛上祈祷。关于被释放、自由或是未来，我都不会去想。我培养自己的耐性。

　　外面的世界仍在运转。厄休拉写信告诉我，康斯坦茨和杰弗里生了一个孩子，取名为凯瑟琳，国王正准备娶一个新的妻子。那位公主即将嫁给一个她未曾谋面的男人，等待她的只会是无尽的坏消息。明年春天，克里夫斯的安妮将从她的新教家乡来到这个被国王和克伦威尔毁灭殆尽的国家。

1540年春

伦敦 塔楼

在牢房里，我们熬过了漫长的一年和一个寒冷的冬天，看到天空都是被铁条框起的灰色板条，从厚门底下吹进的冷风携带着河水的味道，耳边听到的只有知更鸟和海鸥的哀叹。

哈里长得越来越高，衣服已经穿不下了，我只能请求看守给他申请新衣服。只有在天气很冷的时候，我们的房间才能生火，我的手指变得粗壮，并且长满了冻疮。小房间里总是很黑暗，在这个寒冷的冬天，黎明到来得越来越晚，当雾气从河面升腾起来，云层压低时，天色就很难再亮起来。

为了哈里，我尽量保持乐观和积极的态度，用拉丁语和法语与他一起读书；但是当我们分别被锁在各自的房间时，我把薄薄的毯子蒙在头上，在令人昏昏欲睡的黑暗中默默地躺着，我的眼泪几乎流干了。

春天终于到来，塔楼中也绿意盎然，乌鸦的歌声隐约可闻。两个男孩可以在绿地上玩耍，有人给了他们一副弓箭，还有人给他们准备了各种玩耍的东西。虽然天气转暖，但我们的房间仍然很冷，所以我祈求看守给我送来一些衣服。我很惭愧自己无法再为女仆们支付薪水。看守帮我带去了一份请愿书，我收到一些衣服和钱。然后有一天，令人惊讶的事情发生了：格特鲁德·考特尼被释放了。

威廉·菲茨威廉亲自带着看守来告诉我这个好消息。

"我们也会被释放吗？"我平静地问他。我把手放在哈里瘦弱的肩膀上，感受到他因渴望自由而颤抖着。

"我很抱歉，夫人，"看守托马斯·菲利普斯说，"目前还没有命令释放你。"

我觉得哈里的肩膀垂下了，托马斯看到了我脸上的表情。"也许很快，"他转向哈里说道，"但你没有失去你的玩伴，所以你不会孤独。"他试图让自己的语气显得很开朗。

"爱德华不和他的母亲一起走吗？"我问道，"为什么他们会释放考特尼女士，但继续囚禁她的小儿子？"

看到守卫的眼神时，我一下子明白了。这并不是对叛徒的监禁，而是对金雀花的监禁。格特鲁德可以被释放，因为她出身于布朗特家族，是蒙乔伊男爵的女儿。但她的儿子爱德华必须留下，因为他的名字是考特尼。

没有任何罪名，他还是个孩子，甚至从未离开过家。国王将金雀花家族的儿子们一一抓起来，就像童话故事里的怪物，一个接一个地把孩子们都吃掉了。

我想到小哈里和爱德华明亮又渴望自由的眼睛，想到哈里卷曲的赤褐色头发，想到塔楼冰冷的墙壁和被囚禁的漫长岁月。忍耐的下一个阶段就是疼痛。我看着威廉·菲茨威廉，说道："一切如国王所愿。"

"你不觉得这不公平吗？"他疑惑地问，好像他是我的朋友，会为男孩们的释放而辩护一般，"你不认为你应该提出上诉吗？"

我耸耸肩膀。"他是国王，"我说，"他是皇帝，是教会的最高领导人。他的判断肯定是对的。难道你不认为他的判断是绝对正确的吗，大人？"

他像自己的主人一样狡黠地眨了眨眼睛，然后迅速说道，"他绝对不可能犯错。"好像我会抓住把柄告发他一样。

"当然不会。"我说。

1540年夏

伦敦　塔楼

对于我来说，夏天就好过一些。虽然我仍然不被允许离开我的牢房，但哈里和爱德华可以在塔楼里自由穿梭。他们试着自娱自乐，就像普通男孩们一样，玩耍，摔跤，做白日梦，甚至在水闸的深处钓鱼，在护城河里游泳。我的女仆每天都来塔楼，有时会给我带来一些小点心。有一天，她带给我六个草莓，当我品尝它们的那一刻，我仿佛回到了自己在毕萨姆庄园的果园里，我能真切感受到香浓的果汁、背后的烈日还有脚下的土地。

"我有新的消息带给你。"她说。

我瞥了一眼狱卒可能经过的门。"小心说话。"我提醒她。

"每个人都知道了，"她说，"国王要抛弃他的新婚妻子，虽然她来这个国家只有七个月。"

我想到了我的公主，玛丽女士，她即将失去另一位继母和朋友。"抛弃她？"我小心翼翼地重复道，猜测着她是否会被指控犯下骇人听闻的罪行。

"他们说那场婚姻并不是真正的婚姻，"女仆压低声音说，"国王将她称为自己的妹妹，她目前住在里士满宫。"

我知道自己此刻的表情一定很茫然，但是我确实无法理解一个国王如何将自己的妻子称为妹妹并让她独自住在一座宫殿里。没有人向他谏言吗？没有人告诉他真相不是随心而定的吗？他不能今天刚娶了一个女人，第二天说那只是他的妹妹。正如他不能否认自己的女儿是公主，也不能说自己是教皇。国王现在已经丧失了判断是非的能力，谁能鼓起勇气将这一切的真相告诉他呢，他真的疯了。

第二天，当我透过栅栏凝视窗外时，看到霍华德的驳船正迅速从下游驶来，转了一个弯后冲进水闸门进入内码头。托马斯·霍华德新带来了一些囚犯，饶有兴趣地看着一个矮胖的男人在码头上跟六个男人推搡。

"上帝帮助他。"我说，他就像一头无法获得自由的诱饵熊，与那些人厮打。我把脸贴在石头上想要看得更清楚些，但他们的身影渐渐消失在我的视线之外。

我虽然非常好奇，但很快明白了这个男人是在与他的狱卒对抗。我认出了他，在他从驳船上滚下来的一瞬间我就认了出来：华丽的黑色衣服，宽阔的肩膀和黑色的天鹅绒帽子。我把脸颊贴在冰凉的石头上，惊讶地凝视着托马斯·克伦威尔被逮捕进了这个他曾经下令关押了如此多人的塔楼中。

我从窗户的箭孔后退了一步，蹒跚地走到床边，跪倒在地，用手捂住脸。我发现自己终于哭了出来，泪水从指缝间溢出。"感谢上帝，"我轻声说，"感谢上帝让我安全活到今天。哈里和爱德华得救了，孩子们都很安全，国王的邪恶顾问已经堕落，我们将被释放。"

✦

看守托马斯·菲利普斯告诉我，托马斯·克伦威尔被剥夺了职务及其所有权力，他已经被逮捕并被关押在塔楼里，像那些善良的人一样哭求原谅。他会亲耳听到塔山上断头台建起的声音，在某一个阳光灿烂的日子，他会沿着自己的敌人约翰·费希尔和托马斯·莫尔的脚步，走向死亡。

我告诉我的孙子哈里和他的表亲爱德华要远离窗户，不要向外望，在这场政治斗争中落败的人正缓缓走过吊桥，沿着鹅卵石铺成的道路向塔山走去。我们听到鼓声和人群的咆哮声。我在十字架前跪下,想起我的儿子蒙塔古对克伦威尔的预言:这个对所有求饶的话语都充耳不闻的人,早晚有一天会亲自呼喊出这样的话,并且同样得不到任何怜悯。

我等待牢门打开,等待被释放的消息。我们因为托马斯·克伦威尔的"剥夺公权法"而被监禁,现在既然他已经死了,我们肯定会被释放。

但是并没有人来找我们。国王再次结了婚,也许我们已经被遗忘了。据说他的新娘,另一个霍华德家族的女孩,小凯蒂·霍华德,年轻得足以当他的孙女,跟所有霍华德家族女孩一样漂亮。我想起杰弗里曾说过的话,霍华德家族对于国王而言,就像是一只被塔尔博特猎犬追逐的野兔。然后我突然意识到自己不应该总是想起杰弗里。

我等待国王结束蜜月归来,满怀新郎的喜悦,某人会提醒他释放我们。可不久,我听说他的幸福生活结束了,而且他生了病,把自己关在一个封闭的空间,独自忍受痛苦和挫败,疲惫和病痛使他无法处理任何政事。

整个夏天,我都在等候国王从悲伤中走出来的消息。当天气再次变冷时,我想,作为本季庆祝活动的一部分,也许国王会在圣诞节后的新年里赦免并释放我们,但他并没有这么做。

1541年春

伦敦 塔楼

国王将带着他称之为"无刺玫瑰"的新娘一起往北方行进,这是他首次鼓起勇气去往北方,顺便接受北方人民对于朝圣行动的歉意。他将住在修道院的废墟上建起的房子,路过埋葬着反叛者头骨的土地。这里的人们失去了教会,失去了灵魂的栖息地,也失去了希望,而他无忧无虑地走在这片土地上。他会为自己肥胖的身躯穿上林肯绿,假装成罗宾汉,让跟他结婚的孩子打扮成玛丽安小姐①,在他身边翩翩起舞。

我仍然心怀希望,就像我死去的表亲亨利·考特尼所希望的那样,拥有美好的生活和欢乐的世界。也许作为大赦的其中一个环节,国王会在他去北方之前释放哈里、爱德华和我。如果他能原谅约克,这个向朝圣者敞开大门的金雀花城市,他也一定可以原谅这两个无辜的男孩。

黎明时分,我在清晨醒来,听到鸟儿在窗外唱歌,看着阳光慢慢穿过墙壁。令我意外的是,看门人托马斯·菲利普斯突然敲响我的门,我站起来穿上睡袍,看到他的脸色非常糟糕。"怎么了?"我立刻焦急地问道,"我的孙子生病了吗?"

"他很好,很好。"他匆匆说。

"爱德华呢?"

---

① 罗宾汉的恋人。

"他也很好。"

"菲利普斯先生,你看起来很烦恼。发生什么事了吗?"

"我很伤心。"他只说了这几个字,就转过身摇了摇头,接着清了清嗓子。他现在很痛苦,几乎说不出话。"我很伤心,你即将被处决。"

"我?"这是不可能的。安妮·波琳被处决之前曾召开了一场审判,在该审判中,法官们判定她是一个与人通奸的女巫。我作为王室族人之一的伯爵夫人,不可能在没有受审的情况下就被处决。

"是的。"

我走到低矮的窗户前,俯瞰绿色的草坪。"这不可能,"我说,"绝不可能。"

菲利普斯再次清清嗓子。"已经下令了。"

"没有断头台,"我简短地说,并指向墙外的塔山,"没有断头台。"

"他们带来了一个矮木台,"他说,"放在了草地上。"

我转过身盯着他。"矮木台?他们打算在草地上砍掉我的头?"

他点点头。

"没有指控,也没有断头台。控告我的那个人自己被指控犯有叛国罪,现在已经死了。这不可能是真的。"

"是的,"他说,"我祈求你准备好安息你的灵魂,夫人。"

"什么时候?"我问道。我希望他能告诉我是后天或者这个周末。

他说:"七点钟。在一个半小时内。"说完他就低着头走出房间。

我无法理解自己只剩下一个半小时的生命。牧师过来听我的忏悔,我求他立刻去找男孩们,把我的祝福和爱传达给他们,并告诉他们远离那扇能看到草坪和矮木台的窗户。只有几个人聚在下面,我看到了伦敦市长的铁链，但现在太早了，一切都还没准备好，只有少数几个人对此事知情。

我认为这会让情况变得更糟。国王一定是一时兴起决定的，也许就是在昨晚，所以他们今天早上才发出命令。没人敢劝阻他。在我庞大的家族中，已经没有人敢反抗他了。

我试着祈祷，但是我的思绪像春天草地上的小马驹一样四处游荡。我已经在遗嘱中承诺偿还债务，要求为我的灵魂超度，并将我埋葬在我的旧修道院里，但我怀疑他们根本懒得把我的尸体运回去。一个想法突然涌上来：有可能他们会只把我的头装在篮子里一路送回教堂，所以也许我的身体会和儿子蒙塔古一起躺在塔楼里。我刚刚感到一丝安慰，立刻又想起了他的儿子，我的孙子哈里，我不知道谁能照顾他，他是会被释放，还是会死在这里，成为下一个埋葬在这里的金雀花男孩？

在我胡思乱想时，侍女正在为我梳洗打扮，为我披上新的披肩，整理好头巾下的头发，以便砍头的时候脖子不会被头发挡住。

"这是不对的。"我烦躁地说，礼服的绑带好像系错了。她跪下来哭泣，用我礼服的下摆擦拭泪水。

"这太邪恶了！"她哭喊道。

"嘘。"我说。我觉得自己仿佛无法理解她的悲伤，也无法理解这一切。我很茫然，不知道她在说些什么，也不知道将发生什么事。

牧师和守卫都在门口等着。一切似乎都发生得很快，我担心自己还没准备好。我甚至想，也许我刚走到草地，国王的赦免令就来了。在晚餐后决定处决一个女人并在早餐前赦免她，这是一种典型的浮夸表演，这样每个人都会称赞他的权力和怜悯。

在侍女们的搀扶下，我缓缓走下楼梯，一方面是因为我的腿因长期缺乏锻炼而僵硬，另一方面，我希望能给国王的使者充足的时间带着卷轴和密封好的信前来。但是当我们到达塔门时，那里没有人，正前方石子路的尽头只有寥寥几人站在随意放置的木质断头台旁，一个戴着黑色兜帽，手拿斧头的年轻人站在旁边。

当牧师在我面前时，我将手里的硬币交给他，我们一起向前走去。我不敢抬头看向博尚塔，不敢去确认我的孙子是不是不听话，从爱德华的窗户向外张望。如果在走向死亡的路上，我看到他们的小脸俯视我，我会觉得自己简直无法再往前走。

从河面上吹来一阵风，旗帜突然飘扬起来。我深吸一口气，想起在我之前走出塔楼、确信自己将奔赴死亡的那些人。我想起了我的兄弟，他走向塔山，感受打在脸上的雨滴和靴底的湿草。还有我的小弟弟，他就像我的孙子一样无辜，除了名字之外，没有任何过错。

我们都不是因为所做的事而被监禁；而是因为我们的身份才被囚禁，没有什么可以改变这一点。

虽然我几乎没有注意到走了多久，但我们还是走到了断头台。我希望自己更多地关注灵魂，能在来的路上认真祈祷。我无法形成连贯的思考，也没能完成祈祷，我还没有为死亡做好准备。我在那男人黑色皮革手套上放了两个便士，他面具下的眼神动摇了，我注意到他的手在颤抖。他把硬币塞进口袋，紧紧握住斧头。

我站在他面前，说着每个被判刑的人都会说的话。我强调自己对国王的忠诚和顺从。有一刻我甚至想大声笑出来，当国王的想法在一分钟内都会瞬息万变时，谁又能真心地顺从他呢？怎么会有人忠于一个疯子呢？我把我的爱和祝福送给爱德华小王子，虽然我不确定他能否活到长大成人的时候，这个可怜的孩子是个被诅咒的都铎男孩，我把我的爱和祝福送给玛丽公主，哦不，是玛丽女士，我希望她能为我祈祷，我是如此地深爱她。

"够了，"菲利普斯打断道，"我很抱歉，夫人。你不能再说太多了。"

刽子手走向前来，说道："当你准备好时，把头放在木台上并伸出你的

国王的诅咒
6'20

手,夫人。"我顺从地手放在断头台上,笨拙地跪在草地上。我可以闻到膝盖下草地的气味。我可以感受到背部的疼痛,海鸥的鸣叫以及有人啜泣的声音。然后突然间,就在我准备好将额头贴在粗糙的木块顶部,张开双臂,表示他可以行刑时,一阵欢乐、一种对生命的渴望,突然来到我身边,我说道:"不。"

但为时已晚,他已经举起斧头,开始向下挥,但我大喊着"不!"我坐起来,从木台后直起身,然后站起来。

我的脑后遭到重重一击,但我几乎感觉不到疼痛。我倒在地上,再次说道"不",突然之间,我整个人充满了叛逆的狂喜。我不同意亨利·都铎疯狂的想法,我也不会温顺地把头放在断头台上,我永远无法这么做。我要为自己生命而奋斗,我说:"不!"再次挣扎着站起来,脑后再次受到重击,"不,"我爬开了,血液从我的脖子和头部的伤口涌出,我感到晕眩,但这并没有淹没我为生命而奋斗的喜悦,即使我的生命已经渐渐溜走,在这最后一刻见证了亨利·都铎对我和我的家人犯下的罪。"不!"我喊道,"不!不!不!"

·全书完·

作者手记

这部小说讲述了一位妇人的漫长人生旅途中的故事。因为故事的主人公是一个女人,当时的编年史家和历史学家在很大程度上忽略了这一故事。玛格丽特·波尔最出名的身份是死在亨利八世处刑台上下的最年长的受害者,当她在塔楼的草地上被残忍地杀害时,她已经六十七岁了。但她的生活,正如我试图在这部小说中展示的那样,处在都铎宫廷和前朝王室的正中心。

事实上,我越是研究和思考她的生活和金雀花家族,我越是怀疑她是否根本没有处在阴谋的中心:有时她是积极的,有时她是平静的,也许她的家族成员总是有意识地接近王位,也许她总是做好了被流放或是被捕的准备。亨利七世和他的儿子从未摆脱对金雀花家族的恐惧,尽管许多历史学家都认为这是都铎式的偏执,但我猜测这个古老的王室是否一直面临着真正的威胁,一种抵抗运动:不总是活跃但始终存在。

这部小说以有争议的建议开场,阿拉贡的凯瑟琳决定对她与亚瑟的婚姻撒谎,以便她可以再与亚瑟的兄弟亨利结婚。我认为审查商定的事实——王室备下的床上用品,在勒德洛同居的年轻夫妇,两个人青春而健康,对婚姻绝对忠诚,一切证据都表明他们已经同过床。当然,当时每个人都这么认为,而凯瑟琳的母亲曾向教皇请求特许,无论是否与丈夫同床,都要允许她的女儿再婚。

国王的诅咒

几十年后,当她被问及与亚瑟的婚姻是否曾已完成时,她完全有理由撒谎:她正在捍卫她与亨利八世的婚姻以及女儿地位的合法性。后来的历史学家(尤其是维多利亚时代的历史学家)对女性的刻板印象认为,既然凯瑟琳是一个"品行良好"的女人,她一定不能说谎。我倾向于采取更自由的观点来看待女性的谎言。

作为一名历史学家,我可以对双方进行审视,并与读者分享我的想法。作为一个小说家,我必须用一个连贯的观点来解释这个故事,因此对凯瑟琳的第一次婚姻和她与亨利王子结婚决定的描述是虚构的,这是基于我对历史事实的重新诠释。

我从约翰·德赫斯特爵士的作品中得出了阿拉贡的凯瑟琳怀孕的日期,关于亨利八世夭折的婴儿的研究很多。卡特里娜·班克斯·惠特利和凯拉·克莱默的研究表明,亨利可能是罕见的凯尔阳性血型,当母亲是更常见的凯尔阴性血型时,可能导致流产、死产和婴儿死亡。惠特利和克莱默还表示,亨利后来的偏执和愤怒症状可能是由麦克洛德综合征引起的——这种疾病只会发生在凯尔阳性患者的身上。麦克洛德综合征通常在年龄大约四十岁时出现,会导致身体机能退化和人格改变,导致偏执、抑郁和非理性行为。

有趣的是,惠特利和克莱默将凯尔综合征追溯到贝德福德公爵夫人雅格塔,她是伊丽莎白·伍德维尔的母亲,曾被指控是一名女巫[1]。有时候,小说不可思议地创造出对于历史真相的隐喻:在小说的虚构场景中,伊丽莎白和她的女儿约克的伊丽莎白诅咒危害她儿子的凶手,诅咒凶手将失去一切的男性继承人,而在现实生活中,她的基因——虽然在当时是不可知的——通过她的女儿传承到都铎家族,那可能是导致阿拉贡的凯瑟琳的四个孩子,以及安妮·波琳的三个孩子死亡的原因。

---

[1] 参考《河流之女》。

The King's Curse
628

　　这部小说有关亨利八世的衰落,他曾是年轻英俊的王子,被视为国家的救世主,后来变成一位病态肥胖的暴君。年轻国王的恶化一直是许多经典历史故事的主题——我列出了一些有帮助的发现,在这次研究中我第一次完全理解了他的统治有多残酷,以及他到底堕落到了何等地步。如果没有人敢于反对,那么统治者可以轻易地陷入暴政。亨利一次次抛弃自己的顾问,脾气也逐渐恶化,断头台成为他对人民实施暴行的恐怖工具。人们目睹在这个著名的、深受爱戴的都铎家族中出现了一名暴君。亨利之所以会处死北方领土上忠实的臣民,是因为没有人站出来为托马斯·莫尔、约翰·费希尔甚至是白金汉公爵辩护。他之所以会随意处决自己的妻子或是与妻子离婚,是因为没有人敢违背他的想法。在小学历史中,亨利的形象是一个结过六次婚、古怪又迷人的统治者,同样也是一个虐待妻子和孩子的连环杀手的丑陋形象,他不仅虐杀自己的人民,甚至对自己的家庭也是如此。

　　朝圣者们的愿景是恢复传统的宗教统治和主权,而亨利对他们的回应是攻击英格兰北部的罗马天主教信徒。国王迫害的是那些相信他的人,他先是给出了赦免的承诺,然后又对他们痛下狠手。这是历史中最糟糕的一个片段,但却鲜为人知,也许因为这是段失败而又悲剧的历史,失败者很少有资格讲故事。

　　正如我在小说里描述的那样,玛格丽特没有被指控犯有任何罪名,也没有经过审判,就被匆匆忙忙地押上断头台。她的行刑过程并不顺利,也许是因为刽子手还不熟练,也许是因为她拒绝顺从地将头放上断头台。为了向她致敬,并向所有拒绝接受不公正待遇的妇女致敬,我在这部小说中将她描述为一个宁死不屈、独自抵抗都铎暴政的人。1886年,教会为纪念这位因信仰而殉道的女人,将每年的5月28日确立为圣玛格丽特·波尔日。

　　她的孙子哈里没有音讯,可能最终死在了塔楼中。玛丽一世加冕后,爱德华·考特尼才获释，并在1553年9月受封为德文郡伯爵。杰弗里·波尔逃离了英格兰，教皇赦免了他背叛手足的行为，玛丽一世登基后他才回到英格兰。雷金纳德曾被任命为坎特伯雷主教，与玛丽一世密切合作，在她统治期间英格兰恢复了罗马天主教会的统治。

　　这个故事中有一条主线：一个古老家族的衰落，一个遭受极其不公正对待的年轻女性始终为信仰和生存而坚持，这一点激励着我的研究和写作。小说永远服从于历史，现实生活中的女性总是比小说女主角更复杂、更矛盾，就像现在的女性一样，往往比人们和这个世界所想象的还要伟大。